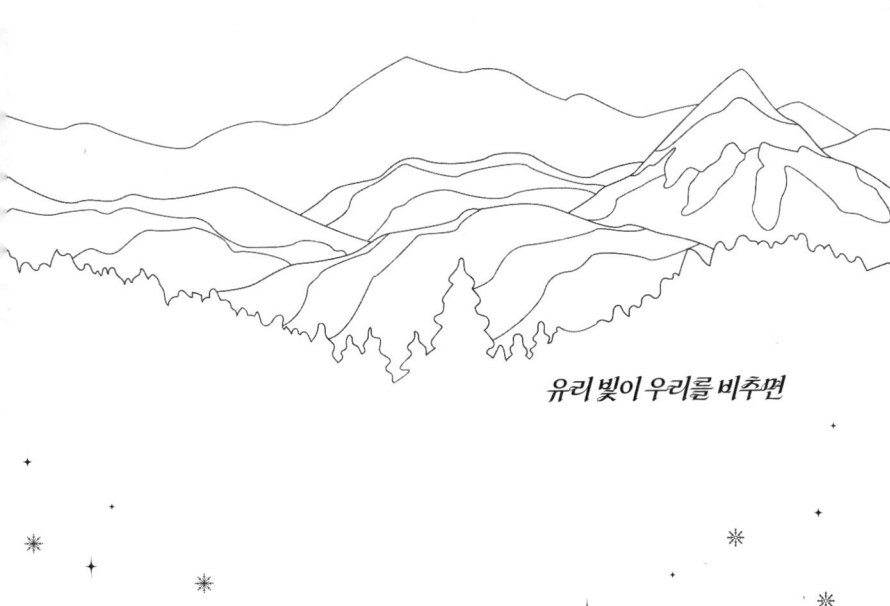

유리 빛이 우리를 비추면

THE SANATORIUM
Copyright © 2021 by Sarah Pearse Ltd
All rights reserved

Korean Translation Copyright © 2025 by Balgunsesang
Korean translation rights arranged with Johnson & Alcock Ltd through EYA Co.,Ltd

이 책의 한국어판 저작권은 EYA Co.,Ltd를 통해
Johnson & Alcock Ltd와 독점 계약한 도서출판 밝은세상이 소유합니다.
저작권법에 의해 한국 내에서 보호를 받는 저작물이므로 무단 전재 및 복제를 금합니다.

유리 빛이 우리를 비추면

초판 1쇄 인쇄일 2025년 7월 1일 | **초판 1쇄 발행일** 2025년 7월 22일
지은이 사라 피어스 | **옮긴이** 이경아 | **펴낸이** 김석원 | **펴낸곳** 도서출판 밝은세상
출판등록 1990. 10. 5 (제10-427호) | **주 소** (10881) 경기도 파주시 문발로 119, 202호
전 화 031-955-8101 | **팩 스** 031-955-8110 | **메일** wsesang@hanmail.net
블로그 blog.naver.com/balgunsesang8101 | **인스타그램** www.instagram.com/wsesang

ISBN 978-89-8437-509-3 (03840) | **값** 19,800원
잘못된 책은 구입한 곳에서 교환해드립니다. | **일러두기** 각주는 모두 옮긴이 주입니다.

유
리
빛
이
우
리
를
비
추
면

THE SANATORIUM

사라 피어스 장편소설

Sarah Pearse

이경아 옮김

밝은세상

내 가족에게 이 책을 바칩니다.

사람들은 삶이 끝나면,

비로소 우리에게 사는 법을 가르쳐준다.

_미셸 드 몽테뉴

나는 줄곧 제약을 사랑했다.

제약이 내게 편안함을 준다.

_조셉 디랑

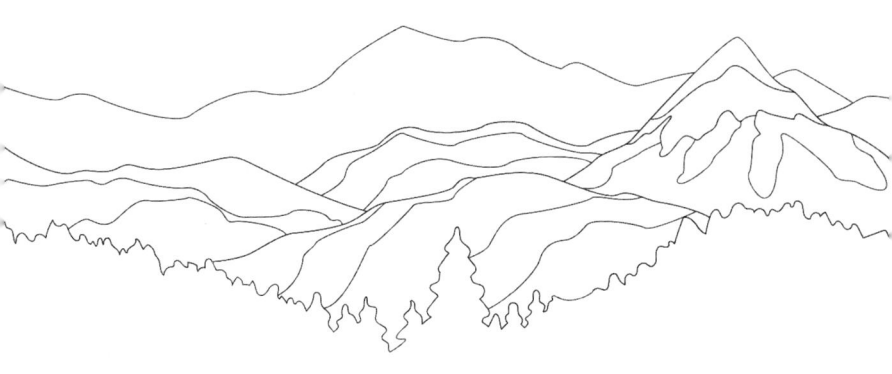

2015년 1월

프롤로그

의료기기들이 바닥에 널려 있다. 녹슨 외과수술 도구, 깨진 병, 유리 용기, 등받이에 긁힌 자국이 수두룩한 휠체어, 표면에 누런 얼룩이 담즙처럼 묻은 매트리스가 벽에 구부정하게 기대 세워져 있다. 한 손에 서류 가방을 든 다니엘 르메트르는 혐오감이 솟는다. 건물의 영혼을 집어삼킨 시간이 그 자리에 썩고 병든 잔해만 남기고 사라진 것 같다. 다니엘이 발걸음을 재촉해 복도를 걷는 동안 타일 바닥을 때리는 발자국 소리가 사방에 울려 퍼진다.

문만 보고 걸어. 뒤돌아보지 말고.

바닥에 나뒹구는 의료기기들이 그의 시선을 잡아끌며 저마다 억울한 사연을 토로한다. 가슴을 부여잡고 터질 듯 기침하는 환자들의 모습이 눈에 선하다. 문득 지난날 이 건물에 질펀했던 냄새, 수술 병동 공기 중에 떠돌던 메케한 화학약품 냄새가 여전히 남아 있는 느낌이다.

다니엘은 복도를 반쯤 걷다가 가슴이 철렁 내려앉도록 놀라며 그 자리에 우뚝 멈춰 선다. 주위가 온통 어두워 흐릿하게 형체가 왜곡되어 보이긴 했어도 맞은편 방에서 분명 뭔가 움직였다. 그는 미동도 하지 않고 방을 뚫어지게 바라본다. 바닥에 흩어진 서류들, 산소호흡기의 비틀린 관들, 구속 벨트가 너덜너덜하게 늘어져 있는 침대가 눈에 들어온다. 어찌나 긴장했는지 피부가 따끔거릴 정도지만 건물 안은 깊은 정적만이 감돈다.

다니엘은 무거운 숨을 토해내고 다시 발걸음을 옮긴다.

피곤해서 헛것을 본 거야. 늦게까지 잠을 못 이루고 몸을 뒤척이다가 새벽에 일어난 날들이 하루 이틀이 아니잖아.

정문에 다다른 다니엘은 문을 당겨 연다. 갑자기 몰아쳐온 바람이 문을 닫으려 한다. 강풍을 동반한 눈보라가 심해 앞이 보이지 않지만 그나마 건물 밖으로 나오자 한결 마음이 놓인다. 오래된 요양원 건물을 볼 때마다 마음이 항상 불안하다. 과거에 요양원이었던 건물을 럭셔리 호텔로 변모시킬 구상을 마쳤지만 지금 이 순간은 건물의 과거 모습에 초연할 수 없다.

다니엘은 오래된 건물을 올려다본다. 눈보라가 몰아치고 있어 마치 건물에 때가 묻은 듯이 얼룩덜룩해 보인다. 낡고 바스러진 발코니와 난간, 긴 베란다, 깨진 유리창을 판자로 막아놓은 문들이 눈에 들어온다. 브베에 있는 그의 집은 넓은 창문을 통해 호수가 내려다보인다. 그가 직접 설계한 집으로 넓은 호수를 맘껏 감상할 수 있도록 대부분 유리로 시공했다. 실내와 이어진 베라스도 있고, 호수와 연결되는 작은 계류장도 있다.

지금은 아내 조가 집에 돌아와 있을 시간이다. 머릿속으로는 여전히 광고 예산을 궁리하면서 아들의 숙제를 돕고 있을 것이다. 조가 주방에서 저녁을 준비하는 모습이 눈에 선하다. 가끔 얼굴로 흘러내리는 적갈색 머리카락을 위로 올리며 음식을 만드는 모습. 아마도 파스타, 생선구이, 볶음 요리 같은 간단 요리일 것이다. 그들 부부는 둘 다 음식 만드는 소질이 없다.

폭설에 가까운 눈이 내리고 있어 집까지 차를 어떻게 운전해갈지 두렵다. 이 요양원 건물은 산악지대에 자리하고 있어 기상 여건이 좋은 날에도 운전하기 쉽지 않다. 결핵환자들은 도시의 공해로부터 벗어날 수 있고, 일반인들은 환자들과 멀리 떨어져 지낼 수 있을 거라는 발상이 널리 설득력을 얻게 되면서 산악지대에 요양원을 건립할 수 있게 되었다고 한다. 울창한 전나무 숲을 지나는 급커브 길이 쉴 새 없이 이어지는 곳이라 차를 운전하려면 끔찍한 악몽일 수밖에 없다. 오늘 아침에만 해도 눈발이 하얀 얼음 다트처럼 앞 유리로 달려드는 바람에 시야가 불과 몇 미터밖에 확보되지 않아 식은땀이 날 지경이었다.

차를 향해 걸어가는 다니엘의 발에 너덜너덜하게 찢기고 눈에 반쯤 덮인 현수막이 걸린다. 붉은색 글씨로 조잡하게 써놓은 현수막이다.

건축 공사 금지

다니엘은 화가 치밀어 현수막을 짓밟는다. 지난주에 쉰 명이 넘는 시위대가 찾아와 큰 소리로 욕설을 퍼부으며 그의 눈앞에서 현수막을 흔들어대던 기억이 난다. 그는 그 장면을 휴대폰 카메라로 찍어 소셜미디어에 올렸다. 이 지역 사람들은 요양원 건물을 리모델링해 호텔로 개조하고, 관광객들의 발길이 닿길 기대하면서도 정작 공사를 방해했다.

다니엘은 그 이유를 안다. 사람들은 누군가의 성공을 좋아하지 않는다. 오래전, 아버지가 해준 말인데 자주 적중한다. 그가 요양원 건물을 호텔로 재건축하자는 아이디어를 냈을 때 사람들은 다들 쌍수를 들어 환영했다. 시옹의 쇼핑몰과 론 강이 내려다보이는 시에르의 아파트를 지을 당시만 해도 그의 작은 성공을 축복해주는 사람이 많았다. 하지만 그는 이제 남달리 성공한 인물, 눈부신 업적을 이룬 유명 인사가 되었다. 사람들은 다니엘이 유명 인사가 되자 혼자 이윤을 독점한다고 의심하고 있다. 서른셋의 나이에 그의 커리어는 반짝이는 빛을 발하고 있다. 시옹과 로잔, 제네바에 짓기로 한 오피스텔, 취리히에 건설 계획 중인 건물들이 여러 채 있다. 그의 오랜 친구인 부동산업자 루카스도 그와 더불어 눈부신 성공을 거두었고, 지역의 랜드마크가 된 호텔을 세 채나 보유하고 있다. 사람들이 그들의 빠른 성공을 뜨악하게 바라보게 된 이유이다.

요양원 건물을 럭셔리 호텔로 재건축하려는 다니엘의 야심찬 프로젝트는 지역 주민들의 반대에 부딪히게 되었다. 그들은 가능한 모든 수단을 동원해 반대 운동을 펼치고 있다. 온라인 트롤, 문자 폭탄, 다니엘의 사무실로 항의 편지 보내기, 시위대 조직하기가 그들이 하는 일이었다. 대부분 무시해버리면 그만인 내용이었지만 한 가지가 마음에 걸렸다. 그가 뇌물을 받았다는 소문이었다.

다니엘은 자신의 뇌물 수수 소문에 대해 루카스와 이야기를 나누어보려고 했지만 거절당했다. 건축 프로젝트를 추진하다보면 골치 아픈 문제가 발생하기 마련이었다. 뇌물 수수 주장이 그 가운데 하나였다. 그는 골치 아픈 문제를 머릿속에서 억지로 지워버렸다. 그런 문제에 일희일비하기보다는 결과에 집중할 필요가 있었다. 호텔 프로젝트를 성공리에 마무리하게 된다면 그의 명성은 더욱 견고해지게 되어 있다. 강박에 가까울 만큼 꼼꼼한 성격인 루카스와 추진력이 발군인 다니엘은 사람들이 불가능하다고 말하는 프로젝트들을 야심차게 밀어붙여 성공시킨 전례가 많다.

차 앞 유리에 눈이 두툼하게 쌓여 있다. 와이퍼가 처리하기에는 버거워 직접 치울 수밖에 없다. 차 열쇠를 꺼내려고 주머니에 손을 집어넣는 순간 바닥에 떨어진 뭔가가 시야에 들어온다. 가느다란 구리 팔찌로 손에 집어 들고 요모조모 살피다보니 안쪽에 새겨놓은 숫자들이 눈에 들어온다.

날짜인가? 오늘, 시위에 나선 사람 가운데 누군가가 떨어뜨린 팔찌인가? 시간이 많이 흘렀다면 눈에 묻혀 보이지 않았을 테니까. 설마 내 차에 이상한 짓을 한 건 아니겠지?

분노에 휩싸인 시위 대원들의 얼굴이 눈앞을 스쳐 지나간다. 팔찌를 주머니에 집어넣는 순간 주차장 벽에 쌓인 눈 더미 뒤에서 뭔가 움직인 걸 보았다. 흐릿한 옆모습이다. 스마트키를 감싸 쥔 손바닥에 땀이 흥건히 배어난다. 다니엘은 차 트렁크를 열려고 스마트키를 누르면서 고개를 드는 순간 그 자리에 그대로 얼어붙는다. 그와 차 사이에 낯선 인물이 있다. 그의 뇌는 눈에 들어온 괴한의 정보를 처리하려고 미친 듯이 돌아간다.

어떻게 눈에 띄지 않고 여기까지 이동했을까?

괴한은 기이하게 생긴 검은색 마스크를 쓰고 있다. 방독면과 비슷한 모양이지만 앞쪽에 필터가 부착되어 있지 않다. 대신 입과 코가 자리할 부분이 고무 튜브로 이어져 있다. 쭈글쭈글한 검은색 튜브이다. 괴한이 발걸음을 옮겨놓을 때마다 고무 튜브가 흔들린다.

차분하게 생각해.

다니엘의 뇌가 온갖 가능성을 탐색하기 시작한다. 눈앞에 있는 괴한을 우호적으로 만들 방법이 필요하다.

나를 겁주려고 온 시위자일 거야.

다음 순간 괴한이 한 걸음 더 다가온다. 정확하고 절제된 동작이다.

다니엘의 눈에는 상대가 뒤집어쓴 검은색 마스크와 고무 튜브 밖에 보이지 않는다. 자잘하게 골이 진 튜브이다. 가까이 다가선 괴한의 거친 숨소리가 들린다. 고무 튜브로 숨을 빨아들이는 소리. 뒤이어 습기를 뱉어내는 소리.

심장이 흉곽을 칠 정도로 쿵쾅거린다.

"당신 누구야?"

공포에 사로잡힌 다니엘의 입에서 떨리는 목소리가 흘러나온다. 얼굴에 굴러떨어진 눈송이가 피부에 닿자마자 녹아내린다. 아니, 눈이 아니라 식은땀일 수도 있다.

다니엘, 정신 차려!

다니엘이 자신을 향해 말한다.

겁먹지 말고 아무 일 없다는 듯이 자연스럽게 차에 올라.

바로 그때 다른 차가 눈에 들어온다. 그가 도착했을 때만 해도 없었던 차량이다. 닛산 검은색 픽업트럭.

다니엘, 어서 차에 타라니까!

그의 생각과 달리 몸이 그 자리에 얼어붙은 듯 움직이지 않는다.

괴한이 쓴 마스크에서 새어 나오는 기묘한 숨소리를 듣는 것 말고는 달리 아무것도 할 수 없다. 부드럽게 빨아들였다가 거칠게 내뱉는 괴한의 숨소리가 점점 더 빠른 템포로 들려온다. 괴한이 좀 더 가까이 다가온다. 손에 뭔가 쥐고 있는데 두툼한 장갑에 가려 잘 보이지 않는다.

빨리 차에 올라!

다니엘은 겨우 발을 한 걸음 뗴었지만 무시무시한 공포가 몸의 근육을 잡고 놓아주지 않는다. 눈길에 발이 미끄러지면서 몸을 비틀거리다가 겨우 중심을 잡는 순간 장갑 낀 손이 그의 입을 덮는다. 장갑과 마스크에서 나는 퀴퀴한 곰팡내가 코로 밀려든다. 고무 타는 냄새와 플라스틱 냄새, 또 다른 뭔가가 뒤섞인 냄새이다. 왠지 모르게 익숙한 냄새. 언제 어디서 맡았던 냄새인지 기억을 더듬어보기도 전에 날카로운 비수가 그의 허벅지를 찌른다. 그는 어마어마한 통증에 이어 머리가 어질어질해졌다가 까무룩 정신을 잃는다.

몇 초도 지나지 않아 주차장 주변은 강풍과 눈을 제외하고는 온통 무(無)의 세계로 이어진다.

보도자료
2018년 3월 5일 자정까지 보도유예

스위스
발레주
크란 몽타나 3963

오 드 플루마히트

르 소메

스위스 휴양지 크란 몽타나에 5성급 호텔 문을 열다!

크란 몽타나의 고원지대에 문을 연 〈르 소메〉 호텔 재건축 공사는 스위스의 부동산 개발업자 루카스 카롱의 아이디어에서 출발했다. 8년여에 걸친 공사 끝에 이 지역에서 가장 오래된 요양원 건물이 럭셔리 호텔로 재탄생하게 되었다. 이 건물은 19세기 말에 루카스 카롱의 증조부 피에르 카롱이 처음 설계해 건설했고, 항생제 개발로 용도가 변경되기 전까지 결핵 치료 요양원으로 사용되었다. 1942년에는 혁신적인 건축물로 평가받으며 스위스 건축 어워드에서 입상해 국제적으로 주목받았다. 크란 몽타나의 풍광을 조망할 수 있는 통유리 창과 평평한 지붕, 기하학적인 선과 면이 어우러져 우아한 조형미를 풍기는 이 건물에 대해 어워드의 심사위원은 "내부 공간과 바깥 풍경이 절묘한 조화를 이루는 동시에 병원 설립의 목적과 기능에 충실한 설계가 돋보입니다"라고 평했다.

루카스 카롱은 이렇게 말했다. "이제 이 건물에 새로운 숨결을 불어넣을 때가 되었습니다. 치밀한 계획과 미래 비전을 바탕으로 이 유서 깊은 건물을 호텔로 재건축해 과거의 영광을 재현하고 싶습니다."

스위스 건축설계회사 〈르메트르 SA〉가 중심이 되어 재건축 사업과 최첨단 스파 설립, 다목적 센터를 증축하는 팀이 꾸려졌다. 〈르 소메〉 호텔은 현지에서 조달 가능한 목재와 석재, 점판

암을 사용해 혁신적인 건물로 꾸밀 예정이다. 우아하면서도 현대적인 인테리어 공사를 마치면 이 건물은 주변의 아름다운 풍광과 과거의 영광을 바탕으로 새로운 역사를 만들어내게 될 것이다.

〈발레 투리즘〉의 CEO 필리페 볼켐은 말한다. "세계에서 가장 뛰어난 휴양 시설이 될 〈르 소메〉 호텔은 고객들에게 각별히 주목받는 명소가 될 겁니다."

〈르 소메〉 호텔과 관련한 언론 취재 문의는 로잔의 '르망 PR'로 해주십시오.

일반 문의 및 예약 관련 문의가 있을 경우 www.lesommetcransmontana.ch를 방문해주세요.

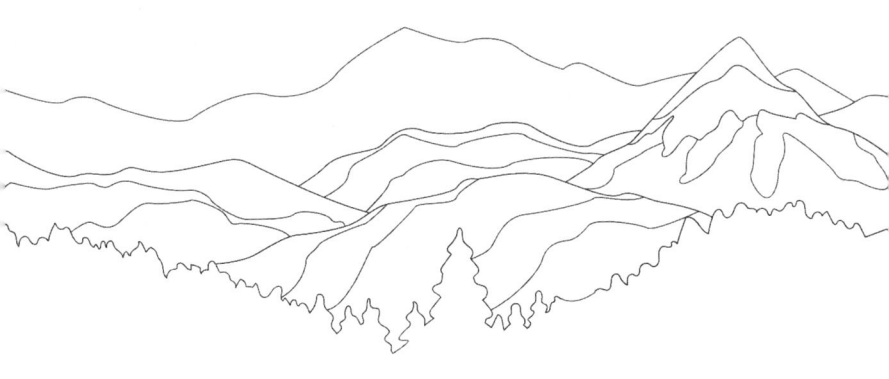

2020년 1월
첫째 날

1

알프스 협곡에 위치한 시에르에서 크란 몽타나까지 운행하는 열차는 깎아지른 산비탈을 오르내린다. 눈 덮인 포도 농장들인 벤토네, 세르미뇽, 몰렌스, 란도네, 블루헤 마을을 경유하는 열차를 이용할 경우 900미터 높이 산을 12분 만에 오를 수 있다. 비수기에 열차 객실은 절반밖에 차지 않는다. 대부분 직접 차를 운전하거나 버스를 이용해 산을 오른다. 하지만 오늘은 교통 정체가 심한 탓인지 열차 객실에 빈자리가 보이지 않는다.

엘린 워너는 승객들이 빼곡하게 들어찬 열차 객실 왼편에 서서 주변을 바라본다. 열차 창문에 쉴 새 없이 달라붙는 눈송이들, 눈 녹은 물로 질척거리는 바닥에 층층이 쌓아놓은 여행객들의 가방, 문을 밀어젖히며 안으로 들어서는 십 대 아이들의 소란스런 모습이 눈에 들어온다. 그 나이 때는 대부분 이기적이고 자기밖에 모르기 마련이다. 누군가의 축축한 옷소매가 그녀의 뺨을 스친다. 승객들이 들어찬 객실에서 담배 냄새, 튀긴 음식 냄새, 머스크 향과 시트러스 향이 섞인 싸구려 면도크림 냄새가 풍겨온다. 어디선가 기침 소리와 웃음소리도 이어진다. 불룩한 노스페이스 배낭을 멘 한 무리 남자들이 시끄럽게 떠들어대며 열차 객실 안으로 들어선다. 그들이 엘린과 윌을 객실 안쪽으로 밀어붙인다. 한 남자의 팔이 그녀의 몸을 비비듯 스치고, 맥주 냄새가 밴 뜨거운 입김이 목덜미로 쏟아진다. 심장이 미칠 듯이 뛴다.

얼마나 더 많은 시간이 지나야 공황장애를 극복할 수 있을까?

헤일러 사건이 마무리된 지 벌써 일 년이 흘렀지만 엘린은 밤마다 악몽에 시달린다. 한밤중에 눈을 뜨면 침대 시트가 축축하게 젖어 있고, 꿈에서 본 장면이 머릿속에 생생하게 남아 기분을 오싹하게 만든다. 목을 움켜쥔 손과 점점 조여드는 벽, 입과 코를 향해 철썩이며 밀려드는 바닷물…….

엘린은 열차 객실에 적힌 낙서에 집중하려고 애쓰며 마음을 다잡는다.

두려움을 통제할 수 있어야 해.

미셸 2010
키스 XXX
헬렌 & 릭 2016

낙서를 따라가다가 창문으로 시선을 돌린 그녀는 화들짝 놀란다. 창에 비친 자신의 얼굴이 마음을 스산하게 한다. 누군가 살점을 다 발라낸 듯 얼굴이 눈에 띄게 수척하다. 광대뼈는 칼날처럼 도드라져 있고, 눈꼬리가 치켜 올라가고 청회색 비중이 더 커진 눈은 금방이라도 밖으로 튀어나올 것 같은 느낌이 든다. 지저분하게 층진 금발 머리와 입술에 흐릿하게 남은 흉터가 더해져 인상이 유난히 날카로워 보인다.

엄마가 세상을 떠난 이후 엘린은 매일이다시피 운동으로 몸을 단련했다. 10킬로미터 달리기, 필라테스, 근력운동, 토키와 엑시터를 잇는 해안 도로에서 비바람을 맞으며 자전거 타기가 이어졌다. 운동량이 심하게 많다는 걸 알지만 멈출 수 없었다. 머릿속에 깊숙이 자리한 악몽을 떨쳐버릴 유일한 방법이 운동이었다.

목덜미에 땀이 배어 따끔거린다. 엘린은 남자친구 윌의 까칠까칠한 턱수염, 다듬지 않은 금발을 바라보다가 말한다. "열이 나는 것 같아."

윌이 얼굴을 찌푸린다. 그가 걱정스러운 표정을 지을 때면 이마와 눈가에 주름이 잡힌다.

윌이 목소리를 낮춰 말한다. "아이작 때문에 신경 쓰여? 아니면······."

엘린은 그 말이 무슨 뜻인지 안다. 아이작과 공황발작은 하나로 이어져 있다. 아이작의 초대를 받고 오는 길이다.

"괜한 짓을 했나봐. 불쑥 초대에 응하기 전에 아이작과 충분히 이야기를 나눴어야 했어."

"아직 늦지 않았어. 이대로 돌아가면 그만이야. 갑자기 일이 생겼다고 하면 아이작도 이해할 거야." 윌은 미소를 지으며 검지로 안경을 밀어 올린다. "지극히 짧은 여행이 되겠지만 공황발작보다야 낫잖아."

엘린은 그의 말에 억지 미소를 짓는다. 두 사람이 처음 만났을 때만 해도 지금과는 정반대였다. 그녀가 주로 윌을 위로해주는 역할을 맡아 했다. 그때와 지금은 너무 다르다. 윌은 달라진 현실과 새로운 일상을 받아들이고 금세 적응해나가기 시작했다. 지금 생각해보면 그녀의 전성기는 바로 그때였다. 30대 초반, 인생의 정점.

그 당시 엘린은 해변에 생애 첫 번째 집을 마련했다. 빅토리아 양식으로 지은 빌라의 꼭대기 층이었다. 그리 넓지 않아도 천장이 높고 넓은 창문으로 바다가 한눈에 바라다보였다. 경사로 승진하자마자 대형 사건을 맡았고, 순조롭게 해결했다. 병원에서 암 진단을 받은 엄마는 1차 항암치료를 잘 마쳤다. 그녀는 샘을 잃은 슬픔을 극복하지 못했지만 그럭저럭 잘 살고 있다고 느꼈다. 하지만 지금 그녀의 삶은 점점 피폐해지고 있었다. 마음의 문을 걸어 잠근 그녀는 몇 년 전과 완전히 달라진 모습이 되었다.

마침내 열차의 객실 문이 미끄러지듯이 닫힌다. 역에서 멀어질수록 열차가 속도를 높인다. 엘린은 공황발작을 진정시키려고 눈을 감았지만 상태가 더욱 나빠지고 있다. 열차의 소음과 흔들림이 그녀의 눈꺼풀 아래에서 점점 확장된다. 그녀는 빠른 속도로 지나가는 객실 밖 풍경을 보려고 눈을 뜬다. 눈 덮인 포도원과 샬레, 가게들이 눈앞을 획획 스쳐 지나간다.

머리가 빙빙 도는 느낌이다. "나가고 싶어."

월이 깜짝 놀라 돌아본다. 그는 감정을 숨기려 하지만 엘린은 그의 목소리에 깃든 낭패감을 알아차린다.

"내려야겠어."

열차가 터널로 진입한다. 사방이 어둠에 잠기는 순간 여자 승객 하나가 소리를 지른다.

엘린은 숨을 천천히 들이쉰다. 마치 죽음이 임박한 것 같은 느낌이 든다. 몸 안의 피가 사방으로 거세게 내달리고 있다. 그녀는 계속 천천히 호흡한다. 의사가 말한 대로 천천히.

넷을 셀 동안 숨을 들이쉬고, 일곱을 셀 동안 내쉬어야 해요.

쉽지 않다. 생각대로 되지 않는다. 호흡이 점점 얕고 빨라진다. 폐가 어떻게든 산소를 끌어오려고 안간힘을 쓴다.

윌이 소리친다. "호흡기 어디 있어?"

엘린은 주머니를 뒤져 호흡기를 꺼내 입에 대고 밸브를 누른다. 좋아.

호흡이 곧 정상으로 돌아온다.

머리가 맑아지면서 그들이 다시 떠오른다.

그녀의 남동생들인 아이작과 샘. 꼬리를 물고 이어지는 이미지들.

볼에 주근깨가 흩뿌려진 동생들의 얼굴이 보인다. 둘 다 푸른 눈동자에 눈 사이가 넓다. 아이작의 눈빛은 차갑고 불안정한 느낌이 도드라지고, 샘의 눈빛은 에너지가 가득하고 사람을 끌어당기는 불꽃이 있다.

엘린은 눈을 깜박인다. 마지막으로 본 샘의 눈동자에서는 생기가 사라지고 불꽃이 꺼져 있었다. 지난날 보았던 이미지들이 눈앞에서 사라지지 않는다. 아이작이 활짝 웃으면서 양손을 들고 있는데 손가락에서 선홍색 피가 흘러내리고 있다.

엘린은 샘을 향해 안타깝게 손을 뻗어 보지만 닿지 않는다.

2

호텔의 미니버스가 주차장에서 대기 중이다. 미니버스는 짙은 회색에 차체가 깔끔하지만 창이 눈으로 얼룩져 있다. 출입문 아래쪽에 〈르 소메〉 호텔이라고 쓴 점잖은 느낌의 은색 글자가 새겨져 있다. 엘린은 처음으로 기분이 들뜬다. 여행을 떠나오기 전 친구들과 〈르 소메〉 호텔에 대해 이야기할 때면 짐짓 시큰둥한 태도를 보였다.

내실보다는 겉모습에 치중한 느낌이야.

호텔 홍보 책자에서 아이작이 붙여둔 포스트잇을 뗀 그녀는 도톰한 마분지 표지를 손끝으로 훑다가 페이지를 열어 내용을 훑어보았다. 그녀는 〈르 소메〉 호텔을 소개하는 글을 읽는 동안 뭐라 딱 꼬집어 말할 수는 없지만 묘하게 흥분되는 감정을 느꼈다. 다만 중요한 뭔가를 빠뜨린 느낌이었다.

윌은 이 호텔의 설계와 디자인을 격찬했다. 홍보 책자를 꼼꼼하게 읽은 그는 인터넷에서 다른 정보를 찾아보기도 했다. 그날 저녁, 그는 양고기 마드라스를 먹으며 전문가들이 〈르 소메〉 호텔의 설계와 디자인에 대해 언급한 내용을 들려주었다.

"조셉 디랑의 영향을 받아 미니멀리즘을 구현한 디자인이래. 건물의 오랜 역사와 조화를 이루는 디자인이고, 앞으로 많은 서사를 써나가게 될 거라 기대한다는군."

엘린은 디테일한 부분까지 세심하게 살펴보는 월의 능력에 늘 감탄한다. 그를 믿고 안심하고 지내도 될 것 같은 인상을 준다. 그러면 언제나 옳은 해답을 준비하고 있을 것 같다.

"엘린 워너 양과 월 라일리 씨죠?"

키 큰 남자가 두 사람을 향해 다가오고 있다. 미니버스에 새긴 〈르 소메〉 호텔과 똑같은 글자가 박힌 회색 플리스 차림이다.

월이 미소 짓는다. "네, 맞는데요."

남자와 월이 거의 동시에 엘린의 가방을 받아들려고 손을 뻗는다. 잠시 어색한 분위기가 되자 월이 얼른 손을 거둔다. 남자가 가방을 미니버스에 싣는다.

버스 기사가 묻는다. "오시는 동안 편안하셨습니까? 어디에서 오셨나요?"

엘린이 질문에 답하길 바라는 눈길로 월을 바라본다. 그녀는 공황장애를 앓게 된 후 소소한 인사치레도 버거울 지경이다.

"사우스 데본에서 왔어요. 비행기는 예정된 시간에 안전하게 운행되었고요. 내가 엘린에게 항공사의 시간 엄수도 스위스식이라고 말해주었죠."

월이 낯선 사람과 어울리는 방식이다. 월의 호의적이고 겸손한 태도를 대한 사람들은 누구나 경계심을 풀고 마음을 연다.

엘린도 그의 친절한 모습에 끌렸다.

어디서나 편안하고 자연스러운 태도.

월에게 대처 불가한 문제는 없다. 허세가 많다는 뜻이 아니다. 어떤 문제든 실용적인 접근을 통해 해결 가능한 상태로 만들어내는 능력이 탁월하다. 일단 문제의 핵심이 뭔지 파악하고, 일목요연하게 해결해야 할 과제 목록을 작성하고, 필요한 조사를 통해 가장 합리적인 해결책을 찾아낸다. 반면 그녀는 쉽고 간단한 문제도 복잡하게 꼬이도록 만들어 해결이 어렵게 한다.

엘린은 이번 여행을 앞두고 비행기를 타야 한다는 사실에 스트레스를 받았다. 사람들로 북적이는 공항, 좁은 좌석, 난기류, 탑승 지연 따위를 생각하면 저절로 기분이 우울해졌다. 여행 가방을 꾸리는 것도 성가셨다. 현지 날씨에 적합한 옷이 무엇인지, 어떤 브랜드가 좋은지, 준비물은 무엇이 필요한지 고민하기 귀찮았다.

윌은 짐을 꾸리는 데 15분이면 족했다. 어떤 옷을 입을지 결정 내리지 못하고 한참 동안 설왕설래하는 그녀와 달리 윌은 평소 애용해온 하이킹화를 신고, 검은색 파타고니아 푸파 재킷을 걸치고, 적당히 낡은 노스페이스 바지를 입는 것으로 끝이었다. 두 사람은 많이 다르지만 서로 보완재 역할을 한다. 윌은 그녀의 기묘한 면을 잘 받아들인다. 누구나 가능한 일은 아니다.

엘린은 미니버스에 오르며 뒤쪽을 바라본다. 열차 객실에서 본 가족들이 어느새 미니버스에 올라 있다. 윤기 흐르는 머릿결의 십대 소녀 둘은 고개를 숙여 태블릿을 보고 있고, 엄마는 잡지를 손에 들고 있다. 아버지는 엄지로 휴대폰 화면을 스크롤하고 있다.

윌이 상냥한 미소를 지으며 묻는다. "이제 좀 괜찮아?"

이제는 좀 괜찮다. 미니버스 좌석은 청결하고, 소란스럽게 떠들어대는 사람도 없고, 살갗에 닿았던 축축한 피부의 느낌도 없다.

버스가 지면이 고르지 않은 주차장을 덜컹거리며 빠져나간다. 이내 도로가 두 갈래로 갈라지는 지점이 나타났고, 버스는 오른쪽 도로로 접어든다. 눈송이가 앞 유리에 떨어지기 무섭게 와이퍼가 빠르게 치워버린다. 순조로운 여정은 첫 번째 굽은 도로가 나타나면서 급변한다. 미니버스는 산비탈의 가장자리에 매달린 상태로 달리고 있다. 버스가 험한 길을 달리기 시작하자 엘린의 몸이 뻣뻣해진다. 풀이 자라는 갓길조차 없다. 수직으로 깎아지른 절벽 아래로 협곡과 바다가 보인다. 그녀와 절벽 사이에는 보호 난간뿐이다.

윌도 긴장했는지 불안한 눈길로 창밖을 내다보고 있다. 엘린은 이제부터 그가 어떤 태도를 취할지 짐작한다. 얼굴 가득 미소를 드리운 표정으로 낮은 휘파람을 불며 불안감을 숨길 것이다.

"맙소사! 이 길에서 야간 운전은 꿈도 꾸지 말아야겠네."

"〈르 소메〉 호텔로 가는 유일한 길이죠. 달리 선택의 여지가 없어요." 버스 기사가 백미러로 두 사람을 힐끗 보며 말한다. "길이 험해 여행을 포기하는 사람이 있을 정도죠."

한 손으로 그녀의 무릎을 쥐고 있는 윌이 미소를 지으며 말한다. "그 정도로 험해요?"

버스 기사가 고개를 끄덕인다. "유튜브에 이 길을 찍은 동영상이 여러 개 올라와 있어요. 가파른 굽이를 돌 때마다 승객들이 비명을 질러대는 모습을 찍었는데 카메라 각도 탓인지 실제보다 더 무시무시하더군요. 어떤 대담한 사람이 휴대폰을 창밖으로 내밀고 낭떠러지 아래를 촬영한 동영상도 있어요."

고난도 운전에 신경 쓰느라 버스 기사의 목소리가 점점 잦아든다. "현재 지나는 구간이 제일 험해요. 여기만 지나면 그나마 넓은 길이 나오죠."

미니버스 한 대가 겨우 통과할 정도로 길이 좁다. 도로에 군데군데 생긴 빙판이 햇빛을 받아 반짝인다. 엘린은 눈 덮인 산의 정상과 들쭉날쭉한 능선을 뚫어져라 바라본다. 버스는 손에 땀을 쥐게 할 만큼 험한 길을 몇 분 만에 통과한다. 길이 넓어지자 월이 그녀의 다리를 쥐고 있던 손아귀의 힘을 푼다. 그는 휴대폰을 꺼내 이마에 주름이 잡힐 정도로 진지하게 창밖 풍경을 찍기 시작한다. 그가 〈르 소메〉 호텔과 그 일대 풍광을 찍어 SNS에 올리면 예술가입네 하는 그의 친구들이 사진을 공유하고 댓글을 달 것이다.

월이 버스 기사에게 묻는다. "〈르 소메〉 호텔에서 얼마나 근무하셨어요?"

"일 년쯤 되었어요."

"마음에 들어요?"

"호텔 건물도 멋있지만 주변 경치가 더욱 아름답죠."

엘린이 웅얼거리듯이 말한다. "인터넷에서 봤는데 오래전 이 건물에 많은 환자들이……."

"저라면 이 건물의 과거 이야기를 애써 파헤치지는 않을 겁니다." 버스 기사가 그녀의 말을 자르고 나서 퉁명스럽게 말한다. "이 건물의 과거를 깊이 알게 되면 미쳐버릴지도 모르거든요."

엘린은 호텔 홍보 책자와 인터넷에서 본 건물의 과거 사진들이 떠오른다.

어쨌든 앞으로 몇 킬로미터만 더 가면 〈르 소메〉 호텔에 도착한다.

3

아델 부르는 휴대폰을 주머니에 넣고 301호실에 진공청소기를 밀어 넣는다. 〈르 소메〉 호텔에서는 이 방을 301호로 부르지 않는다. 〈르 소메〉 호텔은 알프스라는 말만 들어도 저절로 연상되는 이미지들을 철저히 배제한다. 객실에 산장 분위기를 풍기는 인조 모피를 깔지 않고, 식당에서는 알프스의 전통적인 메뉴들을 취급하지 않는다. 숫자로 된 평범한 객실 번호도 퇴출 대상이다. 301호도 다른 방들처럼 호텔 맞은편에 솟은 봉우리 이름으로 부른다. *벨라 톨라*.

방으로 들어서면 벨라 톨라 산봉우리가 눈에 들어온다. 하늘을 찌를 듯 웅장하다. 아델이 가브리엘을 임신하기 전인 2015년 8월에 마지막으로 올랐던 산봉우리 가운데 하나다. 지금도 그날을 선명하게 기억한다. 구름 한 점 없는 하늘, 강렬한 태양, 네온색 테의 선글라스, 허벅지에 닿던 등반 장비의 느낌, 차가운 회색 바위, 머리 위에서 기괴한 형태로 뒤틀려 있던 에스텔의 검게 탄 두 다리.

샤모니에서 보낸 주말에 등산 애호가이자 동창생인 스테판과 하룻밤을 즐긴 결과 이듬해 6월에 가브리엘을 낳게 되었다. 어느새 가브리엘은 세 살이 되었다. 아이를 임신하고 나서 그때까지 습관적으로 이어오던 일상이 완벽하게 달라졌다. 등산, 하이킹, 경영학 공부, 친구들과 질펀하게 먹고 마시며 즐기던 파티 대신 침대 시트 교환하기, 객실 구석구석을 빼놓지 않고 닦기, 고객이 남긴 흔적 제거가 그녀에게 새롭게 주어진 일상이 되었다. 가브리엘에 대한 그녀의 사랑은 절대적이다. 그녀는 가끔 이전의 삶이 어땠는지 돌아본다. 그녀가 책임져야 할 수많은 일들과 걱정거리, 테이블에 쌓이는 독촉장, 언제나 반복되는 일상이 가슴을 짓누를 때마다 그 시절이 떠오른다.

아델은 진공청소기를 켜고 나서 주위를 둘러본다. 많이 어질러지지 않은 방이라 청소를 다 마치기까지 그리 오랜 시간이 걸릴 것 같지 않다. 그녀는 일을 시작하기 전 시간이 얼마나 소요될지, 어느 정도로 힘이 들지 계산한다. 그녀의 눈길이 미니멀리즘을 구현한 실내장식으로 향한다. 침대와 나지막한 의자들, 왼쪽 벽에 걸린 추상화, 은은한 색감이 도는 캐시미어 침구들.

나쁘지 않아.

침대는 거의 흐트러져 있지 않다. 침대 발치의 침구도 건드리지 않았다. 침대 옆 테이블에 음료를 반쯤 마시다가 남겨둔 컵, 구석 자리 의자에 걸쳐둔 검은색 재킷 정도가 그녀의 손길을 기다리고 있다. 재킷은 몽클레르 제품이고, 적어도 3천 프랑을 지불했다는 뜻이다. 투숙객들이 의자에 고가 재킷을 걸쳐둔 걸 볼 때마다 부유층만이 누릴 수 있는 여유라는 생각이 든다. 대부분의 투숙객들은 부유층들을 우쭐하게 만들어주려고 호텔 측에서 세심하게 신경 쓴 부분들을 그냥 덤덤하게 넘겨버리기 일쑤다. 일반 투숙객들은 고급 가구, 대리석으로 꾸민 욕실, 손으로 일일이 짠 깔개를 그다지 주목해서 보지 않는다.

아델은 고객들이 어질러놓은 방을 청소하는 게 일이다. 얼룩진 침대 시트, 음식을 흘린 깔개는 당장 교체해야 한다. 지난주에는 변기에서 쪼글쪼글해진 콘돔을 꺼낸 적도 있다. 가끔 그런 일을 하고 있는 자신을 돌아볼 때마다 피부가 벗겨진 상처처럼 가슴이 아리다.

아델은 우울한 생각을 떨쳐버리고 헤드폰을 쓴다. 그녀는 일을 할 때마다 헤드폰을 머리에 쓰고 음악을 듣는다. 좋아하는 장르는 클래식 록과 헤비메탈이다. 건즈 앤 로지즈, 슬래쉬, 메탈리카.

창밖을 내다보니 하늘이 어두워지고 있다. 폭설을 머금은 회색 구름이 하늘을 점령하고 있어 불길한 느낌이 든다. 눈은 이미 거침없이 내리고 있고, 호텔 주변을 하얀 나라로 만들고 있다. 마음속에서 점점 불안감이 커져간다. 폭설이 내리고 바람이 심하게 부는 날에는 귀가가 늦어질 수밖에 없다. 어린이집은 여건에 맞춰 탄력적으로 운영되기에 걱정하지 않아도 되지만 오늘은 가브리엘이 제 아빠와 주말을 보내러 가는 날이라 시간 맞춰 집으로 돌아가야 한다. 스테판과 함께 떠나는 가브리엘에게 작별 인사를 해주려면 서둘러 일을 마쳐야 한다.

아델은 아이가 아빠 집에 가있는 동안 늘 마음이 불안하다. 아이가 돌아오지 않거나 돌아오고 싶어 하지 않을 수도 있을 거라는 불안감, 아이 때문에 결국 스테판과 한집 살림을 해야 할지도 모른다는 불안감이 밀려든다. 유리창에 비친 얼굴에 두려움이 깃들어 있다. 검은 머리를 모아 위에서 묶은 탓에 길쭉해진 얼굴과 걱정이 많아 가늘어진 눈이 보인다. 그녀는 유리에 비친 자신의 얼굴에서 고개를 돌린다. 그늘진 얼굴을 볼 때마다 영혼의 가장 어두운 곳을 들여다보는 느낌이 들어서 싫다.

아델이 휴대폰을 꺼내 번호를 누르려는 순간 테라스 바닥에 떨어져 반짝이는 뭔가가 눈에 들어온다. 그녀는 호기심에 테라스로 나가는 문을 연다. 얼음처럼 찬 공기와 작은 눈송이들이 방 안으로 들이친다. 그녀는 테라스로 나가 반짝이는 물건을 집어 든다. 팔찌다.

아델은 팔찌를 손에 쥐고 이리저리 돌리며 자세히 살핀다. 구리로 만든 팔찌이고, 흔히 관절염이 있는 사람들이 차고 다니는 제품과 비슷하다. 팔찌 안쪽에 작은 숫자들이 새겨져 있다. 분명 투숙객이 흘린 팔찌일 것이다. 그녀는 투숙객이 돌아오면 볼 수 있도록 팔찌를 침대 옆 테이블에 놓아둘 작정이다.

아델은 테라스로 나가는 문을 닫고 나서 객실로 돌아간다. 그녀는 팔찌를 테이블에 내려놓으면서 점점 더 굵어지는 눈발을 걱정스레 쳐다본다. 스테판이 그녀가 아파트로 돌아올 때까지 기다려줄 리 없다. 적막감이 감도는 아파트와 공허감만이 그녀를 맞아줄 것이다.

4

"엘린, 당신은······." 월의 뒷말이 거센 바람에 펄럭이는 머리 위 깃발 소리에 묻힌다.

엘린의 얼굴에 굵은 눈송이가 내려앉는다. 월이 옆에 있고 호텔이 있지만 외진 곳에 고립된 느낌이 든다. 미니버스를 타고 호텔까지 오는 데 한 시간 반이 걸렸다. 눈보라 치는 날에 미니버스가 깎아지른 절벽을 따라 이어진 구불구불한 도로를 달려 산등성이를 오르는 동안 엘린은 한시도 불안감을 떨칠 수 없었다. 가뜩이나 험한 길인데 눈이 많이 내려 평소보다 이동시간이 길어질 수밖에 없었다. 마치 문명 세계로부터 멀리 떠나온 것 같은 느낌이다. 호텔 주변은 온통 숲과 눈, 그 위로 짙은 그림자를 드리운 산괴뿐이다.

월이 캐리어를 끌고 호텔 입구까지 이어진 눈길을 가로질러 걸어간다. "엘린, 어서 호텔로 이동하자."

엘린은 캐리어 손잡이를 잡은 손에 힘을 주며 고개를 끄덕인다. 눈앞의 호텔을 보고 있으려니 기분이 묘하다. 펑펑 쏟아지는 눈과 관계없이 불길하고 초조한 느낌이 눈앞으로 다가선다. 호텔로 가는 진입로와 건물 앞 주차장은 텅 비어 있다. 어느새 미니버스를 타고 온 손님들은 전부 호텔 안으로 들어가 주변에 인적이 전혀 없다.

건물 탓이야.

거대한 하얀색 건물을 홀린 듯 바라보고 있자니 긴장감이 더욱 증폭된다.

에르베 르 텔리에의 소설 《아노말리》의 한 장면 같다.

아이작이 보내준 홍보 책자를 볼 때만 해도 그런 느낌을 전혀 받지 못했다. 홍보 책자의 사진은 눈 덮인 산봉우리들과 서리가 내려앉은 전나무 숲이 멀리 보이도록 원경으로 촬영했기 때문에 호텔 주변 분위기를 제대로 담아내기에는 한계가 명확했다. 건물에 초점을 맞춘 사진이 아니었으니까.

건물이 과거에 어떤 용도로 쓰였는지 알고 있고 의심의 여지가 없다. 건물 자체에도 야만적인 치료가 이루어진 의료시설의 분위기가 여전히 남아 있다. 직사각형 단면과 전면, 모더니즘 건축 양식이 투영된 평평한 지붕은 왠지 비정한 느낌을 풍긴다. 사방이 곧장 안을 들여다볼 수 있는 전면 유리로 되어 있고, 의료시설과는 어울리지 않는 부분도 있다. 마치 조각품처럼 꾸민 난간과 발코니, 일층의 목재 베란다는 무척이나 아름답다. 이것이 바로 '아노말리'라는 생각이 든다. 요양원과 아름다운 건축물은 전혀 어울리지 않는 조합이라 으스스한 느낌을 풍긴다. 어쩌면 건물을 설계할 당시 요양원의 우울한 분위기를 애써 감추려고 우아한 장식물을 곁들였을지도 모른다. 어쨌거나 이 호텔 건물의 과거 용도는 결핵환자들이 병마와 싸우다가 죽어간 요양원이다.

엘린은 아이작이 왜 이 호텔에서 약혼 기념 파티를 열기로 했는지 언뜻 이해된다. 이 호텔은 아이작처럼 허울이다. 과거를 모두 덮어버리는 허울.

5

 탈의실 열쇠가 잘 맞지 않자 아델이 투덜거린다. "젠장!"
 문을 열자 차가운 공기가 확 밀려든다. 아델은 실수로 열쇠를 떨어뜨린다. 스웨덴 출신 바텐더 매트가 녹색 눈으로 엘린을 쳐다본다. 연한 금발과 초록색 눈이 인상적이다.
 "괜찮아요?"
 "네, 괜찮아요." 아델은 허리를 구부려 열쇠를 집어 든다. "서두르다가 실수로 열쇠를 떨어뜨렸어요. 이번 주말에는 가브리엘이 제 아빠 집에서 보내기로 되었거든요."
 아델이 사물함에서 가방과 외투를 꺼낸다. "빨리 집에 돌아가 봐야 하는데 조금 전 열차가 아래로 내려갔다는 말을 들었어요. 내일 아침까지는 운행하지 않을 거예요."
 눈 폭풍이 호텔의 벽을 두드릴 때마다 울부짖는 소리가 난다.
 "버스는요?"
 "아직 운행 중인데 몹시 붐비겠죠."
 아델은 아랫입술을 잘근잘근 씹으며 손목시계로 시간을 확인한다.
 한 시간 안에 아래쪽 협곡에 도착해야 한다. 매트에게 작별 인사를 건넨 아델은 옆문으로 나가려다가 바람이 너무 강해 걸음을 멈춘다. 얼굴을 향해 작은 얼음 알갱이들이 우수수 날아든다. 날이 어찌나 추운지 얼굴이 불에 덴 듯 화끈거린다.

아델은 목도리를 끌어올려 코를 감싼 채 호텔 앞 오솔길로 들어선다. 걸음을 옮길 때마다 발이 눈에 푹푹 빠진다. 얇은 부츠로 눈이 스며든다. 발이 젖지 않으려면 방한화를 신었어야 했는데 서두르느라 깜박했다. 발이 시렸지만 아랑곳하지 않고 계속 걷던 아델은 주머니에서 휴대폰 진동이 느껴져 걸음을 멈춘다.

스테판이 보낸 문자메시지다.

지금 일 마치고 퇴근하고 있어.
나중에 집에서 보자.

일?

익숙하고 씁쓸한 분노가 치민다. 아무리 상황을 객관적으로 보려고 해도 손해본 느낌이다. 가브리엘이 태어나면서 모든 걸 희생한 사람은 스테판이 아니라 그녀 자신이다. 스테판은 아이가 태어난 이후로도 인생의 계획과 학업을 수정할 필요가 없었다. 우수한 성적으로 학교를 졸업한 그는 브베에 있는 글로벌 기업에 취직했고, 브랜드 관리 업무를 맡았다. 스테판은 회사에서 좋은 평가를 받고 있고, 그녀보다 급여도 훨씬 많이 받는다. 스테판과 같은 회사에서 일하는 그의 여자 친구 리즈도 마찬가지다. 리즈는 외모를 가꾸는 데 돈을 많이 쓰고 있고, 매사 자신감이 넘친다.

사소하고 어리석은 질투일 뿐이지만 아델은 자신의 어려운 환경이 가브리엘에게 나쁜 영향을 미칠까봐 우려된다. 가브리엘이 부모의 직업이 어떻게 다른지 알게 되면 혹시라도 엄마를 얕잡아 보지 않을까 걱정이다.

가브레일이 엄마보다 아빠를 더 따르게 된다면?

현재 가브리엘이 좋아하는 건 돈이 아니라 잠자리에서 읽어주는 동화책, 휘핑크림을 올린 핫초코, 모래사장에서 놀기, 썰매 타기 등이다. 지난주에는 둘이 여행을 다녀왔다. 그녀와 가브리엘은 눈썰매를 타고 언덕을 내려갔다. 속도가 어찌나 빠른지 중심을 잡지 못하고 언덕 아래 울타리에 처박혔다. 가브리엘은 그녀 위에 대자로 누워 배꼽이 빠지도록 웃어댔다.

지난주에 다녀온 여행을 떠올리자 비로소 가브리엘을 떠나보내게 될지도 모른다는 두려움이 사라진다. 가브리엘이 아직은 엄마 편일 거라는 확신이 들면서.

이제 우울한 생각은 그만!

바로 그때 발목 부분에서 뭔가 꽉 누르는 느낌이 든다.

뭔가에 부딪혔나? 나뭇가지인가?

아래를 내려다본 그녀는 그 자리에 그대로 얼어붙는다. 장갑 낀 손이 발목을 세게 잡아당기는 바람에 아델은 앞으로 쓰러지며 얼굴부터 눈에 처박힌다. 차가운 눈이 그녀의 입과 눈으로 밀려든다.

6

 엘린은 천장에 매달린 샹들리에를 보는 순간 그 옛날 교수형에 사용된 올가미가 떠오른다. 적어도 몇 미터는 되어 보이는 전선의 중간 부분이 느슨하게 아래로 늘어져 있다. 분명 고가 제품이고, 그녀가 미처 이해하기 힘든 예술적 함의를 담고 있겠지만 고객들을 맞이하는 호텔 프런트 천장에 샹들리에가 있고, 전선 줄이 아래로 늘어져 있어 불길한 느낌이 든다. 목재 테이블 주위에 배치된 가죽 의자들, 프런트 데스크로 쓰는 회색 돌판, 벽난로 위에 걸린 그림도 으스스한 느낌을 풍긴다. 분노를 추스르지 못해 물감을 캔버스에 쏟고 마구 문지른 듯 검은색과 회색이 소용돌이를 이루는 그림이다.

 "당신은 어떻게 생각해?" 엘린이 옆구리를 찌른다. "이 건물을 호텔로 바꾼 건축가의 아이디어가 마음에 들어?"

 엘린은 그가 무슨 말을 할지 짐작이 가능하다. 평소의 윌이라면 건축의 경계 확장, 용도를 다한 건물에 새로운 영혼을 불어넣은 창조적 작업, 고도의 집중력과 추진력으로 이룬 성공적 사업이었다고 말할 것이다. 그의 말은 항상 시적인 비유를 포함하고 있어 들을 때마다 삼투압처럼 흡수된다. 그는 자주 건축 양식에 대해 얘기하거나 벽돌과 모르타르 속에서 경이로운 모습을 찾아내고, 그의 생각을 말해준다.

"20세기 건축 양식에 지대한 영향을 미친 건물이야. 모더니즘 건축 양식의 특징이 제대로 적용된 모범 사례이기도 해." 윌이 잠시 말을 멈추고 그녀의 표정을 살핀다. "당신은 이 건물이 마음에 안 들어?"

"차갑고 삭막한 느낌이 들어서 싫어. 넓은 공간을 최소한의 가구와 장식물로 채운 것도 별로야. 가구라고는 고작 의자 몇 개와 테이블이 전부잖아."

"건물을 디자인한 사람이 처음부터 의도한 결과야." 그의 말투에서 긴장한 기색이 배어난다. 윌은 그녀가 이 건물에 대해 제대로 이해하지 못하고 있다고 판단한 듯 전문가적인 설명을 덧붙인다. "하얀 벽과 목재, 자연에서 구한 건축 자재들을 사용한 건 설계 목적과 부합하기 때문이야."

"이 건물이 멸균 상태처럼 느껴지길 바랐다는 뜻이야?" 엘린은 요양원 건물을 설계하면서 따스하고 안락한 느낌을 의도적으로 배제한 사실이 언뜻 이해되지 않았다.

"하얀색 벽은 환자들의 위생을 고려한 결정이었어. 밝은 공간이 환자들의 내면을 정화시켜주길 기대한 거야." 윌이 손가락으로 따옴표를 만든다. "건물 디자인이 사람의 감정에 어떤 영향을 미칠지 고려했어. 건물 자체가 의료도구 역할을 해 환자 치료에 도움이 되길 바란 거야."

"이 유리는 전혀 도움이 될 것 같지 않은데?" 창밖으로 시선을 돌리자 바람에 이리저리 쓸려 다니는 눈과 분노한 듯 휘몰아치는 눈보라가 보인다. 건물의 한쪽 벽면이 통유리로 되어 있어 그녀와 바깥 사이에 장애물이 없어 보인다. 벽난로가 따스한 온기를 발산하고 있지만 그녀는 몸이 으스스 떨린다.

월이 그녀를 보며 말한다. "거대한 통유리로 바깥 풍경을 내다보면 환자들의 치료에 도움이 될 거라 판단했을 거야."

엘린의 눈길이 월을 지나쳐 천장에 가느다란 철사로 매달려 있는 작은 유리 상자로 향한다. 상자 안에 작은 은빛 그릇이 들어 있다. 상자 아래에 영어와 프랑스어로 된 어휘가 보인다.

CRACHOIR - SPITTOON*

엘린이 월을 손짓해 부른다. "정말 이상하지 않아? 침 뱉는 그릇을 왜 저기에 매달아 놓았지? 설치예술도 아니고."

"아니, 설치예술이야. 이 호텔의 디자인 자체가 설치예술이라고 할 수 있지." 월이 그녀의 팔을 쓰다듬으며 말한다. "당신은 지금 많이 긴장했나봐. 동생을 다시 만날 생각에."

엘린은 그에게 몸을 기대며 바질과 백리향, 스모크 향이 살짝 가미된 로션 냄새를 깊이 들이마시며 고개를 끄덕인다. 익숙하고 마음이 편해지는 냄새이다. "벌써 4년이 지났어. 아이작이 내 동생이지만 아직 그 아이가 어떤 사람인지 모르겠어."

월이 그녀를 안아준다. "너무 깊이 생각하지 마. 이제 지난 일은 잊어버려. 당신은 여기 왔고, 이제 모든 걸 새로 시작해야 할 시점이야. 아이작도 그렇지만 헤일러 사건과도 마찬가지야. 이제 과거와 선을 그어야 할 때야."

건축가인 월의 내면은 언제나 텅 빈 페이지다. 그는 늘 창조적인 아이디어를 내고, 다시 시작한다. 엘린은 그의 그런 모습

*가래나 침을 뱉는 그릇. 으로 환자들 사이의 감염 확산을 막기 위해 사용된다.

에 매력을 느꼈다. 언제나 고여 있지 않고, 변화를 모색하는 그의 모습이 신선해 보였다. 윌을 만나기 전까지 엘린은 늘 낙천적이고, 무슨 일이 주어지든 열정을 다하고, 사소한 일에도 가슴이 뛰는 사람을 만나본 적이 없다.

두 사람이 처음 만난 날 엘린은 달리기를 하고 있었다. 그날 하루 종일 책상에 앉아 서류 더미와 씨름하던 엘린은 아파트로 돌아오자마자 토헌에서 브릭스햄까지 이어진 해안 도로를 달리기로 마음먹었다. 왕복 10킬로미터 거리로 그 정도는 거뜬히 달릴 수 있었다. 해안 도로를 달리다가 잠시 스트레칭을 하려고 멈춰 섰을 때 윌을 보았다. 윌을 휘감고 올라간 연기가 소금기를 머금은 허공에서 둥둥 떠다녔다. 윌은 쿠민과 고수 향이 밴 닭고기 바비큐 요리를 만들고 있었다. 그는 자신을 바라보는 그녀의 뜨거운 시선을 느끼고 다가와 농담을 건넸다.

"내가 당신보다 운이 더 좋은 것 같은데요."

엘린은 무슨 뜻인지도 모르면서 웃었고, 그때부터 자연스럽게 이야기가 시작되었다. 그의 외모에는 두 가지 이미지가 뒤섞여 있었다. 그녀가 전에 사귀었던 남자들과는 많이 달랐다. 항상 자신감이 넘치면서도 상대를 편안하게 해주는 분위기. 갈색에 가까운 금발인 그는 스칸디나비아 스타일의 검은 테 안경을 쓰고, 목까지 단추를 잠근 셔츠 차림이었다.

윌이 건축가라는 사실을 알게 되었을 때 엘린은 자신이 처음 그에게서 받은 인상이 이해되었다. 윌이 눈을 빛내며 좀 더 상세하게 자신이 하는 일을 설명해주었다. 건축가인 그는 다목적 개발과 해안가 재생 사업에 각별히 관심이 많았다. 그가 식당과 주거 공간을 갖춘 복합건물이 들어선 해변을 손으로 가리켰다. 그는 땅콩버터와 박물관, 서핑, 콜라를 좋아한다고 했다. 엘린은 첫 만남부터 그와의 대화가 전혀 어색하지 않게 이루어졌다는 사실에 깜짝 놀랐다. 평소 낯선 사람들을 대할 때와 전혀 달랐다.

월은 상대의 마음을 편안하게 해주는 사람이었다. 그는 펼쳐둔 책 같은 사람이라 마음속에 뭘 숨기고 있는지 굳이 알려고 애쓸 필요가 없었다. 엘린이 누군가에게 그리 쉽게 마음을 연 경우는 처음이었다. 그들은 자연스럽게 연락처를 교환했고, 그날 저녁 전화해 같이 저녁을 먹었다. 밀고 당기는 줄다리기 과정도 없었다. 그는 치안 유지를 위해 마련한 경찰의 주요 정책이 무엇인지 물었고, 그동안 그녀가 맡았던 사건에 대해 관심을 보였다.

월을 만나면서 새로운 경험을 많이 했다. 갤러리와 박물관을 자주 방문했고, 엑세스터의 해변에 있는 와인 바에도 갔다. 그들의 대화는 예술과 음악, 신선한 발상을 주제로 이루어졌고, 간단한 준비만으로 떠나는 주말여행을 즐겼다. 그를 만나기 전까지 그녀의 일상은 문화생활과 거리가 멀었다. TV를 보고, 잡지를 읽고, 술집에 가는 게 취미의 전부였다. 그녀는 내향적이었고, 손을 내밀기보다는 회피하길 좋아하는 스타일이었다.

몇 주 만에 모든 게 변했다. 온갖 악재가 한꺼번에 들이닥쳤다. 완벽한 대혼란. 엄마의 항암치료가 더는 효과를 기대하기 어려웠다. 경찰서에 새 상사가 왔고, 해결이 힘든 사건을 맡게 되었다. 지독한 압박감 속에서 엘린은 원래의 모습으로 돌아갔다. 마음의 문을 걸어 잠그고, 자신의 감정을 털어놓으려고 하지 않았다. 월과의 관계에도 변화의 조짐이 보였다. 갑작스럽게 달라진 그녀의 모습이 윌의 입장에서는 이해되지 않았을 것이다.

지금까지는 엘린이 두 사람 사이에 설정한 경계, 그녀가 자신만의 공간, 독립성, 단순히 자신이 되고 싶은 날들이 허용되어 왔다. 그러나 윌도 흔쾌히 받아들인 그 경계 지점이 더는 작동하지 않았다. 엘린은 그가 자신을 시험하고 있다는 느낌을 받았다. 흔들리는 치아를 요리조리 살펴보는 아이처럼. 야근, 그의 친구들과 보내는 휴일, 점점 더 자주 그의 집에서 보내는 밤들.

윌이 지금껏 그녀에게서 받았던 걸 더는 받지 못하게 되었으니 다른 걸 받아내려 한다는 느낌이 들었다. 그녀가 지금까지 보여주지 않은 헌신이나 확신.

윌은 두 사람의 삶이 섞이고, 융합되고, 얽혀들기를 원했다. 그가 마침내 그런 속마음을 털어놓은 건 반년 전이었다. 두 사람이 제일 좋아하는 타이 음식점에서 윌은 엘린에게 각자의 집에서 나와 둘이 함께 지낼 곳을 찾아보면 어떨지 물었다.

"우리가 사귄 지 벌써 2년째잖아, 엘린. 내가 이렇게 요구하는 건 당연하지 않을까?"

엘린은 이런저런 핑계를 들어 그의 제안을 회피해오고 있다. 그의 인내심이 영원하지 않으리라는 걸 안다. 그녀는 이제 결론을 내려야 한다. 시간은 자꾸 흐르고 있다.

"누나?"

엘린이 고개를 돌렸다가 숨을 헉 들이쉰다.

아이작.

아이작이 왔다.

7

 아델은 온몸을 타고 흐르는 두려움 속에서 무릎을 꿇은 상태로 앞을 바라본다. 발목을 잡은 힘이 헐거워졌고, 바스락거리는 소리와 끙하는 신음 소리가 들린다. 사고였다면 당연히 이어져야 할 사과의 말이 들려오지 않는다. 누군가 어둠 속에서 몸을 숨기고 있다. 머릿속으로 온갖 의문이 밀려들었지만 잠시 묻어두기로 했다. 시급히 여길 빠져나가야 하니까.

 잉크처럼 새까만 아델의 눈이 주위를 훑듯이 살핀다.

 아델, 머리를 굴려봐.

 호텔 쪽으로 달리는 건 위험하다. 정문에 도착하면 가방을 뒤져 출입증을 찾아야 하기에 추적자에게 덜미를 잡힐 수 있다.

 숲을 향해 달릴까?

 나무들이 많은 숲으로 달아나면 괴한을 따돌릴 수 있을 거라는 생각이 든다. 아델이 힘껏 달려 나무들이 울창한 경사로를 올라설 때 뒤따라오는 발소리와 숨소리가 들린다. 그녀가 훤히 아는 길이라 그나마 좀 유리할 수도 있다. 지난여름 매일이다시피 이 길을 산책했다. 완만하고 구불구불한 오르막길을 걸어 숲을 통과하면 빙하가 녹은 물이 협곡으로 거세게 흘러가는 계곡이 나타난다. 그 옆으로 갈라진 등산로는 산악자전거를 타는 사람들이 여름마다 즐겨 이용하는 코스다.

아델은 일단 등산로로 접어들어 괴한을 따돌릴 작정이다. 등산로를 뛰어오르는 동안 아드레날린이 분출되고, 미끄러운 눈길에서 몇 번이나 넘어질 뻔했던 위기를 가까스로 넘겼다. 얼마 지나지 않아 호흡이 가빠 가슴이 터질 듯했지만 다행히 뒤따라오는 소리가 들리지 않는다. 20미터를 더 달린 그녀는 왼쪽 길로 방향을 틀어 전나무 숲으로 뛰어들었다. 등줄기를 타고 땀이 흘러내린다.

괴한이 눈길에 남은 발자국을 찾아내면 어쩌지?

아델은 떨어진 나뭇가지 위로 눈이 쌓여 지면이 고르지 않은 만큼 괴한이 추적하는 데 방해가 되길 바랐다. 마침내 괴한이 지나가는 소리가 들린다. 누군가 쿵쿵 소리를 내며 눈 덮인 길을 달려가고 있다.

아델은 왔던 길로 되돌아가며 오른쪽 좁은 등산로로 접어들었다. 그녀는 연신 뒤를 힐끔거리며 괴한이 어디에 있는지 살펴보았지만 나무와 눈 덮인 산만 보일 뿐이다. 그녀는 팔을 들어 나뭇가지를 밀어내며 조심스레 앞으로 이동하다가 언뜻 숲의 왼쪽에서 뭔가 움직인 느낌을 받았다. 재빨리 그쪽으로 시선을 돌려보니 마못 한 마리가 눈길에 멈춰 서서 털가죽에 쌓인 눈을 털어내고 있다. 그녀를 발견한 마못은 잠시 빤히 바라보다가 위협을 느꼈는지 나무 사이로 쏜살같이 사라져버린다.

이번에는 어디선가 소리를 죽인 기침 소리가 들려온다.

아델은 호텔에서 창고로 쓰는 산막이 바로 아래쪽에 있다고 확신한다. 몇 미터만 더 이동하면 산막에 숨을 수 있다. 문이 잠겼을 수도 있지만 일단 산막으로 가야 한다.

숨소리가 더 가까이에서 들린다.

침착해.

아델이 자신을 다독인다.

이제 다 왔어.

아델이 살짝 발걸음을 옮긴다.

정적.

아델은 숨을 고르며 천천히 비탈길을 내려간다. 산막이 있다고 생각한 곳에 아무것도 없다. 그녀의 눈에 보이는 건 온통 나무와 눈이 전부다.

너무 높이 올라왔나?

이제 보니 그녀가 익히 알고 있는 등산로가 아니다. 길에 눈이 많이 쌓여 있어 착각했다. 이제 왔던 길을 되돌아가 큰길을 찾아내야 한다.

아델은 잔가지가 부러지는 소리를 듣고 고개를 홱 돌린다. 사람의 형체가 눈앞에 있다. 얼굴 없는 형체.

아델은 어쩌면 꿈일지도 모른다고 생각한다. 마지막으로 청소한 객실의 침대에 잠시 누웠다가 깜박 잠이 들었을 수도 있다. 하지만 지금 이 상황이 꿈속이나 헛것을 보고 있는 게 아니라는 확신이 든다.

괴한의 얼굴을 볼 수 없는 이유는 마스크를 쓰고 있기 때문이다. 외과 수술용 마스크와 흡사하다. 가느다란 끈 여러 개가 머리 뒤로 단단히 묶여 있다. 가까이서 보니 단순한 마스크가 아니다. 주름진 튜브로 숨을 쉴 수 있고, 기괴하고 무서운 느낌을 풍기는 방독면 같다. 괴한의 얼굴은 마스크에 가려 보이지 않는다.

아델은 괴한의 자취에서 눈에 띄는 특징을 찾아낼 수 없다.

괴한이 점점 더 다가온다. 아델은 이제 무릎의 힘이 풀려 더는 달릴 수가 없다.

8

 엘린의 몸이 뻣뻣해진다. 차라리 이곳에 오지 말았어야 했다는 생각이 든다. 아이작이 다가와 그녀를 안는 순간 섬뜩한 전율이 온몸을 훑고 지나간다. 아이작의 머리카락이 그녀의 얼굴에 닿는다. 길고 짙은 곱슬머리. 몸에서 풍기는 냄새가 많이 달라졌다. 담배 냄새와 낯선 비누 냄새.

 엘린은 아랫입술을 깨물며 눈을 감는다. 회피하기에는 이미 너무 늦었다. 머릿속에서 익숙한 이미지들이 떠오른다.

 하얀 모자를 쓴 듯 흰 파도가 넘실거리는 바다, 해초가 가득 낀 붉은 양동이로 밀려드는 물, 끼룩끼룩 울며 날아가는 갈매기들.

 아이작이 몸을 빼내며 그녀와 눈을 마주한다. 복잡한 감정을 담은 눈빛이다.

 애정? 두려움? 어느 쪽인지 알 수 없다. 엘린은 더 이상 동생의 표정에서 진실이 뭔지 읽을 수 없다. 속절없이 흘러간 시간이 그에 대한 그녀의 감각을 무디게 만들었다. 유일하게 남은 혈육인데 낯선 모습으로 보여 서글프다.

 아이작이 목청을 가다듬으며 손가락으로 눈물관 근처의 눈꼬리를 긁는다. 익숙한 몸짓이다. 그는 천식이 있어 어린 시절 내내 발작이 이어졌다. 원인은 다양하다. 더위, 합성 섬유, 스트레스.

"로라와 나는 열차에서 승객들이 하차하는 모습을 지켜보았어. 로라는 누나가 열차를 타지 않았을 거라고 했지만 나는 직접 눈으로 확인해보고 싶었거든."

"우리는 생각보다 일찍 열차를 탔어." 그렇게 말한 엘린의 시선이 아이작의 뒤로 향한다. "로라는 어디 있어?"

"호텔 상사를 만나러 갔는데 금방 올 거야." 아이작이 이번에는 윌을 돌아본다. "마침내 우리가 이렇게 얼굴을 마주하게 되었네요." 아이작이 윌의 손을 잡고 힘껏 흔들더니 몸을 살짝 앞으로 숙인다. 그가 왼손으로 윌의 등을 감싸며 어정쩡하게 포옹한다. 아이작이 둘의 관계에서 우위를 점하고자 할 때 하는 동작이다. 등을 토닥이는 건 엄연히 둘 가운데 우위를 점한 쪽의 행동이니까. 미묘하게 상대의 영역을 침범해 통제권을 차지하는 방식.

윌은 여전히 우위를 점하려는 상대의 의도를 파악하지 못하고 얼굴 가득 환한 미소를 짓는다. "나도 만나서 반가워요. 약혼을 축하해요. 매우 경사스러운 소식이 아닐 수 없죠."

"저도 축하의 말을 해야겠네요. 당신도 쉽지 않은 일을 해냈으니까."

윌이 무슨 뜻인지 몰라 상대의 표정을 살핀다. "무슨 뜻이죠?"

아이작이 엘린을 턱짓으로 가리킨다. "누나."

잠시 정적이 흐르고 나서 윌이 위협을 느낄 때 취하는 몸짓을 한다. 어깨를 뒤로 당겨 가슴을 쭉 펴고 턱을 앞으로 내밀기.

윌의 볼이 붉게 상기되어 있다. 좀처럼 당황하지 않고 안색이 바뀌지 않는 사람인데 오늘은 예외이다. 아이작은 상대를 당혹스럽게 하고 안절부절못하게 한다.

"누나의 마음을 얻기 쉽지 않잖아요." 아이작의 웃음이 방의 정적을 산산조각 낸다. "과연 누나의 마음을 사로잡는 사람이 있을지 궁금했어요. 누나는 늘 숨은 보석이었거든요."

두 사람이 동시에 웃음을 터뜨린다. 엘린은 아이작의 속셈이 뭔지 알 수 있다. 그는 자신이 아직도 누나에 대해 잘 알고, 마음도 잘 읽고 있다는 뜻을 은연중 내비치고 있다. 누가 이 자리에서 우위권을 장악하고 있는지에 대해서도.

"너도 나랑 똑같잖아." 엘린이 발끈해 쏘아붙였다가 이내 후회한다. 그녀의 반응 속도는 늦고, 요란하고, 불안정하고, 정돈되지 않은 감정이 섞여 있다.

윌이 주제를 바꾼다. "여긴 언제 왔어요?"

"며칠 전, 우리는 스키를 탈 수 있을 거라 기대하며 왔는데 리프트가 폐쇄되었더군요." 아이작이 여전히 강하게 휘몰아치는 눈보라를 가리킨다. "우리가 여기 온 이후로 줄곧 눈보라가 심했어요."

아이작은 스키를 잘 탄다. 그는 대학원에 들어가기 전 학교를 휴학하고 프랑스로 떠나 열심히 아르바이트를 했다. 일해서 번 돈은 최소한도로 쓰고 나머지는 저축했다. 그는 언제나 검소하게 생활했지만 형편이 빠듯했다. 부모나 친척에게 물려받은 재산이 전혀 없었으니까.

아이작은 호리호리하고 탄탄한 근육질 몸매이다. 서로 안 보는 사이 얼굴 윤곽이 갸름하고 또렷해졌고, 이마에 주름살이 생겼지만 푸른 눈은 그대로다. 강렬한 눈빛인데 마음을 들여다볼 수 없다. 아이작은 변하지 않았다. 여전히 수염이 까칠하고, 머리도 부스스하다. 독립밴드 드러머 분위기.

"다른 하객들은 언제쯤 도착해요?"

"며칠 후에 올 거예요." 아이작이 체중을 오른발에서 왼발로 옮긴다. "두 분이 먼저 오길 바랐어요. 약혼 전 파티도 열고, 가족끼리 대화를 나눌 시간도 갖고."

아이작이 손을 뻗어 엘린의 목걸이를 만진다. "이 목걸이를 아직도 걸고 다녀?"

엘린이 본능적으로 움찔하더니 목걸이를 손으로 감싸 쥔다.

"여기 온 소감은 어때요?" 아이작이 목걸이를 만지던 손을 거두며 주위를 가리킨다. "이 호텔에 온 소감."

엘린의 표정이 일순 굳어버린다. 그녀는 아이작의 어조가 내포한 의미를 알고 있고, 그의 태도를 유심히 살핀다. 이 건물은 원래 요양원이었고, 새롭게 디자인할 때 미니멀리즘을 구현했다. 그는 엘린이 불만을 토로하길 바란다.

"독특하고 환상적이야." 엘린은 얼굴로 흘러내린 머리카락을 추스르다가 너무 짧게 대답했다는 사실을 깨달았다. 엄마가 돌아가신 후 생긴 버릇이다.

"윌은 어때요? 건축가의 견해를 듣고 싶네요."

윌은 익숙한 분야로 돌아오자 그녀가 예상한 대로, 아니 그 이상으로 많은 단어를 동원해 대답한다.

"일단 디자인이 산뜻하고, 아이디어가 훌륭하게 구현되었네요. 완벽한 절제미도 인상적이고요."

윌이 말하는 동안 엘린은 아이작의 표정을 관찰한다. 예전 모습이 일부 남아 있다. 윌에게서 벗어난 아이작의 시선이 주변을 배회하다가 은근슬쩍 그녀에게로 향한다. 단 한 번 마주쳤을 뿐이지만 그의 눈빛에는 많은 의미가 담겨 있다.

윌은 너무 진지해. 누나도 그 사실을 알고 있을 거야. 윌은 자신이 진지해서 지루하다는 사실을 모르고.

아이작은 윌보다 눈치가 한 수 위야.

윌이 말한다. "엘린, 아이작이 어떻게 프러포즈했는지 물어봤어."

엘린은 미처 말할 기회를 잡지 못한다. 어디선가 로라의 목소리가 들려온다. "실용적인 프러포즈였어요. 달리 표현할 길이 없네요. 내 스키화에 반지가 들어있었거든요."

아이작의 약혼녀 로라가 상기된 얼굴로 미소 짓는다. 그녀는 엘린과 포옹하고 나서 윌에게도 인사를 건넨다. 윌은 그녀에게 호감을 느낀 듯 얼굴에 마음에 든다는 표정이 나타났다가 금세 사라진다. 엘린은 문득 질투심을 느낀다. 로라는 사진보다 실물이 훨씬 낫다. 이목구비가 뚜렷하고, 앞머리는 모양이 잘 잡힌 눈썹 바로 위에서 직선을 이루고 있다.

로라가 변했어.

로라의 모습에서 전과 달리 균형감이 보인다. 기억하기로 로라는 느긋한 성품에 매사 솔직했다. 지금 그녀의 얼굴 표정은 고삐를 팽팽하게 당긴 느낌이 든다. 로라는 하이 웨이스트 회색 진에 상의를 여러 개 겹쳐 입고 있고, 그 위에 니트 카디건, 목에 회색 스카프를 느슨하게 두른 모습이다.

"너무 급히 연락해서 미안해요." 로라가 어깨를 으쓱한다. "모든 계획이 마지막 순간에 결정되었어요."

엘린은 한 달 전에 약혼 축하 파티 초대장을 받았다. 표지 위쪽에 포스트잇이 붙은 초대장.

로라와 약혼 축하파티를 열기로 했어. 누나는 차비만 부담하면 돼. 로라가 이 호텔에서 근무해. 연락 줘. 내 전화번호 알지? 아이작.

엘린은 예기치 못한 초대였다. 4년 전, 아이작이 스위스로 떠난 이후 두 사람은 가끔 이메일이나 전화로 연락을 주고받았다. 아이작은 스위스에서 어떻게 지내는지 단편적인 소식만을 전했다. 로라와 사귀고 있고, 로잔의 어느 대학에서 강의하게 되었다는 소식이었다. 몇 달간 아예 연락을 끊고 지내기도 했다. 아이작은 엄마 장례식 때도 조잡한 변명을 대고 불참했다.
학교를 떠날 수가 없어. 내가 가르치는 학생에게 위급한 일이 생겼거든.
시큼하고 거칠거칠한 기억을 억지로 삼켜서라도 지워버리고 싶다.

로라가 호기심 어린 표정으로 엘린을 본다. "예전과는 분위기가 많이 달라." 로라는 잠시 망설이며 적당한 단어를 고른다. "내 기억에는……." 그녀는 끝내 말꼬리를 흐린다.

"기억에는?" 엘린의 목소리에 날이 서 있다. "어떤 기억이 나는데?"

로라가 나른하게 미소 짓는다. "아무것도 아니야. 그냥 세월이 많이 흘렀다는 뜻이었어."

윌이 날카로운 눈빛으로 엘린을 바라본다. 왜 그런 눈빛인지 안다. 로라와 전부터 아는 사이였다는 걸 그에게 말해주지 않은 것에 대한 반발의 의미다.

"오늘 저녁에 다 함께 저녁을 먹을까?" 아이작이 묻는다. "피곤하면 방에서 쉬어도 괜찮아. 내일 먹으면 되니까."

"아니, 오늘 먹어." 엘린은 자기도 모르게 적극적으로 응한 사실이 당혹스러워 얼굴을 붉힌다.

"7시, 어때?" 아이작이 묻자 엘린이 고개를 끄덕인다. "그전에 이 호텔을 구경시켜 줄게."

갑자기 어디선가 쾅 소리가 나더니 유리가 와장창 부서지는 소리가 들려온다. 두런두런 이어지던 사람들의 말소리가 뚝 끊긴다.

정적.

엘린이 미칠 듯이 뛰는 심장을 안고 고개를 돌린다. 강풍이 불어 저절로 열린 창틀이 요란하게 흔들리고 있다. 화병이 바람에 쓰러지면서 깨진 파편들과 흰 백합이 바닥에 흩어져 있다. 바람이 불어 창문이 열리고 화병이 넘어졌을 뿐 그리 놀랄 일은 아닌데 맥박이 미친 듯이 뛰고 온몸에 아드레날린이 분출된다. 그녀는 어느새 손톱이 파고들 정도로 주먹을 꽉 쥐고 있다.

호텔 직원이 바람에 덜커덩거리는 창문을 조심스레 닫고 나서 화병 파편을 줍는다. 엘린은 그제야 주먹을 풀고 손바닥을 내려다본다.

손바닥에 손톱자국이 남아 있다.

완벽한 초승달 모양이다.

9

눈 폭풍이 점점 거세지고 있다. 다시 강풍이 불자 눈보라가 휘몰아치며 유리창을 흔든다. 로라는 그러거나 말거나 아랑곳하지 않고 호텔을 구석구석 둘러본다. 레스토랑에서 라운지로, 도서실에서 바로.

어딜 가나 대형 유리창과 하얀 벽 일색이다. 대단히 금욕적인 인테리어다.

일행을 복도 끝으로 데려간 로라가 문을 연다. "여긴 이 호텔이 자랑하는 스파입니다."

카운터가 있는 공간은 매우 넓고, 테이블 뒤 벽은 검은 줄이 핏줄처럼 이어진 회색 대리석으로 되어 있다. 카운터 위 천장에는 복잡하게 얽힌 철사에 전구가 박힌 장식물이 매달려 있다.

로라가 벽을 손가락으로 훑는다. "이 벽의 표면은 마로모리노 반죽으로 처리했어요. 대리석 가루와 석회 퍼티로 만든 반죽이죠. 이 반죽을 벽에 칠하면 마치 스웨이드 같은 촉감이 나요. 벽을 이렇게 처리한 이유는 낮에 시시각각 변화하는 빛을 포착하기 위해서랍니다. 이 건물을 설계한 건축가가 요양원 벽면에 구현한 시각적 효과와 비슷해요. 당시 벽은 빛이 강해 눈이 부실 정도는 아니었지만 실내를 환하게 만드는 효과를 내려고 무광으로 처리했었죠."

스파는 천장이 높고 실내 공간이 휑했지만 썰렁하기는커녕 지나칠 만큼 따뜻하고 민트와 유칼립투스 향이 구석구석 맴돌고 있다. 천장에 또 다른 유리 상자가 매달려 있고, 작은 챙이 있는 청동 헬멧이 그 안에 들어 있다. 엘린은 유리 상자로 다가가 표면에 적힌 글을 읽는다.

클리아스 헬멧 : 무겁게 개조한 소방관 헬멧으로 목 근육을 강화하는 데 사용되었다.

아이작이 손가락으로 인용부호를 만들며 말한다. "이 건물에 얽힌 '서사'의 일부야. 사람들이 공동으로 사용하는 공간에 이 건물이 과거에 무엇이었는지 말해주는 전시품들을 비치해두었어. 대부분 요양원 시절의 유물들이야."

엘린이 고개를 끄덕인다.

로라가 카운터에 앉아 있는 여직원에게 뭐라 말하더니 일행을 돌아본다. "스파의 카운터 직원 마고가 나중에 이곳을 제대로 보여주기로 했어요. 다음은 이 호텔의 또 다른 자랑거리인 수영장을 보여줄게요."

로라의 목소리가 크고 명징하게 들린다. 로라는 호텔 부지배인이라서인지 모든 동작이나 목소리가 전혀 어색하지 않고 자연스럽다.

엘린은 그녀가 투숙객이나 직원들과 함께하는 모습을 상상해본다. 고객들의 질문에 답변하는 모습, 직원들에게 지시를 내리는 모습. 로라의 자신감 넘치는 모습을 보아서인지 엘린은 자신이 그녀에 비해 부족한 점이 많다는 느낌이 든다.

우리가 정말 동갑내기일까?

로라가 더 어른스럽고 지도력이 있는 연상처럼 보인다. 생각해보니 로라는 언제 어디서나 자신만만했다. 로라를 처음 만났던 순간을 지금도 기억한다. 여덟 살인 로라는 체구는 작아도 매사 똑 부러졌고, 양 갈래로 땋은 긴 머리가 등 뒤에서 출렁거렸다. 로라는 마치 세상에서 자신이 해야 할 역할을 본능적으로 알고 있는 아이 같았다. 놀이를 생각해내고 역할을 정해주는 기획자이자 사령관.

너는 인어해. 나는 해적할게.

놀이에 끼고 싶었던 아이들은 로라가 어떤 역할을 맡기든 기꺼이 따랐다.

로라는 어느 자리에서든 주눅 들지 않고 특유의 리더십을 발휘했다.

타인의 시선에 대해 신경 쓰지 않기.

로라의 자아는 흔들림이 없었다. 그녀에게는 어디서든 닻을 내리고 버틸 수 있는 힘이 있었다. 그녀와 달리 엘린은 신경이 지나치게 예민하고 소심해 온갖 사소한 일에도 혹시 실수하지 않았는지 다른 사람들이 쑥덕거리지는 않는지 눈치를 살피며 조바심을 쳤다.

내가 너무 조용했나? 지나치게 시끄러웠나? 구질구질해 보였나?

두 사람은 성격 차이가 큰 편이었지만 서로에게 방해가 되지는 않았다. 여덟 살에 시작된 그들의 우정은 오래도록 이어졌다. 엘린은 우정이 깨지지 않길 간절히 바랐다. 로라는 그녀가 처음으로 제대로 사귄 친구였기 때문이다. 엘린에게 마음을 열고, 함부로 바꾸려 들지 않고, 다른 사람과 비교하지 않은 첫 번째 친구.

넌 그런 로라에게 어떤 보답을 했지? 머릿속에서 목소리가 들린다. *로라는 너의 마음을 받아들여 친구가 되었는데 넌 무슨 짓을 했는지 돌아봐.*

로라가 커다란 문을 연다. 엘린은 넓은 공간을 가득 채운 환한 빛에 눈이 부셔 잠시 앞이 보이지 않는다. 바닥부터 천장까지 유리 벽이 사방에서 감싸고 있어서 그녀의 눈에 처음 들어온 건 수영장이 아니라 휘몰아치는 눈보라와 하늘을 가득 채운 잿빛 하늘이다. 유리 벽 너머로 테라스와 옥외 풀이 몇 개 보인다. 첫 번째 풀에서 뱀처럼 구불구불한 수증기가 피어오르더니 공기 중으로 퍼져나간다.

윌이 감탄했다는 듯이 휘파람을 분다. "기대 이상이네요."

"건물 끝부분을 연장해 수영장을 증설했어요." 로라의 목소리가 메아리친다. "외벽을 유리로 만든 건 360도로 주변 풍경과 산을 볼 수 있고, 맑은 햇살이 풍성하게 들이치도록 하기 위해서죠."

"이 건물을 처음 설계할 당시부터 빛에 대한 고려를 많이 했다고 들었어요." 윌의 시선은 여전히 햇살이 내리쬐는 유리 벽 바깥을 향해 있다. "맑은 햇살이 환자들 치료에 도움이 되길 바란 거예요."

로라가 몸을 돌리며 말한다. "자연 현상을 이용한 치료법이죠. 이 건물 설계자는 신선한 공기, 맑은 햇살, 자외선이 결핵 치료에 효과가 있을 거라 믿었어요. 테라스와 발코니를 만들어 환자들이 맘껏 빛을 쬘 수 있게 만들어준 배경이죠."

엘린은 눈이 부셨지만 주변 풍경을 둘러보려고 애쓴다. 눈보라, 아른거리며 빛나는 풀의 물.

현기증이 난다. 눈보라가 치고 있는 바깥 상황에 완전히 노출되어있는 느낌이다. 무섭게 불어대는 눈 폭풍과 그녀 사이에 아무것도 없는 느낌. 엘린은 유리 벽에서 돌아서며 손가락으로 관자놀이를 꾹 누른다.

윌이 놀라며 묻는다. "당신, 괜찮아?"

"괜찮아. 잠시 현기증이 났을 뿐이야."

"고도 때문일 거야." 로라가 말한다. "여긴 해발 2,200미터라 산소가 부족한 편이거든."

"산소 때문이 아닐 거야." 아이작이 천천히 말을 잇는다. "어릴 때부터 누나는 낯선 장소에 가면 많이 불편해했어."

"아이작, 지금 무슨 소리를 하는 거야?" 생각보다 목소리가 날카롭게 흘러나온다. "난 이제 애가 아니야."

아이작이 양손을 펼쳐들며 고개를 젓는다. "진정해. 그냥 별 의미 없이 해본 말이었어."

그 모습을 보고 있자니 가슴에 묻어두었던 분노가 살짝 고개를 든다. 아이작은 늘 우위에 선 자의 오만한 태도를 보인다. 어린 시절부터 그런 식이었다. 시큰둥한 말로 상처를 주고, 빈정거리고 잘난 체했다. 그럴 때마다 엘린은 알몸이 된 듯이 수치심을 느꼈다. 어느 날 저녁 식사를 하며 엘린이 엄마 앞에서 새로 사귄 친구 이야기를 꺼냈다. 아이작은 경멸하는 말투로 비꼬았다.

새로 전학온 여자애? 매일 혼자 따로 지내는 이상한 애?

윌이 그녀의 손을 잡더니 살짝 힘을 준다. "이제 그만 자리를 옮길까?"

"그래, 그게 좋겠어." 엘린은 풀을 바라본다. 호텔 수영장치고는 규모가 크고, 바닥과 벽이 회색 대리석으로 되어 있다. 눈 덮인 나무들이 물에 비치며 아지랑이처럼 일렁인다.

검은 수영복을 입은 여자가 홀로 수영하고 있다. 탄탄한 근육질 몸이 물 아래 조명을 받아 빛난다. 여자의 팔다리가 힘차게 물을 가르기 시작한다. 자유형으로 수영하는 여자의 실력이 마치 선수처럼 뛰어나다.

아이작이 인상을 찌푸린다. "세실이 수영하고 있네."

그의 시선을 따라가던 로라의 몸이 굳는다.

"세실?" 엘린이 호기심을 느끼며 되묻는다.

"이 호텔 지배인인 세실 카롱이야." 그렇게 말한 로라의 말투가 퉁명스럽다. "이 호텔 대표인 루카스 카롱의 여동생인데 매일 이다시피 수영을 해. 전국대회에 선수로 나간 적도 있대."

엘린은 여자가 시원하게 물을 가르며 앞으로 나아가는 모습을 홀린 듯 바라보며 대꾸한다. "선수 출신이라 역시 실력이 출중하네."

로라가 주제를 바꾼다. "엘린, 아직도 수영 좋아해?"

엘린의 얼굴이 순식간에 등줄기를 타고 올라온 열기 탓에 붉게 달아오른다.

익숙한 감정이 그녀를 집어삼킨다. 당혹감, 공포, 좌절감.

돌아서는 순간 그녀는 깨닫는다. 샘이 죽고 나서 그들 가족이 어떻게 변했는지 아이작이 아직 로라에게 아무것도 말해주지 않은 게 분명하다.

10

수영장을 나오자 그나마 마음이 가벼워진다. 엘린은 벽에 기대 호흡을 가다듬는다. 오늘따라 호흡이 유난히 무겁고 거칠다.

자꾸 왜 이러지? 긴장을 풀고 느긋하게 휴가를 즐겨.

일을 하지 않을 때의 단점이다. 정신은 과도하게 활성화되어 있는데 능력을 발휘하지 못한다.

그건 내 선택이었어.

일주일 전, 형사반장 안나가 이메일을 보냈다.

조와 이야기해봤어. 이번 달 말까지 자네가 결정해.

휴가를 마치고 복귀할지 말지 결정을 내려야 하는 시간이 2주 남았다.

엘린은 자신이 무엇을 하고 싶어 하는지 알 수 없다. 형사반장 안나와 이야기를 나눌 당시 그녀의 목소리에는 좌절감과 실망감이 짙게 묻어났다.

자네는 이 건을 맡기에는 너무 좋은 형사야, 엘린.

형사.

엘린에게 형사라는 직업은 희망과 꿈, 피와 땀, 목숨을 건 악전고투를 의미한다. 제복 경관으로 보낸 시간, 승진 시험과 면접 과정도 또렷이 기억한다. 하지만 이제 형사라는 직업에 의문이 든다.

엘린은 부정적인 생각을 떨쳐버리려 애쓰며 로라를 따라 복도를 걷는다. 대화에 푹 빠져 걷는 두 남자가 시야에 들어온다.

로라가 걸음을 늦추더니 아이작과 재빨리 눈빛을 주고받는다.

엘린이 묻는다. "저 남자들은 누구야?"

"한 사람은 직원이고, 다른 하나는 이 호텔 오너인 루카스 카롱이야." 머리카락을 추스르는 그녀의 손이 떨리고 있다.

로라가 허둥대는 이유가 뭘까?

아이작이 웅얼거리듯이 묻는다. "저 사람은 아직 출발한 게 아니었어?"

로라가 고개를 끄덕인다. "세실과 함께 다음 주까지 자리를 비울 예정이었어."

윌이 두 남자 중에서 턱수염을 기른 금발 남자를 빤히 바라본다. "그러니까 저 사람이 이 호텔 오너인 루카스 카롱이란 말이죠?"

윌의 눈길을 따라가던 엘린의 시선도 금발 남자에게 눈길이 머문다.

루카스 카롱은 첫눈에 시선을 끄는 사람이다. 누가 보더라도 범상치 않은 느낌을 던지는 사람.

보스.

운동선수 같은 체구에 키가 크지만 그의 카리스마는 다리를 넓게 벌리고 선 자세, 크고 활달한 몸짓에서 그대로 흘러나온다. 사회적 영향력이 크고, 재산을 많이 보유한 사람들은 어느 자리에서나 자신감이 넘치기 마련이다. 그가 신은 하이킹 부츠, 격식을 차리지 않은 회색 플리스 재킷과 등산용 바지가 더욱 그의 이미지를 떠받들어 준다. 패션은 일종의 명함이다.

나는 중요한 사람이고, 그 사실을 대놓고 밝히지 않아도 다 알아.

아이작이 윌에게 묻는다. "루카스 카롱에 대해 들어봤어요?"

"건축계에 떠도는 풍문을 들어봤어요. 그의 스타일과 파격적인 성격, 일에 대한 접근방식." 윌이 잠시 말을 멈추었다가 잇는다. "언젠가 때가 되면 저에게 루카스 카롱을 소개해주세요."

"그런 일이라면 로라가 잘 해결해줄 수 있겠네요. 나라면 일단 조심하겠어요." 아이작의 어조가 조심스럽다. "건축가와의 궁합이 별로 좋아 보이지 않아요."

로라가 그에게 경고의 눈빛을 보낸다. "아이작!"

윌이 얼른 말한다. "다니엘 르메트르?"

아이작이 눈썹을 들어 올린다. "그 사건을 알아요?"

윌이 미소 짓는다. "건축계는 좁으니까요. 다니엘 르메트르는 아직도 소식이 없나요?"

로라가 대신 대답한다. "오랫동안 깜깜무소식이죠."

엘린이 여전히 루카스 카롱에게 시선을 고정한 채 묻는다. "무슨 일이 있었는데?"

"다니엘 르메트르는 이 호텔 재건축을 책임진 건축가였어. 공사 마지막 단계에 실종되었지. 그는 어느 날 출근했다가 끝내 집으로 돌아오지 않았어. 오후에 현장을 떠났는데 행방불명된 거야. 그의 차는 아직 이 호텔 주차장에 그대로 남아 있어. 가방이나 휴대폰도 발견되지 않았고. 세실과 루카스는 어릴 때부터 다니엘과 가까운 사이였기에 더욱 큰 충격을 받았지. 한때 프로젝트가 좌초될 정도로. 호텔은 2017년에 문을 열 계획이었는데 일 년 더 연기되었어."

윌이 묻는다. "다니엘이 어떻게 되었는지 전혀 밝혀지지 않았나요?"

"다니엘이 벌이던 사업에 문제가 있었다는 소문이 돌았어요." 아이작이 어깨를 으쓱하고 나서 말을 잇는다. "초고속으로 사업을 확장하는 바람에 금전 문제에 시달렸다는 설도 있고."

"그럼 금전 문제로 도주했을 가능성이 있나요?"

"그럴 수도 있고, 아니면……."

"아이작, 그만해둬. 루카스가 들으면 어쩌려고 그래." 로라가 끼어든다. "오늘 호텔 안내는 이 정도로 마칠게요."

"고마워." 로라 옆에 있는 문이 내 시선을 끈다. 이 호텔에서 본 다른 문과 전혀 다르다. 무화과나무와 산봉우리 문양이 문에 새겨져 있다.

"이 방은 무슨 용도로 쓰여?"

로라가 목에 맨 스카프를 잡아당긴다. "원래는 회의실이었는데 현재는 폐쇄시켰어. 투숙객이 사용하는 객실은 아니야."

"그럼 비어 있어?"

로라의 손이 다시 스카프로 올라간다. 그녀가 스카프를 매만진다. "잡동사니를 넣어두는 창고로 사용하고 있어. 요양원이었을 때부터 보관해온 물건들이야. 원래는 그 물건들을 이곳에 전시할 계획이었지. 투숙객들이 이 건물에 얽힌 역사를 잘 알 수 있도록."

"그럼 계획대로 되지 않은 거야?"

로라가 우물쭈물하다가 대답한다. "계획을 연기했어."

엘린은 그녀가 뭔가 말하려다가 주저하고 있다는 느낌이 든다.

마침내 로라가 말한다. "관심 있으면 뭐가 있는지 둘러봐도 돼."

아이작이 인상을 찌푸린다. "지금은 말고 나중에 둘러보는 게 좋겠어. 일단 짐을 풀고 쉬어야지."

"그게 좋겠네." 로라도 그 말을 따른다. "엘린, 그럼 나중에 봐."

"난 지금 둘러보고 싶어. 내가 역사에 관심이 많거든." 분명한 사실이지만 엘린은 그 말이 로라를 도발했을 수도 있겠다는 생각이 들었다. 아이작이 그녀의 신경을 예민하게 만든 탓이다.

윌이 긴장한다. "엘린, 우린 이제 막 도착했잖아. 우선 방에 가서 짐을 풀고 쉬는 게 좋겠어."

"그럼 당신은 아이작이랑 먼저 가 있어. 우리도 곧 뒤따라갈 테니까."

윌이 기분이 상한 듯 딱딱하게 말한다. "그럼 나중에 봐."

엘린은 두 사람이 멀어지는 모습을 지켜보고 있자니 마음이 편치 않다.

요양원 시절 물건들을 보려는 게 과연 좋은 생각일까?

"나중에 볼 걸 그랬나?"

"괜찮아." 로라가 미소 짓는다. "미리 얘기해두지만 대부분 잡동사니야. 요양원에서 사용하던 물건들을 보관해오고 있다고 했잖아."

로라가 열쇠 구멍에 키를 꽂아 문을 연다.

엘린이 더듬거리며 말한다. "정말 잡동사니들이네."

높이 쌓아둔 의료기구들이 눈에 들어온다. 흡입기, 각종 약병, 휠체어, 용도를 알 수 없는 의료기기들. 모든 물건에 먼지가 장막처럼 내려앉아 있다. 상자에 들어있는 물건들도 있지만 대부분 바닥에 아무렇게나 쌓아두었다. 사용하다가 버린 종이상자들과 서류 보관함이 여기저기 흩어져 있다.

로라가 눈살을 찌푸리며 말한다. "대단히 무질서하지? 앞으로 대대적인 정리가 필요한 곳이야."

"여기보다 무질서한 곳은 많아."

예를 들자면 우리 집. 먹다 만 음식을 대충 넣어둔 찬장, 마구잡이로 쌓아둔 책들, 가끔 무게를 견디지 못하고 쓰러지는 행거에 걸린 옷들. 엘린은 요즘 청소와 위생 문제를 해결할 의지도 에너지도 없었다.

로라가 눈을 맞춘다. "지난날 이 건물이 요양원이었다는 게 흥미롭지?"

로라의 태도가 서서히 바뀐다. 차분한 모습 뒤로 익숙한 에너지와 열기가 드러난다. 지난날 로라의 모습이다.

무질서하게 널려 있는 물건들 너머로 공간 전체가 눈에 들어온다. 먼지가 자욱하고 공기가 농밀해 숨이 막힌다. 엘린의 머리에 먼지들의 입자가 그려진다. 공기 중을 떠도는 미세하고 더러운 먼지들. 엘린은 오른쪽 선반에 놓인 서류철을 집어 든다. 서류 한 무더기가 바닥으로 떨어진다.

"내가 집어줄게." 로라가 서류를 챙기려고 걸어가다가 미끄러지는 바람에 한쪽 발이 몸 앞으로 길게 뻗어 나온다.

엘린이 몸을 숙여 로라의 팔을 잡아준다.

"아슬아슬했어." 로라가 그제야 몸을 바로 세운다.

"괜찮아?"

"너의 빠른 반사 신경 덕분에 가까스로 중심을 잡았어."

"오랜 훈련의 결과라고 할 수 있지." 엘린이 미소 짓는다. "엄마가 걸핏하면 쓰러지셨거든. 엄마는 양탄자가 아니라 안전 매트가 필요하다는 농담을 자주 했어." 갑자기 엘린의 목소리가 슬픔에 잠긴다. 그녀는 눈물을 보일까 봐 기겁하며 몸을 돌린다.

엘린의 슬픔은 늘 이런 식이었다. 언제나 당혹스러울 정도로 생생했다.

로라가 그녀를 유심히 바라본다. "네가 직접 엄마를 간병했니?"

"엄마가 돌아가시기 전 몇 개월 동안 휴직을 하고 온종일 병원에서 지냈어." 엘린은 설명을 하다 말고 말을 돌린다. "간병인이 따로 있었지만 엄마는 내가 곁에 있어주길 바랐거든."

로라가 고개를 끄덕이며 말한다. "정말 고생 많았네."

엘린이 어깨를 으쓱한다. "아니, 엄마와 함께할 수 있어서 정말 좋았어." 진심이었고, 그보다 더 정확한 설명은 없었다. 그런 상황이 밀어닥치기 전까지 과연 자신이 그런 인내심이나 이타심이 있는 존재인지 알 수 없었지만 막상 눈앞에 밀어닥치자 생각보다 쉽게 해낼 수 있었다.

엄마를 보살피는 건 결과가 정해진 일이었다. 경찰 업무처럼 예측 불가하거나 미완으로 마무리하게 될 우려도 없었다.

로라가 머뭇거리며 말한다. "누군가를 위해 봉사하는 건 대단한 일이야." 로라의 목소리가 살짝 젖어 있다. "정말 좋은 분이었는데 너무 일찍 돌아가셔서 안타까워."

엘린은 순간적으로 말이 목구멍에 턱 걸려 눈만 깜박거린다. 두 사람의 눈이 마주친 순간 엘린이 시선을 피한다.

엘린이 허리를 숙여 바닥에 떨어진 서류를 줍는다. 서류뿐만 아니라 으스스한 장면이 찍힌 사진도 있다. 베란다에 일렬로 앉은 여자들. 수척하고 병색이 완연한 얼굴의 환자들이 카메라 렌즈를 향해 시선을 던지고 있다. 마치 엘린을 똑바로 바라보듯이.

엘린은 이 호텔의 과거에 전율하며 현재의 자신과 과거에 있었던 일들이 혼재한다는 사실을 문득 떠올린다. 별안간 숨이 막히는 느낌이다. 폐에 물이 들어찬 듯 가슴이 크게 부풀어 오른다.

지금 공황발작을 일으키면 곤란해.

로라가 빤히 바라보며 묻는다. "몸이 안 좋아 보여."

엘린이 주머니를 뒤져 흡입기를 꺼내 입에 대고 산소를 폐부 깊숙이 빨아들인다. "한두 해 전부터 천식을 앓기 시작했어. 고도가 높은 지역이라 숨쉬기가 더욱 힘들어. 이 방에 가득 들어찬 먼지 때문일 수도 있고."

로라의 시선이 여전히 그녀에게 못 박혀 있다.

사실은 천식과 아무런 연관이 없다. 전에도 고도가 높은 지역에 가본 적이 있지만 숨이 막혔던 기억은 없다. 오로지 호텔 건물 탓이다. 엘린은 이 건물에서 살아 숨 쉬는 뭔가에, 건물의 DNA에 스며 들어간 뭔가에 예민하게 반응하고 있다.

11

윌이 접시에 남아 있는 레몬 무스를 뒤적거리며 엘린을 본다.

"두 사람, 안 왔지?"

엘린은 못 들은 체하며 초콜릿 타르트를 입으로 집어넣는다. 바삭한 식감에 쌉쌀하고 텁텁한 맛이라 금세 물린다. 그녀는 접시를 밀어놓는다.

"엘린?" 윌이 다시 그녀와 눈을 마주치려 한다.

엘린은 테이블을 내려다본다. 각자의 자리에 놓인 자기 접시에서 촛농이 녹아내리는 양초가 고리 모양 나뭇결을 환히 밝히고 있다. 테이블에는 반쯤 남은 와인 잔, 얼음물을 채워 물방울이 맺힌 병, 윌이 절대 포기하지 않으려고 하는 빵 바구니가 있다.

"엘린, 듣고 있어?"

"우리가 7시 무렵이라고 했잖아."

"그래." 윌이 시계를 확인한다. "벌써 9시가 넘었어. 내 생각에는……."

엘린이 휴대폰을 들고 화면을 본다. 부재중 전화나 문자메시지도 없다.

로라와 아이작은 아무런 연락도 없이 오지 않았다. 엘린은 일순 분노가 치민다.

그 인간은 전혀 변하지 않았어. 앞으로도 절대 변하지 않을 거야. 변할 거라고 생각한 내가 바보지.

엘린은 짜증 나고 당혹스러운 기분이 들며 눈물이 차오른다. 레스토랑에는 빈 테이블이 거의 없고, 사람들의 활기찬 목소리가 들려온다. 하얀 벽들은 벽난로에서 흘러나오는 불빛과 테이블에 놓인 촛불 때문에 부드러운 분위기로 변해 있어 삭막한 느낌이 덜하다. 창문이 유리라는 건 달라지지 않는다. 유리 때문에 자신의 약점이 고스란히 드러날 것 같아 싫다. 레스토랑의 긴 홀을 따라 창문이 이어져 있고, 넓은 무대장치가 자리 잡고 있다. 바깥의 어둠이 유리문을 거울처럼 만들어 실내에 있는 사람들의 모습을 모두 담아내고 있다.

윌이 그녀의 손을 쥐며 말한다. "당신, 화났지? 아이작이 전과 달라져있길 기대했는데 실망시켜서."

엘린이 물병을 들어 컵에 물을 따른다. "아이작은 전부터 그랬어. 번번이 울화통이 치밀게 해놓고 쾌감을 느껴. 아이작은 내가 버럭버럭 화내길 바라지."

"나는 다른 비밀도 알아차렸어." 윌이 가볍게 말한다. "당신은 왜 로라와 아는 사이라고 말해주지 않았어?"

"그다지 중요한 문제라고 생각지 않았어." 엘린이 양초의 일렁이는 불꽃을 바라본다. "내가 로라를 만난 건 오래전 일이야. 그때만 해도 우린 둘 다 어린아이였지."

윌은 잠자코 앉아 엘린이 계속 말하길 기다린다.

"우리 두 사람의 엄마들은 학창 시절 친구 사이였어. 로라의 엄마는 일본에서 영어를 가르치다 만난 스위스 남자와 결혼했지.

로라가 태어나자 스위스로 돌아왔고." 엘린이 어깨를 으쓱한다. "로라 가족이 우리 집을 서너 번 방문했어. 그때 로라와 서로 알고 지내게 되었지."

엘린은 엄마들 때문에 만난 그저 그런 사이처럼 말한다. 사실은 8월에 로라의 엄마 코랠리가 로라를 데리고 집을 방문한 순간부터 두 아이는 꼭 붙어 지내는 단짝 친구가 되었다. 함께 수영하고, 카약을 타고, 해변 뒤로 펼쳐진 숲으로 소풍을 가고, 엄마가 만들어준 음식을 먹으며 즐거운 시간을 보냈다. 부드러운 치즈로 속을 채운 바게트, 진하고 끈적거리는 생강 케이크.

여름의 막바지가 되면 로라는 집으로 돌아가야 했다. 엘린은 툭하면 로라가 보고 싶어 편지도 쓰고, 토요일마다 전화 통화도 했다. 엘린은 왜 자신이 로라와의 추억을 얼버무리려는지 알고 있다. 그 시절 기억을 떠올리면 자신의 과거와 현재의 차이를 극명하게 마주할 수밖에 없다. 로라와의 추억에는 필연적으로 샘이 등장하니까. 또 다른 이유도 있다. 로라는 그녀를 만난 순간부터 지금껏 데면데면한 사이처럼 굴고 있다. 지난날 로라에게 모든 걸 떠넘기고 떠나버린 행동에 대한 자책감도 있고, 느닷없이 시들고 죽어버린 우정에 대한 불편함도 있다.

"당신이 로라를 만나러 온 적은 없었어?"

엘린은 고개를 흔든다. "엄마는 로라를 보고 싶어 했는데 그 당시 우리 집 형편이 여행을 떠나기에는 빠듯했어."

"연락을 주고받지도 않았고?"

"응." 엘린이 퉁명스럽게 대답한다. "샘이 세상을 떠난 뒤로 모든 게 멈춰버렸어."

로라가 보낸 수많은 편지들을 기억한다. 얼마 후 편지는 문자 메시지로 바뀌었다. 엘린은 한두 번 건성으로 답장을 보내다가 결국 그마저도 중단했다. 연락을 하지 않게 되자 그나마 마음이 더 홀가분해졌다. 질투심도 한몫했다. 그녀의 인생은 큰 위기에 봉착했는데 로라의 인생은 변함없이 그대로이고, 앞으로 뻗어나갈 수 있는 길이 열려 있었기 때문이다.

"로라와 아이작은 어떤 인연으로 사귀게 되었어?"

"아이작이 로잔 대학에서 일하게 되면서 시에르로 오게 되었어. 로잔 대학은 시에르에서 별로 멀지 않거든. 로라가 시에르에 살아. 아이작이 로잔 대학에 정착하기까지 로라의 도움이 컸어. 그런 일련의 과정이 다 아이작의 의도였다는 생각이 들기도 해. 아이작이 로라와 그런 사이가 되면 내가 화낼 거라 짐작했을 거야."

"그럼 둘 사이를 무시하고 그냥 즐겨. 아이작이 원하는 대로 해주지 마." 윌이 의자에 기대며 말을 잇는다. "우리는 지금 휴가를 보내고 있잖아. 그들이 어떤 상황을 꾸미든지 무시해버리고 당신을 위한 시간을 가져."

엘린이 실내를 둘러본다. "나도 노력 중이야. 그런데 이 건물에서 좀 이상한 느낌이 나지 않아? 왠지 소름 끼치는 구석이 있어."

윌이 미소 짓는다. "당신의 안전지대에서 벗어나 있는 건물이라 불안감이 드는 것뿐이야."

윌은 스스로 인정한 적이 없지만 엘린의 꽉 막힌 성격을 대할 때마다 늘 농담을 앞세워 풀어가려고 한다. 그의 시각에서 보자면 엘린이 보이는 태도를 이해하거나 공감하기 힘들 테니까.

엘린이 억지 미소를 짓는다. "안전지대? 난 되는 대로 살아왔어.

마음 내키면 어디로든 훌쩍 떠나버릴 수 있어."

월이 그녀와 시선을 맞추며 말한다. "우리가 처음 만났을 때만 해도 그랬지."

엘린이 유리잔을 움켜쥔다. "나에게 무슨 일이 있었는지 당신도 알잖아." 그녀의 목소리가 떨려 나온다. "다 알면서 꼭 그런 말을 해야겠어?"

"과거가 당신을 파괴하도록 내버려두어서는 안 돼. 나는 헤일러 사건, 당신 엄마, 샘에 대해 아무것도 몰라. 아이작과 당신 사이도 나에게는 풀리지 않는 미스터리야. 당신은 과거가 거대해져 남은 삶을 집어삼키도록 차곡차곡 쌓아 올리고 있어. 결국 당신의 세상은 점점 줄어들고 있는 중이야."

월이 미소 짓는다. 억지 미소다. "나는 당신이 약속한 캠핑 여행을 아직도 포기하지 않고 있어. 텐트를 비롯해 캠핑에 필요한 모든 장비를 장만해뒀지."

엘린이 의자를 뒤로 밀며 말한다. "이제 그만해." 순간 가슴이 부풀어 오르는 느낌이 들어 겁에 질린다. 월의 말이 경고처럼 느껴진다. 영원히 기다려주지는 않으리라는 경고.

엘린이 자리에서 일어선다. 이 답답한 상황을 견딜 수 없다. 뭔가 상실해가는 과정을 보는 것 같다.

"엘린, 화내지 마. 내가 장난을 좀 쳤어."

묵직한 열기가 등줄기를 타고 뒷덜미까지 올라온다.

"월, 나도 당신처럼 말하고 싶지만 지금은 안 돼."

12

괴한이 돌아오고 있다. 규칙적으로 발을 질질 끌며 걷는 소리와 힘겹게 공기를 빨아들이는 숨소리가 동시에 들린다. 아델은 벽에 등을 기대고 앉은 자세로 꼼짝하지 않는다. 이곳에 온 이후로 손가락 하나 움직이지 않았다.

잘 기억해둬. 쓸데없이 에너지를 낭비하지 마.

느닷없이 팔에 거세게 밀치는 힘이 가해진다. 아델은 바닥으로 쓰러진다. 충격과 통증이 어깨와 목을 관통한다.

모로 누운 상태인 아델은 몸을 웅크리며 다리를 몸 아래로 집어넣는다.

괴한이 아델의 눈에 안대를 채운다.

눈을 감고 있어. 무슨 일이 있어도 절대로 눈을 떠서는 안 돼.

아델은 머릿속으로 주문처럼 그 말을 반복한다. 괴한이 누구인지 무엇을 원하는지 짐작조차 할 수 없다. 그렇지만 그가 그녀를 겁주려고 얼굴에 가면을 쓴 사실만은 안다. 그가 바라는 대로 공포에 사로잡히면 마음이 약해지고, 가브리엘에게로 돌아갈 기회를 영영 잃게 될 수도 있다.

언젠가 아빠는 공포가 뇌에 미치는 영향에 대해 말해주었다. 사람이 공포에 질리면 몸을 통제할 수 없는 원초적 반응이 나타나게 된다. 뇌의 특정 부위는 위험을 감지하면 의식적인 생각을 중단시킨다. 몸의 모든 에너지를 위험과 맞서는 데 집중할 수 있도록 하기 위해. 그런 상태가 되면 뇌의 나머지 부분은 봉쇄된 상태나 다름없다. 뇌에서 추론과 판단을 맡은 대뇌피질이 손상되기 때문에 정작 위기 상황에서 최선의 방안을 도출해낼 수 없다.

또 다른 소리가 난다.

지퍼야. 아델은 생각한다. 바스락거리는 소리도 난다.

아델은 침을 꿀꺽 삼킨다.

저들은 지금 무엇을 하고 있을까?

생각해. 아델은 다시 자신을 다그친다. 생각해. 아직 시간이 있어. 머리를 잘 굴리면 이 상황에서 벗어날 수 있어.

아델은 자신의 몸에 닿는 손길을 느끼고 나서야 눈을 감은 게 판단 착오였다는 사실을 깨달았다. 현재 상황에 대해 아는 게 없어 추리에 빈틈이 생겼다. 눈을 감은 건 그들에게 협조하고, 미미하게나마 주어진 도주 기회를 걷어차 버린 셈이다.

공포가 뇌에 손상을 가했다. 추위와 몸부림 때문에 피부에 감각이 없다. 피부에서 압박감밖에 느껴지지 않는다. 손끝이 오른쪽 허벅지를 누르는 느낌이다. 주삿바늘의 날카로운 침이 피하 조직을 뚫고 깊숙이 들어간 후에야 비로소 느낌이 온다. 따끔하고 얼얼한 통증.

아델은 비명을 지르며 눈을 떠봤지만 아무것도 보이지 않는다. 암흑이 그녀를 에워싸고 있다. 속을 들여다볼 수 없는 암흑이 그녀를 질식시키고 있다.

13

"제발." 윌이 그녀를 뒤따르며 손을 낚아챈다. "가지 마."

엘린이 뒤꿈치에 체중을 싣는 순간 공황발작이 다시 시작되려는 느낌이 든다.

"엘린." 윌이 그녀의 손을 잡은 손에 힘을 가한다. "우리가 함께 이야기를 나누는 중이었는데 당신 혼자 자리를 뜨면 함께한 의미가 없잖아. 우리가 서로 상대에게 솔직한 마음을 털어놓을 수 없다면 우릴 이어주는 끈은 그 어디에도 존재하지 않게 되는 거야. 그럼 우린 아무런 사이도 아니게 되지."

엘린이 그를 바라본다. 그의 얼굴은 붉게 상기되어 있지만 안경 너머로 보이는 눈빛은 여전히 따스하다. 엘린은 죄책감을 느낀다. 그는 둘 사이의 진전을 이루기 위해 애정을 쏟고 있다. 그는 그녀와 이야기를 나누고 싶어 한다.

엘린이 고개를 끄덕이며 테이블로 돌아와 앉는다.

윌이 그녀의 팔을 살짝 잡는다. "그럼 이야기를 다시 시작해볼까?"

"그래." 엘린이 동의한다. 그와 다시 충돌하고 싶지 않지만 싸워서라도 차이를 좁혀야 한다. "당신은 틀렸어. 나는 많이 노력하고 있어."

"지난 몇 달 동안 당신이 노력한 건 분명하지만 과거가 장애물처럼 앞을 막고 있어. 당신은 달리기할 때가 아니면 집 밖으로 나오길 꺼려하지. 더는 사람들과 어울리려 하지 않아." 윌이 잠시 숨을 돌린다. "당신은 잠을 자다가 잠꼬대로 샘의 이름을 외쳤어. 나는 당신이 감정을 추스르려 애쓰고 있고, 전보다 많이 나아졌다고 생각했는데 아니었나봐."

엘린은 그의 말을 빨아들이듯이 듣는다.

더 나아졌다고? 어떻게 더 나아질 수 있지?

샘을 잃은 슬픔이 세포 하나하나에 깊이 박혀 있는데?

엘린은 이 상황을 어떻게 극복해야 할지 알 수 없다. 샘을 비롯한 가족들은 그녀의 삶이 완전한 형태를 갖추도록 이어준 실이었다. 마치 실밥을 뽑아버리듯 그녀의 인생에서 그들을 뽑아낼 수는 없다. 현재 상황이 윌을 얼마나 힘들게 하는지 잘 알고 있다. 윌은 조금이라도 진전된 모습, 당장은 아니더라도 그녀가 이 상황을 극복하고 예전 모습으로 돌아올 계시 같은 걸 보고 싶어한다. 엘린은 가끔 윌이 자신을 일종의 프로젝트로 보고 만나기 시작한 건 아닌지 의구심이 들 때가 있다. 개축이 필요한 낡은 건물을 보듯이. 그는 설계를 고쳐 재건축 작업을 하고, 마지막으로 수정을 가하면 그녀가 다시 반짝이는 모습으로 변모하리라 기대했을지도 모른다. 그녀가 아직 그가 세워둔 계획을 충족시켜주지 못하는 형편이니까 그는 당연히 조바심이 날 수밖에 없다.

"지금 같은 상황이 계속될까봐 두려워, 엘린. 우리가 이런 상황을 얼마나 지속할 수 있을까?" 윌이 그녀를 바라본다. "당신 직장에서도 언제까지나 개인적인 형편을 이해해주길 기대할 수 없을 거야."

나도 알아.

엘린은 그렇게 말하고 싶다.

사실은 나도 계속 형사로 일할 수 있을지 자신이 없어.

샘이 죽던 날 엘린은 무슨 일이 일어났는지 모든 진상을 밝힐 수만 있다면 상황을 바로잡을 수 있다고, 모두 잊고 새출발할 수 있을 거라 믿었다. 다만 과거가 아니라 현 상황이 문제라면?

목구멍에서 흐느낌이 올라오다가 딸꾹질로 바뀐다.

윌이 손을 뻗어 그녀의 손을 쥔다. "내가 너무 심한 말을 했네. 우린 지금 둘 다 피곤한 거야." 윌이 손을 뻗어 술잔을 든다. "당신은 그동안 어머니 유품 정리로 힘들었고, 아침부터 먼 거리를 이동했으니까."

지난 이틀 동안 엘린은 밤늦도록 엄마의 유품을 정리했다. 책과 옷, 액자에 든 빛바랜 사진들을 정리하다보니 추억이 물밀듯이 밀려들었다. 그녀는 지금 자신이 외톨이고, 그 어디에도 발붙이지 못하고 부유하는 기분이 들었다. 엄마가 세상을 떠난 지 반년도 더 지났지만 슬픔은 여전하다.

윌이 잔에 남은 와인을 마저 마시고 나서 말한다. "내가 화나는 부분이 뭔지 알아? 아이작은 어머님 간병을 당신에게 전적으로 맡겼고, 온갖 귀찮은 법적 수속과 유품 정리를 모두 떠넘겼어. 그럼에도 약혼 파티가 있다고 해서 여기까지 왔는데 당신과 치졸한 신경전이나 벌이고 있으니 화가 날 수밖에."

엘린이 굳은 목소리로 말한다. "나도 이번에는 아이작이 좀 다를 줄 알았어."

윌이 한쪽 눈썹을 치켜올린다.

"하지만 아이작도 우리랑 함께하고 싶었을 거야. 어쨌든 저녁에 만나자고 했으니까 기다려보자고."

"그만!" 윌이 그녀의 말을 자른다. "우리가 속은 느낌이 들어. 우리가 지금 아이작에게 상처받고, 의문을 떠올리고, 과잉 분석한 건 그의 장난에 놀아난 거야. 당신 말대로 이제부터 다 잊고 즐거운 시간을 보내자." 윌이 음료수 메뉴판을 들고 살펴본다. "칵테일 어때?"

엘린이 잠시 머뭇거리며 마음을 가라앉힌다. "당신 말이 옳아. 여기 있는 동안 즐겁게 시간을 보내는 거야."

윌이 웨이터를 불러 칵테일을 주문한다. 웨이터가 주문한 칵테일을 건네자 윌이 웃음을 터뜨린다.

"여긴 칵테일에도 미니멀리즘이 투영되었네."

윌의 말대로다. 칵테일은 화려한 색깔로 치장하지 않았고, 요란한 장식도 없다. 엘린이 시킨 리치 마티니는 연한 붉은색에 리치 한 알이 올라 있을 따름이다. 윌이 시킨 칵테일은 색감이 거의 느껴지지 않는다. 칵테일이 혀에 닿는 순간 달콤한 느낌이 온몸으로 번져간다. 목을 넘어가는 보드카가 뜨겁다. 생각지도 못한 열기. 칵테일의 도수가 높다.

"내 술도 마셔볼래?" 윌이 잔을 그녀에게 내민다. 엘린을 보며 미소 짓지만 입꼬리가 살짝 펴질 따름이다. 그는 지금 억지 미소를 짓고 있지만 술이 몇 모금 들어가면 진심으로 웃게 될 것이다.

술을 마시자 긴장이 스르르 풀려나간다.

윌의 말이 옳았어.

아이작에게 상처받아서는 안 된다. 애초에 아이작의 애정을 확인하려고 초대를 받아들인 건 아니었다.

이곳에 온 목적은 아이작이 과거에 저지른 짓을 명확하게 인정하도록 만드는 것이다.

14

 윌이 비틀거리며 객실로 들어선다. 그가 카드키를 투입구에 꽂으려다가 실수로 잘못 넣는 바람에 카드가 바닥에 떨어진다. 엘린이 카드키를 주워 들고 투입구에 꽂아 넣는다. 일시에 조명이 들어오면서 방이 환해진다. 그녀의 머리 위 간접 조명들도 켜져 빛과 그림자의 대비가 뚜렷하다. 그 순간 객실의 한기가 그녀의 신경을 곤두서게 한다. 방이 텅 빈 탓이 아니다. 방에는 침대와 소파, 테이블이 각각 하나씩 있고, 의자도 여러 개 있다. 다른 호텔에 흔히 있는 쿠션, 커튼, 꽃병 따위가 없다는 게 다를 뿐이다. 침대는 벽과 맞닿아 있다. 옷장 아래쪽에 묘한 틈이 나 있다. 길고 야트막한 소파도 벽에서 연장되어 튀어나온 듯 놓여 있고, 벽과 같은 색인 흰색 린넨 커버가 덮여 있다.
 엘린이 지금 불편하게 받아들이고 있는 부분이 그녀와 다른 사람들의 차이점일지도 모른다. 엘린은 경찰서의 인사평가를 떠올린다. 그녀는 변화에 적응하기 힘겨워한다. 장차 경력에 방해 요소가 될 수 있다.
 윌이 그녀의 표정을 살피며 묻는다. "방이 마음에 안 들어?" 그는 술을 많이 마셔 안면 근육이 풀어진 탓에 입술이 비뚤어진 상태로 웃는다. 몹시 졸린 듯 그의 눈꺼풀이 무겁게 내려와 있다.

그는 많이 취했다.

월이 손에 쥐고 있는 휴대폰에서 핑 소리가 요란하게 울린다. 엘린은 어떤 알림음인지 안다. 동창들과 만든 왓츠앱 그룹의 알림음이다. 질리도록 농담을 주고받는 그룹.

월의 친구들과 그녀의 친구들은 서로 교류하는 방식이 다르다. 그들은 농담을 건네고 간결한 답변을 들을 뿐 상호 교류를 하지 않는다.

월이 미소 지으며 휴대폰 화면을 엘린에게 보여준다.

엘린이 눈으로 화면을 읽는다.

시계로 허리띠를 만들면?
정답은 시간 낭비(A waist of time)

월의 친구들이 주고받는 농담은 유치하고 단순하다. 엘린은 자신의 휴대폰 화면을 보며 한숨을 내쉰다. "아이작은 아직 전화 한 통 없어. 문자도 없고." 그녀는 휴대폰을 침대에 던져두고 양쪽 관자놀이를 손끝으로 살며시 누른다. 머리에서 두개골의 아랫부분을 때리는 진동이 느껴진다. 유리컵에 물을 따라 벌컥 마셔도 입에 남은 칵테일 향이 가시지 않는다. 마실 때는 달콤했던 칵테일이 몸 안에서 시큼한 맛으로 변해간다. 알코올 효과가 점점 사라지고 있다. 그녀는 다시 신경이 예민해진다.

월이 팔을 뻗어 허리를 잡아당기더니 이내 엉덩이를 손으로 감싸 쥔다. "아이작은 잠시 잊고 로맨틱한 밤을 보내는 건 어때?"

엘린이 그의 손길을 살며시 뿌리친다. 그녀도 그러고 싶지만 따라주지 않는다. 아이작이 망각한 저녁 약속을 떠올리지 않으려 할수록 화가 쌓인다.

우리가 여기에 온 첫날 밤인데 약속을 잊다니? 정상적인 사고를 하는 사람이라면 결코 저지르지 않을 실수야. 그깟 약속을 지키기가 그리 힘든 건가?

엘린은 방을 가로질러 발코니로 나간다. 발코니 테이블에 하얀 우유 같은 서리가 쌓여 있다. 그녀는 깨끗하고 얼음장처럼 찬 공기를 한껏 들이마신다. 머리가 맑아지면서 술기운이 가신다.

엘린이 소리친다. "윌, 이리 와 봐! 풍경이 기가 막혀." 맞은편 산봉우리에 달무리 진 하얀 달이 부드러운 빛을 던지고 있다. 웅장하기 그지없는 산줄기가 갑자기 사악해 보인다. 비죽비죽 솟은 천연의 대못 같다. 가장 높은 봉우리는 갈고리처럼 휘어져 있다.

엘린은 문득 아이작이 다니엘 르메트르에 대해 했던 말이 떠오른다.

시체도 없어, 증거도 없고.

오로지 산봉우리밖에 없는 바깥 풍경을 바라보는 동안 시체도 증거도 찾을 수 없는 상황을 이해할 수 있을 것 같다. 이곳은 사람을 야금야금 갉아먹다가 통째로 집어삼키는 곳 같다.

"아찔하네." 윌이 문가에 서서 말한다. "추우니까 어서 방으로 들어와. 그렇게 얇은 옷을 입고 발코니에 나가면 안 돼." 그가 그녀의 옆에 놓인 나무 의자를 홀린 듯 바라보며 말한다. "리클라

이너, 요양원일 때 쓰던 의자와 같은 제품이야."

엘린이 미소 짓는다. "하여간 괴짜라니까." 그녀가 손가락을 입으로 가져간다. 어디선가 소리가 들린다. 눈을 밟으며 걷는 소리, 라이터를 켜는 소리, 마치 노래 같은 프랑스어로 말하는 소리.

아래쪽을 내려다보니 구불거리는 검은 머리와 스카프가 보인다.

그 순간 엘린은 숨을 헉 들이쉰다.

로라.

로라가 호텔 프런트에서 나와 눈 덮인 길을 걷고 있다. 그녀가 걸친 검은색 패딩의 지퍼가 열려 있고, 아까 본 회색 스카프를 여전히 목에 두르고 있다. 스카프를 느슨하게 맨 탓에 끝이 허리 부근까지 내려와 있다.

로라는 발코니 바로 아래에서 걸음을 멈춘다. 그녀가 손에 들고 있는 담배에서 가느다란 연기가 피어올랐다가 사방으로 흩어진다. 그녀는 지금 크고 빠른 말투로 누군가와 통화를 하고 있다. 몸짓도 부산스럽고, 손에 든 담뱃불이 마치 밤하늘을 배경으로 춤을 추는 반딧불이 같다.

엘린은 가만히 서서 정신을 집중한다. 건물에서 새어 나온 조명이 로라의 날카로운 얼굴 윤곽을 비춘다. 날렵한 턱선, 오뚝한 콧날, 앞으로 살짝 튀어나온 이마. 눈을 가늘게 뜨고 입꼬리가 살짝 올라간 로라의 표정이 강렬하다.

엘린은 프랑스어를 몰라 로라의 말을 알아들을 수는 없지만 말투에서 느껴지는 감정은 명백하다. 그녀는 잔뜩 날이 서 있다.

몇 시간 전에 만났을 때와는 전혀 다른 상태이다.

  엘린은 홀린 듯 로라를 바라본다. 이제 보니 새삼 로라가 낯설어 보인다.

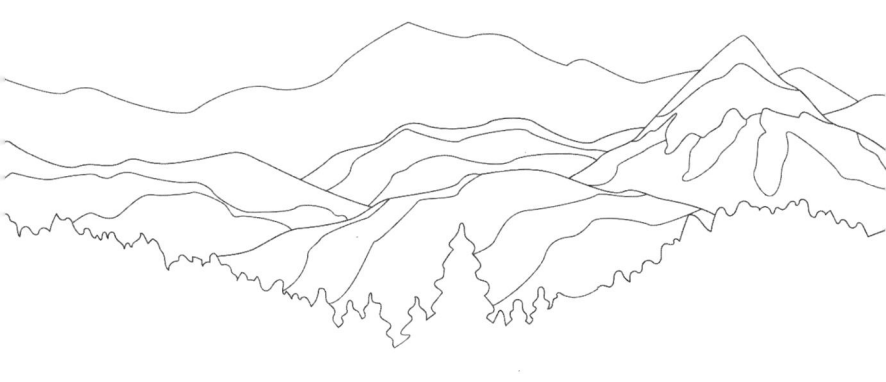

둘째 날

15

갓 구운 빵과 커피 냄새가 엘린의 후각을 자극한다. 풍미가 감도는 치즈 향도 섞여 있다. 엘린은 테이블을 훑어본다. 윤기가 자르르 흐르는 크루아상, 바게트, 소금이 눈처럼 내려앉은 롤빵. 검은 머리의 웨이터가 팽 오 쇼콜라를 빈 바구니에 담고 있다. 햄과 살라미 소시지, 훈제 연어, 크림 요거트가 담긴 그릇들도 눈에 들어온다.

배에서 꼬르륵 소리가 난다.

윌이 양손을 비비며 말한다. "내가 기대한 아침 식사야."

엘린이 미소 짓는다. 윌의 식성은 유별나다. 서핑하고 나서 12인치 피자 두 판을 앉은 자리에서 꿀꺽하고 아이스크림 한 통을 게 눈 감추듯이 먹어 치운 적도 있다. 그는 삼시 세끼 중에서 아침 식사를 가장 좋아한다. 음식으로 활기를 재충전하는 시간이라서.

윌이 활짝 웃으며 그녀의 옆구리를 살짝 찌른다. "당신은 어떤 음식부터 먹을 거야?"

"별로 배가 안 고파." 거짓말이다. 엘린은 오렌지주스를 잔에 따른다. 중간쯤 따랐을 때 오렌지주스 병을 든 손이 흔들린다. "젠장." 주스가 조금 쏟아져 잠시 물웅덩이를 이루었다가 탁자보에 흡수된다.

윌이 농담 삼아 속삭인다. "술이 약하네."

엘린은 미소를 지으려고 하지만 관자놀이를 짓누르는 묵직한 통증 탓에 얼굴이 저절로 찌푸려진다. 그녀는 평소 술을 즐기지 않는데 어젯밤에는 칵테일을 넉 잔이나 마셨다. 술이 취한 탓에 자꾸만 신경을 자극하는 기억들을 잠시나마 잊을 수 있어서 좋았다. 샘이 목숨을 잃었을 때 엄마도 아픈 기억을 잊으려고 줄곧 술을 마셨다. 엄마는 한동안 집 밖으로 나가지 않았다. 몇 시간이고 식어가는 찻잔을 손에 쥐고 앉아 해가 저무는 해변을 멍하니 바라보았다.

아빠는 엄마와는 정반대였다. 가장 우선적으로 해야 할 일이 무엇인지 따져 보고 가차 없이 해치웠다. 샘의 방을 정리하고, 신문을 모두 없애버렸다. 뉴스가 나오면 TV를 껐다. 샘이 세상을 떠나고 나서 몇 년 후 아빠도 떠났다. 아빠는 웨일스에서 새 아내와 새 가정을 일구었고, 새 삶을 시작했다. 아빠가 앞으로 나아가는 궁극적인 방법은 과거를 삭제하고 상황을 종결하는 것이었다.

엘린은 현실을 회피할 수 없었다. 아빠가 그토록 떨쳐버리려고 했던 것들을 고스란히 마음에 담아두었다. 샘과 관련된 이야기들은 특히 빼놓지 않고 담았다. 해변의 매점, 피시 앤 칩스 가게, 어디선가 들려오는 뉴스.

여덟 살인 샘 워너가 비극적인 죽음을 맞은 마을은 깊은 슬픔에 잠겨 있다.

엘린은 어두운 기억을 얼른 머릿속에서 밀어낸다. 그녀는 접시를 들고 주위를 둘러본다. 아무리 긍정적으로 생각하려고 해도 기분이 좋지 않다. 어젯밤, 저녁 식사를 함께하기로 한 아이작은 말도 없이 약속을 저버렸고, 발코니 아래에서 화난 목소리로 누군가와 통화하던 로라를 보았다.

윌이 살라미 소시지 하나를 포크로 찍어 접시에 놓는다. 엘린은 속이 울렁거린다. 기름이 번들거리는 소시지 안에 지방이 동그라미처럼 점점이 박혀 있다.

"빵이나 먹어야겠어."

엘린은 롤빵 하나를 접시에 올리고, 잼을 던다. 창가 테이블에 자리 잡은 그녀는 주스를 한 모금 마신다. 오렌지 과육이 섞인 신선한 주스가 혀에 닿는다. 창밖을 바라보니 눈이 잔뜩 쌓여 있다. 푸른 하늘과 대비를 이룬 눈이 형언할 수 없을 정도로 새하얗다. 그녀는 이곳에 온 이후 처음으로 불길한 생각 대신 가슴이 설렌다. 윌이 식사를 마치고 산책을 하자고 했는데 그리 나쁜 생각 같지 않다.

음식을 가득 담은 접시를 든 윌이 그녀에게로 다가온다. "아이작이 왔어. 혼자야." 그가 자리에 앉으며 목소리를 낮춘다. "그가 이쪽으로 오고 있어."

고개를 든 엘린의 눈에도 아이작이 보인다. "왔어?"

엘린은 담담한 목소리로 인사를 건넸지만 한 방 먹일 말을 궁리하다가 아이작의 표정을 보는 순간 주춤한다.

뭔가 잘못됐어.

아이작의 머리가 제멋대로 헝클어지고 흥분한 기색으로 눈을 번득이고 있다.

아이작이 주변에 아무도 없다는 사실을 확인하고 조용히 말한다.

"로라가 사라졌어."

엘린의 심장이 거세게 뛰기 시작한다.

"로라가 사라지다니?"

"어디론가 사라졌어." 아이작이 똑같은 말을 되풀이한다. "로라에게 무슨 일이 생겼나봐."

16

 제레미 비셋은 〈르 소메〉 호텔 뒤편에서 숲으로 이어지는 오솔길에 다다르자 속도를 높인다. 순간 주위가 어두워지며 탁 트인 등산로 대신 소나무가 촘촘한 숲이 눈앞으로 다가선다. 여름에 숲 너머 빙하를 보러 가는 사람들이 주로 이용하는 바위투성이 등산로지만 지금은 눈으로 뒤덮여 있다. 아예 눈에 파묻혀 있다고 해도 과언이 아니다.

 제레미는 고개를 들고 하늘을 바라본다. 밤새 날이 개어 푸른 하늘에 구름이 점점이 떠 있다. 이런 날씨는 그리 오래 가지 않는다. 다음 주 일기예보는 흐림이다. 스키폴과 스키가 메트로놈처럼 일정하게 움직이는 동안 희열이 밀려든다. 그는 스키를 타고 완만한 오르막길을 오르길 좋아한다. 겨울이면 매일 아침 스키를 타고 이 길을 달린다. 알람을 맞춰 두고 동이 트기 전 일어나 아미노나까지 스키를 타고 달리는 기분이 너무 상쾌하다. 그가 유일하게 반복하는 일상이다. 그는 틀에 박힌 일상을 싫어한다. 병원에서 아버지의 병상을 지키던 날들이 그랬다. 매일처럼 똑같이 반복되는 일상도 싫었지만 마지막 단계인 아버지와의 이별이 더욱 힘들었다. 의사들의 회진, 간호사들의 투약, 소등으로 이어지는 하루.

어느새 숨이 가쁘고, 스키의 속도가 점점 빨라진다. 햄스트링이 불이 난 듯 화끈거리고, 몸이 뜨거워진다. 마냥 쉬운 코스가 아니라서 더욱 만족스럽다. 스키를 타고 매일 반복적으로 오르막길을 오르다 보면 추락하는 느낌을 지울 수 있다. 지난밤에도 새벽이 오기 전에 잠을 깼다. 이불과 시트가 땀에 흠뻑 젖은 상태였다. 슬픔, 일, 그를 차지하려고 끊임없이 이어지는 전투. 헤어진 아내의 얼굴과 차에 오른 세바스티엥의 얼굴에 드리워져 있던 슬픔이 떠오른다. 그는 머릿속에서 어두운 생각을 지워버리려고 애쓰며 속도를 낸다. 소나무 숲을 통과하자 눈에 반사된 빛이 비치면서 주변이 환하게 밝아진다. 높이 자란 나무들이 지붕을 이루는 숲속을 지나자 탁 트인 설원이 나타난다. 설원과 빙하 사이에 회색 석회석 장벽이 자리하고 있다. 울퉁불퉁한 장벽의 꼭대기는 온통 눈으로 덮여 있다.

제레미는 숨을 거칠게 몰아쉬며 그 자리에 멈춰 선다. 내복을 흠뻑 적신 땀이 등줄기를 타고 흘러내린다. 그는 가쁜 숨을 고르고 나서 주위를 둘러본다. 저 아래로 협곡의 바닥이 보인다. 하늘 높이 솟은 크레인들이 장방형 산업단지를 굽어보고 있다. 기하학적 구조. 이곳의 자연과는 전혀 닮지 않았다.

거센 바람이 옷을 잡아당긴다. 제레미는 몸을 부르르 떨며 눈폭풍이 다가오고 있다는 일기예보를 떠올린다. 경사로를 오를 때 붙인 스키 아랫면의 가느다란 스킨 두 장을 떼어낸 그는 스킨이 서로 달라붙지 않도록 그물 모양 접촉면을 반으로 접은 다음 주머니에 집어넣는다. 그는 스키복 지퍼를 올리다가 그대로 몸이 굳어버린다.

어디선가 이상한 소리가 들린 탓이다.

발소리인가?

제레미는 휙 돌아서며 주위를 둘러보았지만 살아있는 생명체의 흔적은 그 어디에도 없다.

다시 이상한 소리가 들려온다.

이번에는 마치 조심하며 소리를 줄인 느낌이 든다. 그는 좀 더 천천히 주변 풍경을 돌아본다. 역시 아무도 없다. 그가 숨을 참고 귀를 기울이자 또다시 이상한 소리가 난다. 언덕 위쪽에서 나는 소리 같다. 그의 심장이 흠칫 놀라며 미친 듯이 뛴다.

제레미는 머리 위로 솟은 거대한 암벽을 눈으로 샅샅이 훑는다. 위에 솟은 산들이 그를 향해 다가오는 느낌이 든다. 눈이 탑처럼 솟은 산이 더는 친숙하지 않고 불길하고 낯설어 보인다. 제레미는 산에서 시선을 돌린다. 잠을 네 시간밖에 자지 못한 상태라 피곤해서 이명을 들었을 수도 있다. 머리가 멍해 제대로 돌아가지 않는다. 그는 부츠를 조여 신고 바인딩을 하강 모드로 조절한다. 스키를 타고 달리다 보니 어느새 숲과 나란히 뻗은 등산로에 도착한다. 리프트가 설치되어 있지 않는 구역이라 전혀 발길이 닿지 않은 순백의 눈이 그대로 쌓여 있다. 아드레날린이 온몸을 타고 돌기 시작한다. 그의 스키가 지나갈 때마다 하얀 눈가루가 공중으로 날아오른다. 그의 눈앞에 반짝이는 뭔가가 보인다. 속도를 늦춘 그는 그 자리에 우뚝 멈춰 선다.

팔찌.

청동색 구리가 부드럽게 휘어진 팔찌다.

팔찌에 붙어 있는 천이 눈에 들어온다. 물이 빠진 푸른색 면이다.

천에 달린 단추를 발견한 순간 그의 숨이 목에 턱 걸린다. 천 조각은 분명 옷의 일부분이다.

제레미는 스키를 벗는다. 싸늘한 한기가 그의 온몸을 훑고 지나간다. 걸음을 뗄 때마다 깊이 쌓인 눈에 무릎까지 빠진다. 그는 무릎을 꿇고 팔찌를 향해 손을 뻗는다. 손가락으로 팔찌의 윗부분을 감싸며 잡아당겼지만 쉽게 빠져나오지 않는다. 팔찌는 시멘트처럼 꽁꽁 언 눈에 쐐기처럼 박혀 있다. 그는 손으로 눈을 파내며 팔찌를 좌우로 흔들어보지만 꿈쩍도 하지 않는다. 사방에서 팔찌를 감싸고 있는 눈을 헐겁게 만들어야 할 것 같아 장갑을 벗고 손가락으로 눈을 긁어낸다.

이런 식으로는 어렵겠어.

금방 손가락이 벌게지면서 감각이 사라진다. 그는 배낭에서 주머니칼을 꺼낸다. 칼날로 단단하게 굳은 눈의 표면을 찌르고, 수정 같은 얼음덩어리를 긁어낸다.

그나마 칼이 좀 더 수월한 편이네.

눈을 몇 센티미터쯤 파고 들어가자 팔찌와 천이 더 많이 드러난다. 제레미는 밖으로 드러난 팔찌의 윗부분을 모아 쥐고 힘껏 잡아당긴다. 그의 몸이 뒤로 휙 젖혀지며 팔찌와 옷감이 끌려 나온다. 거기에 다른 뭔가가 딸려 나온다.

제레미는 깜짝 놀라며 그대로 얼어붙는다.

담즙이 목구멍 안쪽을 가득 채운다. 그는 칼과 팔찌를 떨어뜨리고 구토한다.

17

"아이작?" 엘린은 말문을 열었다가 기묘한 침묵에 다시 말문이 막힌다. "설마 장난은 아니지?"

아이작은 어릴 때부터 거리낌 없이 장난을 즐겼다. 상대가 어떻게 반응하는지 보려는 호기심에 짓궂은 장난을 쳤다.

"그럴 리 없잖아." 아이작의 눈이 엘린의 시선을 강하게 사로잡는다. "일어나 보니 로라가 사라지고 없었어." 아이작의 눈 아래에 보라색 주머니처럼 생긴 그림자가 드리워져 있다.

"로라가 수영장이나 헬스장에 간 건 아닐까?" 엘린이 의견을 제시해본다. "규모가 큰 호텔이라 로라가 어딘가에 있는데 찾지 못하고 있는 것일 수도 있잖아."

"내가 여기저기 다니면서 확인해봤는데 로라를 본 사람이 없어. 로라는 단 한 번도 이런 식으로 사라진 적이 없거든. 이렇게 사라지는 건 로라의 방식이 아니야."

아이작이 의자를 뒤로 빼고 앉는다. "우리 방 근처에서 이걸 찾았어." 그가 주머니에서 뭔가를 꺼내 앞에 내려놓는다. 가느다란 목걸이다. 목걸이 중앙에 작은 L자가 보인다. "우연히 떨어졌을 수도 있잖아."

"여길 봐." 아이작이 말한다. "목걸이 줄이 끊어졌어. 로라에게 분명 무슨 일이 있었던 거야."

"어떤 일?" 느닷없이 솟아나는 분노. 엘린은 한동안 이 익숙한 감정을 잊고 지냈다. 끊임없이 관심을 집중하기. 이 사건에서 또 다른 사건으로 쉴 새 없이 옮겨 다니기.

"목걸이 줄이 그냥 끊어졌다면 로라가 알아차렸을 테고, 멈춰 서서 주웠을 거야. 로라의 어머니가 물려준 각별한 목걸이거든." 아이작이 잠시 망설이다 말한다. "샘의 목걸이가 누나에게 특별하듯이."

엘린이 자기도 모르게 손으로 목걸이를 쥔다. 엄마는 샘이 죽고 나서 몇 년 후 이 목걸이를 주문했다. 샘이 가지고 다니던 행운의 게잡이 갈고리.

"네 생각은 어때?"

"로라가 서둘러 자리를 떠야 했기 때문에 목걸이를 주워들 틈이 없었던 게 아닐까?"

"그럴지도 모르지."

웨이터가 아이작 옆으로 다가온다. "주문하시겠습니까?"

아이작이 퉁명스럽게 말한다. "블랙으로 줘요."

"혹시 산책을 간 건 아닐까요?" 윌이 음식을 우물거리며 말한다. "오늘은 날씨가 정말 좋잖아요."

"산책을 가면서 왜 메모를 남기지 않았을까요? 뭔가 잘못되었어요. 로라는 내게 말 한마디 없이 사라질 사람이 아니거든요."

아이작의 불안감이 전염된 느낌이다. 엘린의 심장이 거세게 뛰기 시작한다.

아이작은 왜 로라가 사라졌다고 가정할까?

로라의 모습이 보이지 않은 건 그리 오래되지 않았다. 로라의 행적을 설명할 방법은 무수히 많다.

문득 어젯밤 로라의 모습이 떠올랐다. 발코니 아래쪽에서 단단히 화난 목소리로 누군가와 통화하던 로라.

"로라를 마지막으로 본 게 언제야?"

"우리는 잠자리에서 책을 읽다가 11시경에 불을 껐어."

"혹시 무슨 소리를 못 들었어? 잠을 깨우는 소동도 없었고?"

엘린의 말에 윌이 놀란 눈치다. 그는 엘린의 이런 모습을 본 적이 없을 테니까.

엘린의 근무 모드.

엘린은 자기 자신에게 놀란다. 일 년이나 휴직 상태이지만 상황이 닥치자 반사적으로 직업적인 습관이 튀어나온다. 질문을 던지고 정보를 모으기.

아이작이 대답한다. "이상한 낌새는 없었어."

웨이터가 커피가 든 주전자를 들고 돌아와 우리 앞에 내려놓는다. 주전자에서 김이 모락모락 피어오른다.

엘린이 말문을 연다. "경찰서에서 일하다보면 이런 경우를 자주 봐. 주변 사람이 갑자기 보이지 않으면 크게 놀라며 걱정하지. 대부분 합당한 이유가 있어. 비상사태가 벌어졌다거나 급한 도움이 필요한 친구가 있다거나."

"아무리 급해도 메모를 남기거나 전화 한 통 해줄 시간이 없었을까?" 아이작의 말투에 날이 서 있다. "누나와 윌이 왔잖아. 우린 오늘 어떤 시간을 보낼지 계획을 다 세워두었다고."

로라가 초조하게 서성이며 통화를 하는 동안 담뱃불이 현란하게 오르내리던 모습이 떠오른다. "로라가 가있을 만한 곳이 어딘지 혹시 짚이는 데 있어?"

아이작의 표정이 어두워진다. "없어." 그는 커피를 잔에 따른다. 김이 피어오르는 액체가 사방으로 튀며 테이블을 적신다.

"로라의 휴대폰도 없어? 다른 소지품은?" 만약 실종사건이라면 가장 먼저 이 사실을 확인해야 한다.

이 상황은 충동적인가? 계획적인가?

"휴대폰과 가방, 소지품은 그대로 있어." 아이작이 냅킨을 집어들고 테이블에 흘린 커피를 닦는다. "옷도 그대로 있어. 화장품도 그대로고. 소지품을 아무것도 가져가지 않았어. 로라가 계획적으로 모습을 감추었다면 소지품을 다 가져갔겠지, 안 그래?"

"아이작." 엘린이 조심스럽게 이야기를 풀어나간다. "때로 사람들은 그냥 떠나기도 해. 평소 지참하고 다니던 소지품을 다 남겨두고." 그녀는 적절한 질문인지 몰라 잠시 망설인다. "아이작, 지난밤에 혹시 무슨 일 있었어?"

"아니."

아이작의 말투가 그녀를 긴장시킨다.

아이작이 내게 뭔가를 숨기고 있어.

"아이작, 솔직하게 말해줘."

냅킨의 모서리가 커피에 젖어 갈색으로 물든다.

아이작이 고개를 끄덕인다. "지난밤 로라는 신경이 무척이나 곤두서고 감정이 격해있었어. 모처럼 누나와 재회해 마음이 힘들었나보다 짐작했는데 지금 생각해보니 다른 이유가 있었나봐." 아이작이 인상을 찌푸린다. "로라는 어딘가에 정신이 팔려 멍해 있었어. 누나와 저녁 먹으러 갈 준비를 하는데 로라가 씻고 나오더니 일이 생겼다면서 가지 않겠다고 하더군. 나는 화가 단단히 나서 미리 약속했으니까 무슨 일이 있든지 뒤로 미루라고 했지."

엘린은 그가 미안해하는 기색이 전혀 없이 말해 기분 나빴지만 티 내지 않으려고 애쓰며 묻는다. "그러니까 어젯밤 우리랑 저녁 식사를 할 생각이었는데 로라 때문에 못 했다는 거야?"

아이작이 눈을 비빈다. "로라와 함께 오고 싶었거든. 나 혼자서라도 왔어야 했어. 어제는 누나와 윌이 여기서 보내는 첫날이었잖아. 우리는 그 일 때문에 다투기 시작했고, 점점 말싸움이 심해졌지. 누나도 알다시피 로라가 고집이 센 편이잖아."

"로라가 저녁 약속을 지키지 못하게 된 이유를 말해주었어?"

"아니, 그냥 호텔 업무와 관련된 일이라고만 했어. 그래서 내가 더욱 화가 난 거야."

"호텔 업무?"

"지난 몇 달 동안 로라는 전혀 쉬지도 못하고 일만 했어." 아이작은 커피를 마저 마시고 나서 자리에서 일어선다. 그의 몸이 잔뜩 굳어 있다. "시에르에 사는 로라의 친구, 가족, 이웃에게 연락해봐야겠어. 로라가 소지품을 모두 두고 떠나야 할 만큼 급한 일이 있었는지 알아볼 필요가 있으니까."

"먼저 뭘 좀 먹지 그래?"

아이작은 대답도 하지 않고 이미 저 멀리 걸어가고 있다.

윌이 잠시 기다렸다가 엘린에게 말한다. "당신이 이번 여행이 그리 단순하지 않을 거라고 말한 이유를 이제야 알겠어." 그의 말투는 가벼웠지만 엘린은 긴장을 풀 수 없다. 그가 접시에 놓인 연어를 나이프로 자르며 인상을 찌푸린다.

엘린이 억지 미소를 짓는다. "로라가 호텔 어딘가에 혼자 있을지도 몰라. 어젯밤, 아이작과 다투었다니까 단단히 화가 났을 수도 있지. 지금쯤 어느 컴컴한 라운지에서 혼자 쓸쓸하게 커피를 홀짝이고 있을지도."

"당신도 나랑 다투면 몰래 사라질 거야?" 윌이 살점이 너덜너덜해진 연어를 입에 넣으며 묻는다. "설마 나를 골탕 먹이려고 사라지진 않겠지?"

"실없는 소리하지 마."

윌이 미소 짓는다. "미안." 한참이나 그의 말이 이어지지 않는다. "이런 상황이 너무 일찍 벌어진 건 아닌지 몰라. 아직은 로라가 정말 어디론가 사라졌는지 단정할 수 있는 상황은 아닌 듯해서."

"우리가 발코니에 있을 때 로라가 아래쪽에서 몹시 화난 채로 누군가와 통화하는 모습을 봤잖아. 로라가 만약 사라졌다면 그 통화와 관련이 있지 않을까?"

엘린은 가정적인 말을 내뱉은 자신을 내심 꾸짖는다. 지금은 아무것도 확신할 수 없는 상황이다. 그녀는 아직 자신이 왜 강력계에 복직해서는 안 되는지 절감한다. 아직 제대로 일할 준비가 되어있지 않았다. 수사를 담당한 형사라면 근거 없는 추측이나 넘겨짚기는 절대 금물이다.

윌이 입술을 잘근잘근 씹으며 말한다. "아이작이 또 당신의 신경을 곤두서게 하네."

"당신은 내가 어떻게 하길 바라? 아이작이 무슨 말을 하든지 무시해버릴까?" 잔을 쥔 엘린의 손에 잔뜩 힘이 들어가는 바람에 손끝이 하얗게 변한다.

"아니, 굳이 그럴 필요는 없어. 로라에게 무슨 일이 있는지 모르지만 그리 심각한 일은 아닐 거야. 별일 아닐 수도 있는데 당신은 아이작이 심각한 태도를 취하는 바람에 마음이 심란해졌고."

엘린은 대꾸하지 않는다. 아이작은 어느새 식당을 나서고 있다. 그녀는 동생의 뒷모습을 집어삼킬 듯이 바라본다. 아이작은 안으로 살짝 굽은 다리로 성큼성큼 걸어가고 있다. 어릴 때부터 익히 보아온 동생의 걸음걸이를 보자니 새삼 마음이 아리다. 그녀는 눈을 깜박인다. 추억이 수면 위로 솟는 물방울처럼 머리에 떠오른다.

파란 하늘, 흘러가는 구름, 새까만 화살 같은 새들. 그녀가 기억하는 과거의 시간에는 언제나 피가 있다.

윌이 그녀를 바라본다. "당신도 알고 있는지 모르겠는데 당신이 아이작을 바라보는 눈빛이 여느 때와 많이 달라."

"내 눈빛이 어떤데?" 엘린은 자신의 심장이 뛰는 소리가 들리는 것 같다.

"왠지 모를 두려움에 휩싸인 눈빛이야." 윌이 음식 접시를 옆으로 치운다. "아이작을 볼 때마다 당신은 마치 겁을 집어먹은 사람 같아."

18

 제레미는 손등으로 이마에 맺힌 땀을 닦으며 눈에 파묻혀 있는 팔찌와 뼈를 바라본다. 목구멍으로 시큼하고 쓴 신물이 저절로 넘어온다. 뼈가 사람이라면 불가능한 각도로 꺾여 있다. 그는 숨을 몰아쉬며 자세를 바꾼다. 이마에 송골송골 맺힌 땀이 볼을 타고 흘러내린다.

 지난 몇 년 동안 이 지역 눈 속에서 시신이 발견된 적이 몇 번 있다. 지구온난화로 빙하가 녹으면서 실종으로 처리되었던 사람들의 시신이 눈 밖으로 드러난 것이다. 몇 년 전에는 실종된 지 75년 된 어느 부부의 시신이 샹돌린 근처 빙하에서 발견되었다. 그들 부부는 크레바스로 추락해 목숨을 잃은 것으로 밝혀졌다.

 며칠 동안 부부의 시신을 찍은 사진이 신문에 도배되다시피 했고, 인터넷에서도 큰 화세가 되었다. 긴 세월이 무색하게 빙하에서 발견된 시신의 부패 정도는 미미했다. 시신과 함께 발견된 가죽 가방, 와인 병, 징이 박힌 부츠도 멀쩡했다. 그 사진들은 과거의 생활 방식을 보여주는 한편 미제로 남은 장기 실종사건을 마무리 짓게 했다. 마침내 유가족들은 실종 상태로 되어 있던 가족의 죽음을 애도할 수 있게 되었다.

 제레미는 시선을 더 아래쪽으로 내린다. 팔에 찬 시계가 눈에 들어온다. 언뜻 보기에도 고가의 시계이다. 폭 넓은 금장 시곗줄, 작은 다이아몬드가 점점이 박힌 테두리에 홈이 파인 시계 판이 대단히 호화로워 보인다.

시곗줄 안쪽에 이름이 새겨져 있다.

다니엘 르메트르.

제레미는 자기도 모르게 몸을 움츠린다. 사라진 건축가의 이름이다.

당장 휴대폰을 꺼내 경찰에 전화하는 동안 그의 이마에 땀방울이 송골송골 맺힌다.

19

"아이작." 엘린이 문을 두드린다. "아이작, 나야."

엘린의 가슴은 열기로 뜨겁다. 그녀가 입고 있는 메리노 울 상의는 실내용이 아니라 바깥에서 입는 아웃도어 용이다. 아이작이 문을 연다. 그의 얼굴은 여전히 붉게 상기되어 있다.

엘린이 망설이다가 말한다. "불쑥 찾아와서 미안해. 윌이 산책을 가자고 해서." 그녀가 억지 미소를 짓는다. "눈이 많이 쌓여 산책하기에 좋은 길을 찾을 수 없었어."

아이작의 얼굴에 한 조각 감정이 나타났다가 금세 사라진 바람에 그녀는 뭔지 알아보지 못한다. 두 사람은 어린 시절부터 늘 이런 식이었다. 엘린은 어눌하고 방어적으로 굴며 아이작의 내면에서 무슨 일이 벌어지고 있는지 탐색했다.

아이작이 몸을 돌려 객실로 들어간다.

"아이작, 들어가도 되지?" 얼마나 어처구니없는 질문인지 알지만 연락도 없이 찾아온 입장이라 묻지 않을 수 없다.

"들어와."

엘린은 방 안으로 들어서며 아이작이 신은 방한 부츠를 살핀다. 축축한 물기가 배어 있는 부츠에 얼음 조각이 붙어 있고, 검은색 신발 끈도 물에 젖어 있다.

"어디에 다녀왔어?"

"바깥에 나갔다가 좀 전에 들어왔어."

아이작이 초조한 기색으로 말을 빨리한다. 아무리 봐도 뭔가 이상하다.

아이작은 지금 겁에 질려 있어.

"어디에 갔었는데?"

"로라를 찾으려고 숲까지 가봤어. 혹시 어딘가에서 눈에 미끄러져 추락했을지도 모른다는 생각이 들어서." 아무리 봐도 아이작은 긴장한 기색이 역력하다. "호텔을 샅샅이 뒤지고, 인근 숲을 다 찾아봤는데 로라의 종적이 묘연해. 로라의 친구들, 가족, 이웃들에게도 연락해봤는데 연락을 받은 사람이 전혀 없었어."

엘린이 동생을 바라본다. 누군가에게 세게 안기는 바람에 몸이 으스러지는 것 같은 느낌이 들었을 때가 연상된다. 방 안을 서성거리는 아이작의 모습이 문득 과장은 아닌지 의심스럽다.

"이제 어떻게 할 생각이야?"

"로라에게서 연락을 받은 사람이 아무도 없고, 그 어디에서도 찾을 수 없으니 이제 방법은 하나밖에 없잖아. 방금 경찰에 실종신고를 했어."

"그렇게나 빨리?" 엘린은 깜짝 놀랐지만 담담한 표정을 지으려 애쓴다.

아이작이 고개를 끄덕인다. "실종신고를 너무 빨리 했나봐. 경찰이 말하길 로라가 사라진 지 아직 24시간이 넘지 않았기 때문에 당장은 수사 착수가 어렵다고 하더군. 로라가 하이킹하거나 스키를 타다가 사고를 당한 흔적도 없고, 누군가에게 납치당한 흔적도 없으니 좀 더 기다려 보자면서. 나도 로라가 사라진 시간이 그리 길지 않다는 건 알지만 왠지 기분이 찜찜해. 로라에게 아무 일 없다면 당장 연락을 했어야 마땅하잖아."

엘린이 방 안으로 한 걸음 더 들어서며 말한다. "어쩌면……"

유리.

엘린은 다시 커다란 유리 벽에 압도된다. 아이작의 방에서는 숲을 내다볼 수 있다. 눈 덮인 바깥 풍경은 야생의 자연 그 자체다. 눈밭 위로 키 큰 전나무들이 삐죽삐죽 솟아 있다. 늘어진 나뭇가지들 때문에 숲 안쪽을 들여다보는 건 불가능하다.

엘린은 심장박동이 점점 빨라지고 있다는 걸 느낀다. 통제하기 힘든 영역이다.

왜 나는 이런 식으로 반응할까? 왜 본능적으로 온몸의 세포 하나하나가 눈앞의 장면을 편안하게 받아들이지 못하고 과도하게 반응할까?

아이작이 그녀의 눈빛을 살피며 말한다. "로라는 이 방에서 내다보이는 숲을 싫어했어. 숲이 멀리까지 볼 수 있는 시각을 차단하니까. 누군가 숲에 숨어 있으면 우리는 볼 수 없지만 상대는 우리의 일거수일투족을 실필 수도 있어. 넓은 유리 벽과 환한 조명 덕분에 숲에서 보면 이 방이 훤히 드러나 보이거든."

숲을 보면 볼수록 망막에 맺히는 이미지가 왜곡된다. 마치 나무들이 눈앞에서 자기복제를 하고 있다는 느낌이 든다.

아이작이 그녀를 요리조리 뜯어보며 묻는다. "혹시 공황발작이 시작된 건 아니지?

"아니야." 엘린이 퉁명스럽게 받아친다. "그건 절대 아니니까 걱정 마." 과장되게 하품을 한 엘린이 시선을 객실로 돌린다.

엘린이 쓰는 객실과 가구 배치가 비슷하지만 벽면에 걸린 그림이 더 크고, 소파와 침대 커버도 우윳빛에 가까운 연회색이다. 방 안에 노트북, TV, 뚜껑 열린 물병이 있고, 옷가지와 신발 몇 켤레가 바닥에 흩어져 있다. 그중에서 로라의 신발은 군청색 뉴발란스 운동화, 흠집 난 등산화, 스웨이드 단화라는 걸 알 수 있다. 로라가 이 방에 있는 대부분의 물건 주인이 분명하다. 침대 옆 테이블에 놓인 장신구, 옷장 문에 걸린 이끼 색 스카프, 뚜껑을 열어 놓은 튜브형 로션까지.

침대에서는 아이작의 흔적을 엿볼 수 있다. 방금 전 누군가 누워 있었던 흔적이 그대로 남아 있는 시트, 대충 말아놓은 침구를 보면 알 수 있다. 아이작은 어릴 때부터 그랬다. 그녀도 마찬가지였고. 침대가 그들의 에너지를 온전히 담아낼 수 없었다. 이제 그녀는 그때와 달리 얌전히 잠을 잔다. 몇 달 전 열정적인 에너지가 그녀를 떠나버렸으므로.

엘린의 시선이 침대 옆 테이블에 쌓아둔 책으로 향한다. 프랑스어로 된 책 한 권이 반으로 쪼개질 정도로 펼쳐진 채 바닥을 향해 있다. 아이작의 말대로라는 생각이 든다. 이 방에는 로라가 사라진 이유를 말해주는 증거가 전혀 남아 있지 않다. 로라가 주도면밀하게 떠날 계획을 세운 흔적은 그 어디에도 없다.

"로라의 휴대폰은 어디 있어?"

"휴대폰?" 아이작이 얼른 그녀를 돌아본다.

그의 말투가 왠지 오싹한 느낌을 주어 엘린은 몸이 그대로 굳어버리는 느낌이다. "로라를 찾는 걸 돕고 싶어."

아이작이 억지 미소를 지었고, 그녀가 미처 이해할 사이도 없이 그의 얼굴에 정체불명의 감정이 잠시 나타났다가 사라진다. 그가 주머니에서 휴대폰을 꺼내 비밀번호를 치더니 그녀에게 내민다.

"로라의 휴대폰을 훑어봤는데 딱히 이상한 걸 발견하지 못했어."

엘린이 휴대폰 화면을 본다. 그녀가 제네바에 처음 도착했을 때 휴대폰에 잡혔던 통신사 〈스위스콤〉에 등록되어 있다. 가장 최근에 통화가 이루어진 시점은 어젯밤이다. 통화 상대는 조셉.

어떻게 이런 일이 가능하지?

엘린은 저녁 시간 이후 로라가 누군가와 통화하는 소리를 직접 들었다. 그렇다면 그때 통화기록이 남아 있어야 마땅하다.

아이작이 어깨너머로 휴대폰 화면을 들여다본다. 목덜미에 닿는 그의 숨결이 불편할 정도로 뜨겁다.

"조셉은 로라의 사촌이야."

"로라의 휴대폰에 연락처가 입력되어있는 사람들을 다 알아?"

"대부분 알지. 이메일도 확인해봤는데 특별한 점은 없었어." 아이작이 얼굴을 붉히며 말한다. "나도 엿보고 싶지는 않았지만 로라를 찾는 게 우선이라 어쩔 수 없이 들여다봤어."

"로라의 노트북도 살펴봤어?"

아이작이 책상에 놓인 노트북을 집어 들더니 그녀에게 건넨다. "휴대폰과 동기화되어 있어. 이메일도 마찬가지고. 나머지 문서는 죄다 업무와 관련 있어 보여."

엘린이 침대 끄트머리에 걸터앉아 노트북 화면을 클릭해 저장된 문서와 인터넷 사용 이력을 살펴본다. 아이작의 말대로 대부분 업무와 관련 있어 보인다.

엘린은 책상 위에 노트북을 다시 내려놓은 후 욕실로 발길을 옮긴다. 아이작이 그녀를 뒤따라온다. 세면대에 콤팩트와 화장수가 어수선하게 놓여 있고, 수건들도 S자로 말려 바닥에 떨어져 있다. 세면대 위 선반에는 하얀색 캔버스 천으로 만든 파우치가 놓여 있다. 파우치 안에는 분홍색 족집게, 제모 테이프, 블러셔 브러시와 콤팩트, 색조가 들어간 보습제, 마스카라 따위가 들어있다. 지퍼가 달린 안주머니에는 탐폰과 항히스타민제, 포일 포장지에 든 이부프로펜이 들어있다.

엘린은 스멀스멀 솟아오르는 불안감을 느끼며 파우치 지퍼를 닫는다.

내가 로라였다면 이 파우치는 절대로 두고 가지 않을 거야.

로라가 어디론가 떠나려 했다면 이 파우치는 무조건 가져가야 할 필수품일 거라는 생각이 든다.

거울에 비친 아이작의 모습이 언뜻 보인다. 아이작이 선반에서 뭔가를 집어 들더니 얼른 주머니에 집어넣는다. 엘린은 꼼짝하지 않고 그 모습을 지켜본다. 아이작이 고개를 돌려 미소 짓는다. 그는 자신이 저지른 짓을 엘린에게 들켰다는 사실을 모르는 눈치다.

아이작이 몰래 뭔가를 챙겼어. 내가 보지 못하게 숨긴 거야. 행방이 묘연한 로라를 찾는 데 도움을 주려는 나를 기만하다니?

엘린은 목구멍에 걸린 혐오감이 점점 걸쭉해지다가 단단한 덩어리가 되자 자기도 모르게 주먹을 불끈 쥔다. 어쩌면 이리 멍청할 수 있지? 하마터면 속아 넘어갈 뻔했다. 아이작이 들려준 이야기와 가식적인 감정들이 떠올랐다. 사람은 변하지 않는다. 아이작의 거짓말과 상대를 기만하는 능력은 마음 깊숙한 곳에 박혀 있어 끄집어내 삭제하기 쉽지 않다.

아이작은 어린 시절부터 거짓말에 능했다. 그는 엘린보다 두 살 어리고, 샘보다 두 살 많았는데 가운데 끼어있어서인지 툭하면 거짓말을 했다. 그에게 거짓말은 상대의 관심을 끌고, 이용하고, 마음을 흔드는 수단이었다.

어느 날, 수영대회에 나간 샘이 트로피를 받아 들고 의기양양한 모습으로 집에 돌아왔다. 부모님은 반색하며 샘을 칭찬했고, 아이작은 질투의 감정을 숨기지 못했다. 2주 후 트로피 받침대에 원인 모를 흠집이 생겼다. 살짝 긁힌 자국이 아니라 누가 보더라도 깊이 파인 흠집이었다. 누군가 고의적으로 흠집을 냈다는 뜻이었다.

아이작은 펄쩍 뛰며 아니라고 부인했지만 가족들은 하나같이 그의 짓이라 여겼다.

아이작이 바닥에 떨어져 있는 수건들 가운데 한 장을 집어 들더니 수건걸이에 걸며 말한다. "나는 왜 누나가 형사라는 사실을 잊고 있었을까? 누나는 왜 나에게 단 한 번도 형사가 된 이유를 말해주지 않았을까?" 그가 말을 잇는다. "어렸을 때만 해도 누나는 분명 엔지니어가 되고 싶어 했었는데."

엘린이 그를 바라본다. 그녀의 내부에서 밖으로 나오려고 아우성치는 말이 있다.

그냥 툭 뱉어버릴까?

아이작, 내가 형사가 된 이유는 너 때문이야. 네가 한 짓을 밝혀내고 싶었어.

20

"요즘은 어떤 사건을 수사해?"

엘린은 그의 말을 듣고 나서 정신이 번쩍 들면서 과거를 벗어나 현재로 돌아온다.

적당히 둘러대면 그만이지만 그럴 수는 없다. 이미 복잡하게 꼬여 있는데 한 겹의 거짓을 덧붙여본들 바로잡기 힘들 테니까.

엘린이 욕실로 향하며 말한다. "지금은 휴직 중이야. 그냥 쉬고 있어."

"휴식을 취한다고?" 아이작이 뒤따라오다 문 앞에서 멈춰 선다.

"사실은 큰 사건이 있었어." 엘린의 말투가 빨라지면서 열기가 목덜미로 올라온다. "내가 다 망쳐버렸지."

두 가지 이미지가 선명하게 떠오른다. 얼굴을 뒤덮은 범인의 손가락들, 바위에 묻은 회색과 검은색의 얼룩덜룩한 줄무늬. 그리고 바닷물.

"무슨 일이 있었는지 말해줘."

"아물지 않은 상처를 들쑤시는 일이야. 네가 알아봐야 좋을 게 없고."

"아무에게도 발설하지 않을 거야. 그냥 나만 알고 있을게."

"경사가 되고 나서 처음 맡게 된 살인사건이었는데 희생자는 열다섯 살 소녀 두 사람이었어. 그 아이들을 살해한 범인은 시신을 보트에 묶고 시동을 걸어 바다로 떠나보내 정처 없이 떠돌도록 만들었지." 엘린은 그때의 기억이 떠오르자 몸이 저절로 경직된다. "담당 형사였는데 범인을 추적할 단서가 전혀 없었어. 범인이 훔친 보트라 지문도 없었고, 부두의 감시카메라가 고장 나 남아 있는 영상도 없었지. 어쩔 수 없이 인터넷이나 신문에 목격자를 찾는다는 광고를 싣는 한편 시민들을 상대로 혹시 수사에 도움 되는 단서가 있으면 지체 없이 경찰서를 방문해달라고 읍소했어. 희생된 두 아이의 부모를 설득해 기자회견을 열기도 했고." 엘린이 목청을 가다듬는다. "한 달쯤 지났을 때 마침내 익명의 제보자가 범인으로 추정되는 용의자의 이름을 알려주었어. 이름이 마크 헤일러였는데 마침 경찰 데이터베이스에 관련 자료가 남아 있더군. A급 마약* 소지 혐의로 몇 번이나 체포되었고, 중상해죄로 유죄 판결을 받은 적이 있는 전과자였어."

"제대로 짚었네." 아이작이 눈꼬리를 긁자 피부가 발갛게 달아올라 마치 화난 듯 보인다.

엘린이 고개를 끄덕인다. "마크 헤일러의 집으로 출동했는데, 그놈은 이미 우리가 단서를 확보한 사실을 미리 알아내고 도주한 상태였어. 우린 대대적인 수색작업을 벌인 끝에 전처 집에 숨어있는 놈을 찾아냈지. 놈은 우리의 허를 찌르고 해변으로 도주했어. 우리는 두 개조로 팀을 나누어 놈을 추적하기 시작했지. 그놈을 발견한 나는 즉시 경찰 지원을 요청하려 했지만 무전기가 고장 나버린 상황이었어. 나는 하는 수 없이 독자적으로 마크

---

*코카인이나 헤로인을 말한다.

헤일러를 추적하기 시작했고, 놈이 해변을 가로질러 동굴로 사라지는 모습을 보았지. 나는 허둥지둥 뒤따라갔지만 결국 놈을 놓쳐버렸어. 동굴을 빠져나오는데 바닷물이 목까지 차오르더군. 나는 헤엄을 쳐서 빠져나려고 했고, 놈은 바닷물에 잠수한 상태로 숨어 나를 기다리고 있었어. 그놈이 미리 준비한 돌로 내 얼굴을 가격했지." 엘린이 입술 부위를 만진다. "그때 이 흉터가 생긴 거야."

"그런 사연이 있을 줄 미처 몰랐어."

"놈이 내 목덜미를 손으로 움켜쥐더니 물속으로 밀어 넣었어. 나는 숨이 막혀 버둥대다가 탈진 직전이 되었지. 내 몸의 모든 기능이 멈춘 듯했어. 나는 정신을 잃고 바다 아래로 가라앉았고, 끝내 올라오지 못했지." 엘린의 입에서 웃음소리가 흘러나온다. 귀에 거슬릴 정도로 냉소적인 웃음이다.

"놈은 내가 바닷물에 빠져 익사했을 거라 생각했나봐. 나를 그냥 내버려두고 떠나버렸거든."

엘린은 바닷물 속으로 가라앉는 동안 차라리 삶으로 이어진 끈을 놓아버리고 싶은 마음이 들었다. 지금도 마찬가지였다. 지치고 힘든 삶을 포기하고 싶은 욕망과 샘에게 일어난 사건의 진상을 밝혀야 한다는 의지가 강하게 대립하는 양상이었다.

엘린은 정신이 번쩍 들면서 이곳에 온 이유를 다시 한번 떠올린다. "잠시 병가를 냈는데 휴직 처리가 되어 이곳에 올 수 있었던 거야. 현재는 백수나 다름없어."

"강력계 형사로 복귀하고 싶지 않아?"

"일을 하고 싶지 않은 게 아니라 잘 해낼 수 없을 것 같아. 내가 저지른 끔찍한 실수들을 생각하면 다시 일하고 싶은 마음이 생기지 않아. 지원을 기다리지 않고 독자적으로 범인을 추적하기로 한 내 판단력을 고려해보자면 내가 가진 형사로서의 자질에 의문이 생겨. 내가 범인에게 철저하게 당한 끝에 바닷물 아래로 가라앉았던 그 상황이 떠오를 때마다 얼마나 위기관리 능력과 상황 대처 능력이 떨어지는지 알 수 있잖아."

아이작이 그녀를 찬찬히 바라본다. "그런 아픔을 겪었는지 몰랐어. 정말 미안해."

엘린이 그와 눈을 맞춘다. 처음에는 경계하는 태도였는데 이내 경계심은 분노로 바뀐다. 그녀에게는 분노가 좀 더 익숙하고 편안한 감정이다. 그나마 통제하기 쉬운 감정.

"네가 떠난 후로 우리는 서로 속내를 털어놓고 이야기를 나눈 적이 없으니까 몰랐던 게 당연하지."

"나도 알아." 아이작의 목소리가 갈라진다. "엄마가 아팠을 때도 마찬가지야. 나는 엄마에게 어떤 일이 일어났는지 정말 몰랐어."

"엄마가 암 진단을 받았을 때 말이니?" 엘린의 목소리가 갑자기 냉랭해진다.

아이작이 고개를 숙인다. "엄마 문병을 가야 마땅했지만 내가 갑자기 나타나 상황을 혼란스럽게 만들고 싶지 않았어. 평지풍파를 일으키고 싶지 않았다고."

아이작은 상처받은 표정을 짓고 있다.

엘린은 믿을 수 없다는 표정으로 그를 바라본다. 하얗게 달구어진 분노가 그녀의 몸을 휘감는다.

아이작은 자기가 무슨 잘못을 저질렀는지 모르나봐.

아이작은 모른다. 그의 부재가 어떤 결과를 낳았는지, 엄마의 마음을 얼마나 갈가리 찢어놓았는지.

"엄마는 너를 보고 싶어 했어. 휴대폰 통화나 이메일 말고 직접 눈으로 보고 싶어 했지." 엘린은 자신의 몸이 떨리는 걸 느낀다. "넌 엄마의 장례식에도 오지 않았어. 그때 내 심정이 어땠는지 알아? 다른 사람들이 우리 가족을 어떻게 바라볼지 생각해봤어?"

"누나에게는 가족이 그 어떤 가치보다 앞서는 덕목인지 모르지만 나에게는 아니야." 아이작의 태도가 뻣뻣해진다. "내가 타인의 눈에 어떻게 비칠지는 그다지 중요하지 않아."

엘린이 멈칫한다. 또 아이작 특유의 냉소적인 모습이 드러난다. 듣는 이의 마음을 얼어붙게 만드는 독화살 같은 말들과 함께.

"나를 끼워 넣지 말고 그냥 네 얘기를 해봐. 너와 나 어느 일방이 아닌 우리 가족 문제잖아."

"이미 말했다시피 회사 일을 빼먹고 갈 수 없었어."

"말 같지도 않은 소리. 구차한 변명에 불과해."

아이작의 손이 다시 눈으로 올라가더니 이번에는 눈꺼풀을 잡아당긴다.

"그런 짓을 하려면 그럴싸한 해명거리라도 준비해두었어야지."

침묵. 그리고 다음 순간. "그래." 아이작의 말투가 날카롭다. "난 형편없는 짓을 저질렀고, 양심의 가책을 느꼈어. 엄마를 찾아보지도 않고, 틈틈이 전화하지도 않고, 장례식에도 가지 않았으니까. 죄책감이 느껴지기도 하더군."

엘린의 머리가 빠르게 회전한다. "잘못을 인정하고 반성한다는 거야?"

"어떤 선택을 해야 할지 고민이 많았지만 내가 엄마를 보러 가면 괜한 분란을 일으킬지도 모른다는 생각을 금할 수 없었어. 엄마가 나를 보면 오히려 크게 상처받을지도 모른다는 생각이 들기도 했고."

"엄마가 너를 보면 왜 상처받을 거라 생각해? 그렇잖아도 엄마는 샘이 그렇게 된 이후 줄곧 상처를 받아왔어."

샘의 이름을 듣는 순간 아이작의 얼굴이 눈에 띄게 의기소침해진다. 엘린은 문득 아이작에게 이렇게 묻고 싶다.

너도 샘을 생각하니, 아이작? 그 아이가 생각나긴 해?

엘린은 언제나 샘을 생각한다. 카약에서 뛰어내리던 샘, 깡마른 몸으로 다이빙 자세를 취하는 샘, 다운스의 구릉지에 간 샘, 연을 날리던 샘, 아이작이 소리를 지르자 그녀의 손을 꼭 잡던 샘. 그리고 그녀의 귀에 대고 속삭인 말.

누나를 절대로 놓지 않을 거야.

"너도 알다시피 샘에게 일어난 일이 엄마의 내면을 파괴했어. 우리가 샘을 발견한 이후……." 엘린의 말은 점점 빨라진다. 자제력을 잃어 말을 통제할 수 없다. 이러다가 아이작에게 샘과 관련된 진실을 낱낱이 털어놓으라고 윽박지를까봐 두렵다.

샘을 그렇게 만든 사람이 너였니, 아이작? 너였어?

아이작의 눈에 공포의 불길이 넘실거린다. "내가 왜 돌아가지 않았는지 이유를 알고 싶다고 했지?"

엘린의 마음은 갈팡질팡한다. 당장이라도 아이작을 추궁할 수 있는데 겁이 나서 입을 꾹 닫아버린다면 앞으로도 의혹과 의심을 떨쳐버리지 못하게 된다.

엘린이 마침내 고개를 끄덕인다. "그래, 말해봐."

"누나가 나보다는 늘 엄마에게 잘해주었지. 엄마가 암 진단을 받았다는 말을 들었을 때 나는 알았어. 엄마가 나를 만나보게 되면 병이 더 악화될 거라고. 내가 엄마와 멀리 떨어져 살고 있고, 변변한 일자리 하나 구하지 못하고 빌빌대는 게 엄마에게는 엄청난 스트레스로 다가왔을 테니까."

엘린은 두 볼이 열기로 뜨거워지는 걸 느끼며 아이작을 빤히 쳐다본다. 방금 아이작이 한 말을 이해할 수 없다. 이기적인 행위를 해놓고 감히 그런 식으로 변명하다니?

엘린이 모진 말로 쏘아붙이려는 순간 헬리콥터 소리가 그녀의 시선을 창밖으로 이끈다. 헬리콥터가 공중에 떠있다. 붉은색과 흰색 조합인 동체에 별들이 그려져 있다. 엘린의 귀에 프로펠러가 규칙적으로 돌아가는 소리가 요란하게 들려온다.

"〈에어체르마트〉의 헬리콥터야." 아이작의 시선이 숲으로 날아가는 헬리콥터를 주시한다.

"헬리콥터가 여긴 왜 왔을까?" 엘린이 눈을 가늘게 뜨고 헬리콥터를 바라본다. 프로펠러가 빨리 회전해 동체가 흐릿하게 보인다.

"산악지대에서 물품을 운송하려면 헬리콥터가 반드시 필요해. 건축자재나 눈사태 대비용 장비를 수송할 때도 필요하지."

엘린의 눈에 꼬불꼬불한 산길을 달려 호텔로 오고 있는 사륜구동차 두 대가 보인다. 지붕에 비상등이 달려있고, 차 옆면에 흰색과 주황색의 별들이 그려져 있고, 그 옆에 '경찰'이라는 글자가 선명하게 드러나 보인다. 보닛에는 형광 주황색 줄무늬가 드리워져 있다. 두 대의 차는 호텔 입구에 멈춰 선다.

엘린은 차에서 내린 사람들을 지켜본다. 가장 먼저 내린 두 사람은 군청색 바지 차림에 등에 경찰이라고 적힌 푸른색 재킷을 입고 있다. 뒤따라온 차에서 내린 사람들은 상의 위에 소매가 없는 바람막이를 입고 있다. 그들은 차에서 내리자마자 트렁크로 달려가 다양한 장비를 꺼낸다. 그들의 행동에서 매우 긴급한 분위기를 느낄 수 있다. 그들은 구두를 벗고 스키 부츠로 갈아 신더니 검은색 안전벨트를 착용한다. 안전벨트에 다양한 카라비너*, 도르래, 슬링** 등이 달려 있어 움직일 때마다 흔들린다.

등줄기를 타고 서늘한 한기가 흘러내린다.

엘린이 묻는다. "저 사람들은 누구야?"

"경찰 신속출동 팀이야." 아이작의 목소리가 극도로 긴장되어 있다. "일종의 경찰특공대라고 할 수 있지. 인질극이나 테러 사태가 발생했을 때 투입하는 팀이야. 여기처럼 치안이 미비한 고산지대에서 활동하는 대원들도 있고."

"신속출동 팀이 여긴 왜 왔을까?"

아이작이 턱을 씰룩거리며 산 위로 낮게 떠서 날아가는 헬기를 주시한다. "나도 모르겠어."

그들은 큰 배낭을 멘 신속출동 팀 대원들이 헬멧을 착용하고, 차 트렁크에서 스키 장비를 꺼내는 모습을 지켜본다. 스키 장비를 챙긴 대원들이 숲으로 난 오솔길을 향해 재빨리 달려간다. 그제야 엘린은 경찰과 대화를 나누며 손으로 숲을 가리키는 회색

---

*등산할 때 사용하는 타원 또는 D자형의 강철 고리
**장비를 연결할 때 길이를 조절하는 로프

플리스 차림의 남자를 알아본다.

아이작이 웅얼거리듯이 말한다. "루카스 카롱이야."

엘린이 고개를 끄덕인다. "그래, 맞아."

바로 그때 엘린의 눈에 핏자국이 들어온다. 그녀가 밟고 선 깔개 위에 떨어진 피.

피.

이전에도 혈흔을 본 경험이 있는 사람만이 알아볼 수 있을 만큼 소량이 떨어져 있다. 작고, 윤곽이 울퉁불퉁하고, 흐릿한 연무처럼 흩뿌려진 혈흔이다.

21

 몸이 덜덜 떨리고, 팔다리에 감각이 느껴지지 않고 따끔거린다. 아델은 극도로 피곤한 상태로 깜박 잠들었다.

 얼마나 잤을까? 밤새도록 잤는지 겨우 몇 시간 졸다가 깼는지 가늠할 수 없다. 눈을 가려놓아서인지 현실 판단이 어렵다. 몸은 묶여 있고, 눈은 아무것도 볼 수 없는 암흑 상태이다. 눈을 가린 천은 거칠고 까끌까끌한 재질이라 눈을 뜨려 할 때마다 속눈썹을 찌른다. 극심한 공포에 머리끝이 쭈뼛해진다. 느닷없이 폐소공포증이 밀려와 팔과 다리를 뻗어보려고 하지만 꼼짝도 하지 않는다.

 괜한 헛힘을 쓰지 말자. 지금은 우선 마음을 차분히 가라앉히고 무슨 일이 벌어지고 있는지 알아내는 게 중요해.

 아델은 등을 벽에 기댄 자세로 앉아 있다. 양팔은 등 뒤로 결박되어 있고, 발목도 묶여 있다. 우선 여기가 어디인지 위치를 파악해야 한다. 아델은 혹시 무슨 소리를 들을 수 있을지도 모른다는 생각에 귀를 기울인다. 어디선가 물이 떨어지는 소리가 희미하게 들려온다. 쉬지 않고 똑똑 떨어지는 소리.

 호텔의 어느 빈방일지도 몰라. 사람들의 눈을 피해 다른 곳으로 옮기기 어려울 테니까.

그럼 소리라도 질러 누군가의 관심을 끌어볼까?

그때 입 안에서 비릿한 맛이 느껴진다. 무슨 맛인지 깨닫기까지 잠시 시간이 걸린다. 피 맛이다.

피.

아델은 혀를 돌려 어디에서 피가 나는지 알아보려고 했지만 불가능하다. 입에 재갈이 물려 있다. 그동안에는 입 주변의 감각이 무뎌 알아차리지 못했다.

몸을 움직일 수도 없고 소리칠 수도 없어. 아무도 나를 찾아내지 못할 거야. 여기서 이대로 죽는 건가? 도저히 밖으로 빠져나갈 수 없는 건가?

아델은 숨을 깊이 들이쉰다.

절망적인 생각은 그만!

어떻게든 여길 빠져나가야 해. 가브리엘을 위해.

계속 머리를 굴려보는 거야.

아델은 평소 체력 소모가 많은 일을 하기 때문에 몸이 건강하고 강인하다. 재빨리 상황을 파악하고 대처하는 능력도 빠르다.

납치범이 돌아오지 않는 상황을 이용할 필요가 있어. 얼른 방향감각을 찾고, 결박을 풀 수 있는 방법을 찾아봐야 해.

당장 아델이 사라지더라도 행방을 궁금해할 사람은 없다. 가브리엘은 일주일 동안 아빠 집에서 지내기로 되어 있다. 그녀가 며칠 동안 전화하지 않아도 이상하게 생각하지 않을 것이다. 스테판도 주중에는 가족들이나 리즈와 보내길 좋아한다. 주중에 그와 통화할 때마다 그의 여자 친구 리즈가 옆에서 떠들어대는 소리를 들어야 하는 게 싫었다. 앞으로 며칠 동안 비번이라 호텔에서도 그다지 걱정하지 않을 것이다.

　가까이에서 발소리가 들려온다. 납치범이 돌아왔다. 아델은 그의 몸에서 나는 냄새를 맡을 수 있다. 병원 표백제로 쓰이는 화학약품 냄새 같기도 하고, 세탁물 냄새 같기도 하다. 또 다른 냄새도 공기 중에 떠돌고 있다. 흥분, 아드레날린, 기대감을 불러일으키는 냄새다.

　납치범이 나를 해치려고 해.

　납치범이 힘겹게 들이쉬고 내쉬는 숨소리가 들려온다.

　그가 바로 내 앞에 있어.

　점점 커가는 공포를 무릅쓰고 어떻게든 손발을 움직여보려고 하지만 밧줄이 닿는 부위의 피부가 활활 타오르듯이 뜨겁다.

　납치범의 손가락이 뭔가 확인하려는 듯 그녀의 얼굴을 더듬는다. 눈가리개를 어찌나 거칠게 잡아 뜯었는지 표면이 거친 천에 두 볼이 쓸려 아리다. 손전등 불빛이 미친 듯이 흔들리며 바닥에서 천장을 훑듯이 비춘다. 이제 손전등 불빛이 그녀의 얼굴에 고정된다. 어둠에 익숙해져 있다가 갑자기 강한 불빛을 받자 눈이 멀어버릴 것처럼 부시다.

　아델은 눈을 깜박인다. 갑자기 쏟아진 불빛으로부터 눈을 가리고 싶지만 손이 묶여 있어 불가능하다. 손전등 불빛이 갑자기 아래로 향하더니 바닥을 훑으며 지나간다. 그제야 그녀는 숙이고 있던 고개를 든다. 아드레날린이 온몸으로 내달린다. 눈은 여전히 빛에 적응하는 중이다. 고개를 움직일 때마다 눈앞의 흐린 풍경이 고갯짓에 따라 움직인다. 다만 하나는 확실하게 보인다. 마스크의 윤곽. 괴한이 그녀 앞에 쪼그려 앉는다. 헐렁한 옷에 마스크를 쓰고 있어 성별조차 알 수 없다. 괴한이 바닥에 내려놓은 손전등이 뒤쪽 벽을 비춘다. 그가 바닥에 놓아둔 가방을 뒤지기 시작한다.

저 사람은 지금 뭘 하지?

아델은 숨을 죽인 상태로 기다린다. 한동안 정적이 계속된다. 괴한이 가까이 다가오면 아델은 자신이 가지고 있는 유일한 무기를 쓸 생각이다. 그녀는 최대한 몸의 반동을 이용해 체중을 머리에 온전히 실어 괴한을 가격할 작정이다. 무작정 당하고 있지는 않을 것이다.

괴한은 가까이 다가오는 대신 손을 뻗는다. 그의 손가락 사이에 종이 한 장이 끼워져 있다. 종이가 고작 몇 센티 앞에서 흔들거리고 있다. 종이에 찍힌 형상과 색이 뒤섞인다. 괴한이 종이를 뒤로 뺀다. 이제 보니 종이가 아니라 사진이다.

아델은 사진을 본다. 남성의 신체를 찍은 사진이다. 신체가 절단되어 피투성이다.

그 순간 아델은 납치범이 뭔가 오인해 그녀를 납치하지 않았다는 사실을 깨닫는다. 사전에 치밀하게 계획된 범행이다.

복수.

아델은 뱃속이 뒤틀려 구토하고 싶지만 재갈이 물려져 있어 불가능하다. 재갈이 물린 상태로 구토하면 질식할 수도 있다. 그녀는 호흡을 안정시키려고 최대한 숨을 깊이 들이마신다.

털끝 하나 움직이지 마. 일일이 반응하지 마. 내게 고통을 주려는 저들의 속셈을 내가 안다는 사실을 들키지 마.

아델은 아빠에게 가 있을 가브리엘을 떠올린다. 머릿속에서 귀

여운 아이의 이미지가 끔찍한 사진을 대체한다. 우유를 먹을 때마다 둥글게 말리던 아이의 새끼발가락, 물기 흐르는 오이를 쥐고 있던 토실토실한 손, 청록색 눈동자.

눈앞에서 흔들리던 사진이 바닥으로 떨어진다. 괴한의 손이 뒤통수 쪽에서 움직이더니 숨쉬기가 훨씬 편해진다. 괴한이 재갈을 풀어준 탓이다.

이제 나를 풀어주려는 건가?

아델은 어쩌면 괴한이 자신을 납치한 목적이 방금 보여준 사진과 연관되어 있을지도 모른다는 생각이 든다. 괴한이 사진을 보여주었으니 이제 보내줄 수도 있다. 마치 얼굴에 난 상처처럼 자잘한 금이 간 검은색 마스크가 그녀의 눈앞에 보인다. 마스크가 두 개로 보인다. 마치 한 사람이 더 있는 듯이. 마스크가 좀 더 가까이 다가왔고, 괴한이 둘이 아니라는 사실을 깨닫는다.

괴한이 마스크를 그녀에게 씌운다.

22

 엘린의 시선을 따라가던 아이작의 눈이 휘둥그레진다. "나는 못 봤어."

 엘린이 덤덤하게 묻는다. "넌 깔개에 떨어진 핏자국을 못 봤단 말이지?"

 아이작은 쪼그려 앉은 자세로 몸을 앞으로 숙인다. "피가 아니라 다른 얼룩일 수도 있잖아."

 엘린은 손가락을 구부리며 주먹을 쥔다. "피야."

 "오래전에 떨어진 피일 수도 있고." 아이작의 윗입술 위로 작은 땀방울이 맺히기 시작한다.

 엘린이 고개를 가로젓는다. "호텔은 청결이 생명이야. 혈흔이 있는 깔개가 있다면 당연히 세탁하거나 교체했겠지."

 엘린의 말투는 건조하고 사무적이지만 내면에서는 분노가 들끓는다.

 아이작은 어떤 질문을 하더라도 답할 준비가 되어 있어. 웬만해서는 동요하지 않아. 어릴 때부터 그랬지.

 아이작이 흘러내린 머리를 뒤로 쓸어 넘긴다. "로라가 흘린 피일 수도 있다고 생각해?"

 "아무튼 최근에 흘린 피라고 생각해. 너희들이 여기에 온 이후 누군가 혹시 다친 적이 있니? 칼에 살짝 베었다거나."

아이작의 얼굴에 안도감이 번져간다. "며칠 전 밤에 로라가 제모를 하다가 면도칼에 살짝 베었어. 상처가 제법 깊어 피가 쉽게 멎지 않았지. 로라가 밴드를 가지러 아래층에 내려갔었는데 그때 깔개에 피를 떨어뜨렸나봐."

엘린은 동생의 말을 되짚어 본다.

'로라가 제모를 하다가 면도칼에 베었다'는 설명이다.

엘린의 머릿속에서 또 다른 가설이 고개를 든다.

아이작은 전에도 이런 짓을 했어. 아이작이라면 충분히 할 수 있어.

엘린의 눈이 구석에 놓인 화병에 고정된다. 화병에 반사된 빛이 방 안을 지나 그녀 앞에서 일렁인다. 머리가 터질 듯이 복잡하다. 생각이 고정되지 않고 이리저리 빨려들고 뒤집히다보니 위아래가 구별되지 않는다.

아이작과 함께 있으면 머리가 얼마나 복잡하고 혼란스러운지 한동안 잊고 지냈다. 아이작의 속내를 가늠하는 건 마치 깊은 물속을 들여다보는 것 같다. 처음에는 물이 맑아 바닥까지 보이지만 바람이 불어 일렁이기 시작하면 아무것도 보이지 않는다.

아이작이 그녀의 팔에 손을 올린다. "누나, 괜찮아?"

엘린은 잠시 머뭇거리다 대답한다. "괜찮아." 그녀는 미소를 지어보였지만 눈은 또 다른 핏자국을 찾아낸다. 깔개의 섬유에 점점이 찍혀 있는 적갈색 혈흔들.

*

방으로 돌아온 엘린은 문에 기대서서 울렁거리는 속이 가라앉기를 기다린다. 사이드 테이블에 윌이 남긴 쪽지가 있다.

수영하러 갈 건데 당신도 올래?

엘린은 신발을 벗고 나서 창가로 다가간다. 몇 시간 전만 해도 하늘이 연푸른색이었는데 두터운 잿빛 구름에 완전히 점령당한 상태이다. 눈이 무서운 기세로 쏟아지고 있다. 세상이 온통 태곳적 흰색이다. 주차장에 세워둔 자동차들, 호텔 간판, 호텔 외부의 조명들까지.

눈을 깜박일 때마다 흰색이 사라지고 붉은색이 보인다. 피처럼 붉은색.

깔개에 떨어진 피. 작은 핏방울들.

엘린은 욕실에 있는 동안 아이작이 했던 행동을 머릿속으로 되짚어본다. 아이작은 그녀에게 들키지 않으려고 뭔가를 주머니에 넣었다. 여러 가지 의문이 머릿속을 질주한다.

아이작이 숨긴 게 뭐였을까? 로라와는 어떤 연관이 있을까?

엘린이 프렌치 도어를 당겨 문을 연다. 그녀는 방으로 밀려들어온 차가운 공기를 들이마시며 머릿속을 맑게 정리한다. 아이작은 깔개에 묻은 핏자국이 왜 생겼는지 설명했고, 분명 일리가 있다. 아이작이 누가 볼세라 슬쩍 주머니에 집어넣은 물건도 로라가 행방불명된 상황과 전혀 관계가 없다고 하더라도 논리적으로 문제될 게 없다. 하지만 상대가 아이작이기 때문에 신경 쓰인다.

아이작이 만약 나를 속였다면 또 무슨 짓을 하려고 들까?

엘린은 아이작과 로라가 어떤 관계인지 모른다. 지난 몇 년 동안 아이작이 어떻게 살았는지 극히 일부만 알고 있을 뿐이다. 아이작이 일방적으로 편집해 보내준 소식들.

아이작은 엑세스터 대학에서 컴퓨터공학을 전공했고, 일 년 동안 스위스에서 스키 강사로 일했다. 영국으로 돌아온 다음 해에 대학원에 들어갔다. 석사논문을 마친 후 한동안 대학에서 2년 동안 강의를 하다가 2016년에 다시 스위스로 옮겨갔다.

그 후, 아이작이 어떻게 살았는지 모른다.

엘린이 가방에서 노트북을 꺼내 테이블에 내려놓고 구글에 검색어 몇 개를 입력한다.

아이작 워너. 스위스.

검색 결과가 나타난다. 스크롤을 하다 보니 마침내 흥미로운 내용이 보인다. 아이작의 이름이 크란 몽타나에 위치한 스키 학교 강사진 명단에 올라 있다. 엘린이 페이지를 클릭하자 몇 초 만에 아이작의 얼굴이 화면에 떠오른다. 피부는 까맣게 탔고, 랩어라운드 선글라스를 끼고 있다. 아이작의 증명사진 아래에 약력이 몇 줄 소개되어 있다. 파트타임 강사로 BASI(영국스노스포츠강사협회) 레벨2를 이수했고, 아동과 초심자 강의 전문이다.

스키장에서 파트타임으로 일한 사실은 확인했는데 대학 강의에 대해 설명해주는 자료는 없다.

엘린은 다시 검색사이트로 돌아가 좀 더 구체적으로 검색어를 입력한다.

아이작 워너, 컴퓨터 공학, 로잔 대학

엘린은 머리카락을 귀 뒤로 넘기며 제일 위에 나온 몇 가지 검색 결과를 건너뛴다. 아무리 뒤져봐도 로잔 대학과 연관된 결과물은 찾아볼 수 없다.

대학교를 잘못 알고 있나? 아이작이 로잔 대학에서 일한다고 몇 번이나 말했다.

그렇다면 왜 로잔 대학 관련 자료가 없을까?

머릿속에서 경고등이 울렸지만 섣불리 판단해서는 안 된다.

엘린은 곧장 로잔 대학 홈페이지에 접속해 컴퓨터공학과 페이지를 찾는다.

친절하게 강사 명단이 나와 있지만 아이작 워너라는 이름은 그 어디에도 없다.

엘린은 눈에 힘을 주고 다시 한번 확인한다.

역시 없어.

엘린은 화면에서 눈을 떼고 휴대폰을 집어 든다. 머릿속에서 아이작에 대한 여러 의혹이 소용돌이치며 점점 불신감에 가속이 붙는 느낌을 지울 수 없다.

지금 내가 무슨 짓을 하고 있지? 기어이 확인해보려고?

아무런 근거 없이 아이작의 사생활을 규정하는 건 옳지 않다. 하지만 이제는 진실을 알아야 한다. 아이작이 방에서 한 행동이 한 번으로 그친 일탈인지 아니면 지금도 계속되고 있는지.

아이작이 여전히 거짓말을 하는지 알아봐야 해.

로잔 대학의 전화가 컴퓨터공학과로 연결되는 동안 뱃속이 따끔거린다. 대기하는 동안 음악이 흐른다. 귀에 익지 않은 이국의 선율이다. 갑자기 음악이 그치면서 누군가 전화를 받는다.

"안녕하세요, 마리엔 파벳입니다."

"저는 레이첼 마셜이라고 합니다. 아이작 워너 씨가 우리 회사에 이력서를 넣었어요. 그가 직전까지 로잔 대학에서 일했다고 하던데 혹시 그에 대한 평판을 들을 수 있을까 해서 연락드렸습니다."

마리엔이 투박한 영어로 대답한다. "저는 그에 대해 이야기해줄 수 없습니다."

잠시 어색한 침묵이 흐른다.

"그가 로잔 대학 강사 명단에 올라 있던데요."

한숨을 쉬는 소리가 들린다.

"아이작 워너 씨가 왜 우리에게 평판 조회를 해주길 바라는지 납득이 되지 않는군요. 그분은 이미 작년에 해고되었습니다."

엘린은 숨을 헉 들이쉰다. "아이작 워너가 해고되었다고요? 우리가 동일 인물에 대해 이야기하는 게 맞나요?"

"네, 그는 해고되었어요." 마리엔의 목소리에 짜증이 묻어난다.

"혹시 해고 사유가 뭔지 물어봐도 될까요?"

일이 바빠 엄마 장례식에 오지 못했다는 말은 역시 핑계였다. 잠시 무거운 침묵이 이어진다.

"다른 강사들에게 위협적으로 굴었어요. 이제 더는 말씀드릴 게 없습니다."

엘린은 전화가 끊겨 휴대폰을 테이블에 내려놓는다.

이제 어떻게 하지?

그동안 아이작이 했던 말들이 모두 거짓인지 복수의 인물들에게 확인해볼 필요가 있다.

그럼 누구에게? 아이작과 로라에 대해 잘 아는 사람이 누구일까?

머릿속에서 순간적으로 로라와 스파의 프런트 직원 마고가 작은 소리로 주고받던 대화와 웃음소리가 떠오른다. 언뜻 보기에 그들 두 사람은 친해 보였다.

아이작 몰래 마고와 이야기를 나누어봐야 한다는 사실이 마음에 걸린다.

엘린이 눈을 감자 아이작의 협박이 귓속에 울려 퍼진다.

오직 아기들만 말해. 그리고 너는 아기야.
고자질을 하면 네 혀가 두 갈래로 갈라질 거야.
엘린의 머리가 욱신거린다.
한 번만 더 해봐. 널 죽여 버릴 테니까.

23

"스파를 이용하시게요? 당신의 남자친구는 이미 다녀가셨어요." 마고가 미소를 지으며 그녀를 맞이한다. 마고의 얼굴이 앞에 놓인 커다란 모니터에 반쯤 가려져 있다. "지금은 수영장에 계세요."

"스파를 이용하려는 건 아니고요." 엘린이 말하는 사이 그녀의 뒤에서 스파 문이 쿵 소리를 내며 닫힌다. "당신과 잠시 이야기를 나누고 싶어 찾아왔어요."

마고가 무슨 일인지 궁금하다는 표정으로 엘린을 본다.

엘린은 그녀를 보며 로라를 떠올린다. 세련되어 보이는 외모인데 간단한 화장으로 장점을 최대한 살렸다는 생각이 든다. 엘린은 화장이 서툴다. 마고의 머리는 쇼트커트고, 손톱에는 회색 매니큐어를 칠했다. 아이라인은 단 한 번의 손놀림으로 그렸고, 립스틱은 광택 없는 짙은 색이고, 앞머리에는 작은 별 장식이 달린 은색 핀이 여러 개 꽂혀 있다. 가까이에서 볼수록 애초의 세련된 인상과는 거리가 멀다. 손톱에는 끝이 갈라지고 물어뜯은 자국이 있다. 립스틱은 입 주위 미세한 주름으로 번져 있다. 선반에는 반쯤 먹다 남은 크루아상이 놓여 있고, 입술 주변에 페이스트리 부스러기가 붙어 있다.

"로라가 아직 돌아오지 않았나요?" 마고는 짙은 색 상의를 잡아당겨 배를 덮는다. 그녀는 입술 주변에 붙은 페이스트리 부스러기를 털어낸다. 테이블 아래로 다리를 꼬고 앉은 그녀의 긴 다리가 보인다.

"네, 아직."

실수하는 걸까? 정신 나간 짓일까? 로라는 고작 몇 시간 동안 사라졌을 뿐이지 않은가?

후회하기엔 너무 늦었어. 이미 마고를 찾아왔으니까.

"로라가 그때 이후로 여기 온 적은 없죠?"

"네." 마고는 마치 로라가 불쑥 찾아오길 기대한다는 듯이 문을 힐끔 본다.

"저는 스파의 문을 연 이후 줄곧 여기에 있었어요. 누군가 로라를 본 사람이 있지 않을까요?"

"아이작이 확인해봤는데 로라를 본 사람이 없대요."

"로라가 실종되었다고 믿으세요?" 마고의 얼굴이 금세 어두워진다. 그녀의 귀에서 반짝 빛나는 은빛 귀고리가 엘린의 눈에 들어온다. 바닥을 향한 작고 곧은 화살 모양이다.

"아직 실종으로 단정하기에는 일러요. 우린 아이작과 로라의 약혼을 축하하러 여기에 왔어요. 만약 로라가 우리를 내버려두고 어디론가 사라졌다면 그녀답지 않은 일이겠죠."

마고가 맞장구를 친다. "로라는 다른 사람들에게 걱정을 끼치는 행위를 하지 않아요. 적어도 고의로 사라지지는 않았을 거예요."

엘린이 말없이 마고의 말을 곱씹는다. 지금부터는 조심스럽게 이야기를 풀어나가야 한다. "혹시 로라가 평소에 무슨 말을 하지 않던가요? 갑자기 사라진 이유로 볼 수 있는 걱정거리가 있다든지." 엘린은 질문을 해놓고 억지 미소를 짓는다. "아이작은 짐작되는 일이 없다고 해서요."

마고가 붉게 상기된 얼굴로 허리를 묶은 끈을 느슨하게 푼다. "아이작은 당신 동생이잖아요."

엘린이 부드럽게 말한다. "로라에게 혹시 걱정거리가 없었는지 궁금해서 물어봤어요."

"내가 알기로 두 사람 사이에 약간의 문제가 있었어요. 로라는……." 마고가 입술을 깨문다. "로라는 좀… 뭐라고 해야 할까? 관계에 대해 느끼는… 폐소공포증."

마고의 말투에는 특유의 리듬이 있다. 독일어 억양이 영어와 섞인 탓이 아니다. 그녀가 말할 때면 어휘 사이의 시간이 조금 길다. 마고가 손가락으로 책상을 잡고 몸을 숙인다. 회색 매니큐어 부스러기들이 책상 위로 우수수 떨어진다.

"석연치 않은 점이 있는데 로라는 왜 아이작과 약혼했을까요?"

"약혼이 아이작에게 도움이 될 거라 생각했어요. 약혼하면 아이작의 불안한 심리가 안정될 거라고요." 마고가 책상에 떨어진 매니큐어 부스러기를 손으로 쓸어버리다가 실수로 가방을 넘어뜨린다. 가방이 바닥으로 떨어지며 내용물이 쏟아진다. 고무줄로 묶어두지 않은 머리핀들, 매니큐어, 책, 봉투가 여기저기 흩어진다. 마고가 몸을 숙여 여러 잡동사니들을 다시 가방에 집어넣는다.

"효과가 있었나요?"

마고가 얼굴을 붉히며 어깨를 으쓱한다. "로라의 말을 어떻게 받아들여야할지 모르겠어요. 최근에 아이작이 공격적이었대요."

엘린이 애써 담담한 표정을 유지한다. "공격적이라? 그게 무슨 뜻이죠?"

"그렇다고 그들이 심각한 불화를 겪은 건 아니었어요. 내가 보기에 두 사람 사이는 좋았어요. 로라는 대체로 행복했지만 뭔가 걱정거리가 있었다고 봐요. 누군가와 결혼하기로 마음먹을 경우 사소한 문제가 있더라도 마음이 싱숭생숭해지기 마련이잖아요." 그녀가 잠시 망설이다가 말을 잇는다. "로라가 아이작에 대해 공격적이었다고 했던 말이 무슨 뜻이었는지 결국 확인하지 못했어요."

엘린은 점점 더 가까이 다가서는 불안감을 잠재우려 애쓴다. "아이작 말고 또 다른 걱정거리는 없었나요? 친구들, 혹은 가족들과 연관된 문제 중에서."

"들어본 적 없어요."

"아이작 말로는 요즘 로라가 처리해야 할 업무가 많았다던데 일에 대한 불만은 없었나요?"

마고의 얼굴에서 뭔가 휙 스쳐 지나간다. 지극히 순간적으로 스쳐 지나간 표정이라 정말로 보긴 했는지 헷갈린다. "업무가 많았지만 일에 대한 압박감은 없었어요. 로라는 일하길 좋아하는 편이었으니까요."

엘린이 고개를 끄덕인다.

마고가 헛기침한다. "제가 말을 많이 했는데 로라와 아이작 사이에 심각한 문제가 있었던 것으로 보이지는 않아요. 아까도 말했듯이 사소한 문제가 있었을 뿐이죠."

엘린은 '사소한 문제라면서 왜 그런 말을 해주었죠?'라고 묻고 싶었지만 참았다.

로라와 아이작 사이에 심각한 문제가 있었다고 암시할 생각이 전혀 없었다고 하더라도 결국 마고의 말은 그런 결과를 낳았다.

엘린이 숨을 깊이 들이쉰다. "혹시 경찰이 여기에 왜 왔는지 알아요?"

마고가 얼른 대답한다. "로라와 전혀 관계없는 일이에요."

"그럼 무슨 일로 왔는데요?"

마고의 볼이 붉어진다. "발설해서는 안 되는 일인데."

엘린이 숨을 죽인다. "그냥 나만 알고 있을 테니까 말해줘요."

"숲 뒤편에서 누군가의 변사체가 발견되었어요." 마고가 목소리를 낮춘다. "경찰은 이 호텔을 설계한 건축가의 시신으로 판단하고 있죠. 그가 여태껏 실종 상태였거든요."

다니엘 르메트르?

안도감이 엘린의 온몸을 휩쓸고 지나간다.

다행히 로라의 시신이 아니었어.

"아이작이 실종된 건축가에 대해 말해주더군요." 엘린이 말한다. "그의 사업에 문제가 있었다면서요?"

"그런 설이 있긴 했죠."

"다른 설도 있나요?"

"재건축에 반감을 가진 사람들이 있었나봐요." 마고의 목소리 톤이 점점 높아진다. "건축가의 실종이 재건축에 대한 반감과 결부되어 있다고 믿는 사람들이 많아요."

"반감이라면 가령 뭘 말하죠?"

마고가 입술을 오므린다. "여기에 호텔이 생기길 바라지 않는 주민들이 많았어요. 그들은 반대 시위를 벌이기도 하고, 시청을 찾아가 청원도 했죠. 논란이 마무리되기까지 족히 몇 년은 걸렸을 거예요."

"그들이 호텔이 들어서는 걸 반대하는 특별한 이유가 있었나요?"

마고가 어깨를 으쓱한다. "디자인이 너무 현대적이라거나 환경 문제를 들먹이기도 했고, 인근지역에 이미 호텔이 넘쳐난다고 주장하는 사람들도 있었죠." 그녀가 잠시 머뭇거린다. "그들이 표면적으로 내세운 구실은 대놓고 말하기 쉽지 않은 뭔가를 숨기기 위한 트릭이었다고 봐요."

"정작 중요한 이유가 따로 있었다는 뜻인가요?"

"그들은 이 지역에 호텔이든 다른 무엇이든 들어서는 것 자체를 달갑지 않게 여겼어요. 아마 호텔이 아니라 공원이나 공장이었다고 해도 반대했을 거예요."

"반대하는 이유가 뭔데요?"

엘린은 어떤 대답이 나올지 짐작하기 힘들었다. 호텔에서 운행하는 미니버스에서 내리는 순간 위협을 느꼈다. 어둡고 음험한 무언가가 스멀스멀 다가서는 느낌.

"이 건물은 과거에 요양원이었던 곳이라 다들 꺼림칙하게 여겨요. 아무리 새 단장을 하더라도 그 사실은 달라지지 않아요." 마고가 얼굴을 바싹 들이댄다. "다니엘 르메트르는 호텔 재건축을 반대하는 분위기가 팽배한 가운데 누군가로부터 공격을 받았을 거라고 봐요."

엘린이 멈칫한다. 마고의 말은 결국 다니엘의 죽음이 사고가 아니라는 뜻이었으니까.

"다니엘이 호텔 재건축 공사 설계자였기 때문에 공격받았다는 뜻인가요?"

"충분히 가능성 있는 추론이죠. 나도 다니엘이 주도한 호텔 재건축 사업을 긍정적인 의미로 받아들이기 힘들었으니까."

"이유가 뭐죠?"

"과거의 비극을 지워버리려는 시도가 될 수도 있으니까요."

마고의 말을 듣는 순간 알싸한 한기가 밀려든다. 과거 요양원에서 벌어진 일과 로라가 사라진 일은 전혀 별개의 문제라고 생각하지만 자꾸만 뭔가 신경을 긁는다.

윌을 찾아 수영장으로 가는 동안 엘린은 불안감을 느낀다. 로라는 실종되었고, 설원에서 다니엘 르메트르의 시신이 발견되었다. 아직은 추측일 뿐이지만 두 사건이 어떤 연관성이 있을 거라는 느낌이 든다.

24

 윌은 은은하게 빛나는 수면을 힘찬 스트로크로 가르고 있다. 그의 동작에는 군더더기가 전혀 없다. 그는 풀이 자신의 집이라도 되는 듯이 느긋하게 수영을 즐기고 있다. 윌에게 시선을 고정한 엘린은 그의 자연스럽고 규칙적인 동작을 눈으로 따라간다. 레인 끝에 다다른 그가 리드미컬한 동작으로 턴을 한다.

 수영장치고 조명이 너무 밝아.

 천장에 매달린 조명기기에서 쏟아진 불빛이 수면을 반짝이게 한다. 엘린은 현기증이 밀려와 길게 심호흡한다.

 호흡을 멈추지 마. 계속 숨을 들이쉬고 내쉬어.

 엘린은 풀의 가장자리로 걸어가며 윌을 소리쳐 부른다.

 "윌!"

 윌은 수영에 열중하느라 그녀가 부르는 소리를 듣지 못한다.

 이번에는 더욱 크게 소리쳐 부른다.

 "윌!"

 그제야 윌이 스트로크를 늦추며 뒤돌아본다. 그가 풀을 가로질러 헤엄쳐오더니 물 밖으로 나온다.

 "내가 수영하는 모습을 몰래 훔쳐보고 있었던 거야?" 윌이 활짝 웃으며 묻는다. "변태라고 놀리지는 않을게."

월이 변태라는 단어를 유난히 강조해 발음하며 눈을 찡긋한다.

엘린이 웃으며 말한다. "훔쳐보는 재미가 제법 괜찮았어."

월의 어깨에서 흘러내린 물이 타일 바닥을 적신다. "어디서 오는 길이야?"

엘린이 자기도 모르게 엄지손톱을 물어뜯는다. "아이작의 방에 다녀오는 길이야."

월의 몸에서는 여전히 물이 뚝뚝 떨어지고 있고, 숨소리가 가쁘다. "로라가 돌아왔어?"

엘린은 눈앞에 있는 월의 단단한 팔 근육과 넓은 가슴, 주근깨가 자잘하게 박힌 어깨를 바라본다. 서른네 살인 그의 몸은 근육이 정점에 올라 있고, 군살이 전혀 없다. 엘린이 그에게 끌린 이유 가운데 하나가 운동으로 단련된 몸이었다. 월의 벗은 몸을 보았을 때 그녀는 그가 계획을 세우면 철저하게 실천하는 사람일 거라 생각했다.

"아이작과 로라가 쓰는 방의 깔개에서 혈흔이 나왔어. 떨어진 지 얼마 안 된 혈흔."

수영장 물의 염소 성분 탓인지 월의 눈에 빨간 핏발이 서 있다. "엘린, 설마······."

"아직 단정하기에는 일러." 엘린은 짐짓 밝은 목소리로 말한다. "아이작 말로는 로라가 제모를 하다가 칼에 베이는 바람에 피가 났을 수도 있다고 하더군."

"그럴 수도 있겠네."

"물론 그렇긴 하지. 다만 내가 욕실을 살펴보고 있을 때 아이작이 뭔가를 주워 주머니에 집어넣는 걸 봤는데 그게 뭔지는 몰라도 매우 수상한 행동이었어."

"당신이 보면 낯 뜨거운 물건이라 서둘러 감추었을 수도 있잖아. 가령 콘돔이라든지."

"물론 그럴 수도 있지."

월이 손을 깍지 끼어 앞으로 쭉 뻗는다. 그가 감정을 추스를 때 흔히 취하는 동작이다. 로라 문제를 집요하게 파고드는 이유를 월은 납득할 수 없을지도 모른다. 그는 결코 다른 사람 일에 과도한 관심을 갖지 않는다. 그의 여동생도 비슷한 걸 보면 유전자 탓이다. 그의 여동생은 걸핏하면 '받아들여. 훌훌 털어버리고 떠나면 그만이야'라고 말한다.

월의 가족으로는 부모, 형, 여동생이 있다. 다들 마음이 넉넉하고 따뜻한 사람들이다. 그들이 남의 일에 웬만해서는 잘 나서지 않긴 하지만 이웃 사람들에게 무관심하다는 뜻은 아니다. 그들의 도움을 필요로 하는 문제가 발생할 경우 진지하게 상황을 파악한 후 확고한 판단이 서면 적극적으로 나서서 돕는다. 이웃 사람들이 충분한 의견 수렴 과정을 거쳐 도출한 결과에 대해서는 두말없이 협조한다. 그런 과정을 거치다보니 후회할 일을 남기지 않는다.

월의 가족 구성원 모두가 마음을 활짝 열고 의사소통을 할 수 있기에 가능한 일이다. 일요일마다 온 가족이 한자리에 모여 점심을 먹고, 대화를 나누고, 농담을 주고받으며 소통한다. 크리스마스에도 온 가족이 한자리에 모인다. 엘린은 가끔 월의 가족들이 한자리에 모이는 걸 진심으로 좋아하는지 궁금할 때가 있다. 한편 그런 모습을 볼 때마다 한없이 부럽다. 월의 가족들은 편안하고 다정하게 함께 어우러진다. 어색한 모습이나 비밀 따위는 없고, 서로 눈치 보지 않는다. 엘린의 가족들과는 전혀 다른 모습이다.

월이 말문을 연다. "로라가 보이지 않은 건 아침나절부터야. 이 소동은 해프닝으로 끝날 가능성이 커. 로라는 이제 곧 우리 앞에 나타날 거야."

월은 그녀가 옆에 있으면 늘 조심스럽게 행동하고, 상황을 있는 그대로 보려고 한다.

"나도 그랬으면 좋겠는데 그냥 모른 체하려니까 마음에 걸려. 방금 스파 프런트에서 마고를 만나 이야기를 나누었어. 로라와 아이작 사이에 갈등이 있었나봐."

월이 어깨를 으쓱한다. "약혼자들 사이에서 갈등은 다반사야."

"아이작이 로잔 대학에서 해고되었다는 사실을 알아냈어. 그는 분명 내게 로잔 대학에서 일한다고 했는데 거짓이었지."

"당신은 그 사실을 어떻게 알아냈어?" 월의 목소리가 냉정하게 느껴진다.

"내가 로잔 대학에 직접 전화해서 알아봤어."

월의 얼굴에 실망감이 나타난다. "아이작에 대한 정보를 캐내려고 여기저기 들쑤신 거야?" 월의 눈가가 파르르 떨린다. "우린 잠시나마 골치 아픈 일에서 벗어나 편안한 휴식을 취하려고 여기에 왔어. 그냥 휴가를 즐기면 좋을 텐데 왜 자꾸 다른 일에 신경 써?"

"로라가 사라졌는데 아무 일도 없다는 듯이 태연하게 관망할 수는 없잖아."

월의 목소리가 한 옥타브 올라간다. "로라는 분명 밝은 모습으로 돌아올 테니 걱정하지 말라니까."

"경찰이 이곳에 왔어. 숲 뒤편 설원에서 사람의 변사체가 발견되었대. 아직 과학수사대의 부검 결과가 나오진 않았지만 오랜 실종 상태였던 건축가 다니엘 르메트르의 시신일 가능성이 큰가봐."

"다니엘 르메트르?"

"응."

"그 일이 로라와 관련 있다는 뜻이야?"

윌이 손을 들어 머리를 쓸어내린다.

"그거야 알 수 없지만 왠지 기분이 꺼림칙해."

"설령 로라에게 무슨 일이 벌어진다고 해도 당신이 해결할 수 있는 건 없어." 윌이 또박또박 천천히 말한다. "당신이 보기에 현재 벌어지고 있는 일들이 몹시 당혹스럽게 받아들여질 수는 있겠지. 하지만 당신은 휴직 상태인 영국 형사이지 스위스 형사가 아니야. 여기서는 아무것도 해결해줄 수 없어."

엘린은 눈을 깜박인다. 윌이 무슨 말을 하고 싶어 하는지 알고 있다.

당신은 휴직 상태인 형사야. 그러니까 나서지 마.

윌의 말대로 엘린은 휴직 상태다. 이 사건 담당자도 아니다. 하지만 마냥 모른 체할 수 없다.

나는 이제 형사가 아니야.

휴직한 지 9개월이 지났다. 그 이전에는 강력계 형사라는 직업이 그녀를 정의했다. 샘이 죽고 나서 선택한 직업이었다. 경찰이 되어 진실을 찾고 싶었다. 앞으로 강력계 형사가 아니라면 무엇이 되어 살아가야 할지 알 수 없다.

강력계 형사 일을 그만두면 어떤 일을 하며 살아갈 수 있을까?

엘린은 목소리를 떨지 않으려고 배에 힘을 준다. "아이작은 내 동생이고, 그 아이를 도우려는 것뿐이야."

"당신이 도움을 필요로 할 때 아이작은 어디에 있었지? 당신 어머니가 암 투병할 때 아이작은 문병조차 오지 않았어." 윌이 그녀를 뚫어지게 바라보다가 말을 잇는다. "당신은 휴가를 와서도 나보다 아이작 일에 더 신경 쓰고 있잖아."

"당신은 내 약혼자고 아이작은 내 동생이야. 비교 대상이 아니란 뜻이야."

"우리 사이가 진전되기는커녕 정체되어 있어서 하는 말이야. 내 관심사는 오로지 우리 사이가 더욱 돈독해지는 거야. 당신은 우리 일보다 아이작에 대해 말할 때 몰입도가 훨씬 높아."

윌이 어떤 불만을 토로하는지 알고 있다. 지난달, 그는 거실 테이블에 놓여있던 잡지를 다 버렸다. 그의 전공 분야인 인테리어 관련 잡지들이다. 그 대신 우리가 살 집에 어떤 색 페인트를 칠할지, 테라스가 있는 단독주택과 아파트 가운데 어떤 집을 선호하는지 물었다. 우리 사이의 진전을 위해.

"우린 만난 지 3년이 넘었는데 따로 살고 있어." 윌이 바닥을 힐끔 내려다본다. "나는 당신과 한집에 살면서 모든 일상을 공유하고 싶어. 제대로 된 커플이 되고 싶다는 뜻이야."

"무슨 뜻인지 알아. 내가 한 걸음만 더 내디디면 되는데 쉽지 않아. 먼저 나에게 일어난 문제를 극복하는 게 급선무야. 나랑 아이작의 해묵은 문제가 아직 명쾌하게 정리되지 않았어."

"당신이 선택하기 나름이야. 제발 부탁인데 과거가 현재를 집어삼키도록 내버려두지 마."

"내가 잘못 선택했다는 뜻이야?" 엘린의 목소리가 떨려나온다.

"당신은 과거를 잊고 현재의 삶을 선택할 수 있어." 윌이 진지하게 말을 잇는다. "당신도 알다시피 우리 아버지는 근육위축증 때문에 한동안 고생했어. 아버지는 병을 이겨내려고 그동안의 생활 방식을 모두 바꾸었지. 병에 굴복하지 않기 위한 선택이었어. 당신도 과거의 짐을 벗어던지고 현재를 선택하면 돼."

"당신 아버지의 예를 나에게 똑같이 적용할 수는 없어. 내가 당신 아버지처럼 되길 바라는 건 무리야." 엘린이 거침없이 말한다. "당신 가족들은 남달리 애정이 돈독하고, 서로에게 힘이 되어주지. 당신은 힘들 때마다 가족들에게 기댈 수 있고, 현실적으로 도움이 되는 조언을 들을 수도 있어. 당신 가족들은 서로 버팀목이 되어주지. 당신이 뭐든 자신 있게 선택할 수 있는 건 설령 실패하더라도 언제나 힘이 되어주는 가족들이 있기 때문이야."

윌의 얼굴에 피로감이 묻어난다. "당신과 나도 그런 가정을 꾸릴 수 있어. 우리 사이에 가로놓인 벽을 부수면 가능해. 당신은 우리 일보다 다른 일에 지나치게 매몰되어 있어."

엘린은 그의 말을 인정할 수밖에 없다. 윌의 말대로 둘 사이에 벽이 가로놓여 있다. 벽을 만들길 바라지 않았지만 결과적으로 그렇게 되었다. 윌에게 지난날 벌어진 모든 이야기를 솔직하게 털어놓고 도움을 구하고 싶은 마음도 없지 않았다. 그녀 또한 과거를 훌훌 털어버리고 앞으로 나아가고 싶다. 하지만 그날 샘에게 무슨 일이 있었는지 진실을 알아내기 전에는 불가능하다. 윌에게는 힘들더라도 모든 진실이 밝혀질 때까지 참고 기다려달라는 말을 하고 싶을 따름이다.

월이 그녀를 바라보며 말한다. "로라가 돌아올 때까지 당신의 관심은 온통 그 문제에 매몰되어 있을 거라는 생각이 들어. 그런 상황에서 내가 계속 여기에 머물러야 하는지 의문이야. 물론 로라가 이제 곧 무사히 돌아올 거라 예상하지만."

"돌아가고 싶어?"

엘린은 작은 화살이 신경을 쿡쿡 찌르는 느낌이다.

아직은 아니야. 지금 돌아가면 여기에 온 보람이 없잖아. 아직 해답 근처에도 못 갔는데.

월이 고개를 끄덕인다. "아이작 가까이 있으면 당신은 스트레스만 쌓일 거야. 여기에 온 이후 당신은 평상심을 잃고 있어."

엘린은 반박하고 싶지만 마땅한 말이 생각나지 않는다. 그녀는 차분하게 생각을 정리할 수가 없다. 머릿속에서 다양하고 복잡한 생각들이 마치 곡예를 하듯이 빙글빙글 돌아간다.

월이 무슨 말인가 하려다가 입을 다문다. 그가 손바닥으로 몸을 지탱하며 풀로 뛰어든다.

25

 탈의실로 들어서는 엘린의 머릿속에서 윌이 한 말이 메아리친다.
 여기에 온 이후 당신은 평상심을 잃고 있어.
 엘린은 허리를 숙여 신을 신고 나서 가방을 든다. 그때 문이 열렸다가 닫히는 소리가 들려온다. 그녀는 누군가 탈의실에서 물에 젖은 머리에 수영복이 든 가방을 들고 나올 거라 생각하며 뒤돌아본다.
 정적.
 이렇게까지 정적을 유지하며 걸을 수 있는 사람은 없다. 탈의실에서 옷을 갈아입다보면 원하지 않은 소리가 나기 마련이다. 수영복이 젖은 피부에 달라붙고, 수영복 끈이 꼬이고, 머리카락이 단추에 엉겨 붙어 잠시 몸을 버둥거리거나 팔에 힘을 가하는 소리가 들려와야 정상이다.
 무슨 소리가 들린다. 딸깍, 문을 여는 소리.
 엘린은 누군가 곧 나타나리라 생각하지만 계속 정적이 유지된다.
 정적이 길어지면서 고개를 돌려 사방을 확인하는 동안 감각이 곤두선다.
 주위가 온통 고요하다.
 엘린은 탈의실을 향해 걷기 시작한다.

내 신경이 지나치게 예민해진 탓일 수도 있어.

엘린은 분명 무슨 소리를 들었다. 결코 신경이 예민해져 이명을 들은 게 아니었다.

엘린은 탈의실 복도를 천천히 걷는다. 탈의실 문은 손잡이 없이 매끈하다.

문을 어떻게 열지?

엘린은 가까이 있는 문을 손으로 민다. 그러자 문이 딸깍 소리를 내며 열린다. 그녀는 안을 살펴본다. 폭이 좁은 의자가 탈의실 왼쪽 벽을 따라 놓여 있다. 의자는 문을 여닫을 때 걸리지 않게 반으로 접히도록 되어 있다. 의자를 펴고 앉았다가 탈의실 문을 여닫을 때 반으로 접으면 된다.

엘린은 탈의실을 따라 걸어가며 문을 하나씩 밀어서 연다.

딸깍.

딸깍.

딸깍.

마지막 문이 열리는 순간 엘린은 안으로 들어간다.

혹시 반대편으로도 나갈 수 있나?

문의 맞은편 벽에 손을 대고 살며시 민다.

정답.

이제 보니 탈의실 문은 반대쪽에서도 열리기 때문에 양쪽으로 드나들 수 있다.

탈의실에 누군가 있다가 반대쪽으로 빠져나갔다. 누군지 모르지만 그는 프런트를 거치지 않고 탈의실로 왔다. 엘린이 줄곧 프런트 쪽을 지켜보고 있었으니까. 탈의실에서는 풀로 곧장 나갈 수 있다.

탈의실에서 나간 사람은 지금 어디에 있을까?

엘린은 다시 풀로 나간다. 심장이 빠르게 뛴다. 풀에는 물살을 헤치며 수영에 열중하는 윌밖에 없다. 엘린은 그대로 얼어붙은 듯이 서 있다가 탈의실을 통해 프런트로 간다.

누군가 탈의실에서 몰래 나를 지켜보고 있었어.

프런트의 마고가 고개를 들며 미소를 보낸다. "그분은 아직도 수영하세요?"

엘린은 전혀 유쾌한 기분이 아니었지만 짐짓 웃으며 대답한다. "신기록을 세우려나봐요. 그나저나 수영장에 내가 온 이후 누가 또 왔어요?"

"아뇨, 날씨가 좋아져 다들 수영장보다는 외부로 나가길 선호해요. 다시 눈이 내리기 시작했으니 이제 다들 안으로 들어오겠죠."

엘린이 고개를 끄덕인다. 가방끈을 쥔 손가락에 힘이 들어간다.

엘린은 자신이 수영장 탈의실에서 들은 소리가 이명이었다고 치부하고 싶지만 분명 딸깍거리는 소리를 들었다. 누군가 몰래 탈의실에 숨어 자신을 염탐하고 있었다는 생각이 들자 머리끝이 쭈뼛해진다.

26

엘린은 뒷문으로 호텔을 나와 숲을 향해 나 있는 짧은 오솔길을 달린다. 아까 윌과 산책했던 길의 맞은편에 있는 오솔길이다. 여전히 마음이 혼란스럽긴 해도 점점 통제력을 되찾아가고 있다. 그녀는 달리는 동안 좀처럼 풀리지 않는 문제들, 샘과 아이작, 엄마에 대한 생각이 소용돌이치는 가운데 문제를 해결할 수 있는 최선의 방법이 뭔지 찾아내려 애쓴다. 오솔길에 눈이 두텁게 쌓여 달리기가 쉽지 않다. 이제 막 내리쌓여 스펀지처럼 푹신한 눈 아래에 단단하게 다져진 눈이 깔려 있다.

엘린은 오솔길의 끝이자 숲으로 들어서는 초입에서 숨을 헐떡이며 달리기를 멈춘다. 눈은 그쳤지만 짙은 하늘이 무겁게 내려앉아 있다. 조만간 눈이 더 쏟아질 조짐이 보인다. 달리기를 멈추었음에도 여전히 심장이 쿵쿵 뛰고 땀이 흘러 셔츠를 적신다. 여긴 고산지대라 산소가 부족하고, 그녀의 몸은 아직 낯선 환경에 적응하지 못한 상태이다.

엘린은 주머니에 든 산소흡입기를 꺼내려다가 그만둔다. 영국의 공기는 따스하고 습해 그녀가 야외 활동을 하기에 적합하다. 예방 차원에서 평소에도 산소흡입기를 챙기고, 속도를 유지한다. 고산지대의 공기는 더 차고 희박해 각별히 조심해야 한다.

엘린은 눈을 감고 연속해서 심호흡을 한다. 바로 그 순간 머릿속에서 기억의 편린이 떠오른다. 속사포처럼 빠르게 지나가는 장면들.

물속의 바위들을 흐릿하게 보이도록 만드는 미풍.

그녀의 팔을 잡은 손.

물속에서 연기처럼 퍼져나가는 피.

과거의 기억이 의식을 침범하는 일은 처음 겪는다. 이런 기억은 잠에 곯아떨어졌을 때나 의식이 깨어날 때 가끔 찾아온다. 이전에는 한 번도 그 선을 넘지 않았다.

불안감에 사로잡힌 엘린은 숨을 깊이 들이쉬고 오르막길을 좀 더 걷는다. 사방이 하얀 눈에 덮여 있다. 나뭇가지들에도 눈이 쌓여 휘어지거나 축 늘어져 있다. 두툼한 양말을 신었는데도 걸을 때마다 방한화 안의 발이 자꾸만 옆으로 미끄러진다. 신발가게 점원이 너무 클 거라고 충고했지만 그녀는 그 말을 무시했다. 그녀는 꼭 끼는 신발을 좋아하지 않는다. 천식이 남긴 습성이다.

신발 안에 든 발도 폐소공포증을 느낀다는 게 신기할 따름이다. 신발 안에 설치된 덫에 걸렸다는 감각. 엘린은 아파트를 구입하자마자 방 사이를 가로막는 가벽을 없애버렸다. 벽이 먼지를 피우며 무너져 내릴 때 넓은 공간으로 빛이 환하게 쏟아져 들어오면서 손에 잡힐 듯 단단한 안도감이 찾아들었다.

엘린은 뒤돌아서서 호텔이 있는 주변 풍경을 바라본다. 낮게 걸린 회색 하늘로 삐죽삐죽한 산봉우리들이 끼어든다. 옹기종기 모여 있는 샬레들이 상상 이상으로 작아 보인다. 오른쪽으로 굽이굽이 돌아 마을로 내려가는 도로가 이어진다. 도로는 눈이 쌓여 제대로 보이지 않는다. 마을은 산에 가려져 있다.

엘린의 눈에 금속 케이블과 뿌연 하늘로 솟은 송전탑이 보인다. 그 아래에 호텔이 있다. 호텔 주변에도 온통 눈이 쌓여 있고, 구름을 뚫고 새어 나온 햇빛이 호텔 유리 벽을 통과하지 못하고 튕겨 나간다. 호텔 전경을 한눈에 조망할 수 있는 곳이다.

엘린의 머릿속에서 한 가지 의문이 가시지 않는다.

로라가 자의로 호텔에서 나왔다면 어디로 갔을까?

호텔은 높은 산에 둘러싸여 완벽하게 고립되어 있다. 호텔 근처에는 로라가 몸을 숨길만한 곳이 전혀 없다.

로라가 얼어 죽기 십상인 날씨에 스스로 깊은 산 속으로 들어갔을 리 없어.

엘린은 숲을 보며 생각한다. 아이작은 산에 잠시 쉬어갈 수 있는 산장이나 대피소가 없다고 했다. 오로지 깎아지른 절벽과 바위, 빙하뿐이다. 고개를 들어 위를 보자 산도 빙하도 짙은 안개에 둘러싸여 있다. 안개가 소용돌이치면서 손가락 같은 덩굴손을 바위를 향해 뻗고 있다. 소름 돋는 풍경이라 그녀는 얼른 눈길을 돌린다.

로라가 산을 내려가 마을로 갔거나 협곡을 따라 내려가 시에르로 갔을 가능성을 배제할 수 없다. 다만 마을이나 시에르가 20킬로미터 이상 떨어져 있어 그런 모험을 했을 가능성은 현저히 낮다.

그렇다면 로라는 어디로 자취를 감추었을까?

눈이 많이 내리는 기상 상태에서는 도보 이동이 불가능하다. 게다가 로라의 휴대폰과 지갑, 가방이 호텔에 그대로 남아 있다.

의문을 풀려면 왜 로라가 이곳을 떠나기로 마음먹었는지 알아내야 한다.

로라가 이곳을 떠나기로 마음먹은 이유가 뭘까?

엘린은 그녀의 개인적인 일이나 호텔 일 중에서 실마리를 찾을 수 있을 거라 확신한다.

우선 로라가 떠난 이유가 무엇인지 알아내야 한다. 엘린은 휴대폰을 꺼내 로라의 소셜 네트워크 계정을 탐색한다. 그녀는 소셜 네트워크 계정을 만들었지만 정작 게시물을 전혀 올리지 않았다. 별다른 맥락 없이 올린 게시물들이 결과적으로 자의식을 내보이는 행위가 될 수 있다는 걸 경계했을 수도 있다.

로라의 소셜 네트워크 계정 대부분은 게시물이 전혀 없는 상태인데 그나마 인스타그램에 몇 개 있다. 사람들은 소셜 네트워크 계정, 이력서, 일기, 친구들과의 대화, 이메일을 통해 자신의 삶을 유리하게 편집할 수 있다. 소셜 네트워크는 삶을 조작하고 싶어 하는 사람들에게 유용한 도구로 이용된다. 평소 '팀원'들과 함께 어울려 식사하길 좋아하는 외향적인 성격의 직원이 혼자 식사하는 모습을 찍어 소셜 네트워크 계정에 올리면 내성적인 성격으로 오해받을 수 있다. 노벨문학상을 받은 책인데 끝까지 읽자니 내용이 지나치게 난해해 앞쪽 몇 페이지를 읽다가 집어 던져버렸으면서 마치 다 읽은 사람처럼 구는 경우도 있다.

당신을 어떤 사람으로 봐주길 바라는 마음으로 올린 게시물들은 당신의 욕망과 마음 깊이 숨겨진 심리를 엿볼 수 있는 창이 되어주기도 한다. 사람들은 당신이 올린 게시물을 보는 동안 그 이면에 숨은 욕망과 심리를 유추해볼 수 있다.

로라의 인스타를 둘러보는 동안 윌이 소셜 네트워크에 올린 게시물들이 떠오른다. 윌이 사생활을 과하게 노출한다는 생각이 들 수 있지만 심사숙고 과정을 거쳐 엄선한 게시물들이다. 풍경 사진과 건축물 사진이 대부분이고, 친구들과 찍은 사진도 있다. 칵테일 바, 독서클럽 모임, 카메라를 향해 취한 장난스러운 포즈.

로라가 자신을 책망하듯 쓴 글이 눈에 들어온다.

지나치게 애쓰지는 말고 애써보기.

로라의 일상을 담은 사진은 없다. '동기를 부여하는' 명언도, 카메라를 향해 억지 포즈를 취한 나이 지긋한 가족들 사진도 없다. 그녀의 좀 더 무방비한 모습이나 약점이 드러나 있는 게시물은 전혀 없다. 로라는 자신이 진지하고, 창의적이고, 통제력이 강한 사람으로 보이길 바란다.

로라는 흠결 하나 없이 완벽한 모습, 혹은 흠결이 전혀 없는 삶의 모습을 보여주길 원하지만 그런 모습을 통해 유추할 수 있는 건 그녀가 매우 불안한 심리 상태를 표출하고 있다는 것이다. 로라는 사람들이 있는 그대로인 자신의 모습을 좋아해줄 거라는 확신이 없기에 언제나 마음이 불안하다. 그나마 긍정적으로 봐준다면 늘 사람들에게 잘 보이려고 노력하는 사람이다. 심리가 매우 불안정하거나 성격 장애 징후는 보이지 않는다. 물론 로라가 어떤 인물인지 제대로 알아보려면 소셜 네트워크 계정이 아니라 어떻게 살아가고 있는지 현실에서 살펴보아야 한다. 그녀의 소셜 네트워크 친구들이 절대 볼 수 없는 곳.

로라의 사무실.

호텔로 돌아가려는 순간 엘린의 시선은 아래쪽으로 넓게 펼쳐진 광대한 순백의 설원으로 향한다. 문득 하나의 생각이 뇌리를 스친다.

만약 로라가 여기서 사라지고 싶었다면? 사전에 미리 계획한 실종이라면?

로라가 사라지고 싶어 했을 수도 있다는 생각이 든다.

완벽하고, 끝없는 망각을 위해.

하지만 다음 순간 아이작의 방 깔개에 흩뿌려져 있던 혈흔이 떠오른다.

작고 검붉은 점들. 마치 별자리 같은 모습.

27

납치범이 아델을 번쩍 들어 올린다. 아델은 일종의 침대 같은 자리에 반듯하게 누운 자세가 된다. 표면이 좀 더 부드럽고 푹신하다. 눈에 보이는 희미한 형체와 흐릿한 색채를 확인하느라 몇 분이나 소요된다.

벽은 울퉁불퉁하고, 줄무늬가 있고, 습기가 많아 표면이 푹 젖어 있다. 아델은 습기가 많은 벽을 토대로 자신이 지금 어디에 있는지 가늠해본다. 얼굴이 타는 듯 뜨거워 정신을 집중하기 힘들다. 얼굴이 왜 뜨거운지 원인을 기억해내는 순간 몸서리가 쳐진다.

마스크.

극심한 공포감이 일며 피부와 마스크의 두꺼운 고무 사이에 땀이 흥건하다.

무의식중에 손을 올려 마스크를 벗으려고 시도해보지만 양손이 묶여있어 꼼짝하지 않는다.

아델이 고개를 들고 주변을 자세히 살피려고 할수록 머리가 터질 듯이 뜨거워지면서 현기증이 더해진다. 이번에는 몸을 오른쪽으로 틀고 주변을 둘러보려고 시도하지만 고개를 돌리자 마스크에 달린 C자형 튜브가 시야를 가려 검은색 곡선만 보일 뿐이다.

아델은 고개를 오른쪽으로 돌려 C자형 튜브 너머에 무엇이 있는지 살펴본다.

그 결과 예기치 않은 성과가 있다. 침대에 결박된 오른손이 눈에 들어온다. 침대 가까이 탁자가 있다. 캠핑용 탁자와 유사하게 생긴 금속제품으로 다리를 접을 수 있다. 탁자의 금속 접시에 외과수술용 도구가 가지런히 놓여 있다. 메스, 칼, 날카로운 가위.

아델은 심장이 철렁 내려앉는다. 그때 어디선가 기묘한 소리가 들려온다. 공기를 빨아들이는 소리 같기도 하고, 숨을 내뱉는 소리 같기도 하다. 납치범이 착용한 마스크에서 흘러나오는 소리다. 그녀가 착용한 마스크보다 더 큰 제품이다.

아델은 고개를 돌려 납치범을 본다. 그가 손에 휴대폰을 들고 있다.

푸른색 케이스를 보니 내 휴대폰이야.

그의 손가락이 화면 위에서 빠르게 움직이고 있다. 손가락을 사용해 연속적으로 화면을 터치하는 모습을 보니 누군가에게 문자를 보내고 있는 게 틀림없다.

납치범이 내 휴대폰으로 어디론가 문자메시지를 보내고 있어.

몇 초 후 삐 소리가 들린다.

누군가가 답장을 보냈다는 뜻이다.

그 순간 아델은 깨닫는다.

내가 문자메시지를 직접 보낸 척한 거야.

문자메시지를 받은 사람이 누군지 몰라도 어디론가 사라진 줄 알았던 그녀가 무사하다고 생각하게 될 것이다.

아무도 나를 찾지 않을 거야. 뭔가 잘못되었다는 걸 눈치채지 못할 테니까.

아델은 비명을 질러보지만 마스크에 차단돼 밖으로 흘러나오지 않는다.

납치범이 뭔가 고심하는지 그녀를 무려 몇 분 동안 물끄러미 바라본다.

이윽고 그의 목소리가 들린다. "준비됐나?"

아델이 깜짝 놀라며 몸을 움츠린다. 아는 목소리다.

아델이 크게 비명을 질러보지만 목소리가 밖으로 새 나오지 않는다. 마지막으로 남아 있던 희망 한 조각마저 사라지면서 몸이 떨린다. 이제 여기서 빠져나갈 가능성은 희박하다.

이 순간이 찾아오리라는 걸 알았다. 그녀가 겪은 일은 그냥 사라지지 않았다. 그녀는 마음 깊숙한 곳에 숨겨두었지만 끝내 사라지지 않고 그곳에 남아 있었다. 혈관 안에 있다가 떨어져 나와 혼란을 일으킬 기회를 호시탐탐 노리는 혈전처럼.

아델은 가만히 누워 그 순간을 기다린다. 귀에 들리는 소리는 납치범의 숨소리뿐이다.

손전등 불빛이 다시 움직인다. 납치범은 허리를 굽히고 바닥에 놓아둔 검은 가방이 어디 있는지 찾고 있다. 납치범이 검은 가방을 뒤적거리더니 주사기를 꺼낸다. 팔에 주삿바늘이 꽂히고 얼마 안 있어 세상이 암흑으로 변한다.

아델은 정신을 잃기 직전 금속 테이블을 그녀 쪽으로 끌고 오는 소리와 쟁반에 담긴 금속 도구들이 달그락거리는 소리를 들었다.

28

"로라는 아직 안 돌아왔어요?"

엘린은 여자가 입고 있는 짙은 색 셔츠에 꽂혀 있는 이름표를 확인한다.

세실 카롱.

이 호텔의 총지배인이다. 어제 풀에서 봤던 여자로 부동산 개발업자인 루카스 카롱의 여동생이다. 남매라서인지 두 사람의 신장과 골격이 비슷하고 머리 색이 연한 금발이다. 세실의 머리카락이 루카스보다 더 짧아 보인다. 머리를 짧게 자른 탓에 툭 튀어나온 세실의 광대뼈가 더욱 도드라져 보인다. 힘과 강단이 있어 보이는 얼굴이다. 화장을 전혀 하지 않은 상태지만 굳이 할 필요가 없어 보인다. 어떤 화장을 하더라도 어울리지 않을 것 같다.

엘린이 고개를 끄덕이며 말한다. "아직 아무런 소식이 없어요."

세실의 얼굴에 어두운 그림자가 드리워진다. "아이작이 많은 사람들에게 연락해 로라에 대해 물어본 게 확실해요?"

"로라의 친구들, 가족, 이웃들에게까지 전부 물어봤다더군요. 사람들은 로라가 아이작과 함께 이 호텔에서 지내고 있다고 생각했나봐요." 엘린이 잠시 말을 멈춘다. "이미 로라에게 들었겠지만 우린 두 사람의 약혼 파티에 참석하려고 이 호텔에 왔어요."

"로라에게 들었어요." 세실이 서류를 손에 쥐고 프런트 데스크에서 나온다. "당신이 영국 경찰이라는 말도 들었고요."

엘린이 얼굴을 붉히며 말한다. "네, 맞아요."

세실은 그녀가 휴직 중이라는 사실을 모르는 눈치다.

"제 남동생 아이작이 경찰에 실종신고를 접수했어요. 경찰은 신고받긴 했지만 막상 수사에 착수하지는 않았어요. 당장 수사를 시작하는 건 시기상조라고 판단해서."

세실은 고개를 끄덕이고 나서 프런트 직원에게 말을 건네더니 다시 엘린을 돌아본다. "제 사무실로 자리를 옮겨 좀 더 얘기를 나누는 게 좋겠어요."

엘린은 그녀와 보폭을 맞춰 걸으며 로비를 통과해 복도로 들어선다.

세실이 발걸음을 내디딜 때마다 바짓단이 위로 살짝 올라가며 허벅지 근육이 도드라져 보인다. 직원용 유니폼을 입은 그녀의 모습이 마치 물 밖으로 나온 물고기처럼 어색하게 느껴진다. 상의인 검은색 셔츠, 하의인 슬림핏 테이퍼드 바지, 발에 착용한 회색 펌프스는 그녀의 몸매와 어울리지 않는다. 그녀의 넓은 어깨와 근육이 발달한 팔다리가 옷감을 팽팽하게 당겨 재단이 살짝 틀어져 있다. 유니폼보다는 운동복 차림이 훨씬 잘 어울릴 것 같은 몸매다.

세실이 오른쪽 문을 열자 짧은 복도가 나온다. 그녀의 사무실은 복도 왼쪽 끝에 있다. 그녀가 사무실 문을 열어주며 말한다.

"사무실에 들어가 앉으세요."

세실이 쓰는 영어에서 미국식 억양이 묻어난다. 미국에 유학을 다녀왔거나 미국 어딘가에서 억양이 굳어질 만큼 살았다는 뜻이다. 세실의 사무실 역시 유리 벽이 앞을 가로막고 있지만 지금은 검고 두터운 구름에 가려져 밖이 잘 내다보이지 않는다. 바깥에서는 다시 눈이 내리기 시작한다. 커다란 눈송이가 떨어지는 모습을 보고 있자니 현기증이 인다.

유리 벽 바로 앞에 테이블이 놓여 있다. 저격수가 사무실 안의 표적을 노린다면 쉽게 명중시킬 수 있을 것 같다. 유리 벽을 통해 사무실 안이 훤히 들여다보일 테니까. 책상에 놓인 컴퓨터 모니터 두 대, 서류 뭉치, 커피 잔이 차례로 눈에 들어온다. 두 개의 사진 액자도 보인다. 세실이 손에 트로피를 들고 있고, 목에는 메달이 걸려 있다. 수영장 풀에서 수영모를 벗어 손에 든 세실이 주먹을 흔들어 보이는 사진도 있다.

"수영 선수였어요." 허탈한 웃음이 뒤따른다. "이제는 다 지나간 얘기죠."

"커리어를 완전히 바꾸었네요?"

"바꾼 결과는 그다지 만족스럽지 않아요." 세실이 미소 짓는다. "그냥저냥 주어진 일을 하고 있을 뿐이죠."

세실이 수영 선수 시절 사진을 힐끔 쳐다보다가 얼른 시선을 돌린다. 그 시절의 기억이 아무리 고통스러워도 그녀에게는 사진을 액자에 넣어 사무실 책상에 올려놓을 정도로 소중했다는 뜻이다. 누구나 꿈을 꾸지만 이루기 쉽지 않다.

강력계 형사가 아니라 다른 직업을 택했다면 내 인생은 어떻게 되었을까?

엘린이 대화 주제를 바꾼다. "혹시 로라를 못 보았나요?"

"어제 이후로는 못 봤어요. 어제 낮에 로라가 라운지에서 점심 식사할 때 잠깐 봤죠." 세실의 이마에 주름이 잡힌다. "로라와 통화한 사람이 아무도 없는 게 확실해요?"

"네."

"혹시 호텔 직원들 중에 누군가 로라를 차에 태워주지 않았을까요? 당신도 모르는 직원이?"

"그런 가능성을 배제할 수는 없지만 로라가 왜 연락하지 않는지, 왜 반드시 필요한 소지품을 두고 갔는지 설명되지 않아요. 휴대폰, 가방, 지갑이 그대로 있으니까요."

"혹시 집으로 돌아간 건 아니겠죠?"

"로라가 이웃집에 열쇠를 맡겨놓아 이웃 사람이 문을 열고 들어가 봤는데 집에 아무도 없더래요."

"로라 스스로 사라졌고, 사람들에게 알리기 싫어 연락하지 않았을 가능성도 있어요. 약혼을 앞둔 사람이 도저히 아니라는 생각이 들어 떠나는 경우는 종종 있으니까." 세실이 어깨를 으쓱한다. "나도 경험해봐서 알아요."

이제 보니 세실의 손에 결혼반지가 없다.

"이혼했어요."

세실의 단호한 목소리에서 위로의 말은 사절하겠다는 뜻이 읽힌다.

아직 늦지 않았어요. 앞으로 천생연분을 만날 거예요.

월을 만나기 전에 엘린은 그런 말을 자주 들었다. 이십 대 후반이 되자 사람들은 그녀를 틀에 가두고 제멋대로 딱지를 붙였다.

속내를 알 수 없는 여자.

엘린은 다시 로라 얘기로 돌아온다. "사람들이 아무런 예고도 없이 훌쩍 떠나는 일은 자주 일어나요. 가족들이 혹시 잘못되었을까봐 두려움에 휩싸일 때쯤 자발적인 실종이었다는 사실을 알게 되죠. 떠나는 이유를 구질구질하게 설명하기 싫어 불쑥 떠나기도 해요." 엘린이 몸을 앞으로 내민다. "혹시 로라에게 뭔가 문제가 있다는 느낌이 든 적 있었나요? 로라가 불쑥 떠나버릴 만한 이유."

"전혀 없었어요. 로라는 뛰어난 직원이었죠. 일할 때는 철두철미하고, 늘 밝은 얼굴로 사람들을 대했어요." 세실이 책상 위에 놓인 펜을 만지작거린다. "어찌 보면 나는 로라 문제를 논의하기에 적합하지 않아요. 우리는 사이가 좋았지만 직업적인 관계였죠. 로라는 내성적인 편이라 꼭 필요한 경우가 아니면 사생활 얘기를 하지 않았어요."

엘린이 묻는다. "로라의 책상을 살펴봐도 될까요? 혹시 무슨 단서가 나올지도 모르니까."

세실의 표정을 보니 뭔가 언뜻 스치지만 엘린은 무슨 뜻인지 의미를 짐작할 수 없다.

세실이 오른쪽의 불투명 유리 벽을 손으로 민다. "이 문 안으로 들어가세요."

문을 열고 안으로 들어서자 또 다른 사무실이 나온다. 세실의 사무실과 구조는 비슷하지만 크기는 절반 정도에 지나지 않는다. 세실은 문 앞에 서서 휴대폰에 코를 박고 있다. 엘린은 깔끔하게 정돈된 책상을 바라본다. 노트북, 필통, 전화기, 라임그린 색 화분에서 자라는 다육식물이 놓여 있다. 휴대폰 충전기도 있다. 주인이 어떤 사람인지 설명해주는 단서가 전혀 없는 책상이다.

책상의 오른쪽 서랍을 연다. 잠겨있지 않아 쉽게 열린다. 서랍 안에 든 내용물은 별로 없다. 주제 발표 자료, 회의 관련 메모들, 각종 서류 파일. 엘린은 푸른색 파일을 집어 든다. 파일에는 반으로 접은 종이가 몇 장 들어 있다. 웹사이트에서 출력한 기사다. 기사 제목이 프랑스어로 되어 있다. 기사 위쪽에 명함 한 장이 클립에 끼워져 있다.

아멜리에 프랑세즈
심리치료/심리학
로잔 가 24번지

엘린은 곁눈질로 세실을 힐끔 쳐다본다. 그녀는 여전히 휴대폰에 열중해 있다.

엘린은 명함을 주머니에 집어넣고 나서 왼쪽 서랍을 연다. 보라색 폴더가 눈에 들어온다. 휴대폰 요금 청구서를 모아둔 서류이다. 로라의 이름으로 요금이 청구되었지만 그녀가 받은 주소는 집이 아니라 이 호텔로 되어 있다.

세실이 고개를 들고 묻는다. "단서가 될 만한 뭔가가 있어요?"

엘린이 잠시 망설이다가 묻는다. "호텔 직원들에게 업무용 휴대폰이 따로 제공되나요?"

"업무를 볼 때도 그냥 개인 휴대폰을 사용해요. 그 대신 사무실에서는 주로 유선전화를 사용하죠."

세실이 책상 위에 놓인 유선전화기를 가리킨다.

로라는 휴대폰 요금 청구서를 왜 호텔에서 받았을까?

통신사가 눈에 들어온다.

Oragne.ch.다. 아이작이 보여준 휴대폰의 통신사는 Swiss.com이었다.

로라에게 휴대폰이 하나 더 있었다는 뜻이야.

엘린은 최근에 받은 휴대폰 요금 청구서를 집어 들고 위에서 아래로 재빨리 훑어 내린다. 통화 내역을 살펴보니 반복적으로 통화한 번호 하나가 눈에 띈다. 엘린은 아이작의 휴대폰 번호일 거라 생각하면서 자신의 휴대폰을 꺼내 확인해본다.

로라가 여러 번 반복해서 통화한 상대는 아이작이 아니다. 통화 내역을 보니 아이작의 휴대폰번호는 단 한 차례도 등장하지 않는다.

엘린은 방금 알아낸 사실이 마음에 들지 않는다.

로라는 휴대폰 요금 청구서를 왜 호텔에 보관했을까? 그녀가 두 개의 휴대폰을 사용한다는 걸 아이작이 모르도록 하기 위해서겠지. 그렇다면 로라가 따로 만나는 사람이 있었나? 그러다가 아이작에게 발각되었나?

문득 로라가 어젯밤에 누군가와 통화하던 모습이 떠오른다. 로라는 이 휴대폰으로 통화했을 가능성이 크다. 로라가 그동안 반복적으로 통화한 휴대폰 번호의 주인이 어젯밤 통화한 사람일 수도 있다.

엘린은 휴대폰이 진동하는 바람에 힐끔 화면을 본다. 윌이 보낸 문자메시지가 들어와 있다.

뉴스를 봤는데 온통 날씨 이야기뿐이야. 협곡 반대편에 있는 호텔들은 이미 투숙객들을 아래로 대피시키고 있대.

"로라의 사무실을 둘러보셨어요?"

세실을 바라보는 엘린의 얼굴에 초조한 기색이 묻어난다.

세실은 어서 성가신 일을 마치고 본연의 업무로 돌아가고 싶겠지.

엘린이 휴대폰 요금 청구서를 모아둔 폴더를 가리킨다. "이 폴더를 가져가도 될까요?"

"얼마든지요." 세실이 선선히 대답한다. "혹시 내가 도울 일이 있으면 뭐든지 말씀하세요." 세실의 목소리는 시원시원하지만 정작 표정은 모호하다. 엘린은 방금 세실이 한 말이 진심인지 아니면 직업의식에서 나온 상투적인 립서비스인지 가늠할 수 없다.

세실이 그녀의 속마음을 읽은 듯 덧붙인다. "필요한 자료가 있으면 뭐든지 다 가져가세요. 로라는 우리 팀의 소중한 구성원이고, 저 또한 한시바삐 복귀하길 바라니까요."

세실이 시선을 유리창에 고정하고 있다. 엘린이 그녀의 시선을 따라가 보니 건물 밖 주차장이다. 경찰의 사륜구동 차량 두 대 가운데 한 대가 어디론가 출발하고 있다. 사륜구동차가 바퀴로 눈을 사방으로 흩뿌리며 빠르게 달려간다.

문득 카롱 남매가 다니엘 르메트르와 함께 자랐다고 했던 로라의 말이 떠오른다.

엘린은 세실에게 애도를 표하는 말을 하려다가 그만둔다.

29

"출력물이라고?" 아이작의 목소리가 지나치게 크고 부자연스럽지만 상관없다. 라운지에 사람들이 많아 그의 말이 왁자지껄한 목소리와 식기들이 부딪치는 소리에 묻혀버린다. 낮 시간에 어울리는 컨템포러리 재즈도 흘러나온다. 이런 날씨에는 아무도 밖으로 나가려 하지 않을 거라는 생각이 든다. 하늘은 시커멓고, 강한 바람이 불어 눈발이 사방으로 흩날린다.

엘린이 고개를 끄덕인다. "로라의 책상에 들어 있었어."

"그래서 누나가 윌을 보냈구나. 그 출력물을 내게 들이밀려고."

엘린이 발끈한다. "나는 윌을 보내지 않았어. 윌이 점심 식사를 먼저 끝내는 바람에 이메일을 확인하러 갔을 뿐이야."

아이작이 포크를 거칠게 내려놓더니 접시를 옆으로 밀쳐둔다. 치킨 샐러드는 거의 손대지 않아 채소가 접시 한쪽에 수북이 남아 있다. 그는 면도를 하지 않아 수염이 까칠하고, 구겨진 옷을 그대로 입고 있다.

"이 명함은 또 뭐야?"

"그 서류에 명함이 끼워져 있었어. 심리치료사 명함이야."

엘린은 시선을 벽난로에 고정하고 손끝으로 컵의 테두리를 훑는다. 벽난로 불길이 살짝 위로 올라왔다가 이내 잦아든다.

"심리치료사?" 아이작의 눈이 휘둥그레졌다가 곧 냉정을 되찾는다. "그렇다면 말이 되네."

아이작이 뭔가 짚이는 게 있다는 듯이 엘린을 바라본다. "로라가 최근에 우울증으로 고생했어. 지난 몇 달 동안 증세가 더욱 심해졌지. 내가 선반에서 몰래 치워버린 게 바로 우울증 약이야. 혹시 누나가 봤는지 모르지만."

"나도 봤어." 엘린이 아이작과 눈을 맞춘다. "굳이 숨길 필요가 없었잖아."

"로라의 사생활이라 굳이 알릴 필요가 없다고 생각했어." 아이작이 고개를 가로저으며 바닥으로 시선을 떨어뜨리더니 목청을 가다듬는다. "로라와 내가 초대한 친구들에게 전화해 약혼 축하 파티가 취소되었다고 말해주었어. 로라가 사라지고 없는데 헛걸음할 필요 없잖아."

아이작의 목소리에서 분노가 느껴진다.

엘린이 대화 주제를 바꾼다. "로라는 언제부터 우울증을 앓기 시작했어?"

"코랠리 아줌마가 돌아가시고 나서 우울증이 시작되었지. 최근 몇 년 동안 우울증 증세가 악화되었다가 호전되길 반복했어. 로라가 열여덟 살이 되자마자 일본으로 떠난 아버지도 우울증을 앓는 데 단단히 한몫했지."

"난 코랠리 아줌마가 돌아가신 걸 몰랐어." 엘린은 친구의 엄마를 떠올리며 깜짝 놀란다. 코랠리 아줌마의 갸름한 얼굴과 눈꼬리가 살짝 올라간 눈이 떠오른다. 생전에 활기 넘치는 분이었기에 세상을 떠났다는 말을 들었음에도 전혀 실감이 나지 않는다.

"제네바의 호수 근처에서 뺑소니차에 치어 목숨을 잃었대."

"로라는 왜 그 말을 해주지 않았을까?" 엘린은 그 이유가 궁금한 한편 마음이 아프다.

로라가 왜 그랬는지 짐작할 수 있다. 엘린 역시 로라에게 아무런 말도 하지 않고 훌쩍 떠나버린 적이 있다. 로라의 입장에서 보자면 두고두고 마음 상할 수도 있는 일이다.

"로라는 여기에 온 이후로 우울증을 완전히 극복한 사람처럼 행동했어. 일자리를 또 잃게 되면 경제적으로 큰 곤란을 겪게 될 테니까 그럴 만했지."

"로라가 직장에서 쫓겨난 적이 있어?"

"로라가 다니던 회사에서 그만두라고 압력을 가했나봐. 로라가 이 호텔에 취직할 때 이전 회사에서 추천장을 써준 건 로라가 저항하지 않고 조용히 나가줬기 때문이었지. 그렇지만 엄연한 해고였어."

"어떤 회사였는데?"

"근무 시간은 길고, 업무량이 많은 회사였어. 로라는 허구한 날 잠이 부족했고, 업무량이 많다보니 체력적으로 견뎌낼 수 없었지. 몸이 아프다 보니 자주 병가를 내야 했고, 동료나 고객들과도 툭하면 트러블을 일으켰나봐."

엘린이 아는 로라와 방금 들은 말은 많은 차이가 난다. 아이작의 말을 믿기 힘들 정도다.

엘린은 잠시 생각에 잠겼다가 입을 연다. "로라의 사무실 책상에 휴대폰 요금 청구서가 들어 있었어. 로라가 휴대폰을 두 대 사용했다는 뜻이야."

"로라의 휴대폰이 두 대였다고? 그렇다면 내가 몰랐을 리 없는데."

아이작의 목덜미가 붉게 물든다.

"로라가 휴대폰을 두 대 사용한 건 분명해. 휴대폰 명의도 로라 이름으로 되어 있었고, 요금 청구서를 받는 주소가 호텔로 되어 있었어." 엘린이 빵 한 조각을 들었다가 다시 내려놓는다. 김이 모락모락 올라오는 수프에 뜬 기름방울을 보자 식욕이 확 떨어진다.

"휴대폰이 한 대 더 있었다고 해도 자주 사용할 수는 없었을 텐데."

"아니, 통화 내역이 아주 많아. 문자메시지도 많이 주고받았고. 지난 몇 달 동안 빈번하게 연락을 주고받은 번호가 있어."

아이작이 성마르게 혀로 이를 훑는다. "그 청구서를 볼 수 있어?"

엘린은 가방에서 휴대폰 요금 청구서를 꺼내 아이작에게 보여준다. 아이작이 눈이 아플 정도로 천천히 청구서를 훑듯이 들여다본다.

아이작은 모르는 번호야.

아이작이 주머니에서 휴대폰을 꺼내 들며 말한다. "당장 전화해봐야겠어." 아이작의 이마로 머리카락이 쏟아지면서 얼굴에 짙은 그림자가 드리워진다.

"어디에 전화하려고?"

"로라의 또 다른 휴대폰에. 청구서 맨 위에 휴대폰 번호가 나와 있네."

아이작이 전화하는 동안 엘린은 두려움이 엄습해와 손톱을 물어뜬다. 그녀의 눈길은 머리 위에 달린 거대한 샹들리에로 향한다. 가장자리에 유리 장식물 수백 개가 달려있다. 처음 보면 아름답게 느껴지지만 장식이 과도해 보인다.

아이작이 귀에 대고 있던 휴대폰을 뗀다. "신호가 가지 않고 곧장 음성사서함으로 넘어가네."

그가 다시 청구서를 집어 든다. 손가락에 어찌나 많은 힘을 가했는지 종이가 구겨질 정도다.

"로라가 자주 통화한 번호에 전화해봐야겠어."

아이작이 전화를 걸자마자 누군가 받는다. "여보세요? 내 말 들리세요?" 아이작이 휴대폰을 귀에서 떼더니 탁자에 내려놓는다. 그의 눈에 당혹감이 어려 있다. 분노가 아니라 참담한 표정이다.

아이작은 로라가 거짓말하는 걸 전혀 몰랐던 거야.

엘린 역시 마음이 씁쓸해 눈을 아래로 내린다. 아이작은 누나의 동정을 바라지 않을 것이다. 한 번도 그런 적이 없었다.

"분명 누군가 전화를 받았는데 내가 미처 말하기 전에 끊어버렸어."

"그럼 다시 한번 해봐."

아이작이 휴대폰을 귀에 댔다가 내려놓는다. "이번에는 아예 신호가 안 가."

"휴대폰 전원을 꺼버렸나봐. 신경 쓰지 마. 경찰서에 연락해 이 휴대폰 번호의 통화 내역을 조사해달라고 할게. 로라가 사용한 휴대폰 두 대 모두. 통신업체에서 지난 6개월 동안 주고받은 통화 내역을 제공받을 수 있을 거야."

아이작이 손가락으로 가볍게 탁자를 두드린다. 방금 한 말을 그가 제대로 듣기는 했는지 모르겠다.

갈색 머리 웨이트리스가 테이블을 닦고 있다. 세제의 레몬 향이 코끝을 톡 쏜다.

웨이트리스가 테이블을 닦고 나서 미소 지으며 말한다. "혹시 필요한 게 있으면 말씀하세요."

엘린이 대답하려는데 아이작이 불쑥 끼어들더니 퉁명스럽게 말한다. "음식 맛이 형편없네요."

"아이작?"

엘린이 대신 사과하고 싶다는 얼굴로 미소를 지으며 웨이트리스를 본다.

"사실이잖아. 나는 있는 그대로 말했을 뿐이야."

웨이트리스가 얼굴을 붉히며 말한다. "손님의 의견을 조리 팀에 꼭 전달하겠습니다."

엘린이 경고하듯 아이작을 노려보며 말한다. "괜찮아요. 그럴 필요 없어요."

웨이트리스가 자리를 뜨자 엘린이 인상을 찌푸린다. "웨이트리스에게 왜 무례하게 굴어? 로라가 사라진 게 웨이트리스 탓은 아니잖아?"

아이작은 늘 엉뚱한 사람에게 화풀이한다. 아이작이 시험을 잘 봤을 때 아빠가 장난감을 선물로 사준 적이 있다. 장난감 로봇이었는데 안테나를 누르면 항상 이렇게 말한다. "무엇을 할지 명령만 내려주세요. 하지만 나를 조심해서 다뤄야 해요."

로봇 장난감을 잃어버린 아이작은 엉뚱하게도 샘에게 분풀이를 했다. 샘의 방을 엉망으로 만들고 플레이모빌 해적 장난감을 망가뜨렸다. 그런 일이 있고 나서 샘은 몇 주 동안 엘린의 곁에서 벗어나려하지 않았다. 그들은 서로의 인간 방패막이였다. 아이작이 분노해 소리칠 때마다 그들은 서로 보듬으며 방패막이가 되어주었다.

어색한 침묵이 이어지는 동안 아이작이 목덜미를 문지른다. "누나 말이 맞아. 다만 이 상황이 마음에 들지 않아. 뭔가 잘못되어가고 있는 게 분명해. 로라가 오늘 밤까지 돌아오지 않으면 다시 경찰에 수사를 의뢰해야겠어."

"오늘 저녁에는 로라가 돌아오겠지." 엘린 역시 확신이 없다. "별일 아닐 수도 있어."

아이작이 가방을 뒤지더니 로라의 사진들을 꺼내 그녀 앞에 내려놓는다. "누나가 이 사진들을 보고 나서도 별일 아닐 거라 말할 수 있을까?"

엘린은 사진들을 끌어모은다. 각기 다른 사진이지만 피사체는 동일하다.

"이 호텔 개발업자인 루카스 카롱을 찍은 사진이네. 이 사진들은 어디서 났어?"

서늘한 두려움이 방울처럼 그녀 안을 맴돈다.

상황이 심상치 않아.

아이작이 핏기가 가신 얼굴로 그녀를 빤히 바라보면서 한쪽 발로 바닥을 쿵쿵 구른다.

"로라가 스키 가방에 숨겨둔 사진들이야."

루카스가 비니를 쓰고 휴대폰을 보면서 호텔로 걸어오는 사진,

그가 라운지 입구에서 직원과 이야기를 나누는 사진, 그가 여러 사람들과 테라스에 앉아 와인을 마시는 사진이다. 마치 감시카메라를 보는 느낌이다. 로라가 그의 뒤를 졸졸 따라다니며 스토킹을 한 것 같다.

"이상하지 않아?" 아이작이 점점 발을 좀 더 빠르게 구르며 무릎으로 테이블을 툭툭 치고 있다. "루카스가 휴가를 보내면서 찍은 사진이 아니잖아. 그는 누군가 몰래 사진을 찍고 있다는 사실을 전혀 모르는 눈치야."

엘린이 숨을 길게 들이쉰다. "아직은 어떤 상황인지 정확하게 모르니까 단정적으로 말할 수 없지만 분명 로라가 루카스를 몰래 촬영한 이유가 있을 거야."

엘린이 불편한 듯이 몸을 꼼지락거린다. 그녀는 자신이 방금 한 말에 전혀 자신이 없어 보인다.

무슨 이유일까? 로라는 왜 이 사진들을 스키 가방에 넣어두고 있었을까?

아이작의 눈이 번득인다. 그가 성마르게 눈꺼풀을 긁는다.

엘린이 아이작의 손을 손바닥으로 살며시 누른다. 본능적으로 한 행동이다. 그녀의 손에 깔린 그의 손에서 긴장감이 스르르 빠져나간다. 시간이 저절로 뒤로 감긴다.

엘린은 다시 아이가 되었고, 아이작이 그녀가 다시 잠들도록 어깨를 토닥여준다. 악몽 탓에 그들은 몇 년 동안 같은 방을 썼다. 아이작은 그녀가 악몽에 시달리다가 잠을 깰 때마다 팔을 뻗어 손을 잡아주었다. 그는 샘이 아기였을 때도 그렇게 했다.

한동안 샘은 그녀 때문에 악몽에 시달렸다. 그녀와 샘은 옷을 갈아입으며 분장 놀이를 했다. 샘은 군인이 되었다가 기사가 되었다. 가끔 엘린이 원하면 집에서 만든 하얀 양모 의상을 입고 양이 되었다. 예수의 탄생에 대한 엘린의 '창의적인' 해석이었다.

그 후 샘은 각종 의상을 걸친 귀신이 등장하는 악몽을 꾸게 되었다. 샘이 입었던 의상들이 머리 없는 귀신이 되어 방을 돌며 춤을 추는 악몽. 엄마는 분장 놀이에 동원된 의상들을 모두 버렸다. 당분간 분장 놀이를 하지 말라면서.

샘.

엘린은 순간적으로 불안감에 휩싸여 아이작이 감싸고 있는 손을 **빼낸다**.

너무 성급한 판단이 아닐까? 눈에 보이는 대로 믿고 있는 건 아닐까?

아이작이 보여주거나 말한 건 그저 하나의 의견일 뿐이다. 엘린은 너무 쉽게 경계심을 풀어버린 자기 자신에게 화가 난다. 현재 벌어지고 있는 상황에 대해 더 알아보아야 한다.

엘린은 진실을 얼마나 쉽게 놓칠 수 있는지 잘 알고 있다.

30

방으로 돌아온 엘린은 피로가 밀려와 눈을 비빈다. 두통이 시작되려는지 목덜미가 묵직하고 욱신거린다. 엘린은 컵에 물을 따라 마신다. 지금은 무조건 휴식이 필요한데 아이작이 보여준 사진이 머릿속에서 자꾸 아른거린다.

로라는 왜 그 사진들을 스키 가방에 넣어두었을까? 그 사진들은 무엇을 의미하는가?

엘린은 창가의 가죽 의자에 등을 대고 앉아 구글 검색에 '루카스 카롱'이라는 이름을 넣는다. 결과를 확인하기도 전에 그녀의 상사인 안나가 보낸 메일이 눈에 들어온다.

내가 마지막으로 보낸 메일을 자네가 확인하지 않아서 다시 보내. 자네를 재촉하고 싶진 않지만 이달 말까지 결정을 내려줘야 해. 의논할 사람이 필요하면 연락해.

엘린은 화면에 떠 있는 메일을 몇 번이나 거듭 읽고 나서 루카스 카롱으로 검색한 결과를 읽어 내려가기 시작한다. 루카스 카롱의 약력이 나와 있는 위키피디아, 경제지와 환대산업계 언론에 등장하는 기사들이 눈에 들어온다.

엘린은 스크롤을 내려 다음 페이지로 넘어간다. 더 많은 기사들이 있다. 루카스 카롱이 마라톤과 크로스컨트리 스키 경주에 참가했을 때의 기사가 유난히 많다. 루카스 카롱은 스포츠에도 열의를 가진 인물이고, 사업 또한 성공가도를 달리고 있다.

브랜드 뒷이야기 : 루카스 카롱은 지난 10년 동안 스위스 환대산업계에서 주목할 만한 인물로 떠올랐다.
제국의 시작 : 루카스 카롱이 재창조한 미니멀리즘은 럭셔리 호텔의 풍경을 어떻게 바꾸고 있는가?
히피 호텔리어 : 루카스 카롱이 매일 거르지 않는 요가와 업계 톱을 유지하는 사업은 어떤 연관성이 있을까?

최근의 기사들.

루카스 카롱, 샬레 스타일에 작별을 고하다. 새로운 미니멀리즘에 대한 연구 _ 《르 소메》
루카스 카롱은 왜 영감을 얻기 위해 과거를 즐겨 바라보는가? _ 《르 소메》

엘린은 두 번째 기사를 클릭한다. 〈르 소메〉 호텔의 라운지 소파에 책상다리를 하고 앉은 루카스의 모습이 지면을 압도한다. 그 어디에도 불편하거나 불안한 기색이 보이지 않는다. 그의 미소는 환하고 자연스럽다.
루카스 카롱은 제법 격식을 차린 사진에서도 부동산 개발업자라기보다는 등산이나 하이킹 잡지의 표지 모델 같은 분위기를 풍긴다. 물 빠진 청바지에 근육질 몸매가 돋보이는 기능성 셔츠 차림이다. 그의 짙은 금발 머리는 목덜미까지 길게 흘러내렸고, 턱수염은 거의 손질하지 않았다.

루카스가 풍기는 분위기와 호텔 디자인이 쉽게 연결되지 않는다. 기사 아래쪽에 기자가 루카스와 직접 인터뷰한 내용이 있다.

"나는 주로 유서 깊은 건물, 내게 역사를 계속 이어 나가게 해달라고 졸라대는 건물들을 재건축했습니다. 〈르 소메〉 호텔은 요양원에 대한 비전을 품었던 내 증조부가 지은 건물이라서 이 호텔 재건축 사업은 나에게 각별한 의미가 있었습니다. 이 건물을 재창조하는 작업은 저의 오랜 숙원이었죠. 어린 시절부터 이 건물을 볼 때마다 어떤 모습으로 탈바꿈시킬지 상상했거든요."

루카스는 아홉 살 때부터 구할 수 있는 재료들을 모두 활용해 건물을 새롭게 꾸미기 시작했다.

"내가 병원에 입원하자 사람들은 레고와 막대, 음식을 싸들고 문병을 왔어요. 내가 이 건물에 대한 사랑을 시작한 곳이 바로 병원이었죠. 나는 몸이 회복되면 평범한 일상으로부터 삶의 활력을 끌어내야겠다고 맹세했어요."

병원?

기사를 읽어가는 동안 의문을 풀어줄 문단이 나온다.

루카스는 선천성 심방중격결손증, 즉 심장에 구멍이 난 채 태어났다. 수술을 통해 구멍을 막아 결국 완치되었지만 수술 부작용 때문에 몇 차례에 걸쳐 장기 입원을 했다.

엘린은 이제야 루카스 카롱이라는 인물에 대해 이해가 되기 시작한다. 그는 뭔가를 증명해야 하는 사람이고, 틀을 깨려는 사람이기도 하다. 그의 인생철학이 반영된 문장이 바로 '평범한 일상에서 삶의 활력을 이끌어낸다'다.

이제야 로라가 루카스에게 끌린 이유가 짐작된다. 루카스는 사업가 기질과 보헤미안 기질이 골고루 뒤섞인 인물이다. 그렇다 하더라도 로라가 어떤 이유로 그 사진들을 촬영했는지 설명되지 않는다.

로라는 왜 루카스의 사진을 숨겨두고 있었을까?

엘린은 다시 구글 검색 화면으로 돌아가 나머지 결과물들을 살펴본다. 스크롤을 통해 화면을 아래로 내리자 시선을 끄는 블로그의 게시물 하나가 나타난다. 영어로 작성된 게시물이고, 제목도 도발적이다.

스위스 부동산 개발업자들이 어떻게 스위스의 아름다운 마을들을 파괴하고 있는가?

블로그를 열어보니 내용 또한 제목과 그대로 일치한다. 루카스를 비롯한 부동산 개발업자들에 대한 비난과 댓글이 눈에 들어온다. 대부분 루카스가 제안한 디자인을 비난하는 악플들이다.

루카스 카롱은 사람들을 자근자근 밟고 다닐 놈이다.
루카스 카롱은 누가 뭐라 하든지 내 갈 길을 갈 테니까 방해하지 말고 지옥으로 꺼져버리라고 소리치는 인물이다.

블로그에는 다니엘의 실종과 루카스가 그와 어떤 사이인지도 나와 있다. 족벌주의를 비난하는 내용이고, 루카스가 〈르 소메〉 호텔 프로젝트에서 다니엘을 배제하려 한다는 루머도 있다.

엘린은 트위터에서 루카스 카롱을 검색한다. 수백 개나 되는 트윗에 그의 이름이 나와 있고, 죄다 비난 일색이다.

그때 문이 딸깍 열리는 소리가 난다.

윌.

"휴대폰으로 뭘 보고 있어?" 윌이 가까이 다가오더니 자신의 휴대폰을 테이블에 내려놓는다.

"부동산 개발업자인 루카스 카롱에 대한 기사를 읽고 있었어. 로라가 가방에 넣어 다녔던 그 사람 사진을 봤거든."

"로라와 그는 어떤 사이였는데?"

"개인적으로는 모르는 사이였어. 루카스는 사진을 찍히고 있다는 사실을 미처 몰랐던 것 같아."

"로라가 오늘 밤까지 돌아오지 않으면 아이작에게 연락해 경찰에 신고해 달라고 해. 수사는 경찰에게 맡겨야지."

윌의 어조에서 평소와 다른 뉘앙스가 느껴진다. 체념의 느낌이 든다. 그의 눈동자도 아무런 감정을 담지 않고 텅 비어있어 문득 두려움이 밀려든다. 그의 마음이 떠나가고 있다. 지금이라도 상황을 바로 잡을 수 있는 기회는 있다. 윌이 바라는 말을 들려주고 나서 앞으로 잘해나갈 준비가 되어 있다고 말해주면 된다. 하지만 거짓말로 상황을 모면하긴 싫다.

나는 아직 준비되지 않았어.

샘에게 무슨 일이 일어났는지 진상을 밝힐 수 있을 때까지 일단 보류하기로 했다. 그 일이 벌어진 이후 뭔가가 목에 걸려 삼키지도 뱉어내지도 못하고 있다. 스웨터 올이 나뭇가지에 걸리듯이 샘이 죽던 날 그녀의 목에 걸린 뭔가가 그를 옴짝달싹 못하게 만들고 있다.

월이 옷장에서 스웨터를 꺼내 입는다. "아까 옷을 갈아입으면서 생각해봤어. 엘린, 나는 이만 돌아가고 싶어. 이해해줘."

"언제?"

"최대한 빨리." 월이 휴대폰 화면을 그녀 앞에 들이민다. "눈폭풍이 예고되었어. 애초에 계획한 일정보다 더 오래 머물고 싶었는데 더 빨리 돌아가야겠어."

엘린이 휴대폰 화면에 나온 기상 예보를 읽는다.

"알프스로 유례없이 강한 폭풍이 접근하고 있습니다. 이탈리아의 세르비니아 리조트는 강풍으로 케이블카가 통제 불능이 될 정도로 흔들리자 모든 리프트를 폐쇄했습니다. 기상청은 앞으로 48시간 동안 내릴 적설량이 200센티미터가 넘을 것으로 내다보고 있습니다."

"난 돌아갈 수 없어. 지금은 안 돼."

침대에 걸터앉은 월이 눈을 가늘게 뜨고 엘린을 바라본다. "당신은 내 말을 존중하지 않지?"

월에게 있는 그대로 다 털어놓을까? 이곳에 온 진짜 목적이 뭔지. 크게 실망한 월이 떠나버릴지도 모르는데?

엘린은 컵에 따라둔 물을 다 마신다. "내가 여기 온 건 아이작과 잘 지내기 위해서가 아니야. 진실을 알아내기 위해서야."

"진실? 대체 무슨 이야기를 하는 거야? 아직도 나에게 털어놓지 않은 비밀이 있었어?"

엘린이 떨리는 목소리로 말한다. "나는 아이작이 샘을 살해했다고 의심하고 있어. 로라의 안전이 심각하게 우려스러운 이유야. 아이작이 또 무슨 짓을 저질렀을 수도 있으니까."

31

 윌이 그녀의 얼굴에서 시선을 떼지 못하고 되묻는다. "샘은 사고로 죽었다고 했잖아."

 엘린은 그의 옆으로 다가가 앉는다. "경찰의 공식적인 수사 결과는 사고사였어. 경찰은 샘이 바위 웅덩이에 빠질 때 바위에 머리를 세게 부딪치면서 익사했을 거라고 추정했지. 경찰이 설명한 사고 원인은 내가 기억하는 내용과도 어느 정도 일치했어. 다만 샘이 죽고 나서 몇 주가 지났을 때 새로운 기억이 떠올랐어."

 "그날 벌어진 사고와 관련해서?"

 "내가 부모님과 경찰에게 했던 증언과 실제로 목격한 장면은 달랐어." 그녀가 기억하는 내용은 명료하며 중요한 이미지들을 포함한다. 머릿속을 헤집어 찾아낸 기억이고, 진실 여부를 확인하려고 떠올려본 이미지들이다.

 "경찰이 물었을 때는 어떻게 진술했는데?"

 엘린이 눈을 감는다. "우리 셋은 바위로 둘러싸인 물웅덩이에서 놀고 있었어. 엘린은 그 당시 모습을 지금도 명확하게 그릴 수 있다. 6월의 작열하는 태양, 피부에 와 닿는 강렬한 햇빛, 빨갛게 익어 피부가 벗겨진 샘의 목덜미, 군데군데 소금기가 묻어 있던 아이작의 회색 티셔츠.

"우리는 누가 게를 더 많이 잡을지 내기를 했어. 방갈로 벽에 점수판을 걸어두었지." 엘린은 발가락을 꼼지락거렸다. "두 아이는 게 잡기 놀이에 지나치게 집착했어. 뭐든 치열한 경쟁을 벌였으니까."

"나도 형이랑 경쟁 관계였어. 대부분의 형제들이 그렇잖아."

"내 동생들은 경쟁의 강도가 지나쳤어. 상대가 실패하면 기뻐했지. 도저히 이해할 수 없었어. 샘과 아이작은 성격이 정반대였거든. 샘은 활짝 펼쳐놓은 책 같은 아이였어. 엄마는 늘 이렇게 말했지. '샘이 나를 닮아 성격이 서글서글해'라고."

외모도 샘이 엄마를 더 닮았다. 창백한 피부와 너무 가늘어 물에 젖으면 피부 아래 새하얀 두개골이 보일 것 같은 금발까지.

윌이 한쪽 눈썹을 치켜올린다. "그럼 당신은? 당신은 그때도 성격이 까다로운 아이였어?"

"샘과는 달랐지. 다른 사람들도 샘의 성격이 제일 서글서글하다고 했으니까 그건 분명한 사실이야. 샘은 늘 우리를 웃게 만들었고, 남매들끼리 다투면 화해시키려고 애썼어. 아이작과 나의 좋은 점만 추려놓았다고 해도 과언이 아니었지. 샘은 나처럼 에너지가 넘치면서도 레이저처럼 정확한 집중력을 자랑하는 아이작의 면모를 닮기도 했거든. 샘은 레고, 숙제, 독서 등 그 어떤 문제가 주어져도 전혀 당황하지 않고 완벽하게 해냈어. 그 반면 아이작은 매우 장난기가 심했고, 어떻게 하면 샘을 골려줄지 궁리했지."

"어린아이 때라 그럴 수도 있잖아."

"그렇긴 해도 아이작은 샘과 많이 달랐어. 남다른 광기가 느껴졌지. 엄마는 평소 좀처럼 흥분하지 않는데 아이작 때문에 가끔 신경이 곤두섰어." 엘린은 손가락을 침대 시트에 끼운다. "아이작은 종잡을 수 없는 아이였거든. 그 아이는 주변 사람들을 장난감처럼 여기면서 반응을 떠보길 좋아했어."

"아이작이 불량한 아이였다는 뜻이야?"

"아이작은 그냥 다른 사람들은 전혀 생각지 못한 발상을 하는 아이였어. 보통 사람들과 전혀 다른 감정의 소유자였고, 타인보다 우위에 있다는 걸 과시하려는 성향이 강했지."

윌이 그녀를 바라본다. "혹시 당신 엄마가 제일 사랑하는 자식이 샘이라고 느낀 건 아닐까? 아이작은 부모의 사랑을 받지 못하고 있다는 생각에 빠져 일부러 짓궂은 장난을 쳐 주목받으려 하지 않았을까?"

엘린이 날카로운 어조로 말한다. "나는 엄마가 샘을 더 많이 사랑한다고 느꼈던 적이 없어."

"당신의 말을 들으면 그렇게 받아들여질 수밖에 없어." 윌이 잠시 말을 멈추고 어깨를 으쓱한다. "그래서 게 잡기 놀이의 결과는 어떻게 되었어?"

"샘이 이겼고, 아이작은 잔뜩 화가 났어. 나는 동생들이 다투는 걸 보는 게 지긋지긋해 또 다른 바위 웅덩이를 찾아 떠났어. 내가 자리를 뜨고 몇 초 지나지 않아 샘이 고함치는 소리가 들려왔지. 돌아보니 샘이 잡은 게를 넣어둔 양동이가 바닥에 엎질러져 있었어." 엘린이 눈을 깜박인다. "게들이 사방으로 흩어지고 있었고, 샘이 분노를 참지 못하고 아이작에게 주먹을 휘둘렀지. 나는 급히 달려가 동생들의 싸움을 뜯어말려야 했어."

"그나마 당신이 중재자 역할을 했네."

"아이작이 사과했고, 상황이 정리되었다고 생각했어. 나는 주변을 더 돌아보고 싶어 절벽 쪽으로 갔지. 둘이서 긍정적인 합의를 봤다고 믿은 거야."

엘린이 말을 더듬는다. 아직도 그날의 기억이 예리한 칼날처럼 날카롭게 마음을 찌른다.

"다시 15분에서 20분 정도 시간이 흘렀을 때 아이작이 비명을 지르기 시작했어. 나는 깜짝 놀라 재빨리 달려갔지."

엘린은 지금도 그 순간을 생생히 기억하고 있고, 여전히 공포를 제어하기 힘들다. "아이작이 바위 웅덩이에 서 있었어. 물이 어깨까지 차는 곳이었지. 그리고 그 옆에……." 엘린의 목이 멘다. "샘이 쓰러져 있었어. 아이작은 샘을 바위 웅덩이 밖으로 끌어내려고 몸을 버둥거렸지. 그 아이는 자꾸만 발이 물에 뜨는 바람에 몸을 지탱할 수 없자 소리를 질러 도움을 요청한 거야. 내가 달려갔을 때 샘은 이미 숨이 멎은 상태였어." 엘린이 울먹이는 목소리로 말을 잇는다. "우리는 구조대원이 올 때까지 샘을 살려 보려고 옷을 찢어 지혈하고, 어설픈 인공호흡을 시도했지만 결국 실패했어."

윌이 그녀의 손을 꼭 쥔다. "사고가 일어났을 당시 아이작은 어디에 있었어?"

"아이작이 화장실에 갔다가 돌아와 보니 샘이 바위 웅덩이 물에 빠져 있더래. 샘이 바위에서 미끄러지면서 머리를 다친 것 같다고 했지."

"다른 목격자는 없었어?"

"바위 웅덩이들은 해변 끄트머리에 있어서 인적이 드문 곳이야."

월의 이마에 깊은 주름이 잡힌다. "그런데 왜 당신은 아직도 아이작에 대한 의심을 버리지 못하고 있어?" 월이 엄지손가락으로 그녀의 손등을 훑는다.

"그 사건이 있고 나서 몇 달 후 새로운 기억이 단편적으로 떠오르기 시작했거든."

"기억?"

"엄밀히 말해 우리가 흔히 말하는 기억과는 차이가 있어. 마치 꿈을 꾸는 느낌인데 달리 설명할 방법이 없어. 꿈을 꾸는 순간은 이미지가 뚜렷하지만 잠이 깨면 희미해지잖아. 일종의 스냅사진 같은 이미지만 있고 구체적인 내용은 설명이 불가한 상태야. 그 이미지는 곧 다음 이미지로 이어져."

엘린이 만나본 심리치료사는 그런 현상을 의식이 충격으로부터 몸을 보호하는 방식이라고 설명했다.

"여러 개의 이미지 중에서 그나마 더 선명한 게 있어?"

"유독 강한 이미지가 하나 있어. 아이작이 바위 웅덩이 근처에 있고, 양손이……." 말이 엘린의 목에 달라붙어 밖으로 새어 나오지 않는다. "피로 뒤덮여 있는 이미지야."

월이 자세를 고쳐 앉는다. "말이 안 되잖아. 당신은 아이작이 바위 웅덩이에서 샘을 끌어내리고 안간힘을 쓰는 장면을 목격했다면서. 그때 아이작의 손에 피가 묻어있었다는 거야?"

"나도 그 이미지가 왜 머릿속에 남게 되었는지 설명할 방법이 없어."

"다른 사람에게도 그 이야기를 들려준 적 있어?" 월이 몸을 비틀어 뒤로 손을 뻗더니 탁자에 놓인 물병을 집어 든다. "당신이 유독 선명하게 기억하는 이미지."

"심리치료사에게만 말했어. 샘을 잃어 슬픔을 가눌 길이 없는 부모님에게 그 이야기를 하는 건 너무나 가혹한 일이었으니까. 내가 만약 그 이야기를 했더라면 부모님이 다시는 아이작을 보려 하지 않았을지도 몰라. 나는 두 분에게 그런 고통을 줄 수 없었어."

"아이작에게도 말하지 않았어?"

"만약 아이작에게 그 얘기를 했다면 어떤 일이 벌어졌을까? 아이작은 나름 방어 논리를 펼쳤겠지. 아이작이 내가 꾸며낸 얘기로 몰아붙일 경우 딱히 제시할 근거도 없었고."

"당신은 아이작이 샘의 죽음과 관련 있다고 생각하지?"

윌이 컵에 물을 따른다. 그의 시선은 여전히 그녀의 눈에 고정되어 있다.

엘린이 즉시 대답하지 못하고 멈칫거린다.

"당신 말을 듣고 있다 보면 누구나 그렇게 생각할 수밖에 없을 거야."

과연 그럴까? 그런 까닭에 내가 다른 사람에게 마음을 열기 힘든 걸까?

"당신이 그 얘기를 나에게까지 비밀로 한 이유가 궁금해." 윌은 애써 미소 짓고 있었지만 그의 눈빛을 보니 상처받은 기색이 역력하다. "나에게까지 숨기기에는 너무나 큰 비밀이잖아."

엘린이 입술을 잘근잘근 씹는다. "내가 그 얘기를 들려주었다면 당신이 나를 계속 만나고 싶었을까? 윌, 내게 남동생이 둘이 었는데 아이작과 샘이야. 아이작이 샘을 죽였을지도 몰라. 게다가 내가 그 장면을 목격했을 수도 있는데 내 의식이 뇌에서 그 기억이 떠오르지 않도록 억제하는 것 같아. 당신에게 솔직하게 털어놓기에는 지나치게 어둡고 음습한 이야기잖아."

"그래도 내게 말해주어야 했어. 나는 당신이 그 어떤 말을 하더라도 선입견을 가지고 판단하려 들지 않았을 거야."

"내 입장은 달라. 내가 당신에게 그 얘기를 해주려면 헤어질 각오가 필요할 거라 생각했어. 당신을 처음 만난 순간부터 마음에 들었고, 우리가 함께하는 삶을 꿈꾸었어." 엘린의 목소리가 갈라진다. 그녀는 고의적으로 그를 기만하지 않았다. 그가 그런 마음을 알아주었으면 하는 마음이다. "당신은 그런 일을 겪은 적이 없잖아. 당신이나 당신 가족은 안정적인 가정에서 축복받은 삶을 살아왔으니까." 엘린이 분위기를 가볍게 하려고 설핏 미소를 짓는다. "당신 여동생이 나름 성깔 있긴 하지만……."

윌이 미소로 화답한다. "당신은 왜 아이작과 단둘이 대면하면 진실을 알아낼 수 있을 거라 생각해?"

"엄마가 돌아가신 건 대단히 중요한 변수야. 우린 이제 진실을 말할 때가 되었어. 언제까지나 서로 불신하며 살아갈 수는 없잖아."

"당신의 머리에 스냅사진처럼 찍힌 이미지를 아이작에게 말할 거야?"

"어떤 얘기를 할지 딱히 결정한 건 없어. 내가 샘과 엄마 얘기를 꺼내면 아이작이 그동안 꼭꼭 숨겨온 진실을 털어놓을 수도 있잖아."

윌이 손가락 관절을 꺾으며 말한다. "만약 그 장면이 실제로 벌어진 사실과 일치한다면 로라의 실종 역시…….."

엘린이 고개를 끄덕인다. "내가 지금 집으로 돌아갈 수 없는 이유야."

엘린은 엄마가 돌아가셨을 때 로라가 건넨 위로의 말을 기억한다. 그 기억과 함께 또 다른 자책감이 고개를 든다. 그녀는 로라의 엄마가 돌아가셨을 때 위로의 말을 건네지 못했다.

엘린은 휴대폰을 내려놓으며 이마를 누른다.

"몸이 안 좋아?" 윌이 걱정스러운 눈길로 그녀의 안색을 살핀다.

"그냥 피곤해서 그래. 두통이 조금 있어."

윌이 자신의 가방에서 작은 알약을 꺼낸다. "이부프로펜인데 이 약을 먹어봐. 저녁을 먹으려면 한 시간은 더 있어야 하니까 우선 스파에 가서 쉬자."

엘린은 군말 없이 윌의 말을 따른다. 머릿속의 뒤엉킨 매듭을 헐겁게 만들 수 있다면 뭐든 상관없다. 아직 답을 얻지 못한 온갖 질문들이 묵직한 돌덩이처럼 그녀의 머리를 짓누른다.

32

 엘린이 체중을 이 발에서 저 발로 옮긴다. 나무 널에는 눈이 얇게 쌓여 있고 표면이 마치 얼음장 같다. 바람이 거세게 몰아치자 몸이 부르르 떨린다. 하늘에서 쏟아지는 함박눈이 두 개의 옥외 풀과 일광욕 의자들에 내려 쌓인다. 풀에서 피어오른 수증기가 수면에 닿자마자 녹아 사라지는 눈과 함께 따뜻하고 축축한 물안개를 만들어낸다. 풀이 짙은 물안개에 가려 드문드문 보인다. 마치 일렁이는 섬이 바다 여기저기에 떠 있는 느낌이다.

 월이 그녀의 손을 잡고 메인 풀을 지난다. "온탕이야. 그리 깊지 않아."

 월의 피부에 오톨도톨한 닭살이 돋아있다.

 월이 나무 패널로 만든 울타리 안으로 들어간다. 엘린은 그 모습을 물끄러미 바라보다가 불안감을 느끼며 그를 뒤따른다. 계단을 올라가 온탕으로 들어간 월이 도발하듯 그녀를 바라본다.

 "당신도 들어와."

 안경을 쓰지 않은 월의 눈빛이 더 짙게 보인다. 엘린은 한동안 가만히 서서 월을 빤히 바라보기만 한다. 시커먼 물이 이리저리 일렁이고 있고, 수면에서 더 많은 수증기가 피어오른다.

 엘린의 머릿속에서 불길한 이미지가 연속적으로 떠오른다.

그림자가 어린 얼굴, 바위 웅덩이에서 출렁이는 물, 가슴속에서 걷잡을 수 없이 차오르는 공포.

엘린은 눈을 깜박여 불길한 이미지들을 떨쳐버리고 나서 온탕으로 들어가는 계단을 오른다. 온탕에 입수할 때 엉덩이로 윌의 몸을 살짝 스친 게 느껴진다. 정작 윌은 알아차리지 못한 눈치다. 그의 팔이 뱀처럼 뻗어와 그녀의 허리를 감싼다.

"괜찮아?"

엘린이 고개를 끄덕인다. 물이 어찌나 뜨거운지 버티기 힘들 정도지만 어느새 팔다리의 긴장을 풀어주는 느낌이 든다.

윌의 말이 옳았어.

엘린은 몸의 힘을 빼고 긴장을 풀어보려고 애쓴다. 그녀가 윌의 몸에 기대며 말한다. "이런 시간이 내게 필요했어."

"내가 진작부터 당신은 휴식이 필요하다고 했잖아."

윌이 그녀의 뒤에 있는 버튼을 누르자 우르릉거리는 소리가 나더니 물이 출렁인다. 어느새 물이 소용돌이치고 위아래로 솟구치며 그녀의 등과 허벅지를 툭툭 친다.

"당신은 긴장을 푸는 방법을 배워야 해. 누구에게나 힘을 빼는 시간이 필요하지."

엘린은 그의 얼굴을 꼼꼼하게 살핀다. 그의 짙은 눈동자는 따스하고, 햇볕에 탄 피부에 작은 물방울이 맺혀 있다.

나는 행운아야. 윌은 나를 아껴주고, 무한한 애정을 보여주잖아. 그의 애정을 당연하게 받아들여서는 안 돼.

윌이 장난기를 발휘해 손을 엘린의 허벅지에 올리더니 고개 숙여 입을 맞춘다. 그의 입술은 따스하고 부드럽지만 엘린은 갑자기 들려온 소리에 놀라 얼굴을 뒤로 젖힌다. 바람 소리와 물이 소용돌이치는 소리가 뒤섞여 들린 탓에 무슨 소리인지 알아차리기 어렵다. 쿵 하는 소리 같기도 했고, 발자국 소리 같기도 했다.

엘린은 불안감에 휩싸여 주위를 둘러본다. 눈앞의 어둠이 스르르 움직여 모습을 바꾸는 느낌이 든다. 조용히 그녀를 지켜보면서. 불편한 느낌이 그녀의 피부 위를 스멀스멀 기어 다닌다. 탈의실에서 그랬듯이 누군가 지켜보고 있다는 느낌이 든다. 나무 패널들이 마치 사람처럼 그녀를 물끄러미 바라보고 있다. 눈코입도 없이 멍한 표정으로 눈을 뒤집어쓴 채로.

"무슨 소리가 났는데 당신도 들었어?" 엘린이 윌에게 묻는다.
"내 뒤에서 분명 무슨 소리가 났어."
"아니, 난 못 들었어."

윌의 어조가 다시 딱딱해지자 엘린은 더 이상 말하지 않는다. 탕에서 보글거리는 물방울이 어색한 침묵을 유지하는 두 사람을 툭툭 치고 지나간다. 그녀의 몸에 닿은 윌의 피부가 뻣뻣하게 느껴진다.

괜한 말을 꺼내 분위기를 망치고 말았다. 모처럼 로맨틱하고 부드러운 시간이 될 조짐이 있었는데 갑자기 분위기가 어색해졌다. 그녀는 늘 이런 식인 자신이 마음에 들지 않았다. 비눗방울을 터트리는 사람, 분위기를 망치는 사람. 엄마가 생전에 그 이유를 분석해주었다. 그녀가 자신을 놓아버리길 지나치게 두려워하기 때문이라고. 어떤 자리에서든 불편한 감정이 밖으로 드러날까 봐 안절부절못한다고.

"생일파티에 갔을 때 일부러 그런 건 아니지만 넌 항상 분위기를 어색하게 만들어. 넌 꼭 어디에 걸려 넘어지거나 음식을 쏟곤

하지. 예전 아이작의 생일파티 때 케이크를 너무 많이 먹어 원피스에 토해버린 적도 있잖아."

월의 몸에 잔거품이 달라붙어 있다. 그가 그녀와 눈도 마주치지 않고 뻣뻣하게 말한다. "나는 다른 풀로 갈 생각인데 방에 데려다줄까?"

"아니, 됐어. 먼저 방에 가 있을게." 목소리가 제대로 나오지 않는다. 엘린은 이 불편한 상황이 마음에 들지 않는다. 월에게서 느껴지는 냉담한 태도와 딱딱한 어투도.

월이 먼저 온탕을 나섰고, 엘린이 뒤따른다. 온탕을 나서자 금세 몸이 떨려온다. 몸에 남아 있던 온기가 차가운 바람이 불자 눈 녹듯이 사라진다.

엘린은 몇 미터를 걷다가 어느 쪽으로 갈지 마음을 정하지 못하고 멈춰 선다. 그곳에서 길이 두 갈래로 갈라진다. 직진하면 스파로 되돌아간다. 좀 전에 그녀와 월이 걸어온 길이다. 다른 길은 자그마한 정사각형 풀로 이어진다. 풀에 물이 차 있지만 김이 올라오지 않는다. 수증기가 생성되지 않아 천장에 매달린 조명이 수면 위에 반사된다. 반투명의 검은 빛.

엘린은 풀로 다가가다가 몇 걸음 떨어진 곳에서 멈춰 선다. 폭이 일 미터밖에 안 되고, 풀 안쪽에 사다리가 설치되어 있다.

플런지 풀.

엘린은 엄마와 로라를 데리고 콘월로 여행을 갔을 때 플런지 풀을 처음 보았다. 그들은 뉴퀘이 근처 볼품없는 호텔에 투숙했고, 플런지 풀은 우물이라고 해도 무방할 만큼 작았다. 그녀와 로라는 서로 먼저 플런지 풀에 들어가라고 부추겼다.

네가 들어가면 나도 따라 할게.

엘린은 플런지 풀을 바라보는 동안 두려움이 엄습해온다. 그 당시와 비슷한 종류의 두려움이다. 플런지 풀은 사방으로 너무 비좁아 두 팔을 가슴 쪽으로 모으지 않으면 탕에 들어가고 나올 때 피부가 쓸릴 정도이다.

콘월 여행 당시 엘린이 먼저 플런지 풀에 들어갔다. 로라가 부추겼기 때문이기도 하고, 잘 해낼 수 있다는 걸 증명하고 싶기도 했다.

그때는 샘이 사망하기 전이었어. 모든 게 변하기 전.

엘린이 발길을 돌리려는데 뒤에서 인기척이 느껴진다.

윌?

"나 혼자 플런지 풀에 들어가려니까 겁이 나. 당신이 먼저 들어가면 따라 들어갈게."

억지로 농담을 건넸는데 아무런 반응이 없다. 웃음소리도 나지 않는다. 팔을 잡아주는 친절한 손길도 없다. 대신 숨소리가 들린다. 바닥을 디딘 발에 체중을 싣는 소리. 엘린은 그 자리에 그대로 얼어붙는다.

윌이 아니야.

엘린은 속이 울렁거린다. 고개를 돌리려는 순간 등에서 누군가의 손길이 느껴진다. 그 손이 느닷없이 등뼈가 시작되는 바로 윗부분을 세게 민다. 심장이 철렁한다. 그녀는 앞으로 고꾸라지기 전 발을 디딜 곳을 찾는다. 발가락에 힘을 주었지만 바닥은 단단해진 눈과 얼음 탓에 미끄럽다. 그녀는 버둥대며 뭔가 잡으려고 손을 뻗었지만 아무것도 없다. 엘린은 앞으로 고꾸라졌고, 플런지 풀의 얇은 얼음이 쩍 소리를 내며 갈라졌다.

33

 비명을 지를 여유가 없다. 그녀는 얼음장처럼 차가운 물속으로 빨려들었고, 폐가 단단한 주먹처럼 뭉쳐진다. 귀는 뜨겁고, 입 안은 차가운 물이 가득하다. 아래로, 자꾸만 아래로 가라앉다가 가까스로 눈을 떠보니 눈앞이 너무 캄캄해 아무것도 보이지 않는다. 누군가 폐를 꽉 움켜쥐고 있는 듯 가슴이 답답하다.

 몸을 움직여. 허우적대기라도 해.

 옐린은 자전거 페달을 밟듯이 물속에서 발을 움직인다. 그러자 물속으로 가라앉던 몸이 서서히 위로 솟아오르기 시작한다. 겨우 머리를 물 밖으로 내민 그녀는 가쁘게 숨을 몰아쉬며 금속 사다리를 향해 걸어간다. 차가운 손으로 손잡이를 잡은 그녀는 금속 사다리에 발을 올려놓는다. 발이 어찌나 시린지 전혀 감각이 느껴지지 않아 사다리에 발을 걸칠 때마다 힘없이 미끄러진다.

 옐린은 등을 밀친 사람이 아직 가까이 있는지, 그가 무슨 짓을 할지 살필 겨를이 없다. 그녀는 이제 본능적으로 사다리를 오르려고 애쓸 뿐이다.

 여길 벗어나야 해.

 일 년 전, 바닷물이 차올라 동굴 밖으로 빠져나가려는 순간 헤일러에게 머리를 세게 얻어맞은 후 어떻게든 익사 당할 위기에서 벗어나려고 발버둥 치며 반복적으로 내뱉었던 말이다.

여길 벗어나야 해.

사다리 꼭대기에 오르자 엘린은 자기도 모르게 메인 풀이 있는 곳을 향해 달린다.

"윌!"

그녀는 풀의 왼쪽으로 나 있는 통로에 멈춰 서서 소리친다. 자욱한 수증기가 마치 하얀 구름처럼 풀을 뒤덮고 있다.

"윌, 당신 거기 있어?"

한 줄기 바람이 몰아쳐 와 수증기를 위로 날려 보낸다. 젊은 커플이 풀의 끄트머리에 서서 엘린을 쳐다본다. 정작 엘린은 수증기 탓에 두 사람이 잘 보이지 않는다. 마침내 엘린의 눈에 윌의 모습이 보인다. 풀의 가장자리에 있던 그가 그녀를 향해 걸어오고 있다.

"무슨 일이야?"

"누가 내 등을 세게 밀어 플런지 풀에 빠뜨렸어." 엘린은 자신의 목소리가 멀리 떨어진 곳에서 울려오는 느낌이다. "난 당신인 줄 알았는데 아니었어." 다음 말이 목에 걸려 나오지 않는다. "갑자기 당한 일이라 누가 나를 밀었는지 미처 확인하지 못했어."

"확실해? 눈이 내려 바닥이 미끄럽잖아. 발이 어딘가에 걸려 미끄러지면서 플런지 풀에 빠졌을 수도 있으니까."

엘린이 눈을 깜박인다. 윌이 한 말에 배신감이 밀려든다.

윌이 나에게 어쩜 이따위 말을 하지? 위로는 못 해줄망정 내 말을 의심하는 거야?

엘린은 눈두덩이 뜨거워진다. "분명 누군가 나를 밀어 플런지 풀에 빠뜨렸다니까."

누가 그런 짓을 했는지 모르지만 충분한 효과가 있었다. 엘린은 물에 빠지는 순간 형언하기 힘든 두려움에 빠져들었다. 익사할지도 모른다는 두려움, 발이 닿지 않는 곳으로 가라앉을지도 모른다는 두려움, 혼자가 되는 두려움.

이제 샘처럼 나도 혼자야. 결국 모든 결론은 한 곳으로 되돌아가. 샘에게로.

월이 뭔가 말하려다가 그만두고 그녀의 손을 잡는다. 잠시 후 그가 말한다. 장담컨대 처음에 하려던 말이 아니다. 그가 내뱉은 말은 머릿속에서 모난 부분을 다듬어 지워버린 말이다.

"성급하게 결론 내리지 말고 일단 안으로 들어가자. 당신은 지금 너무 추워서 몸을 덜덜 떨고 있잖아."

엘린은 탈의실로 들어가 서둘러 옷을 입고 얼른 대기실로 나와 월과 합류한다.

방으로 돌아오자마자 월은 그녀를 안아 들고 침대에 누인 다음 시트를 여러 장 겹쳐 덮어준다. 가만히 누워 있는 동안 심장이 쿵쾅거리며 뛰는 소리만이 또렷이 들려온다.

월이 김이 모락모락 피어오르는 커피를 그녀에게 건넨다. "디카페인 커피야. 뜨거우니까 조심해서 마셔. 몸은 좀 어때?"

"이젠 괜찮아." 엘린이 커피를 한 모금 마신다. "물에 빠지는 순간 큰 충격을 받았고, 다시는 물 밖으로 벗어나지 못할 거라는 공포감이 밀려들었어." 엘린의 목소리가 갈라진다. "작년에도 비슷한 일을 겪었는데 그때 생각이 나더군."

월이 그녀의 손을 감싸 쥐고 살짝 힘을 준다.

엘린이 그의 손을 깍지 끼며 말한다. "당신이 낮에 수영하고 있을 때 탈의실에서 누군가 나를 훔쳐보고 있었다는 생각이 들어. 분명 문이 열렸다가 닫히는 소리를 들었는데 탈의실에서 밖으로 나온 사람은 아무도 없었거든."

월의 얼굴에 긴장감이 서린다. "누군가 당신을 몰래 지켜보고 있었다고? 그 사람이 당신을 밀어 플런지 풀에 빠뜨렸다는 거야?"

"그럴 가능성이 커."

일순 월의 표정이 어두워진다. 그도 그녀처럼 누군가를 떠올리며 불안감을 느꼈을 것이다. 그녀에게서 그에 대한 말을 들었기에.

아이작.

월이 목청을 가다듬는다. "우린 이제 여길 떠나야 할 것 같아."

월의 말이 옳다. 위험한 일이 벌어지고 있는데 변변한 대비책이 없다. 아이작과 대면해 진실을 알아내야 한다는 목적은 어쩔 수 없이 뒤로 미룰 수밖에 없다.

엘린은 문 근처에서 뭔가 움직이는 모습을 발견하고 말을 멈춘다. "누군가 뭔가를 문 밑으로 집어넣었어."

월이 문으로 다가가 종이 한 장을 집어 든다. 그는 접힌 종이를 펼쳐 읽기 시작한다.

"뭐야?"

"호텔에서 당장 대피해야 한대. 우리는 내일 떠나야 해."

셋째 날

34

오전 11시, 버스 네 대 가운데 세 번째 버스가 출발을 앞두고 있다. 엘린은 라운지에 앉아 로비에 모여든 호텔 직원들이 고객들에게 유념해야 할 사항을 알려주며 캐리어를 끌고 가는 모습을 지켜본다. 대부분의 투숙객들은 이미 호텔을 떠났고, 소수의 사람들만 남아 혼란스러운 표정으로 삼삼오오 모여서 있다.

"엘린, 우리도 떠나야 해." 윌이 걱정스러운 표정으로 말한다. "더는 지체할 수 없어."

"떠나기 전에 아이작을 만나 이야기할 게 있어." 엘린은 커피 잔에 우유를 살짝 붓는다.

아침 뷔페에 남은 음식이라고는 바구니에 든 크루아상 몇 개, 햄 몇 장, 차, 커피, 반쯤 남은 오렌지주스가 전부다.

윌의 눈이 창밖에 고정되어 있다. "우린 다음 버스를 타야 해."

엘린도 그의 눈길이 가닿은 바깥 풍경을 살핀다. 먹구름이 낀 하늘은 시커멓고, 호텔 프런트는 은색 빛으로 가득 차 있다. 창문에 성에가 잔뜩 끼었지만 하늘에서 떨어지는 함박눈이 보인다. 하늘에서 퍼붓는 하얀 가루들. 호텔 주차장도 그 너머 숲과 나무들도 온통 눈에 파묻혀 있다. 시시각각 눈이 두껍게 쌓인다.

흡사 호텔 건물 전체가 하얀 제복을 입은 적들의 공격을 받고 있는 느낌이다. 하얗게 눈 덮인 산이 적들의 본거지다. 엘린이 커피를 마시는 동안 식당은 정적 속에 파묻혀 있다. 그녀는 창밖의 로비를 내다본다. 직원들도 이미 대부분 버스를 타고 떠났다.

월이 휴대폰 화면을 보여주며 말한다. "이 호텔이 인터넷뉴스에 나왔어."

엘린이 인터넷뉴스 기사를 읽는다.

눈사태 우려로 대피를 서두르는 스위스 호텔

기록적인 폭설로 알프스 전역의 교통이 마비되면서 스위스 산악지대에 위치한 5성급 호텔에서 200명이 넘는 관광객과 호텔 직원들이 버스를 타고 대피할 예정이다. 시옹의 발레 경찰서 카테린 레온 경감은 눈사태가 발생할 경우 2,200미터 고지에 위치한 〈르 소메〉 호텔이 극도로 위험할 수 있다고 지적했다.

"폭설이 계속 내리게 되면 눈사태는 필연적으로 발생할 거라 예상됩니다. 아직 폭풍의 중심부가 그 지역에 도착하지 않은 상태입니다. 일부 투숙객들이 피신을 거부하고 있지만 연방정부와 시옹 시장은 명령을 거부할 경우 강제 피신을 고려하고 있습니다. 눈사태가 발생하면 〈르 소메〉 호텔은 피해 예상 지역에 포함되어있어 매우 위험합니다."

투숙객들은 일요일 아침에 버스 한 대에 50명씩 타고 크란 몽타나 근처 호텔로 이동하게 된다. 호텔 지배인인 세실 카롱은 현재 투숙객들이 버스를 기다리며 차분하게 대기 중이라고 전했다.

엘린이 고개를 든다.

"여기 오면 누나를 만날 줄 알았어."

아이작.

아이작의 행색이 엉망진창이다. 머리는 감지 않아 기름져 있고, 축 늘어진 머리카락이 두피에 찰싹 달라붙어 있다. 왼쪽 눈 위에는 빨간 멍 자국이 나 있다.

아이작이 두 사람의 짐 가방을 둘러보며 묻는다. "떠날 준비를 마친 거야?" 실망감이 밴 그의 목소리가 얼음장처럼 차갑다.

"선택의 여지가 없잖아." 엘린이 윌과 시선을 교환한다. "피신하지 않는다 하더라도 우리가 호텔에 남아서 할 수 있는 일은 아무것도 없어."

"나는 떠나지 않을 거야." 아이작이 고집스럽게 말한다. "아침에 눈을 뜨자마자 경찰서에 전화해 로라가 실종되었다고 신고했어. 나는 여기에 남아 경찰을 기다려야 해."

"산사태에 대비해 대피 명령이 떨어졌는데 경찰이 여기에 올 수 있을까?"

"경찰이 오든 안 오든 난 여길 떠날 수 없어." 아이작이 눈도 깜박거리지 않고 엘린을 바라본다. "로라가 다친 몸을 이끌고 어딘가에 쓰러져 있을지도 모르잖아. 지금 여길 떠나면 다시 돌아오기까지 최소한 며칠은 걸릴 거야. 그럼 로라는 죽어."

"경찰이 너를 여기에 남아 있게 하지 않을 거야. 로라는 경찰에게 맡겨."

"경찰?" 아이작이 피식 웃는다. "경찰이 무얼 할 수 있을까? 폭풍이 불고 눈사태가 날 수도 있는데 어느 누가 목숨을 걸고 로라를 찾아 나서겠어. 누나도 알다시피 경찰은 위험하다고 판단되면 무리해서 작전을 펼치지 않아."

일기예보에 따르면 폭풍이 물러가더라도 도로에 쌓인 눈을 치우려면 최소한 며칠이 소요되어야 한다. 그때까지 기다리려면 너무 늦다.

"우리는 멀리 떠나지 않고 인근에 머무를 거야. 날씨가 좋아지면 다시 돌아올 수 있어."

아이작의 얼굴이 표나게 경직된다. "이제 보니 누나도 아빠랑 똑같아. 상황이 어려우니 도망쳐 버리면 그만이라는 뜻이지?"

엘린은 움찔하며 눈을 깜박인다. 아이작은 그 말을 하고 나서 차갑게 돌아서더니 단 한 번도 뒤돌아보지 않고 성큼성큼 걸어간다. 엘린의 머릿속에서 분노의 불꽃이 어른거린다. 그녀 자신과 아이작을 향한 분노이다. 그녀는 거칠게 의자를 뒤로 밀쳐버린다.

윌이 한 손을 그녀의 팔에 올린다. "아이작은 감정을 추스를 시간이 필요해 보여. 그는 그저……."

윌은 말을 마저 맺지 못한다.

비명 소리. 뒤이어 터지는 고함 소리.

그 소리는 터널 속으로 들어설 때처럼 뭔가에 틀어 막혀 있다가 이내 사라진다.

그러다가 창문에 얼굴이 나타난다. 공포에 사로잡혀 뒤틀린 얼굴.

35

 엘린이 손에 들고 있던 커피 잔이 접시에 떨어지며 쨍그랑 소리를 낸다. 쏟아진 커피가 테이블을 적신다. 엘린은 남자가 입고 있는 〈르 소메〉 호텔 유니폼과 브랜드가 찍힌 회색 플리스를 보며 짐작한다.

 호텔 직원이야.

 남자가 몹시 급한 듯이 창문을 두드리고 있다. 어찌나 세게 두드려대는지 유리창이 흔들릴 지경이다. 폭풍을 동반한 눈이 사선을 그으며 떨어져 남자의 얼굴을 흐릿하게 가린다. 그의 얼굴에서 겨우 알아볼 수 있는 건 짙은 색 짧은 머리와 큼직한 이목구비뿐이다.

 쿵. 쿵. 쿵.

 엘린의 심장이 빠르게 뛰기 시작한다. 윌이 재빨리 일어나 창으로 달려갔고, 엘린도 그 뒤를 따른다. 이제 창밖의 얼굴이 또렷이 눈에 들어온다. 남자의 눈, 코, 입이 왜곡되어 있다. 눈을 휘둥그레 뜨고, 동공이 확장되어 있다. 그 눈이 엘린과 윌을 뚫어지게 쳐다보고 있다.

 남자의 입 모양을 보니 뭔가 말하고 있다. "라 피신*." 나머지

---

*수영장

말은 바람에 날려가고 두터운 유리 벽에 막힌다. "라 피신……."
남자가 이번에는 더 크게 말한다. 마침내 두꺼운 유리를 뚫고 남자가 말하는 소리가 분명하게 들려온다.

"풀."

윌이 다급한 목소리로 말한다. "사람을 데려와야겠어."

엘린은 말없이 고개를 끄덕인다. 그녀는 테라스로 나가는 문 손잡이를 찾아 더듬는다. 손잡이가 잡히자 세게 민다. 문이 열리지 않는다. 다시 밀어본다. 더 세게. 마침내 문이 뒤로 밀려난다. 얼어붙은 공기가 가루 같은 눈송이들과 함께 그녀의 두 볼을 스쳐 지나간다.

남자는 몸을 덜덜 떨며 엘린에게로 다가온다. "라 피신……."
남자가 높은 톤의 목소리로 급히 말하는 모습을 보니 곧 히스테리 발작을 일으킬 것 같다. 남자가 반복적으로 말하는 단어의 끝 음절이 첫음절과 뒤섞인다. 그가 이번에는 말 대신 손으로 어딘가를 가리킨다.

엘린은 테라스로 나가 남자가 손으로 가리킨 곳을 보았지만 도대체 뭘 지목하는지 알 수 없다. 스파가 있는 곳이지만 울타리와 화분이 복잡하게 들어서 있어 보이지 않는다.

"잠깐만요. 내가 좀 지나갈게요."

엘린은 여자의 목소리를 듣는 순간 세실 카롱이라는 걸 알아차린다. 윌이 그녀 뒤에 서 있다.

방한복을 입은 세실의 어조는 차분하고 권위가 느껴지지만 엘린은 그 이면에 가려진 그녀의 감정을 읽을 수 있다. 두려움, 공포.

"악셀, 어딘지 알려줘요." 세실은 그를 따라가다가 엘린을 돌아본다. "부디, 안으로 들어가세요."

엘린은 꼼짝도 하지 않고 서서 악셀이 테라스를 따라 걸어가는 모습을 지켜본다. 악셀은 마음먹은 대로 몸이 움직여지지 않는지 발이 자꾸만 눈이 쌓여 단단해진 바닥에 미끄러진다.

엘린이 결심한 듯이 말한다. "나도 따라가봐야겠어."

"안 돼." 윌이 한 손을 엘린의 팔에 올린다. "위험한 상황이 발생하면 어쩌려고."

엘린은 마음이 급해 윌의 말이 귀에 들어오지 않는다.

혹시 로라면 어쩌지?

엘린은 손가방을 들고 의자에 걸쳐 둔 코트를 재빨리 입고 밖으로 나간다. 테라스 끝에 세실과 악셀이 남긴 발자국이 남아 있다. 엘린은 두꺼운 플리스를 입었지만 강한 바람이 옷감을 뚫고 들어와 가슴과 목을 후비고 지나간다. 경사가 가파르고 바닥이 얼음으로 덮인 계단이 눈앞에 나타난다.

엘린은 난간을 잡고 계단을 조심스레 오른다. 바닥에는 지면과 스파를 구분하는 나무 울타리가 세워져 있다. 앞장서 걷던 악셀이 문을 밀자 스파가 눈에 들어온다. 풀에서 생성된 수증기가 똬리를 틀고 위로 올라가다가 하늘에서 떨어지는 눈과 조우한다.

엘린은 걸음을 재촉해 두 사람의 뒤를 바짝 따라간다. 나무로 된 바닥이 발밑에서 출렁인다. 악셀이 걸음걸이를 빨리 해 큰 풀을 빙 돌아 낮은 곳에 있는 작은 풀까지 걸어간다.

"이시*."

풀을 가리키는 악셀의 팔이 덜덜 떨린다.

---

*여기

여기.

악셀이 앞을 가려 풀에 무엇이 있는지 보이지 않아 엘린은 옆으로 비켜선다. 머리 위로 달린 조명이 깜박거려 주위가 가끔 어두워진다. 갑자기 불어온 강풍이 수증기를 한꺼번에 날려버리는 바람에 풀이 한눈에 들어온다. 수면의 3분의 1에 덮개가 깔려 있고, 눈이 뜨거운 수면에 닿자마자 녹아버린다. 바로 그 순간 엘린의 눈에 엎드린 자세로 풀에 떠 있는 사람이 눈에 들어온다. 물에 둥둥 떠 있는 짙은 색 머리카락이 유난히 길다.

여자야.

엘린은 자꾸만 신물이 넘어오면서 머릿속으로 같은 말을 되뇐다.

로라일까?

엘린이 용기를 내 한 걸음 더 다가간다. 검은색 패딩, 짙은 색 청바지.

로라.

36

엘린은 온몸이 경직되면서 눈의 초점이 흐려진다.

"어서 사람을 풀에서 끌어내 심폐소생술을 진행해요."

엘린은 그 말을 자신이 했다는 사실이 믿기지 않는다. 최대한 감정을 자제한 목소리다. 그녀의 내면에 몰아닥친 격정과 달리.

엘린이 몸을 움직이려고 하는데 뒤쪽에서 다가온 손이 그녀의 팔을 잡는다. 누군가가 엘린과 세실 사이로 거칠게 파고든다. 그의 거친 발길에 바닥의 눈이 튀어 오른다.

"로라야?" 새된 목소리다. 공포에 찬 목소리.

아이작.

"비켜, 비키라니까!" 아이작의 손이 여전히 엘린의 팔을 잡아당기고 있다. "로라는 아니지?"

아이작의 표정은 무시무시할 정도로 험악하고, 두 볼이 붉게 달아올라 얼룩덜룩하다.

엘린이 앞으로 몸을 기울여 그를 잡으려 한다. "아이작, 안 돼." 엘린의 손은 그의 옷을 살짝 스쳤을 뿐 결국 아무것도 없는 허공을 움켜쥐었을 뿐이다. 엘린을 지나친 아이작은 눈이 쌓여 바닥이 미끄럽기 그지없었지만 몸을 비틀거리며 여자가 물에 떠 있는 풀을 향해 달려가고 있다. 이제 몇 미터만 가면 풀이다.

아이작은 겉옷을 잡아 뜯듯이 벗어던지고, 몸을 버둥거리며 신발을 벗는다. 다음 순간 그는 마치 수면을 깨버리듯 엄청난 물을 튀기며 풀로 뛰어든다. 높이 튀어 오른 물이 아치를 그리며 사방으로 흩어진다.

아이작의 머리 위 조명이 깜박인다.

빛에서 어둠으로.

어둠에서 빛으로.

풀로 뛰어내린 아이작의 몸이 물속으로 잠시 사라졌다가 수면 위로 솟구친다. 양팔에 여자를 안고.

극심한 공포가 엘린의 목구멍에 발톱을 박고, 그녀의 몸을 통제하려 든다.

로라가 제발 무사해야 할 텐데.

아이작의 머리카락이 검고 들쭉날쭉한 줄무늬처럼 이마에 찰싹 달라붙어있다. 그는 가슴을 크게 들썩이며 숨을 헐떡인다.

"내가 도울게." 엘린의 뒤쪽에서 월의 목소리가 들려온다. 그녀는 월이 가까이 다가와 있는지 미처 깨닫지 못했다. 월이 풀의 가장자리에 무릎 꿇고 앉아 있는 아이작에게로 달려간다. 그가 아이작이 건네는 여자를 받아 안는다.

엘린은 그제야 여자의 얼굴을 주시한다. 여자의 얼굴에 검은색 방독면이 씌워져 있다. 자세히 보니 방독면은 아니다. 필터가 있어야 할 자리에 두툼하고 주름진 고무관이 있다. 코와 입을 연결해주는 역할을 하는 고무관이다.

월은 여자 옆에 쭈그리고 앉아 그녀의 얼굴에 씌워진 마스크를 벗긴다. 그는 절망적일 만큼 시급한 상황이지만 믿을 수 없을 만큼 침착하게 손을 놀린다.

엘린은 마스크를 벗긴 여자의 얼굴을 바라본다. 창백한 피부 위로 자잘한 물방울들이 흘러내린다. 그녀의 숨이 날카로운 톱니처럼 목구멍에 박힌다.

로라가 아니야.

여자는 로라와 머리카락, 체격, 옷차림이 비슷할 뿐 로라가 아니다.

월이 여자를 바닥에 눕히고 머리를 뒤로 젖혀 기도를 확보한다. 엘린은 심폐소생술로 여자를 살리기에는 너무 늦었다는 생각이 든다. 여자의 녹색 눈동자는 초점을 잃은 듯 멍하고, 입이 살짝 벌어져 있다.

엘린은 여자의 목을 짚어 숨이 붙어 있는지 확인한다. 역시 맥이 잡히지 않는다.

"월." 엘린이 살며시 월을 부른다. "이미 숨이 멎었어."

사람이 죽을 경우 두 시간에서 여섯 시간 사이에 사후 경직이 시작되는데 여자의 시신은 아직 그대로다. 죽은 지 얼마 되지 않았다는 뜻이다.

엘린은 전문가는 아니지만 대략 짐작컨대 여자가 죽은 지 한 시간에서 두 시간쯤 지났을 것 같다. 아이작은 여전히 미동도 하지 않고 숨이 멎은 시신 옆에 웅크려 앉아 있다.

엘린은 그의 반응을 유심히 지켜본다. 아이작은 여자를 로라로 생각해 지체하지 않고 물속으로 뛰어들었다. 그토록 간절한 반응은 연기로는 불가능하다. 아이작이 보인 모습을 통해 한 가지 사실만큼은 분명하게 알 수 있다.

아이작은 로라가 어디로 사라졌는지 행방을 모른다.

아이작이 로라의 실종에 관여하지 않았다는 뜻이다.

엘린의 시선이 가느다란 밧줄로 결박되어있는 여자의 손목으로 향한다.

여자는 어딘가에 감금되어 있었어.

그때 뭔가가 엘린의 눈길을 사로잡는다. 손가락이 모자란다. 왼손에 한 개, 오른손에 두 개, 도합 세 개의 손가락이 잘려 나간 상태다.

엘린은 자기도 모르게 온몸을 부르르 떤다.

윌이 그녀의 시선이 가 있는 곳을 지켜보다가 말한다. "아이작을 방으로 데려가야겠어. 어서 몸을 말려야지."

엘린이 그 말에 대꾸하려는데 세실이 옆에서 말한다.

"이 여자는 아델이에요." 세실의 목소리는 아무런 감정이 담기지 않은 듯 무덤덤하다. "호텔 객실 관리 직원이죠."

세실의 주변에 너덧 명의 직원들이 모여 있다. 직원 하나가 슬프게 흐느끼고 있고, 나머지 직원들은 아델의 시신을 바라보며 소곤거리고 있다.

가만있지 말고 뭔가 해야 할 때야. 우선 사람들이 현장을 훼손하지 못하도록 통제할 필요가 있어.

현장은 이미 엉망으로 훼손되었다. 풀 주위에 무수히 남아 있던 발자국이 어느새 뭉개지거나 새롭게 내린 눈에 파묻혀버렸다. 엘린은 다시 시신을 향해 돌아선다. 펑펑 쏟아지는 눈이 죽은 여자의 얼굴과 옷, 옆에 놓인 마스크에 쌓이고 있다. 그 모습을 보자 또다시 숨이 멎는 기분이다. 당장 여길 벗어나고 싶지만 한

가지 예감이 그녀를 붙잡는다. 지금 이 순간이 수사의 전환점이 되리라는 예감.

이번 기회를 놓치면 다시는 찾아오지 않을 거야.

현장 보존을 하려면 사람들을 통제해야 하는데 자격을 갖춘 사람이 없다.

엘린은 몸을 돌려 모여든 사람들을 둘러본다.

"이제부터 내가 현장 관리를 하겠습니다. 직업이 형사니까."

사람들은 가타부타 말이 없다.

엘린이 잠시 생각을 정리하고 나서 목청을 가다듬은 후 소리 높여 말한다. "지금 이곳은 강력범죄가 발생한 현장입니다. 현장에 남아있는 단서나 증거를 훼손하면 안 되니까 다들 돌아가세요."

37

"경찰에 신고했으니 곧 올 거예요." 세실이 죽은 여자의 시신을 힐끗 보고 나서 잠시 말을 멈춘다. "피해자를 살리기 위해 빨리 심폐소생술이라도 진행했어야 하는데 너무 늦었어요."

"이미 응급조치로 목숨을 살리기에는 늦은 상황이었어요." 엘린이 상냥하게 말한다. 그녀는 아델의 시신을 보며 뻣뻣해진 턱과 목, 푸르스름한 안색을 확인했다. 그녀는 몸을 숙이고 시신을 자세히 살펴본다. 피해자의 나이는 로라와 비슷해 보인다. 검은색 패딩 차림이고, 지퍼가 열려 있다. 셔츠가 위로 말려 올라가 날씬하고 근육질인 몸이 그대로 드러나 있다.

짐작대로 아직 사후 경직은 시작되지 않았다. 피해자의 짙은 색 머리카락은 헝클어져 있고, 시신 위로 눈이 쌓이고 있다. 피해자의 입가에 하얀 거품이 조금 흘러나와 있다.

엘린은 입에서 흘러나온 거품이 무엇을 뜻하는지 알고 있다. 피해자가 호흡하는 동안 점액과 공기, 물이 뒤섞인 결과물이다. 거품이 흘러나온 사실로 미루어볼 때 피해자는 숨이 붙어있는 상태로 물에 빠졌다는 뜻이다. 시신의 눈을 보니 마치 숨이 붙어있는 듯이 반짝거린다.

엘린의 시선이 이번에는 아델의 시신 옆에 놓인 마스크로 향한다. 시커먼 고무로 된 기괴한 마스크다.

범인은 피해자의 얼굴에 왜 마스크를 씌웠을까?

엘린은 어릴 때부터 마스크라면 질색이었다. 핼러윈 가면이나 외과수술용 마스크만 봐도 기분이 오싹했다. 마스크를 써 얼굴을 가리는 행위 자체가 무서웠다. 마스크 안에 어떤 얼굴이 들어 있는지 알 수 없었기에.

세실이 그녀의 시선을 따라잡다가 말한다. "기록 보관실에서 본 마스크와 똑같아요. 예전에 요양원에서 환자들의 호흡을 돕는 기구로 사용했던 마스크랍니다."

엘린은 기분이 꺼림칙해 자기도 모르게 손을 입으로 가져가 손톱을 물어뜯는다.

죽은 아델은 왜 마스크를 착용하고 있었을까? 저 마스크에는 어떤 비밀이 깃들어 있을까? 아델이 혹시 게임 같은 걸 하다가 잘못되었을까? 성적인 게임?

손목을 결박한 밧줄을 보면 아델이 한동안 묶인 상태로 어딘가에 감금되어 있었다는 뜻이다. 엘린의 시선은 이제 절반만 남아있는 아델의 손가락으로 향한다. 아델이 어쩌다가 풀에 빠지게 되었고, 그 이전에 어떤 일이 있었는지 알려주는 단서가 전혀 없다.

아델이 물에 빠질 때까지 살아 있었다면 왜 아무도 그녀가 도와 달라고 외치는 소리를 듣지 못했을까? 손목이 등 뒤로 묶여 있었다고 해도 소리를 질러 도움을 요청할 수는 있었다. 물에 빠졌을 때 살려고 발버둥 쳤다면 분명 누군가 소리를 들을 수 있었을 것이다. 아델을 풀에 빠뜨리고 누군가 그녀의 몸을 계속 누르고 있었다면 시신 어딘가에 찰과상이 보여야 마땅하다.

바로 그때 풀의 바닥에 떨어진 물건이 엘린의 눈에 포착된다. 아델의 시신이 발견된 풀의 바닥에 가라앉아있던 물건. 엘린은 섬뜩한 느낌이 들어 손전등으로 물속을 비춘다.

모래주머니다.

엘린은 숨이 막힌다. 범인은 아델의 몸에 모래주머니를 매달아 풀에 빠뜨렸다.

아델은 얼굴에 마스크를 쓰고, 몸에는 모래주머니를 차고 있어 소리를 지르거나 몸을 버둥거리지 못했다. 누군가 아델을 꼭 죽이고 싶었다는 뜻이다. 빠르고 분명하게.

엘린은 그제야 머릿속을 맴돌던 의혹이 모두 사라지면서 하나의 결론을 도출했다.

사고가 아니야. 아델은 누군가에게 살해되었어.

엘린의 머릿속에서 시커먼 공포가 방울방울 피어오른다. 엘린은 특이한 사건을 접할 때마다 고통을 느낀다. 사람을 더 빨리 덜 고통스러운 방법으로 죽일 수 있는 방법은 많이 있다. 피해자의 목숨이 끊어지기 전에 최대한 고통을 가하는 방법도 있다.

죽은 아델의 눈에는 엄청난 공포가 깃들어 있다. 극도로 절망적인 공포이다.

아델이 죽기 전에 그토록 공포를 느낀 건 자신이 죽으리라는 걸 이미 알고 있었기 때문이다. 그녀는 자신을 물속으로 잡아끄는 모래주머니의 무게를 느꼈고, 마스크 안으로 스며들었다가 입과 코로 밀려 들어온 물이 숨통을 틀어막으리라는 걸 알았다. 그녀는 미세하게 남은 공기에 의존해 마지막 숨을 몰아쉬면서 풀의 바닥에서 미친 듯이 몸을 버둥거렸을 것이다. 더는 견딜 수 없을 때까지 숨을 참다가 내뱉었을 때 물이 폐에 들어차며 공기를 방울방울 밀어내기 시작했을 때.

엘린은 충격으로 몸을 비척거리면서도 생각을 정리하려고 애쓴다.

누가 이토록 아델에게 잔인한 짓을 저질렀을까? 왜? 무슨 이유로?

뭔가 강력한 동기가 있지 않고서는 이런 짓을 저지르기 힘들다.

엘린은 머리를 굴리면서 다음에 취할 조치들을 떠올려본다. 우선 탐문조사를 해야 할 사람을 정한 다음 어떤 질문을 할지 체크해야 한다. 하지만 그녀는 곧 주어진 현실을 깨닫는다.

나는 여기서 아무것도 할 수 없어.

이제 곧 경찰이 도착할 것이다.

이 사건 수사는 내가 아니라 현지 경찰 몫이야.

그때 뒤에서 인기척이 들린다.

엘린이 반사적으로 말한다. "물러나세요. 범죄 현장에 접근하면 안 됩니다."

하지만 발소리가 점점 가까워진다.

엘린은 돌아서서 권위적인 자세를 취한다.

루카스 카롱.

루카스 카롱의 날카로운 눈빛을 보자 경고의 말들이 저절로 자취를 감춘다. 그는 사진으로 봤을 때보다 키가 더 커 보인다. 검은색 상의가 팽팽하게 당겨져 있지만 그다지 육중한 몸은 아니다. 헬스장에서 근육을 집중적으로 키우는 운동을 하기보다는 야외에서 스포츠를 즐긴 덕분에 자주 사용하는 근육이 발달한 몸이다. 엘린은 산을 반쯤 올라간 그를 상상한다. 절벽에 매달린 그의 모습.

헝클어져 머리카락 사이에서 반짝이는 눈으로 시신을 바라보는 루카스의 표정이 잔뜩 굳어 있다. 그는 눈송이가 내려앉은 턱수염을 손으로 쓸어내린다. 가까이서 보니 세실과 남매라는 사실에 의심의 여지가 없다. 그의 외모가 세실과 닮았다는 사실이 왠지 불안감을 자극한다.

"루카스 카롱입니다." 그가 손을 내밀어 악수를 청한다.

엘린이 그의 손을 잡는다. 그의 손바닥에 거칠게 자리한 굳은살의 촉감이 느껴진다.

"엘린 워너입니다." 엘린의 풀의 바다을 몸짓으로 가리킨다. "죄송합니다만 현장에 들어오면 안 됩니다. 경찰이 차질 없이 수사를 펼치려면 현장 보존이 필요하거든요."

루카스의 회색 눈동자가 엘린을 뚫어지게 바라본다. "바로 그 문제 때문에 왔습니다. 경찰은 오지 않습니다." 그의 목소리에 걱정이 깃들어 있다. "눈사태가 발생해 도로가 막혔거든요. 경찰차가 오가야 하는 길이 종적도 없이 사라졌어요."

38

 "산사태가 발생한 구간이 5백 미터에 이릅니다. 산사태를 직접 목격한 버스 기사의 제보에 따르면 도로에 눈이 5미터가량 쌓였다더군요. 눈을 치우려면 적어도 며칠은 소요될 겁니다." 루카스가 재킷의 후드를 잡아당긴다. 얼굴을 절반쯤 가린 그의 눈빛에 공포가 깃들어 있다.

 "제설작업을 최대한 앞당길 수 없을까요?"

 "경찰도 당연히 작업 시간을 앞당기려 하겠지만 쉽지 않을 겁니다." 루카스의 표정이 침울하다. "눈사태라는 건 눈만 쓸려 내리는 게 아니라 눈과 함께 산이 같이 무너져 내린 겁니다. 결과적으로 눈 더미 속에 나무, 바위, 초목이 마구 뒤섞여 있습니다. 그 괴물 같은 눈 더미를 치우려니까 시간이 많이 소요될 수밖에요."

 "현대적인 제설 장비로도 치우기 어렵나요?"

 "눈사태는 믿어지지 않을 만큼 파괴력이 큽니다. 눈이 아래로 낙하할 때 생성되는 힘이 어마어마하죠. 눈이 아래로 쓸려 내려올 때 같이 휩쓸려 내려온 나무, 바위, 초목들을 조밀하게 감싸고 있어 분사식 제설기 사용이 아예 불가합니다. 바위나 나무가 제설기에 들어가면 날이 망가질 수밖에 없을 테니까요." 루카스가 목청을 가다듬는다. "눈이 아래로 쓸려 내려오는 과정에서도 심각한 문제가 발생합니다. 눈사태가 쌓인 눈의 온도를 높여 물로 바꾸고, 그 물이 다시 낮은 온도 때문에 얼어붙어버립니다. 그렇게 되면 눈 더미 속에 콘크리트보다도 더 단단한 얼음층이 생기게 됩니다."

"마을로 내려가는 다른 길은 없나요?"

"헬리콥터로 이동하는 방법이 유일한데 지금은 불가합니다. 바람이 강하게 불고 눈보라가 심하게 치는 날에는 추락 위험이 크기 때문에 헬리콥터를 띄울 수 없습니다."

루카스의 말은 결국 도와줄 사람이 아무도 없다는 뜻이었다. 엘린은 안타까운 마음에 아델의 시신을 힐끗 쳐다보았다. 마음 깊은 곳에서 두려움이 번져간다.

"직업이 형사라고 들었는데 경찰이 올 때까지 우리를 도와줄 수 있습니까?" 루카스가 체중을 양발로 번갈아 옮기며 말한다. "호텔에 남은 투숙객들은 그리 많지 않지만 직원들은 대부분 남았습니다. 여기에 남은 사람들의 안전을 도모하려면 아델을 살해한 범인을 빨리 찾아내야 합니다."

루카스는 이 상황을 정확하게 진단하고 있다. 그는 사업가답게 타고난 자신감이 있고, 느긋해 보이는 외모와 달리 기민하게 대처하고 있다.

상황을 통제하는 데 익숙한 사람이야.

엘린은 그를 지켜보며 그렇게 생각한다.

사람들을 지휘하는 데 익숙한 사람이기도 하지.

"제 관할이 아니라 수사하려면 많은 제약이 따를 텐데요."

영국으로 돌아가도 지금은 형사가 아니다.

"본격적인 수사를 진행하지는 못하더라도 어떻게 수사를 진행해야 하는지 절차와 방법을 알고 계시잖아요. 경찰이 현장에 도착할 때까지 초보적인 단계의 수사를 진행할 필요가 있습니다." 루카스가 굳은 표정으로 주위를 둘러본다. "직원들이나 투숙객들이 알아서 대처하길 바라면서 넋 놓고 기다릴 수는 없으니까요."

루카스는 지금 어떻게 사태를 수습할지 몰라 곤혹스러워하고 있다. 개장하지 얼마 되지 않은 호텔에서 엽기적인 살인사건이 발생했다. 범인이 잡히더라도 호텔의 안전 문제를 지적받을 수밖에 없는 상황이다. 그는 리스크를 최소화하는 방향으로 사건을 수습하기 위해 머리를 쥐어 짜내야 한다.

"제가 어떤 도움을 줄 수 있을지 감이 잡히지 않네요. 저는 스위스 경찰의 수사 절차와 방식에 대해 전혀 모르거든요."

"수사 절차는 크게 다르지 않을 겁니다." 루카스의 목소리에 날이 서 있다. "어느 나라나 수사 절차는 비슷하지 않을까요?"

엘린이 잠시 망설이다가 말한다. "스위스 경찰과 직접 통화해보고, 그들이 내가 수사할 수 있도록 허용해준다면 한번 나서볼게요."

루카스 고개를 끄덕인다. "117번이 경찰 신고번호입니다. 범죄 신고를 접수받는 곳이죠."

엘린이 가방에서 휴대폰을 꺼내 117번을 누른다. 신호가 가자마자 곧바로 전화를 받는다.

"봉주르, 폴리스. 코멍 부 자플레 부? 그루에지, 폴리차이, 비이쉬 이레 나메 비테(안녕하세요, 경찰입니다. 성함이 어떻게 되십니까)?" 정중하게 격식을 차린 남자 목소리다.

엘린은 프랑스어는 자신이 없어 두 볼이 확 달아오른다. "안녕하세요. 저는……."

"영어를 사용해도 괜찮습니다. 무슨 일로 전화하셨죠?"

"저는 엘린 워너라고 합니다. 현재 크란 몽타나 근처 〈르 소메〉 호텔에 투숙하고 있고요. 이 호텔에서 살인사건이 발생한 것에 대해서는 대표님이 이미 신고했으니 잘 알고 있을 겁니다. 눈사태 때문에 경찰이 현장에 즉시 출동할 수 없는 상황이라 제가 수사 권한을 위임받을 수 있을지 문의해보려고 전화했습니다."

"수사 권한을 위임받았으면 한다고요?" 남자가 조심스럽게 되묻는다.

"네, 저는 영국에서 왔고, 직업이 강력계 형사거든요. 이 호텔 오너인 루카스가 저에게 도움을 요청했습니다. 무엇보다 현장이 훼손되고 있어 심각하게 우려되는 상황입니다. 저에게 수사 권한을 위임한다면 최대한 빨리 현장 보존을 해나갈 수 있도록 애써보겠습니다."

남자는 잠시 침묵을 지키다가 말문을 연다. "무슨 말인지 잘 알겠습니다. 잠시만 기다려주십시오."

루카스가 그녀에게 묻는다. "경찰이 뭐라고 하던가요?"

엘린이 휴대폰을 입에서 떼며 말한다. "아직 지침을 받지 못했어요. 잠시 기다려달랍니다."

남자가 돌아왔다. "엘린 워너 형사님, 통화 가능하십니까?"

엘린은 얼른 대답한다. "네."

"엘린 워너 형사님의 제안을 저의 상사인 베르트 경감님에게 전달했습니다. 내부 협의가 필요하니까 잠시 후 연락드리겠습니다."

통화를 마친 엘린은 휴대폰을 가방에 집어넣는다. "경찰이 다시 연락을 주겠답니다. 경찰이 어떤 결론을 내리든 우리는 필요한 조치를 취해야 합니다. 경찰의 업무를 방해하지 않는 선에서요."

피해자가 사망했다고 하더라도 사건을 신속하게 해결하려는 노력이 필요하다. 펑펑 쏟아지는 눈이 증거, 섬유, 머리카락 등을 모두 감춰버리기 때문이다. 인간의 기억은 시간이 지나면 희미해지기 마련이다.

"무엇보다 현장 보존이 가장 중요합니다. 현장이 훼손될 경우 사건을 해결할 수 있는 결정적인 단서를 확보하기 힘들 테니까요."

엘린의 말이 생각보다 단호하다. 그녀는 물이 일렁이는 풀을 들여다본다. 현장 보존을 하기에는 최악의 환경이다. 강풍이 불고 눈보라가 치게 되면 잠재적인 증거가 훼손된다. 게다가 이미 많은 사람이 풀 주변 현장을 밟고 다녔다.

루카스가 목청을 가다듬는다. "필요한 게 있으면 뭐든지 말씀하세요."

루카스의 시선이 아델의 시신으로 향한다. 그의 얼굴에 낯선 감정이 서렸다가 이내 사라진다. 어떤 감정인지 쉽게 해석되지 않는다.

당혹감?

그럴 수 있다. 죽음은 사람들에게 다양한 방식으로 영향을 미친다.

"일단 풀 주위로 폴리스라인을 설치해 사람들의 접근을 차단해야 합니다. 범죄 현장이라는 사실을 알리는 표시죠." 엘린은 머릿속으로 우선 해야 할 일을 떠올려본다. "제 휴대폰으로 현장 사진을 찍어두겠습니다. 그다음은 풀 주변을 수색해 혹시 단서가 있는지 찾아봐야 합니다." 엘린이 잠시 침묵했다가 말한다. "고무장갑, 증거물을 넣고 밀봉할 수 있는 용기, 살균한 족집게를 구할 수 있을까요?"

"그 정도는 구할 수 있을 겁니다."

루카스가 직원 몇 명을 불러 지시를 내린다.

"호텔에 남아 있는 투숙객들과 직원들의 명단도 필요합니다."

루카스가 대답한다. "호텔 프런트에서 제공해줄 겁니다."

엘린은 주머니에서 휴대폰을 꺼낸다. 사진은 어디에서부터 시작해야 할까?

아델의 시신.

강풍과 눈보라가 심해 범죄 현장의 모습이 조금씩 훼손되고 있다. 엘린의 얼굴에 눈이 내려앉고, 강풍이 그녀의 옷을 잡아당긴다. 그녀가 작업을 시작하려는 순간 속삭이는 소리가 들린다. 바람 소리에 묻혀 겨우 알아들을 수 있는 소리.

"제가 뭔가를 찾았어요."

39

 몇 미터 앞에 팔을 위로 치켜들고 손을 벌벌 떠는 직원 하나가 서 있다. 가방을 든 엘린은 풀을 조심스럽게 돌아 직원에게로 다가간다. 가까이 다가가서 보니 기껏해야 이십 대 초반의 젊은 여자다. 머리가 얼굴을 가리지 않도록 올백으로 넘긴 직원의 갈색 눈동자가 잔뜩 겁에 질려 있다. 그녀가 손가락으로 바닥을 가리킨다. 직원이 손가락으로 지목한 곳에 유리 상자가 놓여 있다. 두려움 가득한 직원의 표정을 보니 유리 상자 안에 충격적인 뭔가가 들어있을 거라는 예감이 든다.

 "안으로 돌아가다가 이 유리 상자를 봤어요." 직원의 목소리가 떨려 나온다.

 엘린은 가방을 내려놓고 유리 상자 안을 들여다보기 위해 쪼그려 앉는다. 호텔 곳곳에 전시품을 넣어둔 유리 상자와 마찬가지로 4면이 모두 유리로 되어 있고, 길이는 50센티미터쯤 된다. 유리 상자에 눈이 쌓여 있고, 손으로 눈을 치운 부분이 있다. 직원이 유리 상자 안을 들여다보려고 눈을 치운 듯하다.

 엘린이 유리 상자 안을 들여다보다가 소스라치게 놀란다.

 잘린 손가락 세 개가 들어 있다.

 하나같이 잿빛이 감도는 흰색이고, 군데군데 시커먼 피가 굳어 있다.

엘린은 몇 미터 떨어진 곳에 모여 있는 사람들을 의식하며 냉정을 유지하려고 애쓴다. 마음을 다잡은 그녀는 유리 상자에 남은 눈을 입김을 불어 날려버린다.

이제 세부적인 부분까지 확실하게 보인다.

누가 이런 짓을 저질렀을까? 범인이 이런 엽기적인 짓을 저지른 의도는 무엇일까? 호텔에 남아 있는 사람들을 공포에 질리게 하려고? 아니면 뭔가 다른 메시지를 전하려고?

잘린 손가락들은 작은 못을 이용해 바닥에 고정시켜두었다. 세 개의 손가락 모두에 얇은 구리 반지가 끼워져 있다. 구리 반지에는 다섯 개의 숫자가 새겨져 있다. 87499. 다른 반지에도 숫자가 새겨져 있다. 87534.

엘린은 유리 상자에 든 손가락과 반지를 휴대폰 카메라로 촬영한다.

누가 아델의 손가락을 잘라 유리 상자에 고정하고 손가락마다 구리 반지를 끼워두었을까?

결국 충동적으로 저지른 범죄가 아니라 사전에 치밀하게 계획했다는 뜻이다. 납치, 감금, 손가락 절단, 시체를 가라앉히느라 몸에 매단 모래주머니, 잘린 손가락과 구리 반지······.

일련의 모든 요소들이 치밀한 고려에 따른 시나리오 일부로 보인다. 범인은 어떤 이야기를 전달하려고 한다. 대단히 지능적이고, 경찰 수사가 어떤 절차를 통해 이루어지는지 잘 알고 있는 인물이다. 범인이 증거를 남기지 않으려고 극도로 경계한 사건 수사는 처음부터 어려움을 겪을 수밖에 없다.

겨드랑이가 땀으로 축축하게 젖어 든다.

내 깜냥으로는 해결하기 힘든 사건이야.

여긴 스위스고, 엘린은 경찰이 올 때까지 초동수사를 진행해야 할 상황이지만 무엇부터 해야 할지 몰라 머릿속이 복잡하다. 유리 상자를 다시 본 순간 지난날 저지른 실수가 주마등처럼 스쳐 지나가면서 가슴이 답답하고 시야가 흐려진다. 눈을 깜박거리자 상자 속 내용물이 서서히 변화한다. 잘린 손가락이 부어올라 점점 커지더니 피투성이가 된다. 말라붙은 피가 아니다. 손가락 끝에서 자꾸만 피가 흘러나와 상자의 가장자리 틈새로 새어 나가면서 눈 위로 떨어진다.

피.

여러 갈래로 흐른 피가 급기야 엘린의 부츠에 닿는다.

엘린은 놀라 뒷걸음질 친다. 그제야 유리 상자에서 눈을 뗀 그녀는 주머니에서 흡입기를 꺼내 두 번, 세 번 연속해서 빨아들인다.

"괜찮습니까?"

엘린이 고개를 들어보니 루카스가 그녀를 내려다보며 서 있다.

"네, 괜찮습니다."

엘린이 흡입기를 주머니에 집어넣고, 호흡이 안정될 때까지 몇 번 심호흡한다.

"형사님이 요청한 일부 물품을 가져왔습니다." 루카스가 그녀에게 작은 상자를 건넨다. "장갑과 비닐 주머니입니다. 나머지 물품들도 곧 준비될 겁니다. 직원들 모두가 소독을 할 수 있도록 준비하고 있습니다."

"고맙습니다." 엘린이 장갑 한 켤레와 비닐 주머니 하나를 꺼낸다. 나머지는 가방을 가져와 넣어둔다.

　유리 상자를 곁눈질로 다시 살펴보았다. 퉁퉁 부어오른 손가락 끝에서 더는 피가 흘러나오지 않는다. 처음에 봤던 그대로다. 하지만 공포는 여전하다. 지금 이곳에서 벌어지고 있는 일들은 논리적으로 설명이 불가하다. 어두운 진상에 뿌리를 둔 사건이다. 너무 어두워 감히 건드릴 엄두가 나지 않는 진상.

40

엘린은 스파의 탈의실로 들어가 비닐장갑을 벗고 나서 손을 비빈다. 손끝이 빨갛지만 동상이 걸릴 정도는 아니다. 체력 단련을 목표로 악천후가 퍼붓는 날에도 몇 시간 동안 다트무어 구릉지의 해안도로를 달렸다. 그 결과 엘린의 몸은 강인하고 어떤 상황에서도 견딜 수 있을 만큼 단단해졌다.

오후 4시 30분이니, 아델의 시신이 발견된 지 다섯 시간이 흘렀다. 바깥은 어느새 칠흑처럼 어둡고, 기상 여건은 더욱 악화되었다. 눈이 미친 듯이 퍼붓고, 불빛을 받은 눈송이가 어두운 밤하늘을 배경으로 하얗게 빛난다. 이따금 바람이 바닥에 쌓인 눈을 위로 날아오르게 해 광란의 춤을 추게 했다가 함부로 내동댕이쳐버린다.

영국 경찰이었다면 과학수사대를 현장에 즉시 투입해 증거 및 단서 확보에 나섰겠지만 지금 여긴 주어진 조건이 너무 열악하다. 엘린은 동료 형사 레온의 얼굴과 주름진 이마를 떠올려보며 그가 주로 내뱉는 욕설이 무엇이었는지 가늠해본다.

엘린이 당장 할 수 있는 일은 그리 많지 않다. 그나마 그녀는 현장에서 수백 장의 사진을 찍었고, 증거가 될 수도 있다는 판단이 서면 무엇이든 수거했다. 아쉽게도 결정적인 단서나 증거물은 눈에 띄지 않았다. 처음부터 예상했다시피 범인은 치밀하고 용의주도하고 계획성 있는 인물이 분명했다. 증거물이라고 해봐야 머리카락 몇 가닥, 텅 빈 설탕 봉지 몇 개, 담배꽁초 몇 개, 눈 더미에 파묻혀 있던 푸른색 비키니 팬티 두 장을 발견했을 뿐이다.

엘린의 주머니에서 휴대폰이 진동한다. 휴대폰을 꺼내 화면을 보니 아는 번호가 아니다.

"여보세요?"

"엘린 워너 씨와 통화할 수 있을까요?" 남자의 영어는 억양이 심하다. 프랑스도 아니고 독일 억양이다. 목뒤에서 울리는 것 같은 소리에 딱 부러지는 말투.

"제가 엘린 워너입니다."

"저는 발레 경찰서의 우엘리 베른트 경감입니다." 상대가 목청을 가다듬는다. "사건 현장이 오염되지 않도록 관리하겠다고 했다던데 순조롭게 잘 되어갑니까?"

"제가 지금까지 현장에서 보고 느낀 점을 말씀드릴까요?"

"므시외 카롱이 현장 상황을 말해주었지만 당신 생각은 어떤지 들어보고 싶네요."

엘린이 말하는 동안 베른트 경감이 조용히 경청한다. 엘린의 귀에 그가 메모하느라 펜촉으로 종이를 긁어대는 소리와 고른 숨소리가 들려온다.

엘린의 보고를 들은 베른트 경감은 선뜻 말문을 열지 않는다. 그녀의 귀에 여전히 펜촉이 종이를 긁는 소리와 멀리서 사람들이 웅얼거리는 소리가 들려온다.

마침내 베른트 경감이 절제된 어조로 말한다. "상황이 심상찮아 보이네요. 통상적으로 스위스 경찰은 사건 현장에 출동해 단서와 증거물이 있는지 둘러보고 검사와 함께 공식적인 수사를 시작하게 되어 있습니다."

엘린은 휴대폰을 귀에 대고 탈의실을 따라 걷기 시작한다. "사건 현장에 경찰을 투입할 수 있는 방법이 전혀 없습니까?"

"현재까지는 뾰족한 방법이 없습니다." 베른트 경감의 목소리가 몹시 궁색하게 들린다. "크란 몬타나 경찰과도 협의해봤는데 강한 바람을 동반한 눈보라가 계속되고 있어 사건 현장으로 경찰을 파견할 방법을 찾지 못했습니다."

"그럼 현장을 이대로 방치하겠다는 건가요?" 엘린이 발길을 돌려 반대 방향으로 걷는다. 몸이 점점 뜨겁게 달아오른다. 베른트 경감의 말을 듣는 순간 문득 현실의 무게감이 그대로 전달되면서 두려움이 엄습해온다.

우린 지금 완전히 고립됐어.

"우리는 당신이 해줄 역할에 대해 논의했습니다. 우리도 처음 겪을 만큼 현장 상황이 대단히 미묘한 상태입니다. 당신에게 어떤 권한과 역할을 부여할지 결정하려고 저와 크란 몬타나 경찰서장, 검사가 한자리에 모여 논의했습니다."

"어떤 결론이 나왔습니까?" 엘린의 귀에 굉음 같은 바람 소리에 이어 귀가 먹먹해질 만큼 큰 천둥소리가 들린다.

"당신은 영국 경찰이지만 스위스에서는 아무런 권한이나 의무를 지고 있지 않습니다. 다만 스위스 경찰을 현장에 투입할 수 없는 비상 상황이기에 치열한 논의 끝에 우리는 당신이 현장에서 수사를 진행할 수 있도록 허락해야 한다는 결론에 도달했습니다."

베른트 경감의 목소리가 절박하다. "당신은 강력계 형사 출신이고, 현장에서는 당신처럼 수사 경험이 풍부한 사람이 반드시 필요합니다. 이런 상황일진대 당신의 능력을 빌리지 않는다면 어리석겠죠." 그가 잠시 망설이다가 말을 잇는다. "먼저 확인해두어야 할 사항이 하나 있습니다. 호텔 오너인 루카스가 당신이 사건 현장을 책임지고 있는 것에 대해 이견을 보이지 않던가요?"

"루카스는 오히려 저를 찾아와 사건 현장 관리를 맡아달라고 했습니다. 그분에게 연락해 제 말이 맞는지 확인해보셔도 괜찮습니다."

"알겠습니다." 베른트 경감이 흔쾌히 대답한다. "현재 호텔에 있는 인원은 몇 명입니까?"

"모두 합해 마흔다섯 명입니다. 루카스에게서 명단을 받아두었습니다."

"호텔 직원과 투숙객이 각각 몇 명인지 알려주시겠습니까?"

"호텔 직원은 서른일곱 명, 투숙객은 여덟 명입니다. 대부분의 투숙객들이 산사태가 발생하기 전 호텔을 떠나 피신했습니다. 마지막 버스가 호텔에 남은 사람들을 모두 태우고 떠날 예정이었는데 산사태가 발생하는 바람에 눌러앉게 되었죠."

"생각보다 상황이 나쁘지는 않네요. 그 정도 숫자라면 당신이 통제할 수 있겠어요. 무엇보다 안전이 가장 중요합니다. 당신에게 현장 통제 권한을 부여해줄 테니까 이제부터 정식 절차에 따라 상황을 통제해주기 바랍니다. 호텔에 남아 있는 인원들은 가능한 한 모두 한곳에 모여 있도록 해야 합니다. 부득이 함께하지 못하는 인원은 현재 어디에 있는지 반드시 파악해두어야 합니다."

"알겠습니다."

"그다음으로 사건 현장과 증거품을 찍은 사진을 전부 보내주십시오. 저에게 보내주시면 됩니다." 베른트 경감이 목청을 가다듬는다. "현장에 남은 모든 인원의 성명, 생년월일, 주소를 확보해주시고 오늘 오전 어디에 머물렀는지 행적을 확인해주십시오."

"피해자의 시신을 처음으로 발견한 사람과 여러 목격자들을 한자리에 모아 이야기를 나누어볼까요?" 엘린은 뒤에 있는 벤치에 앉는다. 지난 몇 시간 동안 신경이 곤두선 상태로 발을 동동거린 탓에 피로감이 밀려든다.

베른트 경감이 선뜻 대답하지 않고 머뭇거리다가 말한다. "수사상 필요한 절차에 따른 공식적인 심문으로 분류할 수는 없겠지만 그들을 한자리에 모아 이야기를 나누어보면 현장 상황을 이해하는 데 큰 도움이 될 겁니다."

"저도 그렇게 생각합니다." 엘린은 그렇게 맞장구를 쳤지만 탐문 수사가 사건 해결에 도움이 될지 가늠할 수 없었다. 그녀는 철저한 수사를 진행해야 한다고 생각하다가 문득 또 다른 문제가 떠올라 흠칫 놀란다.

로라.

로라가 사라진 사실을 베른트 경감에게 알려야 한다.

"베른트 경감님이 알아두어야 할 사항이 하나 더 있습니다." 엘린이 말을 잇는다. "실종자가 하나 더 있습니다. 제 동생 아이작과 약혼한 호텔 직원인데 현재 실종 상태입니다. 제 동생 아이작이 어제 날짜로 경찰에 실종신고를 접수했습니다."

"이미 보고 받았습니다." 베른트 경감이 사무적으로 말한다.

"실종자 이름이 로라 스트렐이죠?"

"네."

"어떻게 된 일인지 설명해주시겠습니까?"

베른트 경감에게 로라의 실종을 설명해주는 동안 엘린은 자신이 아는 게 별로 없다는 생각이 들었다. 로라가 어디로 가는지 본 사람이 없다. 로라의 마지막 행적은 오로지 아이작의 말을 통해 알려졌을 뿐이다.

엘린이 설명을 마치자 베른트 경감이 묻는다. "로라가 자발적으로 떠났을 수도 있잖아요?"

"로라가 스스로 사라졌을 가능성은 희박해 보입니다. 소지품을 아무것도 챙겨가지 않았으니까요. 미리 확인해봤는데 로라는 집으로 돌아가지도 않았습니다."

"로라가 혹시 시에르 크란에 왔었는지 역에 설치해둔 보안카메라를 확인해보겠습니다." 그가 잠시 말을 멈추었다가 잇는다. "로라가 폭력을 당했거나 납치된 흔적은 발견되지 않았죠?"

"그렇긴 하지만 로라보다 앞서 실종되었던 아델이 숨진 채 발견되었습니다. 로라가 무사히 돌아오길 바라지만 최악의 상황을 배제하기 힘듭니다."

"무슨 뜻인지 이해합니다." 베른트 경감이 숨을 들이쉰다. "혹시 로라에게 무슨 일이 있었는지 유추해볼 수 있는 정보가 있습니까?"

"아직 이렇다 할 단서가 없습니다. 로라의 사무실에서 심리치료사 명함을 찾아냈습니다. 로라의 약혼자이자 제 동생인 아이작의 말에 따르면 로라에게 우울증 증상이 있었답니다. 로라를 만나본 심리치료사라면 그녀의 심리 상태나 실종과 연결 지을 수 있는 단서를 제공해줄 수도 있지 않을까 생각합니다."

"일단 무슨 말인지 잘 알겠습니다. 달리 더 전할 말은 없습니까?"

"로라가 휴대폰을 두 대 사용했다는 사실을 알아냈습니다. 약혼자인 아이작도 그 사실을 전혀 몰랐답니다. 로라가 사라지기 전날 밤 호텔 밖에서 누군가와 통화하는 장면을 보았습니다. 목소리가 들리지 않아 통화 내용은 알 수 없었지만요. 로라는 프랑스어로 누군가와 통화했고, 감정이 몹시 격앙되어 상대에게 화를 내는 것처럼 보였습니다."

"그날 로라가 약혼자도 존재를 모르는 휴대폰으로 통화했을 거라고 생각하십니까?"

"그야 통화기록을 조회해보면 알 수 있겠죠."

"통신사에 연락해 통화기록을 조회해보겠습니다. 심리치료사에게도 연락해보고요. 이메일 주소를 알려줄 테니까 앞으로 할 말이 있으면 이메일을 이용해주세요."

엘린이 스피커폰 모드로 전환해 베르튼 경감이 불러주는 이메일 주소를 받아 적었다.

"현장에서 돌발적인 상황이 생기면 즉시 연락해주길 바랍니다. 기상청과 상의해 언제 경찰을 현장에 투입할 수 있는지 알아보고, 새로운 결정이 내려지면 즉시 연락드리겠습니다."

엘린은 이제 스위스 경찰의 공식적인 위임을 받아 수사할 수 있게 되었다.

좋은 결과를 이끌어낼 수 있을 거야.

엘린은 그림자처럼 따라다니는 폐소공포증이 시작되려는 조짐이 있었지만 가까스로 떨쳐냈다. 아델의 시신이 발견된 이후 어서 로라를 찾아내야 한다는 압박감이 심해졌다. 아델을 살해한 범인이 로라를 납치했다면 매우 위험한 상황이다. 범인이 치밀한 계획을 세워 아델을 납치한 만큼 로라도 비슷한 처지라고 봐야 한다. 아델의 시신을 보면 납치범이 로라에게 무슨 짓을 벌일지 짐작이 가능하다.

41

엘린은 호텔 라운지에서 악셀을 찾아낸다. 그는 직원들과 따로 떨어져 앉아 반짝이는 조명을 받아 빛나는 하얀 눈송이와 시커먼 하늘을 바라보고 있다. 커피 잔이 앞에 놓여 있지만 한 모금도 마시지 않았다.

핏기가 가신 악셀의 얼굴은 무표정하다. 삼삼오오 모여 두런두런 이야기를 나누는 직원들의 목소리를 듣거나 느끼지 못하는 눈치다.

엘린이 그에게 다가가 팔을 살며시 잡는다. "악셀?"

"위?" 엘린을 바라보는 그의 눈에는 핏발이 서 있고, 눈 주위가 푸르스름하다.

"엘린 워너라고 해요." 엘린이 한 말은 때마침 울려 퍼진 천둥소리와 어둠을 가르는 번개에 묻혀 들리지 않는다.

엘린이 다시 말한다. "나는 영국에서 온 투숙객이에요. 영국에서의 직업이 강력계 형사라서 스위스 경찰이 투입될 때까지 수사를 맡게 되었어요. 혹시 영어로 질문을 해도 괜찮을까요?"

"그러시죠."

악셀이 관절이 울퉁불퉁한 양손을 허벅지에 내려놓았다.

"아델의 시신을 발견하기 전에 혹시 무슨 일이 있었는지 기억하세요? 기억나는 대로 진술해주기 바랍니다."

악셀이 옆에 놓인 의자를 뒤로 빼 내주며 말한다. "어떤 진술이 필요한데요?"

엘린은 그가 권한 의자에 앉으며 가방에서 수첩을 꺼낸다. "아델의 시신을 발견하기 직전 당신은 어디에서 무얼 하고 있었는지 말해주세요."

"풀을 살펴보러 가던 길이었어요." 여전히 그의 눈은 창밖에 가 있다. "풀의 덮개가 제대로 덮여 있는지 확인해야 하거든요. 투숙객들을 거의 대피시킨 상태였기 때문에 호텔 관리부에서 풀은 문제가 없는지 살펴보라고 해서요."

엘린이 그를 격려하듯이 고개를 끄덕인다.

"메인 풀 확인을 마치고, 두 번째 풀로 갔다가 아델을 발견했어요." 악셀의 목소리가 갑자기 떨려 나온다. "그때 난 풀의 덮개를 설치하고 있었어요. 버튼을 누르면 자동으로 설치되는 덮개였죠. 풀의 덮개를 삼분의 일쯤 덮었을 때 갑자기 강풍이 몰아치면서 물에서 올라오던 수증기가 순간적으로 걷혀버렸어요." 악셀이 기분이 뒤숭숭한지 손가락을 비튼다. "처음에는 사람인지 몰랐어요. 머리카락이 물에 둥둥 떠서 이리저리 흔들리는 걸 보고 나서야 사람이라는 걸 알게 되었죠."

둘 사이에 무거운 침묵이 내려앉는다.

"어찌나 무서운지 풀에서 도망쳤어요." 악셀이 손으로 얼굴을 가리면서 잠시 말을 멈춘다. "그때 왜 물에 뛰어들어 아델을 밖으로 끌어내지 않았는지 묻고 싶죠? 저도 그 장면이 떠오를 때마다 자책감을 느껴요. 제가 즉시 풀에 뛰어들었더라면 아델을 살릴 수도 있었을 테니까."

엘린은 주위 시선을 아랑곳하지 않고 악셀의 팔에 손을 올린다. "당신 잘못이 아니었어요. 누구나 그런 상황이 되면 당혹스러울 수밖에 없어요." 엘린이 목소리를 낮추며 상냥하게 말을 건넨다. "그런 상황에 직면했을 때 어떻게 행동해야 옳은지 정답은 없어요. 당신이 물에 뛰어들었다고 하더라도 그다지 달라질 일은 없었을 거예요. 그때 이미 아델은 사망한 상태였으니까."

악셀의 표정을 보니 엘린의 말을 그다지 믿지 않는 눈치다. 그는 평생 씁쓸한 기억을 안고 살아가야 할지도 모른다. 그 순간이 떠오를 때마다 후회하고 자책하면서.

내가 물에 뛰어들었다면? 나에게 좀 더 용기가 있었다면?

"아델의 시신을 발견하기 전에 풀 주변에서 혹시 의심스러운 장면을 본 건 없습니까?"

"저는 풀에 오래 있지 않았어요. 폭설 때문에 주차장에 문제가 생겨 버스가 출발할 수 있도록 돕고 있었거든요."

"혹시 풀에서 마주치거나 목격한 사람이 있었나요? 직원이나 투숙객 중에서?"

"아뇨, 그 당시 투숙객은 얼마 남지 않았고, 직원들은 대부분 투숙객들의 대피를 돕고 있었어요."

목격자가 없다.

살인범이 직원들과 투숙객들이 눈사태 때문에 대피하느라 여념이 없는 순간을 이용했을 수도 있다.

완벽한 순간.

엘린은 수첩의 페이지를 넘긴다. "아델과 잘 아는 사이였나요?"

"서로 인사를 나누는 정도였고, 그리 가깝게 지내지는 않았어요." 악셀이 어깨를 으쓱한다. "저는 아이 셋을 키우는 형편이라 업무 시간 외에는 직원들과 어울릴 시간이 없었죠."

"평소 아델에게 어떤 문제가 있었는지 전혀 모르겠군요."

"아델에 대해서라면 펠리사가 가장 잘 알 거예요." 악셀이 옆 테이블에 앉아있는 검은 머리 여자를 턱짓으로 가리킨다. "펠리사는 객실관리부 책임자이고, 아델의 상사였으니까."

"아, 그래요? 고마워요." 엘린은 자리에서 일어서며 가방을 챙겨 든다. "혹시 뭔가 생각나는 게 있으면 아무리 사소한 정보라도 꼭 연락주세요."

"잠깐!" 악셀이 이제야 뭔가 생각났다는 듯이 인상을 찌푸린다. "이제야 생각났는데 이상한 일이 있긴 했어요. 아델이 목숨을 잃은 사건과 관련되어 있는지는 알 수 없지만요. 아델이 누군가와 말다툼을 벌이는 모습을 본 적이 있어요."

엘린은 호기심을 느끼며 다시 자리에 앉는다. "최근에 있었던 일인가요?"

"지난주였는데 저는 그때 스파의 메인 풀에 물을 채우고 있었어요. 아델은 수영장 건물 뒤편에 있었고요. 제가 모퉁이를 막 돌아설 때 아델이 바깥에서 목청 높여 외치는 소리가 들려왔어요. 언뜻 듣기에도 화가 심하게 난 듯 보였어요. 아델이 얼마나 신경이 곤두섰으면 내가 수영장에 있다는 걸 미처 의식하지 못하고 목청 높여 싸울까 하는 생각이 들었죠."

"혹시 아델이 무슨 일로 싸우는지 들어봤나요?"

"저는 수영장 안에서 작업을 하고 있었기에 아델이 무슨 일로 싸우는지 알 수 없었어요." 악셀이 온기라고는 전혀 느껴지지 않는 미소를 짓는다. "저는 늘 마음속으로 다짐하죠. 쓸데없이 남의 일에 끼어들지 말자고. 괜히 참견했다가 나에게도 불똥이 튈 수 있으니까."

"혹시 아델과 다툰 상대가 누군지 아세요?"

"호텔 부지배인이었어요. 로라 스트렐."

42

아델이 로라와 말다툼을 벌였다고? 매우 중요한 접점일 수도 있어.

엘린은 악셀과 헤어져 펠리사를 찾아가며 생각한다. 아델과 로라가 말다툼을 벌였다면 둘 사이가 무척이나 가까운 사이였다고 볼 수 있다.

두 사람의 관계가 이 사건과 밀접한 연관이 있을까?

엘린은 그런 생각을 머릿속에서 밀어내며 펠리사를 향해 걸어갔다.

"펠리사?"

손에 수첩을 든 펠리사가 의아한 눈길로 엘린을 쳐다본다. 섬세한 이목구비에 체구가 작은 여성으로 아치를 그린 눈썹이 끝으로 가면서 점점 가늘어진다. 짙은 색 머리에 피부는 올리브색이다.

스페인계? 아니면 포르투갈계?

"아델과 관련해 물을 건가요?"

엘린이 고개를 끄덕이며 근처의 빈 테이블을 가리킨다. "자리를 옮겨도 될까요? 당신과 단둘이 이야기를 나누었으면 하는데요."

"네, 얼마든지요."

펠리사는 마시던 물컵을 들며 엘린을 바라본다. 펠리사의 눈길이 제대로 손질하지 않고 귀 뒤로 넘긴 엘린의 금발과 나선 모양 피어싱으로 향한다. 누군가에게 엘린이 경찰이고 임시로 수사를 맡게 되었다는 말을 들은 듯했다.

엘린은 사람들이 뒤에서 뭐라 수군거리는지 잘 알고 있다.

엘린은 성격이 너무 털털하고, 지나치게 일에 몰입하기 때문에 오히려 자신이 가진 장점을 제대로 활용하지 못하고 있어.

엘린은 남들이 뭐라 하든지 신경 쓰지 않는다. 그녀는 어릴 때부터 자신이 결코 끼어들 수 없는 세상이 존재한다는 걸 인정하고 받아들였다. 윤기 나는 머리카락을 복잡하게 비틀고 꼬아 기상천외한 모양을 만들어내는 재주를 타고난 여자들, 유튜브를 참고해가며 밋밋한 광대뼈를 툭 튀어나온 듯이 보이게 만드는 색조 화장 기술을 터득한 여자들을 볼 때마다 자신과는 전혀 다른 세상에서 사는 존재들이라는 생각이 들었다.

엘린의 친구인 헬라 경사만 해도 그랬다. 헬라 경사는 와인과 커리를 먹으며 엘린에게 '윤곽 화장'에 관한 영상을 보여주었다. 그녀는 엘린이 영상을 보면서 윤곽 화장 기술을 배우길 기대했다. 아무리 영상을 들여다봐도 엘린은 윤곽 화장 기술을 알려주는 용어들이 외국어처럼 낯설기만 했다. 결국 윤곽 화장은 그녀가 도저히 익힐 수 없는 기술이라 치부했다.

엘린이 펠리사와 자리에 앉으려는 순간 투숙객 하나가 다가온다. 삼십 대 후반으로 보이는 여성 투숙객으로 작고 통통한 체구에 짙은 색 머리를 느슨하게 묶고 있다. 그녀가 걱정스러운 표정을 지으며 가까이 다가오더니 다짜고짜 말한다.

"실례합니다만 경찰이시죠?" 억양이 강한 영어를 사용하는 걸 보니 이탈리아인 같다.

"네, 그렇습니다만."

"말씀드릴 게 있어서요." 그녀가 뒤쪽 왼편 테이블을 힐끗 쳐다보더니 설명하기에 적절한 단어를 찾느라 고심하는 듯 이마에 깊은 주름이 파일 만큼 생각에 골몰해 있다가 겨우 말한다. "연로한 부모님이 현재 상황을 많이 힘들어하세요. 지금 이 호텔에서 어떤 일이 벌어지고 있는지 저에게 좀 더 많은 정보를 제공해줄 수 있을까요?"

엘린이 고개를 끄덕이고 나서 목청을 가다듬는다. "지금 상황이 걱정스럽기도 하고, 답답하게 느껴지기도 하겠지만 더는 심각한 문제가 발생하지 않도록 유효적절하게 통제해나갈 생각입니다. 스위스 경찰과 여러 차례 협의를 진행했고, 앞으로 어떻게 현장을 통제할지 방향을 잡았습니다. 저는……." 엘린은 설명이 너무 장황하다는 생각이 들어 잠시 말을 멈춘다.

여자의 얼굴에 여전히 불만이 가득하다.

화가 많이 났나봐.

두려운 상황이 계속되거나 무력감을 느낀 사람에게서 흔히 볼 수 있는 반응이다. 엘린의 입장에서 보자면 상대가 언제 어느 때 분노를 폭발시킬지 알 수 없고, 관리를 안정적으로 해나가는 데 걸림돌이 되는 감정이기에 걱정스러울 수밖에 없다.

여자가 손을 깍지 끼더니 새된 목소리로 말한다. "사람들은 겁에 질려 있어요. 투숙객들이든 직원들이든 전부 마찬가지입니다. 사람들이 모여서 수군거리는 말을 들었어요." 여자는 손을 들어 사람들이 삼삼오오 모여 있는 쪽을 가리킨다. "얼마나 더 기다려야 직원들이 우리에게 어떻게 된 일인지 정확하게 설명해 줄 수 있을까요?" 그녀의 볼이 얼룩덜룩해진다. "직원들마저 잔뜩 겁에 질려 있으니 이제 우린 누굴 믿고 버텨야 하죠?"

펠리사와 시선을 교환한 엘린이 잠시 기다려달라는 뜻으로 담담하게 말한다. "앞으로 상황을 안정적으로 관리하기 위해 특단의 조치를 취할 예정입니다. 오늘 저녁부터 투숙객들을 아래층 객실로 전부 이동시킬 겁니다. 원래는 호텔 직원들이 사용하는 객실입니다. 투숙객들의 안전을 도모하기 위해 직원들을 호텔 내 공용 장소에 배치할 생각입니다."

"안전을 도모하기 위해서라고요?"

"투숙객들이 안전하게 지낼 수 있도록 가능한 모든 방법을 동원하겠다는 뜻입니다."

여자가 한동안 침묵하다가 몸에서 힘이 다 빠져나간 사람처럼 어깨를 축 늘어뜨린다. 그녀는 부모가 앉아 있는 테이블을 몸짓으로 가리킨다. "앞으로 상황 설명이 좀 더 원활하게 이루어졌으면 합니다. 혹시 무슨 일이 생기면 최대한 빨리 알려주세요."

"물론이죠."

엘린은 여자가 떠나길 기다렸다가 자리에 앉으며 펠리사에게 미안한 표정을 짓는다. "죄송합니다."

펠리사가 손을 저으며 대답한다. "투숙객들은 당연히 걱정이 많을 겁니다. 충분히 이해해요."

엘린이 수첩을 꺼내 테이블에 내려놓는다. "지난 며칠 동안 아델은 어떻게 지냈나요?"

펠리사가 물을 한 모금 마신다. "아델은 금요일 근무를 마치고, 다음 주 화요일까지 쉴 예정이었어요."

"그럼 금요일 퇴근 시간에 혹시 아델을 봤나요?"

"아델을 잠깐 봤는데 몹시 바빠 보이더군요. 다음 주에 아델의 아들 가브리엘이 아빠 집에서 지내기로 되어있었거든요. 아이 아빠가 집에 와서 가브리엘을 데려가기로 했다면서 빨리 퇴근해야 아이 얼굴을 볼 수 있을 거라며 초조해하는 모습을 봤어요."

"아이 아빠가 멀리 살아요?"

펠리사가 고개를 끄덕인다. "아델은 아이를 위해서라도 아이 아빠와 합칠까 고민이 많았나본데 결국 성사되진 않았죠."

"그날, 아델의 표정은 어때 보이던가요? 혹시 어딘가 모르게 이상한 점은 없었나요?"

"귀가가 늦어질까봐 걱정했지만 딱히 이상한 점은 발견하지 못했어요." 펠리사가 호기심을 담은 눈빛으로 묻는다. "아델이 집에 가기는 했을까요?"

"아직 모르겠어요. 경찰이 수사를 통해 확인해봐야 할 사항이죠."

아델은 귀가하기 전에 납치되었고, 호텔 내부 어딘가 혹은 근처에 결박되어 있다가 살해되었을 가능성이 큰 편이었다.

펠리사가 물컵을 든 손에 어찌나 힘을 가했는지 관절이 하얗다. "누가 이런 짓을 저질렀는지 모르지만 도무지 이해할 수가 없어요."

엘린이 계속 질문을 이어 나간다. "아델에게 혹시 문제점이 있었나요? 사생활이든 일이든?"

"아델은 스위스 사람이잖아요." 펠리사가 미소를 지으며 말을 잇는다. "스위스 사람들은 독특한 면이 있어요. 제가 제네바에 살 때 이웃과 '안녕하세요'를 주고받는 사이가 되기까지 꼬박 2년이 걸렸거든요." 펠리사가 잠시 망설인다. "아델이 스위스 사람이 아니었더라도 거리감이 느껴지긴 했을 거예요."

"어떤 점에서요?"

"아델은 객실관리팀 직원이었는데 이직률이 높고, 외국인 종사자가 많은 직종이죠. 객실관리팀에 아델 말고는 스위스 출신 직원이 한 명도 없었어요. 아델도 객실관리팀 일이 마음에 들지 않았는지 최선을 다하지 않는다는 느낌이 들었어요. 아델은 자기만의 벽을 쌓고, 그 안에서 나오지 않았죠." 펠리사가 씁쓸한 미소를 짓는다. "아델이 구하고자 한다면 다른 일도 많을 텐데 왜 하필 객실관리팀에서 마음에 들지 않는 일을 하며 사는지 의아했어요."

"아델이 왜 그랬을 거라 생각해요?"

"아델에게 직접 이유를 물어본 적이 있는데 선택의 여지가 없었다고 하더군요. 변변한 학교 졸업장도 없고, 아들을 양육하려면 당장 돈을 벌어야 하고."

엘린은 그녀의 말을 곰곰이 생각해본다.

뭔가 아델의 상황과 맞지 않아.

"로라 스트렐이 누군지 아시죠?"

"네, 알아요."

"로라가 실종 상태라는 것도 알겠네요?"

"네, 알아요." 펠리사가 팔꿈치를 테이블에 댄다. "아델에게 몹쓸 짓을 저지른 사람이 혹시……." 그녀가 침을 꿀꺽 삼킨다.

"아직 아무것도 확인되지 않았으니 넘겨짚지 말아요. 그냥 두 사건 사이에 어떤 연관성이 있는지 알아보려는 것뿐이니까. 아델과 로라는 친구 사이였나요?"

"네." 펠리사의 얼굴에서 순간적으로 어떤 감정이 스쳐 지나간다. 엘린은 포착하기 힘든 감정.

펠리사는 뭔가 알고 있어. 다만 어떻게 말해야 할지 마음을 정하지 못한 거야.

엘린이 좀 더 파고든다. "두 사람은 어느 정도로 가까운 사이였는데요?"

펠리사가 다 들릴 정도로 한숨을 내쉰다. "몇 달 전만 해도 무척이나 가깝게 지냈어요. 두 사람이 마냥 붙어 지냈는데 언제부터인가 그런 모습이 보이지 않더군요. 둘이 다투었나보다 생각했죠. 몇 주 전에 아델과 같은 자리에 앉아 있었는데 로라가 바로 옆을 지나가면서도 아무런 인사도 없이 쌩한 표정을 짓고 있더군요." 펠리사가 인상을 찌푸린다. "그때 잠깐 아델의 표정을 봤는데 겁에 질린 듯이 보였어요."

"로라가 사람들에게 강압적이었나요?"

"그렇게 말해도 과하지는 않아요. 로라는 매사 열정이 과한 편이었어요. 회의 시간에 절대 미소를 짓지 않아요. 아주 사소한 일까지 수첩에 다 기록하고요." 펠리사가 목소리를 낮춘다. "그런 점은 총지배인 세실과 비슷해요." 펠리사가 인상을 찌푸린다. "그렇지만 세실은 로라와 다른 이유로 그런다고 생각해요. 세실은 아직 가정을 이루지 못했으니까 호텔에 모든 열정을 쏟아붓는 걸 충분히 이해할 수 있어요. 정도가 심하긴 해도."

엘린은 방금 들은 펠리사의 말을 곰곰이 되짚어본다. 유난히 신경 쓰이는 부분이 로라와 아뎰이 의견 충돌을 빚었다는 말이다.

세실을 만나 혹시 그녀와 다른 사람들도 그 사실을 알고 있었는지 물어봐야겠다는 생각이 든다. 엘린은 사람들을 만나 얘기를 나눌수록 수사상 혼선을 일으킬 우려가 있다는 걸 모르지 않았다. 다른 사람들을 만나 로라에 대한 얘길 나눌수록 그녀의 모습이 다르게 채색되는 느낌을 지울 수 없다. 미미한 정도이긴 해도. 처음에는 또렷했던 로라의 캐릭터가 지금은 뒤죽박죽 혼선을 불러일으키고 있다.

원래의 캐릭터가 뭔지 찾기 힘들 만큼.

43

"직원들을 만나봤어요? 아델과 관련해 뭔가 목격했다는 직원이 있던가요?"

루카스가 플리스를 벗어 의자 등받이에 걸친다. 구릿빛 근육질 팔뚝과 오른쪽 손목에 찬 팔찌 두 개가 눈에 들어온다. 라임 그린 색과 푸른색.

"직원들을 전부 만나봤습니다. 그날 로비에 모여 있던 직원들은 피신 준비에 여념이 없던 투숙객들을 돕고 있었죠. 직원들을 한 사람씩 만나 알리바이를 일일이 확인해두었습니다." 엘린은 직원들을 만나 나눈 대화를 머릿속으로 다시 떠올려본다. 직원들은 모두 그럴듯한 알리바이가 있었고, 투숙객들도 마찬가지였다.

범인이 시간을 기막히게 잡았거나 직원들이 눈코 뜰 새 없이 바쁜 시간을 노렸거나 둘 중 하나겠지.

엘린이 커피 잔을 들고 숨을 크게 들이쉰다. 뜨겁고 쓴 액체가 흘러드는 동안 목이 타들어 갈 듯했지만 카페인이 머릿속에 낀 뿌연 안개를 거두어가 기분이 좋아진다.

"범인이 적절한 순간을 선택했네요." 세실이 너덜거리는 티슈로 코를 문지른다. 그녀의 표정은 침울하고 눈은 푹 들어가 있다.

"목격자가 없다는 사실이 확인되었으니 이제부터는 보안카메라 영상을 뒤져봐야 합니다. 수영장 구역과 그 주변에 보안카메라가 설치되어 있나요?"

"보안 팀장에게 보안카메라를 볼 수 있게 해달라고 말해두겠습니다." 세실이 잠시 입을 닫는다. 그녀는 뭔가 더 할 말이 있는 듯이 입을 열려다가 이내 마음이 바뀐 듯 다물어버린다.

루카스가 창문 쪽으로 걸어가며 말한다. "수사를 하다가 협조가 필요한 사항이 있으면 뭐든지 요청하세요. 범인을 하루라도 빨리 잡아야 하니까요. 그 사람이 겪은 일을 생각하면……."

루카스의 턱이 씰룩거리는 모습이 엘린의 눈에 들어온다. 그의 겨드랑이와 허리에 반달 모양 땀자국이 보인다. 그는 극심한 스트레스를 받고 있다. 엘린은 지금껏 관찰한 그의 모습을 바탕으로 그에 대한 마지막 퍼즐 조각을 맞출 수 있다. 그녀가 잡지에서 본 내용과 직접 본 내용이 정확하게 일치했다. 결코 터무니없는 소리가 아니었다.

루카스는 개인적인 공간에 있을 때면 양면성, 그러니까 사업가와 느긋한 운동선수의 모습이 반영된다. 사무실 분위기는 절제되어 있다. 연한 색상의 벽과 과할 정도로 반들반들 빛나는 나무 책상, 구석에는 단색의 커피 추출기가 있다. 그 위에 달린 선반에는 책이 일렬로 꽂혀 있다. 등산과 등반 관련 서적도 있고, 디자인과 건축 관련 서적도 있다.

오른쪽 벽면은 그림들 차지다. 하얀 액자에 담긴 심장 해부학 드로잉과 정밀하고 사실적인 동판화들이다. 루카스를 인터뷰한 신문 기사를 읽은 내용이 떠오른다. 병원에서 어린 시절을 보낸 이야기. 신문 기사와 모든 사실들이 맞아떨어지지만 엘린은 눈에 보이는 모순에서 미묘한 불협화음이 느껴진다. 차라리 어느 한쪽이 사실이 아니라면 루카스라는 사람을 더 쉽게 이해할 수 있을 것 같다. 그런 생각을 하니 왠지 마음이 불안해진다.

세실이 빈 커피 잔의 테두리를 손가락으로 훑으며 만지작거린다.

"아델이 살해당한 시간이 언제인지 확인되었나요?" 그녀가 빠른 속도로 물은 질문에서 두려움이 느껴진다. "그 시간을 알면 범인이 누구든 아직 호텔에 머무르고 있는지 아니면 버스를 타고 도주했는지 알 수 있잖아요."

"살해된 시간이 언제인지 아직 정확한 결과가 나오지 않았습니다." 엘린이 담담하게 말한다. "과학수사대의 부검 결과가 나오길 기다려봐야 합니다."

"대략적인 짐작은 할 수 있잖아요?" 세실의 목소리가 살짝 높아진다. "직업적인 형사라면 사람이 언제 죽었는지 정도는 눈으로 대충 봐도 알 수 있지 않나요?"

루카스가 동생에게로 다가가며 날카롭게 소리친다. "세실, 그건 지나치게 무례한 말이야."

"왜?" 세실의 목소리에 히스테리 기미가 느껴진다. "형사라면 적어도 의견 정도는 낼 수 있어야지."

루카스가 입을 굳게 다물고 여동생을 바라본다. 이런 식으로 감정을 드러낼 수밖에 없는 상황이라 그의 모습에서 당혹감이 엿보인다.

"그만해." 그가 동생의 팔에 손을 얹고 경고의 눈빛을 건넨다. "우린 좀 더 냉정해질 필요가 있어."

엘린은 그의 동작을 지켜보면서 남매 사이가 제법 돈독하다는 느낌이 든다. 그의 말투에서 은근히 거들먹거리는 느낌이 들기도 한다. 그들 남매에게는 익숙한 패턴으로 보인다. 남매에게 각자 익숙한 역할이 있고, 그 역할에 따라 대화를 풀어나가고 있다.

루카스를 보는 동안 엘린은 비슷한 상황일 때 아이작이 했던 행위를 떠올린다. 아이작은 짐짓 상냥한 태도를 유지하지만 그런 태도가 상황을 누그러뜨리기보다 더 악화시키기도 한다.

"냉정?" 세실이 턱을 치켜들고 오빠를 바라본다. "오늘, 호텔 직원 하나가 살해된 시체로 발견되었어. 내가 오빠 입장이라면 결코 냉정해질 수 없을 거야. 범인은 지금도 이 호텔 어딘가에서 새로운 피해자를 노리고 있다고 봐야겠지."

엘린이 헛기침한다. "잠깐만요. 설령 범인이 호텔에 남아 있다고 하더라도 이런 상황에서 추가로 범죄를 저지를 수 있을까요? 이런 사건들은 대부분 구체적인 동기가 있고, 범인이 피해자와 가까운 사이인 경우가 많죠. 배우자, 친구, 가족."

"로라는 아직 행방불명이죠?" 세실이 발로 바닥을 탁탁 두드린다. 박자가 맞지 않는 리듬이다. "아델을 살해한 범인이 로라를 납치했을 수도 있지 않을까요?"

루카스가 놀란 표정으로 말한다. "로라가 아직도 실종 상태라고요?" 그가 금세 냉정을 되찾더니 원래의 모습으로 돌아온다.

루카스의 반응을 보자 엘린은 호기심이 생긴다. "로라를 잘 아세요?"

루카스는 자리에 앉아있기 불편한지 몸을 꼼지락거린다. 그는 감정을 추스르려고 책상 위에 놓아둔 서류를 몇 장 들척인다.

루카스는 뭔가 숨기고 싶은 거야.

루카스가 겨우 말한다. "경영자로서 필요한 만큼은 알고 있죠. 로라는 이 호텔 직원이니까요."

엘린이 단도직입적으로 묻는다. "로라의 소지품 가운데 대표님을 찍은 사진이 있던데요."

"내 사진이라고요?" 루카스의 목소리가 떨려 나온다. 그 말에 깜짝 놀란 그는 책상에 놓인 펜을 들어 손가락 사이에 끼우고 돌리기 시작한다.

"그 사진을 보면 대표님은 촬영되고 있다는 걸 전혀 몰랐던 것 같더군요." 엘린은 잠시 머뭇거리다가 묻는다. "로라가 왜 그런 사진을 여태껏 보유하고 있는지 혹시 짚이는 게 있습니까?"

루카스는 잠시 입을 다물고 있다가 체념한 표정으로 엘린을 본다.

"로라와 잠시 교제한 적이 있습니다."

엘린은 갑자기 숨이 턱 막히는 기분이다. 하긴 두 사람이 교제하지 않았다면 로라가 그의 사진을 찍은 이유를 납득하기 힘들다.

"그리 심각한 사이는 아니었어요."

바람 빠지는 소리를 낸 세실의 웃음소리가 기괴하게 들린다. "오빠 입에서 그런 궁색한 대답이 나올 줄 미처 몰랐어."

루카스에게로 시선을 돌린 엘린이 묻는다. "그게 언제였죠?"

루카스는 여전히 손가락으로 펜을 돌리고 있다. "18개월 전인데, 이 호텔을 연 직후였어요. 난 직원과의 교제가 얼마나 어리석은지 잘 알고 있었는데 로라와 몇 번 행사를 같이 치르면서 긴 시간을 가까이 지내다보니 자제력을 잃었나봐요. 로라와 몇 번 잠자리를 같이 했는데 더는 관계를 지속할 수 없다고 생각해 끝냈습니다. 로라는 일방적인 결정이라며 받아들일 수 없다고 노발대발했지만……." 그때 루카스의 손을 벗어난 펜이 책상으로 떨어져 내린다. "내가 아는 건 그게 전부입니다. 별문제 없이 끝났어요. 로라도 분명 그렇게 생각할 겁니다."

18개월 전이라면?

엘린이 머릿속으로 루카스가 한 말을 되짚어본다. 그 당시 로라는 아이작과 연인 사이였으니까 루카스와 바람을 피웠다는 뜻이다.

아이작에게 방금 들은 얘길 하면 루카스는 어떤 반응을 보일까?

"대표님이 관계를 끝내자고 하자 로라가 화를 냈다고 하셨죠?"

"몇 주 후 로라가 사무실로 나를 찾아와 따지더군요. 내가 자길 데리고 놀았다고요." 루카스의 얼굴에 깊이 후회하는 표정이 나타난다. "나는 로라가 그 문제를 불편하게 생각해 일을 그만두는 걸 원하지 않았기 때문에 그 자리에서 즉시 사과했습니다. 내가 미안했다고."

"그때 로라를 마지막으로 본 건가요?"

"업무상 얼굴을 마주한 경우를 제외하면 마지막이었습니다." 루카스의 표정이 표나게 굳어 있다. "그 일은 로라의 행방불명과 전혀 관계가 없습니다. 이미 오래전 일이고, 로라는 마음을 정리하고 당신 동생과 인생을 함께하기로 약속했으니까요."

루카스가 매우 불편해한다는 느낌이 들어 엘린은 대화의 주제를 바꾼다. "로라와 아델은 어떤 사이였나요? 펠리사가 말하길 두 사람은 무척이나 친하게 지내다가 최근 관계가 소원해졌다고 하던데요. 혹시 두 사람 사이에 무슨 일이 있었는지 아세요?"

"아뇨, 전혀."

엘린이 세실을 돌아본다. "지배인님은요?"

"저도 전혀 몰라요."

"호텔 일과 관련해서는 아무런 문제가 없었나요? 최근에 로라가 다른 직원과 충돌을 벌였다거나 불만을 표했다거나?"

두 사람 다 대답이 없다. 침묵이 길어지는 동안 분위기가 어색해진다.

엘린은 바로 그때 루카스가 거의 드러나지 않게 세실과 눈빛을 교환하는 모습을 본다.

두 사람이 솔직하게 털어놓지 않은 건 뭘까?

44

 루카스가 운을 뗀다. "수사상 필요할 수도 있으니 꼭 봐야 할 게 있습니다." 그가 몸을 숙여 책상 아래 서랍을 열더니 편지 한 장을 꺼내 엘린에게 내민다.

 "몇 달 전 누군가 나에게 이런 편지를 보냈어요."

 "Il faut bonne memoire apres qu' on a mento(거짓말쟁이는 기억력이 좋아야 한다)." 번역을 해주는 루카스의 목소리가 살짝 떨린다. "처음에는 무시했지만 그런 일이 발생하다보니……."

 "혹시 짚이는 구석이 있나요?" 편지에 적힌 글을 유심히 살펴보는 동안 엘린은 입술이 바짝 타들어 간다. 글자가 큼직큼직해 한 문장이 편지를 거의 다 덮고 있다.

 이 편지는 협박용이야.

 도저히 다른 용도로는 해석할 여지가 없다.

 "일단은 이 호텔과 관련 있을 거라 짐작합니다. 공사를 시작하기도 전부터 컴플레인이 쏟아졌으니까요. 처음에는 현지 주민들이 중심이 돼 반대했고, 나중에는 환경단체들이 참여하기 시작했죠. 소규모로 시작한 반대 운동이 온라인을 통해 폭발적으로 확산되었어요. 점점 더 많은 단체들이 찾아와 당장 공사를 중단하라고 으름장을 놓았으니까요. 스위스뿐만 아니라 프랑스에서도 반대자들이 찾아올 지경이었죠."

"다들 특정 단체에 소속된 시위대였나요?"

"특정 단체에서 조직 동원한 인원도 있고, 개인적으로 참가한 사람들도 더러 있었어요." 루카스는 얼굴을 붉히며 자신의 손을 내려다본다. "누군가 나에게 복수할 목적으로 시작한 반대 운동이 결실을 맺게 된 셈이죠. 호텔에 한정 지을 수 있는 문제가 아닐 수도 있어요. 누군가 이 호텔에 대한 증오심을 키우고 문제를 일으킬 불쏘시개로 삼았을 수도 있죠."

엘린이 편지를 살피면서 묻는다.

"혹시 이런 편지가 더 왔었나요?"

글자가 깔끔하고 선명하지 않은 걸 보면 잉크젯 프린터로 뽑았다는 걸 알 수 있다. 어디서나 흔한 가정용 프린터로 출력했다는 뜻이다. 편지를 보낸 사람이 누군지 찾아보는 문제는 현지 경찰에 맡겨야 한다.

루카스가 서랍을 열더니 편지 한 장을 더 꺼내 엘린에게 건넨다. "먼저 온 편지도 있었습니다만 버렸어요. 그때만 해도 한 번 보내고 말 거라 생각했거든요. 내용은 반드시 복수하겠다는 뜻이었고, 형식은 비슷했죠."

엘린이 쪽지를 내려다본다. "Chassez le naturel, il revient au galop."

이번에는 세실이 번역한다. "당연한 걸 몰아내면 전속력으로 돌아온다."

"무슨 뜻이죠?"

루카스가 손을 들어 머리를 쓸어 넘긴다. "영어로 말하자면 표범은 검은 반점을 없앨 수 없다*."

엘린이 고개를 끄덕인다. "이 편지는 어떤 경로를 통해 받으셨나요?"

"우편으로 보내왔어요."

마치 분노한 사람이 샌드백을 두드리듯이 눈보라가 창을 때렸고, 모두의 시선이 그쪽으로 향한다.

"시위대 말고는 짚이는 구석이 없나요?"

"나도 누가 협박 편지를 보냈는지 알고 싶은데 정체를 드러내지 않네요." 루카스는 진심으로 당혹스러워하는 기색을 보이더니 편지들을 가리키며 말한다. "이 편지들이 이번 일과 관계가 있다고 보십니까?"

"아직 아무런 단서가 없으니 확답을 드릴 수는 없겠네요."

엘린은 말을 그렇게 했지만 편지에 대한 생각을 이어간다.

편지와 이번 사건이 서로 연관되어 있을까? 아텔의 죽음이 이 편지와 어떤 상관이 있을까?

"이 편지들을 가지고 있어도 될까요?"

루카스가 고개를 끄덕이자 귀 뒤로 넘긴 머리카락이 흘러내려 얼굴을 가린다.

엘린은 편지 두 장을 가방에 집어넣고 나서 자리에서 일어선다. "마지막으로 하나만 더 물을게요. 어제 산에서 유해가 발견되었다고 들었어요." 엘린은 말을 멈추고 두 사람의 반응을 살핀다.

루카스가 몸이 뻣뻣해진 상태로 말한다. "아직 신원이 밝혀지지 않았어요. 경찰의 증언에 따르면 최근에 사망한 것 같지는 않

*제 버릇 개 못 준다는 뜻

다고 하더군요."

루카스의 말이 엘린을 소름 돋게 한다. 그녀는 일단 자신이 들은 말을 숨기고 묻는다.

"그러니까 아직 신원불상이란 말이죠?"

루카스가 어디까지 모른척하며 버틸지 궁금하다.

엘린의 질문이 허공에 그대로 매달려 있다. 루카스는 입을 벌렸다 다물었다 하면서 좀처럼 대답하지 않다가 마침내 입을 연다. "네."

엘린은 그가 왜 너무나 빤한 거짓말을 했는지 곰곰이 생각해본다.

마고도 아는 사실을 왜 저 사람은 모른다고 할까? 분명 경찰이 신원을 말해주었을 텐데.

어제 눈 더미 속에서 다니엘 르메트르의 변사체가 발견되었다. 그는 루카스의 어린 시절 친구이자 동업자이다. 그의 실종으로 호텔 개장이 미루어질 정도로 두 사람은 가까운 사이였다.

루카스는 왜 거짓말을 할까? 그는 무엇을 숨기고 싶은 걸까?

엘린이 루카스의 사무실을 나섰을 때 휴대폰이 울린다.

"베른트 경감입니다. 잠시 통화할 수 있을까요?"

"네, 지금은 혼자 있으니까 가능합니다." 엘린은 엘리베이터를 향해 걸어가며 묻는다. "뭔가 새롭게 알아낸 사실이 있나요?" 엘린이 망설임이 느껴지는 자신의 말투에 당혹감을 느낀다. 마치 자신을 심문하는 느낌이 든다.

내가 왜 중심을 못 잡고 흔들리지?

물론 이유가 뭔지는 안다. 루카스의 거짓말이 그녀의 마음을 흔들고 있다. 그가 왜 거짓말을 했고, 그 사실이 무엇을 암시하는지 알아내야 한다.

"특별히 새롭게 알게 된 사실은 없습니다." 베른트 경감의 목소리에서 피로감이 배어난다. "스위스 경찰의 데이터베이스인 RIPOL에 당신이 보내준 명단을 넣고 검색해봤습니다. 그 결과 요주의 인물은 없었습니다. 적어도 발레 지역에서는요."

"'요주의 인물'은 무슨 뜻이죠?" 엘린은 몹시 당황스러워하며 양발에 체중을 번갈아 옮긴다.

배경 조사를 말하는 건가? 현재 진행 중이거나 종결된 사건 수사가 있는지?

"데이터 보안상 더는 말씀드리기 곤란합니다만 현재 그곳에서 누군가가 당신이든 아니면 다른 누군가를 노리고 있다는 징후를 발견하지 못했습니다." 베른트 경감이 잠시 말을 멈추었다가 잇는다. "스위스는 경찰의 데이터베이스로 신원을 조회하는 절차가 영국보다 훨씬 더 복잡합니다. 경찰의 중앙 데이터베이스에 접근하려면 칸톤을 통해서만 가능하죠."

"칸톤요?" 엘린은 몹시 당황해 볼이 달아오르고 휴대폰을 쥔 손바닥에서 땀이 난다. 회의감이 자신감을 갉아먹는 기분이 든다. 머릿속에서 부정적이고 비웃는 소리가 울려 퍼진다.

게임을 너무 오래 쉬었어.

"네." 베른트 경감이 대답한다. "가령 이웃 칸톤인 보(Vaud)의 데이터베이스에 등록된 전과가 있다고 해도 이곳 발레 칸톤의 데이터베이스에는 정보가 뜨지 않습니다." 베른트 경감이 잠시 망설인다. 휴대폰 저편에서 전화벨 소리가 들린다. "칸톤마다 일일이 정보를 요청할 수 있지만 반드시 요주의 인물에 대한 구체적인 정보여야 합니다."

엘린은 방금 베른트 경감이 해준 말의 속뜻이 무엇인지 가늠해 보며 엘리베이터 몇 미터 앞에서 걸음을 멈춘다. "그렇다면 제가 반드시 조사가 필요한 인물들을 따로 추려놓아야 베른트 경감님이 더 많은 정보를 요청할 수 있겠군요?"

"바로 그런 뜻입니다만 정보 요청은 건별로 검사의 승인을 받아야 합니다. 어느 정도 시간이 걸린다는 뜻입니다."

"그러면 로라는요? 보안카메라 영상은요? 로라의 통화기록을 확인해보셨나요?" 엘린은 마음이 초조했지만 겉으로 드러내지 않으려고 애쓴다. 무기력한 상황이 계속되고 있다. 그녀는 현재 자신을 통제하지도, 상황을 정확하게 파악하고 있지도 못한 상태다.

"역에 설치된 보안카메라 영상을 확인해봤습니다. 그날 밤 혹은 다음 날에도 로라와 인상착의가 비슷한 사람이 버스에서 내리거나 산악열차를 타는 모습을 발견하지 못했습니다. 현지 택시 회사도 조사해봤는데 최근 한 달 동안 〈르 소메〉 호텔에서 손님을 태운 기사는 없더군요. 현재 통신사에서 로라의 통화기록 내역을 보내주길 기다리고 있습니다."

"심리치료사와 통화해봤나요?"

"전화를 받지 않아 일단 메시지를 남겨두었으니 곧 통화가 이루어지겠죠."

"네, 알겠습니다." 엘린은 최대한 밝은 목소리로 대답했지만 허탈감을 지울 수 없다. 아직 그녀는 로라의 실종이나 아델의 죽음에 관련된 증거를 아무것도 확보하지 못했다.

어찌 된 일인지 증거도 없고, 목격자도 없고, 살인 동기도 없어.

엘린은 앞이 너무 캄캄해 아무것도 보이지 않는 어둠 속에 있는 느낌이 든다.

엘린이 베른트 경감과 통화를 마치는 순간 윌이 보낸 문자메시지가 화면에 뜬다. 아이작과 함께 라운지에서 저녁을 먹고 있다는 내용이다. 허공을 멍하니 보고 있으려니 구름이 낀 듯이 뿌연 시야에서 불현듯 선명하고 깔끔한 이미지가 떠오르기 시작한다.

아델의 이미지들.

아델의 눈에 서려 있던 공포의 정체는 무엇일까? 다시는 위로 올라설 수 있는 기회를 잡지 못할 거라는 사실을 인지한 상태로 풀에 던져질 경우 어떤 기분이 들까?

45

"로라가 루카스와 바람을 피웠다고?" 아이작의 눈빛에 의혹이 서린다.

"그렇다니까. 호텔 개장 직후에." 엘린은 의자에서 자세를 바꿔 앉으며 포크로 감자 조각을 찍어 입에 넣는다. 저녁 시간이고 배가 고프지만 식욕이 나지 않아 음식을 억지로 입에 넣고 있다.

엘린은 라운지를 훑어본다. 투숙객 몇 명이 테이블 하나를 차지하고 앉아 술을 마시면서 이야기를 나누고 있다.

다들 신경이 곤두서 있어.

엘린은 투숙객들의 과장된 몸짓과 요란한 웃음을 보며 그렇게 생각한다. 경찰에서 오래 근무하다보면 사람의 몸짓만 봐도 분위기를 읽을 수 있다.

아무 일도 일어나지 않은 척하라. 힘든 티를 내면 그것이 사실이 된다.

엘린의 환상은 이내 산산조각 난다. 문 쪽을 보니 호텔 직원들이 주위를 살피고 있다. 그들은 그녀가 알려준 행동 지침을 잘 따르고 있다.

아이작의 얼굴에서 긴장이 스르르 풀린다. "호텔 개장 직후면 내가 로라와 잠시 헤어졌을 때 벌어진 일이네. 로라와 다투고 잠시 만나지 않은 적이 있었거든. 어리석은 짓이었지." 아이작은 맥주를 길게 들이켜더니 음식 그릇을 옆으로 치운다. 그릇에 든 파스타는 손도 대지 않아 크림소스가 그대로 굳어버렸다.

아이작은 대수롭지 않은 일이라는 듯이 말했지만 엘린의 눈에는 그가 감정을 애써 눌러 참는 모습이 보인다.

아이작은 방금 내가 한 말에 충격을 받았어. 이전에는 전혀 몰랐던 일이라는 뜻이야.

"로라와 잠시 헤어졌던 적이 있어?" 엘린은 월과 시선을 마주치며 되묻는다. 뱃속에서 시커먼 구멍이 다시 열리려고 하는데 막을 수가 없다. 아무래도 아이작과 로라는 그다지 행복하지 않았던 것 같다.

내가 이런 얘기를 꺼내지 않았다면 로라와 잠시 헤어졌었다는 말을 했을까?

물론 정확한 진실을 알 수 없지만 그런 생각을 하니 마음이 편치 않다. 어릴 때는 아이작에 대해 모르는 게 없었다. 아이작이 어떤 장난감 자동차를 좋아하는지, 아이작의 발가락 사이에 난 점은 정확하게 어떤 모양인지, 아이작은 우유에 초콜릿 네스퀵을 탈 때 몇 숟가락을 넣는지.

엘린은 지난날에 대한 그리움에 가슴이 찌릿하다. 가족들의 마음이 이어졌던 시절. 그들이 어릴 때 즐겨 나누었던 이야기가 떠오른다. 일렬로 늘어선 집을 사서 모여 살고, 매끼 가족이 한자리에 모여 시끌벅적한 식사를 하고, 서로의 아이들은 늘 함께 뛰어다니고 놀면서 언제까지나 밀착되어 지내는 미래.

이제는 기대조차 할 수 없게 되었다. 엘린은 목에 뭔가 걸린 느낌이 들어 세게 기침해 지워버린다. 뒤이어 컵에 물을 가득 따라 마신다.

아이작이 눈꺼풀을 비빈다. 습진이 번졌는지 그의 눈으로 뻗어가는 작은 대륙이 보인다. "단지 그것만이 아닐 수도 있지 않을까?"

"어떤 점에서?"

"로라가 가지고 있던 루카스의 사진들을 보면 평범하지 않았어." 아이작이 침울한 표정을 지으며 손가락으로 테이블을 두드린다. "혹시 두 사람 사이에 내가 모르는 일이 있었나?"

"예를 들자면 어떤 일?" 윌이 빵 바구니를 끌어당기더니 씨앗이 든 바게트 빵 한 조각을 가져간다.

아이작이 시니컬하게 말한다. "그거야 나도 모르죠. 몹시 지저분한 일이 있었을 수도 있고. 아니면……."

엘린이 큼큼 목청을 가다듬는다. "지금부터 뭐든 쉽게 가정해서는 안 돼. 섣부른 예단이 최악의 실수로 이어질 수도 있으니까. 무엇이든 사실을 근거로 판단할 필요가 있어. 현재 아델은 살해당했고, 로라는 행방불명이야. 우리가 현재 주목해야 할 사실들이야."

"엘린의 말이 옳아." 윌이 바게트 빵을 찢으며 말한다. "예단은 금물이야. 확실하지 않은 정보들이 난무하는 상태니까."

엘린은 힘을 실어준 윌이 고마울 따름이다. 윌의 장점 가운데 하나이다.

다리가 되어 사람과 사람 이어주기. 첨예하게 날 선 상황을 부드럽게 완화해주기.

"맙소사! 나처럼 쓸모없는 인간이 있을까?" 아이작의 목소리가 갈라진다. "로라는 위험한 상태야. 우리가 아무것도 하지 못하고 있는 이 순간에도 로라는 끔찍한 고통을 받고 있을 거야."

엘린은 누군가 발을 잡고 아래로 끌어당기는 느낌이다. 심한 압박감이 느껴지면서 심장이 쿵쾅거리며 뛴다.

"눈사태로 경찰이 투입되지 않고 있고, 내일 저녁까지 폭설이 이어진다면 로라가 과연 무사히 돌아올 수 있을까? 누나는 직업이 경찰이잖아. 누나라도 로라를 찾아내야지." 아이작이 창밖을 바라본다. 밝은 조명이 창밖을 비추는 가운데 큼직한 눈송이들이 쉴 새 없이 떨어지고 있다. "지금도 눈이 펑펑 쏟아지고 있어."

"스위스 경찰과 수사 정보를 공유하면서 나름 열심히 수사를 진행하고 있는데 한계가 명확해. 수사팀이 갖춰지지 않은 상태에서 나 혼자서 할 수 있는 게 그리 많지 않으니까. 안전 문제도 고려해야 하고."

아이작이 따지듯이 묻는다. "만약 현재 행방불명된 사람이 로라가 아니라 윌이라면 어떻게 할 거야?" 그가 윌을 고갯짓으로 가리킨다. "아마 누나는 가능한 모든 방법을 동원해 윌을 찾으려고 하겠지." 그는 엘린을 시험에 빠뜨리기라도 하는 눈빛으로 노려본다. "로라도 제발 눈에 불을 켜고 열심히 찾아줘."

엘린은 한동안 말없이 눈만 깜박거리다가 힘없이 입을 연다. "우린 두 사건이 서로 어떤 연관성이 있는지 아직 찾아내지 못했어."

아이작이 믿을 수 없다는 표정으로 엘린을 빤히 바라본다. "아델에게 벌어진 일이 로라와 관련 없다고? 두 사건은 서로 깊은 연관성이 있다고 봐. 로라와 아델은 이 호텔에서 같이 근무한 동료이자 친구 사이였어."

엘린은 대답하기 전에 잠시 망설인다. 그녀도 아이작과 같은 생각이지만 아직은 단언할 수 있는 증거가 없다. 루카스와 이야기를 나누고 난 지금 두 사건의 연관성이 있다는 생각이 더 깊어지긴 했다.

"아이작, 내 말 들어봐. 나도 두 사건이 연관성이 있다고 생각하지만 아직 아무런 증거가 없잖아."

아이작이 눈을 빛내며 몸을 앞으로 쑥 내민다. "누나는 내가 모르는 뭔가를 알고 있지?"

엘린은 그가 내뱉은 숨결에서 시큼한 맥주 냄새가 풍겨와 자기도 모르게 몸을 뒤로 살짝 뺀다. 그의 눈빛이 두려움을 자극한다.

아이작은 지난날에도 그런 눈빛으로 바라보았던 적이 있다. 요란하게 떠들어대는 소리. 색종이 같은 것이 사방으로 날아가는 모습. 지금도 그 광경을 본 엄마의 표정이 기억난다. 미처 억누르지 못한 순간적인 놀라움, 실망감. 어쨌든 아이작이 그렇게 행동한 책임이 마치 엘린에게 있다는 듯이 엄마의 질책은 엉뚱하게도 그녀에게로 향했다. 엄마가 세상을 떠난 지 몇 달이 지나고 나서 엘린은 엄마의 집 고미다락에서 먼지를 뒤집어쓴 채 방치해둔 종이상자를 찾아냈다. 그 상자에는 대중심리학 서적과 온갖 잡지에서 찢어낸 기사들이 잔뜩 들어있었다. 하나같이 똑같은 주제였다.

당신의 육아 방식이 아이에게 어떤 영향을 미치는가? 어떻게 하면 아이가 마음을 열 수 있을까?

엘린은 그 상자에 든 기사들을 발견한 순간 슬픔이 밀려들었다. 아이작의 책임을 전가할 대상으로 엄마는 그녀를 선택했다.

그녀는 엄마의 망가진 아들에 대한 방패막이로 쓰였다.

"그렇잖아도 너와 이야기를 나누어봐야겠다고 생각하고 있었어." 엘린이 아직 머릿속을 오가는 생각을 멀찍이 밀어내며 말한다. "아델과 침실관리팀에서 함께 일한 펠리사를 만나보았어. 펠리사 말로는 아델과 로라가 서로 절친한 사이였는데 무엇 때문인지 말도 하지 않고 지내는 사이가 되었다더군. 혹시 로라가 아델과 관련해 말하는 걸 들은 적 있어?"

아이작이 고개를 가로젓는다. 그러자 검은 곱슬머리가 얼굴로 흘러내린다. "아니, 내가 아는 한 로라와 아델은 여전히 가깝게 지내는 친구 사이였어."

엘린은 기대하지 않은 대답을 듣게 돼 내심 크게 실망했다. 로라와 아델 사이에 무슨 일이 있었는지 알아내는 건 수사상 매우 중요했다. 그때 머릿속에서 한 가지 생각이 떠올랐다. 로라의 노트북을 이제라도 좀 더 꼼꼼하게 살펴볼 필요가 있었다. 처음 봤을 때는 솔깃한 정보가 눈에 들어오지 않아 건성으로 지나갔다. 그때만 해도 로라가 잠시 사라진 건지 행방불명 상태인지 판단하기 힘들었으니까.

"로라의 노트북을 한 번 더 살펴봐야겠어." 엘린이 그에게 말한다. "처음에는 그냥 건성건성 넘어간 부분이 있지만 꼼꼼히 들여다보면 뭔가 중요한 정보를 얻게 될지도 몰라."

아이작이 고개를 끄덕이며 자리에서 일어선다. "내가 로라의 노트북을 가져올게."

아이작의 발소리가 멀어지고 나서 윌이 엘린을 본다. "로라의 노트북에 쓸 만한 정보가 들어있을까?"

"그거야 현재로서는 알 수 없는 일이지만 자세히 확인해볼 필요는 있어. 로라의 SNS 계정도 다시 살펴봐야겠어. 혹시 빠트리고 건너뛴 사실이 있을지도 모르니까."

"나는 지금 이곳에서 벌어지는 일련의 사건들이 당신이 나름 결심하도록 만든 것 같다는 생각이 들어."

"무슨 뜻이야?"

"그동안 당신은 형사로 복직해 일을 잘 해낼 수 있을지 회의적으로 생각했잖아. 당신은 이곳에서 우연히 수사를 떠맡게 되었지만 대단히 자신만만해 보여." 윌의 표정이 자못 진지하다. "당신이 수사를 시작하면서 예전의 활기를 되찾은 느낌이 들어."

"스위스 경찰이 도움을 요청해 어쩔 수 없이 받아들였을 뿐이야."

"저간의 사정을 설명하고 거절할 수도 있었는데 당신은 굳이 받아들였잖아. 내가 생각하기에 당신은 형사로 일할 때 가장 빛나는 사람이야."

엘린이 어깨를 으쓱한다. "그럴지도 모르지." 그녀는 뭐라고 대꾸해야 할지 알 수 없었다. 윌의 말을 부정하기 힘들었다. 수사를 시작하면서 정말 강력계 형사 DNA가 되살아났다. 물론 한시적인 수사와 복직해서 일하는 건 차이가 크다. 엘린은 아직 마음의 결정을 내리지 못했다. 지금껏 줄곧 외면했던 안나의 이메일이 떠올랐다.

엘린은 의자에 편안하게 앉아 휴대폰을 들고 로라의 인스타그램 계정을 열었다. 지금껏 알아낸 사실들을 바탕으로 로라와 아델의 관계를 설명해줄 정보가 있는지 탐색해볼 작정이다.

아무리 살펴봐도 펠리사의 말을 뒷받침해줄 만한 정보가 눈에 띄지 않는다. 로라와 관련한 글과 사진들을 보려면 두 달 전 혹은 석 달 전까지 거슬러 올라가야 한다. 최근에 두 사람 사이가 소원해졌다는 펠리사의 말을 뒷받침하는 근거일 수도 있다. 두 사람이 함께한 첫 번째 사진을 보면 로라가 바에서 민소매를 입어 맨살이 드러난 아델의 어깨에 느슨하게 팔을 두르고 있다. 두 번째 사진은 은은한 조명을 밝힌 레스토랑에서 찍었다. 로라와 아델이 함께한 일행들과 찍은 단체 사진이다.

엘린은 스크롤을 내려 4개월 전으로 간다. 마침내 엘린의 관심을 끄는 사진이 눈에 들어온다. 사진의 배경은 이 호텔 라운지다. 거대한 샹들리에 달린 추상적인 형태의 유리 조각들이 라운지 곳곳을 하얗게 밝히고 있다.

엘린이 휴대폰을 윌에게 보여준다. "이 사진 좀 봐."

로라가 어떤 남자와 함께 찍은 사진이다. 그녀는 고개를 뒤로 살짝 젖힌 상태로 활짝 웃으며 와인 잔을 카메라를 향해 들어 보이는 자세를 취하고 있다. 와인 잔의 표면에 물방울이 맺혀 있다. 그 뒤쪽에 머리를 맞댄 두 사람이 눈에 들어온다. 불과 몇 센티 간격을 두고 머리를 맞댄 그들은 침울한 표정으로 대화에 깊이 빠져 있다.

초점이 흐리지만 그들이 누구인지 금세 알 수 있다.

아델과 루카스.

46

두 사람은 점잖게 대화를 나누고 있는 게 아니라 더없이 친밀한 사이로 보인다.

"아델과 루카스는 서로 가까운 사이였어."

엘린은 갑자기 불안한 느낌이 스멀스멀 피어오른다. 그 사진은 그들이 루카스가 에둘러 말한 관계를 벗어난 사이였음을 증명하고 있다.

혹시 루카스 때문에 두 사람 사이가 틀어졌나?

충분히 그럴 수 있다는 예상에서 오는 평범함이 왠지 실망스럽다.

아이작이 다가오며 묻는다. "뭘 그리 골똘히 보고 있어?" 그가 어깨너머로 엘린의 휴대폰을 본다. 그의 숨결에서 씁쓸하고 시큼한 맥주 냄새가 난다.

엘린이 휴대폰을 기울여 아이작에게 화면을 보여준다. "루카스와 아델이 함께한 사진."

아이작이 휴대폰을 낚아채듯 가져가더니 손가락으로 화면에 나타나있는 이미지를 확대한다.

"두 사람 사이가 더없이 편안해 보여." 아이작의 입에서 코웃음 치는 소리가 튀어나오더니 그의 두 눈에서 그녀가 익히 아는 불꽃이 이글거린다. "루카스가 아델에게도 손을 댄 건가?"

엘린은 최대한 감정을 절제해 대답한다. "아직은 단정할 수 없어."

아이작은 계속 로라의 인스타그램을 들여다본다. 핏발이 선 그의 눈빛이 그녀의 신경을 긁는다. 그녀는 동생의 손에서 휴대폰을 빼앗아 든다. "아이작, 그만해. 이제부터 로라의 노트북을 살펴봐야겠어."

아이작은 입을 열어 반박하려다가 이내 체념한다.

엘린이 노트북을 켠다. 이번에는 좀 더 체계적으로 살펴볼 작정이다. 바탕화면에 폴더가 깔끔하게 늘어서 있다. 그녀는 한동안 멍하니 폴더들을 바라본다. 폴더 수는 많지만 날짜와 이름이 비슷하다. 건강&안전, 트레이닝, 여행. 엘린은 제목과 상관없이 손길이 가는 폴더를 클릭한다.

엘린이 수많은 폴더들을 절반쯤 살펴봤을 때 좀 더 평범한 이름의 폴더가 눈에 들어온다.

Work.doc.

폴더를 클릭하자 파일이 아니라 똑같은 이름의 폴더가 또 들어 있다. 엘린은 다시 폴더를 클릭한다. 이번에는 소득이 있다. 엘린의 심장이 쿵쾅거리며 뛰기 시작한다. 엘린은 파일 이름을 보자마자 암호화된 문서라는 사실을 알아차린다.

왜 개인 노트북에 암호화된 파일을 저장해두었을까?

윌이 몸을 앞으로 내밀며 묻는다. "뭘 좀 찾았어?"

"일부 파일들에 암호가 설정되어 있어."

아이작이 화면을 바라보며 묻는다. "암호를 풀 수 있겠어?"

"예전 동료 노아가 암호를 풀어줄 수 있을 거야."

디지털 법의학 팀장인 노아는 엘린이 중요한 사건을 맡아 수사할 때마다 큰 도움을 주었다. 엘린이 경사로 승진해 처음 맡은 사건도 노아의 도움으로 해결했고, 휴직하기 직전까지 많은 도움을 받았다.

"일단 노아에게 암호를 풀어줄 수 있는지 알아봐야겠어." 엘린은 휴대폰에 문자메시지를 입력한다.

노아, 암호화된 문서가 있어요. 급한 일인데 가능하면 빨리 풀어주세요.

휴대폰 화면에 점 세 개가 생긴다. 노아가 답신을 보내고 있다는 뜻이다.

공식적인 요청은 아니지?

네, 그렇지만 대단히 중요한 일입니다.

한동안 아무런 답신이 오지 않는다. 엘린은 휴대폰을 들여다보며 지나치게 무리한 부탁을 한 건 아닌지 걱정이다. 지난 몇 달 동안 안부 인사도 하지 않고 지냈는데 느닷없이 문자메시지로 도움을 요청했으니 그가 기분이 상했을 수도 있다.

마침내 노아의 답신이 도착했다.

엘린, 당신을 믿고 도와줄게. 그나저나 언제 돌아올 거야?

암호가 걸려 있는 문서를 보내줄게요. 긴 문서라서 개인 이메일로 보내요.

엘린이 문서를 노아에게 전송하고 나서 아이작을 돌아본다.
"예전에 우리가……." 엘린은 뭔가 말하려다가 그들을 향해 다가오는 세실을 발견하고 입을 다문다. 세실의 짧은 머리는 헝클어져 있고, 눈에는 핏발이 서 있고, 눈 아래 피부가 푸석푸석하다.
"보안카메라 영상을 볼 수 있게 준비해두었어요."
엘린이 아이작에게 말한다. "다녀와서 보자. 괜찮지?"
아이작의 선선히 말한다. "당연히 괜찮지."
엘린은 자리에서 일어서며 월의 손을 잡는다. "나중에 봐."
월의 얼굴에 미소가 드리워져 있지만 표정을 보니 왠지 불안해 보인다. 그는 걱정스러운 눈빛으로 방 안을 둘러보고 나서 열린 문을 바라본다.
세실을 따라가는 동안 엘린은 기대감이 커 심장이 두근거리고 아드레날린이 치솟는다. 월의 말대로 수사에 대한 집중력이 되살아나고 있다. 한동안 이 짜릿한 느낌을 잊고 살았다. 삶은 자신의 의지와 상관없이 흘러가기도 하지만 당당하게 삶의 중심에 서는 날도 있다.

47

세실이 테이블에 놓인 태블릿을 가리킨다.

엘린이 말한다. "보안카메라 영상을 살펴보기 전에 먼저 루카스에 대해 해줄 말이 있어요. 내가 로라와 관련해 당신에게 해준 말들이 오해를 불러일으키지 않았으면 해요."

엘린을 바라보는 세실의 얼굴에 당황한 기색이 역력히 드러난다.

"어떤 이야기 말인가요?" 세실의 향수 냄새가 주변을 떠돈다. 시트러스 계열 향이다.

"둘 사이에 있었던 이야기." 세실이 흐트러진 머리카락을 귀 뒤로 넘긴다. "이미 아실 수도 있지만 루카스는 내 오빠랍니다."

"성이 같아 오누이일 거라 짐작했어요."

세실이 미소를 지으며 테이블에서 의자를 끌어내 엘린의 옆으로 가져온다.

"어떻게 들렸는지 몰라도 루카스가 한 말에는 허세가 많아요. 자신을 보호하는 나름의 방법이죠." 세실의 말이 쏟아져 나온다. "루카스는 어려운 시간을 보냈어요. 결혼은 실패로 돌아갔고, 그 이후로도 가끔 여자들을 만나보았지만 좋은 결실을 맺지 못했죠. 대부분 짧게 만나다가 끝났어요. 루카스가 겁을 집어먹었기 때문이죠."

"겁을 집어먹다니, 무엇에 대해서요?"

"루카스는 상처받는 게 두려워 자신의 모습을 솔직하게 내보이길 두려워해요." 세실이 치맛단을 만지작거리며 입술을 깨문다. "어린 시절에 병원을 제집처럼 드나들다 보니 부모님은 루카스를 불면 날아갈세라 조심스럽게 대했죠. 그래서인지 오빠는 늘 자신이 뭔가를 증명해야 한다는 강박관념에 사로잡혀 있었어요. 배우자였던 헬렌이 떠난 이후 루카스는 열등감이 증폭되었죠."

"가까이 지내던 사람과의 결별이 사람의 심리를 불안하게 만들기도 하죠." 엘린은 월을 만나기 전 사귀었던 남자들을 떠올린다. 실패로 돌아간 관계들은 늘 마음을 참담하게 하고, 자신을 의심하게 만들고, 회의적인 질문을 떠올리게 한다.

"나도 이혼하고 나서 큰 어려움을 겪었어요. 과거에 발목 잡혀 좀처럼 앞으로 나아갈 수 없었죠." 세실이 초점이 잡히지 않은 희미한 눈길로 먼 곳을 바라본다. "아이들 양육이나 가정생활을 어떻게 해나갈지 모든 계획을 세워두었지만 뜻대로 되지 않더군요. 절망감을 떨쳐버리고 평범한 일상을 되찾기까지 지난한 시간이 필요했죠."

"다니엘 르메트르의 실종도 타격이 컸겠네요. 호텔을 열기도 전에 실종되었으니까요."

"다니엘이 사라진 이후 재무와 홍보 부분에서 큰 압박을 받았어요. 그 결과 공사가 일 년 가까이 지체되었죠." 세실이 잠시 뭔가 털어놓을지 말지 망설인다. "다니엘과 가까운 사이였던 루카스도 그가 실종되는 바람에 큰 압박감에 시달렸어요."

엘린이 묻는다. "지배인님도 다니엘과 잘 아는 사이였죠?"

"루카스만큼은 아니더라도 친하게 지낸 사이였죠. 부모님들끼리도 절친하게 지내셨고요. 우리는 주말만 되면 함께 어울려 스키를 타러 갔어요. 나이가 좀 더 들어서는 저녁 모임이나 파티에도 함께 다녔죠."

세실의 얼굴에 엘린은 도무지 이해하기 힘든 표정이 살짝 나타났다가 사라진다. 세실이 얼른 미소를 지어 수상한 흔적을 지워버린다.

"루카스와 다니엘은 더없이 친한 사이였어요. 루카스는 친구들 사이에서 우위를 차지하려는 성향이 있었죠. 당신도 남자 형제가 있으니 내 말이 무슨 뜻인지 알 거예요."

엘린은 자신과 세실이 어디가 닮았을지 따져본다. 여전히 형제 간의 역학관계로 역할이 정의되고, 마초 형제들 사이에서 산소를 쟁취해야 하는 강인한 두 여자가 떠오른다.

세실이 태블릿을 들고 피식 웃는다. "루카스가 이 자리에 있었다면 내가 사생활을 미주알고주알 다 털어놓는다고 책망했을 거예요."

세실은 그 말을 하고 나서 당혹스러운 듯 스스로 얼굴을 붉힌다. 오빠를 보호하려는 여동생의 마음뿐만 아니라 어색해하고 수줍어하는 모습이 호감을 불러일으킨다. 세실의 또 다른 면을 발견한 느낌이다. 인간의 복잡한 심리와 감정을 설득력 있게 표현하려 애쓰는 모습도 인상적이다.

세실이 태블릿 화면에 비밀번호를 입력한다.

"이 호텔은 최첨단 보안시스템을 갖추고 있어요. 상업용 IP 시스템인데 그 어떤 기기로도 라이브 스트리밍이 가능하다는 뜻이죠." 화면 아래쪽에 흐릿하게 뭉개진 지문들이 보인다. "당신이 보고 싶어 하는 영상과 시간대를 말해주세요. 영상뿐만 아니라 소리도 들을 수 있어요."

엘린이 팔 하나를 책상에 내려놓으며 말한다. "먼저 어떻게 하는지 시범을 보여주세요."

"어느 영상부터 볼까요?"

"스파의 외부에도 보안카메라가 달려있나요?"

세실이 인상을 찌푸린다. "물론 거기도 보안카메라가 설치돼 있긴 하지만 수증기와 눈 폭풍 때문에 영상을 볼 수 있을지 의문이네요." 세실은 스크롤을 내리다가 멈춰 서서 스크린 아래쪽 영상 가운데 하나를 선택한다. 풀장 구역은 수증기와 눈이 렌즈를 가려 영상이 흐릿하게 보인다. 보안카메라에 찍힌 피사체들이 하나같이 액체나 기체처럼 흐물흐물 뭉개져 있다.

"풀장을 찍은 영상은 대체로 화질이 안 좋아요." 세실이 말한다. "그렇지만 이보다 앞선 시간대의 영상은 그나마 좀 나을 거예요. 정확히 어느 시간대 영상을 보길 원해요?"

"아침부터 악셀이 아델의 시신을 발견한 시간까지 보고 싶어요."

"그럼 일단 오전 9시 영상을 보여줄게요." 세실이 미처 말을 마치기도 전에 화면이 까맣게 변하더니 오후 5시 직전 영상이 나온다. "내가 영상을 잘못 조작했나봐요." 세실이 당황한 표정을 지으며 웅얼거린다. 그녀는 인상을 찌푸리며 다시 한번 영상을 확인한다. "오전과 오후 영상이 모두 다 사라졌어요."

"확실해요?"

세실이 다시 한번 차분하게 영상을 돌려보고 나서 말한다. "누군가 영상을 지웠어요."

"영상이 아예 찍히지 않았을 가능성도 있나요?"

"아니, 전혀 없어요."

그렇다면 누군가 범죄 행위를 은폐하려고 영상을 고의적으로 삭제했다는 뜻이다.

범인이 누군지 몰라도 우리보다 한 걸음 앞서나가고 있어.

엘린은 어두워진 창밖을 보며 생각에 잠긴다. 누군지는 몰라도 치밀하게 범죄를 저지르고 있다.

"누군가 마음만 먹으면 보안카메라 영상을 마음대로 삭제할 수 있나요?"

"해커를 동원하면 가능하죠. 해킹에서 자유로운 시스템은 없으니까요."

"보안카메라 시스템에 접근 가능한 직원이 누구죠?"

"보안 책임자가 있고, 함께 일하는 직원들이 몇 명 있어요."

그 사람들은 모두 알리바이가 있어.

엘린은 머릿속으로 직원들과의 면담 기록을 되돌아본다. "혹시 스파 입구를 찍는 보안카메라가 있나요?"

"스파로 들어서려면 반드시 지나쳐야 하는 복도에 보안카메라가 설치되어 있어요." 세실이 다시 태블릿 화면을 가리킨다. 세실의 손이 왠지 모르게 신경질적이고 공포에 찬 것 같다. "이 영상이에요."

보안카메라는 스파로 들어서는 복도를 촬영하고 있다. 광을 내 반짝거리는 바닥, 삭막한 느낌을 주는 하얀 벽.

엘린이 영상을 되감는다. 이번에도 오후 5시 이전 영상들이 모두 사라지고 없다. 허탈한 기분에 멍하니 앉아있던 엘린의 뇌리에 한 가지 발상이 떠오른다. "어제 날짜 영상을 확인할 수 있을까요?"

"물론이죠."

세실이 태블릿을 스크롤해 엘린이 원하는 시간대 영상을 찾아낸다. 엘린이 몇 분가량 영상을 들여다보다가 비로소 자신이 등장하는 부분을 발견한다. 엘린이 풀에서 수영하는 월에게 가려고 복도를 걸어가는 영상이다.

엘린은 태블릿 화면의 스크롤을 계속 움직이며 머릿속으로 가늠한다.

스파에서 얼마나 머물렀을까? 마고와 이야기를 나눈 시간이 5분에서 10분 사이였다면 월과 대면한 시간도 얼추 비슷했다. 엘린은 자신이 스파를 나와 로비로 향하는 복도로 들어서는 순간까지 영상을 계속 살펴본다. 그러다가 한 가지 사실을 깨닫는다.

마고의 말이 옳았어. 마고가 스파에 있는 동안 안으로 들어온 사람은 없어.

누군가 탈의실에 숨어있었다면 분명 마고가 없는 반대 방향으로 나갔을 것이다.

엘린이 세실을 돌아보며 묻는다. "혹시 스파로 들어가는 다른 길이 있나요? 탈의실을 통해?"

"네, 뒷문이 있어요. 발전기나 펌프 같은 기계 설비가 되어 있는 정비실이 있는 곳이죠. 그 문을 통하면 탈의실로 갈 수 있지만 흔히 정비실 직원들만이 이용하죠." 세실이 잠시 말을 할지 말지 망설인다. "패스 카드가 있어야 하거든요."

"혹시 뒷문에도 보안카메라가 달려있나요?"

세실이 다시 얼굴을 붉히며 입술을 깨문다. 붉게 달아오른 홍조가 목을 지나 볼까지 타고 올라간다.

"뒷문 맞은편 지붕에 보안카메라가 설치되어 있어요. 직원들은 거기에 보안카메라가 설치되어 있는지 아무도 몰라요." 세실이 말을 더듬는다. "사실은 보안카메라가 여기저기 설치되어 있어요. 절도를 막기 위한 방법이죠. 루카스가 경영하는 취리히 호텔에서 절도 사건이 발생한 적이 있어요. 직원들 사이에서요."

"혹시 뒷문을 찍은 영상을 볼 수 있을까요?" 엘린은 지금 불법 촬영에 대해 따질 여유가 없다. 그저 보안카메라에 무엇이 찍혔는지 보고 싶을 따름이다.

"이 호텔에서 뒷문을 찍은 보안카메라 영상을 볼 수 있는 사람은 몇 명 되지 않아요. 시스템 자체가 달라요." 세실이 태블릿을 가져가더니 중앙 화면에서 나와 다른 화면을 열고 비밀번호를 입력한다. 그런 다음 엘린에게 태블릿을 넘겨준다. "뒷문 영상이 여기 있네요."

엘린은 대략적인 시간대를 알고 있다. 오후 3시 반 경에 풀에 있는 윌과 이야기를 마쳤다. 그녀는 그 시간에 맞춰 재생 버튼을 누른다. 처음 몇 분 동안은 오가는 사람들의 모습이 전혀 보이지 않는다. 영상은 뒷문에 고정된 상태로 있다. 펑펑 쏟아져 내리는 눈이 보이고, 바람이 심하게 부는 소리가 들린다.

엘린은 자신의 예감이 적중하길 기대하며 숨을 죽인 채 손가락으로 테이블을 두드린다.

세실도 영상을 주시한다.

아무런 움직임이 없어.

엘린은 실망감이 밀려와 참고 있던 숨을 길게 내쉰다. 그 사람이 누구이든 탈의실로 들어오려면 뒷문을 통해야 한다. 그녀보다 먼저 들어와 있지 않았다면.

엘린이 입을 떼려다가 그대로 얼어붙는다.

드디어 영상에 움직임이 잡힌다.

영상 왼쪽 아래에 사람이 있다. 건장한 체격에 키가 크고, 방수가 되는 검은색 점퍼 차림에 후드를 뒤집어써서 얼굴을 가리고 있다. 그가 입고 있는 펑퍼짐한 바지도 검은색이다.

엘린은 자신의 짐작이 옳았다는 사실을 확인한 순간 가슴이 벅차다.

누군가 탈의실에서 나를 지켜보고 있었어.

엘린은 영상에 나타난 인물을 주시한다. 그는 보안카메라의 존재를 의식하지 않는다는 듯이 눈길 한 번 주지 않는다. 그는 뒷문으로 걸어가는 중이다.

나를 지켜본 사람이 대체 누굴까?

영상으로는 도저히 누군지 알 수 없다. 영상에 나타난 그가 고개를 돌리지 않는다면 신원을 확인할 수 있는 방법이 없다. 검은색의 펑퍼짐한 바지와 후드를 걸치니 완벽한 위장이 된다. 성별조차 가늠할 수 없다.

엘린은 뚫어지도록 영상을 바라본다. 영상 속 인물이 카드를 문에 달린 전자 패드에 올리고 문을 밀어 연다.

제발 돌아봐. 엘린이 마음속으로 빈다. *제발.*

바로 그때 기도가 통하기라도 했는지 화면 속 인물이 보안카메라가 있는 쪽으로 시선을 돌린다. 엘린은 눈을 부릅뜨고 영상을 지켜본 탓인지 눈이 아리고 시야가 흐려진다. 눈을 한두 번 깜박거려보지만 전혀 변화가 없다.

엘린이 손을 뻗어 화면을 톡 친다. 영상이 얼어붙은 듯 멈춘다. 그녀는 손을 부들부들 떨면서 손가락을 화면에 대고 모았다가 넓게 벌린다. 화질이 선명해 얼굴의 모공까지 알아볼 수 있다.

피가 뿜어져 나오는 소리가 어찌나 크게 들리는지 귀가 먹먹하다.

엘린은 화면 속 인물이 누구인지 금세 알아본다. 누가 그녀를 지켜보고 있었는지.

48

엘린의 입술이 바짝 타들어간다. "로라가 분명해요."

엘린은 고개를 돌려 세실을 바라본다. "어제 스파 탈의실에서 누군가 나를 지켜보고 있다는 느낌을 받았어요. 분명 탈의실 문이 열렸다가 닫히는 소리를 들었는데 아무도 밖으로 나온 사람이 없었죠. 그래서 탈의실 문을 열고 일일이 확인해봤지만 아무도 없더군요. 이제 보니 뒷문을 통해 탈의실로 들어오는 방법이 있었네요."

세실의 손이 화면 위를 맴돈다. "로라가 당신을 감시했다고 생각해요?"

"탈의실에 카메라가 설치되어 있지 않아 단정할 수는 없지만 로라가 거기에 왜 있었겠어요?" 엘린의 영상을 앞쪽으로 몇 분 더 이동시키는 동안 불쾌감과 두려움이 뱃속을 가득 채운다.

엘린의 예상대로 화면에 다시 나타난 사람은 로라이다. 엘린은 배를 한 번 더 강타당한 느낌이 든다.

로라가 다치지 않고 살아있었다는 사실이 안도감을 주는 한편 어마어마한 실망감이 밀려든다.

로라는 왜 저런 짓을 하고 있을까?

문득 엘린의 머릿속에서 하나의 생각이 떠오른다. "확인해볼

게 하나 더 있어요. 어제, 누군가 내 등을 밀어 플런지 풀에 빠뜨렸어요."

세실의 얼굴이 어두워진다. "로라가 그랬다고 생각해요?"

"아니, 그건 모르죠." 엘린이 다시 태블릿 화면으로 시선을 돌린다. "플런지 풀 근처에도 혹시 보안카메라가 설치되어 있나요?"

"공식적으로는 보안카메라가 설치되어 있다고 안 되어 있지만 왼쪽 울타리에 설치해두었어요." 세실이 해당 카메라의 영상을 찾는다. 렌즈에 습기가 차서 얼굴을 알아보기 힘들다. 오직 물에 둥둥 떠다니는 것 같은 사람의 몸과 언뜻 반쯤 벗은 몸을 팔로 감싼 형체만이 보인다. 메인 풀은 보이지 않고, 플런지 풀과 그 너머 목재 통로가 작게 보일 뿐이다. 몇 분 동안 화면에는 아무것도 나타나지 않는다. 마침내 화면 밖에서 걷다가 실내 풀로 들어서는 대여섯 명의 사람들이 눈에 들어온다. 엘린의 모습은 여전히 보이지 않고, 뭉게뭉게 모여드는 수증기 구름이 보일 뿐이다. 2분이 더 흐르고 나서 엘린이 영상에 등장한다. 화면 아래쪽에서 걸어온 그녀는 위쪽 목재 통로를 향해 걸어가면서 왼쪽으로 얼굴을 돌린다. 머리카락이 어깨까지 내려와 있다.

엘린은 반쯤 맨살을 드러낸 자신의 모습을 보고 있으려니 기분이 묘하다. 그녀가 생각하는 자신의 육체는 남자들만큼 강인하고 단단하지만 영상을 통해 보니 보통 여자들과 별반 차이가 없어 보인다. 화면 속의 그녀는 이제 플런지 풀 옆에 서 있다. 카메라 렌즈의 포커스가 너무 낮아 그녀의 머리는 찍히지 않고, 옆모습만 보인다. 근처에 다른 사람은 없다. 풀 근처를 거니는 사람도 없다.

엘린은 실망감에 입술을 깨문다.

내가 틀렸을 리 없는데?

그때 엘린의 뒤쪽에서 수상한 움직임이 포착된다. 엘린은 숨을 죽이며 영상 속 자신을 향해 소리치고 싶다.

'어서 뒤를 돌아봐!'

엘린은 영상을 눈이 빠지도록 들여다보는 것 말고는 할 게 없다. 그녀는 자신이 플런지 풀로 고꾸라지는 모습을 본다. 당시에는 순식간에 벌어진 일이라 여겼는데 영상으로 보니 소름 끼칠 만큼 느리다. 각각의 프레임으로 분리된 동작의 연속.

엘린은 자신의 몸이 수면에 떨어지며 사방으로 물을 튀기는 모습을 보면서 깜짝 놀란다.

바로 그 순간 엘린의 눈에 등을 떠민 사람이 누군지 보인다.

로라.

다시 한번 확인해봐.

엘린은 영상을 앞으로 돌려 자신의 등을 떠민 인물을 확대한다. 검은색 바지와 후드를 보니 뒷문에서 찍힌 영상만큼 화질이 선명하지는 않지만 동일 인물이라는 걸 알 수 있다.

엘린의 손이 덜덜 떨린다. "로라예요." 입 안이 바짝 타들어 간다. "로라가 내 등을 밀었어요."

엘린은 안다. 이제 더는 물러설 곳이 없다는 걸. 그녀는 이 사실이 믿어지지 않는다. 믿고 싶지 않지만 분명한 사실이다.

나를 지켜보고 있었던 사람, 내 등을 밀었던 사람은 로라였어.

그 사실이 다른 생각을 불러일으킨다.

로라는 희생자가 아닐 수도 있다. 그녀는 이 일에 관련되어 있다. 포식자로.

49

엘린의 방으로 올라가는 엘리베이터가 철컹하며 멈춰서더니 문이 열린다. 복도로 걸어 나오는데 다리가 맥없이 흐느적거린다. 전혀 예상하지 못한 결과이다. 로라는 납치되지 않았다. 엘린은 그녀가 왜 자신의 등을 밀어 플런지 풀에 빠뜨렸는지 이유를 알 수 없다. 계속되는 의문들이 머릿속을 어지럽힌다.

로라는 왜 내 등을 밀었을까? 로라는 왜 '행방불명'된 척하며 아이작에게 고통을 줄까?

현재 상황에서 가장 설득력 있는 결론은 로라가 이 사건에 깊이 연루되어 있다는 것이다.

로라가 사람을 죽였을 수도 있다.

엘린이 지금껏 알아낸 모든 정보들이 그런 가능성을 입증하고 있다.

엘린의 머릿속에서 로라의 모습이 스쳐 지나간다. 스킴보드*를 겨드랑이에 끼고 해변을 성큼성큼 걸어가는 로라, 아랫입술을 쑥 내밀고 집중해 글을 읽는 로라, 절벽에서 바다로 다이빙하는 로라.

로라가 그럴 리 없어. 하지만……

*서핑보드의 일종

아이작은 왜 로라의 진실을 놓쳤을까? 로라의 동료들과 친구들은 왜 그랬을까?

엘린의 생각은 3년 전에 벌어진 어느 사건으로 거슬러 올라간다. 어느 사십 대 여성이 헤어진 연인이 사귀는 여자를 찾아가 살해한 혐의로 체포되었다. 칼로 피해자를 잔혹하게 난도질한 사건이다. 그 여자는 칼로 피해자의 머리와 목, 가슴을 열일곱 차례나 찔렀다. 이웃에 사는 사람은 피해자가 정원에 있는 아들의 장난감 집 옆에서 피를 흘리고 있는 모습을 발견하고 신고했다. 피해자를 무참하게 살해한 여성은 엑세스터의 은행에서 주택담보대출을 담당하는 직원이었다. 은행 동료들과 친구들이 묘사한 용의자의 모습은 정확하게 일치했다.

조용하다. 겸손하다. 친절하다.

엘린은 수사를 통해 그녀가 2년 넘도록 살인을 치밀하게 계획한 사실을 밝혀냈다. 디지털 법의학팀은 살인범이 된 여성이 노트북에서 살인 수법과 수사를 우회하는 방법을 검색한 증거를 발견했다. 엘린은 자신이 담당했던 그 사건을 통해 아무도 낌새를 차리지 못한 한 가지 사실을 알아채고 경악했다. 그녀는 살인을 저지르기 전까지 피해자와 좋은 관계를 유지하고 있었고, 심지어 몇 달 전에는 함께 휴가를 다녀오기도 했다.

휴가지에서 석양의 붉은 노을을 바라보며 함께 술을 마시던 친구 사이인데 냉혈한 살인에 이르는 모든 과정이 치밀한 계획에 따라 이루어졌다는 사실이 충격적이었다.

우리도 로라를 잘못 판단했을까?

엘린은 방문을 여는 순간 단정적인 생각에서 벗어난다.

어쩌면 속단일 수도 있어. 로리가 내 등을 떠밀어 플런지 풀에 빠뜨렸다고 해서 아렐의 죽음과 곧바로 연결시키는 건 무리야.

로라는 왜 그런 짓을 했을까?

엘린은 책상 앞에 앉아 수첩을 꺼낸다. 로라와 관련된 사실을 일목요연하게 정리하려면 관련된 사실을 하나씩 직접 기록해두는 수밖에 없다. 그녀는 글씨가 제대로 써지지 않는 손으로 지금껏 알아낸 사실들을 정리하기 시작했다.

로라의 정신 병력과 기사
심리치료사의 명함
루카스와의 관계
루카스를 찍은 사진들
로라의 두 번째 휴대폰
미상의 번호로 반복적으로 거는 전화
로라가 실종되던 날 밤 화를 내며 통화
아델과의 말다툼
루카스에게 보냈을지 모르는 협박 편지
로라가 이 모든 일과 어떤 관련이 있을까?

엘린은 자신이 직접 기록한 내용을 찬찬히 훑어보다가 점점 또렷해지는 한 가지 그림에 주목한다. 여기에 적은 모든 내용들은 예측 불가능한 한 사람을 가리킨다. 이 정도 근거로 로라가 살인 사건에 연루되었다고 결론 내리는 건 무리가 따른다. 한 가지 해소되지 않는 의문이 머릿속을 맴돈다.

로라는 왜 아델을 해치고자 했을까?

엘린의 생각은 아델이 살해된 방식으로 옮겨간다. 몸에 단 모래주머니, 검은색 고무 마스크, 유리 상자, 손가락 절단. 그 모든 증거들이 엽기적으로 보이긴 하지만 아델을 살해하고자 할 때 반드시 필요한 물건은 아니다. 그렇다면 단순히 아델을 살해할 목적이 아니었다는 뜻이다. 범인의 살인 수법이 중대한 의미를 내포하고 있다는 생각이 든다. 범인이 개인적으로 안배해둔 의미.

로라와 아델은 말다툼을 벌였다. 두 사람이 다툰 이유가 무엇이든 그 말다툼이 로라가 아델을 살해한 이유가 될 수 있을까?

이 정도 유추로는 다니엘 르메트르의 죽음이 설명되지 않는다. 다니엘 르메트르의 죽음과 아델의 죽음 사이에는 어떤 연결고리가 있을까?

휴대폰이 울린다. 엘린은 주머니에서 휴대폰을 꺼내 발신인을 확인한다.

노아. 로라의 파일들.

50

"제가 시급하다고 말하긴 했지만 이렇게 빨리 해결해주실지 미처 몰랐어요." 엘린은 휴대폰을 든 자신의 손이 덜덜 떨리고 있는 걸 보고 깜짝 놀란다. "게다가 이렇게 늦은 시간에 연락을 주시고, 아무튼 정말 감사해요."

엘린은 손목시계를 확인한다. 밤 8시 10분이다.

"나야 늘 야근한다는 걸 잘 알면서 왜 그래?"

"하긴 저도 늘 야근이었죠." 엘린의 어조가 더없이 부드럽다. 노아와 모처럼 이야기를 나누려니 어색한 느낌이 든다. 휴직하는 동안 예전 동료들과 전혀 만나지 않았고, 가끔 문자메시지만 주고받았다. 그들을 고의로 회피했다고 해도 과언이 아니다.

노아가 살짝 허스키한 목소리로 웃음을 터뜨린다. 귀에 익을 만큼 익숙한 소리이다. 잠시 침묵이 흐른다. "내가 자네 목소리를 다시 들을 수 있기를 얼마나 바랐는지 모르지?"

"사실은 저도 그랬어요." 엘린은 갑자기 예전 동료들과 함께했던 시절이 그리워진다. 무엇보다 그 당시에 집중해서 매달렸던 일이 그립다. 동료들과의 의견 교환, 바삐 돌아가는 사무실, 형사들에게 일을 적절하게 배분하고, 효율적이고 체계적으로 통합해 혁혁한 성과를 거두었던 수사본부도 그리웠다. 수많은 회의,

용의자 심문, 자잘한 고민이 발붙일 틈 없을 만큼 빼곡히 채워진 시간들이었다.

노아가 다시 묻는다. "자네가 퇴직을 고려하고 있다는 말을 전해 듣고 실망이 컸어. 복직하기로 마음을 바꾸었다면 대환영이야."

이제 가벼운 농담에서 진지한 이야기로 넘어가는 순간이다.

"복직 여부를 판단하기가 그리 쉽지 않네요." 엘린의 목소리가 흔들린다. "복직하려면 앞으로 실수하지 않고 일을 잘 해낼 수 있을 거라는 확신이 필요한데 아직 자신 없어요. 또다시 실수를 저질러 동료들을 위험에 빠뜨리고 싶지 않아요."

"그때 벌어진 일은 사고였어. 우리는 모두 자네 편이라는 걸 알잖아. 위험한 순간이었고, 자네는 직감에 의존해 벗어나려고 시도했을 뿐이야. 나라도 그랬을 거야."

긴 침묵.

엘린은 무의식중에 발로 바닥을 구르고 있고, 휴대폰을 쥔 손이 떨리고 있다는 사실을 깨닫는다. 그녀는 갑자기 목이 메어 겨우 말을 잇는다. "그렇게 말해줘서 고마워요."

노아가 대화를 계속 이어간다. "자네가 보내준 문서의 암호를 풀었어. 이메일과 편지 복사본이 대부분이더군. 자네 메일로 전송했으니까 열어봐."

"암호를 풀기 어렵지 않았어요?"

"아주 기본적인 암호였어. 16비트 키. 나 같은 전문가에게 그 정도쯤은 일도 아니지."

엘린이 웃음을 터뜨린다. "아무리 그래도 비전문가인 저에게는 어려운 일이죠. 예전 동료의 부탁을 선뜻 들어주셔서 정말이지 감사해요."

"자네 부탁이라면 언제든지 들어줄 용의가 있으니까 내가 필요하면 언제든지 연락해."

"다음에 또 부탁하려면 식사라도 한번 사야겠네요."

"그러지 말고 복직하면 카레 요리나 한번 사줘."

"네, 좋아요."

엘린은 통화를 마치고 나서 노트북을 켠다. 노아가 보낸 첫 번째 문서는 워드 문서로 프랑스어와 영어로 된 글을 복사해 붙여 놓은 문서였다. 어제 로라의 서랍에서 찾아낸 문서와 비슷한 출력 기사다.

헤드라인이 프랑스어로 되어 있다.

Depression psychotique.

영어로 번역하면 Psychotic depression(정신병적 우울)이다.

일반적인 우울증만이 아니라 환상과 환각을 경험한 환자들이 겪는다는 **정신병적 우울**에 대해 알아보자.

이 기사가 로라와 어떤 관계가 있을까?

로라는 자신의 정신건강이 악화되고 있다는 사실을 인지했나? 그래서 정신병적 우울 증상에 대해 조사했나?

다음 파일도 워드 문서다. 프랑스어로 된 문서이지만 엘린은 내용을 쉽게 파악한다.

로라가 루카스에게 보낸 익명의 편지다. 엘린은 흠칫 놀라며 화면에서 시선을 뗀다.

루카스에게 협박 편지를 보낸 사람이 로라였다니?

가설 단계와 증거가 나온 경우는 상황이 완전히 다를 수밖에 없다. 로라가 뭔지 모르지만 루카스에게 심상찮은 집착을 품고 있다는 증거.

엘린은 다시 시선을 화면으로 옮기고 다른 파일을 연다.

이번에도 워드 문서이다. 분량이 몇 페이지에 달하고, 복사한 이메일도 있다.

로라와 클레어라는 여자가 주고받은 이메일이다. 주소는 **빼고** 본문만 실려 있다.

로라

요청한대로 기사의 초고를 첨부합니다. 절대 이메일로 내가 역 추적되게 하면 안 됩니다.

클레어

뇌물 위에 올린 호텔?

과거 〈플루마히트〉 요양원이었던 건물을 〈르 소메〉 호텔로 재건축하기 위한 공사가 시작되었다. 이 건물의 원소유주인 피에르 카롱의 증손자 루카스 카롱이 대규모 자금을 투입해 호텔로 조성하기로 결정하고 나서 사업이 시작되었다. 9년간의 기획 과정을 거친 결정이었고, 기존의 건물 외에 새로운 콘퍼런스 센터와 7천 평방미터의 산악 스파를 갖춘 휴양지로 탄생할 계획이다.

의욕적인 출발과 달리 호텔 재건축 사업은 도중에 다양한 반대에 직면하며 진통을 겪었다. 국립공원의 난개발에 반대하는 환경

단체들이 강력한 반대 운동에 나선 탓이다. 국립공원에서 새로운 건축물을 지을 경우 적용되는 스위스 법은 매우 엄격하다. 환경단체들은 지난 몇 년 동안 끈질긴 반대 운동을 펼쳐왔다.

온라인 반대 청원에 2만 명이 넘는 네티즌이 서명했고, 환경단체들은 현장에서 몇 번이나 항의 시위를 펼쳤다. 직업이 의사인 피에르 딜레인은 처음부터 호텔 조성 계획에 대해 반대 의사를 표명했다.

"현지 풍광과 전혀 어울리지 않는 건물입니다. 새롭게 개축한 호텔 전면은 지나치게 현대적이죠. 원래의 건물을 너무 많이 손봤어요."

무엇보다 투숙객들의 안전 문제와 관련해 심각한 우려를 표하는 사람들이 많았다. 산악 가이드 슈테판 슈미트는 로잔시 당국에 호텔로 진입하는 주요 도로들이 산사태에 취약하다고 경고했다. 로잔 대학 지질학과 교수는 호텔 개축 공사를 맡은 회사가 산사태 위험이 크다는 사실을 알면서도 그 문제를 공론화하지 않은 건 심각한 문제라고 지적했다. 호텔로 진입하는 도로들이 대부분 협곡 아래쪽에 위치해 있어 벨라 루이 산에서 산사태가 날 경우 대형 참사로 이어질 수 있다는 지적은 전적으로 타당하다. 환경단체들은 위험 요소가 큰 도로 문제를 해결하지 않고 호텔 개축 허가가 떨어진 만큼 뇌물 공여 가능성을 의심하고 있다. 건축 공사에서 안전 문제가 최우선인데 루카스 카롱이 호텔 확장 공사를 하는데 필요한 용도 변경 허가를 어떻게 얻어냈는지 의문이다. 검찰이 뇌물 공여로 루카스 카롱을 기소했지만 증거 부족으로 기각되었다.

현지 주민은 분노를 금치 못하며 이렇게 말했다. "이 호텔 프로젝트를 둘러싸고 부패의 악취가 심하게 납니다."

엘린은 화면을 뚫어지게 바라본다.

이 기사를 작성한 '클레어'라는 사람은 분명 기자일 텐데 로라는 왜 기사의 사본을 첨부해주길 원했을까? 클레어 기자가 초고를 첨부하겠다고 밝힌 점과 역추적이 되지 않도록 해달라고 밝힌 걸 보면 이 기사는 지면에 실리지 않았다는 뜻이다. 그런데 왜 로라는 이 기사를 워드문서에 붙여넣기하고 나서 암호를 만들어두었을까?

엘린은 의자에 앉아 계속 문서를 읽는다.

로라

추가 파일과 조사 자료입니다. 정보 제공자가 신원이 공개되길 원하지 않습니다. 물론 이 문서의 자료는 전적으로 신뢰할 수 있습니다.

클레어

첫 번째 문서는 현장에서 벌어진 항의 시위 관련 짤막한 기사이고, 두 번째 문서는 현지 의회로부터 입수한 호텔 재건축 건설 계획 서류 사본이다.

프랑스어가 서툰 엘린이 보기에 건설 계획에 반대하는 명단으로 보인다.

엘린은 머리를 싸매고 로라와 클레어가 문서를 주고받은 이유가 뭔지 고민한다.

로라는 이런 정보를 받아 어떤 용도로 쓰고자 했을까?

문득 루카스가 받은 편지들이 떠오른다. 클레어에게서 받은 정보와 루카스에게 보낸 편지들은 어떤 연관이 있을까? 루카스에게 보낸 편지는 과연 협박용이었을까?

클레어가 작성한 기사 내용도 뇌물 공여와 부패 관련이다. 엘린이 이런 정보를 처음으로 접했다는 사실이 꺼림칙하다. 호텔 재건축 공사와 관련해 이런 일이 있었다면 구글 검색으로 루카스 관련 정보를 검색했을 때 반드시 나왔어야 마땅한 자료들이다.

영어 자료에는 그런 내용이 없었어.

엘린은 기억을 떠올려본다. 구글에 관련 기사가 있다면 분명 프랑스어 기사일 것이다. 그녀는 구글 번역으로 Le Sommet와 Corruption을 검색어로 내용을 찾아본다.

검색되는 자료가 전혀 없다. 짧은 기사조차도 없다.

결국 엘린의 짐작은 옳았다. 로라가 이메일로 전송받은 기사들은 아예 신문에 게재된 적이 없어 검색되지 않는다. 어떤 사정이 있든 호텔 개축과 관련된 기사는 묵살되었다.

정황상 이 호텔 주인 루카스 카롱과 로라를 관련지을 수 있다.

루카스가 로라에게 집착했나? 그 집착이 아델의 죽음과 관련이 있을까?

어느 쪽이든 로라는 사건의 중심에 서 있다. 아델의 죽음에 로라가 개입되어 있다고 베르트 경감에게 말해야 한다.

51

"로라 스트렐?" 베른트 경감이 되묻는다. "현재 행방불명인 여성 말입니까?"

"네." 엘린이 수첩 모서리를 만지작거려 부스럭대는 소리를 낸다. 베른트 경감이 그녀의 말을 제대로 듣지 못해 로라가 이 사건에 연루된 사실을 계속 모르는 상태로 있길 은연중 바라는 느낌이 든다.

"팀원들이 다 모여 있는 만큼 지금부터 스피커폰으로 통화하겠습니다." 버튼을 누르는 소리에 이어 약간의 잡음과 윙윙거리는 소리가 들린다. "내 목소리가 잘 들립니까?"

"네, 잘 들립니다." 심호흡해. 엘린은 의자에 편안하게 등을 기대며 자신을 다독인다.

베른트 경감이 생각에 잠긴 상태로 천천히 말한다. "당장 로라에 대해 조사해봐야 할 만큼 구체적인 정황이 포착되었다면 우리가 수사에 착수하겠습니다."

엘린은 헛기침을 큼큼하고 나서 의견을 말한다. "우선 로라의 과거 행적 가운데 이 사건과 관련지을 수 있는 기록이 있는지 확인해주길 바랍니다."

"그 전에 먼저 심리치료사와 관련해 조사한 결과를 알려드리죠."

베른트 경감이 서류를 넘기는 소리가 이어진다. "로라는 그 심리치료사의 환자가 아니었습니다. 아예 방문한 기록조차 없습니다."

엘린은 그 말을 곰곰이 되뇌어본다.

그렇다면 왜 로라의 서랍에 그 명함이 들어있었을까? 노트북에 저장해둔 기사는?

엘린은 잠시 생각에 잠긴다. 로라가 다른 심리치료사를 찾아갔거나 아예 그에게 전화할 틈이 없었을 수도 있다.

"먼저 로라의 과거 기록을 살펴봐야겠군요. 범죄 이력, 병력 따위."

베른트 경감과 함께 스피커폰으로 통화 내용을 듣고 있는 목소리가 들려온다.

"휴고 타파렐 검사인데 로라 스트렐에 대한 정보를 확인하려면 경찰의 데이터베이스에 접근해야 하는데 관련 증빙이 필요합니다."

타파렐 검사의 권위 있는 목소리를 듣고 나자 엘린은 갑자기 자신감이 사라진다.

"형사님이 입수한 정보를 우리와 공유해주길 바랍니다. 그래야만 우리가 그 정보들이 경찰의 데이터베이스에 접근할 수 있는 기준에 부합하는지 판단할 수 있을 테니까요."

엘린은 지금껏 독자적인 수사를 통해 획득한 정보를 그들과 공유하고 있다. 로라에 대한 정보를 한 가지라도 더 확보하려고 열심히 돌아다닌 결과이다. 스위스 경찰이 보기에 선을 넘었다고 오해할 부분도 있었지만 일단 알고 있는 정보들을 다 털어놓았다.

베른트 경감이 정적을 깬다. "로라가 루카스 카롱을 협박한 근거가 암호를 걸어놓은 파일이라는 뜻이죠? 루카스의 부정행위를 은밀히 취재해 기사를 쓴 클레어 기자와 주고받은 이메일도 있고요."

"네, 그렇습니다."

바로 그때 타파렐 검사가 끼어든다. "누가 형사님에게 로라의 노트북을 열어보라고 허락했는지 밝혀주시겠습니까? 스위스 경찰이 형사님에게 그런 권한을 부여했다고 생각되지는 않는데요."

타파렐 검사는 엘린이 선을 넘었다고 따지고 있다. 여전히 수사가 지지부진한 상태인데 지금 그런 문제를 따져야 할 때인지 의문이다.

왜 일을 어렵게 만들려고 할까?

베른트 경감이 부드러운 목소리로 대화에 끼어든다. 그의 온화한 목소리는 분위기를 누그러뜨리고 싶어 하는 의도를 담고 있다. "형사님이 봤다는 로라의 파일을 우리에게도 보내주길 바랍니다. 우리가 로라의 파일을 살펴보면 뭔가 새로운 사실들을 알게 될 수도 있으니까요."

엘린은 전화를 끊고 컵에 물을 따라 길게 들이켠다. 주어진 권한이 불분명한 상태로 수사를 하는 게 얼마나 힘든 일인지 이제야 깨달았다. 하지만 앞으로 해야 할 일에 비하면 지금까지의 수사는 미미했다.

아이작에게 로라 이야기를 전해야 해. 내가 품고 있는 의혹을 포함해서.

엘린은 눈을 비빈다. 눈에 모래알이 들어간 것처럼 따끔거린다. 의자에 등을 기대고 눈을 감는다. 바깥에서 휘몰아치는 바람 소리가 들려온다.

그때 또 다른 소리가 끼어든다. 메아리치는 소리. 어찌나 또렷한지 지금 방 안에서 소리치는 느낌이 든다.

아이작이 다급하게 외치는 소리.

"샘을 꺼내야 해! 샘을 꺼내야 해!"

생생하고 원초적인 소리, 뱃속 깊은 곳에서 울리는 애끓는 소리이다.

뒤이어 다급하게 물을 쳐내는 소리.

엘린의 눈길이 작은 점으로 향한다. 샘. 물속으로 완전히 가라앉기 직전의 티셔츠 끄트머리.

샘의 셔츠가 더는 그의 옷이 아니라 그의 목숨이 끊어졌기에 소유권을 주장할 수 없는 다른 뭔가가 되어 있는 듯하다.

52

엘린은 문을 요란하게 두드리는 소리에 놀라 눈을 뜬다.

깜박 잠이 들었나?

휴대폰 화면을 보니 30분 넘게 잠들었던 게 분명하다. 다시 문을 두드리는 소리가 난다. 이번에는 더욱 크고 끈질기다.

윌인가? 아니야. 윌이라면 노크를 할 리 없어. 열쇠가 있으니까.

엘린이 문을 열어보니 검은색 진에 흰색의 펑퍼짐한 보트넥 상의를 걸친 마고가 복도에 서 있다. 엘린은 지금 이 상황에서도 그녀가 외모를 의식해 구부정하게 선 자세로 어깨를 옹송그리고 있는 모습을 보고 놀란다.

마고는 남달리 큰 키를 의식하는구나.

엘린은 그녀가 학교에서 아이들에게 놀림 받는 모습, 욕설과 조롱을 들으며 괴로워하는 모습을 상상해보며 동정심을 느낀다.

"무슨 일 있어요?"

"혹시 로라에 대해 새롭게 알게 된 사실이 있나 해서요." 마고가 머리를 쓸어 넘긴다. 기름진 머리카락이 두피에 찰싹 달라붙어 있고, 핀 몇 개로 단단하게 고정해둔 모습이다. 그래서인지 마고의 얼굴이 언뜻 매처럼 보인다.

엘린이 잠시 말을 하지 않고 머뭇거리자 마고가 얼어붙은 표정을 지으며 뒤로 물러선다.

"맙소사." 마고가 새된 소리로 말한다. "로라가 죽었죠?"

"아니요, 로라는 죽지 않았어요." 엘린이 간신히 대답하지만 혀가 입천장에 달라붙은 느낌이다. "아직 실종 상태이고, 새롭게 드러난 사실은 아무것도 없어요."

마고의 눈에서 눈물이 반짝 빛난다. "지난 며칠 동안 계속 로라의 행방이 묘연해 이미 죽었을 거라 생각했어요."

엘린이 상냥하게 웃는다. "우리 여기 서있지 말고 방으로 들어가서 얘기해요."

엘린을 따라 객실로 들어서는 마고의 얼굴이 핏기 없이 창백하다.

"괜히 쓸데없는 말을 해서 미안해요."

"로라가 사라진 지 오래되었으니 누구나 그런 결론을 내릴 수 있죠."

잠시 무거운 침묵이 내려앉는다. 마고가 휴대폰을 책상에 내려놓더니 손톱을 물어뜯는다. 회색 매니큐어 조각이 바닥에 떨어진다.

마고는 단지 로라의 소식이 궁금해서 찾아온 게 아니야. 뭔가 다른 문제가 있어 보여.

"마고, 무슨 문제라도 있어요?"

잠시 가만히 있던 마고가 고개를 끄덕인다. "스파로 저를 찾아왔을 때 미처 말하지 못한 게 있어요."

"편안하게 말해봐요."

"루카스 카롱과 로라는 그렇고 그런 사이였어요."

"루카스에게 들어서 알아요."

마고가 깜짝 놀란 표정으로 엘린을 바라본다. "그가 로라와 헤어졌다가 다시 만나기 시작했다는 얘기도 하던가요?"

"지금은 다 정리되었다고 하던데요. 아이작과 로라가 결별 상태일 때 잠시 만난 적이 있다면서." 엘린이 그녀를 바라본다. "루카스의 말이 사실이 아니라고 생각해요?"

"몇 주 전에 스파로 가는 루카스와 로라를 봤어요. 보안카메라 영상으로요."

"무슨 일이 있었는데요?"

"로라가 그냥 지나치려고 하자 루카스가 팔을 잡아 멈춰 세웠어요." 마고가 몸을 앞으로 쑥 내민다. "로라가 손길을 뿌리치며 벗어나려고 하자 루카스는 놔주지 않았죠."

"결국 어떻게 되었나요?"

"둘이 몇 분 더 얘기를 나누더니 루카스가 먼저 자리를 떴어요."

엘린은 얼굴에 감정을 드러내지 않으려고 애쓰며 재빨리 머리를 굴린다.

루카스는 로라와 그런 일이 있었다는 말을 하지 않았어.

"당신은 스파에 온 로라를 만났나요?"

"로라는 그 일에 대해 아무 말도 하지 않더군요. 로라가 루카스와의 은밀한 관계를 숨기고 싶어 한다고 생각했죠. 아이작과 약혼하기로 했으니까요."

"혹시 로라에게 걱정거리가 있어 보이던가요?" 엘린이 묻는다. "아니면 심리 상태가 불안해 보이거나?"

"특별히 그런 느낌을 받진 않았어요." 마고가 입술을 깨문다. "차라리 내가 그 일에 대해 먼저 물어볼 걸 그랬네요."

"로라가 루카스를 처음 만날 당시에는 그 사실을 털어놓았나요?"

"그때 로라는 아이작과 잠시 결별한 상태였고, 모든 걸 솔직하게 얘기해주었어요. 그 당시 나는 로라가 아이작과 헤어지게 되자 홧김에 루카스를 사귀려나보다 생각했죠. 루카스와 끝났을 때 로라가 단단히 화난 모습을 보고 내가 잘못 생각했다는 걸 알았어요." 마고가 어깨를 으쓱한다. 무심해 보이는 그 몸짓이 형형하게 빛나는 눈빛과 어울리지 않는다. "그때 난 로라가 왜 그러는지 이해할 수 있었죠. 누군가 실컷 이용해 먹고 차버리면 단단히 화나는 게 당연하잖아요."

"로라가 그런 대접을 받았다고 말하던가요?" 엘린은 자신의 호흡이 고르지 못하다는 사실을 의식하며 묻는다. 그녀는 그 모든 일들이 암시하는 정황이 마음에 들지 않는다.

"로라가 루카스에게 버림받은 셈이나 다름없었죠. 로라의 태도로 보아 단순히 두 사람이 사귀다가 끝난 게 아니라 피해의식이 커 보였어요. 무슨 말인지 이해되시죠?"

엘린은 그동안 루카스가 보인 태도를 생각해보며 고개를 끄덕인다. 루카스는 설원에서 발견된 시신이 다니엘이라는 사실은 알면서도 모르는 척했고, 아델과 얼굴을 아는 정도라고 했지만 대단히 친밀한 사이였다고 짐작할 수 있는 사진이 있었다.

루카스는 왜 그런 거짓말을 할까?

루카스는 뭔가 숨겨야 할 일이 있을 때 반드시 거짓말을 하는 부류이다.

53

라운지로 나가보니 윌은 고개를 숙이고 휴대폰을 들여다보고 있고, 아이작은 어두운 창밖을 내다보고 있다.

엘린은 두 사람 사이에 있는 의자에 앉는다. 그녀는 나쁜 소식을 전하는 일과 충격을 완화시켜주는 역할을 하는 게 언제나 힘들다. 그녀가 누군가를 위로하려고 꺼낸 말이 분위기를 더욱 어색하게 만들거나 우울한 기분을 더욱 가라앉게 하기 일쑤니까.

고개를 들어 엘린을 바라보는 윌의 표정이 딱딱하게 굳어 있다. "어딜 다녀온 거야? 벌써 9시 30분이야."

"그리 오래 걸린 것 같지 않은데."

"휴대폰으로 문자도 보내고, 방에도 가봤어." 윌의 목소리에 날이 서있다. "말동무가 필요할 것 같아서 아이작을 찾아왔지."

"세실과 보안카메라 영상을 보고 나서 방으로 돌아가 노아와 통화했어. 노아가 암호를 걸어놓은 문서를 풀어 나에게 다시 보내줬거든."

"문서의 암호를 푸는 게 그렇게 빨리 가능해?"

"노아에게는 너무 쉬운 작업이었나 봐."

엘린은 자신이 새롭게 알아낸 사실들을 말해주었다. 엘린은 말하는 동안 눈도 깜박이지 않고 열중하는 아이작의 시선이 느껴진다. 그녀의 말이 끝나고 나서 한동안 무겁고 깊은 침묵이 내려앉는다.

엘린은 눈을 돌려 주변 테이블에 앉아 있는 사람들을 본다. 음식을 먹는 사람들, 카드를 치는 사람들이 눈에 들어온다.

한동안 침묵을 유지하던 아이작이 몸을 앞으로 내밀고 팔꿈치를 테이블에 댄 채 말문을 연다. "누나도 로라가 그 사건에 연루되었다고 생각해?" 아이작의 목소리에 날이 바짝 서 있다.

"내가 본 영상으로 판단하자면 로라는 감금되어있는 게 아니라 이 호텔 어딘가에 숨어있는 것으로 보여. 그런 상태인데 로라는 왜 너에게 아무런 소식도 전하지 않을까? 왜 자신이 무사하다는 걸 너에게 알려주지 않을까?"

아이작이 고개를 절레절레 젓는다. "나도 그 이유를 모르겠어. 분명 그래야만 하는 이유가 있을 텐데."

엘린은 꼭 해야 할 말이 있는데 어떻게 시작해야 할지 몰라 잠시 머뭇거린다. "로라가 너에게 우울증이 있다는 말을 했니?"

"자주는 아니고 가끔."

아이작은 어느새 마음을 걸어 잠근 표정이다. 방어적인 표정.

"로라가 암호를 걸어놓은 파일에 정신병적 우울증과 관련한 글이 들어있었어." 엘린이 말을 더듬으며 설명을 이어간다. "우울증이 심해지면 정신병이 발현된다는 내용이었지."

아이작의 얼굴이 차츰 붉어지다가 분노로 일그러진다.

"너도 로라가 어떤 고민에 빠져 있는지 알았어?"

"아니." 아이작의 목소리에서 허탈감이 느껴진다. "로라는 내게 단 한 번도 그런 얘길 한 적 없어."

엘린이 손을 뻗어 아이작의 팔을 잡으려고 하자 그가 얼른 뒤로 빼낸다.

"로라는 말하고 싶지 않았을 거야. 네가 어떻게 받아들일지 알 수 없어서."

"그래도 말했어야지. 우린 결혼할 사이니까." 아이작이 주먹을 그러쥔다. "로라는 최소한 나에게는 거짓말을 하지 말았어야 해."

"넌 이해하기 힘들겠지. 내가 볼 때는 네가 로라 입장이었더라도 주저했을 거라 생각해. 누구나 그런 얘기를 솔직하게 털어놓긴 힘들어."

아이작의 눈이 가늘어져 마치 한 가닥 선처럼 보인다. 그가 조용하게 말한다. "누나는 내게 마음의 준비를 시키려는 거지? 누나는 로라가 이 사건과 밀접한 관련이 있다고 생각하지?"

엘린은 얼굴이 화끈거린다. "아직 확실하지는 않아. 나는 그저……"

"로라가 지금 어디에 있는지 찾아보는 게 최우선 과제 아니야? 누나는 지금 엉뚱한 곳을 헤매 다니면서 현실성 없는 가설을 만들어내느라 여념이 없는 것 같아. 내가 판단하기로 로라는 이 사건과 아무런 관련이 없어." 아이작은 자신의 양손을 빤히 바라보다가 손바닥을 마주 비빈다. "아델이 끔찍하게 살해당했어. 누나는 로라가 그런 짓을 할 수 있을 거라 생각해?" 아이작이 입술을 깨문다. "로라는 한때 누나와 가장 친한 친구였는데 그걸 몰라?"

월이 걱정 가득한 눈길로 엘린을 바라보다가 테이블 아래의 발을 살짝 건드린다. 월이 왜 그러는지 알지만 엘린은 도저히 물러설 수 없다. 아이작은 현실을 냉정하게 바라보아야 한다. 로라가 이 사건에 가담한 사실을 있는 그대로 받아들여야 한다.

"아직 단정적으로 말할 수는 없지만 단단히 각오해둘 필요는 있어. 로라는 반복적으로 거짓말을 해왔어. 그것도 여러 번."

아이작이 고개를 가로젓는다. "우린 누구나 필요에 따라 거짓말을 해. 인간은 원래 그런 족속이야. 로라 역시 그럴 만한 사정이 있어 거짓말을 하고 있을 거라 생각해." 아이작이 엘린을 돌아본다. "누나는 매사 정직해? 내가 알기로는 누나도 매사 정직하지는 않아. 요즘 누나가 어떻게 지내는지, 강력계 형사 일을 잠시 내려놓고 있다는 것에 대해 나에게 솔직하게 말해주지 않았잖아." 아이작의 눈이 빛난다. "누나는 루카스와 세실에게도 현재 휴직 상태라는 말을 하지 않았고."

엘린이 반박해보려 하지만 적당한 말이 떠오르지 않는다. 왜 아이작에게 사실대로 털어놓지 않았는지 자기 자신도 알 수 없다. 대단히 복잡한 심리가 작용한 일이라 설명하기 힘들다. 머릿속에서 몇 번이나 사실대로 털어놓아야 한다고 압력을 가했지만 쉽지 않았다. 사실대로 말하지 못한 이유가 셀 수 없이 많지만 다른 사람들이 어떻게 받아들일지는 알 수 없다. 복잡하게 얽히고설킨 이유들이다. 무엇보다 당혹스러운 심리 가운데 하나는 아직도 남들에게 중요한 사람으로 보이고 싶어 한다는 것이다.

"그렇다고 누나가 나쁜 짓을 했다는 뜻은 아니야."

양손을 테이블에 올려놓은 엘린의 마음속에서 뭔가가 갑자기 확 풀려나간 느낌이 든다. 오랫동안 팽팽하게 잡아당겨져 있던 보이지 않는 끈이 사라진 느낌.

"루카스와 세실에게 내가 어떤 처지인지 낱낱이 밝히길 바라니?"

"아니." 아이작의 목소리가 딱딱하다. "누나가 하기 싫으면 안 해도 돼. 나는 그저 이 세상에 완벽한 사람은 없다는 걸 말해주고 싶었을 뿐이야. 누구나 실수를 하고, 저마다 조금씩 결점이 있기 마련이야. 로라도 뭔가 좋은 일을 해보려다가 실수를 저질렀을지도 몰라. 하지만 적어도 로라가 누군가를 살해하는 일에 연루되었다고 생각지는 않아."

"나도 알아, 하지만……."

아이작이 의자를 뒤로 밀며 자리에서 일어선다. 그의 두 볼이 얼룩덜룩해질 정도로 붉게 달아올라 있다. "누나는 지금 눈가리개를 착용한 상태라 세상을 흑백논리로 바라보고 있어. 무엇이든 정답이 있다고 굳게 믿으면서. 로라가 어떤 일에 개입되었다고 해서 다른 경우에도 똑같이 그랬을 거라 단정하는 건 비약이야. 세상일이란 뒤죽박죽 얽혀들게 마련이고, 항상 옳고 합리적인 방향으로 진행되지는 않거든."

"나도 로라가 어떤 일에 개입되어 있는지 모르고, 아델의 살인 사건에 개입했다고 단정적으로 말한 적 없어." 엘린의 목소리가 마음이 억눌린 상태라서인지 살짝 떨려 나온다. 엘린은 문득 자신이 식은땀을 흘리고 있다는 사실을 깨닫는다. 땀에 젖은 겨드랑이 피부가 따끔거린다.

"옆에서 듣는 나는 단정적으로 느꼈어." 아이작이 윌을 돌아보며 말한다. "로라가 범죄 행위에 가담한 것처럼 말한 누나의 입장을 옹호하지 말길 바라요."

엘린은 동생의 독설에 허를 찔려 아무 말도 못 하고 눈만 깜박거린다.

"그동안 내가 왜 누나와 연락을 끊고 지내왔는지 알아? 누나 옆에 있으면 늘 마음이 편하지 않았어. 누나는 모든 일이 질서정연하게 이루어져야 흡족해하는 편이지. 누나는 무슨 일이 생기면 늘 옳고 그름을 따지고 들고, 나는 사사건건 변명해야 하는 입장이라 정말 힘들었어. 그래서 누나를 떠난 거야. 엄마를 떠난 이유이기도 하고."

"아이작, 이제 그만해."

"그래, 그만할게. 하지만 방금 전에 한 말은 분명한 사실이야. 지금은 어떻게 하면 로라를 찾을 수 있을지 머리를 짜내도 시원찮을 판인데 누나는 엉뚱한 생각에 매몰돼 시간을 허비하고 있잖아." 아이작의 눈이 번득인다. "여기에 온 누나를 처음 본 순간 나는 누나가 단지 휴가를 보내려고 온 게 아니라는 생각이 들었어. 누나는 나를 탐색해 뭔가 찾아내려고 온 거야."

엘린은 온몸의 털이 곤두서는 느낌이다. "무슨 뜻으로 한 말이야?"

"누나는 늘 그런 식이었어. 책무에 대한 강박관념이 있었지."

"책무?"

"사람을 구하고, 영웅이 되는 일. 몇 번이고 질리지 않고. 누나가 강력계 형사가 된 건 우연이 아니야. 누나의 영웅심을 충족시켜주기에 적합한 직업이 바로 형사였으니까. 누나가 사람을 구하고자 하는 건 이제 반복되는 패턴이 되었어."

월이 일어서서 아이작의 팔을 잡는다. 그의 턱이 완강하게 굳어 있다. "이제 그만하지. 서로를 지치게 하는 말은 삼가는 게 좋아."

아이작이 그의 팔을 털어낸다. "누나는 자기 자신에 대해 좀 더 알아야 해요."

엘린은 목덜미가 뜨거워지기 시작한다. 내면에서 분노가 똬리를 틀며 점점 쌓여간다.

이 아이는 왜 이럴까? 내가 왜 이러는지 정말 모르나?

엘린은 자신이 이렇게 된 이유는 샘에게 일어난 일 때문이라 생각한다.

아이작이 저지른 일.

엘린이 떨리는 목소리로 말한다. "네가 뭐라고 하든지 가장 중요한 건 진실이야. 진실을 모르면 한 발짝도 앞으로 나아갈 수 없으니까. 너에게 일어난 일을 돌아봐. 그 일 때문에 내 마음은 늘 같은 자리에서 맴돌고 있어. 그날을 끊임없이 복기하면서 되짚어보게 돼. 우리가 그날의 진실을 모르기 때문이야. 그날 샘에게 무슨 일이 있었는지 우리는 아무것도 모르고 있어."

아이작의 얼굴이 그대로 얼어붙는다. 울긋불긋해진 혈색이 구불구불 볼을 따라 위로 향한다. 아이작은 무슨 말인가 하려다가 체념한 듯이 입을 다물어버린다.

무거운 침묵이 엘린에게 무언의 고통을 되돌려주며 모두에게로 번져간다.

허벅지 위에 올려놓은 엘린의 손이 떨린다. "넌 그날 이야기를 다시 꺼내고 싶지 않지?"

아이작이 눈이 빠지도록 바닥을 내려다보며 그녀와 눈을 마주치려 하지 않는다.

"넌 지금껏 그 일에 대해 아무 말도 하지 않고 입을 꾹 다물어 왔어. 나는 여전히 그날의 진실이 궁금해."

"엘린, 그만해." 윌이 그녀의 손을 잡는다.

아이작이 그녀의 눈을 바라본다. 그의 눈빛에 온갖 감정이 다 깃들어 있다.

죄책감이야.

엘린은 아이작의 눈을 바라보며 생각한다.

아이작은 죄책감에 찌들어 있어.

아이작이 끝내 그녀의 시선을 피하며 말한다. "나는 이만 자리 갈게. 지금은 그 이야기를 하고 싶지 않아."

엘린은 멀어지는 아이작을 보며 말한다. "아이작이 아무리 도망쳐도 결국은 진실을 말하게 될 거야."

아이작이 자리를 뜨고 나서도 두 사람은 말없이 앉아 있다.

윌이 그녀를 바라보며 말한다. "방으로 돌아가서 쉬는 게 좋겠어. 당신, 많이 피곤해 보여."

"난 피곤하기보다는 화가 나."

윌이 고개를 가로젓는다. "당신이 아이작에게 한 말은 지나쳤어."

엘린이 주위를 둘러본다. 몇몇 직원들이 카드놀이를 하고 있고, 바깥에서는 지치지도 않고 눈이 펑펑 쏟아지고 있다. 그녀가 맡은 일은 과중하고 시간이 부족할 만큼 바쁘다. 머리가 폭발할 것처럼 무겁다.

"무슨 말을 하려는 거야?"

월이 손가락으로 테이블을 톡톡 두드린다. "로라 이야기를 꺼낸 방식이 옳지 않았어. 그렇게 불쑥 이야기를 꺼내니까 아이작이 당황할 수밖에 없잖아."

"오히려 돌려서 말하는 것보다 직설화법이 낫지 않을까? 아이작은 상황이 어떻게 돌아가는지 분명하게 알아야 해. 사라진 로라가 무슨 흔적을 남겼는지도."

엘린은 그렇게 쏘아붙이면서도 월의 말이 어느 정도 옳다는 생각이 든다. 로라가 살인에 관여했다는 증거는 없다. 샘에 대한 얘기도 느닷없긴 마찬가지였다.

어떤 면에서는 고의였나? 내가 어떤 식으로 말했더라? 무의식적으로 아이작을 괴롭히려고 했나?

"갑자기 샘 얘기를 꺼내 아이작을 당혹스럽게 만든 것도 잘못이야."

"그 얘기를 의도적으로 꺼내려 한 건 아닌데 말을 하다 보니 그냥 자연스럽게 흘러나왔어."

"로라 건만으로도 감당하기 힘든데 샘 얘기까지 꺼냈으니 과할 수밖에." 월의 턱이 씰룩거린다. "나는 아이작이 한 말을 머릿속에서 지울 수가 없어."

"아이작이 어떤 말을 했는데?"

"당신이 해답을 얻으려고 집착하고, 영웅이 되려 한다는 말." 월이 그녀를 바라본다. "지금 여기에서 벌어지고 있는 사건들도 그런 식으로 접근한다는 생각이 들어. 당신은 늘 자기 자신의 가치를 증명하려 들지."

"누구에게?"

윌이 얼굴을 붉힌다. "당신 자신에게든, 아니면 타인에게든 자꾸만 뭔가 증명하려고 해. 샘을 구하지 못했다는 자책감에 짓눌려 다른 사람들을 다 구하고 싶어 하는지도 모르지. 샘은 당신의 강박관념이야."

엘린이 그를 빤히 쳐다본다. 심장이 쿵쾅거리고 뛰는 소리가 윌의 귀에도 들릴 것 같다. "내가 지금 이 사건에 집착하는 이유가 샘 때문이라고? 그럼 이제부터 로라가 어떻게 되든지 나 몰라라 하고 있으면 되겠네?"

엘린은 화가 치밀어 물을 벌컥벌컥 들이켠다.

"당신은 이 사건에 너무 매몰되어 있어서 주변 사람을 배려할 마음의 여유를 찾지 못하고 있어. 당신이 중요한 일을 하느라 신경이 곤두서 있다 하더라도 타인의 감정을 무시해서는 안 돼." 윌도 화가 나는지 얼굴이 붉으락푸르락해진 상태로 머뭇거리다가 다시 말을 잇는다. "당신이 지금 여기에서 벌어지는 일련의 사건들을 완벽하게 해결하려드는 건 말이 안 돼. 이 사건은 스위스 경찰이 해결하도록 내버려두는 게 좋아. 당신이 아무리 애써도 결과를 장담하기도 힘들고, 그 노고를 아무도 알아주지 않아."

엘린은 아무 말도 하지 않는다. 무슨 말인들 해야겠는데 적절한 말이 떠오르지 않는다.

윌의 말이 옳을 수도 있다. 하지만 그녀는 일단 일에 착수하면 멈추는 방법을 모른다.

샘이 죽은 이후 뭔가 해결해야 한다는 강박관념에서 벗어날 수 없다. 매번 결승선을 향해 달리지만 결승선은 항상 발이 닿기도 전에 사라져버린다.

넷째 날

54

엘린은 메시지 도착을 알리는 벨 소리를 듣고 잠을 깬다. 눈이 제대로 떠지지 않은 상태로 그녀는 침대 옆 탁자에 놓인 휴대폰에서 흘러나오는 빛을 향해 눈길을 돌린다. 휴대폰 화면을 보니 오전 6시 02분이다. 휴대폰을 집으려고 손을 뻗어보았지만 옆으로 미끄러지는 바람에 허공을 휘젓는다. 다시 한번 시도해보지만 머릿속이 백색소음으로 가득 찬다. 이유는 수면 부족이다. 지난밤에는 새벽 3시가 넘어 겨우 잠들었다. 머릿속에서 웅성거리는 소음이 들린다. 로라에 대해 새롭게 알아낸 사실, 아이작과 윌이 했던 말들이 머릿속을 맴돈다.

엘린은 눈을 비비며 메시지를 연다.

오전 9시에 펜트하우스에서 만나. 펜트하우스는 별도의 엘리베이터가 있으니까 아무도 너를 보지 못할 거야. 너를 만나 설명하고 싶어. 미안해. 아무에게도 말하지 말고 너만 와야 해. 로라.

엘린은 숨이 턱 막힐 정도로 놀란다. 로라가 또 다른 휴대폰으로 보낸 문자메시지가 분명하다. 엘린은 침대 밖으로 몸을 내밀어 가방을 끌어당긴다. 가방에 든 내용물을 침대에 쏟아 붓고 나서 요금 청구서를 찾아 거기에 적힌 전화번호와 문자메시지를 보낸 번호와 비교해본다. 정확하게 일치한다. 로라가 보낸 메시지가 분명하다.

아이작이 그 번호로 전화를 걸었을 때는 분명 꺼져 있었는데 다시 전원을 켠 것으로 보인다.

엘린이 휴대폰을 뚫어지게 바라보며 글자 하나하나를 뜯어내듯이 읽고 나서 다시 한꺼번에 읽는다.

'너를 만나 설명하고 싶어. 미안해'라는 말이 특히 시선을 끈다.

로라가 보낸 문자메시지의 숨은 뜻을 곰곰이 따져본다.

너를 만나 설명하고 싶어.

뭔가 설명할 게 있다는 뜻이다.

엘린은 자신의 짐작이 맞았다는 생각이 든다.

로라가 이 사건에 연루되어있는 건 사실이었어.

엘린은 베개에 몸을 기대고 누운 자세로 그동안 확보한 정보를 바탕으로 로라가 이 사건에서 어떤 역할을 맡고 있는지 추론해보려니 자꾸만 마음이 불안하고 초조해진다. 그녀는 침대를 나와 창가로 걸어간다. 마음이 심란한 상태로 온갖 생각이 꼬이고 뒤집히며 돌아다니지만 결국 같은 결론으로 돌아온다.

내게는 두 가지 선택권이 있어.

첫 번째, 세실과 루카스에게 말해 그들과 함께 로라를 만나러 간다.

두 번째, 혼자 간다. 로라의 말대로 아무에게도 알리지 않고 펜트하우스로 곧장 간다.

둘 다 완벽하지 않다.

첫 번째 방식은 엘린을 신뢰해 뭔가 털어놓으려고 했던 로라에게 커다란 배신감을 느끼게 할 수 있다. 만약 로라가 진심이었다면 앞으로 더는 만나려하지 않을 것이다. 루카스가 커다란 음모를 꾸미고 있고, 로라가 위험에 직면해 있다면 엘린의 선택은 큰 실수로 귀결될 수 있다. 어쩌면 로라가 보낸 문자메시지가 함정일지도 모른다. 지금 상황에서는 로라를 무조건 믿을 수는 없다. 다만 로라가 등을 밀어 그녀를 물에 빠뜨린 건 분명한 사실이다. 로라에게 그녀를 해칠 마음이 있었다면 스파에서도 충분히 가능했다.

엘린의 머릿속에서 다양한 시나리오가 교차한다. 강한 바람이 눈을 이리저리 흩날려 보낸다. 테라스에도 눈보라가 친다.

엘린은 잠을 자는 윌을 깨워 의견을 물어보려다가 지난밤 나눈 대화를 떠올리며 단념한다. 그가 무슨 생각을 하고 있는지 알고 있다.

그냥 내버려둬.

엘린은 눈이 높이 쌓인 눈 더미로 향한다. 샘이 죽고 나서 로라가 보낸 편지들이 떠오른다. 처음에는 함께 마음 아파했고, 나중에는 재미있는 이야기로 채워진 편지들. 학교와 남자아이들, 자신의 엄마에 대한 이야기들, 엘린을 다시 세상으로 끌어내 접촉하려고 했던 편지들.

눈을 깜박이자 시야가 맑아진다. 일단 혼자서 로라를 만나야 한다. 무죄추정의 원칙에 따라 로라에게 기회를 주어야 한다. 그녀가 제공하는 정보에 귀 기울여야 한다.

오전 8시 45분, 엘린은 유리 현판에 새겨진 이름을 다시 한번 읽는다.

스위트 플레인 모르트.

이 호텔의 유일한 펜트하우스 이름이다. 유리문을 들여다보니 럭셔리한 스위트룸으로 보이지는 않는다. 문 너머 복도를 끝까지 따라가다 보면 왼편에 엘리베이터가 있다. 로라가 설명한 대로 펜트하우스는 자체 엘리베이터를 사용하고 있고, 그곳으로 통하는 복도가 따로 있다. 주머니에 넣어둔 휴대폰이 진동한다. 엘린은 진동 모드로 바꿔놓은 휴대폰을 꺼내 확인한다.

로라? 아니다. 베른트 경감이다.

RIPOL 검색 결과 로라 스트렐에 대한 정보를 입수했습니다. 최대한 빨리 당신과 세부사항을 공유하려고 허가를 요청해두었습니다.

엘린은 곧장 베른트 경감에게 전화할지 망설인다. 휴대폰으로 시간을 확인해보니 오전 8시 48분이다. 통화할 시간이 없다. 그렇다면 잠시 미룰 수밖에.

엘린은 휴대폰을 주머니에 넣고 나서 복도로 걸어간다. 슬슬 신경이 곤두서면서 발걸음이 점점 빨라진다. 온몸에 땀이 배어나 피부가 따끔거린다. 왠지 불안감을 풍기는 복도이다. 이 호텔에서 유일하게 벽면에 유리를 사용하지 않은 대신 분홍색 줄무늬가 춤을 추듯이 구불구불하게 퍼져 있는 크림색 대리석을 사용했다. 대리석 벽이 사생활을 보장해주겠지만 숨이 턱턱 막힌다.

엘린은 엘리베이터로 걸어가는 도중 비로소 액자들이 눈에 들어온다. 벽에 걸린 자그마한 액자들. 검은색 액자에 든 그림은 스케치다. 까만색 선이 난잡하게 얽혀 있다. 엘린은 형체를 포착하느라 제법 많은 시간이 걸린다. 그녀는 형체가 눈에 들어온 순간 뒤로 물러선다.

사람들이잖아.

사람의 신체 부위 중 얼굴, 다리, 무릎을 스케치한 그림이다. 신체는 잔혹하게 절단되어 있다. 사지 절단. 스케치로 된 그림들을 보는 동안 가슴이 한없이 답답해진다. 그녀가 내는 숨소리와 발소리가 귓전을 울릴 뿐 아무런 소리도 들리지 않는다.

누군가 이곳에서 마주친다면 내가 여기에 있는 이유를 어떻게 설명해야 할까? 이곳에도 보안카메라가 설치되어 있고, 내가 걸어가는 모습을 누군가 지켜보면 어쩌지? 세실이나 루카스가 보고 있다면?

거대한 거울 벽이 복도를 가로막고 있다. 엘린은 자신이 거울을 향해 다가가는 모습을 보지 않을 방법이 없다. 힘없이 늘어진 머리카락, 하반신에 헐렁하게 걸린 청바지, 샘의 목걸이 줄이 바짝 당겨져 스웨터의 목선과 평행을 이루고 있다. 윗입술에 난 흉터가 마치 입술에서 코까지 이어진 하얀 선처럼 보인다.

몇 걸음 더 걸어가자 펜트하우스로 데려다줄 엘리베이터가 눈앞에 보인다. 거울에 언뜻 그림자가 비친다. 엘린은 그림자를 본 순간 온몸에 소름이 돋으며 뒤돌아본다. 아무도 없는 걸 보면 그녀 자신의 모습이 거울에 비치면서 나타난 왜곡된 잔상으로 치부할 수밖에 없지만 여전히 톱니처럼 차가운 두려움이 가시지 않는다.

위험을 무릅쓰고 혼자 오다니, 미친 짓이 아닐까?

엘린은 엘리베이터까지 걸어가며 크게 심호흡하면서 마음을 다잡는다.

정신을 바짝 차려야 해. 이제 곧 로라로부터 결정적인 해답을 얻게 될 거야.

엘리베이터에서 내린 엘린은 펜트하우스로 걸어간다. 펜트하우스의 거실과 벽난로, 거대한 유리창들이 눈에 들어온다.

시계를 보니 오전 8시 50분이다. 10분 일찍 왔다.

로라가 먼저 와있을까?

엘린은 주위를 둘러보았지만 로라는 보이지 않는다. 로라가 어딘가에 숨어 그녀가 혼자 왔는지 지켜보고 있을 수도 있다. 엘린은 안으로 좀 더 들어간다. 눈앞에 펼쳐진 전망이 기가 막힌다. 순백의 눈으로 뒤덮인 원시의 풍경.

엘린은 소파 옆에 가방을 내려놓고 실내를 둘러본다. 거실과 주방은 트여 있지만 두 구역으로 나뉘어 있다. 그녀가 서 있는 곳을 기준으로 오른쪽은 주방이고 왼쪽은 거실이다. 오른쪽 복도를 지나면 침실이 나올 것 같다. 지금 그녀가 서 있는 곳이 메인 거실이고, 벽난로가 설치되어 있고, 널찍한 소파 세 개가 커피 테이블을 둘러싸고 있다.

식당은 몇 계단 내려간다. 떡갈나무 식탁이 중심부에 놓여 있고, 오른쪽 벽에 걸린 대형 그림이 분위기를 압도한다. 그 그림도 절단한 사람의 신체를 그린 그림이다. 검은색을 꿰뚫는 푸른색이 4등분 한 사지를 표현하고 있다. 괴팍하고 기묘한 그림이라서 다른 호텔 펜트하우스에서 흔히 볼 수 있는 화려하고 우아한 그림과는 전혀 어울리지 않는다. 고급 직물과 황금 도금이 된 화병에 꽂아둔 꽃이 그나마 화려한 장식품으로 보인다. 대신 선이 간결하고, 내부 색조는 대체로 은은하다. 대리석 벽, 가죽 의자, 고급 가구, 바닥에 깔린 흰색 양가죽 러그는 충분히 사치스럽다.

엘린은 문득 정신을 집중한다.

펜트하우스에 정신을 빼앗겨서는 안 돼.

엘린은 나지막한 목소리로 로라를 부른다. "로라?"

돌아오는 대답은 없고, 깊은 정적만이 이어진다.

엘린은 오른쪽 복도를 향해 걸어간다. 갑자기 마주칠지 모르는 움직임이나 소리를 포착하기 위해 몸의 감각을 최대한 열어둔 상태이다. 그녀가 처음 들어간 방은 도서실 겸 게임 방이다. 그곳을 나와 맞은편 작은 방으로 들어간다. 방마다 테라스가 딸려 있다. 모든 방을 둘러보았지만 사람의 자취는 없다. 청소한 이후 아무도 손대지 않은 상태 그대로다. 어찌나 긴장했는지 스웨터가 땀에 젖어 축축하다. 침실로 걸어가는 동안 땀으로 눅눅해진 옷이 등에 달라붙어 신경 쓰인다.

침실 어딘가에 로라가 숨어있을지도 몰라.

엘린은 조심스럽게 첫 번째 침실로 들어간다.

메인 룸인가봐.

엘린은 거대한 침대와 테라스에 있는 개인 풀과 온탕을 보며 생각한다.

로라는 여기에도 없어.

세 개의 침실을 더 살펴보았지만 로라는 없다. 거실로 돌아가는 동안 여전히 팽팽한 긴장감이 팔다리를 옹이처럼 뭉치게 한다. 어서 긴장된 순간이 마무리되면 좋겠다는 생각이 든다.

시계를 보니 8시 57분이다. 앞으로 3분 남았다.

그때 무슨 소리가 들린다. 뭔가 바닥에 끌리는 소리이다.

엘린은 갑자기 몸을 휙 돌린다. 창문에서 뭔가가 얼핏 보인다.

사람의 형체?

탈의실에서처럼 누군가가 엿보고 있다는 느낌이 든다. 온몸을 훑듯이 쳐다보는 시선이 느껴진다.

엘린은 시시각각 커지는 공포 속에서 다시 한번 방을 둘러본다.

아무것도 없어.

귓속에서 심장이 고동치는 소리가 들릴 뿐 아무도 눈앞에 나타나지 않는다.

다시 시계를 보니 9시가 되려면 2분 남았다. 시간이 고통스러울 정도로 천천히 흐른다.

어디선가 또다시 소리가 들린다. 좀 전보다 훨씬 더 분명하게 금속성 소리가 나더니 엘리베이터 문이 열리는 소리가 이어진다. 엘린은 호흡이 점점 빨라지는 느낌을 받으며 팔꿈치를 옆구리에 붙인다. 그녀가 위험에 봉착할 때마다 방어 자세를 취하는 동작이다.

끝까지 침착해야 해. 두려우면 지는 거야.

엘리베이터 문이 끝까지 열렸지만 아무도 밖으로 나오지 않는다. 엘리베이터 안은 텅 비어 있다. 멈춰 선 엘리베이터에서 윙윙거리는 소리가 난다.

엘린은 시선을 아래로 내린다. 엘리베이터 바닥에 뭔가 있다. 그녀는 그대로 맥이 탁 풀린다.

56

로라다. 로라가 죽었다.

그 말이 머릿속에서 굴러다닌다. 분명한 사실인데도 그녀의 머리는 받아들이려 하지 않는다.

엘린이 엘리베이터 안으로 들어서는 동안에도 엘리베이터 문이 계속 열리고 닫히면서 심장이 쿵쾅거리며 뛰는 소리와 보조를 맞추려고 한다. 엘리베이터 문이 마치 그녀를 공격해 상처를 입히려는 것 같다. 양쪽 문이 앞니가 되어 그녀를 씹어대는 느낌이다.

로라는 대형 엘리베이터의 왼쪽 구석에 쓰러져 있다. 고개가 부자연스러운 각도로 오른쪽으로 기울어져 있고, 검은 머리가 얼굴 가득 흘러내려 있다. 로라 역시 아델이 쓰고 있던 기괴한 마스크를 쓰고 있다. 이목구비가 마스크에 가려져 있지만 엘린은 즉시 오랜 친구 로라를 알아본다. 검은 머리카락, 날씬한 몸매, 평소 신던 구두, 회색 티셔츠를 보는 순간 로라라고 확신한다. 티셔츠가 피에 젖어 있는데 특히 목 주위에 집중되어 있다.

엘린이 시선을 아래로 내린다. 마스크 바로 아래쪽 목덜미에 깊은 절개 자국이 있다. 누군가 뒤에서 로라의 머리를 뒤로 젖히고 왼쪽에서 오른쪽으로 칼날을 그었다. 마치 짐승의 목을 따듯이.

엘린은 목의 상처를 확인한다. 상처는 왼쪽이 더 깊고, 오른쪽으로 이어져 있다. 귀 바로 아래에서 시작해 목의 중심부를 직선으로 지나간다.

범인은 오른손잡이야.

범인은 경동맥과 경정맥을 베려는 의도로 칼날을 그었다. 피가 앞으로 터져 나올 정도로 출혈이 심했던 것으로 보인다. 로라는 피와 생명이 몸에서 빠져나가는 동안 극심한 공포와 절망을 느꼈을 것이다.

엘린의 목에서 신물이 넘어온다.

어떻게 사람이 이런 짓을 저지를 수 있을까?

엘린은 이미 로라의 목숨이 끊어졌다는 걸 알 수 있었지만 목의 상처 없는 부위에 손을 대고 맥박을 확인한다. 역시 맥박이 잡히지 않는다. 숨이 끊어진 지 그리 오래되지는 않은 듯 여전히 피부가 따스하고 부드럽다. 아직 사후 경직이 시작되지 않았다는 뜻이다.

그렇다면 로라를 죽인 범인이 근처에 있을 수도 있다.

"숨을 쉬어." 엘린은 자신을 향해 거듭 말한다. "숨을 쉬어."

엘린은 고개를 돌려 엘리베이터 옆에 놓인 나무 의자를 주목한다. 움푹 들어간 등받이, 고리처럼 이어지는 나뭇결이 눈에 들어온다. 그녀는 아드레날린이 치솟는 가운데 깊게 심호흡하면서 머리를 어질어질하게 하는 현기증이 잦아들기를 기다린다. 마침내 호흡이 정상으로 돌아오자 그녀는 돌아선다. 몸의 세포 하나하나가 눈앞의 상황을 상상으로 바꾸려 한다. 눈앞의 광경은 뒤틀린 상상력이 만들어낸 결과물일 뿐이라고. 하지만 잔혹한 방법으로 살해된 로라의 시신은 다른 무엇이 되지 않는다.

엘린은 이번에는 결코 두려움 때문에 일을 그르치지 않겠다고 내심 다짐한다. 그녀가 엘리베이터의 센서 사이를 오가는 동안 엘리베이터 문이 열리고 닫히기를 반복한다. 무거운 물체로 엘리베이터 문이 닫히지 않도록 고정해둘 필요가 있다. 그녀는 의자를 엘리베이터 입구로 옮겨 문이 저절로 닫히는 걸 막는다. 엘리베이터 안으로 들어선 엘린은 로라의 시신 옆에 쪼그려 앉는다. 아델이 그랬듯이 로라의 손가락도 일부 사라져 있다. 오른손 검지. 왼손을 보려면 시신을 움직여야 한다.

범인은 예리한 도구를 사용해 손가락을 절단했다. 펜치나 큰 가위로 추정된다. 아델과 달리 로라의 손가락 상처 주변에 응고된 피가 남아 있다. 엘린은 피를 잔뜩 머금은 로라의 셔츠를 들여다본다. 분명 피를 많이 흘리긴 했지만 경동맥을 절개한 걸 감안한다면 그리 많은 양은 아니다.

엘린은 엘리베이터 내부를 둘러본다. 엘리베이터 벽에 부분적으로 피가 묻어있긴 하지만 나머지 부분은 깨끗하다. 바닥을 적신 피도 없고, 핏방울이 튀지도 않았다. 그렇다면 로라는 엘리베이터에서 살해된 게 아니다. 범인은 다른 곳에서 로라를 살해한 다음 시신을 엘리베이터로 옮겨놓은 게 분명하다. 엘린은 자신이 엘리베이터를 이용하고 나서 고작 몇 분이 지난 후 범인이 로라의 시신을 옮겨놓았을 거라는 생각이 들자 머리끝이 쭈뼛해진다. 범인은 엘리베이터로 로라의 시신을 옮기고 나서 펜트하우스 층 버튼을 누른 후 재빨리 밖으로 빠져나간 것으로 보인다.

엘린은 머리가 빙빙 도는 느낌이다. 그녀는 자신이 지나치게 순진하고 무능했다는 걸 인정하지 않을 수 없다.

내가 세운 가설과 추론은 빗나갔어. 지금 이 자리는 로라가 내게 경고하려고 부른 게 아니라면 살인자가 파놓은 함정일 거야.

엘린은 주머니에서 휴대폰을 꺼내 윌에게 문자메시지를 보낸다.

펜트하우스 스위트룸에서 로라를 찾았어. 로라가…….

손이 허둥거려져 자꾸만 오타가 난다. 엘린은 심호흡해 마음을 가라앉히고 나서 계속 입력한다.

로라가 죽었어.

엘린은 전송 버튼을 누르고 나서 밖으로 나간다. 그녀는 안이 텅 빈 물건을 발로 친 느낌에 이어 덜컥하는 소리가 들려와 그 자리에 우뚝 멈춰 서서 주변을 살핀다. 그녀의 발에 부딪힌 건 유리 상자이다. 불과 몇 분 전까지 그 유리 상자는 거기에 놓여 있지 않았다. 의자를 옮겨 엘리베이터 문을 고정할 때만 해도 주변에 아무것도 없었다. 그렇다면 그녀가 로라의 시신을 살펴보고 있을 때 범인은 펜트하우스 안 어딘가에 있었다는 뜻이다. 고작 몇 발자국 떨어진 곳에 범인이 있었다. 범인이 어디로 들어왔는지 모르겠지만 펜트하우스에 침입해 유리 상자를 놓아두었다.

그때 아주 가까이에서 이상한 소리가 들려온다. 기묘하면서도 익숙한 소리. 휘파람과 비슷한 소리에 이어 힘겹게 공기를 빨아들이는 소리가 이어진다. 그녀의 바로 옆에 괴한이 있다. 얼굴에 마스크를 쓰고 있어 도저히 누군지 알아볼 수 없다.

57

엘린은 깜짝 놀라 눈을 깜박인다. 마스크를 보는 순간 혹시 로라의 시신을 본 충격이 만들어낸 환상이 아닐까 하는 생각이 잠시 뇌리를 스쳐 지나갔지만 부정할 수 없는 현실이다. 숨소리가 유난히 크게 들려 괴기스럽다. 온갖 생각이 그녀의 머릿속을 채운다. 앞으로 벌어질 일, 로라와 아델의 죽음.

괴한이 내게 무슨 짓을 할까?

엘린은 방어 자세를 취해보려고 하지만 몸이 무겁다. 몸이 자꾸만 늪으로 빠져드는 느낌이 든다. 아드레날린이 솟기 시작하고 나서야 비로소 몸이 원하는 대로 움직인다. 엘린은 재빨리 몸을 뒤로 빼내며 오른쪽 다리로 괴한을 걷어찬다. 이제 그녀의 몸은 강력하게 저항할 준비가 되어 있다.

괴한은 생각 이상으로 민첩하고 강하다. 그가 엘린의 몸을 잡고 돌려세워 등을 보이고 서게 한다. 그런 다음 그녀의 오른쪽 손목을 뒤에서 낚아채 등 뒤에서 비튼다. 나머지 손은 그녀의 입을 틀어막는 동시에 목을 뒤로 젖히게 한다.

엘린이 고개를 돌리자 마스크가 보인다. 그녀의 얼굴에서 고작 몇 센티미터쯤 떨어져 있다. 디테일한 부분까지 아주 잘 보인다. 고무에 난 하얗고 가느다란 선들.

엘린은 서서히 공포에 압도당한다. 지금껏 딱 한 번 느꼈던 죽음의 공포가 밀려든다. 헤일러 사건 때 놈과 바닷물 속에 있을 때의 기억이 분노를 불러일으키면서 다시 힘이 솟는다.

엘린은 발꿈치를 바닥에 딛고 상체를 틀어 앞으로 빼면서 왼발로 괴한의 허벅지를 강타한다. 묵직한 느낌이 발끝에 묻어나면서 그녀를 잡고 있던 손에 힘이 풀린다. 그녀는 놈을 쓰러뜨릴 절호의 기회라는 걸 감지한다.

다음 순간, 멀리서 문이 쾅 소리를 내며 닫히는 소리가 들린다.

누군가 오고 있어.

뭘?

그 순간 괴한이 엘린의 등을 확 밀치며 몸을 빼낸다. 바닥에 쓰러지는 순간 엘린은 어마어마한 통증을 느끼며 비명을 지른다. 잠시 시야가 흐릿해지더니 암흑 속에서 별들이 반짝인다. 다음 순간 괴한의 손이 얼굴을 덮는다. 손가락을 활짝 편 손이 그녀의 볼을 거칠게 밀친다. 놈의 냄새가 난다. 땀 냄새와 비누 냄새가 뒤섞여 있다. 익숙한 냄새인데 정확히 어디서 맡아봤는지 기억나지 않는다. 거친 촉감이 그녀의 뺨을 스친다. 놈이 착용한 마스크의 촉감이다.

엘린은 손을 올려 괴한의 마스크를 밀쳐내려 하지만 역부족이다. 다시 어디선가 쿵 소리가 들려온다. 누군가 그녀의 이름을 부르고 있다.

"엘린!"

엘린의 얼굴을 감싸 쥐고 있던 손이 순식간에 사라진다. 엘린은 고작 몇 미터 떨어진 곳에 놓인 유리 상자를 지켜본다. 유리 상자 안에 든 팔찌가 머리 위 조명을 받아 반짝인다. 다음 순간 무슨 일이 벌어질지 몰라 그녀는 잔뜩 긴장했지만 아무 일도 일어나지 않는다.

엘린은 고개를 돌려 괴한이 여전히 어딘가에 남아 있는지 살펴본다. 괴한은 어느새 어디론가 사라지고 없다. 대신 묵직한 발소리가 들린다. 달리는 소리. 둔탁하지만 리드미컬하게 울리는 소리.

괴한이 도망치고 있어.

엘린은 상체를 일으켜 앉는다. 바닥으로 쓰러질 때 부딪친 충격으로 등이 얼얼하다. 심장이 쿵쿵 뛰는 소리가 귀에까지 울린다.

어떻게 이렇게까지 판단을 그르칠 수 있을까? 어떻게 로라가 범죄에 가담했을지 모른다고 생각했을까?

충동적인 범죄나 뜻대로 되지 않은 불장난에 대한 복수극도 아니다. 이 사건은 로라의 문제가 아니다. 그보다 훨씬 더 큰 흑막이 도사리고 있다.

수사는 다시 원점으로 돌아왔다.

58

"어디 부러지거나 다친 데는 없어?" 윌이 몸을 숙여 엘린의 손을 쥔다. 그의 이마에 땀이 번들거리고 눈빛은 복잡하고 당혹스러운 감정을 숨기지 못하고 흔들린다.

"하마터면 괴한에게 당할 뻔했는데 가까스로 위기에서 벗어났어. 괴한이 급히 도망친 걸 보면 당신이 다가오는 소리를 들었나 봐." 엘린은 여전히 불안한 눈길로 주변을 두리번거리며 눈을 깜박거린다. 윌이 달려와 위기를 겨우 넘길 수 있었지만 여전히 위험이 가까이 있다는 느낌이 든다. 괴한이 몸을 숨기고 있을 만한 곳이 사방에 널려 있다.

여전히 강한 바람을 동반한 눈보라가 거세다. 마치 창문이 과녁이라도 되듯이 화살처럼 날아와 꽂혔다가 뿌옇게 휘몰아치는 눈빛이 불안감을 가중시킨다. 엘린은 분노의 기색이 그득한 윌의 얼굴을 바라보며 그의 손을 잡는다. 윌의 손에서 따스한 온기가 느껴진다. 윌이 나타나지 않았다면 괴한에게 당했을 수도 있다.

나와 윌의 목숨이 위험했어. 살인범의 뜻대로 되었다면…….

엘린은 심장이 미친 듯이 피를 회전시키는 기분을 느끼며 소파에 등을 기댄다. 힘이 모두 소진된 탓인지 눈이 스르르 감긴다. 눈을 감자마자 괴한이 쓰고 있던 마스크, 코와 입을 연결한 고무

호스가 눈앞에서 아른거린다.

마스크의 괴기스런 이미지에 겁을 집어먹어서는 안 돼. 그 이미지에 압도당하면 기가 죽어서 안 돼. 누가 무엇 때문에 아델과 로라를 살해하고 계속 이런 짓을 저지르는지 반드시 밝혀내야 해. 내가 아니면 그 일을 할 사람이 없어.

"물이라도 좀 마셔." 윌이 그녀에게 물병을 건네고 나서 검지로 안경을 위로 올린다.

엘린은 손이 떨려 물을 마시는 동안 물병이 자꾸만 이에 부딪힌다. 그녀는 자기도 모르게 엘리베이터를 바라본다. 로라의 시신을 보자 다시 가슴이 철렁 내려앉는다.

로라가 죽었어. 악몽을 꾸는 게 아니라 현실이야.

로라와 함께한 추억이 눈앞에서 아른거린다. 하완과 상완을 나누는 가느다란 주름살, 코랠리 아줌마가 머리를 땋아줄 때 함께 엮어주었던 화려한 구슬들, 백사장에서 함께 뛰고 뒹굴며 놀던 모습들.

로라를 떠올리는 동안 눈물이 차오른다.

윌이 말한다. "힘들겠지만 감정을 추스르고 냉정해질 필요가 있어. 아직 우리 주변에 위험이 도사리고 있으니까."

엘린은 잠시 말을 하지 못한다. "로라가 죽다니?"

엘린은 억지로 윌과 눈빛을 교환하지만 방울진 눈물이 여전히 떨어지지 않고 눈에 매달려 있다. 그녀는 안간힘을 써서 눈물을 삼킨다. 뜨거운 덩어리가 목구멍을 무겁게 채운다.

엘린을 지켜보던 윌이 아랫입술을 깨문다. "엘린, 이토록 위험한 곳에 혼자 오지 말았어야 해. 하마터면 목숨을 잃을 뻔했잖아."

목구멍을 타고 열기가 확 치민다. 엘린이 물병을 엄지와 검지로 만지작거리며 말한다. "로라를 만나 어찌된 일인지 해명할 기회를 주고 싶었어." 엘린은 잠시 말을 하지 못하고 머뭇거린다. "로라는 나를 만나 중대한 비밀 이야기를 털어놓으려고 했어. 잠시나마 로라를 의심한 건 내 실수였지."

"혼자 가면 위험할 수도 있다는 생각을 했어야지. 무엇보다 안전이 중요하다는 걸 잊어서는 안 돼."

"로라가 적어도 나를 해칠 거라고 생각하진 않았어. 나를 해칠 생각이었다면 이미 기회가 있었거든. 로라보다 더 위험한 작자가 내가 나타나길 기다리고 있을 줄은 미처 몰랐지."

얼굴이 딱딱하게 굳은 엘린이 허벅지에 올려놓은 손을 들어 주먹을 꽉 쥔다. 그런 다음 윌의 볼에 입을 맞춘다. "내가 위험을 자초한 건 변명의 여지 없는 사실이야. 나 자신을 위험에 빠뜨렸어."

이번에는 윌이 그녀의 입술에 키스한다. 그런 다음 그녀의 볼을 양손으로 감싸며 살짝 미소 짓는다.

"당신이 처음으로 자신의 잘못을 인정한 것 같아." 윌의 목소리가 여전히 불안하게 떨려 나온다. "당신이 만약 내게 문자메시지를 보내지 않았다면 정말이지 큰일 날 뻔했어."

엘린은 그의 말을 듣는 순간 문득 하나의 생각이 머리에 떠오른다.

문자메시지.

문자메시지를 보낼 기회가 주어진 건 천운이기도 했지만 범인이 무슨 일 때문인지 몰라도 착오를 일으켰다고 보는 게 타당했다. 괴한이 그녀에게 다른 사람과 통화하거나 문자메시지로 위험신호를 보낼 기회를 일부러 주었을 리 없다. 일이 그렇게 된 건 괴한이 세운 애초의 계획에 차질이 빚어졌다는 뜻이다.

괴한이 펜트하우스로 올라오는 동안 무슨 일이 있었기에 계획에 차질을 빚게 되었을까?

엘린이 그에게 묻는다. "윌, 당신은 엘리베이터를 이용할 수 없었을 텐데 여기까지 어떻게 올라왔어?"

"엘리베이터가 움직이지 않고 한동안 멈춰 서 있기에 직원에게 펜트하우스로 가는 방법이 따로 있는지 물어봤어. 직원이 내게 계단을 이용하는 방법을 알려주었지. 계단을 뛰어 올라오니 펜트하우스가 나오더군."

"나를 노렸던 괴한도 계단을 이용했겠구나." 엘린이 물병을 테이블에 내려놓으며 말을 잇는다. "명확한 이유를 알 수 없지만 괴한은 로라의 시체를 엘리베이터에 옮겨두고, 그 자신은 계단으로 뛰어 올라온 거야."

그래서 시간차가 생겼고, 문자메시지를 보낼 기회가 있었던 거야.

무슨 이유에선지 몰라도 범인은 계단에서 혹은 어딘가에서 잠시 시간을 지체했다. 그 결과 엘린을 놓치는 실수를 저지르게 되었다. 그녀가 윌에게 문자메시지를 보내 도움을 요청할 수 있는 시간을 허용한 것이다.

엘린은 엘리베이터를 힐끔 쳐다본다. 혹시 엘리베이터에 뭔가 떨어져 있지는 않은지 다시 한번 살펴봐야겠다는 생각이 든다.

엘리베이터 안과 로라의 시신을 제대로 조사해야 할 필요가 있어.

엘린의 시선이 향해 있는 곳을 본 윌이 얼굴을 찌푸린다. "이제 더는 안 돼." 윌의 목소리가 불안하게 흔들린다. "당신이 무슨 생각을 하고 있는지 알지만 더는 위험을 자초해서는 안 돼. 이제 하루만 더 있으면 스위스 경찰이 투입될 거야. 경찰이 사건을 잘 해결할 수 있도록 맡겨." 윌이 그녀를 뜨거운 눈길로 바라본다. "일단 아이작에게도 알려. 그와 상의해보고 나서 다음 액션을 취할 필요가 있어." 윌이 무의식중에 로라의 시신을 힐끔 쳐다본다. "로라에게 무슨 일이 일어났는지 아이작에게 알리는 게 시급해."

엘린이 생각하기에 윌의 말은 분명 일리 있지만 상황이 더욱 위험해졌다는 생각이 든다. 이런 상황에서 무작정 손 놓고 경찰이 오기만 기다릴 수는 없다. 이 현장은 살인사건을 해결하는 곳일 뿐만 아니라 그녀가 수사를 통해 자신감을 높일 수 있는 기회의 장이기도 하니까. 범인은 지금 그녀를 표적으로 삼고 있고, 그 사실을 통해 중요한 메시지를 읽을 수 있다.

범인은 엘린을 제거하고 싶어 한다.

엘린은 범인이 자신을 죽이려 한다는 건 알겠지만 이유가 뭔지는 알 수 없다.

59

 엘린은 엘리베이터에 움츠리고 앉아 다양한 각도로 로라의 시신을 촬영한다. 그녀는 미처 발견하지 못했던 혈흔과 마스크에 남은 자국을 주시한다. 머릿속에서 로라와의 추억이 아른거린다. 추억들 사이에 가리개가 세워지면서 그나마 마음이 차분해진다. 그녀는 시신의 목 부위 상처를 중심으로 다양한 각도로 사진을 찍는다. 시신을 구석구석 디테일하게 촬영해두어야 낭패를 보지 않을 수 있다. 로라의 목에 난 상처와 조금도 실수하지 않고 냉정하게 처리한 솜씨를 보면 얼마나 뛰어난 칼잡이인지 알 수 있다.

 어마어마하게 무자비한 놈이야. 칼날이 살을 가를 때 한 치의 망설임도 없이 그어버렸어.

 엘린의 시선이 로라의 시신을 구석구석 살핀다. 양손과 손목, 팔뚝 어디에도 아델과 달리 저항한 흔적이 남아 있지 않다. 로라가 격렬하게 저항했다면 어딘가에 칼에 베인 상처나 찰과상, 멍자국이 남아 있어야 마땅하다. 범인이 로라가 저항하지 못하도록 몸에 신경안정제를 투입한 다음 살해했을 가능성이 있다.

 엘린은 휴대폰을 내려놓고 가방으로 손을 뻗어 수첩을 꺼낸다. 생각을 정리할 때는 수첩에 적어가며 하는 게 좋다. 다양한 장면들이 머릿속에 떠올랐다가 사라진다. 단편적인 순간들, 그 장면들이 서로 녹아들기도 하고 좀 더 또렷해지면서 빛이 난다.

플래시백. 하나 더.

엘린이 눈을 깜박거려 머리에 떠오른 장면을 지우려 하지만 여러 모습들이 수시로 교차하며 끊임없이 나타난다.

그날, 입이 벌어진 아이작의 얼굴, 으스스할 정도로 또렷하고, 로봇 같고, 외계인 같던 표정.

그녀의 뒷덜미로 쏟아지는 햇빛. 피부가 벗겨질 정도로 뜨거운 해. 수면에서 떠다니던 물고기 그물.

엘린은 물병을 집어 들고 한참 동안 물을 마신다. 그 순간 디테일한 부분, 이미지의 정수가 풀어지며 텅 빈 공간만 남는다. 손가락 사이로 중요한 무언가가 빠져나간 느낌이다.

"똑같아." 윌이 일어서며 말한다. "아델의 경우와."

엘린은 그가 로라의 시신을 살피다가 구토가 치밀어올라 갑자기 입을 오므리는 모습을 본다. 그는 유리처럼 맑은 눈빛으로 시신을 보다가 인상을 찌푸리며 고개를 돌린다.

"백 퍼센트 똑같지는 않아." 엘린이 말한다. "살인 수법부터 달라. 아델은 익사했을 가능성이 높지만 로라는……." 엘린이 콜록콜록 기침한다. "범인이 예리한 칼로 경동맥과 경정맥을 그었고, 아델과 달리 손가락 상처를 치료하지도 않았어."

이런 차이를 보이는 건 무슨 의미일까?

단정할 수는 없지만 시신의 상태로 보아 범인이 몹시 서둘렀고, 대단히 흥분한 상태로 로라를 살해했을 가능성이 커 보인다. 물론 두 사람의 죽음에서 겹치는 부분도 있다. 마스크, 절단한 손가락, 유리 상자, 팔찌가 겹친다. 살인 과정에서 반드시 필요한 요소도 아니고, 어차피 목숨을 끊을 생각을 했으면서 손가락을 절단한 이유가 무엇인지 납득하기 힘들다. 마스크나 손가락이 상징하는 게 과연 무엇인지 알아낼 필요가 있다. 범인이 그런 요소들을 통해 뭔가 메시지를 전하려고 했을 가능성이 있으니까.

어떤 메시지일까?

엘린은 여러 가지 요소들을 하나씩 따로 떼어내 생각해보기로 한다. 우선 마스크는 어떤 메시지를 담고 있을지 생각해본다. 마스크를 범인이 착용하고 있었다면 당연히 정체를 숨기기 위한 방편의 일환이겠지만 피해자의 얼굴에 씌워놓은 만큼 뭔가 다른 의미가 있다고 봐야 한다. 아무리 생각해봐도 어떤 의미인지 알 수 없다. 피해자의 손가락을 절단한 이유도 마찬가지다. 분명 어떤 이유가 있겠지만 짐작조차 하기 힘들다. 그나마 유리 상자는 어떤 의미인지 짐작이 가능하다. 이 호텔에서는 유리 상자에 타구나 소방관 헬멧을 전시해두고 있다. 이 호텔에서 유리 상자가 맡은 역할은 전시다.

여러 요소들이 간직하고 있는 의미를 찾아낸다면 사건을 해결할 수 있는 실마리가 풀릴 수도 있다. 로라에 관한 가설은 빗나갔으므로 처음부터 다시 시작해야 한다. 표면적으로 전혀 연결되어 있지 않은 이질적인 요소들을 서로 이어 붙일 필요가 있다.

엘린은 휴대폰 카메라로 다시 로라의 시신을 찍기 시작한다. 그때 휴대폰 벨이 울린다. 베른트 경감의 전화다. 그의 목소리가 다급하다. "로라 스트렐과 관련해 새로운 사실을 알아냈습니다."

"어떤 내용인데요?"

베른트 경감은 로라에 대해 현재형으로 말하고 있어. 마치 로라가 아직 살아있다는 듯이.

"로라가 누군가를 위험에 빠뜨리거나 스스로 위험을 자초하리라 생각지 않습니다. 로라의 신상기록을 찾아봤는데 플랫메이트와 말다툼해 고소당한 적이 있더군요. 다른 범죄 기록은 전무 하고요."

"얼마나 심하게 말다툼을 했기에 고소를 당했죠?"

"로라가 유리문이 있는 곳으로 플랫메이트를 밀쳤습니다. 유리가 산산조각 나면서 플랫메이트는 여기저기 베이고 멍이 들었죠." 베른트 경감이 잠시 망설이다가 말을 잇는다. "로라는 운이 좋았어요. 플랫메이트는 병원 치료를 받기로 하고, 고소를 취하했더군요."

"내가……."

엘른이 미처 말문을 열기도 전에 베른트 경감이 계속 새로운 소식을 전한다. "우리가 주목하고 있는 몇 가지 의문점에 대해서도 조사했습니다. 로라의 통화 내역 기록을 조사해봤는데 당신이 짐작한 대로 첫 번째 휴대폰에서는 전혀 이상한 점을 발견하지 못했습니다. 친구들, 가족, 당신 동생과 통화한 게 전부더군요. 두 번째 휴대폰은 선불폰이었습니다. 선불폰은 통화 내역을 추적할 수 없습니다."

엘린이 말한다. "가능하면 로라의 통화 내역을 저도 확인해보고 싶어요."

베른트 경감은 잠시 뜸을 들였다가 마지못해 동의한다. "네, 보여드리겠습니다."

이제 로라의 소식을 전해야 할 때가 왔다. 베른트 경감에게 로라가 살해당했다는 말을 전해야 한다.

어서 말해. 말하라고.

엘린은 목청을 가다듬으며 머릿속으로 할 말을 정리한다. "로라가 살해된 시체로 발견되었습니다. 방금 제가 시신을 확인했습니다."

베른트 경감이 숨을 헉 들이마시는 소리가 들린다. "무슨 말씀이신지?"

엘린은 축 늘어진 로라의 시신으로부터 눈을 돌리며 아무런 감정도 실리지 않은 목소리로 이어 말한다.

"로라가 살해당했다고요." 엘린이 손등으로 눈물을 닦는다. "동일범의 소행 같습니다. 살해 수법이 비슷해요. 범인은 저도 공격해 죽이려고 했어요."

"엘린." 베른트 경감의 목소리가 낮고 다급하게 들린다. "다음 얘기로 넘어가기 전에 대답해주세요. 현재 그곳은 안전한 상태입니까?"

"범인이 저를 공격했는데 안전하다고 말할 수 있을까요? 제가 위험한 상태에 놓여 있을 때 제 남자친구가 나타나지 않았다면 저 또한 살해당했을 겁니다."

베른트 경감의 숨소리가 거칠어진다. "어디 다친 데는 없습니까?"

"네, 다행히 다치지는 않았습니다." 엘린이 고개 들어 윌을 힐끗 보고 나서 그와 손을 포갠다.

베른트 경감이 무겁게 숨을 내쉰다. "정말이지 다행입니다." 잠시 침묵이 이어진다. "당신이 로라의 시신을 발견하기까지 벌어진 일들과 범인으로부터 공격받았을 때의 상황을 상세하게 들려줘야 합니다."

베르튼 경감은 한참 동안 엘린이 전해주는 말을 경청한다.

"범인의 인상착의에 대해 기억나는 게 있습니까?"

"범인은 마스크를 쓰고 있어 얼굴을 볼 수 없었어요. 제가 아는 건 그의 완력이 어마어마하게 세다는 것뿐입니다. 강력계 형사인 저를 제압할 정도로." 엘린의 목소리가 떨려 나온다. "순식간에 벌어진 일이라 범인의 인상착의를 살필 겨를이 없었습니다."

"혹시 뭔가 기억나면 저에게 꼭 알려주세요." 엘린의 귀에 종이가 바스락거리는 소리에 이어 뒤에서 웅얼거리는 소리가 들려온다. "무엇보다 호텔에 남은 투숙객과 직원들의 안전을 지키는 게 급선무입니다. 일단 범행 현장에서 필요한 촬영을 해두시고, 현장을 봉쇄하십시오."

"경찰은 언제쯤 투입될 수 있을까요?" 엘린은 자신의 목소리가 허둥대는 것처럼 들려 마음에 들지 않는다. "제가 혼자 관리하기에는 한계가 명확합니다. 아델과 로라는 사전에 계획된 범행에 따라 살해당한 것으로 보입니다. 아직 끝이 아니라 연쇄살인으로 이어질 가능성을 배제할 수 없습니다."

"여전히 날씨가 고약해 경찰을 언제 투입할지 확답을 줄 수 없습니다." 베른트 경감의 어조가 어딘지 모르게 살짝 이상한 느낌이 든다. 그와 통화하면서 처음 대하는 어조다. "회의를 열어 경찰 투입 시기를 논의해본 다음 연락드리겠습니다."

엘린은 불만을 억제할 수 없어 볼멘소리가 절로 흘러나온다. "네, 제발 서둘러주길 바랍니다. 최대한 빨리요."

아무리 강풍을 동반한 눈보라가 기세를 떨치고 있다고 해도 경찰이 속수무책으로 기다린다는 건 정말이지 얼토당토않은 일이다.

"네, 저도 경찰을 조속히 투입할 수 있도록 최선을 다하겠습니다."

엘린은 베른트 경감의 어조에서 다시 한번 이상한 점을 느낀다.

베른트 경감은 두려워하고 있어. 뭔가에 억눌린 느낌이 들기도 하고.

엘린은 통화를 마치고 나서 마음이 더욱 심란해진다. 어쩌면 폭설이 그치지 않는 한 경찰이 투입되지 않을 수도 있다.

엘린은 휴대폰 카메라로 현장을 촬영하면서 머릿속의 잡념을 떨쳐버렸다.

로라에 관한 수사야. 잡념을 떨쳐버리고 수사에 집중해.

이번에는 로라의 시신에 묻은 피를 중심으로 촬영했다. 셔츠에서 시작된 핏자국은 청바지로 내려가면서 점차 줄어들었다. 대부분의 피가 셔츠에 집중되어 있지만 청바지 주머니 부분에도 많이 묻어있다. 엘린의 시선이 문득 청바지 주머니를 주목한다. 주머니가 불룩하게 올라와 있는 걸 보면 뭔가 들어 있다는 뜻이다.

라이터인가?

엘린이 가방에서 비닐장갑을 꺼내 손에 착용한다. 주머니에 조심스럽게 손을 집어넣어 문제의 물건을 꺼낸다. 그녀는 손가락으로 라이터를 빙빙 돌리며, 로라가 그날 밤 밖에서 담배를 피우며 누군가와 통화하던 모습을 떠올린다.

윌이 눈을 가늘게 뜨고 라이터를 바라본다. "이 물건은 라이터가 아니라 USB야."

엘린은 깜짝 놀라 손이 떨린다. 범인이 USB가 있다는 걸 알았다면 그냥 내버려두지 않았을 텐데 아예 존재를 몰랐거나 시간이 촉박해 빼내지 못했을 수도 있다. 로라의 시신을 엘리베이터에 옮긴 범인이 나중에야 USB가 그녀의 청바지 주머니에 들어있었다는 사실을 깨닫고 되돌아왔지만 이미 위로 올라간 후라 어쩔 수 없었을지도 모른다.

어느 쪽이든 범인의 실수다.

60

 세실의 눈이 공포로 커진다. 윌이 그랬듯이 그녀의 시선은 자기도 모르게 엘리베이터로 향했고, 로라의 시신과 그녀의 얼굴에 비스듬히 놓인 시커먼 고무 마스크로 향한다. 외면하고 싶어도 활짝 열린 엘리베이터 문이 그들의 시선을 끌어당기더니 놓아주지 않는다.

 세실이 여전히 공포에 질린 눈으로 묻는다. "범인이 언제쯤 살인을 저질렀을까요?

 "오늘 아침 일찍 살해된 것으로 보여요. 제가 사체 부검 전문가는 아니지만 대략 추정하기로는 그래요."

 세실의 눈이 촉촉이 젖어 들더니 유리처럼 반들거린다. 그녀는 주머니에서 티슈를 꺼내 눈물을 닦는다.

 "아델이 살해당했을 때 불상사가 또 일어나면 어쩌나 걱정했는데 막상 이런 일이 또다시 발생하니 암담하기 그지없네요. 누가 범인인지 전혀 실마리를 찾지 못한 상태인가요?"

 "유감이지만 아직은 그래요."

 엘린은 소파에서 일어나 몸을 움직여본다. 범인이 그녀를 바닥으로 쓰러뜨렸을 때 타박상을 입은 듯 찌릿한 통증이 등줄기를 타고 올라온다. 로라의 주머니에서 찾아낸 USB에 뭔가 중요한 단서가 들어있을 수도 있지만 아직 확인 전이라 루카스나 세실에게 말할 단계가 아니다. 그들 두 사람을 포함해 현재 이 호텔에 있는 모든 사람들이 잠재적 용의자라 함부로 알려줄 수도 없다.

루카스는 몇 미터 떨어진 곳에서 누군가와 통화를 하고 있다. 그는 머리를 모두 뒤로 넘겨 뒤통수에서 느슨하게 꼬아 묶었다. 엘린은 그를 만난 이후 처음으로 그의 표정을 자세히 살필 수 있었다.

엘린은 속마음을 전혀 드러내지 않는 폐쇄적이고 완고한 그의 표정이 마음에 들지 않는다. 시선을 느꼈는지 잠시 고개를 들었던 그가 그녀를 보더니 고개를 끄덕여 목례하지도 않고 계속 통화에 열중한다.

세실이 양팔로 자신의 몸을 감싸며 말한다. "범인이 이 호텔 어딘가에 있어요." 그녀의 목소리에 겁먹은 기색이 역력하다. "당신이 오늘 이 호텔에 남아 있는 사람들을 다시 한자리에 모이게 한 다음 오늘 아침 알리바이를 전부 확인해봐야 해요."

엘린이 건조한 목소리로 대답한다. "당연히 그래야죠. 지배인님도 오늘 아침 알리바이를 저에게 말해줘야 합니다."

세실이 즉시 대답하지 않고 잠시 뜸을 들였다가 말한다. "처음에는 내 방에 혼자 있었고, 그 이후에는 다른 직원 한 명과……."

"알리바이는 나중에 확인하겠습니다. 우선 보안카메라 영상을 확인해봐야 해서요. 엘리베이터로 가는 복도에 카메라가 있나요?"

"거기도 보안카메라가 있긴 한데 고장 나서 작동이 안 돼요."

"보안카메라가 고장 나다니, 그런 일이 종종 있나요?"

"네 고장 나는 경우도 있고, 시스템 자체에 문제가 생기기도 합니다. 보안카메라가 간밤부터 제대로 작동하지 않았는데 원격 수리를 해줄 외부 기술자를 알아봤어요. 기술자 말로는 소프트웨어에 문제가 있다고 하면서 복구하는 데 최소한 며칠 더 걸릴 수도 있답니다." 세실의 표정에 긴장감이 묻어난다. "외부 기술자와 통화할 때만 해도 단순 오류라고 생각했는데 로라가 이렇게 되고 나니……."

범인의 짓이 분명해.

범인이 보안카메라를 일부러 망가뜨렸다. 범인의 신원을 밝혀낼 유일한 장비를 무력화시켰다는 뜻이다. 보안카메라를 사용하지 못할 경우 범인에게 속수무책으로 당할 수도 있다.

루카스가 두 사람을 향해 다가온다. 휴대폰을 엘린에게 내미는 그의 표정이 심각하다. "경찰이 당신을 바꿔 달라고 하네요."

엘린은 휴대폰을 받아 든다. "엘린 워너입니다."

목소리를 한껏 낮춘 베른트 경감이 말한다. "미안하지만 오늘은 호텔에 경찰을 투입할 수 없습니다. 헬리콥터 조종사가 이제 막 업데이트된 기상 정보를 받았는데 이 정도 날씨에는 출동이 불가하답니다."

"기상 정보가 어땠는데요?"

"시계는 50미터 미만이고, 풍속은 60노트 선에서 유지되고 있답니다. 돌풍 속도는 140노트이고요."

마치 그 말이 사실이라고 강조하듯이 바람이 휘몰아친다. 건물을 통째 흔들어 뽑아버릴 듯이 거센 바람이다. "경찰의 투입 시기가 늦어질수록 이 호텔에서 더 많은 사람들에게 위험이 가중될 텐데요?"

베른트 경감이 어색한 말투로 대답한다. "유감이지만 악천후에 헬리콥터를 띄우는 건 경찰 자체 내에서 정한 규정 위반입니다. 어찌나 바람이 세게 부는지 나무가 부러지고, 간판이 떨어지고, 물건들이 날아다니는 실정입니다. 활주로에 있는 항공기를 격납고에 넣어두어야 할 판입니다."

"도로는 어떤가요?"

"산사태가 일어난 지역은 여전히 통행 불가 상태입니다. 복구 작업을 하고 있지만 적어도 며칠은 더 걸릴 겁니다."

"혹시 달리 좋은 방법이 없을까요?"

잠시 침묵이 이어진다. 베른트 경감은 당혹한 기색이 역력하다. "게다가 신속출동 팀은 고도로 훈련받은 요원들이지만 악천후에 고산지대에 투입되어 작전을 펼쳐본 경험이 별로 없습니다. 최선의 시나리오는 기상 여건이 좋아져 헬기를 띄울 수 있는 여건이 조성되는 겁니다."

"당분간 현장은 그냥 알아서 관리해야 한다는 뜻이네요." 엘린의 목소리가 흔들린다.

넌 이 일을 성공적으로 해낼 수 없어. 혼자서 뭘 할 수 있지?

베른트 경감이 한껏 잦아든 목소리로 말한다. "송구한 일이지만 현재 좋은 대안이 없는 건 분명합니다."

"두 번째 피해자가 나왔고, 앞으로도 납치 살인이 계속될 가능성이 커요. 이 상황에서 마땅한 대안이 없으면 어쩌자는 겁니까?"

"추가 피해자 발생을 최소화하려면 내가 말한 지침을 충실히 따라야 합니다. 가장 중요한 게 호텔에 있는 모든 사람들을 한곳에 모여 있게 해야 합니다. 결코 예외를 허용해서는 안 됩니다."

엘린은 펑펑 눈물이라도 흘리고 싶다.

상황이 점점 어렵게 돌아가고 있어. 내가 상황을 제대로 통제해낼 수 있을까?

"호전된 기상 예보가 나오면 다시 전화하겠습니다."

베른트 경감이 말을 마치기 무섭게 엘린의 시선은 다시 엘리베이터로 향한다.

머리가 아득해지는 현실이 그녀의 머리를 강타한다.

당분간 경찰은 오지 않아.

로라는 죽었고 아무도 호텔을 나가거나 들어올 수 없는 상황이다. 앞으로 무슨 일이 벌어질지 짐작조차 할 수 없다. 엘린은 고립된 지역에서 범죄 사건이 발생할 경우 어떻게 대처할지 생각해본 적이 있다. 범죄자들이 무자비하게 총을 쏘거나 칼을 휘두른다면 짧은 시간에 얼마나 큰 피해를 당하게 될지도.

2011년, 노르웨이에서 우파 테러리스트 아네르스 베링 브레이비크가 여름 캠프에 참가하려고 우퇴위아 섬에 모인 청소년들에게 총기를 난사했다. 고립된 오지의 섬이라 경찰이 현장에 도착하기까지 69명이 목숨을 잃는 참사가 발생했다.

이 사건의 범인이 원하는 건 무엇일까? 얼마나 더 많은 피해자를 원할까?

루카스가 말한다. "잠깐 여길 좀 보세요."

고개를 들어보니 루카스가 엘리베이터 옆에 놓인 유리 상자 앞에 쪼그려 앉아 있다.

엘린은 그가 유리 상자에 손을 대 증거능력을 훼손할 수 있다는 사실을 깨닫고 바짝 긴장한다. 그녀가 루카스에게 다가가며 말한다. "그 유리 상자를 손으로 만지면 안 됩니다."

"여기 있는 이 팔찌에 뭔가 새겨져 있는데 숫자 같아요." 루카스가 고개를 옆으로 기울인다. "아렐의 팔찌에도 숫자가 새겨져 있었듯이."

엘린이 그의 옆에 무릎 꿇고 앉는다.

루카스가 팔찌를 가리킨다. "팔찌를 자세히 들여다보세요."

루카스의 말대로야.

다섯 개의 숫자가 팔찌에 새겨져 있다. 어찌나 흐릿한지 숫자를 보고도 알아보기 쉽지 않다.

엘린이 숫자들을 자세히 들여다본다.

이 숫자들은 어떤 의미가 있을까?

엘린의 시선이 잠시 유리 상자로 갔다가 다시 팔찌로 향한다.

일단 팔찌의 숫자를 휴대폰 카메라로 촬영한 다음 아렐의 시신에서 발견한 팔찌에 새겨져 있던 숫자와 비교해보아야 한다. 팔찌의 숫자들을 찍으려는 순간 머리 위에서 세실과 루카스가 시선을 교환한 느낌이 든다.

세실과 은밀하게 의사를 교환한 루카스의 얼굴에 낭패감이 드리워진다.

61

 월이 펜트하우스에서 계단으로 나가는 문을 밀며 묻는다. "하나도 빠뜨리지 않고 잘 챙겼지?"

 엘린은 엘리베이터에 있는 로라의 시신을 보며 망설이듯 말한다. "이제 내가 여기서 할 수 있는 일은 한정적이야."

 엘린은 펜트하우스를 떠나기 전 현장의 전체적인 모습과 팔찌가 들어 있는 유리 상자 사진을 몇 장 더 찍고 엘리베이터 전원이 꺼져 있는지 확인한다. 그녀는 발걸음이 차마 떨어지지 않아 펜트하우스 근처를 서성거린다. 로라를 외롭게 홀로 두고 떠나는 게 마음에 걸린다. 그녀는 로라를 찾는 데 실패한 자신의 실수를 인정하지 않을 수 없다. 로라를 구할 수도 있었는데 중요한 순간 판단 미스로 놓쳐버렸다는 생각이 마음을 힘들게 한다.

 "엘리베이터 앞을 테이프로 막아 출입을 통제해야겠어. 사람들이 엘리베이터가 있는 복도로 진입하지 못하도록 원천적으로 막아야 해."

 엘린은 발걸음을 멈추고 월의 표정을 살핀다. 월의 눈은 엘린을 향해 있지만 먼 곳을 바라보는 느낌이 든다. 마치 다른 생각에 빠진 사람 같다.

 "왜 그래?"

"당신은 그들 남매를 어떻게 생각해? 루카스와 세실 말이야."
윌이 목소리를 낮춘다. "두 사람의 분위기가 심상찮아."

"어떤 면에서?"

"그들 남매가 이야기를 나눌 때 보면 왠지 자연스럽지 않고 억지스러운 느낌이 들어." 윌은 금속 난간을 잡고 첫 번째 계단을 내려간다. "루카스와 세실이 함께 일하는 상황이 이상……."

윌은 말을 마칠 기회를 잃어버린다. 어디선가 사람들의 말소리가 났기 때문이다. 계단의 콘크리트 벽이 반향실처럼 작용해 깔때기처럼 소리를 위로 날려 보내고 있어 정확히 어디에서 나는 소리인지 감을 잡을 수 없다. 두 층 아래 혹은 네 층 아래일 수도 있다.

엘린은 난간 위로 몸을 내밀어 주변을 둘러본다. 콘크리트 계단은 짙은 어둠에 잠겨 있고, 맨 아래쪽에 두 사람이 서 있다. 그들의 정수리만 눈에 보일 뿐이지만 즉시 누군지 알아챈다. 마치 얼어붙듯이 그 자리에 선 그녀의 등줄기를 타고 한기가 밀려든다.

루카스와 세실.

그들이 펜트하우스를 나간 지 20분이 지났다.

두 사람은 내내 저기 계단 아래에 있었나?

엘린은 재빨리 손가락을 입술에 대고 윌에게 신호를 보낸다. 엘린은 등을 벽에 바짝 붙인다. 루카스와 세실의 목소리가 들려온다. 그들은 프랑스어로 이야기를 나누고 있다. 간결하고 속사포처럼 빨라 전혀 알아들을 수 없다.

엘린이 목소리를 낮추어 말한다. "당신은 프랑스어를 잘하잖아. 저들이 지금 무슨 이야기를 나누는 거야?"

"세실이 루카스에게 상황이 심각해졌다고 말했어. 이제는 다 털어놔야 한다면서 로라에게 벌어진 일이 우연일 리 없다고 주장하네."

"루카스는?"

"세실의 말에 불만이 많나봐. '그들은 아직 확실히 알지 못해'라고 했어."

두 사람은 지금 무엇을 두고 말싸움을 벌이고 있을까?

엘린은 숨이 잘 쉬어지지 않는다.

"Vous deves lui dire(그 사람에게 말해야 해)."

"Non, non. Je n'ai rien a faire, Cecile. Ne pas oublier, je ne suis pas l'un des equipe ici. Je suis le chef, votre patron.(아니, 말 안 해. 말하지 않을 거야, 세실. 잊지 마. 나는 팀의 일원이 아니야. 내가 보스야. 너의 보스라고)."

루카스의 말투는 평소처럼 품위 있고 느긋한 대신 공격적이고 위압적이다.

윌이 다시 말한다. "세실이 진실을 밝혀야 한다고 하니까 루카스가 분통을 터트리면서 자신은 팀의 일원이 아니라 보스라고 강조했어."

엘린은 다시 계단을 조금 더 내려간다. 루카스와 세실은 계단의 마지막 칸으로 자리를 옮긴다. 루카스가 세실의 팔에 한 손을 올리고 있다.

한동안 말들이 오가고 잠시 침묵이 이어지다가 그들 남매는 어디론가 사라졌다.

윌이 심상찮은 느낌을 받은 표정으로 엘린에게 말한다. "루카스가 진실을 털어놓지 않으면 세실이 직접 말하겠다고 소리쳤어."

"그들이 말하는 진실이 무엇일까?"

"그들이 말하지 않았으니 나도 모르지." 윌이 무겁게 한숨을 내쉰다.

엘린은 세실의 팔에 올려놓은 루카스의 손, 이글거리던 분노를 담고 있던 그의 눈빛을 떠올려본다. 그들이 말다툼하면서 언급한 진실이 뭔지 알아내야 한다. 그 이전에 무엇보다 끔찍한 일이 남아 있다. 아이작에게 로라의 죽음을 알려야 한다.

엘린이 마음속에 품고 있던 생각을 말한다. "아이작을 만나 로라에 대해 말하고 올 테니까 당신은 쉬고 있어."

윌이 고개를 끄덕인다. "그래, 다녀와. 나도 마침 따로 할 일이 있어."

그들은 다시 계단을 내려간다. 마지막 계단까지 내려와보니 그곳에 뭔가 흔적이 남아 있다. 뭐라 딱 꼬집어 말할 수는 없지만 무시하기 힘든 기운이 감지된다. 분명 뭔가 있는데 무엇인지 알 수 없다.

62

아이작의 얼굴이 퉁퉁 부어 눈이 가느다란 선처럼 보일 지경이다. 습진이 도진 눈꺼풀은 피부가 빨갛고 축 늘어져 있다.

"내가 로라에 대해 잘못 생각하고 있었나 봐."

엘린은 가방을 내려놓으며 아이작의 침대에 걸터앉는다. 그녀는 무엇보다 자신이 로라에 대해 오해한 게 뼈아프다.

아이작이 가까이 다가온다. 그의 이마가 엷게 배인 땀에 번들거린다.

"로라가 누나의 등을 밀어 풀에 빠뜨렸다는 보안카메라 영상은 어찌 된 거야?"

"실제로 그런 일이 있었지만 로라가 왜 그랬는지 아직 이유를 모르겠어." 엘린이 이마로 흘러내린 머리를 쓸어 넘긴다. 손에 이마의 땀이 묻어 축축하다.

왜 이렇게 덥지?

"로라가 어쩌면 내게 경계심이 필요하다고 경고하는 의미로 그랬을지도 몰라. 위험한 일이 벌어지고 있으니까 조심하라고."

아이작이 얼굴을 가까이 들이대며 고개를 젓는다. "누나는 로라가 이 사건에 연루되어 있다고 의심했어." 그는 비난의 의미가 담긴 눈길로 엘린을 쳐다보며 손에 쥐고 있던 티슈를 사각형으로 접는다. "로라는 몹시 기쁜 마음으로 누나를 다시 만날 날을 고대했어. 로라는 왜 누나가 연락을 끊었는지 이해하지 못하겠다면서 편지를 쓰려고도 했지. 전화도 하고."

불편하면서도 익숙한 죄책감이 명치에 가득 들어찬다. 누군가에게 또 실망을 안겼다.

"아이작, 그 당시 난 큰 충격을 받은 상태였어. 나뿐 아니라 우리 모두가 그랬지."

엘린의 등줄기를 타고 땀이 흘러내린다. 그녀는 활활 타오르는 벽난로를 향해 돌아선다. 울긋불긋한 불길이 유리를 향해 넘실거린다.

가뜩이나 더운데 왜 벽난로까지 켜두었을까?

"로라는 누나와 가장 가까운 친구였어. 엄마가 코랠리 아줌마를 버렸듯이 누나는 로라를 버린 거야."

어색하고 무거운 침묵이 흐른다. 엘린은 아이작의 분노를 이해한다. 그는 단지 그녀에게 화를 낸다기보다는 이 무기력한 상황과 자신의 무능력에도 화를 내고 있다.

아이작이 왜 그러는지 잘 알면서도 엘린은 발끈한다.

"내가 로라를 버린 게 아니라 그날로 내 삶이 멈춰버린 거야. 엄마는 코랠리 아줌마나 로라뿐 아니라 거의 모든 사람과 연락을 단절했고."

아이작이 손에 든 티슈를 잘게 찢어발긴다. "엄마는 자기밖에 모르는 사람이었어. 엄마의 고통과 슬픔이 세상에서 가장 중요하고 절대적이었지. 타인에 대한 공감이나 배려가 아예 없었어. 심지어 가족이나 친구에게도 그랬지."

아이작의 성난 눈길이 거침없이 엘린을 쏘아본다.

엘린의 귀에 아이작이 차마 입 밖에 내지 않은 말들이 들린다. 그는 엘린이나 엄마를 비슷하다고 생각하지만 굳이 따로 구분해서 언급하지 않았을 뿐이다. 엄마는 이 자리에 없어 자신을 변호할 수 없으니 그가 내뱉은 비난은 오롯이 엘린을 향한 것이나 다름없다.

아이작의 말은 반박할 여지 없는 사실인가?

엘린은 하늘에서 떨어지는 눈송이를 바라보면서 머릿속으로 아이작이 한 말의 의미를 곰곰이 생각해본다. 어쩌면 아이작의 말은 지극히 옳을 수 있다. 엘린은 샘을 잃은 슬픔이 모든 걸 집어삼키도록 내버려두고 지켜보기만 했다. 열두 살에는 슬픔이 모든 변명이 될 수 있지만 지금은 아니다.

아이작은 눈물을 흘리며 고개를 돌린다. "로라가 이렇게 된 건……." 아이작의 목소리가 깊은 슬픔에 젖어 있다. "순전히 내 잘못이야. 이런 일이 발생하기 전에 내가 로라를 찾아냈어야 해."

아이작의 어깨가 힘없이 늘어진다.

엘린은 그가 줄기차게 분노를 퍼붓거나 비난하지 않아 더욱 마음이 아프다. 그녀는 동생을 위로하고자 손을 뻗어보지만 부질없는 행동으로 느껴질 뿐이다. 결국 그녀의 손은 잠시 허공에 멈춰 서 있다가 아래로 툭 떨어진다.

엘린은 그 어떤 말도 위로보다는 슬픔을 가중시킬 뿐이라는 걸 안다. 이제 시작이다. 슬픔은 크고 작은 폭탄이 연쇄적으로 폭발하는 것과 같다. 슬픔은 꼬리를 물고 계속 이어진다.

"범인이 누군지 몰라도 대단히 영리하고 위험한 놈이야. 매번

의표를 찌르고 있어. 나보다 항상 한 발 앞서 있고."

아이작에게는 그 말이 전혀 와닿지 않는 듯하다. 그의 시선은 여전히 바깥의 눈을 향해 있다. 무거운 침묵 속에서 그는 손으로 눈물을 닦는다. 그에게는 시간이 필요하다. 무거운 현실을 받아들여야 할 시간.

"이제 나는 가볼게. 로라의 주머니에 들어있던 USB에 뭐가 들어있는지 알아봐야 하거든."

아무런 대답이 없다.

엘린이 문을 향해 가는데 뭔가 슬쩍 움직인 느낌이 든다. 유리를 향해 넘실대는 벽난로의 불길 속에서 뭔가 보인다. 엘린은 발걸음을 멈추고 벽난로를 좀 더 자세히 바라본다. 장작이 아니라 좀 더 얇고 불길에 잘 타는 재질이다.

종이인가?

엘린은 손짓으로 벽난로를 가리키며 아이작에게 묻는다. "벽난로에서 타고 있는 게 뭐야?"

아이작이 고개를 든다. "뭔데?"

"벽난로 안에 종이 같은 게 들어있어." 엘린은 불타고 있는 종이에서 어떤 이미지를 보았다. 글씨가 아니라 어떤 형태를 본 느낌이 든다.

사진인가?

"내가 보관해오던 영수증을 벽난로에 넣었어." 아이작이 얼른 말한다. "가방에서 나온 쓰레기." 아이작은 그 말을 하는 동안 그녀와 눈을 마주치지 못한다.

벽난로 불길이 위로 솟구치며 주황색과 보라색으로 펄럭인다.

무엇이 있었는지 모르지만 이제는 재가 되어 사라졌다. 불에 탄 재가 위로 말려 올라간다.

엘린은 아이작의 말이 사실일 수도 있다고 생각하지만 의심이 말끔히 해소되지 않는다. 그녀 안에 갇혀 있는 이미지와 단단히 묶여 있는 의구심은 정말이지 질기다.

손가락이 피범벅이 된 상태로 양손을 내밀고 있는 아이작.

63

일할 게 있다고 했던 윌은 아직 돌아오지 않았다. 휴대폰을 확인해보니 윌이 보낸 문자메시지가 들어와 있다.

배가 출출해서 뭘 좀 먹고 올게.

엘린의 얼굴에 미소가 번진다. 윌은 일을 할 때면 항상 연료를 보충해야 한다. 그가 일거리를 싸들고 집에 올 때면 엘린은 늘 야식을 준비한다. 스크램블 에그나 포리지, 치즈, 비스킷.
엘린은 곧장 문자메시지를 보낸다.

나는 방이야. 있다 봐.

엘린은 가방을 가져와 장갑을 착용하고 USB를 꺼낸다. USB를 노트북에 끼우자 화면에 작은 창이 뜬다. 창을 클릭하자 USB의 내용물이 화면을 가득 채운다. 서른 개쯤 되는 파일들이다. 파일 제목은 다 똑같은데 마지막 숫자만 다르다.
첫 번째 파일을 클릭한다. 컴퓨터가 아니라 타자로 친 문서다. 맨 위쪽 글자가 눈에 들어온다. **GOT-TERDORF KLINIK**

왼쪽에 날짜가 적혀 있다. **1923**

그 아래로 네모 칸이 여러 개 있다.

Namen, Geburtsdatum, Krankengeschichte

처음 두 글자는 이름과 출생일을 의미하지만 세 번째 단어는 무슨 뜻인지 모르겠다.

인터넷을 열고 구글 번역에 단어를 입력해보니 '병력'이라는 뜻이다.

병원에서 흔히 사용하는 진료기록부인가?

맨 윗부분을 제외하면 문서의 나머지 부분은 모두 삭제되고 없다. 내용이 들어가야 할 자리에 검은색 글씨로 '**삭제됨**'이라고 되어 있다.

다른 문서들도 결과는 동일하다. **삭제됨**.

서른 개쯤 되는 문서 파일 중에 유용한 정보가 든 문서는 없다. 어느 누구에 대한 진료기록부이고 내용이 뭔지 전혀 감을 잡을 수 없다.

엘린은 무심코 서류의 오른쪽 위, 환자의 이름이 있어야 할 자리 바로 아래를 본다.

ID 번호.

그 옆에 일련번호가 있다. 심장이 빠르게 뛰기 시작한다. 두 구의 시신과 함께 남아 있던 팔찌의 번호와 같은 형식이다.

다섯 자리 숫자.

엘린은 가방을 뒤져 수첩을 꺼낸다. 아델의 시신과 함께 발견한 팔찌에 새겨져 있던 번호를 수첩에 적어둔 기억이 난다. 수첩에 적어둔 네 개의 번호 중 하나와 일치한다.

87534.

엘린은 다섯 개의 숫자로 된 번호의 의미를 이해해보려고 애쓴다. 이 파일들과 팔찌는 서로 연결되어있는 것으로 보인다.

엘린은 다른 창을 열어 병원을 검색한다. 병원 홈페이지가 검색 결과에 뜬다.

병원 홈페이지의 짧은 안내문은 독일어로 되어 있다.

Die Klinik Gotterdorf bescchaftigt sich mit der Diagnose, Behandlung und Erforschung psychiatrischer Erkrankungen (고터도르프 병원은 정신질환의 진단과 치료, 연구를 하고 있습니다).

고터도르프 병원은 정신병원이다.

어디에 있는 병원이지?

엘린이 병원의 연락처 페이지를 클릭한다. 주소가 베를린으로 되어 있다.

다시 홈페이지로 돌아가 살펴보니 병원에 대한 소개 글이 올라와 있다. 그녀는 소개 글을 복사해 구글 번역에 붙여 넣는다.

우리 병원은 자주 발현하는 정신질환의 원인과 개별화된 치료법, 예방책을 연구합니다. 우리 병원은 1872년에 개원한 이래 지금까지 정신병 치료에 모든 역량을 집중하고 있습니다.

이 병원은 과거에도 현재에도 정신병원이었다.

로라는 왜 독일의 정신병원에서 나온 삭제된 진료기록부를 가지고 있을까?

그 의문을 풀 수 있는 방법은 하나뿐이다. 스크롤을 내리니 병원의 연락처가 나와 있어 무작정 전화를 걸어본다. 신호가 두 번 울리고 나서 어떤 여성이 전화를 받는다.

"구텐 탁, 고터도르프 클리닉." 전화 받는 여성의 목소리가 사무적이고 딱딱하다.

엘린은 자신이 독일어를 하지 못한다는 사실이 저주스러울 따름이다. 학창 시절에도 외국어는 늘 그녀의 속을 썩였다. 그녀는 중등교육자격시험(GCSE)을 위해 프랑스어와 독일어를 공부했기에 글을 조금이나마 읽을 수는 있지만 말은 한마디도 하지 못한다.

"혹시 영어를 하시나요?"

"그럼요." 그 여자는 금방 영어로 말을 받는다. "무엇을 도와드릴까요?"

"저는 영국 경찰인 엘린 워너라고 합니다. 어떤 사건을 수사 중인데 내용이 삭제된 진료기록부를 확보하게 되었습니다. 고터도르프 병원에서 1920년대에 작성된 진료기록부와 관련해 궁금한 점이 있어 전화했습니다. 어느 분과 이야기를 나누면 될까요?"

"진료기록부 내용을 문의하려면 공식적인 절차가 필요합니다. 아무리 오래된 진료기록부라고 하더라도 병원 규정상 환자에 대한 개인정보를 외부로 유출할 수 없습니다."

엘린이 예상한 대로다. "통상적으로 진료기록부에 어떤 내용을 기록하는지 알 수 있습니까?"

"최초의 발병 징후와 진단, 우리 병원에 오기 전에 받았던 진료 이력을 모두 기록해둡니다. 환자가 우리 병원에 입원하게 되면 그때부터 진료기록부를 작성하기 시작하죠. 병원에서 처방한 약물과 치료 성과, 환자의 상태 변화 따위를 모두 기록해둡니다."

"제가 보유하고 있는 진료기록부는 작성 연대가 1920년대인데 혹시 종이 문서로 남아 있나요? 아니면 전자문서로 저장되어 있나요?"

"둘 다입니다. 종이로 작성한 문서를 전자문서로 스캔해두었습니다."

엘린은 운을 조금 더 시험해보기로 했다. "지금 저에게 환자의 고유번호가 있습니다." 엘린은 건조하게 말을 잇는다. "진료기록부에 들어있는 세부적인 내용은 유출할 수 없겠지만 그가 고터도르프 병원의 환자였고, 진료기록부 문서가 존재한다는 사실은 확인 가능할까요?"

상대가 망설이는 느낌이 전해진다. "환자 번호를 알려주시겠습니까?"

엘린은 파일을 창에 띄우고 나서 번호를 불러준다. "LL87534."

"잠시만 기다려주세요. 그 환자의 진료기록부가 존재하는지 여부를 확인해보겠습니다."

저쪽 편에서 가볍게 키보드를 치는 소리가 들리더니 갑자기 숨을 헉 들이쉬는 소리가 들려온다.

뭔가 찾아낸 거야.

잠시 침묵이 흐르고 나서 상대편 여자가 결과를 알려준다. "불러주신 환자 번호와 일치하는 진료기록부가 있습니다. 다만 이유를 모르겠지만 그 진료기록부 내용이 전부 삭제되어 있네요."

64

"진료기록부 내용이 전부 삭제되었다고요?"

"네, 뭔가 착오가 있었나봅니다." 여자가 헛기침을 한다. "안타깝지만 이제 더는 도움을 줄 수 없겠네요."

딸깍 전화가 끊긴다. 여자의 마지막 목소리에서 불안감이 전해진다.

이 진료기록부에 기록된 내용이 무엇이었는지 알 수 없지만 외부에 유출되지 않도록 내용 전체를 삭제한 걸 보면 매우 중요한 정보가 들어있었다는 사실을 알 수 있다.

진료기록부에 어떤 내용이 들어있었을까? 로라는 이 진료기록부를 어떻게 입수했을까?

엘린은 손가락을 관자놀이에 대고 생각을 집중한다. 아무리 고민해봐도 결론은 하나밖에 없다. 현재 이 시점에서 시급히 알아봐야 할 내용인지 확신이 서지 않는다. 아무리 혼자 고민해봐야 소용없다는 사실을 안다. 동료들과 함께 수사하고 있다면 이야기를 나누다가 기발한 아이디어가 떠오르는 화학반응을 기대할 수도 있다. 동료들의 단순한 질문이나 의견 표출이 자신의 생각과 결합되면서 시너지를 일으켜 사건을 새로운 방향에서 바라볼 수 있게 되기도 한다. 지금 그녀가 수사에 대한 의견을 주고

받을 수 있는 상대는 베른트 경감이 유일하다. 그녀는 베른트 경감이 보내준 메일을 연다. 로라의 휴대폰 통화 내역 조회 기록이 들어 있다. 로라가 자주 통화한 사람은 지극히 한정되어 있다. 아이작, 그녀의 자매, 사촌, 친구 몇 사람이다. 로라의 실종과 연관된 상대는 없어 보인다. 로라의 통화 내역을 조회한 두 번째 페이지를 연다. 로라는 지난 몇 주 동안 똑같은 상대와 집중적으로 통화했다. 다만 상대방이 누군지 나와 있지 않다.

엘린은 수첩을 앞에 내려놓고 아델의 시신이 발견된 직후 직원과 투숙객들이 증언한 내용을 살펴본다.

혹시 중요한 내용을 놓치고 있을지도 몰라. 직원과 투숙객 가운데 아델과 로라를 살해한 범인이 있을까?

엘린은 수첩에 적어둔 증언 내용을 훑어본다. 그들의 증언은 직설적이고 명쾌해 의심스럽거나 주목할 만한 점이 없다. 그나마 기대할 수 있는 건 그녀가 지금껏 수사하면서 수립해놓은 가설뿐이다. 일단 가설을 일목요연하게 정리해둘 필요가 있겠다는 생각이 든다.

두 명의 피해자인 아델과 로라는 모두 이 호텔에서 근무하는 직원이고 나이도 비슷하다.

일단 아델과 로라의 죽음에서 공통분모를 찾아내 정리하고 나서 아델부터 추론을 시작해야 한다.

아델

친구와 가족, 전 연인과 문제없음. 현재 사귀는 남자 없음(뚜렷한 동기 없음)

로라와 절교한 걸 제외하면 호텔에서 문제없음(악셀이 둘 사이의 말다툼을 엿들었고, 펠리사가 둘 사이에 문제가 있었다고 확인해주었음)

로라

이 호텔에 온 첫날 밤 로라가 누군가와 통화하며 언쟁을 나눔(아마도 상대는 대포폰 사용자일 것)

로라의 두 번째 휴대폰 통화 내역에 집중되어있는 인물은 누구일까?

로라와 루카스의 관계. 로라가 루카스에게 보낸 편지들과 그의 사진들. 최근에 두 사람 사이의 관계가 다시 시작되었을까?

이 호텔과 관련된 부패, 뇌물 혐의를 언급하는 기자와 주고받은 이메일들

로라와 아델의 말다툼

누가 아델과 로라를 살해했을까?

아델과 로라를 살해하기 전 범인은 안정제를 주사했다. 범행 수법을 보자면 아델은 익사, 로라는 목의 절개가 사망 원인이다. 시신에 남긴 범인의 서명은 동일하다.

엘린은 볼펜을 입에 물고 잘근잘근 씹으며 자신이 정리한 내용을 들여다본다. 그녀의 시선이 자꾸만 한 단어로 돌아간다.

서명.

서명을 주목할 필요가 있다. 모든 범죄에 범인의 서명이 있는 건 아니지만 서명이 있다면 반드시 어떤 의미나 목적이 있기 마련이다. 살인자가 새긴 각인이기 때문이다. 서명은 범죄에 반드시 필요한 요소가 아니다. 서명의 목적은 범인의 감정적 혹은 심리적 욕구를 충족시키는 하나의 방편이다. 범인의 욕구는 정신에 뿌리를 두고 있고, 어쩌면 그들이 최초의 피해자에 대해 품고 있을 수도 있는 환상을 반영한다. 서명의 핵심 요소는 언제나 동일하다. 서명에는 패턴이 있다. 왜냐하면 서명은 첫 번째 살인을 저지르기 오래전부터 키워온 환상이나 욕망에 뿌리를 두고 있기 때문이다.

그렇다면 이 사건에서 범인의 서명은 무슨 이야기를 담고 있을까?

엘린은 이번 사건에서 가장 주목해야 할 네 가지 핵심 요소를 짚어본다.

전시용 유리 상자
손가락 절단(유리 상자에 넣어둠)
손가락 첫 번째 마디에 걸어놓은 팔찌
피해자가 착용하고 있던 마스크(가해자도 같은 마스크를 쓰고 있다). 마스크는 결핵 치료를 위해 과거 요양원에서 쓰였던 제품

엘린은 자신이 쓴 글을 바라보며 머릿속으로 하나씩 검토한다. 바로 그때 한 가지 생각이 머릿속에서 불쑥 떠오른다.

혹시 내가 지금껏 엉뚱한 방향에서 수사를 해온 건 아닐까?

지금껏 인간관계에만 집중한 나머지 정작 중요한 요소를 놓쳤다면?

이 사건에서는 의학적인 요소가 인간관계 이상으로 전하는 메시지가 있어 보인다.

파일의 서명, 마스크, 손가락 절단, 전시용 상자의 사용이라는 맥락을 놓고 볼 때 이 사건에서 의학적인 요소를 무시할 수 없다.

아드레날린이 솟구친다. 비로소 엘린은 자신이 지금껏 놓치고 있던 부분에 주목한다.

이 사건은 호텔과는 전혀 상관이 없다. 이 사건은 이 호텔의 과거와 깊은 연관이 있다.

요양원.

65

 엘린은 수첩을 뚫어지게 바라보느라 문이 열리고 윌이 안으로 들어온 걸 미처 알아차리지 못한다.

 윌이 다가와 그녀의 어깨에 손을 얹는다.

 "내 메시지 못 받았어?"

 "내가 답신했잖아."

 "날씨에 대해 보낸 메시지 말이야."

 "깊이 생각할 게 있어서, 미안." 엘린은 고개를 윌 쪽으로 기울이며 입을 맞춘다. "무슨 일이야?"

 "호텔 직원들과 TV를 보다가 일기예보를 봤는데 앞으로 몇 시간 동안 폭설이 더 심하게 내릴 거래. 눈사태 위험도 크고."

 엘린이 밖을 내다본다. 그야말로 눈이 사정없이 퍼붓고 있다.

 "지난번 같은 눈사태가 또 일어날까?"

 "일기예보에 따르면 그럴 가능성이 큰가봐." 윌이 몹시 불안한 기색이다. "단기간에 내린 적설량이 어마어마해." 그는 책상에 몸을 기댄다. "그나저나 아이작은 어떤 반응을 보였어?"

 "좋은 반응을 기대할 수 없는 상황이잖아. 일단 몹시 슬퍼 보였고, 처음에는 내 탓을 하다가 최선을 다해 로라를 찾아다니지 않은 자신을 질책했어."

엘린은 수첩을 다시 들여다본다. 수첩에 적힌 글이 눈앞에서 떠다닌다. 마치 모래가 들어간 듯이 눈이 까끌까끌하고 시리다.

"아이작이 어떻게 하고 있는지 당신이 한번 가봐줄래? 나보다는 당신이 가는 게 차라리 더 위로가 될 수도 있으니까."

윌이 그녀를 바라본다. "당신도 출출할 텐데 뭘 좀 먹거나 마셨어?"

"아이작에게 로라의 소식을 전해주고 나서 뭘 먹으려고 했는데 깜박했네. 수첩에 적어둔 수사 정보를 정리하다보니 먹을 시간이 없었어."

윌은 한숨을 쉬며 이마로 흘러내린 머리카락을 뒤로 넘긴다. "당신이 이 사건을 해결하기 위해 고군분투한다는 건 알아. 그렇지만 건강을 챙겨가면서 일을 해야지."

엘린이 걱정이 가득한 윌의 눈빛을 바라보며 고개를 끄덕인다.

"커피라도 한잔 마실래?" 윌의 눈빛이 단호하다. 그는 늘 적당하게 타협하는 법 없이 끈질기게 버틴다. 그가 설계한 건물이 환영받고, 상을 타는 이유다. 그는 몇 시간이고 엉덩이를 깔고 앉아 유효적절한 디자인 요소를 적재적소에 안배하는 능력이 뛰어나다.

"좋아, 고마워." 엘린이 미소 짓는다.

윌이 커피머신으로 커피를 내리며 묻는다. "수사에 뭔가 획기적인 변화가 있어?"

"로라가 주머니에 넣고 있던 USB에 저장된 내용이 뭔지 알아보았어."

"뭐가 들어 있었는데?"

"독일의 정신병원에서 유출된 진료기록부가 들어있었어. 독일의 고터도르프 병원에서 1920년대에 작성된 진료기록부를 스캔한 문서였지."

"내용이 뭔데?"

엘린은 커피가 컵에 스타카토처럼 톡톡 떨어지는 모습을 지켜본다. "내용이 모두 삭제되었어. 원래는 입원 환자의 이름, 병력, 치료 내용이 기록되어 있었는데 아무것도 남기지 않고 전부 삭제했더군."

윌이 인상을 쓰며 커피 잔을 그녀 앞에 내려놓는다. "로라가 왜 그런 문서를 가지고 있었을까?"

"그 병원에 전화해 내용을 문의해봤는데 진료기록부 원본도 내용이 삭제된 상태야. 나를 응대하던 병원 여자도 몹시 당황해하면서 전화를 끊어버리더군."

윌이 그녀와 눈빛을 교환한다. "그렇다면 우연의 일치가 아니네. 누군가 의도적으로 기록을 삭제한 게 아닐까?"

"나도 그렇게 생각해." 엘린이 커피를 한 모금 마신다.

"베른트 경감에게 진료기록부에 대해 말해주었어?"

"아직 USB 얘기를 하지 않았어." 솔직히 알릴 생각이 없었다. 그녀 자신이 이 사건을 주도하고 싶었다. "이제는 USB 얘기를 할 수 없게 되었어. 내가 아무런 상의도 없이 독일의 병원에 전화한 걸 알게 되면 베른트 경감이 몹시 화를 낼 테니까."

윌이 인상을 쓴다. "베른트 경감이 당신의 수사를 막을 거라고 생각해?"

"그럴 가능성이 농후하지. 베른트 경감은 내가 가장 초보 단계의 수사를 해주길 바랄 뿐이야." 엘린이 잠시 망설인다. "솔직히 내 수사를 베른트 경감과 일일이 협의해서 진행해야 한다고 생각하지 않아. 그럴 시간도 없고."

"진료기록부 내용을 달리 확인할 방법은 없어?"

"응, 하지만 중요한 사실을 하나 알아냈어." 엘린은 화면에 뜬 파일에서 환자 번호를 가리킨다. "그 문서에 환자 번호가 남아있어. 삭제되지 않고 남은 정보 가운데 하나야."

"환자 번호?"

"환자 번호가 아델이 살해되고 나서 발견된 전시용 상자에 들어있던 팔찌 번호 하나와 일치해."

"이 진료기록부들이 살인사건과 밀접한 관련이 있다는 뜻이야?"

엘린은 흥분한 기색을 숨기지 못한다. "이 진료기록부들이 우리에게 뭔가 이야기를 들려줄 거라 기대하고 있어. 모든 조각들을 하나로 합치면 뭔가 큰 그림이 나올 거야."

"내용이 전부 삭제됐다면서."

"중요한 건 그 진료기록부가 이번 사건과 관련이 있다는 사실을 우리가 인지하고 있고, 그 내용이 무엇인지 알고 있으면 되니까."

윌이 인상을 찌푸린다. "난 도무지 무슨 뜻인지 모르겠어."

"USB에 들어있던 문서가 진료기록부라는 사실이 중요하다는 의미야. 지금껏 나는 살인 동기를 오도하고 있었던 거야. 이 호텔 직원들과 투숙객들의 인간관계를 살피면 사건을 해결할 열쇠를 찾아낼 수 있을 거라 자신했는데 잘못된 생각이었지. 이 사건은 호텔과는 상관없어. 이 호텔의 과거와 밀접한 관련이 있는 것으로 보여."

"요양원?" 그제야 엘린의 말에 관심을 갖게 된 월이 의자를 끌고 가까이 다가온다.

"살인이 일어난 장소와 그 장소에 있던 소품들을 생각해봐. 마스크, 전시용 유리 상자, 팔찌……. 살인자는 우리의 관심을 과거로 유도하고 있어." 엘린이 다시 화면을 가리킨다. "이 호텔이 의료시설이었던 과거, 즉 요양원이었던 시절로. 과거로 거슬러 올라가는 진료기록부도 동일한 맥락으로 볼 수 있잖아. 과거와 연결된 소품과 문서들이 이 사건과 깊이 연결되어있는 것으로 보여."

월이 조심스럽게 말한다. "말이 되네. 이제부터 어떻게 할 생각이야?"

"일단 이 호텔에 남아 있는 사람들의 알리바이를 일일이 확인해봐야 해. 보안카메라는 고장 나서 작동이 안 되니까."

"다들 알리바이를 증명하면 그다음에는 어떻게 할 셈이야?"

엘린이 커피를 한 모금 마시고 나서 말한다. "로라가 이 진료기록부를 찾아낸 곳이 어디일까? 아마도 과거 요양원 시절의 자료들을 모아둔 기록 보관실이겠지. 이 호텔에서 과거와 밀접한 관련이 있는 유일한 장소야. 만약 이 사건이 요양원과 관련 있다면 기록 보관실을 조사해볼 필요가 있어."

66

 엘린이 기록 보관실에 도착해보니 먼저 도착한 세실이 문 앞에서 기다리고 있다. 세실의 표정을 보니 긴장한 기색이 역력하고, 눈 아래 다크서클이 마치 멍이라도 든 것처럼 짙푸르다. 그녀는 여전히 유니폼 차림이다. 호텔이 어려운 상황 속에서도 지배인으로서 최선을 다하고 있다는 인상을 심어주고 싶은 심정은 이해하지만 어색하고 형식적인 느낌이 강하게 들어 역효과일 것 같다. 삐딱하게 달린 이름표가 오히려 호텔의 현재 상황을 집약해서 설명해주는 느낌이 든다.

 "제가 기록 보관실을 조사했으면 합니다."

 세실이 살짝 고개를 끄덕인다. "수사에 도움이 된다면 당연히 조사해봐야죠."

 엘린은 호텔에 남아 있는 투숙객과 직원들을 대상으로 어젯밤과 오늘 아침 알리바이를 물었다. 다들 알리바이를 증명했지만 증명할 방법이 없는 사람도 더러 있었다. 가령 방에 혼자 있었다고 하면 그 말이 사실인지 아닌지 증명할 방법이 없었다.

 엘린은 앞이 전혀 보이지 않는 상황이다. 함께 수사할 팀원도 없고, 하필이면 보안카메라도 고장이고, 알리바이를 꼼꼼하게 확인할 방법도 없다.

세실이 기록 보관실 문에 스마트키를 대자 딸깍 소리가 나며 문이 열린다. 엘린은 세실을 따라 안으로 들어간다. 오래된 문서와 오랜 시간 쌓인 먼지 탓인지 매캐하고 퀴퀴한 냄새가 난다. 그곳에 모아둔 문서와 잡동사니들이 어마어마하게 많다. 상자들이 일정한 규칙에 따라 일목요연하게 분류되어 있지도 않다. 문서와 자료들은 엉망진창인 상태로 쌓여있고, 낡은 마이크로피시 기계, 서류들이 빽빽이 들어찬 캐비닛이 벽에 붙어 있다.

엘린은 기록 보관실을 둘러보는 동안 머리가 혼란스럽긴 마찬가지지만 처음 봤을 때와 전체적인 모습이 조금 달라졌다는 인상을 지울 수 없다.

세실이 그녀의 표정을 살피며 묻는다. "뭔가 이상한 점이라도 발견했어요?"

"혹시 최근에 기록 보관실에 들어왔던 사람이 있나요?"

"최근에는 없어요."

"로라가 말하길 이 기록 보관실도 호텔의 일부로 활용하실 계획이 있었다고 하던데요."

"원래는 과거 요양원 시절의 역사를 한눈에 들여다볼 수 있는 전시실로 활용할 계획이었어요. 로라가 기록보관 전문 직원을 채용해 기록 보관실의 물품을 체계적으로 분류하기 시작하다가 포기했어요. 프로젝트 자체가 취소되었거든요."

"취소된 이유가 뭐죠?"

세실은 어떻게 대답할지 몰라 잠시 머뭇거린다. "루카스는 이 건물의 과거사를 정리한 기록 보관실이 호텔 영업에 도움이 될지 자신할 수 없어 계속 망설이다가 결국 계획 자체를 포기하기로 결정했어요. 호텔 투숙객들이 과거 요양원의 생생한 역사를 굳이 보고 싶어 하지 않을 거라 판단한 거죠."

"생생한 역사라면?"

"과거의 요양원이라고 하면 기본적으로 결핵 치료를 병행할 수밖에 없었어요. 사람들은 요양원 환자들이 테라스 의자에 앉아 아름다운 경치를 감상하고, 신선한 공기를 맘껏 흡입하면서 편안하게 치료를 받았을 거라고 상상하기 쉽죠. 하지만 그런 치료는 전체 치료 과정의 일부에 불과했어요."

"로라가 말하길 여기에 요양원이 생긴 건 자연경관이 빼어나고 공기가 좋아 결핵환자들이 머물기에 최적의 장소였기 때문이라고 하던데요."

세실이 씁쓸한 미소를 짓는다. "물론 장점만 얘기하자면 그렇지만 이 요양원에서는 결핵환자들의 기흉 치료가 이루어졌어요. 결핵환자들의 가슴막에 공기를 주입하거나 가슴막 일부를 제거해 영구적으로 쪼그라들게 하는 치료법이었죠. 어떤 치료법은 대단히 야만적이었나봐요. 폐 조직을 쪼그라들게 하려고 망치를 사용해 가슴막을 때리기도 했다니까 어느 정도인지 짐작할 수 있을 거예요."

엘린은 머릿속에 끔찍한 치료 장면이 떠오른다. 의료기술이 한참이나 뒤떨어졌던 시절의 생생한 이미지.

"기흉 치료를 받은 환자들이 그리 많지는 않았대요." 세실의 목소리는 감정이 절제되어 있다. "기흉 치료가 늘 성공적으로 마무리되지는 않았겠죠. 이 요양원에서도 수많은 결핵환자들이 사망한 사실만 봐도 알 수 있잖아요. 루카스는 그런 우울한 역사를 굳이 투숙객들에게 알려 기분을 우울하게 만들 필요가 없다고 생각했죠."

"지배인님도 그렇게 생각하세요?" 엘린은 그녀가 들려준 끔찍한 내용보다는 방식이 마음에 들지 않는다.

세실의 입에서 나온 얘기는 그녀 자신보다는 하나같이 루카스로 귀결된다.

"나도 루카스의 의견에 동의해요. 투숙객들은 예전에 요양원이었던 호텔에 머무르면서 SNS에 올릴 사진 찍기를 바라겠죠. 그런 사람들이 오래전 취약했던 의료 시스템과 야만적인 치료법에 관심을 보일 리 없잖아요." 세실이 어깨를 으쓱한다. "그 부분에 있어서는 루카스의 생각이 그르다고 생각지 않아요."

"그 프로젝트를 최종적으로 반대한 사람이 루카스였나요?"

"네." 엘린은 세실의 표정이 무엇을 말하는지 제대로 읽을 수 없다.

"이 호텔에서는 무엇이든 루카스가 결정하면 그대로 진행되나 봐요?"

어찌 보면 바보 같은 질문이다. 루카스는 이 호텔의 소유주다. 당연히 그가 결정을 내리면 그대로 진행된다고 봐야 한다.

세실이 눈을 가늘게 뜨고 날카로운 눈빛으로 엘린을 바라본다. "무슨 뜻이죠?"

엘린은 조금이라도 궁금한 게 있으면 거침없이 물어보아야 할 때라고 생각한다.

우물쭈물할 시간이 없어.

"펜트하우스 계단을 내려가다가 본의 아니게 두 분이 나누는 대화를 들었어요. 당신은 뭔가를 누군가에게 말해야 한다고 루카스를 강하게 설득하고 있었죠." 엘린은 자신이 너무 직설적으로 밀어붙이는 것 같아 잠시 머뭇거린다. "루카스는 당신의 의견을 수용하기 불편해하는 것 같았고요."

세실은 잠시 침묵을 지키다 말문을 연다. "산에서 발견된 시신 이야기였어요. 다니엘 르메트르의 시신."

67

"루카스의 친구 중에 루잔대 법의학 센터에서 일하는 사람이 있어요. 다니엘의 유해를 그곳으로 보내 부검했죠. 그 법의학자의 말에 따르면 최근 발생한 두 건의 살인과 다니엘의 죽음은 유사점이 있어 보인다고 하더군요."

세실이 발로 매트를 툭툭 치자 작은 먼지구름이 피어오른다.

엘린이 먼지가 가라앉은 바닥을 내려다본다. 머릿속에서 뭔가 잡힐 듯했다가 끝내 잡히지 않는다.

또 시작이야.

어떤 생각의 흐릿한 윤곽이 보이지만 움켜쥐려고 하면 달아난다.

"다니엘의 시신은 일부 토막 나 있었어요." 세실의 표정이 어둡다. "아델과 로라에 비해 시신의 훼손 상태가 좀 더 심했고, 오랜 시간 눈에 묻혀 있어서 그나마 부패가 더디게 진행되었다고 하더군요. 법의학 센터 전문가들은 다니엘이 살해된 시간을 특정하려면 좀 더 시간이 필요하다고 했어요. 다만 살해된 시점이 제법 오래된 건 분명하고요."

엘린은 깊은 생각에 빠져 아무런 대꾸도 하지 않는다. 과거에 발생한 다니엘 르메트르 사건을 최근에 발생한 아델과 로라 사건과 연결해 비교해보는 건 사건의 성격상 가치가 있다. 다니엘은 몇 해 전 실종되었을 당시 살해되었을 가능성이 크다.

엘린과 세실의 눈이 허공에서 마주친다.

"루카스는 왜 다니엘의 시신이 발견된 사실을 잘 알면서도 모른다고 부인했죠?"

"다니엘의 시신이 발견된 사실이 공개되면 호텔 영업에 부정적인 영향을 미칠까봐 우려한 거예요. 하지만 영원한 비밀이 있을 수 없잖아요. 어차피 공개될 수밖에 없는 일이었고, 잠시 사람들을 속여 봐야 나중에 더 큰 비난 여론이 부메랑이 되어 돌아올 텐데 왜 그런 선택을 하는지 나로서는 이해하기 힘들었어요. 사람들을 영원히 속이는 건 불가능하잖아요." 세실의 목소리에 잔뜩 불만이 배어 있다. "루카스는 선을 넘었어요."

"루카스는 여전히 다니엘 사건을 숨기려고 하나요?"

"루카스에게는 재앙으로 받아들여질 사건일 테니까. 이 건물을 호텔로 재건축하는 건 루카스의 오랜 꿈이었어요. 루카스는 어린 시절에 병치레가 잦았고, 병원을 자주 들락거리다보니 그런 몽상가적인 기질과 외골수의 추진력을 갖게 되었죠."

"루카스는 심장질환을 앓았나요?"

"네, 심장 수술을 여러 번 받았고, 합병증 때문에 오래도록 고생했어요. 병마와 싸우느라 시간을 모두 써버린 어린 시절이었죠. 학교로 돌아가서도 한동안 적응하기 힘들었고요."

"아이들에게 괴롭힘을 당했나요?"

"몸이 유난히 허약해 아이들이 만만하게 본 거죠." 세실의 어조가 쓸쓸하다. "루카스를 괴롭히는 아이들과 동정하는 아이들이 각각 절반씩 되었을 거예요."

"루카스는 어린 시절의 트라우마를 모두 극복했나요?"

"루카스가 대놓고 말한 적은 없지만 여기에 호텔을 연 이유는 세상을 깜짝 놀라게 하고 싶은 욕망 때문이었다고 봐요. 보통 사람이라면 도저히 상상하기 힘든 계획이었죠. 모두들 불가능하다고 말했는데 루카스는 결국 해냈어요." 세실이 어깨를 으쓱한다. "이 호텔은 루카스의 삶과 같은 곳이죠. 아무도 루카스가 지금처럼 되리라 상상하지 못했듯이 여기에 이런 고급 호텔이 들어설 줄 어느 누구도 예상하지 못했다는 점에서요."

엘린이 고개를 끄덕인다. "아이작도 항상 최고가 되고 싶다는 욕구가 있었죠. 정상에 서고 싶은 욕구." 그녀가 인상을 쓴다. "그런 성취욕은 불안한 심리에 뿌리를 두고 있는 경우가 많아요."

"누구나 자신의 존재를 증명하고 싶은 욕망이 있죠." 세실의 입가에 미소가 어린다. "남자들은 대부분 자신의 업적과 성과를 기리는 기념비를 만들고 싶어 하더군요. 내 전남편도 그랬어요. 그 사람은 재혼해서 호주로 이주했는데 황무지에 집을 지었어요." 세실은 몸을 뱅그르르 돌리며 주변을 가리킨다. "루카스의 기념비는 그가 병을 앓느라 아무것도 이루지 못하고 허약한 사람이 될 거라 예상했던 사람들에게 존재감을 과시할 수 있도록 거대하고 아름다운 기념비적인 호텔이었어요."

엘린은 문득 계단에서 본 그들 남매의 모습이 떠오른다. 그녀는 이제 루카스가 좀 전과는 다른 시각으로 보인다. 이전보다는 호감이 더해진 편이다. 루카스에 대해 말하는 세실의 태도에서 자꾸만 뭔가 걸린다. 그녀가 아이작에 대한 감정을 시험할 때도 그런 느낌이었다. 그들을 보호해주는 동시에 변명거리를 찾아주고, 변명의 여지가 없을 때 그들이 저지른 행위를 정당화시킬 수 있는 해답을 찾아주는 감정이 그럴 것이다.

세실이 주위를 다시 한번 둘러본다. "루카스의 입장에서 보자면 다니엘 건이 세상에 널리 알려지면 호텔 사업이 실패로 돌아갈 수도 있다고 생각하겠죠."

엘린은 그 말에 일리가 있다고 생각하면서도 여전히 이해가 안 되는 부분이 있다. 설령 호텔을 지키고 싶다고 해도 누군가와 아는 것을 공유하고 싶다 생각을 하는 게 사람이니까.

표면적으로 내세운 변명거리 외에 좀 더 복잡한 이유가 있을지도 몰라.

"일전에 루카스와 다니엘이 가까운 사이였다고 했잖아요."

세실이 대답할 말이 궁색한지 헛기침한다. "루카스를 만나 그 문제를 직접 물어보는 게 좋겠네요."

"아, 그럴까요? 그게 좋겠네요."

엘린은 대화의 문을 다시 열어보려고 시도한다. 세실은 그동안 솔직하고 호의적이었는데 루카스와 다니엘의 친소 관계에 대해 묻자 대답을 회피하고 있다.

바로 이 부분에 뭔가 있어.

"루카스가 호텔 사업에 뛰어들었을 때도 다니엘과 사이가 좋았나요?"

세실이 눈에 띄게 당황하면서 얼굴을 붉힌다. "아뇨, 그 당시 두 사람은 사이가 좋았다고 말할 수 없어요. 몇 년 동안 전적으로 사무적인 관계를 유지했죠. 다니엘의 회사가 루카스의 호텔 몇몇 프로젝트를 맡고 있었거든요."

"일전에는 두 사람 사이가 매우 가까웠다고 했잖아요?"

"어릴 때는 둘도 없이 친했는데 루카스가 아프기 시작하면서 변했어요. 그 대신 다니엘은 우리 아버지와 가깝게 지냈죠. 다니엘은 스키에 재능이 있었고, 우리 부모님은 그가 스키대회에 출전하면 꼭 응원하러 갔어요. 루카스는 부모님의 그런 모습을 보고 감동해 스키 실력을 키우려고 무척이나 애썼죠. 은연중 두 사람 사이에 그런 경쟁 심리가 작동하다보니 나이가 들면서 점점 소원한 관계가 되었어요."

"그런 와중에도 호텔 개축 공사를 시작했을 때 서로 협력해서 일한 걸 보면 두 사람 사이의 우정은 나름 견실했다는 생각이 들기도 하네요."

"둘이 서로 협력했던 건 사실이지만 나중에는 둘 다 후회했어요."

"무슨 뜻이죠?"

"다니엘이 사라지기 직전 몇 달 동안 루카스와 몇 차례 언쟁을 벌였거든요. 두 사람 다 호텔 사업 때문에 받아야 하는 중압감이 어마어마했던 때였죠. 호텔 개발을 두고 쏟아지는 비난 여론이 굉장했거든요." 세실이 누군가에게 꼬집힌 것 같은 표정을 짓는다. "다니엘이 실종되기 이틀 전에도 두 사람은 대판 싸웠어요."

"무슨 이유로요?"

"이유는 몰라요. 루카스가 왜 싸웠는지 말해주지 않았으니까."

엘린은 방금 들은 말에 대해 곰곰이 생각해본다. 근거는 미약하지만 루카스는 다니엘이 죽기를 바랄 정도로 미워하는 감정을 품고 있었던 것으로 보인다.

세실이 주제를 바꾼다. "그나저나 기록 보관실에서 무얼 찾아보려고 하는 거예요?"

그때 문을 요란하게 두드리는 소리가 들려온다.

세실이 문을 연다. 이십 대 후반 여성이 문 앞에 서 있다. 유니폼 차림이고, 느슨하게 틀어 올린 머리에서 머리카락 몇 가닥이 이마로 흘러 내려와 있다. 그녀는 가쁘게 숨을 몰아쉰다.

"죄송해요." 그녀가 말문을 연다. 강한 프랑스어 억양이 느껴진다. "방해하고 싶지 않지만……." 그녀의 입술이 떨린다.

"새라, 괜찮으니까 어서 말해봐." 세실이 그녀의 팔을 살며시 어루만진다.

엘린은 극도의 두려움에 휩싸인 새라의 표정을 보는 순간 심장이 덜컥 내려앉는다.

또다시 사건이 터진 거야.

"마고가 사라졌어요." 겨우 그렇게 말한 새라는 울음을 터뜨린다. 목에서부터 새어 나오는 흐느낌에 그녀의 가슴이 오르락내리락한다. "지난밤부터 마고가 보이지 않아요."

68

"마고가 사라졌다고?"

세실의 질문에 새라가 흐느끼는 와중에도 고개를 끄덕인다.

"마고가 가 있을 만한 곳은 다 찾아봤는데 보이지 않아요." 새라는 양손을 맞잡고 안절부절못한다.

세실은 무거운 숨을 쉬고 나서 복도로 나간다. 그녀는 몹시 걱정스러운 상황이지만 최대한 냉정을 유지하려 애쓰고 있다.

"새라, 어젯밤부터 지금 이 시간까지 어떤 일이 있었는지 다 털어놔봐요."

새라는 울음을 멈추려고 애쓰며 이야기를 털어놓기 시작한다. "아시다시피 마고와 저는 같은 방을 써요. 오늘 아침에 잠에서 깨어나 보니 마고가 보이지 않았어요. 그 순간 불길한 예감이 들었지만 공연히 호들갑을 떨어서는 안 된다고 생각하면서 일단 마고를 찾아봐야겠다고 생각했어요. 마고가 나보다 먼저 일어나 밖으로 나갔을 수도 있으니까요." 새라가 잠시 말을 멈추고 딸꾹질하고 나서 숨을 크게 들이쉰다. "그때 우리 방에서 마고가 쓰는 침대 쪽을 힐끔 쳐다봤는데 마치 몸싸움이라도 한 듯이 침대가 심하게 어지럽혀져 있었어요."

"혹시 마고를 본 사람이 있는지 알아봤어요?"

"오전 내내 사람들에게 혹시 마고를 본 적이 있는지 묻고 다녔어요. 마고를 보았다는 사람이 아무도 없더군요. 호텔에 남아 있는 사람이 그리 많지 않잖아요. 그러니까 마고가 호텔 내부에 남아 있다면 누군가의 눈에 띄었을 거예요."

세실이 묻는다. "마고의 휴대폰으로 전화해봤어요?"

"물론 해봤지만 받지 않았어요."

"호텔 직원들이 복도를 지키고 있는데 마고가 감쪽같이 사라졌다는 거예요?" 세실이 황당하다는 듯이 말한다. "아무리 조심한다고 해도 복도를 지키는 직원들 눈을 피해 객실을 드나드는 건 불가능할 텐데요."

새라의 눈빛이 어두워진다. "저도 그렇게 생각하지만 마고는 분명 사라졌어요." 새라의 목소리는 어느새 공포에 젖어 새된 소리가 난다. "제가 구석구석 다 돌며 찾아봤거든요."

엘린은 가만히 서서 새라의 말에 귀를 기울인다.

마고도 당한 거야, 틀림없어.

엘린은 이 상황이 영 마음에 들지 않는다. 로라가 당한 지 얼마 되지 않아 또 이런 일이 벌어졌다. 점점 광기 어린 연쇄살인으로 번져간다. 더는 통제하기 힘들 만큼 공포가 가중되고 있다.

엘린 역시 공포를 느끼며 새라를 바라본다. "두 사람이 사용하는 방을 볼 수 있게 해줘요. 지금 당장."

새라의 방과 엘린의 방 사이에 방 세 개가 더 있다. 방의 구조는 똑같은데 침대가 트윈베드다.

새라가 문에서 가까운 침대를 가리킨다. "이 침대를 마고가 써요."

엘린이 그녀의 시선을 따라가다가 세실과 눈빛을 교환한다.

새라의 말대로 몸싸움을 한 흔적이 남아 있다. 상아색 시트가 뭉쳐진 상태로 침대에서 벗겨져 있고, 유리컵이 바닥에 나뒹굴고 있다. 유리컵에서 쏟아진 물이 바닥을 적시고 있고, 그 옆으로 책이 한 권 나뒹군다. 책등을 보니 대출한 포켓북이다.

마고가 침대에 있다가 끌려 나간 것 같아.

"다 제 탓이에요." 새라가 손을 입술로 가져가 가장자리의 건조한 피부를 잡아당긴다. "저는 수면장애가 있어 수면제를 먹고 안대를 쓰고 귀마개까지 착용해야 잠을 잘 수 있거든요. 만약 다른 사람이었다면 마고가 몸싸움하는 소리를 들었을 텐데 저는 전혀 듣지 못했어요."

"당신 잘못이 아니에요." 엘린은 그렇게 대꾸하며 눈으로는 방 안을 구석구석 둘러본다. 마고의 침대에서 50센티미터쯤 떨어진 곳에 구겨진 책갈피가 떨어져 있고, 숄더백이 바닥에서 뒹굴고 있다.

새라가 울어서 퉁퉁 부은 눈을 비빈다. "아델을 살해한 사람이 마고도 데려간 거예요, 그렇죠?"

엘린이 감정을 배제하고 말한다. "아직은 정확한 판단을 내릴 수 없어요."

엘린이 듣기에도 그 말은 설득력 없이 공허하다. 엘린은 눈앞에서 벌어진 광경을 둘러보면서 무슨 일이 벌어졌는지 확신한다.

범인은 한밤중에 마고를 끌고 갔고, 로라를 납치하기 전일 수도, 후일 수도 있다. 어느 쪽이든 상황은 매우 심각하다.

새라가 여전히 눈물을 쏟으며 어깨를 들썩인다.

"새라, 힘들겠지만 이제부터 잠자리에 들기 전 룸메이트의 행적을 꼭 확인하길 바라요."

새라가 심호흡을 하고 나서 말한다. "우리는 식당에서 한자리에 모여 저녁식사를 하고 나서 잠시 수다를 떨었어요." 그녀가 희미하게 미소 짓는다. "식사시간에는 늘 그래요. 이야기도 하고. 술도 한잔하고. 아무도 곧장 방으로 가려고 하지 않아요."

엘린이 다음 말을 재촉한다. "그 다음에는 어떻게 했어요?"

"마고와 함께 위층 우리 방으로 왔어요. 저는 넷플릭스를 보았고, 마고는 책을 읽었어요." 새라의 말이 점점 빨라진다. 말을 알아들으려면 생각을 집중해야 할 정도다.

"11시 반 경에 자려고 불을 껐죠."

"잠에서 깨어나 보니 좀 전에 말한 상황이던가요?"

새라가 고개를 끄덕인다. "이 방에서 아무것도 만지지 않고, 얼른 옷을 입고 곧장 아래층으로 내려가 마고를 찾아다녔어요."

"그때가 몇 시쯤이었어요?"

"10시가 다 되어가고 있었어요. 늦잠을 잤거든요."

엘린이 머릿속으로 들은 내용을 정리한다. 10시. 그렇다면 마고는 펜트하우스에서 로라가 당하고 난 이후 납치되었을 수도 있다. 그 시간에는 사람들이 활발하게 돌아다닌다는 사실을 고려하면 가능성이 희박하긴 해도 전혀 불가능한 일은 아니다.

어쨌든 마고가 한밤중에 납치되었다는 가설이 훨씬 더 신빙성이 있다. 다만 직원들이 밤새 객실 밖 복도에서 경비를 서는 시간이라는 점을 고려해야 한다.

범인은 어떻게 경비를 서는 직원들의 눈을 피해 마고를 납치할 수 있었을까?

엘린은 문을 열고 복도에 서 있는 직원에게 다가간다. 얼굴은 젖살이 빠지지 않아 통통하고, 콧잔등과 두 볼에 엷게 얽은 자국이 있다.

젊은 직원이 묻는다. "무슨 일 있어요?"

그는 아무것도 모르는 척하지만 새라의 방으로 향해 있는 불안한 시선은 다른 사실을 말해준다.

이 청년은 간밤에 무슨 일이 일어났는지 다 알고 있어. 그래서 겁에 질려 있는 거야.

"지난밤부터 여기에 있었어요?"

"네, 그랬죠." 그가 혀끝으로 입술을 축인다. "11시 직후에 왔는데, 그 이후 이 복도를 지나간 사람은 전혀 없었습니다."

"혹시 이상한 소리를 듣지 못했어요?"

"전혀요. 투숙객이나 직원들이 각자 자기 방으로 들어가는 소리를 들었을 뿐입니다."

엘린은 검지로 손바닥을 누르고 생각에 집중한다.

범인은 어떻게 복도를 지키는 직원들의 눈에 띄지 않고 마고의 방으로 들어갈 수 있었을까?

엘린은 그에게 고맙다고 인사하고 나서 새라의 방으로 되돌아가 그곳을 다시 둘러본다.

내가 혹시 빠뜨리고 지나친 게 있을까?

엘린의 시선이 프렌치도어로 향한다. 조심스럽게 프렌치도어로 다가간 그녀는 문 바로 앞에 멈춰 서서 고개를 옆으로 기울여 바닥을 유심히 관찰한다. 그녀의 심장이 빠르게 뛰기 시작한다.

살짝 뭉개지긴 했지만 발자국이 희미하게 남아 있다. 축축한 밑창이 마르면서 남은 발자국이다.

엘린은 프렌치도어의 틀을 살펴본다. 나무로 된 틀에도 작은 자국들이 남아 있다. 침입자는 분명 쇠막대로 창문을 열었다.

엘린은 분노가 치밀어 오른다. 사람들을 안전하게 지키려고 취한 조치가 오히려 살인자가 훨씬 더 수월하게 돌아다닐 수 있게 만들었다. 사람들을 아래층으로 옮기게 하는 바람에 범인이 위로 올라가 도망치기가 더 수월하게 되었다는 뜻이다.

세실이 방의 맞은편에서 묻는다. "뭘 좀 찾았어요?"

엘린이 짧게 고개를 끄덕인다. "범인이 이 프렌치도어를 통해 침입한 것 같아요."

프렌치도어를 열자 얼음장 같은 바람이 쏟아져 들어온다. 휘파람 같은 바람 소리와 함께 거센 눈발이 안으로 날아든다.

눈에 보이는 건 모두 하얗다. 저 멀리 보이는 나무들도 눈으로 하얗게 표백되었다.

엘린은 테라스를 훑어보다가 누군가 눈에 남긴 흔적을 찾아낸다. 테라스에 쌓인 눈은 단단하게 뭉쳐져 있기도 하고, 불룩 튀어나와 있기도 하고, 대체로 표면이 고르지 않다. 이제 막 내린 눈이 테라스에 남은 흔적을 덮기 시작했어도 여전히 단단하게 굳어있는 바닥을 식별할 수 있다. 바닥에 남은 흔적이 정확하게 뭔지 알아보기 힘들다. 발자국은 아니다. 좀 더 크고 폭이 넓다.

엘린은 테라스에 남은 흐릿한 윤곽을 살펴보면서 전체적인 형체에 집중한다.

뭔가 크고 무거운 것에 눌린 자국이다. 사람의 몸을 끌고 간

자국 같다.

범인이 마고를 끌고 갔어.

마고를 질질 끌고 갔다면 그녀에게도 신경안정제를 투여했다는 뜻이다.

엘린은 문득 한 가지 사실을 깨닫는다.

범인에게는 시간적 여유가 없었어.

범인이 마고를 노렸다면 신속한 행동이 필요했다. 지난 두 건의 살인사건에 비춰보자면 범인의 행위는 더욱 무자비해질 가능성이 농후하다. 범인은 감시의 눈을 벗어나자면 더욱 신속하게 움직여야 할 것이다.

엘린은 깊이 심호흡을 하고 나서 세실과 새라를 번갈아 쳐다본다. 엘린이 미처 무슨 말을 하기도 전에 새라가 고개를 가로젓더니 목이 졸린 것 같은 소리를 내뱉는다.

"아델을 살해한 범인이 마고를 데려간 거죠?" 새라가 양손에 얼굴을 파묻더니 어깨를 들썩이며 울음을 터뜨린다.

세실이 그녀를 안아 달래준다. "라운지에 내려가서 잠시 앉아 있어요. 충격이 심할 테니까." 세실이 엘린을 보며 입 모양으로 말한다. "괜찮죠?"

엘린의 시선은 이미 쏟아지는 눈과 테라스의 눌린 자국으로 되돌아가 있다.

테라스로 빠져나갔다면 흔적은 여기서 끝나지 않을 거야.

하지만 너무나 쉬운 이 가설이 왠지 마음에 들지 않는다.

범인이 이런 흔적을 남길 정도로 허술할 리 없다.

범인은 왜 추적당할 수도 있는 흔적을 남겼을까? 너무 마음이 급해서 이것저것 따져볼 겨를이 없었을까?

범인에게 선택의 여지가 없었다면?

범인이 펜트하우스에서 그랬듯이 신속하게 표적을 해치웠어야 했을지도 모른다. 범인은 원래 마고를 복도로 데리고 나갈 계획이었지만 직원들이 지키고 있어 갑자기 계획을 튼 건 아닐까?

범인이 점점 집중력을 잃어간다고 볼 수도 있다. 어느 쪽이든 마고가 어디로 끌려갔는지 유추해볼 수 있는 실마리를 찾았다.

69

엘린은 방으로 돌아가 방한복을 입는다. 방한복 지퍼를 올리려는데 손가락이 제대로 말을 듣지 않는다.

혼자 밖으로 수색하러 나가기 전에 베른트 경감에게 먼저 알리는 게 순서 아닐까?

베른트 경감과 의견을 조율하다보면 시간이 많이 지체될 수도 있고, 마고를 찾아 나서지 말라는 말을 들을 수도 있다. 그에게 연락하지 않으면 적어도 지시를 따르지 않았다는 비난을 받지 않아도 된다. 엘린은 장갑을 끼고 루카스가 준비해준 비닐봉투 몇 장을 챙긴 후 프렌치도어를 열고 테라스로 나간다. 부츠가 두껍게 쌓인 눈에 푹푹 빠지고, 차가운 강풍이 그녀의 얼굴을 머리카락으로 뒤덮는다.

엘린은 머리카락을 귀 뒤로 쓸어 넘기고 앞에 있는 유리 난간을 살펴본다.

내가 유리 난간을 뛰어넘을 수 있을까?

그리 높지는 않지만 수월할 것 같지 않다. 엘린은 한쪽 다리를 들어 올리고 난간을 넘어가려고 시도하다가 이러지도 저러지도 못하고 엉거주춤한 자세가 된다. 왼쪽 다리는 난간에 걸쳐져 있고, 오른쪽 다리는 테라스에 그대로 남아 있다.

엘린은 재차 시도한 끝에 겨우 난간을 넘는다.

범인은 마고를 어떻게 난간 위로 넘길 수 있었을까? 안정제를 주사해 몸이 늘어지면 몹시 무거웠을 텐데.

난간을 넘어간 엘린은 숨을 길게 토해낸다. 바람이 불자 하얀 입김이 흔적도 없이 사라지는 모습을 보며 그녀는 범인이 신체적으로 매우 강인한 사람이라는 생각이 든다. 마고의 몸을 수월하게 번쩍 들어 올릴 만큼.

폭설은 쉬지도 않고 쏟아진다. 눈앞에 하얀 눈 말고는 아무것도 보이지 않는다. 순백의 세상에서 눈에 들어오는 것이라고는 눈 덮인 나무들의 윤곽과 〈르 소메〉 호텔의 기하학적 형태의 표지판뿐이다.

눈 폭풍은 점점 악화일로로 치닫는다. 엘린은 앞으로 발을 내딛었다가 낮게 우르릉거리는 소리가 들려와 잠시 걸음을 멈춘다. 뒤이어 귀를 강타하는 천둥소리가 공기를 찢어발긴다.

그 순간 아까 윌에게 들었던 이야기가 떠오른다.

눈사태.

눈사태는 눈으로 보기 전에 소리가 먼저 전달된다. 산에서 눈과 얼음이 쏟아져 내릴 때 엄청난 힘이 발산되고, 공기가 어마어마한 힘에 압축되면서 휘파람 소리가 난다. 지금 어디선가 휘파람 소리가 들린다. 그녀의 몸을 가르고 지나갈 것 같은 날카로운 소리.

엘린은 엄청난 공포에 사로잡힌 채 호텔로 발길을 돌린다. 눈사태가 일어나는 쪽으로 가고 있는지 아니면 거기서 멀어지고 있는지 분간할 수 없을 지경이다.

다음 순간 엘린은 자신의 판단이 옳았다는 사실을 깨닫는다.

눈사태가 간발의 차이로 나를 비켜갔나봐. 나는 여전히 제대로 서 있어.

그렇게 생각한 것도 잠시 엄청난 충격이 그녀를 집어삼킨다. 어마아마하게 큰 눈 더미가 낙하하는 힘에 허공으로 튀어나간 눈 조각들이 그녀를 향해 쏟아진다.

작고 하얀 눈 조각이 얼굴을 강타한다. 정신없이 쏟아지는 눈 조각에 얼굴이 얼얼할 정도이다. 엘린은 눈을 깜박여보지만 앞이 보이지 않는다. 그녀의 눈에 보이는 거라고는 온통 눈뿐이다. 주위가 잠잠해지고, 눈사태가 어디에서 일어났는지 알려면 잠시 시간이 필요하다.

엘린은 미친 듯이 뛰는 가슴을 안고 불길한 소리가 다시 울리길 기다린다. 어쩌면 우르릉거리는 소리가 훨씬 더 가까운 곳에서 들릴지도 모른다. 한참을 기다렸는데 아무 일도 일어나지 않는다. 공중에 떠 있다가 추락하는 눈의 입자들이 만들어낸 눈구름만이 보일 뿐이다. 엘린은 여전히 흥분이 가시지 않아 숨을 천천히 고른다. 아드레날린이 온몸에서 활활 타오른다.

잠시 후 눈발이 가라앉으며 시야가 확보된다. 엘린은 눈사태의 경로를 파악해본다. 그녀의 오른쪽으로 눈사태 흔적이 보인다. 그녀가 있는 곳에서 고작 백 미터가량 떨어진 지점이다. 지난 며칠 동안 대지 위의 모든 걸 뒤덮는 원시적 풍경을 자아냈던 눈의 평원이 어디론가 사라지고 없다. 눈의 평원이 사라진 바로 그 자리에 3미터가 넘을 정도로 삐죽삐죽한 눈 더미가 켜켜이 쌓여있다.

엘린은 먼 거리에서도 눈 더미가 천둥처럼 산을 쓸고 내려오면서 무엇을 차례로 집어삼켰는지 분명하게 보인다. 바위와 나무,

눈 더미에서 불쑥 튀어나와 있던 나무 둥치가 눈사태 이후 모두 사라졌다.

고개를 비스듬히 틀어 위를 보니 파괴의 실상이 한눈에 들어온다. 마치 눈사태가 산의 전면을 모두 쓸어내리며 중간에 장해물이 되는 모든 나무와 동식물들을 눈 속에 묻어버린 것 같다. 자연이 이토록 흉포할 수 있다는 사실이 직접 눈으로 보고도 믿기지 않는다.

엘린은 눈사태가 혹시 범인이 남겼을지도 모르는 흔적을 모두 덮어버렸을까봐 우려하면서 앞을 바라본다. 그녀는 어떤 선택을 해야 할지 가늠해본다. 제정신이라면 즉시 호텔로 발길을 돌려야겠지만 지금 포기하면 범인이 남긴 흔적을 추적할 수 있는 기회를 영원히 놓치게 된다. 일기예보에 따르면 앞으로 눈이 더 내리기로 되어 있는 만큼 범인이 남긴 흔적은 눈에 모두 파묻혀버릴 것이다.

새로운 눈사태가 발생하면서 경찰 투입 시점은 또 늦어지게 되었다. 엘린은 현장 상황을 통제해야 할 책임이 있다. 하지만 마고를 찾으려면 당장 범인이 남긴 흔적을 찾아나서야 한다. 한 걸음씩 발을 앞으로 내디딜 때마다 강풍이 몰아쳐 허공에 떠도는 눈발을 모두 낚아챈다.

엘린은 목도리를 둘둘 말아 입과 코를 가린 후 새라와 마고의 방이 있는 쪽으로 걸음을 옮긴다. 그녀는 혹시라도 범인이 남긴 흔적을 훼손하지 않으려고 건물과 몇 미터 간격을 두고 조심스레 걷는다. 눈이 무릎까지 푹푹 빠지지만 그녀는 포기하지 않고 마고의 방 테라스와 나란히 설 수 있을 때까지 걷는다.

잠시 후 엘린은 우뚝 멈춰 서서 심호흡한다. 입에서 뿜어져 나오는 입김이 마치 거대한 구름 같다. 눈사태가 났을 때 주변으로 튄 눈이 움푹 꺼진 공간을 다 메워버렸지만 테라스 주변에는 매끈하고 평평하게 쌓인 눈 주위로 발자국이 선명하게 남아 있다. 그 정도면 충분히 따라갈 수 있다. 눈밭에 뭔가를 끌고 간 흔적이 있다. 엘린은 휴대폰을 꺼내 범인이 남긴 자국을 카메라로 촬영하고 나서 그 흔적을 계속 따라간다. 적어도 그녀의 시야가 미치는 곳에는 핏자국이 보이지 않는다. 혹시 떨어져 있을지 모를 천 조각이나 단서도 전혀 없다. 범인이 뭔가를 끌고 간 흔적은 호텔 정문 쪽으로 이어져 있다.

마고를 끌고 간 범인이 누군지 모르지만 힘이 장사다. 범인이 남긴 흔적은 옆으로 방향을 틀어 10미터에서 15미터가량 더 가다가 호텔 앞에서 뚝 끊어진다. 엘린은 흔적이 더 있는지 거듭 확인해본다. 그곳에서 몇 미터 앞으로 가서 자세히 살펴보았지만 범인이 남긴 흔적은 더 이상 남아 있지 않다.

범인이 마고를 호텔로 데리고 들어갔다는 것 말고 달리 설명할 길이 없다.

엘린이 호텔 입구로 가자 센서 문이 저절로 열린다. 그녀의 눈이 호텔 로비의 바닥을 향한다.

너무 늦었어.

로비 바닥에는 흔적이 전혀 남아 있지 않다. 대리석 바닥은 반질반질하게 닦아 윤이 난다. 이미 직원들이 청소를 했기 때문이다. 호텔에서 이미 두 건의 살인사건이 발생했는데 직원들은 평소와 다름없이 바닥을 청소했다. 그야말로 몸이 기억하는 일상이다.

로라가 사라졌을 때 수색해봐서 알지만 호텔 내부에는 범인이 희생자를 억류하거나 몸을 숨기기에 적합한 공간이 전혀 없다. 엘린의 심장이 점점 빠른 속도로 뛴다. 어깨를 짓누르는 부담감이 생생하게 느껴진다. 어서 이 문제를 풀어야 한다.

범인은 이미 두 건의 살인을 저질렀고, 마고의 생명이 몹시 위태롭다.

당장 무엇을 해야 할까?

사람들을 동원해 호텔을 맨 위에서부터 아래까지 샅샅이 수색해볼 수도 있지만 마고를 찾아낼 수 있을지 자신할 수 없다.

바로 그때 엘린의 뇌리에 한 가지 생각이 떠오른다. 너무나 빤한 생각.

마고의 휴대폰.

새라가 확인해준 바에 따르면 마고의 휴대폰은 방에 남아 있지 않았다. 그렇다면 마고가 휴대폰을 소지하고 있다는 뜻이다.

마고의 휴대폰을 추적하면 범인의 이동 경로를 알아낼 수 있지 않을까?

엘린이 호텔로 들어서려고 몸을 돌리는 순간 일층의 어느 창문에서 뭔가가 얼핏 보인다. 누군가 유리창에 비친다. 엘린은 그곳을 주시한다. 누군가가 얼굴을 비스듬히 기울이고 아래쪽을 바라보고 있다. 엘린은 그곳을 좀 더 잘 볼 수 있도록 고개를 이리저리 틀며 자세를 잡는다.

이제야 누군지 또렷이 보인다. 짙은 색 상의, 빗자루처럼 뒤로 묶은 금발.

루카스.

루카스가 그녀를 뚫어지게 바라보고 있다.

70

"마고의 휴대폰?" 새라가 흘러내린 머리를 귀 뒤로 넘긴다. "마고가 휴대폰을 가지고 있을까요?"

엘린이 의자에 등을 기댄다. "만약 마고가 휴대폰을 가지고 있다면 위치 추적이 가능해요." 엘린은 '파인드 마이 아이폰'이라는 앱에 대해 잘 알고 있다. 휴대폰 전원이 꺼져 있거나 배터리가 바닥나도 휴대폰이 마지막으로 신호를 보낸 위치를 알 수 있게 해주는 앱이다.

엘린이 라운지를 둘러본다. 직원들이 여러 테이블에 삼삼오오 나눠 앉아 있다. 직원들은 저마다 심각하게 이야기를 나누고 있지만 그들의 시선은 모두 그녀를 향해 있다.

세실이 의미를 가늠하기 힘든 눈길로 그녀를 바라보고 있다. "범인이 마고의 휴대폰을 버렸을 수도 있잖아요?"

"그 경우는 휴대폰 위치 추적이 불가능하겠죠." 엘린이 쓸쓸하게 웃으며 말을 잇는다. "결과가 어떻게 나오든 일단 시도는 해봐야죠."

엘린이 앉아 있는 위치를 바꾸다가 다리로 테이블을 치는 바람에 커피가 쏟아진다. 테이블의 가장자리로 흘러내린 커피가 바닥으로 떨어진다. 세실이 자리에서 일어나 바에서 행주를 가져와 쏟아진 커피를 닦는다. 자리에 앉은 세실이 엘린을 빤히 바라보며 묻는다. "괜찮아요? 당신이 새라의 방에 들렀다가 호텔 밖까지 점검하러 나갈 줄은 몰랐어요."

"위험한 행동이었지만 밖으로 나가 범인의 이동 경로를 조사해볼 필요가 있었어요."

옆에 앉은 새라가 입술을 잘근잘근 씹으며 눈길을 피한다.

세실이 손에 든 행주로 커피가 쏟아진 테이블을 다시 한번 훔치며 말한다. "과연 꼭 필요한 행위였을까요?" 그녀의 얼굴이 씰룩거린다.

엘린은 무슨 뜻으로 한 말인지 몰라 세실을 빤히 바라본다. 그녀는 자신이 핵심적인 요소를 놓치고 있다는 느낌이 들어 마음이 불편하다. 세실이 한 말의 뉘앙스를 포착하지 못한 느낌이다.

세실이 커피를 닦은 행주를 바에 갖다 놓으러 간다.

엘린은 옆자리의 새라에게 묻는다. "혹시 마고의 아이클라우드 비번을 알아요?"

"저야 당연히 모르지만 찾아보면 알 수 있을 것 같아요. 마고는 모든 비밀번호를 다이어리에 적어두는 버릇이 있거든요."

"보안의식이 철저하지 않았네요."

새라가 희미하게 미소 짓는다. "얼마 전 마고의 애플 계정이 해킹당하는 바람에 비번을 바꿨어요. 마고는 새 비번이 길어서 외우기 어렵다고 했으니 아마도 다이어리에 적어두었을 거예요."

"다이어리가 어디 있는지 알아요?"

세실이 옆에 앉으며 묻는다. "무슨 다이어리요?"

새라가 대답을 망설인다. 엘린이 말해도 괜찮다는 눈짓을 보낸다.

"마고의 다이어리." 새라가 말한다. "마고는 평소 가방에 다이어리를 넣어두는데 제가 찾아볼게요."

새라가 마고의 가방을 침대에 올려놓고 뒤적인다. "마고의 사생활을 침해하는 것 같아 기분이 찜찜해요."

엘린이 말한다. "무슨 뜻인지 알지만 마고를 찾아내려면 뭐든 다 시도해봐야 해요."

새라가 마고의 가방에서 지갑, 머리핀, 물병, 껌에 이어 가죽장정의 수첩을 꺼낸다.

"마고는 이 수첩을 다이어리 대용으로 써요."

새라가 수첩을 넘기다가 멈춘다. "여기 비밀번호가 있어요."

엘린이 휴대폰을 꺼내 '파인드 마이 아이폰' 기능을 연다.

"마고의 이메일 주소를 알아요?"

새라가 재빨리 휴대폰을 살펴본다. "marMassen@hotmail.com이에요."

엘린이 다이어리에 적힌 마고의 비밀번호를 입력한다.

푸른색 화면이 나침반 모양으로 바뀌더니 이내 하얀 격자무늬 지도가 나타난다. 도로명, 상호, 랜드마크가 나오는 지도이다. 지도에 녹색 점 하나가 깜박인다.

바로 저기야.

엘린의 심장박동이 점점 더 빨라진다. 그녀가 녹색 점을 누른다.

마고의 아이폰. 40분 전.

"마고의 휴대폰을 찾았어요?"

"네."

새라가 화면을 바라본다. "호텔 안이네요, 그렇죠?"

71

"대강 어디쯤인지 알겠어요?"

엘린이 눈을 가늘게 뜨고 휴대폰 화면에 뜬 지도를 바라보며 대략적인 위치를 알아내려고 한다.

세실이 화면 중앙을 가리킨다. "스파 근처 정비실이에요."

딸깍 켜지는 흥분의 불꽃.

진전이다.

"정비실에 들어가려면 출입증이 필요한가요?"

"일전에 내가 준 패스카드면 이 호텔에서는 어디든 자유롭게 출입할 수 있어요." 세실의 목소리에서 살짝 긴장감이 엿보인다. 엘린은 그녀가 뭔가 말하고 싶은데 망설이고 있다는 느낌이 든다.

마침내 세실이 말한다. "지금 바로 가볼 건가요?" 그녀의 얼굴에 의미를 알 수 없는 감정이 동심원처럼 퍼지다가 사라진다.

"네, 당연히." 엘린은 불만스럽게 그녀를 바라본다.

가장 시급히 해야 할 일 아닌가?

세실이 입술을 잘근잘근 씹는다. "먼저 루카스와 이 문제를 상의해도 될까요?"

엘린은 짜증스러운 기분이 들어 어깨를 으쓱한다. 그녀는 외교적인 방식에 취약하다. 감정을 숨기고 싶지만 얼굴에 그대로 나타난다.

감정의 청사진.

세실이 휴대폰에 대고 프랑스어를 속사포처럼 쏟아낸다. 잠시 후 휴대폰을 주머니에 넣으며 돌아서는 그녀의 표정이 심상치 않다.

"루카스는 당신이 혼자 정비실에 가는 건 위험해서 안 된다고 하네요." 그녀의 입가에 힘이 들어가 있다. "지금은 극도로 위험한 상황이라 안전장치가 있어야 한답니다."

엘린은 상황을 고려해볼 때 지금은 앞뒤 잴 것 없이 위험을 감수해야 할 때라고 생각한다.

"시간이 늦어질수록 마고가 위험해져요." 세실이 고집스럽게 말한다. "나도 루카스와 생각이 같아요. 당신의 수사가 많은 도움이 되고 있는 건 분명한 사실이지만 분별력을 잃어서는 안 돼요. 당신은 로라가 그렇게 된 이후 주변 상황을 고려하지 않고 지나치게 몰입하는 것 같아요. 루카스와 나는 경찰이 투입될 때까지 기다려야 한다고 생각해요."

엘린은 자신의 귀를 의심한다. "경찰이 올 수 없는 상황이라는 걸 몰라요?" 엘린은 손톱이 손바닥을 파고들 때까지 주먹 쥔 손에 힘을 준다.

냉정을 잃지 마. 후회할 말을 절대로 해서는 안 돼.

"베른트 경감에게 전화해 마고가 납치된 상황을 알렸나요?"

엘린이 고개를 가로젓는다. "아직 알리지 않았어요."

세실이 날 선 눈빛으로 엘린을 바라본다. "미안하지만 솔직하게 말할 게 있어요. 루카스가 현재 당신이 어떤 처지인지 영국 경찰에 문의해봤어요."

엘린의 입술이 바짝 타들어 간다. "뭐라던가요?"

"당신이 장기 휴직 중이라고 하더군요. 루카스는 이런 상황에서 계속 당신에게 수사를 맡겨도 되는지 우려하고 있어요. 게다가 당신은 휴직 중이라는 사실을 우리에게 전혀 귀띔하지 않았죠. 당신이 먼저 우리에게 입장과 상황을 설명하고 양해를 구했어야 마땅하지 않나요?"

"휴직 중이긴 하지만 난 엄연히 형사이고, 현재 이 호텔에서 연쇄적으로 벌어지고 있는 살인사건을 해결해야 할 책임이 있다고 생각해요. 내가 휴직 중인 것과 수사 능력과는 별개의 문제 아닌가요? 경찰이 투입되지 못하는 상황에서 그저 가만히 손 놓고 기다리는 게 옳을까요?"

심장이 터져버릴 듯이 쿵쾅거리며 뛴다.

이 사람들은 내 처지를 알게 되자 내 실력을 의심하고 있어.

세실이 시선을 아래로 떨어뜨리며 말한다. "미안하지만 지금 이 호텔에서 루카스의 결정을 바꿀 수 있는 사람은 없어요. 그가 최종 결정권자니까." 세실의 목소리가 단호하다.

엘린은 화를 가라앉히려고 애쓰며 바닥을 내려다본다. 머릿속에서 도저히 이해 불가한 의구심이 몽글몽글 피어오른다.

저 사람들의 말을 따르면 마고가 위험해.

엘린은 의자를 뒤로 빼며 자리에서 일어선다. "내 방으로 돌아갈게요."

그녀는 뒤도 돌아보지 않고 방을 나선다.

72

단단히 화난 엘린은 식식거리며 방으로 들어선다.

"진정해." 윌이 화난 얼굴로 들어서는 그녀에게 묻는다. "무슨 일 있어?"

엘린은 여전히 화가 풀리지 않은 얼굴로 방 안을 서성거린다. "루카스와 세실이 나에게 수사에서 손을 떼라고 했어. 경찰이 투입될 때까지 기다려야 한대. 시급히 마고를 찾아나서야 하는데 당장 중단하래."

"그 사람들이 이제 와서 그러는 이유가 도대체 뭐야?"

엘린은 낯을 붉히며 말을 더듬는다. "영국 경찰에 문의해 내가 장기 휴직 중이라는 걸 알아냈나봐."

윌이 그녀의 팔에 손을 올려놓는다. "그 사람들 말대로 경찰이 투입되길 기다리는 게 좋을 수도 있어." 윌이 조심스럽게 말을 잇는다. "마고를 구하려다가 당신마저 위험해질 수도 있으니까."

엘린은 냉정을 잃지 않으려고 애쓰며 말한다. "눈사태가 또 일어났어. 강풍을 동반한 눈보라가 잦아들어야 헬리콥터가 뜰 수 있을 텐데 아직은 기약조차 할 수 없는 지경이야. 경찰이 단시간 내에 투입되는 건 기대할 수 없는 상황이지."

"베른트 경감은 뭐래?"

"아직 통화해보지 않아서 모르긴 해도 경찰 지원 없이 내가 단독으로 마고를 구하러 나서는 걸 찬성할 리 없을 거야. 루카스가 이미 연락했을 수도 있고. 경찰이 투입되길 기다리는 건 범인이 계속 납치살인을 저질러도 된다고 방치하는 거나 다름없어. 살인범이 이미 마고를 살해했을지도 몰라. 경찰이 오길 기다리는 건 살인범의 허를 찌를 기회를 아예 날려버리는 거야."

"나도 당신 말이 옳다고 생각해." 윌이 안경을 콧잔등 위로 끌어올린다. "당신은 펜트하우스에서 하마터면 목숨을 잃을 뻔했어. 산사태가 아슬아슬하게 비켜 간 것도 천운이야." 윌의 목소리가 흔들린다. "어떤 식으로든 범인은 당신을 해치거나 타격을 가하려고 할 거야."

"현재 이 호텔에서 벌어지고 있는 사건은 대단히 위험한 게 사실이야. 나도 위험에 노출되고 싶지는 않지만 마고를 찾아보는 건 나에게 주어진 책무야."

"좋아." 윌이 느닷없이 그렇게 말하는 바람에 엘린이 놀라 고개를 든다. "마고를 찾아봐. 다만 혼자 가서는 안 돼."

"나는 이런 상황에 어떻게 대처해야 하는지 훈련받았어. 앞서 벌어진 두 건은 예상 범위를 넘어서는 수준이었기 때문에 막지 못했을 뿐이야. 로라와의 관계 때문에 판단이 흐려지기도 했고. 하지만 이번 사건은 어떻게 해야 할지 단단히 준비해 대비책을 세울 거야."

"아무리 좋은 대비책이 있어도 당신이 혼자 나서는 건 위험하지 않을까? 난 당신과 함께할 준비가 되어 있어."

엘린은 잠시 말문이 막힌다. "당신이 나와 함께 가겠다고?"

"당신에게는 내가 필요해. 절대로 당신 혼자 가게 내버려두지 않을 거야."

엘린은 말도 안 된다는 듯이 고개를 가로저었지만 윌의 결심을 꺾을 자신이 없다. 그녀의 마음 깊은 곳에서 불안감이 스멀스멀 피어오른다. 불안감이 점차 가중되는 느낌이다. 공기 중에 긴장감이 떠돈다.

73

윌이 목소리를 잔뜩 낮추고 묻는다. "뭐가 보여?"

"아직 아무것도 안 보여." 엘린이 스파의 프런트 데스크가 있는 곳으로 조심조심 걸어간다. 평소와 뭔가 달라져 보이는 건 없다. 테이블 아래에 잡지들도 가지런히 쌓여 있다. 프런트 데스크는 비어 있다. 컴퓨터 키보드, 모니터, 길게 자란 식물이 꽂혀 있는 화병뿐이다.

스파 주변의 공기에서 엘린이 처음 이 호텔에 왔을 때 맡았던 향이 그대로 난다. 민트와 유칼립투스 향에 표백제 냄새가 뒤섞여 있다.

스파를 구경시켜주던 로라가 떠오른다. 로라를 떠올리자 눈두덩이 뜨거워진다. 엘린은 더욱 각오를 다진다.

로라를 위해서라도 범인을 반드시 잡아야 해.

"탈의실로 가볼까?" 윌이 그녀를 지나치며 말한다. 주변을 둘러보는 그의 눈에 불안감이 가득하다.

마고의 휴대폰을 위치 추적했을 때 확인된 구역이다. 풀로 나가는 방향에 있는 기계실과 탈의실에 들어가 봤지만 텅 비어 있다. 탈의실의 하얀 타일은 반들반들 윤이 나도록 잘 닦여있고, 칸마다 문이 잘 닫혀 있다.

두 사람은 탈의실의 왼쪽에서 시작해 하나씩 일일이 문을 열고 확인해본다. 아무도 없고, 누군가 어지럽혀놓은 흔적도 없다.

"이번에는 풀을 살펴볼까?" 엘린은 짐짓 밝은 어조로 말하지만 뭔가를 찾을 거라 기대하기 힘들다.

범인이 마고의 휴대폰을 스파 근처에 버렸을 가능성도 있다. 윌이 그녀보다 앞서 걸으며 풀의 가장자리를 자세히 살핀다. 윌이 소리가 날 정도로 크게 한숨을 쉰다.

"아무것도 없어."

풀의 수면이 조명을 받아 반짝거릴 뿐 주변은 온통 고요 속에 침잠해 있다. 바닥에는 물기 하나 없다. 아델과 로라가 살해된 사건이 벌어져 풀에서 수영을 즐기는 사람이 아무도 없었으니 발자국이나 물이 튀긴 자국이 남아 있을 리 없다. 이제 찾아볼 만한 곳은 딱 한 군데이다.

정비실.

엘른이 탈의실로 돌아가자 윌이 뒤따른다. 그녀는 보안카메라 영상으로 정비실 문이 반대편 벽에 있다는 사실을 알게 되었다. 로라가 그녀를 지켜보려고 탈의실로 들어왔을 때 사용했던 바로 그 문이다. 그들은 금세 문을 찾는다. 뒤쪽 벽을 따라 반쯤 걸어가면 나오는 하얀 금속 문. 엘린이 문 옆에 달린 패널에 카드키를 대자 문이 딸깍 소리를 내며 열린다.

안으로 들어가자 복잡하게 뒤엉킨 금속 배관들이 천장을 뒤덮고 있다. 바닥에는 기계와 파이프들이 산재해 있다. 엘린이 상상한 것보다 내부 공간이 훨씬 넓다. 실내가 탈의실에서부터 풀 구역까지 이어져 있다. 뭔가 둔중하게 윙윙거리는 소리가 들린다.

기계가 작동할 때 나는 소리가 화학물질과 인공적인 냄새를 배경으로 더욱 또렷이 들린다.

엘린이 윌을 바라본다. "여기서부터는 따로 다니지 말고 같이 다녀. 내가……."

엘린은 미처 말을 끝맺지 못한다. 새까만 액체 속으로 뛰어든 것처럼 사방이 캄캄하다. 그녀는 벽을 더듬어 문을 찾는다. 스위치가 문 옆에 있다. 스위치를 눌렀지만 조명이 들어오지 않는다.

엘린의 머릿속에서 경고등이 깜박인다.

윌이 재촉하듯 말한다. "휴대폰 손전등을 켜."

엘린은 주머니를 더듬어 휴대폰을 꺼내 손전등을 켰지만 여전히 어둡다. 휴대폰을 든 손 주변을 밝히는 정도.

윌이 그녀를 뒤로 끌어당긴다. "여전히 아무것도 안 보여. 이런 상황에서는 아무것도 할 수 없어." 윌의 목소리에 긴장감이 서려 있다. "누가 불이 들어오지 않도록 미리 손을 써둔 것 같아 기분이 찜찜해."

휴대폰 전등 불빛이 윌의 얼굴을 비춘다. 그의 눈 아래 그림자와 이마에 엷게 배인 땀방울이 보인다.

윌을 데려오지 말았어야 해.

"당신은 방에 돌아가 있어. 내가 계속 찾아볼 테니까."

"당신 혼자 있게 내버려두고 돌아갈 수는 없지."

그들은 발소리를 죽이고 벽을 짚어가며 앞으로 조금씩 나아간다. 길목마다 큰 기계가 앞을 가로막고 있어 방향을 잡기 힘들다. 두 사람은 정신을 집중해 계속 방향을 바꾸며 앞으로 나아간다. 기계에서 흘러나오는 소리가 저마다 다르다. 어떤 기계는 뭔가를 두드리는 소리가 나고, 날아다니는 벌레처럼 윙윙거리는 소리를 내기도 한다. 몇 걸음 더 앞으로 나아가자 통로가 넓어지긴 했지만 여전히 탁 트인 느낌은 아니다.

엘린이 휴대폰을 든 손을 원을 그리듯이 돌린다. 불빛이 비출 때마다 기계 주위에 놓인 금속 상자들이 눈에 들어온다. 그녀가 다시 앞으로 가려고 할 때 앞쪽 어딘가에서 이상한 소리가 난다.

엘린은 그 소리에 깜짝 놀라 휴대폰을 떨어뜨린다. 그녀는 몸을 숙이고 손으로 바닥을 더듬어 휴대폰을 집어 든다. 액정은 멀쩡하고, 손전등도 그대로 작동하고 있다.

엘린이 몸을 돌려 월에게 무슨 말을 하려는데 또다시 이상한 소리가 들린다. 뭔가를 살며시 긁는 소리.

엘린이 휴대폰 전등으로 앞을 비춘다. 흐릿한 불빛 속에서 바닥에 쓰러져있는 사람의 형체가 보인다. 그녀는 불빛이 흔들리지 않도록 휴대폰을 힘주어 들고 쓰러진 사람을 보다가 흠칫 놀란다.

마고.

마고가 태아처럼 두 다리를 모아 구부린 상태로 바닥에 쓰러져 있다. 머리를 반대편으로 돌리고 있어서 얼굴을 알아볼 수는 없지만 마고가 분명하다. 엘린은 마고를 지나 몇 미터 앞으로 걸어가 휴대폰 전등을 원을 그리듯 돌려 그늘진 뒤쪽에 누군가 숨어 있지는 않은지 살핀다.

아무도 없어.

이곳은 범인이 마고를 감금해둔 장소일 수도 있다. 만약 그렇다면 범인이 돌아오기 전에 월과 함께 마고를 데리고 나가야 한다. 마고와의 거리는 1,2미터 가량이다. 엘린은 휴대폰 전등으로 계속 마고를 비춘다. 가까운 곳에서 보니 마고의 두 손과 두 발이 결박되어 있고, 입에 재갈이 물려 있다.

엘린은 불빛이 위를 향하도록 휴대폰을 바닥에 내려놓고 나서 마고의 옆에 쪼그려 앉아 얼굴을 확인한다.

"마고, 엘린이에요."

마고가 텅 빈 눈빛으로 엘린을 올려다본다. 마고의 이마와 볼에 시커먼 먼지가 덕지덕지 묻어 있다.

"마고, 이제 괜찮아요. 우리가 구해줄게요."

마고가 말을 알아듣는 기미가 보이지 않는다. 마고는 계속 텅 빈 눈빛으로 엘린을 바라볼 뿐이다.

심한 충격을 받아 공황 상태에 놓였나봐.

아니면 범인이 주사한 안정제 효과가 여전히 지속되고 있을 수도 있다. 엘린은 휴대폰 전등으로 마고의 발을 비춰 발목을 묶은 줄을 풀어준다. "마고, 우린 당신을 위층으로 데려갈 거예요."

바로 그때 마고가 움직인다. 몸이 묶인 상태로는 도저히 불가능해 보이는 움직임이다. 마고가 갑자기 엘린의 무릎을 걷어찬다. 엘린은 속수무책으로 얻어맞았고, 몸을 가눌 수 없어 바닥으로 쓰러진다. 어마어마한 충격이 허벅지와 골반, 척추를 타고 온몸으로 퍼져나간다. 휴대폰이 바닥에 떨어지며 플라스틱 케이스가 부서졌지만 전등은 여전히 켜져 있는 상태라 둘 사이의 공간을 흐릿하게 비춘다.

엘린은 온몸을 강타한 고통으로 머리가 띵하고 눈앞이 흐리다. 잠시 후 시야가 뚜렷해진 엘린은 자신을 내려다보고 서 있는 마고를 발견하고 깜짝 놀란다. 마고의 몸은 잔뜩 긴장해 있고,

손과 발을 결박한 끈은 헐거워진 상태로 축 늘어져 있다.

엘린은 도저히 어떤 상황인지 납득이 되지 않는다.

마고가 나를 범인으로 착각했나?

다음 순간 엘린은 비로소 무시무시한 진실을 깨닫는다.

74

비틀거리며 몸을 일으킨 엘린은 가까스로 몸의 균형을 잡으며 뒤로 몇 걸음 물러선다.

이번에도 루카스와 아이작에 대한 내 가설은 모두 틀렸어.

엘린의 눈은 마고의 손목과 발목을 묶은 끈으로 향한다. 애초부터 단단히 묶여 있지 않아 어렵지 않게 풀어버릴 수 있었다.

이 모든 건 함정이다.

엘린은 큰 충격을 받아 말이 제대로 나오지 않는다. "당신이 꾸민 일이었어?"

마고는 대답하지 않는다. 그저 속내를 알 수 없는 눈으로 엘린을 바라볼 뿐이다. 며칠 전 처음 만나 이야기를 나누었던 마고는 온데간데없이 다른 사람이다. 마고는 등을 곧게 펴고 서 있다. 그녀의 신상은 언뜻 보기에 180센티미터가 넘어 보인다.

마고가 모든 사건을 저지른 건가? 아델과 로라를 납치해 죽인 건가? 무엇 때문에?

마고가 몸을 숙여 휴대폰을 집어 들더니 엘린의 얼굴을 비춘다. 빛이 너무 강해 눈이 멀 것 같다.

윌은 어디에 있지?

마고가 마침내 말한다. "그래, 내가 꾸민 일이야." 온기가 완전히 빠져나간 그녀의 목소리는 몹시 싸늘한 한편 아무런 감정도 느껴지지 않는다.

"당신은 납치된 게 아니야. 이건 함정이었어. 로라가 보낸 메시지처럼. 당신이 전부 다 계획한 일이었어."

엘린은 마음속으로 시간을 거꾸로 돌려 지난 며칠 동안 벌어진 일들을 돌아보며 서로의 연관성을 찾아보려 애쓴다.

마고가 들려준 이야기에 진실성이 있기나 할까?

아이작과 로라의 관계는? 로라가 루카스와 잠시 사귀었다는 말은 사실일까? 마고가 하는 말을 아무런 의심 없이 덥석 믿어버린 게 잘못이었다.

마고의 입술에 냉혹한 미소가 걸린다. "너도 다른 사람들과 똑같은 실수를 저질렀을 뿐이야. 인간적 실수이지. 에고가 늘 이긴다는 게 모든 사람들의 약점이야. 다들 뭐든 다 알고 싶고, 영웅이 되고 싶고, 문제를 해결하고 싶은 욕망을 갖고 있지. 넌 그런 짓거리를 하지 말았어야 해."

어떻게 나에 대해 함부로 판단하지? 왜 나를 잘 안다는 듯이 말하지? 아무것도 모르면서.

마고가 그녀에게로 한 걸음 다가온다. 마고는 손에 칼을 들고 있다. 휴대폰 불빛을 받은 칼날이 번득인다. 엘린은 등에 배인 땀 때문에 피부가 따끔거린다. 어깨의 날개 뼈 사이로 땀방울이 흘러내린다.

머릿속에서 의문이 계속된다.

윌은 지금 어디에서 뭘 하고 있지?

엘린은 최대한 시간을 벌어보려고 한다. "마고, 도대체 나에게 왜 이런 짓을 하는 거야?"

"진실을 알려주려는 거야." 마고의 목소리가 마치 로봇 같다. "이 호텔은 문을 열지 말았어야 해." 마고가 한 걸음 더 다가온다. 이제 둘 사이의 거리는 몇 센티미터에 불과하다. "당신을 이 일에 끌어들일 의도는 없었는데 일이 꼬이다보니 이렇게 되었어."

마고가 지금 이 상황 속에서도 로봇처럼 냉정하고 침착한 태도로 일관하고 있다는 사실이 소름 끼치도록 놀라울 따름이다. 마고가 하는 말과 동작은 차갑고 기계적이다. 마고는 앞을 가로막는 장애물은 즉각 제거되어야 한다고 믿고 있다.

"마고, 이럴 필요 없잖아. 원하는 게 뭔지 모르지만 누군가를 해칠 필요는 없는 거야. 여기서 이만 끝내는 게 어때?"

마고는 그녀의 말을 듣고도 미동도 하지 않는다. 마고가 칼을 든 손을 위로 번쩍 치켜올린다. 그녀의 얼굴은 여전히 무표정하고 텅 비어 있다. 마고가 그녀를 덮치듯 몸을 앞으로 숙인다. 군더더기 없고 단호한 몸짓이다. 엘린이 옆으로 몸을 비튼 순간 예리한 칼날이 눈앞에서 허공을 가른다.

마고는 둘 사이의 거리를 순식간에 좁히며 달려든다. 바로 그때 윌이 앞으로 몸을 날려 마고를 옆으로 밀친다. 휴대폰이 그녀의 손을 이탈해 바닥으로 떨어진다.

칠흑 같은 어둠이 실내를 집어삼킨다. 잠시 정적이 흐르다가 욕지기에 이어 바닥을 강타하는 소리가 들린다. 뒤이어 휙휙 바람을 가르는 소리, 끙끙거리는 신음 소리, 옷감이 뜯기고 찢어지는 소리, 뭔가 바닥에 쿵쿵 부딪히는 소리, 바닥으로 쓰러지는 소리가 이어진다. 잠시 침묵하다가 다시 빠르게 뛰어가는 발소리, 뭔가에 부딪히는 소리, 힘겹게 숨을 헐떡이는 소리가 연이어 들려온다.

엘린은 누군가 도망치는 발소리를 듣는 순간 직감적으로 윌이 아니라고 생각한다.

윌이 나를 내버려두고 도망칠 리 없잖아.

엘린의 이성을 유지시켜주던 평정심이 송두리째 부서져 내리며 자취를 감춘다.

"윌!" 엘린의 목소리는 높고 불안정하다. "어디 있어? 내 말 들려?"

윌의 대답이 들리지 않는다.

엘린은 그가 대답하지 않는 게 아니라는 걸 깨닫는다.

윌은 대답할 수 없는 거야.

마고가 옳았다. 엘린은 이번 사건을 완벽하게 해결하고, 에고를 만족시키고 싶었다. 그 결과 윌을 위험한 순간으로 몰아넣었다.

엘린은 휴대폰을 찾으려고 손으로 바닥을 훑으며 빙빙 돈다. 마침내 휴대폰이 손에 닿자 재빨리 집어 든다.

휴대폰의 전등 기능이 여전히 작동할까?

엘린은 휴대폰 화면에서 손전등 아이콘을 누른다. 불이 들어온 순간 윌이 눈에 들어온다. 고작 일 미터가량 떨어진 곳이다. 윌은 옆으로 누운 상태로 배를 움켜쥐고 있다. 그의 주위로 시커먼 액체가 번져가고 있다. 마치 그림자 같지만 아니다. 피다.

엘린은 힘겹게 몸을 움직여 윌에게 가까이 다가간다.

"윌." 혀의 움직임이 둔하다. "나, 여기 있어."

엘린은 휴대폰을 윌의 옆에 내려놓는다. 배꼽에서 몇 센티미터 아래로 내려온 지점에 깊게 찔린 상처가 보인다. 엘린은 손바닥으로 지혈하며 혼잣말하듯이 말한다. "이제 괜찮을 거야. 암, 괜찮고말고."

75

 엘린은 침대에 누워 있는 창백한 남자가 윌이라 생각되지 않는다. 언제나 불꽃 같은 열정을 지닌 남자였는데 오늘은 활력이 전혀 없다. 그의 숨소리는 스타카토처럼 불안정하다. 그녀는 앞으로 손을 뻗어 그의 몸에 내려놓는다. 그는 그녀의 손가락 무게조차 느끼지 못한 듯 미동조차 하지 않는다. 윌의 창백한 모습을 볼 때마다 엘린은 분노가 치밀어 숨이 턱턱 막힐 지경이다.

 윌이 옆으로 고개를 떨어뜨리고 있어서 짙은 금발이 베개로 흘러내려와 있다. 얼굴은 핏기가 다 빠져 달아난 듯이 창백하고, 이목구비 사이 주름들이 보이지 않을 정도로 부었다. 여기저기 시퍼렇게 멍든 자국과 타박상이 보인다.

 다행히 마고가 휘두른 칼날은 장기와 동맥을 피해갔다. 직업이 간호사인 새라가 윌을 객실로 옮겨 상처를 능숙하게 치료했다. 그녀는 우선 상처를 소독하고 나서 붕대를 감았고, 스키 순찰대 방에서 가져온 진통제와 안정제를 먹였다. 새라의 응급치료로 위기를 넘겼지만 지속적인 관찰이 필요한 상황이다.

 윌의 호흡이 다시 거칠어진다. 윌이 무겁게 숨을 쉬더니 호흡이 불안정한 상태가 이어진다. 윌이 고통스러워하는 신음 소리가 엘린의 내면에서 가책을 불러일으킨다.

월이 이렇게 된 건 다 내 탓이야.

엘린은 월을 위험한 곳에 데려간 것 자체가 자신의 실수라는 걸 잘 알고 있다. 그녀는 침대에서 한 발 뒤로 물러나 눈을 가늘게 뜨고 눈앞의 풍경이 바뀌기를 바란다. 엘린의 머릿속에서 샘이 물웅덩이 옆 바위에 누워 있던 모습이 떠오른다. 샘의 겉모습은 평소와 크게 다르지 않다. 창백한 얼굴, 깡마른 몸, 옅은 금발. 하지만 어딘가 모르게 알맹이가 사라진 느낌이다. 마치 몹시 허기진 누군가가 샘의 몸 안으로 들어가 장기를 갉아 먹은 것 같다.

엘린은 처음에는 흥분했다가 이내 분노에 휩싸인다. 이기심이 강했던 엘린은 그의 얼굴에서 다른 표정을 볼 수 있길 기대했지만 아무것도 보지 못했다. 그저 텅 비어 있을 뿐이었다. 지금의 월도 그러하다.

아이작의 어깨가 들썩인다.

"월은 괜찮을 거야." 아이작이 그녀의 손을 잡는다. "늦지 않게 응급처치했어."

아슬아슬했지.

머릿속에서 피범벅이 된 그녀의 손, 바닥, 피에 물든 손가락으로 더듬거리며 휴대폰을 조작해 아이작에게 전화 거는 모습이 보인다.

그 이후 어떤 일이 일어났는지 기억이 없다. 그저 단편적인 장면만이 뇌리에 남아 있다. 더러운 바닥에서 월에게 응급처치하는 새라, 월 주위에 모여든 직원들, 계속 모여드는 사람들의 형체, 누군가가 큰소리로 내린 지시사항들.

"엘린, 의료진이 도착하자마자 월을 병원으로 데려갈 거야."

아이작이 시선을 맞추려고 하지만 엘린은 피한다.

윌이 침대에 누워 있게 된 건 죄다 내 탓이야.

엘린은 자꾸만 그런 생각이 반복적으로 떠오른다.

윌은 그녀를 지켜주고자 했는데, 그녀는 그를 지켜주지 못했다.

"내가 윌을 이렇게 만들었어."

"마고가 위험인물인 줄 누나가 어찌 알았겠어. 누나뿐만 아니라 이 호텔의 모든 사람들이 마고에게 속아 넘어갔는데."

"나는 윌을 예측불허의 상황으로 끌어들여 다치게 했어. 그를 사귀는 동안 줄곧 적당한 거리를 두고 가까이 다가서지 못하도록 한 게 마음이 아파." 엘린의 목소리가 흐느낌 탓에 툭툭 끊어진다. "윌에게 내 진실한 마음을 단 한 번도 제대로 전한 적이 없어."

아이작이 그녀의 얼굴을 바라본다. 그의 얼굴에는 당혹감과 두려움이 절반씩 뒤섞여 있다. 아이작이 뭔가 털어놓으려고 애쓰는 중이다. 그가 입을 움직여 말을 하지만 입 밖으로 새어 나오지 않는다. 어쩌면 그는 말했지만 그녀가 듣지 못했을 수도 있다. 그녀의 머릿속에서 세상이 온통 하나의 점, 익숙한 액체의 암흑으로 수렴되는 중이다. 그녀의 폐에 든 공기가 가슴에서 굴러다니는 커다란 바위에게 자리를 내준다.

엘린은 벽에 걸린 그림에 정신을 집중하려고 애쓴다. 물감을 추상적으로 길게 그은 선들이지만 정작 선들을 따로따로 구별하기 힘들다.

"누나, 혹시 흡입기 있어?"

"주머니에 있을 거야."

아이작의 손이 그녀의 주머니를 허둥지둥 뒤져 흡입기를 찾아낸다. 익숙한 플라스틱의 느낌이 입술과 치아에 와 닿는다.

"산소를 들이마셔." 시원하고 건조한 산소가 입 안으로 몰려든다. 단 몇 초 만에 숨쉬기가 편해지면서 호흡이 고르게 안정된다.

엘린은 어지럼증이 가시지 않은 눈으로 아이작을 바라본다.

"고마워, 네 덕분에 살았어."

"아이작이 그녀의 손을 뒤로 잡아끌어 소파에 앉힌다. "누나의 천식이 이 정도로 위험한 줄 몰랐어."

엘린은 편안한 자세로 의자에 앉는다.

"천식이 아니라 공황발작이야. 엄마 일과 내가 말했던 사건 이후로 공황발작이 부쩍 심해졌어." 엘린이 그의 손에 들린 흡입기를 가리킨다. "공황발작이 시작되면 흡입기가 큰 도움이 되지만 어떤 면에서 보자면 그저 심리적 안정을 찾아주는 도구일 뿐이야. 마치 애착 담요처럼."

아이작이 마음을 꿰뚫어볼 듯이 강렬한 눈빛으로 그녀를 바라본다. "언제부터 공황발작을 앓기 시작했어?"

"샘이 그렇게 된 이후로. 네 말 대로 나는 늘 해답을 찾으려고 했어. 나는 사건을 맡아 수사할 때도 반드시 해답을 찾으려고 해. 결국 언제나 나는 샘에게로 돌아가. 나는 그날 무슨 일이 있었는지 알고 싶을 뿐이야. 신실, 그래야 훌훌 털어버릴 수 있을 거라 생각해."

엘린의 입에서 말이 급류처럼 쏟아져 나온다. 그녀가 이전부터 하고 싶었던 말이다.

아이작은 끓어오르는 감정을 주체하지 못해 끙끙 신음 소리를 낸다. 엘린을 바라보는 그의 눈에 핏발이 서 있다.

"누나, 이제 그만해. 그런 짓일랑 제발 그만두라고."

"그만두라니, 뭘?"

"누나는 끊임없이 그날로 되돌아가는 삶을 살아왔어. 누나를 구하려다가 윌이 크게 다쳤는데도 그날 일을 떨쳐버리지 못하고 있잖아." 아이작은 침대로 손을 뻗는다. "샘은 이미 이 세상 사람이 아니고, 되돌릴 방법이 없어. 나라고 그때 일이 떠오르지 않는 건 아니야. 샘의 사진을 볼 때마다 그 아이를 다시 세상으로 불러내고 싶어. 사진에 손을 집어넣어 현실로 데려오고 싶다고. 하지만 샘을 다시 살려낼 수는 없잖아. 그 아이는 세상에 없어. 제발 그 사실을 받아들이고, 앞으로 가."

"아이작······."

어떻게 이럴 수 있지? 아이작은 샘에 대한 이야기를 꺼낼 때마다 왜 그날의 진실은 털어놓지 않고 거듭 잊으라는 말만 하지?

"누나는 아직 과거의 그림자에 쌓여있어. 이제 벗어날 때가 되었잖아. 아무도 누나의 잘못을 탓하지 않아. 내가 굳이 이런 말까지 해야 하는 상황을 바라지 않았는데 이제 보니 누나가 꼭 들어야 할 말 같아."

엘린이 그의 얼굴을 빤히 바라본다. "나를 탓하다니? 무슨 이유로?" 엘린의 목소리가 높아진다. "샘이 그렇게 된 건 다 너 때문이야. 그날 네가 샘에게 저지른 짓이 지금껏 나를 과거에 붙잡아 매어두고 있다고."

"내가?" 아이작이 황당한 표정을 지으며 말을 더듬는다.

"내 머릿속에서 계속 그날의 플래시백이 일어나. 그날 있었던 일을 보여주는 플래시백. 네 손은 늘 피투성이가 되어 있어. 네가 샘을 죽였지? 그날 너희들은 심하게 말다툼했고, 어쩌다가 돌이킬 수 없는 일이 벌어진 거잖아." 오랜 세월 가슴속에 꼭꼭 눌러 담아두었던 회한과 분노가 엘린의 입에서 일제히 쏟아져 나온다.

아이작은 억눌려 있던 슬픔이 터져 나오며 목이 멘다. 엘린과 시선이 마주치자 그의 표정이 딱딱해진다. "그 얘기는 나중에 하자." 그가 침대를 가리킨다. "윌이 칼에 찔려 누워있는 상황에서 할 말은 아니잖아."

"아니, 말이 나온 김에 끝을 보는 게 좋겠어. 나는 진실을 알고 싶어. 그날 정확하게 무슨 일이 있었는지 나에게 말해줘."

침묵. 심장이 무겁게 몇 번을 뛸 만큼의 시간이 흐른다. 엘린의 목이 더 많은 말, 더 많은 질문으로 가득 차 고동친다.

"어서 말해줘." 엘린이 거칠게 동생의 팔을 잡는다. "내 첫 번째 의구심에 대해 해명해봐. 그날 넌 화장실에 가지 않고 샘과 함께 거기에 있었지?"

바로 그때 엘린은 아이작의 눈빛에 어린 기묘한 감정을 알아차린다. 진실한 한 방울을 그녀의 마음으로 흘려보내는 감정.

동정심.

이건 아니잖아.

엘린은 겁에 질린다. 아이작이 몹시 미안해하고 슬퍼하면서 방어적으로 나올 거라 생각했는데 지금 보이는 태도는 전혀 예상 밖이다.

다른 건 몰라도 감히 나를 동정하다니?

아이작의 시선이 슬픔으로 흐릿해진 그녀의 눈과 마주친다.

그가 마침내 무겁게 닫혀 있던 입을 연다. "누나가 진실을 듣길 원한다고 했지? 샘이 죽었을 때 나는 그 자리에 없었어. 그 자리에는 내가 아니라 누나가 있었지."

76

엘린이 흠칫 놀란다. "그게 무슨 말이야? 내가 거기에 있었다니? 나는 절벽 근처에 있었어."

아이작이 눈을 거칠게 비빈다. "아니, 누나는 절벽 근처에 갔다가 돌아온 상태였어. 내가 화장실에 다녀오는 동안 샘을 봐달라고 소리쳐 불렀거든. 돌아와 보니 샘은 바위 웅덩이 물에 빠져 있었고, 누나는 빠른 말투로 같은 말만 반복하고 있었지. 샘이 물에 빠진 걸 봤지만 아무것도 할 수 없었다고." 아이작이 잠시 망설이다가 덧붙인다. "그때 의사들이 말하길 누나가 쇼크 상태에 빠져 아무것도 할 수 없었다고 했어. 너무나 충격적인 장면을 목격한 탓에 그 자리에서 몸이 그대로 얼어 붙어버린 거야."

"아니, 거짓말이야!" 엘린이 크게 소리치며 양손으로 얼굴을 감싼다. "아니, 그럴 리 없어."

아이작이 계속 말한다. "누나는 손쓸 방법이 없었어. 경찰의 부검 결과 샘은 바위 웅덩이에 굴러 떨어질 때 머리를 세게 부딪쳐 뇌출혈을 일으켰고, 이미 절명한 상태였으니까. 그러니까 샘의 사인은 익사가 아니라 뇌출혈이었어. 누나가 샘을 구하려고 바위 웅덩이 물에 뛰어들었다고 하더라도 결과가 달라지지 않았을 거라는 뜻이야. 내가 아는 그날의 진실이야. 우리는 단지 운이 나빴을 뿐이야."

엘린은 머릿속이 혼란스럽다. 그녀가 지금껏 진실이라고 믿었던 일들이 허위로 판명 나는 순간이다.

잠시 침묵이 흐르고 나서 엘린이 속삭이듯이 말한다. "아이작, 네가 마지막으로 본 모습을 좀 더 자세하게 말해줘."

아이작이 그녀를 향해 몸을 돌린다. "내가 화장실에 갈 때 누나는 샘에게 뭔가 말하고 있었어. 내가 기억하는 마지막 장면이야."

"화장실에서 돌아왔을 때 네가 보았던 장면을 있는 그대로 말해줘." 엘린의 목소리가 너무 작아 알아들을 수 없을 정도이다.

"샘이 바위 웅덩이 물에 빠져 있는 걸 본 순간 나는 즉시 뛰어들었어. 그런 다음 샘을 밖으로 꺼냈지. 난……." 아이작이 갑자기 말을 멈춘다. 엘린은 그 이유를 안다. 그녀는 잔뜩 겁에 질려 아무것도 하지 못하고 몸을 덜덜 떨고 있었다.

엘린은 그 순간을 떠올리자 다시 숨이 막히고 눈물이 핑 돈다.

그런 잘못을 저지른 내가 지금껏 아이작을 책망하다니? 아이작이 샘과 로라를 해쳤다고 생각하다니?

"네 손에 피가 묻어 있었어. 그 피는 어디에서 묻은 거야?"

"내가 샘을 바위 웅덩이에서 끌어낼 때 묻었어. 샘의 머리에 깊은 상처가 나 있었거든."

엘린의 손가락들이 펴졌다가 오므라들기를 반복한다. 그녀의 손에 잡히는 건 공기뿐이다.

"난 그 자리에 있었으면서 바위 웅덩이에 빠진 샘을 방치한 셈이네." 엘린의 목소리가 심하게 떨린다.

"의사 말대로 누나는 심한 쇼크를 받은 상태라 어쩔 수 없었던 거야." 아이작이 다가와 엘린의 손을 잡는다. "그때 누나는 열두 살이었어. 나도 그때 일을 생각해보는 경우가 더러 있어. 누구나 감당하기 힘들 만큼 충격적인 일을 겪게 되면 몸이 얼어붙기 마련이야. 누나는 생각하기도 싫은 장면을 목격하게 되었고, 너무 놀라 침착하게 반응할 수 없었지. 사람들이 쇼크를 받았을 때 일반적으로 보이는 반응이래."

"아니야, 그럴 리 없어." 엘린의 목소리가 높고 날카롭다. 그녀가 소파의 팔걸이를 주먹으로 치면서 말한다. "네가 방금 한 말들이 죄다 사실이 아니라고 말해줘. 그럴 리 없어."

"우리는 오랜 시간 그날 벌어진 일에 대해 말하길 주저했어. 우리 가족 모두가 큰 상처를 받았고, 섣불리 입을 열었다가 아물지도 않은 상태로 봉합한 상처가 크게 덧날 수도 있으니까. 이제야 서로 진실을 알게 되었으니 훌훌 털어버리는 거야. 그날의 고통이 누나의 내면을 새카맣게 태우리라는 걸 잘 알면서도 오랜 시간 침묵한 이유야. 나는 누나를 심리치료사에게 데려가 그날 일을 전부 털어놓게 해야 한다고 엄마를 설득했지만 들어주지 않았어. 누나의 내면은 자책감을 덜기 위해 그날 벌어진 일들을 달리 기억하고 있었던 거야."

엘린은 자신의 치부를 모두 드러낸 느낌이 들면서 머리가 어질어질하다. 심신이 어찌나 피곤한지 그저 혼자 있고 싶다.

"아이작, 이제 네 방으로 가." 엘린의 목소리가 텅 비어 있다.

아이작은 뭔가 말하려는 듯이 잠시 망설이다 발길을 돌린다. 엘린은 동생이 멀어지는 모습을 지켜보며 눈을 꼭 감는다. 그녀는 거세게 밀려드는 자책감을 떨쳐버릴 수 없다.

샘이 웅덩이에 빠져 죽어가는데 난 그 자리에 얼어붙어 있었다니? 샘, 우리의 막내, 이야기와 우화를 좋아한 아이. 하얀 울로 만든 의상을 입기 싫어했던 아이.

엘린은 양손에 얼굴을 묻는다. 톱날이 뇌 안에 깊숙이 들어와 뭔가를 자르는 기분이다.

이제야 엄마가 왜 그랬는지 이해돼.

엄마는 유난히 샘에 대해 말하길 꺼렸다. 엘린이 우연히 샘의 이야기를 입에 올리면 힘겹고 부자연스러운 표정을 짓기 일쑤였다. 아빠는 집에 드리운 어두운 그림자를 몰아내려고 애쓰다가 자신의 삶을 찾아 집을 나갔다.

엄마 아빠는 나를 탓한 거야. 내가 샘을 구할 수 있었는데 가만히 지켜보고 있었다고.

기억의 조각들이 하나둘씩 수면 위로 떠오른다. 엄마는 샘의 첫 번째 기일에 샘의 방 침대에 앉아 책을 쥐고 있었다. 샘이 아기였을 때 가장 좋아했고, 나중에 자라서도 짧은 글귀가 반복되는 부분을 좋아했던 책 《피포》.

엄마는 몸을 살짝 흔들면서 그 책을 소리죽여 읽었다. 엘린이 다가가 어깨에 살며시 손을 올려놓자 엄마는 마땅찮다는 듯이 몸을 심하게 흔들었다. 엄마가 손에 들고 있던 책이 샘의 레고 우주선으로 날아갈 정도로 격렬하게. 날아간 책이 우주선 받침대를 산산조각 냈다. 엄마는 방을 기어 다니며 받침대에서 떨어진 레고 조각들을 주워 모았다.

그 당시 엘린은 엄마가 왜 그녀의 손길을 마다했는지 의아했지만 끝내 이유를 알 수 없었다.

이제야 그 이유가 짐작된다. 뜨거운 눈물이 흐르기 시작하면서 눈이 따끔거린다.

엄마, 아빠, 아이작은 그날의 진실을 모두 알고 있었다.

엘린의 눈에서 뜨거운 눈물이 샘물처럼 흘러내린다.

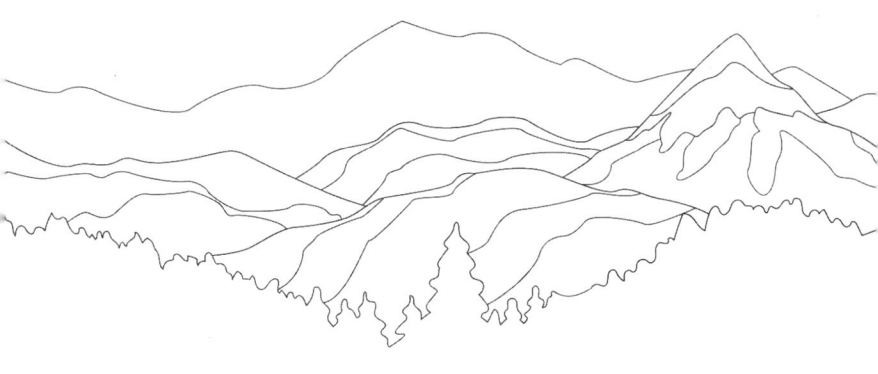

다섯째 날

77

 눈을 뜬 엘린은 손을 뻗어 시간을 확인하려다 인상을 쓴다. 허리가 뻣뻣하고 온몸이 쑤신다. 마고와 몸싸움을 벌인 탓이 아니다. 월이 그녀에게 편히 쉬어야 한다면서 넓은 침대를 양보하고, 호텔에서 제공해준 간이침대에서 밤을 보낸 탓이다. 푹신한 매트리스도 없는 비좁은 침대였다.

 시계를 보니 아침 6시 1분이다. 간이침대에 잠든 월이 눈에 들어온다. 월의 얼굴은 여전히 창백했으나 호흡은 고르고 안정적이다. 엘린은 다시 베개를 베고 눕는다. 피곤한 몸이 잠을 갈망한다. 침대에 엎드리자 저절로 눈이 감긴다. 그녀는 금세 꿈의 세계로 빠져든다.

 그날 벌어진 일들이 슬로비디오처럼 재생된다. 샘이 해초들이 일렁이는 바위 웅덩이를 내려다보다가 그녀를 돌아보며 뭔가 말한다. 게가 없다거나 목덜미가 햇볕에 타 화끈거린다는 말일 것이다. 그러다 다시 바위 웅덩이 쪽으로 몸을 돌리는 순간 균형을 잃고 쓰러진다.

 샘이 우스꽝스러운 표정을 짓자 엘린은 소리 내어 깔깔 웃는다. 그녀는 이내 샘이 실제로는 우스꽝스러운 표정을 지은 게 아니라는 사실을 알아차린다. 자세히 보니 뒤로 넘어진 샘의 얼굴이 공포에 질려있다. 샘은 자신의 몸이 어디로 떨어지고 있는지 알지 못할 뿐만 아니라 깜짝 놀라 제어할 힘을 잃었다. 샘의 몸이 아래로 굴러떨어지면서 바위에 머리를 부딪친 듯 둔탁한 소리가 난다. 바위에 붉은 얼룩이 번진다. 하얀 따개비가 레이스처럼 붙어 있는 표면이 짙고 붉은 피로 번들거린다. 샘이 물을 첨벙거리면서 비명을 지르고, 물 위로 고개를 내밀려고 애쓰면서 발을 버둥거려야 하는데 그냥 가만히 있다. 샘은 꼼짝하지 않고 드러누운 자세이고, 몸을 중심으로 동심원이 점점 널리 퍼져나간다. 샘이 눈을 휘둥그레 뜨고 어딘가를 쳐다보고 있다. 생명이 빠져나간 몸에서 팔다리가 젤리처럼 흐늘거린다. 아직 뼈가 여물지 않은 아기처럼. 머리 상처가 칼에 베었을 때보다 더 심하게 벌어져 있다.

엘린은 어서 물웅덩이에 뛰어들어 샘을 구해야겠다고 생각한 것만큼은 분명하게 기억한다. 어서 동생을 돕고 싶었으나 발이 꿈쩍도 하지 않는다. 발이 바위틈에 끼었는지 반구 모양 삿갓조개처럼 바위에 딱 달라붙어 미동도 할 수 없다.

어서 움직여. 엘린이 발에게 명령한다. *움직이라고.*

발은 뇌의 명령을 순순히 이행하지 않는다. 눈도 바위 웅덩이에 떠 있는 샘의 몸에 고정되어 있다. 물에 떠 있는 샘의 티셔츠가 바람이 심하게 불자 풍선처럼 부풀어 오른다. 샘의 두 다리는 물결 따라 이리저리 흔들리고, 요동치는 해초가 그의 발목을 휘감는다.

엘린은 손에 들고 있던 양동이를 떨어뜨렸고, 이내 바위에 부딪혀 요란한 소리를 내며 뒤집어진다. 바닷물이 무리 지어 자라는 해초와 삿갓조개, 따개비 사이를 휘감고 지나간다. 게들은 어디론가 열심히 이동하고 있고, 바위 위의 새우들은 물을 찾아 통통 튀고 있다.

그때 엘린의 머릿속에서 하나의 동작이 반복적으로 재생된다.

손에서 떨어진 양동이.

심장이 쿵쿵 뛰면서 기억이 흔들리고, 기억 속에서 하나의 메아리가 느슨하게 떨어져 나온다.

바닥으로 떨어지는 무엇.

윌과 마고가 몸싸움을 벌일 때 뭔가 바닥으로 떨어졌다.

분명 뭔가 바닥에 떨어지는 소리를 들었어.

엘린은 눈을 감고 기억에 집중한다. 서로의 몸을 잡고 버티는 두 사람, 끙하며 힘을 쓰는 소리, 격한 숨소리, 그 사이로 살짝 들릴 듯 말듯 스쳐 지나간 소리. 가볍게 바닥을 울리는 소리와 바닥이 긁히는 소리.

엘린은 물을 들이켜면서 기억을 더듬는다.

그때 바닥으로 떨어진 게 무엇이었더라?

78

아이작의 목소리는 가볍지만 눈빛은 조심스럽다. "그 북새통에 그 소리를 들었단 말이야?" 아이작이 침대 옆 테이블을 등진 채 커피를 마신다. 아이작의 얼굴은 잿빛이고, 곱슬머리는 힘없이 늘어져 있다. 그의 뒤로 보이는 방은 그야말로 엉망진창이다. 시트는 어지럽혀져 있고, 침대 옆 테이블에는 컵이 널려 있다.

엘린은 죄책감에 마음이 무겁다. 아이작은 지금 로라를 잃은 슬픔을 겨우 견뎌내고 있는데 위로는커녕 새로운 숙제를 안겨주고 있으니까.

엘린은 무거운 마음을 밀어내며 말한다. "뭔가 바닥에 떨어지는 소리를 똑똑히 들었어. 적어도 그 장소에 가서 눈으로 확인해 보는 게 필요해."

"바닥에 뭔가 떨어졌다면 윌이 응급처치를 받고 나왔을 때 우리 눈에 띄었겠지." 아이작의 눈빛이 엘린의 얼굴을 훑는다. "바닥에 뭔가 떨어져있는 걸 발견한 사람이 있다면 분명 우리에게 말했을 거야."

엘린은 아이작의 얼굴 표정에서 말하지 않은 생각을 읽어낸다. 감정을 담지 않으려는 무표정한 얼굴이다. 지푸라기라도 잡으려는 그녀의 심정을 잘 알고 있다는 표정이다.

잠시 어색한 침묵이 흐른다. 엘린은 문득 자신의 모습이 어떻게 보일지 신경 쓰인다. 얼굴은 땀에 젖어 번들거리고, 머리는 밤새 뒤척이느라 심하게 헝클어져 있다. 엘린은 손으로 대충 머리를 정리한다.

"그때 우리는 월을 돕느라 여념이 없었기 때문에 뭔가 지나친 게 있을지도 몰라."

아이작이 조심스럽게 말한다. "마고는 이 호텔 어딘가에 있을 거야. 그 여자는 위험인물이야." 아이작이 잠시 망설이다가 말한다. "그나저나 월 옆에 있어 줘야 하는 거 아니야?"

엘린은 일순 어깨에 힘이 들어간다. 다시 죄책감이 밀려든다.

아이작의 말에 일리가 있어.

월의 곁을 지켜야 한다는 건 그녀가 할 수 있는 최소한의 도리지만 본능을 따르고 싶은 충동을 억제할 수 없다. 그 충동이 너무 강하다.

"월은 아직 자고 있을 거야. 간밤에도 딱히 아픈 데 없이 잘 잤으니까. 내가 없는 동안 새라가 잠시 월을 봐주기로 했어. 월과 마고가 몸싸움을 벌인 장소에 다녀오면 되니까 그리 오래 걸리지는 않을 거야."

엘린은 자신이 한 말에 인상을 찌푸린다.

이기적인 생각을 합리화하려는 수작이야.

"거기에 뭔가 떨어져 있을 거라 확신해?" 아이작이 스웨터를 집어 들더니 머리부터 집어넣는다.

"마고는 나를 해쳐 수사를 막으려고 했어."

아이작의 시선이 엘린을 지나 창문으로 향한다. "오늘 중으로 날이 갤 수도 있다는 일기예보가 나왔잖아. 날씨가 좋아져 헬리콥터를 띄울 수 있게 되면 당장 경찰이 투입될 수도 있어."

엘린은 창밖을 내다본다. 어둑어둑한 하늘에서 여전히 굵은 눈송이가 떨어지고 있다.

"경찰이 투입되길 기다릴 여유가 없어. 마고가 내뱉은 말을 생각해보면 개인적인 복수가 분명해."

아이작의 시선이 창가를 떠나 몇 미터 떨어진 의자로 향한다.

엘린이 그의 시선을 따른다. 로라의 가죽 재킷이 의자 팔걸이에 걸쳐져 있다. 그의 표정이 미세하게 변한다. 그는 결연한 태도로 고개를 끄덕인다.

"좋아, 얼른 해치우자." 아이작의 눈빛은 분노를 넘어 다른 감정으로 활활 타오르고 있다. 뭔지 몰라도 분노보다 더 생생하고, 어둡고, 지극히 개인적인 감정이다.

79

이번에는 정비실의 전기가 제대로 켜진다. 눈을 뜨기 힘들 정도로 환한 조명 아래에서 보니 이전과 전혀 다른 공간으로 보인다. 윙윙 소리를 내며 제 기능을 다하는 기계들의 공간이다. 기계 설비 사이를 요리조리 빠져나가던 아이작이 고개를 돌리며 묻는다. "마고가 정비실 안쪽에서 윌을 공격했다고 했지?"

"여기서 그리 멀지 않은 곳이야."

몇 미터 안쪽으로 더 들어가자 바닥에 떨어진 피가 보인다. 타일 바닥에 붉은 줄무늬가 나 있다. 직원들이 쓰러져 있는 윌의 몸을 들어 올린 부근의 줄무늬는 많이 뭉개진 상태이다. 피 묻은 발자국이 밖으로 향하다가 끊어져 있다.

엘린은 침착하게 마음을 가라앉히려고 애쓰며 심호흡한다. "뭔가 떨어졌다면 바로 이 지점일 거야."

엘린의 눈이 바닥과 장비들 사이의 틈을 세밀하게 훑는다.

아이작이 옆으로 다가오며 묻는다. "뭐가 보여?"

"아직은 아무것도 안 보여."

쿵 소리와 바닥을 긁고 지나가는 소리.

마고가 무릎을 꿇은 상태가 아니었다면 바닥으로 떨어진 물건이 생각보다 더 멀리까지 굴러갔을 수도 있을 거라는 생각이 든다. 바닥이 타일로 되어 있어 표면이 매끈하고 미끄러우니까.

엘린이 고개를 옆으로 기울이자 목걸이가 흔들리며 턱을 건드린다. 그때 바로 앞에 있는 기계 설비 아래쪽에 떨어진 무언가가 시야에 들어온다. 어떤 물건의 하얀 모서리가 발전기를 에워싸고 있는 금속 틀 아래로 반쯤 튀어나와 있다.

엘린은 하얀 모서리를 향해 손을 뻗어 앞으로 당겨본다.

안 딸려 오네?

엘린이 엄지와 검지로 물건을 살살 잡아당기자 이번에는 미끄러지듯이 쉽게 빠져나온다. 엘린은 손에 든 물건을 바라본다. 내용물이 빡빡하게 들어있는 봉투다.

"뭘 좀 찾아냈어?"

엘린이 자리에서 일어선다. "하얀 봉투를 찾았어."

엘린은 떨리는 손으로 봉투를 열고 반으로 접힌 상태로 들어있는 A4지 뭉치를 꺼내 든다.

서류를 살펴보던 엘린은 갑자기 숨을 헉 들이쉰다. 서류의 글과 배치가 눈에 익다.

고터도르프 병원.

"진료기록부야. 로라의 USB에 저장되어 있던 문서와 같은 종류야." 다만 큰 차이가 있다. 진료기록부의 내용이 온전히 기록되어 있다. 엘린의 눈이 맨 위에 적힌 이름에 머문다.

안나 마센.

마센은 마고의 성이다. 게다가 이름 아래 적힌 숫자가 낯이 익다.

87534.

엘린은 다시 숨이 턱 막힌다.

우연의 일치일 리 없어.

진료기록부 내용은 독일어로 되어 있어 읽을 수 없다. 낯선 독일어에 의학 용어까지 등장한다.

엘린은 페이지를 넘긴다. 뭔가 바닥으로 떨어진다. 흑백 사진들이다. 그녀는 허리를 숙여 흑백 사진을 집어 든다. 첫 번째 사진을 보는 순간 충격이 온몸을 관통한다. 일렬로 늘어선 수술대에 나란히 누운 다섯 명의 여자들이 눈에 들어온다. 하얀 천이 여자들의 하반신 위에 걸쳐져 있다. 사진을 찍으려고 급히 걷어 올린 듯 천이 들쑥날쑥하다.

여자들의 시신은 절단되어있는 상태이다. 복부는 절개되었고, 장기가 다 드러나 있다.

엘린의 시선이 여자들의 머리로 향한다. 두개골의 일부를 제거해 뇌가 선명하게 보인다.

그녀의 뇌가 소리친다.

제발 보지 마. 보지 말라고.

여자들 뒤에 세 사람의 의사가 수술복을 입고 서 있다. 그들은 모두 마스크를 착용하고 있다. 얼굴이 마스크로 가려졌지만 의사들의 체격이나 신장, 특유의 자세를 보아하니 모두 남자라는 걸 알 수 있다. 아렐과 로라가 쓰고 있던 기괴한 모양의 고무 마스크다.

살인자가 쓰고 있던 고무 마스크와 일치해.

엘린은 강한 혐오감을 느끼며 결론을 내린다.

의사들이 마스크를 쓰고 있는 이유는 정체를 숨기기 위해서야. 그들은 서로 신분이 노출되길 바라지 않았다. 악행을 저질러야 하기에. 의료적 행위라기보다는 비인간적이고 야만적인 만행이었다.

엘린은 다시 한번 더 사진을 살펴보다가 크게 놀란다. 카메라와 가장 가까운 위치에 있는 여자의 팔이 침대 옆에 떨어져 있다. 손을 보니 손가락이 몇 개 잘려 나간 상태이다. 흑백 사진이라 어떤 재질인지는 알 수 없으나 팔찌도 보인다. 그녀가 발견한 유리 상자들마다 들어있던 구리 팔찌와 생김새가 비슷하다.

엘린은 새롭게 알아낸 사실들이 암시하는 바가 뭔지 되새기며 말한다. "이 호텔에서 벌어진 살인사건의 원인이 뭔지 알겠어."

사진을 본 아이작의 얼굴에 혐오감이 드리워진다. "이 사람들이 뭘 하는 거야?"

엘린이 음울하게 대답한다. "무얼 원하는지 모르지만 합법적인 행위로 보이지는 않아."

엘린은 사진을 아이작에게 건넨 후 다음 사진을 집어 든다. 풀밭과 무덤이 찍혀 있다. 비석이나 표지판은 없지만 무덤을 파헤쳤다가 메운 흔적이 보인다. 그녀는 다음 사진을 보는 순간 자기도 모르게 손을 입으로 가져간다. 첫 번째 사진만큼 충격적이다. 수술대에 누운 여자 사진으로 여자의 가슴에 모래주머니 두 개가 묶여 있다. 모래주머니의 무게 탓에 여자의 가슴이 뒤집어놓은 활처럼 푹 꺼져 있고, 눈은 감겨 있다.

엘린은 사진 속 여자의 생사 여부를 판단할 수 없지만 호흡이 불가능한 상태로 보인다. 만약 숨이 붙어 있다면 가슴에 올려놓은 모래주머니의 무게를 이겨내고 폐로 공기를 받아들이기 위해 사력을 다해야 했을 것이다. 이번에도 마스크를 쓴 남자 세 명이 여자 뒤에 서 있다. 마스크가 소름 끼치도록 무섭다.

엘린은 떨리는 손가락으로 다음 사진을 집어 든다. 이번 사진에는 두 명의 여자가 수술대에 누워 있다. 시트가 몸을 다 가리다시피 했으나 목을 칼로 절개한 자국이 보인다.

엘린은 손을 부들부들 떨면서 사진을 좀 더 자세히 들여다본다. 모래주머니와 목 부위를 칼로 절개한 것도 아델과 로라를 살해한 수법과 똑같다. 살인자는 살해 방식과 자신이 남긴 서명을 통해 뭔가 메시지를 전하려고 한다.

마고는 사진에 나온 여자들의 모습을 재현하고 있다. 살인 방식, 마스크, 팔찌, 나머지 세세한 부분까지 모두 일치한다.

아이작은 여전히 첫 번째 사진을 뚫어지게 바라보고 있다.

아이작이 사진을 엘린에게 건네며 말한다. "사진 뒷면에 뭔가 적혀 있어."

요즘은 보기 힘든 둥글둥글한 필체로 적어놓은 연필 글씨가 눈에 들어온다.

플루마히트 요양원, 1927

엘린은 입술이 바짝 타들어간다. "이 호텔이 요양원이었던 시절의 사진이야."

그녀는 무덤 사진을 집어 들고 배경을 살핀다. 지금처럼 땅이 눈에 덮여 있지는 않지만 오르막길을 따라 늘어선 전나무와 그 위로 보이는 깎아지른 산이 낯익다.

"이 무덤은 요양원 근처 어딘가에 있었을 거야. 이 여자들을 매장한 무덤."

"아무런 표시도 되어 있지 않은 무덤들이야."

엘린이 첫 번째 사진을 뒤집어 아래쪽을 본다.

요양원 이름 아래로 다섯 개의 숫자 조합이 적혀 있다.

여자도 다섯 명, 숫자도 다섯 개.

엘린은 손끝으로 숫자를 훑는다. 87534. 기억의 회로가 서서히 달구어진다. 그녀가 로라의 USB에 들어있던 진료기록부에서 발견한 숫자와 같다. 아델의 시신 옆에서 발견된 팔찌에 새겨져 있던 숫자와도 일치한다.

이 여자들 가운데 하나가 마고의 혈육일 거야.

엘린이 아이작의 눈을 보며 말한다. "진료기록부에 있는 숫자와 사진 뒤에 적힌 숫자들이 일치해. 아마도 이 숫자들은 환자들을 관리하는 일련번호로 보여."

"팔찌에 새긴 번호도 환자 번호겠네?"

"바로 그거야. 이 사진에 나온 여자들 가운데 마고의 혈육이 있을 거야."

"독일의 정신병원에서 작성한 진료기록부가 어쩌다가 여기까지 오게 되었을까?"

"정말이지 아이러니한 일이야. 일단 이 진료기록부를 번역할 수 있는 사람을 찾아봐야겠어. 짐작컨대 이 여자들은 정신질환 치료를 받으려고 요양원에 온 게 아니야."

엘린은 사진들을 보면 볼수록 마음이 불길해진다. 특히 몇 가지 장면이 눈에 거슬린다. 마스크를 쓴 남자들이 여자들 뒤에 일렬로 늘어서 있는 모습, 그들의 위압적인 모습과 태도는 힘의 불

균형을 암시한다. 아무런 대비책도 없이 무방비 상태로 누워있는 여자들과 마스크를 쓰고 모든 상황을 통제하며 서 있는 남자들의 모습이 선명한 대비를 이룬다.

위협.

묘비나 묘비명도 없는 묘지도 이상하기 그지없다.

이 여자들을 은밀하게 매장했을까?

엘린이 앞으로 흘러내린 머리를 뒤로 넘긴다. "아델과 로라의 죽음은 이 사진과 어떤 연관성이 있을까? 이 사진들과 진료기록부를 본 마고가 복수에 나선 걸까? 마고는 왜 아델과 로라를 복수의 대상으로 삼았을까?"

아이작의 표정이 굳어진다. "이 사진에는 다섯 명의 죽은 여자들이 있어. 누나 말대로 마고가 이 사진을 보고 나서 복수를 다짐했다면 다섯 명을 죽이기로 마음먹었을 공산이 커." 아이작이 사진 한 장을 집어 든다. "다니엘까지 포함하면 마고는 지금껏 세 사람을 살해했어. 그 말은……."

엘린이 말을 가로챈다. "두 사람을 더 죽일 수도 있다는 뜻이지."

아이작이 잠시 침묵했다가 입을 연다. "아델과 로라, 다니엘이 사진에 나온 여자들과 어떤 관련이 있을까? 이 사진은 1927년에 찍었어. 아주 오래전이지. 그 여자들과 살해당한 세 사람 사이에 어떤 연결고리가 있을까? 세 사람이 태어나기도 전에 찍은 사진인데 마고가 하필이면 그들을 표적으로 삼은 이유를 모르겠어. 아마도 마고가 새롭게 알게 된 뭔가가 살인 동기로 작용했을 거야."

"내 생각도 그래. 다만 우리가 현재 확보한 정보만으로는 아무것도 단정할 수 없어."

아이작의 시선이 엘린이 손에 들고 있는 봉투로 향한다. "일단 마고가 어디에 있는지 찾아내 추가 범죄를 예방하는 게 급선무야."

"그래, 네 말대로야." 엘린이 말한다.

바로 그때 엘린의 눈에 봉투의 가장자리에 묻은 얼룩이 보인다. 까만 조각.

마고의 손톱에서 떨어진 매니큐어 부스러기.

엘린의 머릿속에서 연달아 떠오르는 이미지가 있다. 책상에 떨어져 있던 매니큐어 부스러기, 몹시 허둥대며 책상에서 매니큐어 부스러기를 쓸어내는 마고, 가방이 뒤집히는 바람에 바닥에 쏟아진 마고의 소지품들.

엘린의 머릿속에서 하나의 생각이 차츰 구체적인 형체를 갖추어가기 시작한다. 두려움이 뱃속을 쿡쿡 찌른다.

"일단 카롱 남매를 만나봐야겠어. 그들 남매라면 마고가 어디에 있는지 알 수 있을 것 같아. 마고는 줄곧 이 호텔에 있었어."

80

"기록 보관실 말입니까?" 루카스가 테이블에 커피 잔을 내려놓으며 묻는다. "거긴 아무것도 없습니다."

루카스는 잔뜩 긴장해 있다. 움츠러든 어깨, 앞으로 내민 턱.

이 사람은 내가 수사를 포기하지 않아 불만인가봐. 내가 수사를 포기하라는 조언을 받아들이지 않았으니 짜증이 날 수도 있겠지.

"기록 보관실에 다른 문은 없습니까? 그 방에서 몰래 빠져나갈 수 있는 다른 통로 말입니다."

"없습니다." 루카스가 퉁명스럽게 말한다. "마고가 기록 보관실에서 머무르고 있을 거라고 생각하는 이유는 뭡니까?"

"그냥 저의 감입니다."

"당신의 감은 신뢰할 만한가요? 감만 믿고 목숨을 걸겠다고요?" 루카스가 입술을 비틀면서 세실과 눈빛을 교환한다. "날씨가 점점 좋아지고 있고, 이제 곧 경찰이 투입될 겁니다. 나는 경찰의 조언대로 조용히 기다리는 게 상책이라 생각합니다."

"무작정 경찰이 투입되길 기다리고 있다가는 또 다른 사건이 터질 수도 있어요." 엘린이 감정을 배제하고 담담한 어조로 말한다. "내가 보기에 마고는 지금 통제 불능 상태입니다. 윌과 몸싸움을 벌인 건 즉흥적인 선택이었지만 마고는 기회가 찾아올 때마다 똑같이 행동할 겁니다. 경찰이 투입될 경우 상황이 더 악화될 수도 있습니다."

엘린이 내뱉은 마지막 말은 바람의 굉음에 잠겨 버린다. 주머니에 든 휴대폰이 진동한다. 휴대폰을 꺼내 확인해보니 아이작이다. 그녀는 휴대폰을 다시 주머니에 넣는다. 아이작과 얼른 통화해봐야 할 것 같다.

세실이 의아하다는 듯이 묻는다. "마고 혼자서 세 건의 살인사건을 저지를 능력이 된다고 보세요?"

엘린이 봉투를 내려놓는다. 양손이 벌벌 떨린다.

이 순간을 기다렸어. 사진을 본 당신들의 반응을 확인하는 순간을.

엘린이 첫 번째 사진을 책상에 내려놓는다. "이 사진을 보면 마고의 살해 동기가 뭔지 짐작할 수 있을 겁니다."

사진을 본 세실이 깜짝 놀라 몸을 움츠리며 손을 입으로 가져간다. 루카스는 표정 변화가 전혀 없어 속내를 알기 어렵다.

루카스가 한 손으로 턱수염을 어루만지며 묻는다. "이 사진들은 뭐죠?"

"이 호텔이 요양원일 때 찍은 사진들입니다. 이 여자들 가운데 마고의 혈육이 하나 있을 거라 생각해요." 엘린이 사진을 뒤집는다. "사진 뒷면에 적힌 숫자 조합이 진료기록부에 적힌 환자 번호와 일치합니다. 팔찌에 새겨진 번호와도 일치하고요."

"남자들이 여자 환자에게 무슨 짓을 하는 건가요?" 사진을 손에 든 세실의 눈빛이 멍하다. "평범한 수술로 보이지는 않아요."

"사진에 등장하는 여자들은 독일의 정신병원에서 이곳 요양원으로 보낸 환자들입니다. 내가 생각하기에 이 여자들을 결핵 요양원으로 보낸 결정은 의학적으로 타당성이 전혀 없습니다." 엘린은 봉투에서 마고의 친척으로 보이는 여자의 진료기록부를 꺼낸다. "독일어로 되어 있는 진료기록부 내용을 보면 더 많은 사실을 알 수 있을 겁니다. 다만 저는 독일어를 읽지 못합니다."

"내가 독일어를 읽을 수 있어요." 세실이 진료기록부를 읽어 내려가며 말한다. "진료기록부에 따르면 이 여자는 네 번째 아이를 출산한 직후 정신적인 문제가 발생해 병원에 입원했어요. 주치의는 그녀의 남편과 상의한 끝에 그녀를 정신병원에 보냈고요. 그녀가 정신병원에서 처방받은 약과 치료에 대해 자세하게 적혀 있네요." 세실이 인상을 쓴다. "그렇지만 왜 요양원으로 보내게 되었는지 아무런 설명이 없어요."

"이 환자들을 정신병원에서 요양원으로 옮긴 프로젝트는 비공식적이고도 매우 은밀하게 진행된 것으로 보여요." 엘린이 사진을 뒤집는다. "사진 뒷면에 '플루마히트 요양원'이라는 글자가 보일 거예요." 그녀는 다시 봉투로 손을 뻗어 무덤이 찍힌 사진을 그들에게 보여준다. "이 사진은 이 호텔 근처에서 촬영한 것으로 보여요."

세실이 천천히 말한다. "이 여자들을 사진에 찍힌 무덤에 매장했다는 거예요?"

엘린이 고개를 끄덕인다. "요양원에서 어떤 일이 벌어졌는지 전혀 몰랐나요?"

"전혀 몰랐어요." 세실의 얼굴이 어두워진다. "기록 보관실에서 과거 자료들을 본 적이 있지만 이 여자들의 진료기록이나 사진을 본 적은 없어요."

루카스의 반응을 기다리던 엘린이 묻는다. "대표님은 재건축을 추진하는 동안 이 무덤들에 대해 아무런 말도 못 들었습니까?"

루카스가 고개를 가로젓는다.

엘린은 그의 반응이 이상하다고 생각한다. 그의 표정이 필요 이상으로 건조하고 무심해 보인다. 그녀는 루카스의 표정에 신경 쓰느라 세실이 뭔가 말했지만 알아듣지 못한다.

"방금 뭐라고 했어요?"

"오래전 일이라고 했어요." 세실이 인상을 찌푸리며 말을 잇는다. "과거 요양원에서 벌어진 일과 아델과 로라가 살해된 사건은 도대체 어떤 연관성이 있나요? 다니엘은요? 마고는 무슨 이유로 그들을 살해했을까요?"

엘린이 순순히 인정한다. "나도 아직 그 이유를 모릅니다. 그 질문에 정확하게 답변할 수 있는 사람은 마고가 유일합니다."

세실의 눈길이 사진에 머물러 있다. "이 사진을 보니 마고가 추가 범죄를 저지를까봐 걱정되네요. 얼른 마고를 찾아내야 할 것 같아요."

루카스는 이 자리가 계속 불편해 보이는 눈치다. "이게 다 무슨 일인지 모르겠어요."

엘린이 그와 시선을 교환하며 말한다. "그동안 마고는 늘 우리보다 한발 앞서 움직였죠. 마고가 추가로 누군가를 살해하기 전에 허를 찌를 기습작전이 필요해요."

루카스가 고개를 끄덕이더니 세실을 돌아본다. "세실, 넌 사람들이 식당에서 아침 식사를 하는 동안 그곳을 맡아 관리해줘. 나는 엘린과 함께 움직일 테니까."

엘린의 주머니에 든 휴대폰이 진동한다. 휴대폰을 꺼내 화면을 보니 아이작이다. 엘린은 전화를 받으려고 구석으로 자리를 옮긴다. "여보세요?"

"누나, 어디야? 아까 전화했었는데 왜 안 받았어?"

"루카스와 세실을 만나 사진과 진료기록부를 보여주고 있었어."

"아무리 바빠도 전화는 받아야지. 급한 일일 수도 있잖아."

"무슨 일 있어?"

아이작이 잠시 아무런 대답이 없다.

"무슨 일인데 그래?"

"윌의 혈압이 살짝 떨어졌어. 새라는 감염이나 내출혈이 원인일 수 있겠지만 윌의 상처 위치로 보자면 그럴 일은 없을 거래. 하지만 매우 의심스러운 상태인 만큼 빨리 병원으로 데려가야 한대."

묵직한 압박감이 죔쇠처럼 엘린의 머리를 죈다.

윌에게 무슨 일이 일어나게 해서는 안 돼. 불상사가 벌어지도록 내버려 둘 수는 없어. 다시는 안 돼.

엘린의 목소리가 통제를 벗어난 듯 높게 울려 퍼진다. "너도 알다시피 여길 벗어날 방법이 없어."

루카스가 엘린을 슬쩍 쳐다본다.

"나도 알지만 새라가 한 말의 무게감을 누나도 알아두었으면 해서 전화한 거야." 엘린은 아이작이 차분하게 말하려고 노력하고 있다는 사실을 보지 않아도 알 수 있다.

"루카스와 함께 마고를 찾아 나서기 전에 잠시 들를게."

"좋아."

엘린은 루카스에게 상황을 설명하고 나서 그의 사무실을 나선다.

윌을 잃어서는 안 돼!

엘린은 이제 더는 사랑하는 사람을 잃을 수 없다고 다짐한다.

81

엘린은 침대에 누운 윌을 보는 순간 눈물이 핑 돈다. 그녀는 두려움을 밖으로 내비치고 싶지 않지만 뜻대로 되지 않는다. 언뜻 보기에도 윌의 상태가 안 좋아 보인다. 환한 조명 아래에서 보니 관자놀이 주위의 푸르스름한 혈관이 다 비친다. 무엇보다 숨소리가 가늘고 약하다.

새실이 말하길 혈압이 정상으로 돌아왔고, 통제 가능한 상태가 되었다고 하지만 최악의 시나리오가 자꾸만 떠오른다.

혈압이 다시 떨어지면 어떻게 하지? 의료진이 당도할 때까지 아무것도 할 수 없잖아.

몹시 슬프고 힘든 상황이지만 이번에도 마고에게 주도권을 빼앗겨서는 안 된다. 만약 주도권을 또 빼앗길 경우 윌의 목숨뿐만 아니라 이곳에 있는 모든 사람들의 목숨이 위험해질 수도 있다.

엘린은 손등으로 눈물을 훔치며 복도를 달려간다.

"집중하자." 엘린이 자신에게 말한다. "이제부터 감정을 잘 다스려야 해."

루카스가 기록 보관실 문 앞에서 기다리고 있다. "윌은 좀 어떻습니까?"

"혈압이 많이 떨어졌었는데 다행히 올라갔어요. 감염이 우려되는 상황이라 항생제가 필요해요."

윌을 혼자 있게 내버려두면서까지 이 일을 해야 할까?

"엘린, 당신은 윌을 간병하는 게 낫겠어요. 마고가 어디 있는지 나 혼자 찾아봐도 되니까."

"아뇨, 나도 같이 움직일게요." 마고가 더는 사람을 해치지 못하게 막고 싶기도 하지만 이 사건에 깊숙이 얽혀버렸다. 마고는 윌과 로라를 해쳤다. 개인적으로도 마고를 용서할 수 없다.

엘린은 기록 보관실 중앙에 웅크리고 앉아 고무 매트 위를 손가락으로 훑는다. 그녀의 시선이 매트 사이에 난 다이아몬드 꼴 구멍에 꽂혀 있다. 그 구멍에 작은 금속 물체가 떨어져 있다. 윗부분을 장식한 은색 별들이 또렷이 보인다.

루카스가 그녀 옆에 무릎을 꿇고 앉으며 묻는다. "그게 뭐죠?"

"마고가 머리에 꽂고 있던 머리핀이에요. 윌과 마고가 몸싸움을 벌일 때 이 머리핀이 바닥에 떨어진 걸 봤어요. 하지만 봉투에 떨어진 마고의 매니큐어 부스러기를 보기 전까지만 해도 그녀와 머리핀을 연관 지을 생각을 하지 못했죠. 봉투에 떨어진 마고의 매니큐어를 보는 순간 기억이 어렴풋이 났어요. 마고가 책상에서 매니큐어 부스러기들을 치우는 모습을 봤거든요. 그녀가 매니큐어 부스러기들을 쓸어 담다가 팔로 가방을 쓰러뜨렸어요. 그때 머리핀들이 바닥으로 우수수 쏟아졌죠."

엘린은 작은 틈새에서 또 다른 단서를 찾아낸다. 바닥에 떨어져 있는 까만 부스러기들. 손에 침을 묻혀 부스러기를 누른다. 까만 부스러기가 손끝에 묻어난다.

엘린은 그 모습을 보며 기억을 더듬는다.

마고의 매니큐어 부스러기야. 독특한 잿빛 색깔.

"당신 손에 묻은 얼룩은 뭐죠?"

"마고의 매니큐어 부스러기 자국이에요." 이제 일말의 의심마저 사라진다. "마고는 여기 있었어요. 최근까지."

바닥의 매트에도 매니큐어 부스러기가 많이 떨어져 있다.

"바닥은 원래부터 이랬나요?"

루카스가 자리에서 일어서며 말한다. "바닥을 교체하기 쉽지 않았는데 나중에 이 방의 활용 방법에 대한 계획이 바뀌면서 그대로 두었어요."

매트를 살펴보던 엘린의 눈이 번쩍 뜨인다. 매트 표면의 길고 가느다란 자국이 시선을 끈다. 그 자국들을 다 이어 나가다보니 각각의 변이 일 미터쯤 되는 사각형 형태가 된다.

길고 가느다란 자국을 손으로 따라가며 훑어가다보니 왠지 손끝이 따끔거린다.

이런 일이 우연의 일치일 리 없어.

루카스가 의아한 표정으로 그녀를 바라본다. "그 가느다란 자국은 뭐죠?"

"아직은 뭔지 모르겠어요."

엘린은 주머니에서 연필깎이용 칼을 꺼내 칼날을 가느다란 자국의 모서리에 집어넣는다. 그런 다음 매트의 한 귀퉁이가 위로 올라갈 때까지 모서리를 세게 누른다. 그녀는 위로 올라간 매트의 가장자리를 잡아당겨 벗겨낸다. 매트 아래에 얇은 비닐장판이 깔려 있다. 거기에도 매니큐어 부스러기와 가느다란 선 자국이 있다. 매트와 똑같은 형태의 사각형이다.

엘린의 심장이 쿵쾅거리며 뛴다.

굉장한 단서를 찾아냈어.

엘린은 비닐장판에 남은 가느다란 자국에 칼날을 집어넣고 사각형 부분을 벗겨낸다. 마치 누군가 이미 시도한 적이 있듯이 아주 쉽게 벗겨진다.

엘린은 비닐장판을 도려낸 부분을 바라본다. 거기에 콘크리트 바닥이 아니라 나무로 만든 문이 있다. 나무 문에 달린 금속 손잡이 두 개도 보인다. 표면에 먼지가 두껍게 쌓여 있다. 그녀는 그곳에서 더 많은 매니큐어 부스러기를 찾아낸다.

마고가 여기에 있었어. 바닥을 들어내고 이 문을 몇 번이나 여는 바람에 문 위에 깔린 매트와 비닐장판에도 매니큐어 부스러기가 떨어져 있었던 거야.

엘린이 고개를 들어 루카스를 바라보며 묻는다. "혹시 이 문을 본 적이 있나요?"

"아뇨, 전혀." 루카스는 망설이는 기색 없이 곧장 대답한다. "지금 처음 봅니다."

"개축 공사를 할 당시에도 이 문을 보지 못했나요?"

루카스의 눈길이 바닥의 문으로 향한다. "개축 공사를 시작했을 당시만 해도 사방에 오래되고 지저분한 비닐장판이 깔려 있었어요. 바닥의 수평도 제대로 맞지 않았고요. 시공업자에게 이 방을 어떤 용도로 사용할지 결정 내릴 때까지 매트를 깔아 수평을 맞춰놓으라고 했었죠." 루카스의 눈길이 바닥의 문으로 향한다. "혹시 이곳이……."

나무 문 아래에 밀실이 있다면 누군가를 가둬두기에 적합할 듯했다. 사람들의 눈을 완벽하게 따돌릴 수 있어 호텔을 들락거리기에도 용이해 보인다.

엘린은 나무 문을 위로 들어 올린다. 문을 열자 아래쪽에서 퀴퀴하고 눅눅한 냄새가 훅 끼쳐온다. 그녀는 가방에서 손전등을 꺼내 밀실을 비추면서 안에 뭐가 있는지 들여다본다. 아래로 내려가는 돌계단이 보인다.

"아래로 내려가 봐야겠어요."

"지금요?" 루카스가 깜짝 놀란 표정을 지으며 그녀를 바라본다.

"마고가 또 다른 사람을 해치기 전에 제지해야죠."

"그럼 나도 같이 가요. 당신 혼자 가는 건 위험하니까."

"좋아요." 엘린이 그를 보며 말한다. "그럼 내가 먼저 내려갈게요."

82

엘린이 오른손에 손전등을 들고 계단을 내려가자 루카스가 뒤따른다. 퀴퀴한 곰팡내가 코를 찌른다. 밀실의 공기에 끈적거리는 먼지가 잔뜩 묻어 있다.

엘린이 계단을 내려가다가 고개를 뒤로 돌려 루카스에게 속삭이듯이 말한다. "나무 문 안쪽에도 손잡이가 있는지 확인해주실래요?"

루카스가 이미 내려왔던 계단을 다시 올라가 문 안쪽에 손잡이가 있는지 확인해본다. "안쪽에도 손잡이가 있어요."

엘린은 자신의 생각을 소리 내어 말한다. "마고가 이 문으로 드나들었을 가능성이 커요." 보안카메라가 모두 꺼진 상태라 마고는 사람들의 눈을 피해 이 방을 드나들 수 있었을 것이다.

"그럴 가능성도 있죠."

계단을 다 내려가자 기록 보관실에서 흘러들어오는 빛이 거의 없다. 엘린은 밀실의 구조를 살펴보려고 원을 그리듯 손전등을 비춘다. 그리 넓지 않은 방이고, 그녀가 있는 곳에서 시작된 터널이 어디론가 길게 이어져 있다.

터널이야.

애초의 짐작과 달리 지하 밀실이 아니다. 터널을 이용하면 스파와 주차장을 지나 호텔로 이어질 공산이 크다. 훨씬 더 멀리 갈 수 있을지도 모른다. 손전등을 벽에 비추자 벽 표면에 길게 남은 물 자국이 눈에 보인다. 손전등으로 위를 비추자 천장에 매달린 구식 형광등이 눈에 들어온다. 형광등 전구의 표면은 먼지투성이고, 덮개에는 자잘한 금이 가 있다. 형광등이 설치되어 있는 것으로 볼 때 이 터널은 나중에 뚫은 게 아니라 원래부터 이 건물에 속한 구조물이 분명하다.

엘린이 손전등으로 루카스를 비추며 묻는다. "건물 도면에 이 터널이 나와 있지 않던가요?"

"네." 루카스가 주머니에서 자신의 손전등을 꺼내 스위치를 누른다.

"개축 공사를 시작하기 전에 측량을 했는데 이 터널은 발견하지 못했어요."

루카스는 두려움을 표출하지 않으려고 애쓰지만 엘린에게도 그의 공포가 전달된다.

"호텔 외부에서 혹시 터널이 있을 거라 의심할 만한 구조물을 본 적이 없나요?"

"네, 전혀 보지 못했어요. 터널의 출입구가 막혀 있다면 발견하기 쉽지 않겠죠. 호텔에서 멀리 떨어진 곳에 출입구가 있지 않다면요. 터널의 출입구가 멀리 떨어진 곳에 있다는 건 말이 안 되고요."

"대표님은 이 터널의 용도가 무엇이었는지 짐작하세요?"

"이런 터널을 갖춘 요양원이 몇 군데 있는 것으로 알고 있습니다. 식품과 소모품을 건물 안으로 옮기는 데 사용된 터널이었죠.

그리고……." 루카스의 표정이 갑자기 딱딱해진다. "환자들의 시선을 피해 시신을 내가는 통로로 활용하기에도 적합했을 겁니다."

루카스는 정말 이 터널의 존재를 몰랐을까? 혹시 이 터널이 어딘가에 기록으로도 남아 있고, 사람들의 입에도 오르내리지 않았을까? 건물을 지은 사람이 줄곧 감춰오지 않았다면.

엘린이 냉담하게 말한다. "사진에서 본 의사들도 이 터널을 즐겨 이용했겠죠. 애초부터 비밀스러운 일을 처리하려고 만든 터널이라 그 어디에도 기록이 남아 있지 없을 겁니다."

"그럴 수도 있겠네요."

엘린은 다시 앞으로 걸어가기 시작한다. 한 걸음씩 발을 내디딜 때마다 불안감이 증폭된다.

몇 미터를 걸어가자 터널이 두 갈래로 갈라진다. 오른쪽은 계단이고, 왼쪽은 좁은 길이다.

"이제 왜 이 터널을 이런 식으로 만들었는지 이해하시겠죠?"

루카스가 고개를 끄덕인다. 그가 어찌나 긴장했는지 혈관이 피부를 뚫고 튀어나올 것만 같다. "이 좁은 길은 모터 트롤리로 시신을 옮기는 통로였을 겁니다. 그 옆 계단은 직원용이었을 테고요."

엘린은 계속 걷는다. 손전등 불빛이 칠흑 같은 어둠 속에서 앞을 흐릿하게 비춘다. 마고가 이곳에서 은신했던 흔적은 없다.

우리가 잘못 생각한 걸까? 이 터널이 살인사건과 전혀 연관이 없을까?

바로 그때 엘린은 루카스의 손전등 불빛이 더 이상 움직이지 않는다는 사실을 알아차린다. 그의 손전등은 머리 위쪽 뭔가에 고정된 채 꼼짝도 하지 않는다.

루카스가 속삭인다. "여기에서부터 터널이 넓어지네요."

엘린은 몇 걸음 더 앞으로 걸어가면서 손전등 불빛을 여기저기 쓸 듯이 비춘다.

터널이 넓어졌다가 다시 좁아지더니 앞쪽에 있는 뭔가가 얼핏 보인다. 지면에서 위로 50센티미터 올라온 위치에 반짝 빛나는 금속이 있다. 손전등으로 금속을 집중적으로 비추며 다가가고 있을 때 머릿속에서 경고등이 켜진다. 손전등 불빛에 드러난 금속 물체는 트롤리의 일부다. 트롤리에 대충 벗겨놓은 고무시트가 놓여 있고, 기다린 밧줄이 양쪽 위와 아래에 각각 두 개씩 묶여 있다.

엘린은 트롤리를 요모조모 뜯어본다. 트롤리 바닥에는 캔버스백이 여러 개 놓여 있다. 그 옆으로 수건과 물병이 몇 개 있다. 왼쪽에 놓인 작은 테이블에는 부젓가락, 가위, 칼 따위 도구들이 흩어져 있다. 도구의 표면에 하나같이 시커먼 피가 말라붙어 있다.

로라를 죽이고 여기에서 신체를 절단한 거야. 아델도 마찬가지고.

엘린은 손바닥에 땀이 흥건해지는 바람에 손전등을 떨어뜨린다.

"이곳에서……." 루카스가 잔뜩 겁에 질려 말을 맺지 못한다.

"시신을 절단하기에 완벽한 장소네요. 공간도 넉넉하고, 들킬 염려도 없고, 접근하기도 쉽고……." 엘린은 먼지와는 다른 강렬한 냄새를 맡고 말을 멈춘다. 터널을 지나는 동안 코를 찔렀던 곰팡내가 다른 냄새로 바뀌었다. 뭔가 썩어가는 냄새가 난다. 고기 썩는 냄새 아니면 녹슨 쇠붙이 냄새 같다. 여러 도구에 묻어 있는 피 냄새일 수도 있다. 환기가 잘 안 되는 공간이라 피 냄새가 배었을 수도 있다.

엘린이 몸을 돌려 루카스를 보려고 할 때 뭔가가 시야에 들어온다. 폭이 가장 넓은 터널의 벽에 뭔가가 있다.

엘린은 갑자기 온몸이 굳어버린다.

말도 안 돼.

83

엘린이 손을 들어 입을 가리지만 이미 신물이 올라와 목과 입 안을 가득 채운다.

마고.

마고의 시신이 목재 받침대에 고정된 도르래로 들어 올린 상태로 매달려 있다. 기괴한 고무 마스크가 마고의 얼굴을 절반쯤 덮고 있지만 옆모습은 확실히 알아볼 수 있다. 마고의 얼굴은 피가 쏠려 고인 탓에 검푸른 색을 띠고 있다. 한쪽 눈은 감긴 상태고, 다른 쪽 눈은 뜨고 있다. 생명이 빠져나가 텅 빈 눈.

엘린은 눈앞의 상황을 이해해보려고 머리를 굴린다.

마고는 스스로 죽음을 택했을까? 추적당하리라는 걸 알았기에 자살을 결심했을까?

마고의 몸통이 발목과 손목을 묶어놓은 밧줄로 팽팽하게 끌어당겨져 있다. 발목을 묶은 밧줄은 크랭크, 즉 바퀴처럼 생긴 물체와 이어져 있다.

마고가 혼자 자신의 몸을 이렇게 묶고 연결하는 건 불가능하다.

금속 쐐기가 마고의 이마에 고정되어 있다. 쐐기가 뚫고 들어간 이마에서 흘러내린 피가 바닥에 떨어져 있다. 쐐기에 달린 금속 갈고리에 기다란 밧줄이 묶여 있고, 그 밧줄은 바퀴에 묶여 있다.

엘린은 자신의 심장에서 피가 뿜어져 나오는 소리가 들리는 듯하다. 마고의 목에는 찢어진 상처가 남아 있다. 마고의 이마를 뚫고 들어간 금속 죔쇠 때문에 숨이 끊어지지 않았다 하더라도 이 중세 스타일의 무시무시한 살인 도구라면 그녀의 척추에서 능히 머리를 뽑아버릴 수 있을 듯했다.

즉사.

엘린의 머릿속에서 마고의 이미지들이 테이프처럼 되감긴다. 며칠 전 처음 만난 마고와 야만적인 방식으로 죽어가는 그녀의 모습이 눈에 선하다.

엘린은 지금 이 잔상이 평생 뇌리에 진득하게 들러붙어 있을 거라는 사실에 한 치의 의심도 없다. 그녀는 숨을 깊이 들이마시며 익숙한 공포가 찾아오기를 기다리지만 그런 일은 일어나지 않는다. 눈앞에 펼쳐진 비극적 모습의 본질이 뭔지 파헤쳐 들어가는 그녀의 이성은 날카롭고 명료하다. 그 순간 문득 떠오른 생각이 그녀는 차라리 사실이 아니길 바란다.

엘린이 루카스를 향해 돌아선다. "마고에게는 공범이 있었고, 그 사람과 함께 살인을 저질렀어요."

84

아무런 대답이 없어 엘린은 주위를 둘러본다.

"대표님?"

칠흑처럼 어두운 터널 속에서 그녀의 말이 쓸쓸하게 메아리친다.

루카스는 어디에 있지?

엘린은 엄습해오는 두려움을 느끼며 주위를 한 바퀴 둘러본다. 손전등 불빛에 트롤리, 버려진 도구들, 벽에 남은 얼룩이 보이지만 그 어디에도 루카스는 없다.

조금 전만 해도 루카스는 두려움에 떨며 그녀 뒤에 바짝 붙어 있었다. 그녀는 다양한 가능성을 떠올린다.

루카스가 뭔가 보았거나 소리를 듣고 다른 곳으로 이동했나?

엘린은 터널을 따라 이동하면서 주변을 살피는 동안 입술이 바짝바짝 타들어간다.

루카스는 어디로 갔는지 보이지 않아.

엘린이 지나온 길로 되돌아가는데 멀리서 쿵 소리가 들린다. 엘린의 뇌는 빠르게 정보를 긁어모아 무슨 소리인지 분석한다.

터널로 들어서는 나무 문.

루카스는 그들이 온 길을 되짚어 돌아갔다는 뜻이다. 갑작스레 절망감이 엄습해온다. 루카스가 아무런 말도 없이 도망친 이유는 하나밖에 없다.

마고의 공범이 루카스였어. 그가 살인자야.

루카스가 공범이라면 왜 아무도 몰래 그녀를 죽일 기회가 있었던 터널에서 가만히 있었을까?

엘린은 걸어온 길을 되짚어 달리기 시작한다. 약간 경사지고 좁은 길이라 달리기가 쉽지 않다. 땀방울이 이마를 타고 흘러내린다. 엘린은 손으로 땀방울을 훔치며 계속 달린다.

왜 루카스는 마고를 죽였을까? 그들의 계획에 마고의 죽음도 포함돼 있었을까? 마고를 꼬드겨 완벽한 희생양으로 만들고자 한 건가? 애초에 세운 계획을 끝까지 밀어붙이려고 이미 신분이 노출된 마고를 죽였을까?

머릿속에서 온갖 생각들이 난무한다. 세실에게 들은 말, 로라와 루카스의 관계, 호텔에 대한 루카스의 집착, 그의 거짓말.

루카스의 범행 동기가 뭔지 생각해본다. 호텔을 지켜내야 한다는 게 가장 큰 동기일 것이다.

호텔 지키기.

루카스가 이 호텔 사업에 대해 얼마나 큰 열정을 가지고 있는지 세실에게 들은 기억이 난다.

이 호텔은 루카스를 기리는 기념비나 다름없다.

이곳에서 벌어진 일련의 범죄는 루카스가 예전부터 키워온 야망을 지키기 위한 망상에서부터 비롯되었을까? 요양원의 어두운 과거에 대한 진실을 숨기려고 살인을 저질렀을까? 이 호텔이 요양원이었던 시절의 어두운 이야기를 알아낸 사람들을 살해했을까?

이성적인 사람이라면 그런 계획이 결코 성공할 수 없다는 사실을 깨달았겠지만 살인자의 논리는 다를 수 있다. 살인자의 머릿속에서 자신의 방식은 언제나 옳고 논리적이다. 유일무이한 결론이다. 그 결론에 대한 절대적인 신념이 그를 살인자로 만든다. 그의 신념에 반하는 사람들은 피도 눈물도 없이 죽인다.

엘린은 누가 범인이든 빠르게 행동해야 한다는 사실을 안다. 마침내 터널이 시작되는 계단에 도착한다. 계단 위를 보니 칠흑처럼 어둡다. 기록 보관실에서 흘러나오는 빛이 전혀 안으로 새 들어오지 않는다.

루카스가 나무 문을 잠갔다는 뜻이다. 엘린은 손전등을 입에 물고 문 안쪽 손잡이를 밀어 올렸지만 꿈쩍도 하지 않는다. 잠시 후 다시 힘을 주어 밀어 올린다. 이번에는 손끝으로 표면을 더듬으며 혹시 취약한 부분이 있는지 찾아보지만 전혀 없다.

엘린은 계단을 몇 칸 내려가 몸을 웅크리고 있다가 훌쩍 뛰어오르며 온몸으로 문을 들이받는다. 문이 몇 밀리 정도 들리자 그 틈새로 가녀린 빛이 스며든다. 빛이라고는 보이지 않는 주변을 둘러보던 그녀는 점점 공포를 느낀다.

이제 어떻게 할지 고민하다보니 몇 분이 흐른다. 세실과 루카스를 제외하고 엘린이 지하 터널에 와 있다는 사실을 아는 사람은 없다. 벌써 세실이 그녀를 찾아 나설 리 없다. 루카스가 어떤 속셈이든 해치울 시간이 충분하다. 다시 터널로 돌아가 다른 출입구를 찾으려고 해봐야 소용없다는 걸 안다. 루카스가 이미 입구를 봉쇄해두었을 테니까.

엘린, 어서 좋은 생각을 떠올려봐.

그때 한 가지 생각이 문득 뇌리를 스친다. 지금껏 고려해보지 않았지만 가장 확실한 방법이다.

주머니에 휴대폰이 있잖아.

엘린은 주머니에서 휴대폰을 꺼낸다. 안테나 표시가 고작 하나뿐이다. 엘린은 휴대폰을 흔들어보지만 소용없다. 하나밖에 없던 안테나 표시가 사라지며 두 단어로 대체된다.

서비스 불가 지역.

엘린은 계단 꼭대기까지 올라가 휴대폰 화면을 본다. 계속 점멸하던 안테나 표시가 확실하게 보인다. 여전히 미약하지만 문자메시지 정도는 충분히 보낼 수 있을 것 같다. 그녀는 계단에 앉아 아이작에게 문자메시지를 보낸다.

나, 지금 기록 보관실에 갇혔어. 중간쯤 되는 바닥에 지하로 드나드는 나무 문이 있어. 누군가 고무에 사각형을 새긴 것 같은 흔적이 있을 거야. 그 고무 매트를 들어 올리면 비닐장판이 나와. 그 비닐장판을 벗기면 나무 문이 보일 거야.

곧장 답장이 온다.

가는 중이야.

몇 분 후 머리 위에서 쿵 하는 소리에 이어 바닥을 긁는 소리가 들린다. 그러다가 문이 열리며 빛이 쏟아져 들어온다.

엘린은 순간적으로 눈이 부셔 앞이 보이지 않는다. 문 옆에서 무릎을 꿇고 아래를 내려다보는 아이작이 눈에 들어온다. 붉게 달아오른 그의 얼굴에 땀이 번들거린다. 그는 엘린이 올라올 수 있도록 손을 내민다. "괜찮아?" 그의 목소리에 안타까운 마음과 걱정이 담겨 거칠고 탁하다.

"난 괜찮으니까 걱정 마." 엘린은 허리를 곧게 펴며 심호흡한다. "마고가 살해되었어, 아이작."

"마고가 살해되다니?" 아이작의 목소리가 갈라진다.

엘린이 무거운 숨을 내쉰다. "저 아래 터널에 마고의 시신이 있어." 도르래와 연결된 줄에 매달린 마고의 끔찍한 시신이 머릿속을 가득 채운다.

"마고가 범인이 아니었어?"

"마고가 사건에 개입한 건 확실한데 공범이 있어. 나를 지하 터널에 가둔 사람."

아이작이 인상을 쓴다. "그게 누구야?"

"루카스." 엘린이 퉁명스럽게 대답한다. "사실은 마고가 어디 있는지 찾아보려고 루카스와 함께 지하 터널에 내려갔어. 루카스는 줄곧 내 옆에 있었는데, 내가 마고의 시신을 조사하다가 뒤돌아보니 어느새 사라지고 없더군."

아이작이 볼을 부풀렸다가 천천히 바람을 빼며 휘파람 소리를 낸다.

"진심으로 루카스가 공범이라고 생각해?"

"그가 범인이 아니라면 왜 나를 지하 터널에 가두고 도망쳤을까?"

"루카스가 범인이라면 왜 터널 안에서 누나를 살해하지 않았을까? 방해자도 없었을 텐데."

"나도 그 이유를 모르겠어." 엘린이 힘없이 대답한다. "나는 마고에게 정신이 팔려 그를 전혀 의식하지 않고 있었거든. 어쩌면 나를 죽일 필요가 없다고 생각했을지도 모르지."

아이작이 불안한 눈빛으로 나무 문을 바라본다. "이제부터 어떻게 할 거야?"

"일단 루카스를 찾아봐야지. 그가 사람들을 해치기 전에."

라운지가 기록 보관실보다 조금 더 밝다. 창문을 통해 바깥 풍경이 내다보인다. 은빛 섞인 우윳빛 하늘이라 늦은 아침이라기보다는 새벽 같은 느낌을 풍긴다. 바 앞에 놓인 테이블에는 두 무리의 사람들이 앉아 있지만 다들 대화를 나누는 대신 휴대폰을 들여다보거나 음료를 마시고 있다.

 엘린이 옆 테이블에 앉은 세실에게로 다가간다. 세실이 자그마한 커피 잔을 양손으로 감싸 쥐고 있다.

 루카스에 대한 얘기를 들려주면 세실은 어떤 반응을 보일까?

 가까이에서 보니 세실의 얼굴이 왠지 초췌하고 우울해 보인다.

 "월은 좀 어때요?"

 "지금은 많이 안정되었어요."

 "다행이네요."

 엘린이 목소리를 죽여 말한다. "잠시 단둘이 이야기를 나눌 수 있을까요?"

 "그러죠." 세실이 먼저 자리에서 일어선다. 두 사람은 반대편 끝에 있는 테이블을 향해 걸어간다.

 엘린은 조금 전에 있었던 일들을 세실에게 자세히 들려준다. 세실의 얼굴에 다양한 감정이 떠오른다. 혼란, 불신 그리고 전혀 예상하지 못한 체념이다.

엘린이 이야기를 마치자 세실이 묻는다. "당신은 루카스가 이번 일에 연루되어 있다고 생각해요?" 세실의 눈이 마치 구멍 뚫린 그림자 같다.

엘린은 숨을 길게 들이쉰다. "루카스가 나를 지하 터널에 가두고 도망쳤어요. 설명이 더 필요하겠지만 충분히 의심할 수 있는 일이죠."

세실은 일 미터가량 떨어진 곳에 놓인 유리 상자에 시선을 던지고 있다. 엘린이 전에도 본 적 있는 유리 상자로 안에 유리와 나무로 만든 압력계가 들어있다. 사용 설명서에는 의사가 결핵환자의 폐를 쭈그러뜨릴 때 공기압을 측정하는 기구라고 되어 있다.

엘린은 연쇄 살인사건의 진상을 어느 정도 파악하고 있는 상태로 유리 상자에 든 전시물을 보고 있으려니 혐오감이 치밀어 오른다. 루카스는 요양원 시절에 사용했던 물품들을 전시물에 포함했고, 이 호텔의 특별한 볼거리로 만들었다.

"이제부터 어떻게 하고 싶어요?" 한참 동안 침묵을 지키던 세실이 말문을 연다. 뒷면 거울에 비친 그녀의 침울한 얼굴이 길게 늘어나 보인다.

"아무도 이 호텔에서 나가면 안 돼요. 루카스를 시급히 찾아내야 하고요."

"이 호텔은 생각보다 면적이 넓어요. 게다가 지하 터널처럼 숨겨진 공간도 있어요. 루카스를 찾는 게 그리 쉽지 않을 거예요."

"루카스가 조만간 뭔가를 저지를 계획이라면 십중팔구 호텔 어딘가에 있을 거예요."

세실이 한없이 복잡한 눈빛으로 짧고 빠르게 고개를 끄덕인다.

"그럼 루카스의 사무실부터 둘러볼까요?"

루카스의 사무실은 디자이너가 완벽하게 해놓은 실내장식이 변질되어 원래의 모습을 알아보지 못할 정도다. 책상에는 서류들이 어수선하게 흩어져 있고, 바닥에는 노트 몇 권이 떨어져 있다. 서랍은 죄다 열려 있고, 의자는 책상에서 빠져나와 있다. 마치 강도들의 습격이라도 받은 것 같다.

엘린은 한 가지 사실을 깨닫고 몸서리친다.

루카스는 이곳으로 돌아왔던 거야. 뭔가를 찾으러.

엘린은 루카스의 책상에서 어지럽혀진 서류를 살펴본다. 주로 사업 관련 서류다. 그녀는 높이 쌓아둔 서류 사이에서 루카스가 보낸 익명의 협박 편지를 찾아냈다. 이제는 발신인이 로라로 밝혀진 편지들. 그런 편지가 열 장쯤 되고, 내용도 각기 다르다.

루카스가 말한 편지는 단 세 장이었어.

루카스는 오랫동안 협박 편지를 받았을까? 그렇다면 이 협박장들이 결과적으로 첫 번째 살인을 부추긴 셈이다.

"그게 뭐예요?" 세실이 책상을 향해 돌아선다.

"협박장을 더 찾았어요. 로라가 보낸 협박장."

세실이 인상을 쓴다. "루카스는 왜 새삼스럽게 그 편지들을 꺼냈을까요?"

"모르겠어요." 엘린은 고개를 가로저으며 그 편지들을 다시 살펴본다. 어른거리던 생각이 이제야 제 모습을 갖춘다.

이 사무실이 어딘가 모르게 자꾸만 거슬려.

엘린은 대체 어떤 점이 문제인지 잠시 고민하다가 금세 알아차린다.

그 선반은 바닥에서 0.5미터가량 올라온 곳에 달려 있다. 사무실에서 유일하게 멀쩡한 기계이다.

선반이 있는 문마다 반쯤 높이에 작은 자물쇠가 달려 있다.

엘린은 그 선반으로 다가가 옆에 쪼그리고 앉아 자물쇠를 살펴본다.

"혹시 선반 열쇠 있어요?"

"아뇨, 루카스에게 있을 거예요."

엘린은 다시 일어서서 자물쇠를 깰만한 묵직한 물건이 없는지 주변을 살핀다. 책상 구석에 있는 유리 문진이 눈에 들어온다. 엘린은 문진을 들고 무릎을 꿇고 앉는다. 그녀는 제일 큰 선반에 달린 자물쇠 위로 문진을 들어 올린 다음 강하게 내려친다. 손바닥에 땀이 흥건해 문진을 단단히 잡지 못한 까닭에 문진이 자물쇠를 스치고 바닥으로 쿵 떨어진다. 엘린은 바지에 손바닥을 문질러 땀을 닦은 후 다시 한번 시도한다. 이번에는 자물쇠를 정통으로 맞혔고, 마침내 선반 문이 열린다.

엘린은 선반 안에 든 내용물을 본 순간 흠칫 놀란다. 텅 빈 선반에 마스크가 놓여 있다. 지난 며칠 동안 무시무시한 공포를 드리우게 했던 검은색 고무 마스크다. 엘린은 마스크에서 시선을 뗄 수가 없다. 시간이 점점 길어지면서 인식의 톱니가 그녀의 뇌에 깊이 박혀 돌아간다.

이제 의심의 시간은 끝났다. 살해당한 아델과 로라가 얼굴에 쓰고 있던 바로 그 기괴한 마스크다. 마고 역시 얼굴에 쓰고 있던 마스크.

이 사건의 범인은 루카스야.

세실이 그녀 옆으로 다가온다. "그 안에 마스크가 들어 있던가요?"

"네." 엘린이 마스크를 손에 들고 자세히 살펴본다. 고무에 머리카락처럼 자잘하게 난 금, 코와 입으로 숨을 쉬게 해주는 굵은 튜브가 달려 있다.

엘린의 머릿속에서 하나의 생각이 서서히 윤곽을 잡아가다가 흩어져버린다.

세실이 옆으로 다가와 앉는다. "루카스가 범인이라고요? 말이 안 되잖아요." 그녀의 말투가 전에 없이 빠르다. "루카스가 이 호텔을 망하게 할 리 없잖아요. 이 호텔은 루카스의 꿈이 담긴 인생 프로젝트였어요. 그의 재능과 노력을 모두 쏟아부은 사업이었죠. 루카스가 이 호텔에서 연쇄 살인사건이 벌어진 사실이 세상에 알려질 경우 마케팅에 치명타가 된다는 걸 몰랐을 리 없잖아요." 세실이 마스크로 손을 뻗는다. "루카스가 범인이라니 말도 안 돼요. 오해에서 비롯된 착오가 분명해요."

엘린은 몸에 무거운 바위를 올려놓은 기분이다. 세실은 이 호텔과 루카스가 입을 타격을 최소화시키는 선에서 사건을 봉합하려는 의도를 내비치고 있다. 루카스가 범인일 가능성이 큰 상황인데 그녀는 여전히 그를 변호하고 있다. 엘린은 그 심정을 이해하기에 세실을 비난할 생각은 없다. 지난 시절 아이작 역시 진실을 가슴 깊이 묻어두고 그녀를 보호하려고 했으니까.

세실이 문진으로 손을 뻗으며 말한다. "루카스는 요양원 시절의 다양한 물품들을 모아두고 있어요." 세실이 손을 들어 주위를 가리킨다. "벽에 걸어둔 그림을 봐요. 루카스는 이 건물의 역사에 관심이 많아요. 더 이상 다른 의미를 부여할 이유가 없어요."

"이 상황을 받아들이기 힘들겠지만……."

엘린은 말을 미처 맺지 못한다. 세실이 손에서 힘이 빠져 달아난 듯 문진을 놓친다. 문진이 그녀의 허벅지를 거쳐 바닥으로 떨어지면서 쿵 소리가 난다.

세실의 목소리가 갈라진다. "상황이 이 지경이 된 건 전부 내 탓이에요."

그녀의 눈빛에 체념이 어려 있다.

세실은 알고 있었어. 루카스가 무슨 짓을 벌이는지.

"당신 잘못이 아니잖아요." 엘린이 그녀의 팔에 손을 올린다.

세실의 눈이 붉게 물든다. "내가 아직 당신에게 솔직하게 털어놓지 못한 말이 있어요."

86

 세실은 자리에서 일어나 창가로 다가간다. "다니엘에게 일어난 일." 그녀의 시선이 바닥으로 떨어진다.

 엘린은 몸을 곧게 펴며 생각한다.

 거짓말이야.

 "다니엘은 실종되기 전 이곳에서 건축업자들을 만나 회의를 열었어요. 그 시점에는 문제가 벌어졌다는 걸 아무도 몰랐어요. 다니엘은 그날 저녁 식사를 하면서 술을 많이 마신 탓에 운전을 할 수 없는 처지라 크란에 있는 부모 집에서 자고 갈 거라는 문자메시지를 부인에게 보냈어요."

 엘린이 말없이 고개를 끄덕인다.

 "이튿날 건물 관리인이 이곳에 왔어요. 아직 앳된 젊은이로 관리라고 해봐야 일주일에 한 번씩 건물을 순찰하는 정도였어요. 방치되다시피 한 건물이라 몰래 숨어드는 부랑자들이 더러 있었나봐요." 세실이 잠시 말을 멈춘다. 그녀의 시선이 창가에서 떨어져 나온다. "그날 오후, 루카스는 관리인의 전화를 받았어요. 관리인이 건물의 한 병실에서 시신을 발견했다고 전화한 거예요." 세실은 잠시 말을 멈추고 숨을 깊이 들이쉰다. "시신의 일부가 절단되어있고, 얼굴에 마스크를 쓰고 있었다고 해요."

엘린이 손에 들고 있던 마스크를 턱짓으로 가리킨다. "이런 마스크요?"

"네, 맞아요. 루카스가 관리인의 전화를 받은 장소는 로잔에 있는 사무실이었어요. 루카스는 관리인에게 어느 누구에게도 발설해서는 안 된다고 입막음을 단단히 시켜놓고 최대한 빨리 현장으로 달려가겠다고 했죠. 그 당시 루카스는 젊은 관리인의 고약한 장난이기를 바라는 마음이 컸는데 현장에 도착해보니 모두 사실이었다고 해요." 세실의 얼굴이 어두워진다. "관리인 말대로 시체가 있었죠. 다니엘의 시체가."

"루카스는 경찰에 신고하지 않았군요."

"루카스는 공포에 질려 나에게 전화했어요. 이 엄청난 악재를 어떻게 처리해야 할지 갈피를 잡을 수 없다고 하더군요. 마침 나는 시내에 있는 부모 집에 있었고, 루카스를 만나러 갔어요." 세실이 갑자기 울음을 터뜨리면서 손을 입으로 가져간다. 그녀가 흐느끼는 소리가 간간이 들려온다.

"다니엘은 휠체어에 앉아 있었고, 얼굴에 무시무시한 마스크를 쓰고 있었어요." 세실이 손을 들어 눈물을 훔친다.

"당신도 경찰에 신고하지 않았군요?" 엘린은 더 이상 세실의 말을 듣고 싶지 않았지만 마음을 다잡고 귀를 기울인다.

"루카스가 원하지 않았어요. 공황 상태에 빠진 루카스는 만약 경찰에 신고해 그 일이 세상에 널리 알려지게 되면 호텔 프로젝트를 포기해야 할 거라고 하면서요." 세실이 어깨를 으쓱한다. "가뜩이나 재건축 반대를 외치는 목소리가 높은데 다니엘이 살해되었다는 사실이 세상에 알려질 경우 호텔 프로젝트는 좌초될 수밖에 없었어요." 그녀가 잠시 망설이다가 말을 잇는다. "루카스가 인생을 쏟아부은 프로젝트였고, 동원 가능한 모든 자본과 노력이 투입된 사업이었죠. 다시 말하자면 그의 전부나 다름없었죠."

"경찰에 신고하지 않고 문제를 해결할 수 있는 방법이 있던가요?"

"루카스가 말하길 다니엘의 시신을 감쪽같이 처리할 테니까 비밀이 밖으로 새나가지 않도록 각별히 조심해달라고 하더군요."

"혹시 시신을 어떻게 처리했는지 말해주던가요?" 엘린의 목소리에서 책망의 의미가 묻어난다.

"아뇨, 나도 굳이 알고 싶지 않았어요."

"다니엘이 실종되고 나서 경찰이 시신이 발견된 장소를 수색하지 않았나요? 현장에 다니엘의 혈흔이나 유력한 증거가 남아 있었을 텐데요."

"루카스가 사전에 치밀하게 증거 인멸 작업을 했어요. 가구를 옮기고, 쓰레기들을 늘어놓았죠. 원래부터 지저분하고 난장판인 곳이었어요." 세실이 자신의 손을 본다. "경찰은 결국 다니엘이 스스로 종적을 감추었다고 결론 내리고 수사를 종결했어요."

"다니엘의 시신을 처음 발견한 관리인의 입을 막아야 했을 텐데요?"

"루카스가 거액의 돈을 챙겨주었다고 하더군요." 세실의 목소리가 공허하게 들린다. "멀리 떠나라고 하면서."

엘린은 머릿속으로 생각을 정리해보려고 애쓴다. "아델의 시신이 발견된 이후 루카스는 다니엘의 죽음과 유사한 점이 있다는 사실을 알게 되었을 텐데 당신에게 아무 말도 하지 않던가요?"

"루카스는 물론 그런 사실을 알고 있었지만 일련의 살인사건에 대해 섣불리 증언했다가는 과거의 비밀이 탄로 나 감옥에 들어가게 될 거라고 우려했어요. 다니엘의 죽음을 경찰에 알리지 않고 은폐했고, 시신을 유기했고, 증거 인멸을 시도했으니 감옥에 들어갈 수밖에 없었으니까."

세실의 목소리는 점점 잦아들고 어깨는 갈수록 움츠러들었다. 그녀의 몸이 갑자기 왜소해진 느낌이 든다. "루카스는 아델을 살해한 범인이 누구든 우리가 직접 찾아냈으면 좋겠다고 했어요. 경찰이 다니엘 사건과 아델 사건을 연결 지으면 좋을 게 없었으니까. 나는 루카스가 범인일 줄은 상상할 수조차 없었죠."

세실의 목소리가 침울하게 가라앉는다.

아직 털어놓지 않은 거짓말이 더 있으려나?

세실이 잠시 침묵을 지키다가 말문을 연다. "루카스가 퇴원하면서 했던 말이 줄곧 마음에 걸렸어요. 루카스는 지금껏 무기력한 상태로 살아왔고, 사람들이 이래라저래라 시키면 곧이곧대로 다 들어주며 사는 게 지긋지긋하다고 했어요. '난 지금부터 내가 원하는 방식대로 살아갈 거야. 내 생각에 반대하는 사람들은 죄다 지옥으로 꺼지라고 해.'"

엘린은 바람이 불 때마다 유리창에 부딪히는 눈송이를 본다.

루카스는 소원을 이루었네. 이제 아무도 그에게 무기력하다고 말할 수 없을 테니까.

엘린이 말한다. "이제부터 객실을 하나씩 둘러볼 거예요. 지배인님은 라운지로 돌아가 다들 잘 있는지 확인해주세요."

"내가 함께 가는 걸 원하지 않는군요?"

"여러 명이 추적하면 루카스는 겁을 집어먹을 거예요. 이 일은 조심스럽게 처리할 필요가 있어요."

세실이 문으로 걸어가며 말한다. "필요한 게 있으면 전화해요."

엘린이 마스크를 선반에 넣어두고 가방을 집어 들면서 세실이 루카스에 대해 한 말을 되뇐다.

난 지금부터 내가 원하는 방식대로 살아갈 거야. 내 생각에 반대하는 사람들은 죄다 지옥으로 꺼지라고 해.

그 순간 머릿속 깊은 곳에서 뭔가가 꿈틀거린다. 엘린은 그 자리에 멈춰 서서 바닥을 뚫어지게 바라보면서 이제 막 떠오른 생각을 정리한다.

세실의 증언이 사실인지 확인할 방법은 한 가지뿐이다. 증거를 찾아야 한다. 아무도 반박할 수 없는 구체적인 증거.

엘린은 휴대폰 화면을 열고 곧장 원하는 웹페이지에 접속한다.

내 짐작이 옳았어.

휴대폰 화면을 보고 있는 동안 머릿속에서 뭔가 어렴풋이 자취를 드러낸다. 미묘하게 의식을 건드리는 요소라 또 다른 연관성을 찾아내기 전에는 눈에 들어오지 않았던 것.

엘린은 다시 선반으로 다가가 문을 연다. 그녀는 무릎을 꿇고 앉아 마스크를 꺼내 얼굴로 가져간다. 숨을 들이쉬며 깊이 배인 법의학 증거를 들이마신다. 마스크가 허벅지 위로 툭 떨어진다.

내 짐작이 옳았다니까.

마침내 모든 퍼즐 조각이 맞아 들어간다.

이제 의심의 여지가 없어.

엘린은 자신이 너무 늦지 않았기만을 바란다.

저 멀리서 문이 쾅 닫히는 소리가 들린다. 뒤이어 뭔가 둔탁하게 툭 떨어지는 소리가 난다.

    엘린은 속이 메슥거리고 온몸에 아드레날린이 넘실댄다.

    얼마나 걸릴까? 3분? 4분?

    엘린은 달리기 시작한다.

87

 슬라이딩 도어가 열리자 엘린은 휘몰아치는 눈보라 속으로 달려 나간다. 그녀는 숨쉬기가 조금 힘들지만 서둘러 덱으로 발길을 옮긴다. 루카스의 사무실을 나선 직후 멈추지 않고 달려왔다.
 엘린은 잠시 숨을 고르고 나서 쏟아지는 눈발을 꿰뚫어 보듯 눈을 가늘게 뜨고 앞쪽을 바라본다. 풀의 덮개가 벗겨져 있어 수중 조명을 받은 물이 터무니없을 정도로 환하게 빛난다. 증기가 뱀처럼 꿈틀거리며 피어오른다. 수증기가 솟아올랐다가 옆으로 퍼지는 사이 메인 풀 옆에 있는 사람의 형체가 눈에 들어온다.
 루카스.
 엘린이 짐작한 대로 루카스이다. 그가 실내 수영장 아니면 메인 풀에 있을 거라 생각했다. 그가 혼자가 아니라는 사실도 그녀가 짐작한 대로다. 눈송이가 깃털 달린 탄환처럼 엘린의 얼굴을 때린다. 발이 눈길에 자꾸 미끄러진다. 넘어지지 않으려면 의식적으로 몸을 뒤로 살짝 젖혀야 한다.
 루카스는 메인 풀의 긴 의자에 미동도 하지 않고 누워 있다. 그의 몸이 꼭두각시 인형처럼 뻣뻣해 보인다. 그의 눈이 뒤로 넘어가 핏발 선 흰자위밖에 보이지 않는다.
 내가 너무 늦었나?

엘린은 우려스러운 마음을 억제하지 못하며 그에게로 다가간다.

"의식이 돌아오는 중이니까 괜찮을 거예요." 세실이 허리를 숙여 루카스를 똑바로 눕히려고 한다. 그녀의 태도에 유모를 연상시키는 면이 있다. 엘린은 그녀의 연기에 더는 속지 않는다.

"이제 연기는 그만하시죠." 엘린의 목소리는 느리고 차분하다. 간결하고 뚜렷한 발성이 은연중 그녀의 자신감을 드러낸다. "당신이 범인이었어요. 루카스가 아니라."

세실이 인상을 찌푸렸다가 이마를 긁으며 엘린을 바라본다. "내가 범인이라고요? 내가 여기에 왔을 때 루카스는 이미 정신을 잃은 상태였어요. 나는 단지 당신을 도우려는 것뿐이에요."

세실은 오늘 따라 유난히 차분하게 말하고 있지만 그녀의 말투에는 아이를 상대할 때처럼 우월감이 배어있다. 그녀는 터무니없는 오해라면서 펄쩍 뛰었어야 마땅하다. 누구나 살인자라는 오해를 받으면 방어적인 태도를 취하기 마련이다. 이 상황에서 우월감을 내보이는 태도는 어울리지 않는다. 필요 이상으로 여유 있는 태도는 오히려 죄를 고백하는 것이나 다름없다.

루카스의 입에서 이상한 소리가 흘러나온다. 액체가 꿀렁거리고 허스키한 쇳소리.

엘린은 루카스를 자세히 들여다본다. 마침 그가 자세를 바꾸는 바람에 그의 왼쪽 얼굴이 눈에 들어온다. 눈썹 윗부분에 피가 묻어 있고, 관자놀이에도 엉겨 붙어 있다. 창백한 얼굴에 땀인지 눈인지 모를 물기가 있다.

엘린은 침이 바짝바짝 마르는 느낌이 들 만큼 갈증이 난다. 어떻게든 시간을 벌어야 한다.

"당신도 자백했다시피 나는 당신이 범인이라는 걸 알아요. 당신은 지금껏 여러 범죄 행위를 영리하게 처리했어요. 조금 전까지는 분명 그랬죠."

세실의 표정에 담긴 의미를 읽을 수가 없다. "내가 범행을 자백했다고요?" 그녀가 묻는다.

"당신은 아까 루카스의 사무실에서 이렇게 말했죠.

난 지금부터 내가 원하는 방식대로 살아갈 거야. 내 생각에 반대하는 사람들은 죄다 지옥으로 꺼지라고 해.

그 말을 곰곰이 되뇌어보니 전에 언젠가 읽은 적이 있는 글이더군요. 호텔 건립을 반대하는 사람들이 만든 블로그에서 누군가 루카스를 그런 식으로 묘사한 적이 있어요. 트위터에도 똑같은 문장이 있었고요." 엘린이 잠시 침묵하다가 입을 연다. "당신은 오빠를 괴롭히고 있었어요. 그게 바로 범행의 목적이었죠."

세실의 표정이 일그러진다. 엘린의 말을 믿을 수 없다는 표정이다.

"고작 그런 허접한 글을 근거로 내게 살인죄를 덮어씌울 작정인가요?"

엘린이 허리를 곧게 편다. "루카스의 사무실에 있는 마스크에서 염소 냄새가 나더군요. 염소 냄새가 날 리 없는 곳인데 이상하게 계속 났어요. 엘리베이터에서 로라를 발견했을 때, 내가 공격당했을 때, 펜트하우스에서 계단으로 내려갈 때에도 계속 염소 냄새가 나더군요. 그 이유를 몰랐는데 오늘에야 비로소 깨달았어요. 당신은 매일 수영을 하죠."

세실이 말없이 엘린을 바라본다. 바람이 불어와 그녀의 얼굴에서 머리를 날려 올린다. 여전히 아무런 감정도 담기지 않은 얼굴이다.

"나는 당신이 루카스를 수영장으로 데려갈 거라고 짐작했어요. 수영장이 당신의 안전지대니까요. 당신이 집처럼 느끼는 곳."

"당신은 지금 자신이 무슨 말을 하는지 모르죠?" 세실의 목소리는 텅 비어 있다. "당신이 하는 말은 죄다 추정일 뿐이에요."

"이 사건의 중심에 있는 건 요양원의 과거도 아니고, 호텔도 아니었어요. 동기는 지극히 개인적이었죠. 당신과 루카스 사이에 무슨 일이 있었던 거예요. 루카스가 과거에 무슨 짓을 했고, 당신은 왜 그를 용서할 수 없었는지 말해봐요. 당신이 복수를 결심하게 만든 일이 무엇인지."

"지금 무슨 말을 하는 거예요? 복수라니? 나는……."

엘린은 그녀의 얼굴에서 균열을 느끼며 말한다. "당신이 범죄행위를 저지르고도 교묘하게 은폐한 탓에 우리는 최근에 벌어진 살인사건들이 요양원의 과거와 관련 있을 거라 추측했는데 아니었어요." 엘린이 눈길을 루카스 쪽으로 돌린다. "원인은 루카스였어요. 당신 오빠가 이 모든 사건의 시발점이었죠."

세실이 한 걸음 뒤로 물러선다. 마침내 그녀의 얼굴에서 가면이 미끄러져 내린다. 그녀는 흠칫 놀라면서도 다시 정신을 가다듬는다. "아뇨, 나는 범인이 아니에요."

엘린이 한 발 앞으로 나서자 방한화가 눈에 깊이 파묻힌다. "루카스가 무슨 짓을 저질렀는지 말해봐요."

누군가 마치 발로 밟은 듯이 세실의 얼굴이 일그러진다. 그녀의 목 깊은 곳에서 기괴하고 음험한 목소리가 흘러나온다.

"이 모든 비극의 시작은 루카스 때문이 아니었어요." 세실의 얼굴이 흉측하게 뒤틀린다. "다니엘 르메트르, 그 개자식 때문이었죠. 그 자식이 나를 강간했어요." 세실이 손을 들어 루카스를 가리킨다. "루카스는 그 사실을 알고 있었으면서 응당 필요한 조치를 하지 않았죠."

88

 무거운 침묵이 내려앉는다. 그악스럽게 불어대던 바람도 뚝 그쳐 눈이 휘날리지 않고 곧장 아래로 떨어진다.
 세실의 눈이 루카스에게로 향한다. "할 말 있으면 해봐." 그녀 옆으로 수증기가 일렁이며 위로 올라간다.
 루카스가 무표정한 눈으로 세실을 바라본다.
 "그날 밤, 오빠도 그 자리에 있었잖아. 시옹에서 다니엘의 열여덟 번째 생일파티가 열린 날이었지. 오빠는 그날 우리를 차에 태워 다니엘의 집에 데려갔어. 밤늦게까지 파티를 즐긴 우리는 다들 거실에서 곯아떨어졌고."
 세실의 어조에서 아무런 감정도 느껴지지 않는다. 감정이 실려야 할 부분인데 지극히 단조로운 말투라서 오히려 더욱 소름 끼친다.
 불처럼 활활 타오르는 분노보다 얼음처럼 차가운 분노가 더 무섭다. 불타오르는 분노는 때가 되면 꺼지지만 차가운 분노는 절대로 잦아들지 않는다.
 "사람들이 흔히 상상하는 강간이 아니었어요." 세실이 말을 잇는다. "강간이라고 하면 흔히 어떤 여자가 길을 가는데 갑자기 나타난 괴한이 그녀를 골목으로 끌고 들어가 폭력적으로 욕정을 해결하는 경우를 상상하잖아요. 다니엘은 괴한이 아니라 내 친구였어요. 오빠와도 절친한 사이였죠. 우린 가족과 다름없이 지냈고, 그때 내 나이 열여섯 살이었어요."

"세실, 이제 그만하자." 루카스의 말이 어눌하다.

세실의 표정이 차갑게 굳는다. "다니엘과 나는 다른 사람들을 깨우지 않도록 조심하며 누운 상태로 가벼운 키스를 하고 있었어요. 다니엘이 갑자기 내 원피스를 위로 끌어 올리더니 다리를 강제로 벌렸어요. 내가 분명 싫다는 의사를 표했는데 그 자식이 손으로 내 입을 틀어막고 강제로 그 짓을 했어요." 세실은 생각하기에도 끔찍하다는 듯이 고개를 휘휘 젓는다. "나는 변변한 저항도 해보지 못하고 꼼짝없이 당했어요. 몸이 그대로 얼어붙었죠. 평소 그런 일이 닥치면 어떻게 대처해야 할지 생각해두었는데 정반대로 행동했어요. 그저 그 자식이 하는 대로 내버려두었죠."

루카스가 동생을 바라본다. 그의 머리에 작은 눈송이가 떨어진다.

"그 자식이 욕정을 맘껏 채우고 나서 내 몸에서 떨어져 나갔을 때 나는 고개를 돌려 옆에 누워 있는 오빠를 봤어요. 오빠는 말을 하거나 뭔가 소리를 내지 않았으나 분명 눈을 뜨고 있었어요. 오빠는 멀쩡하게 깨어 있으면서 그 자식이 하는 짓을 수수방관한 거예요."

루카스가 목청을 가다듬는다. "그건 사실이 아니야. 너도 그 말이 사실이 아니란 걸 알잖아."

"오빠는 내가 강간당하고 있는 걸 보고도 그 자식을 제지하지 않았어요. 나는 아무런 저항도 하지 못하고 당했죠. 그 사실이 너무 치욕적으로 느껴졌어요. 다음 날에도 그 일만 계속 떠올랐어요. 왜 오빠가 그 자식을 제지하지 않았는지 이유를 알 수 없었죠. 오빠가 그 장면을 보고도 둘이 좋아서 그러겠거니 생각했을 수도 있고, 내가 오히려 당혹스러워할까봐 나서지 않았을 수도 있지만 적어도 내가 괜찮은지 물어봐주길 바랐어요."

세실이 루카스에게로 다가간다. 몹시 추운 날인데 엘린의 이마에 송골송골 땀이 맺혀 있다.

"나는 줄곧 오빠가 무슨 말이라도 해주길 기다렸지만 끝내 아무 말도 없었어요." 세실이 잠시 말을 중단했다가 다시 시작한다. 그녀의 말에 리듬이 생겨 입 밖으로 저절로 흘러나오는 느낌이다. "나는 다니엘이 저지른 짓을 부모에게 알리고 나서 경찰에 신고하기로 마음먹었어요."

마치 로봇 같던 세실의 말투가 살짝 변화한 걸 루카스도 감지한 듯했다. 그는 몸을 일으켜 세우려고 애써보지만 세실이 투여한 신경안정제 탓에 뜻대로 되지 않는다.

"결과적으로 아무 일도 일어나지 않았어요. 그렇지, 루카스?"

"세실, 그때만 해도 나는 어렸어. 아니, 우리 둘 다 어렸지. 난 정확히 어떤 일이 있었고, 어떻게 대처해야 할지 몰랐던 거야."

세실의 눈빛이 얼음장처럼 차가워진다. "오빠는 아이가 아니었어. 아이도 한 번은 거짓말을 하지만 두 번 연속으로 하진 않아." 세실이 다시 엘린을 돌아본다. "몇 주 후 나는 용기를 내어 부모에게 그 사실을 털어놓았어요." 그녀의 말투는 건조하고 빈틈이 없다. "엄마 아빠가 오빠에게 무슨 일이 있었는지 물어보았다는 걸 알아요. 오빠는 부모의 질문에 아무것도 못 보았다고 거짓말을 했어요."

세실이 처음으로 감정을 드러낸다. 그 순간 그녀가 손에 쥔 칼이 번쩍인다. 머리 위 조명을 받아 빛을 발하는 칼.

엘린은 몹시 긴장한 상태로 주먹을 쥔다.

"나는 오빠가 고통을 겪을 때 결코 혼자 견디도록 내버려두지 않았어. 오빠가 그 긴 시간 동안 입원했던 병원, 동급생들이 오빠를 놀림감으로 삼았던 학교에서 내가 어떻게 했는지 오빠도 잘 알 거야. 난 오빠가 누군가에게 괴롭힘을 당하면 절대로 가만있지 않고 달려들었어. 오빠가 치료를 받느라 기력이 없어 힘들어할 때마다 내가 옆에서 부축해주었지. 그런 내가 참기 힘든 고통을 겪고 있는데 오빠는 비겁하게 몸을 사렸지. 나를 도울 수 있는 유일한 기회를 걷어차 버린 거야."

루카스가 핏발선 눈으로 세실의 얼굴을 물끄러미 쳐다보다가 고개를 푹 숙인다. "미안해."

"아니." 세실은 무덤덤하게 대꾸한다. 칼을 쥐고 있는 손에 어찌나 힘을 가했는지 관절이 하얗게 변해간다. "이제 사과하기에는 너무 늦었어. 오빠는 부모님이 물었을 때 진실을 말해주지 않았어. 결국 부모님은 그 일을 그냥 덮어버리기로 했지. 다니엘이 그런 짓을 벌일 만한 '이유'가 있을 거라면서." 세실이 눈알을 굴린다. "엄마 아빠는 내가 다니엘에게 반했다는 걸 알고 있었어. 그래서 내 말을 믿을 수 없었거나 그리 심각한 일로 받아들이지 않고 대충 넘어가기로 한 거야. 나는 두 분의 진심을 알 수 없었기에 그렇게 짐작할 뿐이었지. 부모님 입장에서 보자면 괜한 분란을 만들고 싶지 않았을 거야. 두 분은 다니엘의 부모와 친구 사이였으니까. 게다가 아빠는 다니엘을 귀여워했으니까. 두 분은 다 끝난 일이고, 가끔 운이 나쁜 경우도 있다면서 이제 와서 문제 삼아 봐야 좋을 게 없다고 했지." 세실이 다시 얼음장처럼 차가운 미소를 짓는다. "심지어 두 분은 내가 임신했다는 사실을 알고도 잠자코 있길 바랐어. 나는 임신중절수술을 받았고, 부모님은 그 일이 종결되었다는 뜻으로 받아들였지."

루카스가 고개를 뒤로 젖혀 의자에 기대며 눈을 감는다. 엘린은 그가 왜 그런 행동을 하는지 안다. 그는 죄책감을 느끼고 있고, 세실의 말을 듣지 않으려는 것이다.

"그 일을 겪은 후로 내 삶은 결코 예전으로 돌아갈 수 없었어." 세실이 한숨을 푹 쉰다. "수영할 때마다 그 자식의 얼굴이 눈에서 아른거려. 그 자식 얼굴에 있는 모공과 주근깨가 보여. 그 자식은 틈만 나면 나를 깔아뭉개고 나보다 더 강하다는 사실을 증명해 보이려고 하지." 세실이 잠시 말문을 닫는다. "그럴 때마다 나 자신이 아주 작게 느껴져. 내가 수영장에서 발휘했던 힘은 다 허구였어. 그 자식이 가진 힘에 비하면 아무것도 아니지." 세실이 칼의 손잡이를 비틀면서 한 발자국 더 다가온다.

루카스가 두려운 기색으로 눈을 홉뜬다.

"그 자식 때문에 나는 늘 끔찍한 기분에 사로잡혔어. 나는 늘 작고 보잘것없는 존재였지." 세실이 한 손을 들어 올렸고, 엄지와 검지 사이에 아주 작은 틈만 남는다. "나는 하찮은 존재, 사기처럼 잘 깨지는 존재라는 생각이 내 머리를 온통 지배했어. 풀에 들어갈 때마다 나는 스트로크를 제대로 할 수 없었어. 수영을 비롯해 내가 쌓아 올린 모든 경력이 다 절망적인 형편이었지."

"그렇게 힘든 날들을 보냈으면서 왜 나에게 아무 귀띔도 하지 않았어?" 루카스의 말은 여전히 느리고 불분명하다. "나는 그 일이 너에게 그토록 심한 충격을 가한 줄 몰랐어."

"오빠는 내가 잘 지내는지 단 한 번도 묻지 않았잖아. 내가 고통을 겪는 걸 보고도 눈을 돌려버리는 게 더 편했으니까. 오빠는 여동생의 안녕이 아니라 친구의 안녕을 선택했으니까."

세실이 잠시 입을 다문다. 엘린은 이제 곧 더욱 끔찍한 사연들이 이어지리라 예감하며 그녀를 가만히 지켜본다.

"나는 더러운 기분을 억누르고 평범한 삶을 살아보려고 노력했어. 어린 시절의 꿈이었던 수영을 포기하고 로잔에서 호텔경영학을 배우기 시작했지. 새로운 미래를 열어가기 위해. 다니엘이 내 삶을 망가뜨리게 내버려두지 않을 거라고 다짐했어." 세실이 바닥에 쌓인 눈을 발로 찬다. "그때 미셸을 만났고, 우린 일 년쯤 지나 아기를 가지려고 노력했는데 좀처럼 임신이 되지 않았지. 병원에서 검진을 받아본 결과 불임 판정을 받았어. 의사 말이 어린 시절에 받은 임신중절수술 결과 자궁이 감염되었고, 앞으로도 아기를 가질 수 없을 거라 하더군."

엘린이 일순 긴장한다. 세실의 말투는 부자연스러운 일관성, 감정을 절제한 표현 일색이다. 불길한 예감이 드는 말투다.

"그 결과 미셸과의 사이가 급격히 나빠졌고, 8개월 후 그는 내 곁을 떠났지. 내가 변했기 때문이라는 핑계를 댔지만 내가 임신을 할 수 없기 때문이었어. 그는 아빠가 되길 원했고, 임신이 가능한 여자를 만나려고 떠난 거야."

루카스가 다시 끼어든다. "진작 나에게 말했어야지. 넌 내게 그런 말을 한 적이 없잖아."

세실은 가당치도 않다는 듯이 루카스를 한번 노려보고 나서 말을 잇는다. "그 당시 나는 오빠의 전화를 받게 되었지. 오빠는 호텔 개발 계획을 들려주면서 나에게 같이 일하자고 제안했어. 다니엘도 합류한다면서." 세실이 잠시 침묵했다가 말한다. "마침내 그 빌어먹을 자식이 어떤 잘못을 저질렀는지 깨닫게 하고, 무릎 꿇고 잘못을 빌게 할 기회가 찾아왔다고 생각했어."

루카스가 의자에서 자세를 바꿔 앉는다. 피가 그의 눈썹에서 볼을 타고 흘러내리고 있었지만 그는 닦지 않고 내버려둔다.

세실이 그의 곁으로 다가간다. 그녀가 손에 들고 있는 칼만 아니라면 너무나 자연스러운 자세로 보인다. "나는 다니엘에게 전화해 오빠가 같이 일하자고 하던데 괜찮은지 물었지."

"다니엘이 뭐라고 했어?"

"아무 거리낌 없이 좋다고 했어. 내가 모처럼 전화했는데 움찔하지도 않았지." 세실의 눈빛이 다시 어두워진다. "나는 그 자식이 그 일을 가끔 떠올리며 반성이라도 하고 지내는지 늘 궁금했어. 약간의 양심이라도 있다면 아무리 철없던 시절에 저지른 잘못이었다고 하더라도 가책을 느껴야 정상이잖아. 나는 밤에 눈을 감을 때마다 그 일이 떠오르는데 혹시 그 자식은 어떤지 궁금했지. 그 자식을 다시 본 순간 여태껏 일말의 반성 없이 살아왔다는 걸 알 수 있었어. 그 인간은 결코 그 일에 대해 잘못했다거나 책임을 느끼지 않는 게 분명했지. 그 자식은 그 일을 깡그리 지워버린 느낌이었어. 아마도 내가 먼저 원해서 그랬다고 치부하면서 양심의 가책을 차단해버렸을지도 몰라. 어쩌면 아예 그 일을 기억하지 못하고 있거나." 세실이 잠시 망설인다. "무엇이 진실이든 그 자식은 나를 한없이 비참하게 만들었어. 이 요양원의 의사들처럼 내 자존감을 짓밟아버렸지. 환자들을 낫게 해주어야 할 의사들이 절대적인 신뢰를 역이용해 몹쓸 짓을 벌였듯이."

  세실이 이번에는 엘린을 돌아본다. "바로 이 지점에서 당신과 나의 생각이 엇갈린 거예요. 이 모든 비극이 요양원에서 일어났던 일과 전혀 관련이 없다는 사실, 이곳의 비밀들을 알게 되면서 내 안의 뭔가가 툭 끊어져버렸죠." 세실의 시선이 다시 루카스에게로 돌아간다. "오빠가 형사님에게 요양원의 숨겨진 진실을 말해줘."

89

 루카스의 목소리는 뭔가 목에 걸린 듯 발음이 불분명하고 쇳소리가 난다. "호텔 재건축 공사가 시작되기 직전 마고가 우리에게 연락해 자기 증조모에 대해 문의했어요. 마고가 말하길 증조모가 독일의 어느 병원에서 이곳 요양원으로 보내졌다는 사실을 알게 되었다고 하더군요. 우리는 기록 보관실에서 자료를 뒤져가며 마고의 증조모가 과연 이곳 요양원에 있었는지 조사해봤지만 공식 서류상으로는 그런 기록을 찾아낼 수 없었죠."

 "마고가 당신들에게 직접 연락했다고요?" 엘린이 주먹을 쥐었다가 다시 힘을 뺀다. 어느새 손가락이 곱아들어 손끝에 감각이 없다.

 "우리는 마고의 요청을 받고 계속 조사를 이어나갔고, 구 병동의 병실 선반에서 특이한 상자를 찾아냈어요. 오랫동안 개봉한 적이 없는 상자였고, 열어보니 그 안에 각종 서류와 사진, 환자의 치료 과정을 기록해둔 문서가 들어있더군요. 알고 보니 그들은 결핵 치료를 위해 이 요양원으로 보내진 게 아니었어요."

 엘린은 그의 이야기에 점점 빠져들었다.

 "독일의 어느 병원에서 요양원으로 보내진 환자들은 여기에 머무는 동안 각종 생체실험에 동원되었죠. 처음에는 새로운 치료법을 개발하기 위한 임상실험에 환자들을 동원했어요. 그러다가 점점……." 루카스의 목소리가 흔들린다. "점차 강도가 심해졌어요. 각종 사진들과 기록들을 봤는데 단순한 임상실험이 아니더군요. 그 실험은 점점 비인간적인 모습이 되어갔죠."

"차라리 학대라고 해야 옳을 듯해요." 세실의 목소리는 지나치게 작아 겨우 알아들을 수 있다. "권력을 동원한 학대, 아무런 힘도 없는 여성들을 가두어놓고 실험 도구로 이용한 건 인권 말살 행위였죠."

세실이 엘린과 시선을 맞춘다. "그 여성들은 사실 건강에는 전혀 문제가 없었어요. 그 여성들의 아버지나 남편, 혹은 의사들이 건강에 문제가 있다는 구실을 대고 병원에 입원시켰을 뿐이죠. 사실은 그들이 권력자들과 당시 사회상에 반하는 행동을 했기 때문이었어요. 그 당시 여성들의 행동으로 용인될 수 없는 행위였죠. 그 여성들이 국가나 사회 문제에 대해 공공연히 자신의 의견을 밝혔거든요. 그 당시에는 그런 여성들을 강제로 병원에 입원시키는 게 그리 어렵지 않았죠." 세실은 혐오감에 얼굴을 찌푸리며 바닥으로 고개를 떨어뜨린다. "그런 환자들 가운데 일부가 운이 나빠 이곳 요양원으로 보내졌어요."

엘린은 고개를 끄덕이며 차분한 목소리로 말한다. "오래전이긴 하지만 매우 심각한 인권 침해 사실이 있었는데 왜 그 사실을 언론이나 사람들에게 알려 공론화하지 않았나요?"

"루카스는 이곳 요양원에 대한 부정적인 여론이 형성될 경우 호텔 사업에 치명적인 악영향을 미치게 될까봐 그 정보를 숨기려고 한 거예요. 루카스는 호텔 재건축 프로젝트에 온힘을 쏟아부었고, 자칫 그 일이 세상에 알려질 경우 큰 낭패를 볼 수 있다고 판단한 거예요." 세실이 인상을 찡그린다. "다니엘에게도 이야기했는데 루카스와 같은 반응을 보이더군요. '다 지난 일이야. 잊어.'"

루카스는 마음이 답답한지 침대에서 일어나려고 몸을 버둥거린다. "사람들이 요양원에서 발생한 인권 유린 실태에 대해 알게 되면 특별조사가 이루어질 수밖에 없거든. 그리 되면 호텔 재건축 사업은 큰 타격을 받을 수밖에 없었겠지."

"오빠에게는 호텔 재건축 사업이 모든 결정을 내리는 기준이었어. 그 당시 오빠의 머릿속은 온통 호텔 프로젝트로 채워져 있었으니까." 그녀가 이번에는 엘린을 본다. "루카스와 다니엘은 이미 사진에 등장하는 무덤이 존재한다는 걸 알고 있었어요. 그런 무덤이 다른 곳에도 더 있어요. 재건축 부지를 측량할 때 무덤 표시를 해두었는데 루카스는 측량 결과를 무시하고 사업을 계속 진행했죠."

루카스가 무겁게 한숨을 내쉰 후 몸을 뒤척이며 인상을 찌푸린다. "아주 오래전 일인데 왜 이 호텔 재건축 사업의 악재로 받아들여야 하는지 이해할 수 없었을 뿐이야."

"바로 그게 핵심이야. 그 일은 현재진행형이야. 아무리 많은 시간이 흘러도 권력자가 저지른 인권 유린 행위, 강간, 폭력 행위는 반드시 진상을 밝혀야 해."

세실이 그의 옆에 쪼그려 앉는다. 그녀의 얼굴이 루카스의 얼굴에서 겨우 몇 센티미터 떨어져 있다.

"고개를 돌려 외면한다고 진실이 가려질 거라 생각했어? 진실을 숨기려 한 사람들은 죄다 공범이야."

엘린은 미처 세실이 알아차리지 않기를 바라며 슬그머니 그녀에게로 한 걸음 다가간다.

"다니엘의 시체를 발견했을 때 아델이 그 자리에 함께 있었어요. 관리인의 여자 친구였으니까. 아델 역시 루카스가 매수한 거예요. 입막음을 대가로 거액의 돈을 주었겠죠."

루카스와 아델의 관계가 비로소 납득이 되네. 인스타그램 사진도.

엘린이 말한다. "아델과 루카스가 호텔에서 함께 있는 사진을 봤어요. 어떤 파티 장소에서 두 사람이 언쟁하는 것처럼 보이던데요."

루카스가 말한다. "아델이 돈을 더 요구했어요."

엘린이 세실을 돌아본다. "당신이 다니엘을 살해했죠? 그런데 왜 아델이 그 비밀을 누설하길 바랐어요?"

세실이 눈을 반짝이며 엘린을 바라본다. 엘린은 처음으로 그녀의 감정을 읽는다.

"다니엘을 죽였을 때 곧 잡힐 줄 알았어요. 내 억울한 사연과 요양원에서 인권 유린을 당한 끝에 죽어간 여자들의 사연이 모두 밝혀지길 바랐어요. 세상 사람들이 왜 내가 다니엘을 그런 방식으로 살해했는지 흥미를 느끼길 원했죠. 모두 그 일을 은폐하기 바빠 내 뜻을 이루지 못하게 되었어요."

"차라리 경찰이나 언론사를 찾아가 당신이 강간당한 이야기와 요양원에서 벌어진 인권 유린 실태를 털어놓는 편이 낫지 않았을까요?"

세실이 믿을 수 없다는 표정으로 엘린을 바라본다. "내가 당한 억울한 사연을 호소했을 때 아무도 믿어주지 않았어요. 경찰이 과연 내 말을 믿어줄지 회의적이었죠. 내가 직접 정의를 실현하기 위해 나설 수밖에 없었어요. 나쁜 짓을 저지른 놈들에게 대가를 치르게 해주고 싶었죠."

엘린이 세실을 빤히 바라본다. 그녀의 모든 진술이 하나의 지점을 향해 가고 있다. 섬뜩한 날것의 논리. 가장 잔인하고 힘의 균형을 뒤집는 방식으로 진행되는 복수.

"다니엘과 아델을 살해한 시기가 많은 차이 나는 이유가 뭐죠?"

"적당한 시점이 되길 기다렸어요. 아델이 루카스에게 돈을 더 요구한다는 사실을 알게 되자 내가 옳다고 믿어온 신념이 툭 부러지는 느낌이 들었어요. 그때 아델을 처단하기로 마음먹었죠."

"그 무렵 마고를 가담시켰더군요. 마고는 정신적으로 취약한 상태였는데 당신은 그런 그녀를 그루밍했어요."

"그루밍이라 생각지 않아요. 마고가 내 제안을 받아들였을 뿐이죠. 마고는 엄마가 돌아가시고 난 이후 요양원에서 벌어진 참상에 대해 집착하게 되었다고 하더군요."

"집착이라고요?" 엘린이 되묻는다. "마고는 우울증을 앓고 있었어요. 조현병으로 발전할 수 있을 정도로 심각한 우울증이었죠. 로라의 책상에서 진료기록부 문서를 찾아내 읽어봤어요. 나는 로라가 요양원에서 벌어진 참상과 관련해 자료를 찾아보았다고 생각했는데 아니었네요. 로라는 마고가 걱정되어 자료를 찾아본 게 틀림없어요. 로라는 우울증 환자였기 때문에 마고의 증상을 금세 알 수 있었을 거예요."

세실이 짜증스럽다는 듯이 손을 내젓는다. "당신은 마고가 우울증을 앓았다고 주장하는데 그녀가 앓고 있던 증상이 무엇이었든지 난 관심 없어요. 그녀의 증상보다는 그런 일을 꾸미게 된 이유가 중요하니까요."

"세실."

"마고는 엄마가 생존해 있을 때 증조모가 무슨 일을 겪었는지 알아봐 달라고 부탁했어요. 증조모의 실종이 그들 가족에게 큰 상처를 남겼거든요. 마고의 할머니는 평생 괴로워했고, 그녀의 엄마도 마찬가지였죠. 그들은 요양원에서 벌어진 참상을 알 수 있길 바랐어요. 온갖 우여곡절을 겪고 나서 마고는 결국 참상의 실체를 알아냈지만 끝내 마음의 평화를 얻지 못했죠. 참상의 실체를 조사하는 동안 그녀 안에 잠들어 있던 어둠이 풀려났으니까. 마고는 당신이 찾아낸 그 봉투를 집착에 가까울 만큼 지참하고 다녔죠."

"당신은 마고의 집착을 이용했고요. 마고의 취약한 부분을 노려 고분고분 말을 잘 듣는 꼭두각시로 만들어버린 거예요. 마고는 당신을 도왔는데 역이용한 셈이죠."

루카스가 조용히 이야기를 시작한다. "나는 마고 때문에 세실이 범인이라는 사실을 알아차렸어요. 마고가 누군가를 돕고 있다는 사실을 알게 되었을 때 모든 퍼즐 조각이 맞아들어가더군요. 마고의 공범이 있다면 세실일 수밖에 없다고 생각했어요. 이 호텔에 비밀스런 터널이 존재한다는 사실을 알고 있는 사람은 세실뿐이니까. 세실만이 마고의 증조모가 겪은 참상을 알고 있었고요. 나는 세실이 그 사실을 이용해 마고를 범죄에 협조하도록 만들었을 거라 생각했어요."

엘린이 갑자기 묻는다. "그런데 왜 당신은 나를 터널에 가두고 도망쳤나요?"

"당신을 빼고 세실과 먼저 이야기를 나누어보고 싶었어요. 세실에게 해명할 기회를 주고 싶기도 했고요. 세실이 나를 기다리고 있더군요. 물론 나와 대화를 나누길 바라지는 않았어요."

엘린이 다시 세실을 본다. "마고에게 무슨 일을 해달라고 한 건가요?"

"그들을 감금시키라고 했어요. 마고는 다른 일을 해낼 수 있을 만큼의 배짱은 없었거든요." 세실이 살짝 미소를 흘린다. "어쨌거나 마고를 끌어들인 건 전적으로 루카스 탓이에요. 마고는 요양원에서 벌어진 증조모의 참상이 세상에 널리 알려지길 바랐어요. 요양원에 끌려온 여성들이 겪은 비극을 많은 사람들에게 알리기 위해 루카스가 기념비나 조형물을 건립해주길 바랐는데 그는 아무것도 하지 않았죠."

"나는 기록 보관실을 유지하기로……."

"오빠는 그 계획을 실행에 옮기지 않았잖아. 기록 보관실을 유지 보수하는 데 전혀 관심이 없었으니까. 그저 마고를 달래기 위한 계략이었지. 오빠가 죄책감을 덜어보려고 마고에게 일자리를 제안한 건 더욱 꼴불견이었어. 마치 그 정도면 할 도리를 다했다는 듯이." 세실이 혐오감을 담은 눈빛으로 루카스를 바라본다. 그녀의 볼이 눈물과 녹은 눈에 젖어 번들거린다.

"오빠는 호텔 곳곳에 유리 상자를 전시했어. 요양원에서 벌어진 비극을 투숙객들의 눈요깃거리로 이용한 거야. 요양원에서 벌어진 비극의 진상을 그 누구보다 잘 알고 있었으면서."

엘린이 숨을 들이쉰다. "그래서 당신은 루카스의 속셈을 간파

하고 요양원의 비극을 재현하려 했군요."

"오빠는 요양원의 유물을 전시했지만 나는 그 당시 피해자들이 어떻게 죽어갔는지 사람들에게 알리고 싶었어요. 그래서 아델과 로라를 그 당시 피해자들처럼 죽여 전시하려고 했죠."

"로라는 왜 죽였어요?" 엘린은 로라의 이름을 말하는 순간 목이 멘다. "로라는 마고의 친구이자 당신의 동료였잖아요."

세실이 한 손으로 얼굴로 흘러내린 머리를 쓸어 올린다. "결국 로라도 다른 사람들과 다르지 않더군요. 로라가 루카스와 관계를 갖기 시작했어요. 루카스가 푸대접하자 그녀는 머리끝까지 화가 났고, 호텔 개발 계획의 비리를 캐기 시작했죠. 로라는 자신이 조사한 루카스의 비리 내용을 블로그에 올려 폭로하려고 했지만 결국 뜻대로 되지 않았어요. 당신 동생과 재결합하고 나서부터 그 모든 일을 묻어두고 빠지려고 하더군요."

"그래서 당신이 직접 나선 건가요?" 칼을 들고 있는 세실의 손이 루카스의 얼굴 가까이 접근한다. 그 모습을 본 엘린은 목구멍에서 공포가 퍼덕거리는 느낌을 참으며 말한다.

"몇 달 전 일인데 그때 나는 판돈을 올려보기로 마음먹었어요." 세실이 자신의 말을 강조하려고 칼을 높이 치켜들었다가 내린다. "마고에게 지시해 삭제된 진료기록부가 저장된 USB를 로라에게 건네라고 했어요. 로라가 분명 무슨 일이 벌어졌는지 관심을 갖고 알아내고 싶어 할 줄 알았는데 계속 머뭇거리더군요. 그러면서 자신은 더 이상 개입하고 싶지 않다고 했어요. 마고가 삭제되지 않은 문서를 보여주고, 요양원에서 벌어진 비극을 자세히 들려주었음에도 도무지 관심을 보이지 않았죠."

"로라가 겁을 먹었을 수도 있잖아요?"

"아뇨." 세실의 얼굴이 뒤틀리다가 벌겋게 달아오른다. "로라는 겁을 먹은 게 아니라 루카스와 아델처럼 회피하고 싶었던 거예요." 세실의 눈이 번쩍 빛난다. "결국 마고조차도 이제 할 만큼 했다면서 회피하려고 들더군요."

"그렇다고 당신에게 아무런 위협도 가하지 않은 로라를 죽였다고요?"

엘린은 숨을 크게 쉬어보려고 하지만 그럴 때마다 가슴이 더욱 조인다. 엘린은 이제부터 세실이 저지르려는 일이 두렵다. 무시무시한 살인을 저지른 세실은 여전히 잘못을 느끼지 못하고 있다. 그녀가 저지른 잔혹한 살인을 합리화하려는 말이지만 들을수록 가증스러울 뿐이다. 그 무엇보다 살인자가 자기 이외에는 모두 틀렸다고 말하는 게 어처구니없다.

"루카스와 내가 여행을 떠났다가 예상보다 일찍 돌아왔을 때 로라는 내가 뭔가 계획 중이라는 사실을 알아차렸더군요. 로라가 사라지기 전날 밤 나는 그녀의 전화를 받았어요. 내가 무슨 짓을 벌이려고 하는지 잘 안다고 하더군요. 로라가 당장 계획을 포기하라고 소리쳤고, 나는 싫다고 했죠. 그러자 로라가 나를 막을 수 있는 방법이 있다고 하더군요."

"USB."

"그래요. 나는 컴퓨터를 잘 아는 사람을 시켜 병원의 데이터베이스를 해킹해 진료기록부를 찾아보라고 했어요. 로라는 자신이 도망쳤다고 생각해주길 바랐을 거예요. 하지만 나는 로라가 이 호텔에 남아 있다는 걸 잘 알고 있었죠. 로라를 몰래 감시하면서 내 앞에 나타나는 순간을 기다렸어요."

"그래서 로라가 암호화된 USB를 지니고 있었군요." 엘린은 머릿속으로 로라 사건을 정리해본다. "당신은 로라가 USB를 이용하도록 내버려둘 생각이 없었어요. 그래서 그녀를 납치했죠."

"마고의 도움이 컸어요. 로라는 당신에게 메시지를 보낸 그 시간에 마고와 접촉했죠. 마고를 설득해 내 계획을 중단시키려고 한 거예요. 마고는 당신보다 먼저 로라를 만나 이야기할 기회를 만들었죠."

"내가 펜트하우스로 올라가기 전에."

"사실은 내가 파둔 함정이었어요. 로라를 기다리고 있었던 사람은 마고가 아니라 나였죠."

"당신은 그 자리에서 로라를 살해했고요."

"로라는 아무것도 모르고 왔기 때문에 처리하기 쉬웠어요. 나는 로라를 완벽하게 해치웠다고 생각했는데 한 가지 실수를 저질렀죠."

"로라가 가지고 있던 USB 말인가요?"

세실이 고개를 끄덕인다. "로라가 USB를 가지고 있다는 걸 알았고, 그녀의 몸을 뒤졌지만 결국 찾아내지 못했어요. 나중에 알았지만 로라는 라이터처럼 생긴 USB에 문서를 넣어두고 있었고, 그녀의 계획은 제대로 적중했어요."

"로라를 살해하느라 펜트하우스에 나타날 때까지 시간이 걸렸군요."

"당신 말대로지만 이제는 중요하지 않아요. 모든 일이 잘 마무리되었으니까요." 세실이 힘겹게 루카스를 일으켜 세운다. "엘린, 나는 당신을 해치고 싶지 않아요. 당신과 나는 비슷한 면이 많아요. 우리는 둘 다 고독해요. 늘 해답과 정의를 요구하는 싸움꾼이기도 하죠." 세실의 손이 루카스를 가리킨다. "이기적인 남자 형제 때문에 힘들게 살아온 것도 똑같아요. 제발 내가 시작한 일을 잘 마무리 지을 수 있게 해줘요."

세실의 눈이 점점 가늘어졌고, 연한 금발 머리는 눈을 맞아 축축한 상태로 두피에 찰싹 달라붙어 있다.

루카스가 기침하자 두 다리가 같이 흔들린다. 루카스의 목에 들이댄 칼날이 번득인다. 엘린은 아주 조금 전진한다. 아주 조심스럽게.

엘린은 아주 조금씩 앞으로 이동하며 말한다. "나는 그럴 수 없어요. 옳은 방법이 아니니까. 당신은 옳은 일이라 생각하겠지만 결코 그렇지 않아요."

"제발 내가 하는 대로 내버려두고 여길 떠나요."

한줄기 눈물이 엘린의 볼을 타고 흐른다.

"우린 좀 더 이야기를 나누고 상황을 바로잡아야 해요. 당신 마음을 이해하지만……."

"이해?" 세실의 어투에 변화가 일어난다.

세실은 통제력을 잃고 있어.

"내가 무슨 일을 겪었는지 당신은 아무것도 몰라요. 어떻게 당신이 나를 이해할 수 있다고 하죠?"

"우리가 어떤 생각을 갖고 있는지 들어볼 필요는 있잖아요. 서로 터놓고 이야기를 나누다보면 의외로 좋은 결과로 이어지기도 해요."

"이야기를 나눈다고 해결되지는 않아요. 나는 이야기보다는 행동이 필요해요." 세실이 손에 쥔 칼에 힘을 가한다. 루카스의 목에서 핏기가 사라진다. "반드시 응징이 필요한 일이죠. 나를 위해, 요양원에서 비극적인 생애를 마친 여성들을 위해."

"세실, 제발 그러지 말아요."

"이제부터 나를 말리지 말아요." 세실의 눈이 루카스에 못 박혀 있다. "사람들은 왜 나를 도와주지 않고 말리려고만 할까요? 왜 진실을 말하지 못하게 할까요? 왜 나쁜 짓을 저지른 놈들을 응징하지 못하게 할까요?"

루카스의 얼굴에 두려움이 얼어붙어 가면처럼 얼굴 전체를 뒤덮는다. 이제 안정제의 효과가 사라졌다는 뜻이다. 루카스는 지금 무슨 일이 벌어지고 있고, 자신이 얼마나 큰 위험에 처해 있는지 안다.

지금이 바로 상황을 바꿀 수 있는 마지막 기회야. 지금이 아니면 영영 못 해.

엘린은 양팔을 앞으로 뻗은 상태로 세실을 향해 몸을 날린다.

90

엘린의 기습 공격을 받은 세실이 몸의 균형을 잡으려고 팔을 버둥거리다가 옆으로 쓰러진다. 하지만 세실을 루카스와 분리시키려고 한 엘린의 계획은 빗나간다. 마치 모든 과정이 슬로비디오로 재생되는 느낌이다. 세실은 풀로 떨어지는 순간에도 루카스를 잡은 팔을 놓지 않는다. 세실과 루카스의 몸이 차례로 물에 빠진다. 세실이 몸이 풀로 떨어지는 순간 물이 아치처럼 위로 솟구친다.

세실이 순식간에 물 위로 얼굴을 내민다. 그녀의 얼굴에서 물이 흘러내린다. 그녀는 루카스의 목을 세게 움켜쥐고 물속으로 밀어 넣는다. 수영선수 출신인 세실은 루카스를 물속으로 끌고 들어갈 정도로 힘이 세다. 루카스의 눈에 공포가 어린다. 그야말로 최악의 시나리오가 펼쳐지고 있다.

나는 물에는 못 들어가.

엘린은 머리가 멍해지면서 잠시 눈앞에 아무것도 보이지 않는다. 익숙한 공포가 그녀를 잠식해온다. 모든 감각이 서서히 힘을 잃어간다. 풀에서 벌어지는 두 사람의 몸부림이 계속되면서 물이 사방으로 튄다. 물 안으로 사라졌던 루카스의 얼굴이 위로 솟구치자 세실의 손이 그악스럽게 물속으로 다시 집어넣는다.

엘린은 몸이 말을 듣지 않아 그 모습을 멍하니 보고 있을 뿐이다. 아무리 움직이려고 해도 몸이 말을 듣기를 거부한다. 얼굴로 떨어지는 눈송이와 이마를 타고 흐르는 땀방울이 느껴지지만 몸을 움직일 수 없다. 손을 들어 눈이나 땀을 닦을 수조차 없다.

루카스가 완강하게 저항한다. 마치 차가운 물이 몸에 남아 있던 안정제 약효를 날려버린 듯이.

힘을 찾은 루카스가 수면 위로 솟구치더니 세실을 밀쳐내고 옆으로 헤엄친다. 세실이 주먹을 옆으로 뻗어 그의 목에 있는 기도를 강타한다. 두 번 연속으로 세실의 예리하고 재빠른 공격이 루카스를 가격한다.

루카스가 비명을 지르더니 다시 물속으로 사라진다.

그 모습을 본 엘린의 기억이 폭주한다. 샘의 기억, 일 년 전 사건의 기억, 무기력했던 자신의 기억, 그녀의 공포, 마비.

다시 그날의 비극이 일어나도록 내버려둘 수는 없어.

엘린은 손을 들어 올려 목걸이를 쥔다. 손에 힘을 가하자 목걸이가 힘없이 끊어진다. 목걸이의 반은 눈밭 위에, 나머지 반쪽은 그녀의 손 안에 남아 있다.

엘린은 깊이 심호흡하고 나서 절반만 남은 목걸이를 손에 쥐고 물속으로 뛰어든다. 그녀는 전혀 망설이지 않고 수면을 가르며 잠수했다가 갑자기 위로 솟구쳐오르며 몸을 돌린다.

세실은 루카스를 물속으로 집어넣으려고 안간힘을 쓰고 있어 옆을 돌아볼 여력이 없다. 세실이 있는 쪽으로 헤엄쳐 간 엘린은 목걸이를 손에 쥐고 세실의 얼굴을 후려친다. 목걸이의 후크가 세실의 볼을 강타하는 순간 피부에서 피가 터진다. 세실이 고통에 찬 비명을 내지른다. 그 정도로 충분하다. 그제야 루카스의 목덜미를 움켜쥔 세실의 손에서 힘이 빠져 달아난다. 그녀의 손에 들려있던 칼이 물로 떨어진다. 칼이 출렁거리는 수면 아래로 가라앉으며 빛을 발한다.

엘린은 얼른 몸을 날려 칼을 향해 왼손을 뻗는다. 세실도 볼에서 피가 흘러내리고 있었지만 아랑곳하지 않고 칼을 향해 손을 뻗는다. 두 사람이 거의 동시에 팔을 뻗었으나 칼은 간발의 차로 엘린의 손에 들어간다. 엘린이 칼의 손잡이를 움켜쥐고 멀리 던져버린다.

세실은 다시 루카스를 공격한다. 루카스는 완강하게 저항하며 풀의 가장자리로 이동해 몸을 밖으로 끌어올리려 하지만 역부족이다. 물에 젖은 손이 눈 덮인 타일 표면을 제대로 짚지 못해 자꾸만 미끄러진다. 그의 몸을 뒤에서 낚아챈 세실이 그를 다시 물속으로 끌고 들어간다.

"세실, 루카스를 풀어줘요."

"싫어요." 세실의 입에서 새된 목소리가 흘러나온다. "이 자식은 서짓말한 대가를 치러야 해요."

"당신이 무얼 원하며 살았는지 알아요. 당신의 이야기를 세상 사람들에게 알리고 싶어 했잖아요. 정의가 이기길 바라며 살아왔잖아요. 피해 사실을 인정받고 싶어 했잖아요." 엘린이 숨을 몰아쉰다. "이제 당신이 바라던 일들이 모두 이루어졌어요. 이제 우리는 당신과 요양원 여성들에게 무슨 일이 있었는지 알아요. 이제 요양원 여성들의 비극적인 이야기가 만천하에 공개될 거예요. 당신이 그들에 대한 진실이 세상에 알려지도록 한 덕분이에요.

이제 세상 사람들은 당신의 진실도 알게 될 거예요. 루카스를 죽여 봐야 당신이 잃어버린 시간을 되찾을 수는 없어요."

"이 빌어먹을 자식은 번번이 나를 배신했어요." 세실은 힘껏 소리쳤지만 목소리에 힘이 남아 있지 않다. 그녀는 이제 어깨를 들썩이며 울음을 터뜨린다.

"이제 당신의 절절한 심정을 루카스도 알게 되었어요. 루카스는 앞으로 평생 죄책감을 안고 살아야 하겠죠."

엘린은 잠시 침묵을 지키며 두 사람을 번갈아 쳐다본다. 그 순간 세실이 루카스를 놓아주며 풀로 떨어져 나간다. 엘린은 조심스럽게 루카스의 팔을 잡고 사다리가 있는 곳까지 끌고 간다. 먼저 사다리를 오른 엘린이 그가 밖으로 나올 수 있도록 돕는다. 살을 에는 추위에 그는 마치 경련을 일으키듯 온몸을 부들부들 떤다.

엘린은 고개를 돌려 세실을 찾는다.

세실은 누운 상태로 풀 한가운데에 둥둥 떠 있다.

두 팔과 두 다리는 쭉 뻗은 상태이고, 그녀는 두 눈은 하늘에서 떨어지는 눈송이를 그대로 맞고 있다.

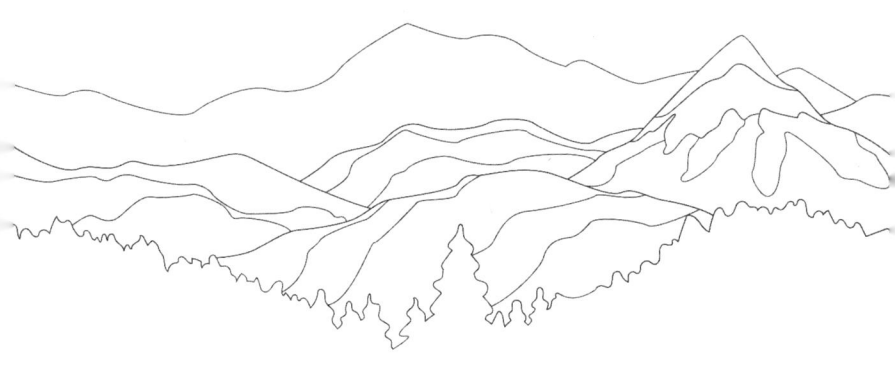

5주 후

91

윌이 손목시계를 슬쩍 확인하고 나서 말한다. "열차가 출발하려면 아직 몇 분 남았어."

엘린이 고개를 끄덕인다. 그녀의 얼굴은 붉게 상기되어 있다. 그녀와 아이작은 이별하는 상황에 익숙하지 않다. 연석 위를 서성이던 그녀의 시선이 아이작의 등에 고정되어 있다. 그가 입은 푸른색 패딩 점퍼에 하얀 깃털 하나가 살짝 튀어나와 있다. 바람이 불자 패딩 점퍼에서 떨어져 나온 깃털이 이리저리 살랑거리다가 어디론가 사라져버린다.

버스가 두 사람 앞을 지나가며 암염과 모래를 튀긴다. 버스 뒤쪽 거치대에는 스키와 스노보드가 빽빽하게 실려 있다. 엘린은 버스가 지나가기를 기다리다가 아이작을 따라 도로를 건너 역으로 간다. 콘크리트 역사는 미관상 그리 근사한 건물은 아니다. 널찍하고 평평한 역사의 지붕이 눈 덮인 산맥의 원초적인 아름다움을 야만스럽게 베어버렸다.

하늘은 눈이 시릴 만큼 푸르다. 영국의 겨울에 흔히 보는 창백한 느낌의 푸른색이 아니라 깊고 폭발적인 느낌이 드는 푸른색이다. 산을 뒤덮은 눈은 더욱 희고, 길게 뻗은 구름은 견고하고 단단해 보인다.

며칠째 맑은 날씨가 이어지다보니 지난 며칠 동안 눈 폭풍이 얼마나 지독했는지 실감 난다. 눈 폭풍이 몰아친 지난 며칠 동안 기억하기 힘들 만큼 수많은 일들이 벌어졌다. 강한 눈보라와 산사태가 이어지는 동안 그녀를 꽉 잡고 놓아주지 않았던 공포감이 다시 떠오르자 저절로 오싹한 기분이 든다.

아이작이 역으로 들어가며 말한다. "여행을 떠나는 사람들이 많네."

여행객들이 여기저기 모여 있다. 중년 커플, 배낭을 축 늘어뜨려 멘 십 대 소녀들, 단체로 여행을 떠나온 학생들. 왼편의 매점에서 따끈따끈한 커피와 페이스트리를 팔고 있다. 페이스트리의 버터 향과 커피 향이 뒤섞여 코를 간질이자 배에서 꼬르륵 소리가 난다.

"내가 표를 사올 테니까 잠시 여기서 기다려." 윌이 여행 가방을 끌고 매표소로 향한다. 마땅히 표를 사야 하지만 윌이 두 사람이 작별 인사를 나눌 시간을 주기 위한 배려로 잠시 자리를 피해주었다는 걸 안다.

파리한 얼굴의 아이작이 구두 앞코로 아스팔트를 툭툭 친다. "작별 인사를 하려니까 기분이 묘해. 어느새 누나가 곁에 있는 시간에 익숙해졌거든."

엘린은 불안하고 초췌한 기색의 아이작을 혼자 두고 떠나려니 차마 발이 떨어지지 않는다.

"우리, 같이 갈까?" 엘린이 충동적으로 묻는다. "우리 집에서 몇 주 지내면서 앞으로 어떻게 지낼지 구상해보는 건 어때?"

"나는 그저 평범한 생활을 찾고 싶어." 아이작은 입을 굳게 다물고 엘린의 눈길을 피한다. "잠시나마 로라를 의심했던 기억이 나서 괴로워. 사실은 로라가 죽었다는 말을 듣기 직전에 지갑에 늘 넣어 다니던 그녀의 사진을 태워버렸어. 로라에게 배신당했다고 생각했지. 로라는 줄곧 그 자리에 있었는데 내가 의심한 거야. 내가 좀 더 적극적으로 로라를 찾아 나섰어야 했는데 현실은……." 아이작의 목소리가 갈라진다.

"너의 잘못이 아니야. 상황 자체가 끔찍했으니까. 나도 너를 줄곧 의심했어. 성급히 결론을 내리기보다는 네게 먼저 물어봤어야 해." 엘린은 지금도 자신이 대학에 문의한 일을 생각하면 얼굴이 화끈거린다.

"우린 지난 몇 년 동안 만나지 않고 살아왔을 만큼 관계가 소원했었지. 누나가 나를 의심할 만했다고 생각해. 하지만 로라와 나는 약혼한 사이였고, 서로 의심해서는 안 될 사이였잖아. 로라가 어디에 있는지 내가 진작부터 알고 있었어야 했어."

"우린 모두 방법이 없었어. 로라는 옥외 건물에 몰래 숨어 있었고, 평소 사용하지 않는 곳이라 들킬 염려가 없을 거라 생각했겠지. 보안카메라도 없는 곳이라 너뿐만 아니라 어느 누구도 찾아낼 방법이 없었어."

"로라를 구할 기회가 있었는데 내가 적극적으로 나서지 않아 실패했다는 생각이 자꾸만 머릿속에서 맴돌아. 로라가 모습을 감춘 이래로 계속 바로 근처에 있었는데 내가 몰랐다니?"

"그러니까 나랑 함께 가자는 거야. 넌 여기에 있다가는 계속 자책감과 후회를 떨쳐버릴 수 없을지도 몰라. 잠시나마 주위를 다른 곳으로 돌려야 해." 엘린이 미소 짓는다. "내 요리 솜씨가 형편없어 보이면 네가 주방을 접수해도 돼."

엘린은 한 손을 내밀었다가 금세 후회하며 얼른 거둔다.

지나치게 적극적이잖아.

잠시 시간이 흐른다.

아이작이 배낭을 어깨에 멘다. "나중에 꼭 들를게." 그는 그렇게 말하고 나서 그녀와 눈을 맞춘다. "그냥 해보는 빈말이 아니야."

"그래, 알아." 엘린은 눈물이 핑 돌아 입술을 깨문다.

아이작이 그녀의 팔을 만진다. "이제 전과 같은 생활로 되돌아가지는 않을 거야. 누나와 나, 우린 달라졌으니까."

"그래." 엘린은 그 말을 가슴 깊이 새긴다.

그래, 우린 달라졌어.

월이 표를 손에 쥐고 다가오자 아이작이 목청 높여 인사한다.

"매형, 부디 안전한 여행되길 바라요. 나는 이만 돌아가 볼게요."

두 사람은 어정쩡하게 포옹하고 나서 주먹인사를 나눈다.

아이작이 돌아서서 엘린을 끌어안는다.

엘린은 눈시울이 뜨거워진다.

아이작을 두고 가는 게 너무 힘들어.

투박한 열차 소리가 들린다. 열차가 거의 다 왔다는 뜻이다. 아이작이 가방에 손을 집어넣으며 소리친다. "누나 주려고 이 사진을 복사해두었어. 월이 그러던데 누나 집에 샘과 내가 함께 찍은 사진이 한 장도 없다며?"

엘린은 그 사진을 차마 보지 못한다. 다리에 모래를 묻힌 삼

남매가 해변에서 모래성을 만들고 있는 사진이다. 그들 뒤로 종이 깃발이 꽂혀 있고, 한쪽이 무너진 모래성이 보인다.

엘린의 시선이 사진에 있는 샘에게 꽂힌다. 뒤죽박죽인 머릿속 플래시백을 대신할 진짜 사진이다.

92

 열차가 움직이기 시작한다. 동시에 주변 풍경이 바뀐다. 높은 하늘과 눈은 나무와 눈 덮인 샬레로 바뀌고, 가는 띠 같은 산악 도로를 꼬불거리며 올라가는 사륜구동차가 눈에 들어온다.

 엽서에 나올 것 같은 풍경이야.

 엘린이 창문에 손가락을 댄다. 그녀를 바라보는 월의 시선이 느껴진다.

 월이 묻는다. "그 목걸이 고칠 거야?"

 목걸이라는 말에 손이 저절로 목으로 올라가 목걸이를 만지려 하지만 아무것도 없다.

 엘린은 어깨를 으쓱한다. "나도 모르겠어." 목걸이 없는 목이 차라리 마음에 든다. 왠지 모르게 많이 가벼워진 느낌이다. 대단히 자유롭다.

 월이 목청을 가다듬으며 말한다. "아이작과 헤어질 준비가 된 게 확실해?" 그가 엘린의 손을 잡는다. 그의 손이 따스하다.

 엘린은 월과 눈을 맞춘다. "아이작은 앞으로 괜찮아질 거야. 세실이 체포된 게 마음을 안정적으로 정리하는 데 도움이 되었나 봐."

 "루카스는 어떻게 되었어?"

 "베른트 경감님이 오늘 아침에 루카스의 소식을 알려주었어.

그는 다니엘의 시체를 유기하고 증거를 인멸한 혐의, 요양원의 과거를 은폐한 혐의로 경찰에 체포되었대." 엘린이 잠시 말을 멈춘다. "루카스는 진료기록과 묘지에 대해 알고 있었고, 그 사실이 새 나가지 않도록 공무원을 매수했다는 사실을 인정했나봐."

잠시 침묵이 흐른다. "그럼 당신은 어때?" 윌이 재촉한다. "당신을 괴롭히던 문제가 해결되었으니 이제 아이작과의 관계가 돈독해진 건가?"

엘린은 동생을 두고 떠나려니 기분이 묘하다. 그도 그럴 것이 아이작, 로라, 오랜 시간 철석같이 믿어온 진실, 그녀를 정의했던 이야기를 묻어두고 떠나게 되었으니까.

이제부터 나 자신이 되는 거야.

엘린은 이제 새로운 모습으로 살아가리라 결심했다.

"나는 사실 당신이 제일 걱정돼." 엘린이 말한다. "상처투성이 부상병이잖아."

"많이 회복되었으니까 걱정하지 않아도 돼." 윌이 한 손을 들어 배에 댄다.

엘린은 심각한 상처를 입고도 마치 별일 아니라는 듯이 행동하는 윌의 모습이 믿음직스러워 안아주고 싶다. 그를 안고 몸을 만지고 싶다. 지금껏 거부해왔지만 이제 몸과 마음을 활짝 열고 그를 맞아들이고 싶다.

엘린은 그를 품에 안고 익숙한 냄새를 들이마신다. "이런 일을 겪게 해서 미안해." 그녀는 자신의 목소리가 이상하게 들린다. "당신을 다시는 다치게 하고 싶지 않아. 당신은 내 전부니까."

"알아." 윌이 그녀의 머리에 대고 속삭인다. "이제 일이 잘 마무리되었잖아. 이제 우린 앞으로 나아갈 수 있게 되었어."

엘린이 몸을 살짝 떼어내며 가방의 지퍼를 열고 잡지를 꺼낸다. 윌이 표지를 살펴본다.

"《리빙제츠》? 이 잡지는 어디서 났어?"

"크란의 마트에서 20파운드를 주고 구입했어." 엘린이 잡지를 넘겨 원하는 페이지를 찾는다. 그녀가 손가락으로 펼친 페이지를 가리킨다. "이 소파 어때?"

"갑자기 소파는 왜?"

"우리가 함께 살 집에 이 소파를 놓으면 어떨까 해서."

윌은 말문이 막혀 잠시 아무 말도 하지 않다가 마침내 미소를 짓는다. "정말 마음에 들어."

그때 엘린의 주머니에 든 휴대폰이 진동한다. 그녀는 휴대폰을 꺼내 화면을 들여다본다.

윌이 묻는다. "어디야?"

"직장." 엘린의 눈이 화면에 뜬 글자를 따라간다.

"아이작 일도 있으니 휴가를 좀 더 써도 괜찮대. 그 대신 다음 주까지 화답을 달래."

윌이 고개를 끄덕이며 창밖을 내다본다. 엘린이 그의 시선을 따라간다. 그들은 어느덧 협곡을 다 내려왔다. 산등성이의 살레는 이제 주택과 눈 덮인 포도밭으로 바뀌어 있다. 드문드문 눈을 뚫고 올라온 포도 넝쿨이 시야에 들어온다.

"그럼 복직하기로 결정 내린 거야?"

"그야 당연하지."

옆자리 승객이 차창을 연다. 엘린이 고개를 비스듬히 들자 상쾌한 미풍이 얼굴을 훑으며 지나간다. 아직은 3월이라 봄은 아니지만 성큼 다가선 느낌이다. 공기 중에 스며든 봄의 향기가.

새로운 삶이.

에필로그

 그는 엘린이 타고 있는 열차에 올랐다. 엘린과 윌이 뒤쪽을 봤다면 그를 발견했을지도 모른다. 그는 창가 좌석에 앉은 승객이었고, 바깥 풍경을 감상하지 않는 유일한 여행객이다. 그의 옆자리에는 중동 사람들이 타고 있다. 그들은 아랍어로 빠르게 이야기를 나누다가 가끔 창밖 풍경을 가리킨다. 그들이 가리킨 지점에 샬레와 교회, 목재로 지은 별장 따위들이 있다. 그들은 그가 그곳에 있는지 모른다. 아무도 그와 눈을 마주치려 하지 않는다.

 그의 뒤편에는 스위스인 가족이 있다. 엄마 아빠로 보이는 사람들이 열 살쯤 된 두 딸과 여행을 즐기고 있다. 두 소녀는 색상이 현란한 줄무늬 스키복 차림이다. 붉은 머리에 주근깨투성이인 동생은 언니와 함께 속을 가득 채운 바게트를 우물거리고 있다. 엄마는 휴대폰 카메라로 딸들을 찍고, 아빠는 한숨을 쉬며 짜증을 낸다. 그는 스키폴과 배낭을 들고 있고, 두툼한 패딩 점퍼를 걸치고 있다.

 그가 고개를 쑥 내밀고 앞쪽 승객들을 살펴보아도 신경 쓰는 사람이 없다. 그는 다시 엘린에게로 시선을 돌린다. 그녀는 연신 미소를 지으며 손짓을 섞어가며 남자친구와 이야기를 나누고 있다. 엘린이 지금처럼 생기 넘치는 모습을 보인 건 정말 오랜만이다.

엘린은 그의 존재를 모른다. 호텔에서도 몰랐고, 플런지 풀에서도 무슨 일이 있었는지 몰랐듯이. 정확하게 누가 손을 그녀의 등에 얹어놓은 상태로 꾹 눌렀는지 모른다.

그에게는 익명이 어울린다. 서두를 필요는 없다. 그는 긴장을 풀고, 경계를 완전히 늦출 때까지 진득하게 기다리는 편이 최선이라는 사실을 알게 되었다.

그 시간이 가장 달콤하니까.

행복과 공포 사이의 그 자그마한 틈새가.

LOCAL.CH 2020년 8월

스위스 경찰, 과거 요양원에서 32기의 수상한 무덤을 발견하다.

스위스 특수경찰팀은 과거에 요양원이었다가 최근 럭셔리 호텔로 탈바꿈한 〈르 소메〉 호텔에서 수상한 묘지를 발견했다. 다수의 묘지는 올해 1월 이 호텔에서 일어난 세 건의 살인사건에 대한 수사 과정을 통해 발견되었다. 진료기록부에 따르면 최소 32명의 여성이 결핵을 치료한다는 구실로 독일 고터도르프 병원에서 스위스의 플루마히트 요양원으로 보내졌다. 스위스를 비롯한 유럽의 여러 나라들은 이 사건을 시작으로 수사가 개시될지 모른다는 우려 속에서 진료기록부를 조사 중이다.

스위스 경찰은 스위스 크란 몽타나 리조트에 개장한 〈르 소메〉 호텔 근처에서 32기의 무덤을 발견했다. 1920년대에서 1930년대 사이에 여성들을 강제로 억류해 생체실험용 도구로 사용했다는 혐의가 제기되었다. 32기의 무덤은 과거 플루마히트 요양원이 있던 부지에서 발견되었다. 환자들은 결핵 치료를 해준다는 말에 속아 요양원에 왔다. 《르마탱》에 따르면 발레 경찰서는 최근 〈르 소메〉 호텔에서 벌어진 연쇄살인사건을 수사하는 과정에서 이 무덤들을 발견하게 되었다고 한다.

살인 용의자 가운데 한 명은 과거 요양원이었던 이 호텔에서 자행된 인권 유린에 대해 증언했고, 경찰은 호텔 부지 일대를 조사해 무덤을 찾아내게 되었다. 〈르 소메〉 호텔의 북동쪽에서 발견된 묘지에서 요양원이 문을 열고 폐쇄되기까지 수십 년 동안 생체실험용으로 이용된 여성들의 시체 수십구가 매장되어 있는 것으로 추정된다.

발레 경찰서 소속 법의학자들과 로잔대학의 전문가들은 지표투과레이더 같은 최신 수색 장비와 토양 샘플 등을 이용해 무덤 32기를 찾아냈다.

과거 요양원 관계자들은 수많은 여성들의 피해 사실을 그 어디에도 기록해두지 않거나 거짓으로 작성한 것으로 확인되었다. 경찰이 찾아낸 요양원의 위조 서류에는 환자들을 매장한 묘지가 남아 있는데 전부 거짓으로 밝혀졌다. 수많은 여성이 이유를 알 수 없는 질병으로 사망했고, 의료 처치라는 구실로 자행된 인권 유린 과정에서 가한 고문으로 생긴 상처 탓에 사망했다는 주장이 사실로 확인되었다.

사망한 여성들은 전원 독일의 고터도르프 병원에서 요양원으로 보내졌다. 그 여성 환자들이 결핵을 앓고 있었는지 아니면 진단을 허위로 조작했는지는 아직 확실하게 알려져있지 않다. 그 시절에는 본인 의사나 의학적 판단 없이 치료받거나 요양 시설에 입원하는 경우가 드물지 않았다. 남성 후견인이나 가족 구성원이 통제하기 위해-혹은 유산이나 독립적인 사고와 생각을 뺏기 위해-여성 피후견인이나 가족을 유럽 전역의 병원에 입원시킨 사례도 있다.

발레 경찰서의 휴고 타파렐 검사는 보고서에서 알아낸 내용을 분석 중이라면서 곧 피해자 유가족들과 연락해 수사가 계속 진행될 수 있도록 하겠다고 말했다.

피해자 유가족은 이렇게 말했다. "우리는 이 여성들이 당시 실험 치료로 명성을 쌓은 폐 전문의 피에르 옐리 박사의 환자들이었다고 믿고 있습니다. 일단 수사가 종결되면 피해 여성들을 추모하는 기념비를 세울 계획입니다."

〈끝〉